두 번째
왕후 2

두 번째
왕후 ②

이리리 장편소설

두 번째 왕후 ②

지은이 이리리
펴낸이 이형기
펴낸곳 도서출판 가하

초판인쇄 2022년 11월 2일
초판발행 2022년 11월 9일
출판등록 2008년 10월 15일 제 318-2008-00100호

주소 서울 영등포구 양평로 67, 1209 (당산동5가, 한강포스빌)
전화 02-2631-2846 **팩스** 02-2631-1846

www.ixbook.co.kr

ISBN   979-11-300-5439-1 04810
       979-11-300-5437-7 04810(set)

값 14,500원

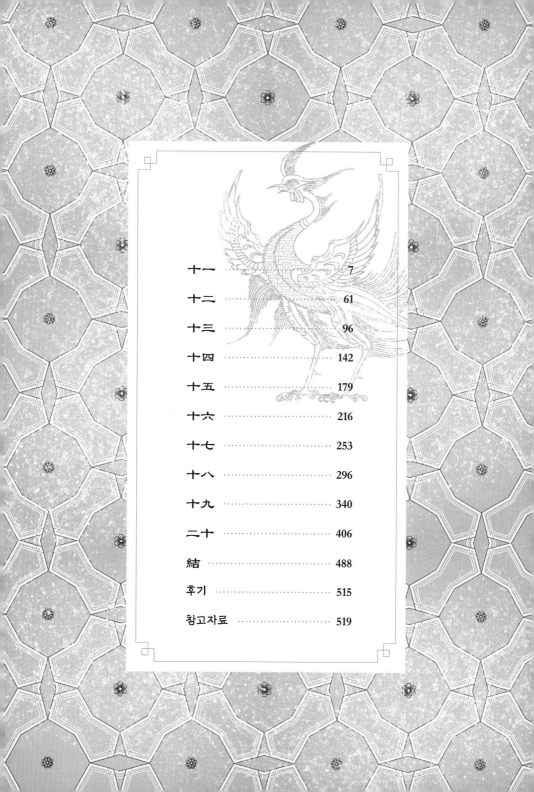

🐢 고구려 초기의 부족적 명칭인 5부는, 3세기 말에 행정적 성격의 5부('동, 서, 남, 북, 내' 또는 '청, 백, 적, 흑, 황')로
개칭되었습니다. 다만, '두 번째 왕후'에서는 5부 이전의 부족적 명칭인 순노부(환나부), 소노부(비류부), 관노부
(관나부), 절노부(연나부), 계루부(왕족)를 사용했습니다.

🐢 이 이야기는 역사적 사실에 작가의 상상을 더한 팩션입니다.

十一

하루를 어찌 보냈는지 기억이 나지 않았다. 묻는 말에 대답하고 일정에 맞춰 몸을 움직였지만 정신은 육신을 떠나 둥둥 떠 있었다. 겨우 주변을 물리고 혼자 남자 비로소 실감이 났다.

해류를 평생 쫓아다니던 지긋지긋한 악운이 또 돌아왔다.

늘 이랬다. 행복에 취한 순간 항상 나락에 떨어졌다. 예씨 상단을 이어갈 유일한 후계자로 더없이 귀염을 받던 삶은 외조부모가 횡사하며 끝났다. 갑작스러운 비극에 어머니가 정신을 놓고 있는 동안 명림두지에게 모든 걸 빼앗기고 구박데기가 되었다.

태자비가 되어 지긋지긋한 명림가를 겨우 벗어난다고 희희낙락했더니 사당으로 쫓겨갔다. 포기하지 않고 안간힘을 써서 어머니와 고구려를 떠나는 목표가 손에 닿기 직전, 왕후가 되어 그마저도 무산되었다.

왕궁에선 첫날밤부터 소박을 맞고 모진 마음고생을 이겨내야 했다. 고생 끝에 낙이 온다고 기적처럼 태왕과 마음이 통하고 총애를 얻었다. 이제야말로 제가 머물 자리를 찾았다고 믿고 싶었다. 실은 행복하면서도 내내 불안했다. 정말 이것을 자신이 가져도 되는지. 금방 또 빼앗기지 않을지 두려웠다. 슬픈 예감은 틀리지 않는다는 걸 증명하듯 모든 것이 모래성처럼 무너져 내리고 있었다.

내게 행복은 잡을 수 없는 신기루인 모양이다.

사지육신이 부들부들 떨릴 정도로 분하고 억울했다. 눈물이 나야 마땅하건만 너무 기가 막히니 실소가 흘러나왔다. 실성한 게 아닌가 의심될 정도로 해류는 한참을 킬킬댔다.

떼어내려고 해도 딱 달라붙은 것처럼 두지의 잔인한 독설이 떨어지지 않았다. 그와 오갔던 대화와 상념들이 처음부터 끝까지 귀에서 쟁쟁 울리고 끊임없이 반복됐다.

"넌 신라인의 딸이다."

경천동지할 폭로에 해류는 반응하지 않았다. 실은 반응하지 못했다는 쪽이 정확했다. 경악이 한계를 넘으니 아무것도 할 수 없었다. 감당할 수 없는 충격에 그저 쓰러지지 않으려고 안간힘을 쓰며 얼어붙어 있는 거였다.

혹시라도 그녀가 못 알아들었을지 걱정이라도 되는 것처럼 두지는 다시금 못을 탕탕 박았다.

"넌 절대 왕후가 될 수 없는 신라 속민의 딸이란 말이다."

너무 아프니 굳어졌던 혀가 풀리기 시작했다. 캄캄하니 앞도 보이지 않는 상태는 그대로였음에도 스스로 신기할 정도로 해류는 담담하니 두지를 응시했다.

"그 얘기를 왜 내게 하는 겁니까?"

무덤덤한 질문에 비치는 감정은 오로지 호기심. 두지가 기대했던 극도의 경악이나 공포는 찾아볼 수 없었다.

예상과 전혀 다른 반응에 두지는 내심 당황했다. 제발 이 비밀을 감춰달라고, 무엇이든 시키는 대로 하겠다고 애걸복걸 매달려야 마땅했다. 저렇게 침착한 건 말이 되지 않았다.

혹시 친부에 대해서도 알고 있었던 것인가.

아비가 신라인이라는 것 역시 여진이 알려줬을 수 있었다. 그렇다면 기습에 흔들리고 무너지는 건 기대할 수 없었다. 해류를 단숨에 쓰러뜨릴 필살의 일격이 무산돼 못내 안타까웠다. 그래도 여기까지 온 이상 물러날 수 없었다. 그 진실을 알았건 몰랐건 신라의 피를 받았다는 건 해류에겐 치명적인 약점이었다. 어차피 이판사판. 이 요긴한 무기를 휘둘러봐야 한다.

"그걸 몰라서 묻는 것이냐?"

"정말 몰라서 묻는 것입니다."

해류가 살려달라 사정사정하면 선심 쓰듯 요구조건을 내놓으려고 했었다. 그 계획이 무너져버린 낭패감을 삼키며 애써 기세를 다잡았다.

"온갖 영리한 척은 다 하면서 정말 아둔하구나. 당연한 것 아니냐. 만약 네가 명림에 등을 돌리면 난 네가 속민의 딸이라는 걸 세상에 알리겠다."

"그것을 알려서 명림이 얻는 게 무엇인데요? 왕후 자리를 욕심내어 속민의 딸인 걸 속여 국혼시켰다는 게 알려지면 왕실을 능멸한 죄로 온 가문이 멸문당할 텐데요?"

두지의 말문이 막혔다. 실은 그가 이 비밀을 크게 터뜨리지 못하는 가장 큰 이유가 그것이었다.

해류가 여전히 태왕에게 소박맞고 있다면 감히 드러날까 덜덜 떨며 꽁꽁 파묻어야 하는 기밀. 위험을 무릅쓰고 이걸 들춘 것은 최근 해류에 대한 태왕의 총후가 전에 없이 깊다는 판단 때문이었다. 만에 하나 오판이라면 끔찍한 역공의 빌미가 될 거였다. 그에게도 태왕에게도 해류의 출생은 치명적인 약점인 동시에 무기였다.

그는 오늘 목숨을 걸었다고 해도 과장이 아니었다. 이런 위태로운 상황임에도 단 한마디도 지지 않고 따박따박 면박을 해대는 저 건방진 면상을 지근지근 밟아주고 싶었다. 조만간 해류에게 직접 이 울분을 꼭 풀리라고, 후일을 기약하면서 그는 허세를 부렸다.

"네가 그것까지 걱정할 주제나 되느냐?"

두지는 모든 것을 다 알고 있지만 그녀는 아는 게 없었다. 이런 싸움에서 무지는 패배였다. 해류는 어떻게든 정신을 차려 조금이라도 정보를 캐내려 시도했다.

"국상은 무엇을 원하시는데요?"

두지의 얼굴에 의기양양함이 떠올랐다. 엄청 뻗대더니 겨우 정신을 차려 현실을 받아들이고 수그리는 분위기가 흡족했다.

"아버님께는 아직 말씀드리지 않았다. 네가 올바르게 행동하면 내 입은 계속 닫혀 있을 것이다."

명림죽리는 이 사실을 모른다.

두지는 스스로 제법 교활하고 단수가 높다고 착각하지만 그 아비에 비할 바가 못 되었다. 명림죽리였다면 다짜고짜 찾아와 가진 패를 드러내지 않았을 것이다. 두지의 의도가 무엇이든, 천행이었다. 해류는 이 중대한 사실을 갈무리했다.

"이 사실을 국상이나 형제분들이 알면 뛸 듯이 기뻐하실 텐데 왜 그들에게 알리지 않고 제게 먼저 알리시는지, 연유가 궁금하네요."

죽어 땅에 파묻어도 저 입은 썩지 않겠구나. 이를 갈면서 그는 결국 속내를 털어놨다.

"이왕이면 조카보다는 가짜라도 내 딸이 왕후이고 사위가 태왕이길 바란다. 우리가 피를 나눈 부녀가 아니란 건 어차피 하늘 아래 네 어미와 우리 셋만 아는 비밀이 아니냐. 그러니까 네가 태왕을 어떻게든 설득해서 우리 집안을 살려야 한다."

"살린다니 무슨 의미입니까?"

"태왕께서 천도를 빌미로 대대로 왕가에 충성을 바쳐온 우리 명림과 귀족들을 지나치게 핍박하지 않느냐. 천도를 접고 귀족과 화합의 뜻을 천명하시라고 해라. 그러면 나도 아버님과 다른 귀족들을 설득하겠다."

명림과 상당수 귀족들이 이미 결탁했고 반란을 준비하고 있다는 의미였다. 상당히 무르익은, 거의 실행만 남은 분위기였다.

태왕 역시 저들을 노리기는 마찬가지였다. 세세히 알려주지 않으나 그가 천도 반대파를 쳐내려는 시기 역시 아주 가까웠다는 걸 해류도 감지하고 있었다.

알고 싶은 것은 다 들었다. 해류는 절망감을 삼키며 두지를 바라봤다.

"태왕이 여인의 한두 마디로 움직일 분이라고 생각하십니까?"

체념한 듯한, 그녀의 처연한 분위기는 두지에게 더없이 만족감을 줬다. 해류가 제 손아귀에 들어왔다고 확신하며 거드름을 피웠다.

"태왕께 친정을 살려달라고 눈물로 호소하든, 베갯머리송사를 하든 그건 네가 알아서 할 도리다. 이것만 명심해라. 명림으로 부귀영화를 누리며 살 것인지, 아니면 네 부모까지 데리고 비참하게 죽을지는 네게 달려 있다."

목적을 달성했다고 믿으며 그는 의기양양하니 왕궁을 빠져나갔다.

두지의 협박은 너무나 궁금했지만 차마 묻지 못했던 그녀의 마지막 의문마저 풀어줬다. 생부가 고구려에 살아 있다.

사당에 살던 시절, 그녀는 친부에 대해 어머니에게 계속 물었다. 처음엔 입도 떼지 않던 여진은 해류의 집요함에 손을 들고 최소한의 사실만 알려줬다.

멀리 있는 고향으로 꼭 돌아가야 하는 사람이었다. 고민하다 부모도 재산도 다 버리고 그를 따라가려고 했다. 그런데 함께 도망가기로 한 날, 상대는 약속한 장소에 나타나지 않았다. 나중에 집에까지 찾아갔더니 이미 떠나버렸다. 널 가진 걸 뒤늦게 알고 국내성에 남아 있던 그의 친척에게 알렸지만 고향에서 기다리던 정혼녀와 혼인했다는 얘기만 들었다. 그 친척마저도 고향으로 돌아간 뒤로는 전혀 소식을 모른다.

오랜 수수께끼가 비로소 풀렸다. 아무리 조르고 읍소해도 여진이 알려주지 않던 생부의 먼 고향은 신라였구나. 아마 그는 신라로 돌아가 혼인한 뒤 가족을 데리고 고구려로 돌아온 모양이었다.

처음엔 어머니를 불러 사실을 확인해볼까 하다 곧 포기했다. 설령 그것이 진실이라고 해도 어머니는 절대로 인정하지 않을 것이다.

자기 모녀를 버린 친부의 생사나 안위에는 관심이 없었다. 염려되고 밟히는 건 어머니였다.

여진은 해류의 생부를 만나기 전부터 줄기차게 구애해왔던 두지에게 전혀 관심을 주지 않았다. 오로지 해류를 아비 없는 자식으로 만들지 않기 위해서 두지와 혼인했다. 배 속에 그녀만 없었다면 실연의 상처를 털어낸 뒤에 성실하고 선량한 사내와 혼인해 다복하게 살았을 거였다. 데릴사위로 예씨 포목상을 잇겠다고 온갖 감언이설을 해도 그를 택하지 않았을 게 분명했다.

그리고…… 태왕. 처음으로 온전히 행복하다는 감정을 갖게 해준 사람. 어린 소녀이던 시절부터 지금까지 유일하게 그녀가 은애한 사람이기도 했다. 단 한 번도 사모나 연정을 입 밖에 내어 말한 적은 없지만 태왕이 그녀를 아끼고 은애한다는 걸 해류는 믿었다. 보통 귀족이나 상인이었다면 해류의 생부가 누구든 상관없지만, 태왕이었다. 그는 그녀 말고도 책임져야 할 것들이 너무 많았다.

고구려의 그 누구도 속민의 딸을 왕후로 용납하지 않는다. 이 비밀을 알게 되면 태왕은 어떻게든 상황을 바꿔보기 위해 온갖 시도를 할 테지만 아무리 그래도 불가능한 영역이었다. 괴로워하겠지만 그녀를 놓아야 한다는 결론에 도달할 수밖에 없었다.

노력으로 되는 일이라면 절대 포기하지 않고 싸웠겠지.

절망감으로 터질 것 같은 가슴을 누르며 해류는 눈을 감았다. 그 빤한 결말이 올 때까지 태왕에게 모든 걸 맡기고 눈을 감고 싶었다. 그렇지만 그래선 안 되었다.

두지는 협상이라고 착각한 모양이지만 그의 요구를 받아들인다는 선택지는 처음부터 존재하지 않았다. 태왕이 선 자리의 무거움을 가장 잘 아는 사람이 그녀였다. 그가 불필요한 싸움을 하지 않도록 그녀 스스로 물러나는 게 유일한 길이었다.

피하고 싶으나 피할 수 없는 결론에 도달하자 눈물이 왈칵 쏟아졌다. 어디서든 열심히 산 죄밖에 없는데. 왜 내겐 불운만이 닥치는 것인지.

이대로 눈물이 마를 때까지 흐느끼고 싶었다. 그러면 아무리 찬물로 얼굴을 씻어도 운 흔적이 남았다. 태왕의 예리한 눈이 그걸 놓칠 리가 없었다. 꼭 해야 할 일이라면 감정을 지우고 냉정하게 정리해야 했다.

해류는 아직 완성하지 않은 황룡이 자리 잡은 수틀을 둔 방으로 갔다.

저녁도 거른 채 자수를 하던 해류는 태왕이 들었다는 소리에 바늘을 놨다. 몇 시간을 몰두했더니 목과 어깨가 빠질 듯이 아픈 대신 마음은 잔잔해졌다. 이 정도면 추태를 부리지 않고 태왕과 마주할 수 있을 것 같았다.

"천천히 해도 된다고 했는데 또 침식을 잊고 수를 놓은 모양이오."

태왕의 다정한 음성을 듣자 목이 뜨거워졌다. 출궁 전까지 완성할 수 있을까. 그에게 마지막 선물로 황룡기를 주고 싶었다. 다시 만날 수 없더라도 그걸 보며 가끔이라도 그녀를 추억해줬으면 하는 욕심. 해류는 촉촉해지려는 눈을 진정시키려 눈을 꼭 감았다 떴다. 침을 꿀꺽 삼켜 메이는 목을 적시며 최대한 담담하게 음성을 짜냈다.

"폐하께서 아셔야 할 일이 있습니다."

해류의 음성에서 심상찮음을 느꼈는지 포의 허리끈을 풀던 그의 손이 멈췄다.

"오늘 고추대가가 들었다던데 그 일이오?"

두지의 출입을 태왕이 알고 있다니, 마음이 좀 더 편해졌다. 구구한 설명을 생략하고 해류는 본론으로 들어갔다.

"실은 저와 고추대가가 오랫동안 폐하를 속인 대죄가 있습니다."

포를 벗어 해류에게 건네주며 그는 무심하게 되물었다.

"당신이 명림두지의 딸이 아니라는 것 말이오?"

해류는 숨이 턱 막혔다. 사소한 잡담거리인 양 그는 너무도 태연자약했다. 혹시 들키면 어쩌나, 전전긍긍하며 감춰왔던 기밀이었다. 그녀와 두지, 어머니만의 비밀을 태왕이 알고 있다는 게 믿어지지 않았다. 눈이 튀어나올 듯 커다래져 헉헉거리는 해류를 보는 그의 입술에 희미한 이해의 미소가 떠올랐다.

"아무리 부친과 사이가 좋지 않다고 해도 일가에게 지나치게 냉담한 것이 이상했소. 태자비 간택에 떨어졌다고 해도 딸이 귀한 집안에서 서슴없이 신녀로 보내버린 것도 생각할수록 수상했고. 워낙 오래된 일이라 증험을 모으는 데 시간이 걸리긴 했지만 단서를 종합해보니 당신 아버지가 명림두지가 아니란 게 확실해지더군. 고추대가는 막대한 재산을 노려 다른 사내의 아이를 가진 당신 어머니와 혼인했겠지."

"그걸 알면서도 어찌……."

그녀가 놀라는 걸 즐기는, 살짝 장난기 어린 짓궂은 미소가 싹 사라지고 한기 폴폴 도는 냉소가 그 자리를 채웠다.

"실은…… 그 사실을 처음 알았을 때는 그걸 명림죽리를 치는 데 이용할까도 했소. 태왕을 기만한 죄는 그 무엇으로도 변명할 수 없으니까."

차라리 그랬다면 얼마나 좋았을까. 마음이 깊어지기 전에 명림 일족으로서 함께 쫓겨났다면 본래 계획대로 훌훌 털고 잘 살아낼 수 있었을 텐데. 지금은 헤어짐을 상상하는 것만으로도 가슴이 찢어졌다.

"그렇게 하셨어야지요……."

그는 해류가 농담한다고 생각했는지 껄껄 웃었다.

"그 덕분에 그대가 여기 있지 않소. 명림가와 아무 관계가 없다니 내겐 더 고마운 일이지."

"그래도…… 폐하를 능멸한 죄를 씻을 수가 없습니다."

"그걸로 명림두지가 당신을 위협한 거요? 자기가 죽을 자리를 파는 줄 모르는, 천하에 어리석은 자로군."

"감춘 건 그것뿐이 아닙니다."

해류의 분위기가 전에 없이 비장하다는 걸 그제야 태왕도 깨달은 듯했다.

"오늘 명림두지가 무슨 소리를 한 거요?"

"저는, 제가……."

목에 메어 말이 나오지 않았다. 한참을 더듬거리던 해류는 천형 같은 자신의 혈통을 이실직고했다.

"제 생부가 신라인이라고 합니다."

태왕의 얼굴에서 여유로움이 사라졌다. 해류는 그의 동공을 채우는 경악을 담담히 바라봤다. 아까 두지에게 그 얘기를 들었을 때 그녀가 느꼈던 것과 비슷한 심정일 것이다.

"제가 폐하를 설득해 국상의 뜻대로 하지 않으면 진실을 폭로하겠다고 했습니다."

서 있기 힘든지 태왕이 천천히 의자에 앉았다. 탁자에 괸 손에 머리를 올리고 있는 그의 앞에 해류는 무릎을 꿇고 몸을 숙였다.

"폐하께선 이루실 것이 무수하십니다. 저를 곁에 두시면…… 하려던 것들을 많이 포기하셔야 합니다."

피눈물을 삼키며 해류는 내내 되뇌고 또 되뇌던 결단을 밀어냈다.

"저를…… 저를 버리세요, 폐하."

자신을 버리는 비장한 선택을 했건만 그는 침착했다. 어쩌면 당연한 반응이었다. 그래도 한 번쯤은 만류하리라 기대했던 모양이었다. 슬픔을 삭이면서 해류는 울지 않으려고 입술을 깨물었다.

그녀 너머 어딘가를 응시하던 그의 시선이 해류에게 내려앉았다. 스산한 마른 바람이 가득한 눈이 해류에게 꽂혔다. 일자로 굳게 다문 입술은 얇고 단단해졌다. 그러더니 갑자기 두 팔을 뻗어 그녀의 어깨를 잡았다. 서릿발 같은 속삭임이 그녀를 때렸다.

"다시 말해보라."

순간 소름이 쫙 돋았다.

마구 흔들고 싶은 충동을 억지로 참는 것처럼 손이 부들부들 떨렸다.

잊고 있었다. 태왕이 얼마나 매서운 위압감을 내뿜는 존재인지. 그 앞에서 그녀가 얼마나 무력한 존재인지도.

그가 악문 이 사이로 으르렁거렸다.

"다시 말해보라지 않느냐."

그의 상처받은 눈을 마주했다.

이 사람도 나를 버리는 걸 이렇게 힘들어하는구나.

태왕이 괴로워하는 모습이 슬프면서도 기뻤다. 결국은 서로의 길을 갈 수밖에 없지만 나를 영영 잊지 않아주기를.

죄스러운 갈망을 품으면서 해류는 젖은 음성으로 속삭였다.

"저를…… 버리십시오."

그대로 굳어버린 듯 한참 해류를 삼킬 듯 응시하던 그의 입술에서 허탈감 가득한 장탄식이 흘러나왔다.

"하아아, 네게 나는 딱 그 정도의 의미였군."

싸늘하게 중얼거리는 그의 손아귀에서 힘이 빠졌다. 해류에게 닿는 것도 싫다는 듯 그가 손을 뗐다. 그것도 모자란지 태왕은 벌떡 일어나며 해류에게서 한 발짝 물러났다. 그의 서늘한 독백이 들려왔다.

"너는, 넌 항상 나를 믿지 않고 조금만 어려워지도 나를 버리고 떠날 궁리만 하지. 일평생 함께하고 지키겠다는 각오를 했기에 안았다. 그 정도 결심도 없이 너를 취했는 줄 아는가."

고저 하나 없는 나지막한 음성이 해류를 때렸다. 흑야를 담은 눈빛에선 깊은 물처럼 잔물결 하나 일렁이지 않았다. 너무나 차분한 목소리에서 오히려 어마어마한 격노가 느껴졌다. 작년 동맹에 그녀가 죽을 뻔한 날, 그때의 폭발이 차라리 나았다. 지금 조용하고 차갑게 내뿜는 분노에 비하면 댈 것도 아니었다. 이가 딱딱 부딪힐 정도로 두려웠다.

"그래. 넌 이 무겁고 힘든 자리에서 홀로 달아나서 평생 바라던 소원대로 소처럼 착하고 튼튼한 사내를 찾아내 자식들을 줄줄이 낳고 희희낙락 한평생 잘 살겠구나."

"폐하! 어찌 그런 말씀을 하십니까!"

"어떻게 그런 망발을 하느냐고? 그러는 너는…… 네가 신라인의 딸이란 비밀을 들은 순간부터 명림두지의 입을 어떻게 다물게 할까 머리가 터져라 고심하고 있는 나에게 버려달라고? 네가 어떻게, 너야말로 그런 폭언을 입에 담을 수 있지?"

하나하나 해류를 가시처럼 찌르는 질문이었다. 그렇지만 답을 기다리는 기색은 없었다. 어떻게든 답을 해보려고 뻐끔거리는 해류를 물끄러미 응시했다. 그의 자조가 해류를 채찍처럼 휘갈겼다.

"처음부터 끝까지 나 혼자 애면글면. 네게 난 그 정도 믿음도 주지 못하는…… 가장 먼저 내던질 하찮은 존재였던 거지."

허탈하게 중얼거리던 그는 공허만이 남은 텅 빈 시선을 허공으로 옮기는가 싶더니 천천히 등을 돌렸다. 더 이상 해류와 한 공간에 있기도 싫은 듯 벗어뒀던 장포도 두고 저고리 바람으로 침실을 빠져나갔다.

그날 해류는 뜬눈으로 밤을 지새웠다. 그녀는 어떤 상황에서도 베개에 머리만 대면 곯아떨어지는 사람이었다. 사당으로 쫓겨간 날도 조금 울다가 그대로 잠이 들었을 정도였다. 사당에 온 첫날 해가 뜰 때까지 눈 한번 못 붙이고 눈물로 밤을 지새웠다는 사란이며 다른 신녀들의 고백은 그야말로 이해 불가한 경험담이었다.

사방이 꽉 막혀 막막하고 캄캄할수록 더 그랬다. 일단 눈을 붙였다가 깨어나 맑은 머리로 방도를 찾자는 주의였다. 그런데 지금 평생 처음으로 불면을 경험하고 있었다.

멍하니 앉아 있는 동안 커다란 초가 다 타 녹아내려 꺼져버렸다. 동편으로 향한 지창으로 희붐하니 여명의 첫 빛자락이 침실을 채우자 해류는 천천히 몸을 일으켰다.

해류가 문을 열고 나오자 밤새 전전긍긍하고 있었던 궁녀들의 어깨에서 긴장이 풀렸다. 간밤에 전에 없는 고성이 올랐고, 태왕은 노기등등해서 가버렸다. 달려 나와 붙잡거나 쫓아가 빌거나 달래야 할 왕후는 두문불출 꼼짝도 하지 않았다. 영문을 몰라 내내 발만 동동 구르던 궁녀들은 멀쩡한 왕후를 보며 안도의 한숨을 내쉬었다.

계단을 내려오는 왕후는 그녀들이 보이지 않는 것처럼 일별도 하지 않았다. 꼭 뭔가에 홀린 듯 비척비척 움직이는 왕후를 향한 시선에 불안감이 담겼다. 침전을 나가는 왕후의 뒤를 조마조마한 마음의 여관과 궁녀들이 따라갔다.

왕후가 향한 곳은 고맙게도 태왕의 침전이었다. 한결 편안해진 심정으로 궁녀들은 서둘러 왕후를 맞는 침전 호위와 시종들을 바라봤다.

침전을 지키는 이들 역시 살기등등하게 돌아온 태왕을 맞아 꼬박 날밤을 새운 상태였다. 연유는 모르지만 어떻든 왕후와 연관이 있을 터. 그 원흉(?)이 문제를 해결하러 와줬으니 무조건 대환영이었다.

수직 시관은 태왕의 허락을 받는 절차마저도 무엄하게 생략하고선, 왕후를 침전 한복판에 있는 침실로 안내하며 문을 열었다.

"폐하, 왕후 폐하께서 드셨사옵니다."

태왕 역시 눕지도 않았는지 침상은 반듯하기만 했다. 열린 문으로 들어오는 해류를 쳐다보는 그의 눈빛은 어젯밤의 폭발이 거짓말이었던 것처럼 평온했다. 모든 감정을 갈무리했는지 격랑의 흔적은 찾아볼 수 없는 무표정 그 자체였다. 이어진 질문도 평소처럼 차분했다.

"이른 새벽부터 왕후가 짐의 처소에 무슨 일입니까?"

서먹서먹한 존대에 거리감이 확 느껴졌다. 태왕은 둘이 있을 때는 해류를 왕후라고도, 자신을 짐이라고도 칭하지 않았다. 서로에게 다가가면서 말투도 서서히 편해지고 조금씩 자연스럽게 바뀌었기에 의식하지 못했던 변화였다.

한동안 사라져 잊고 있었던 장벽이 그의 주변을 단단히 두르고 있었다. 이대로 돌아 나가고 싶을 정도로 태왕에겐 완강한 거부만이 풍겨왔다.

그래도 여기까지 왔으니 하려던 얘기는 하자. 해류는 흔들리는 결심을 다잡았다.

"폐하께 짐이 되고 싶지 않았습니다."

"짐이 왕후를 짐스럽다고 말하거나 티를 낸 적이 한 번이라도 있었습니까?"

"……아니요."

그녀의 사정을 모르는 것도 아니고 조금은 너그러워도 좋으련만. 그는 죄인을 문초하듯이 냉혹하게 몰아세웠다.

"그런데 왜 그런 생각을 하고 버려달라는 소리를 짐에게 하는 거지요?"

"그것은……."

당신이 얼마나 오랜 시간 공을 들이고 힘들게 싸워 여기까지 왔는지 알기에.

태왕에게 걸림돌이 되고 싶지 않았다. 그가 힘든 결단을 하지 않도록, 그녀를 버렸다는 죄책감을 갖지 않도록 스스로 물러나는 게 옳다고 믿었다. 그럼에도 태왕을 마주하고 있으니 그게 정말 현명한 판단이었는지 뒤늦게 의구심이 들기 시작했다.

분명 올바른 결단이었는데 너무 아팠다. 단단히 닫혀버린 성벽 너머에서 태왕의 심장 역시 피를 철철 흘리고 있음을 그녀는 느낄 수 있었다. 해류가 모든 걸 드러내지 않으면 그의 상처는 낫지 못한다. 더불어 그녀에게 활짝 열어줬던 마음의 문 역시 두 번 다시 열리지 않을 것이다.

"제 삶은…… 외조부모님이 돌아가신 뒤부턴 늘…… 삭풍이 몰아치는 광야를 홀로 걷는 것 같았습니다. 어머니를…… 제 목숨처럼 아끼고 감사하지만…… 제 행복만이 삶의 의미라는 어머니가 때때로 버거울 때가 있었습니다."

오로지 그를 위한 선택이었는데 왜 저렇게까지 분노하는지. 어디에서 무엇이 어긋났는지 곰곰이 따져보면서 그녀는 회피하던 내면으로 파고들어갔다. 마주하기 싫은 자신의 본심까지 만나야 했다. 해류는 지금까지 스스로도 인정하지 못했던 누추한 진심을 그에게 드러냈다.

"제가 쓰러지면 저만 바라보는 어머니도 쓰러지기에…… 이를 악물고 버텼습니다. 죽고 싶을 정도로 힘들 때마다 저는…… 세상 그 누구에게도 티끌만큼도 기대지 않겠다고…… 맹세하고 또 맹세했습니다. 폐하께 짐이 되어…… 저를 귀찮고 버겁다 느끼게 하고 싶지 않았습니다."

얼음을 박아놓은 것 같은 태왕의 눈동자는 여전히 무심했지만 돌아온 질책에는 미미한 연민이 묻어났다.

"그대를 지켜줄 테니 짐에게 모든 걸 맡기고 기대라고 했습니다. 짐이 왕후에게 그 정도 신뢰도 못 주는 사내였습니까?"

정말 그래도 되는지, 저야말로 묻고 싶었다. 그 반문을 입에 담는 것은 태왕을 신뢰하지 못한다는 증거였다. 타인에게 의지했다가 상처 입고 버림받는 것이 두렵고 힘들어도 여기서 자신을 내려놔야 했다. 그러지 않으면 이미 심하게 다친 태왕의 마음은 그녀에게 영원히 닫힌다. 태왕 없이 살아갈 수는 있겠지만 가능하다면 그러고 싶지 않았다.

"저는 자신을 지키고 제 사람을 지키는 법만 배웠지, 의지하는 법은 알지 못합니다. 그래서 남에게 기대는 것이 어렵습니다. 하지만,"

해류는 지금 할 수 있는 가장 진실하고 정직한 심정을 토로했다.

"이제부터…… 배우겠습니다."

진심을 담아 한마디 한마디 새기듯이 그녀에게 가장 어렵고 힘든, 한평생 그 누구에게도 절대 하지 않으리라 맹세했던 말을 밀어냈다.

"저를…… 도와주세요."

침묵이 침실을 채웠다. 해류에겐 영겁 같은 시간이었다. 어찌나 긴장하고 있었던지 태왕의 팔이 그녀에게 닿자 다리가 풀렸다. 휘청거리는 해류를 태왕이 꽉 잡아줬다. 커다란 손으로 그녀의 양팔을 잡아 지탱해주는 그의 음성은 한결 누그러져 있었다.

"그러지요. 알아서 처리할 테니 짐을 믿어요."

후산은 국내성 북쪽에 있었다. 유리왕 때 국내성으로 천도한 이후 태왕의 사냥터인 이곳은 매년 봄가을에 귀족부터 하호까지 참여하는 사냥대회 장소였다. 평소에는 태왕의 허락이 없거나, 태왕과 동행하지 않은 자들의 출입이 금지된 공간이기도 했다.

그곳을 오늘 사냥과 전혀 관계없어 보이는 일행이 오르고 있었다.

"널찍하니 여기에 연회를 위한 천막을 치면 적당할 것 같습니다만, 어떠신지요?"

우씨 집안의 집사가 물색해놓은 영순위 후보 장소였다. 그는 가주와 손님들에게 의견을 구했다. 오랜만에 우씨 집안이 태왕을 모시는 사냥모임의 주관을 맡게 된 터라, 예년과 비교해 손색이 없어야 한다는 각오 때문인지 신중하고 조심스러웠다.

일단 주인의 반응은 나쁘지 않았다.

"사면이 숲으로 잘 가려져 있어 그늘도 지고 바람도 막아주니 안락하고 좋을 것 같군."

사방에 병사를 숨겨놓기도 딱이다.

답사를 핑계로 우씨 가주와 동행한 이들도 같은 생각을 한 듯 동조의 미소를 지었다.

"여기로 하자. 우리는 사냥감을 몰아와 잡기 좋은 장소를 둘러볼 테니 너는 먼저 내려가 있거라."

"예. 알겠습니다."

집사와 하인들이 충분히 멀어지자 유람 온 것처럼 느긋한 분위기가 씻은 듯이 사라졌다.

"동원 가능한 병력은 어느 정도로 준비됐습니까?"

"순노부에선 천오백 정도 가능합니다."

"국상이 조언하신 대로 해사무 욕살에게 상단 호위를 핑계로 해가의 정예사병을 오백 정도 빌렸습니다. 우리 가문의 사병과 합치면 소노부에선 삼천까지는 어찌될 것 같습니다."

우씨 가주의 물음에 답하는 동조자들을 지켜보던 죽리의 장남 소규가 거만하니 수염을 쓸며 나섰다.

"절노부는 우씨가 이천, 주씨가 천오백, 우리 명림씨는 삼천까지 출진할 준비를 마쳤습니다."

"과연 절노부로군요."

소규는 그들의 반응을 즐기며 사기를 북돋울 소식을 하나 더 알려줬다.

"그리고 아버님이 국내성의 상단들을 규합해 거사에 합류시켰습니다. 합류할 인원은 몇백 남짓이지만 험한 장삿길에서 도적과 싸워가며 살아남은 자들이라 다들 가히 일당백이지요."

"오오! 다행입니다. 우타소루가 각 부 사병들을 싹쓸이해 갈 때 아찔했었는데."

명림소규의 예상대로 그들의 얼굴에서 그늘이 싹 걷혔다. 산길을 오가며 살피는 대화에도 한층 신명이 실렸다.

"저곳이 국상 창조리와 신하들에게 봉상왕이 쫓겨난 장소로군요."

"이 후산이 정말 영산은 영산인 모양입니다. 여기서 항상 폭군은 하늘의 버림을 받아 폐위되니. 국상께서 딱 맞춤하게 고르셨습니다."

"우리도 그날 모자에 갈대꽃이라도 꽂아볼까요? 하하."

덕담과 농담을 주고받으며 병사를 미리 숨길 곳, 이동시킬 곳 등을 면밀하게 살핀 그들은 아까의 공터로 내려와 태왕이 앉을 곳을 중심으로 자리 배치를 재차 살폈다.

"우가의 병사들은 호위와 사냥감 몰이를 돕는단 핑계로 하루 이틀 전에 들어오면 되겠지만 다른 부의 병사들은 일찌감치 잠복해 있어야겠지요?"

"한꺼번에 많은 자가 움직이면 눈에 띌 수 있으니 지금부터라도 조금씩 아까 봐둔 거점에 숨어들게 해야 할 것 같습니다."

태왕과 대적하려니 적게 느껴지는 것이지 그들이 동원하려는 사병은 만 명이 넘었다. 그 병력이 몰래 후산과 그 주변에 잠복하기란 보통 일이 아니었다.

"정말 그래야겠군요. 지금부터 서둘러도 결코 여유롭지는 않겠습니다."

"그럼 가장 인원이 많은 절노부부터 움직이겠습니다. 우가를 제외하고 최대한 빨리 끝낸 다음 순노부와 소노부도 잠입하는 걸로 알겠습니다."

"그러시지요."

예정했던 일을 완수하고 돌아온 명림소규는 저녁에 퇴청하고 들어온 아버지에게 오갔던 내용을 보고했다.

"수고했다."

덤덤히 치하하는 죽리와 대조적으로 설로의 입은 찢어졌다.

"드디어 그날이 오는군요……."

태왕의 장인인 고추대가가 될 날이 코앞이었다. 고은은 회임까지 하고 있으니 다음 태왕의 외조부가 될 확률도 높았다. 혹시 동티라도 날까 싶어 차마 소리 내어 말로 하지 않지만 때론 표정이 웅변보다 더 클 때가 있었다.

그러나 죽리의 얼굴엔 수심만 어른거렸다. 부친을 살피던 소규가 고개를 갸웃했다.

"아버님, 혹시 또 심려하는 일이 있으십니까?"

"아니다."

딱 자르던 죽리는 옆에 선 둘째 두지에게 갑자기 시선을 돌렸다.

"너 며칠 전에 왕후궁에 들었다고 했었지? 별다른 얘기나, 혹여 평소와 다른 일이 없었느냐?"

내심 뜨끔하면서도 두지는 일단 시치미를 뚝 뗐다.

"글쎄요……."

"가서 해류를 봤다지?"

"예. 네가 기댈 곳은 이 명림뿐이니 집안을 위해 최선을 다하라고 따끔하게 일렀지요. 혹시 태왕께서 무슨 말씀이라도 있으셨습니까?"

아들들만 있는 자리라, 죽리는 허심탄회하게 의구심을 털어놨다. 만약 다른 집안 사람이 하나라도 있었으면 절대 하지 않았을 얘기였다.

"요 며칠 태왕의 분위기가 이상하다. 관천대와 옹성 축조를 이뤄냈으니 일전에 무산된 관청들이며 사찰의 일도 밀어붙일 터인데 무슨 심산인지 입도 떼지 않아.

그리고 오늘은,"

죽리는 가만히 두지를 응시했다.

"고추대가인 네가 관직에 나오지 않으니 모양새가 좀 나쁘지 않느냐는 소리를 불쑥 하시지 뭐냐."

덧붙인 소리에 두지를 포함한 세 아들의 입이 동시에 쩍 벌어졌다.

두지의 출사는 해류가 왕후로 간택되었을 때부터 종용하던 사안이었다. 명림가의 사주를 받은 귀족들이 태왕에게 이미 권유를 가장하며 은근히 압박을 가했으나, 태왕은 재고의 여지도 없이 딱 잘랐다. 두지마저도 포기했는데, 돌연 그 일이 수면으로 부상한 거였다.

두지는 반쯤 목숨 걸고 한 위협이 제대로 적중했다고 확신했다. 커다랗게 벌어지려는 입을 억지로 다물며, 헛기침으로 목소리를 진정시켰다.

"흠흠. 제 생각엔, 뭔가 위험을 눈치채고…… 아버님께 화해의 손길을 내미는 게 아닐까요?"

"글쎄……."

몇 년 전이라면 그럴 수도 있었다. 그러나 지금은 그도 태왕도 손을 내밀고 잡기엔 너무 멀리 왔다. 그런데 왜 갑자기 이러는 것인지. 정말 유화책인지 아니면 그를 흔들기 위한 고도의 계략인지, 갈피를 잡기 힘들었다.

"곰곰이 기억을 더듬어보거라. 왕후궁에서 이상한 낌새나 분위기는 없었느냐?"

태왕이 저리 나오는 이유를 두지는 잘 알았다. 문제는 그걸 이 자리에서 밝힐 수 없다는 것. 태왕과 해류가 그를 배척한다면 모두에게 알리고 이판사판으로 가겠지만 모든 게 그의 뜻대로 되고 있었다. 굳이 산통을 깰 까닭이 없었다.

"제가 해류를,"

그는 자신을 의아하게 바라보는 부친과 형제를 납득시킬 만한 적당한 핑계를 잽싸게 찾아냈다.

"실은 여진의 안위를 두고 좀 강하게 위협을 했는데, 아마 그게 먹힌 모양입니다."

"그랬구나. 야살스럽고 되바라진 아이지만 제 어미에겐 끔찍하였지. 잘했다. 진즉 그리했으면 더 좋았을 것을 이 무슨 뒷북인지. 쯧쯧."

소규에겐 그 구실이 먹힌 듯했지만 죽리의 찌푸린 미간은 펴지지 않았다.

"그래……?"

태왕의 약점을 자신이 틀어쥐고 있으니 이제 목숨을 걸고 모험을 하지 않아도 된다. 이대로 편히 부귀영화를 누리며 살 수 있게 되었다고 자랑하고 싶어 입이 근질거렸다. 그렇지만 고추대가가 될 꿈에 부풀어 희색이 만면한 아우를 보며 그 유혹을 접었다. 아우가 반대하거나 훼방을 놓을 수 있었다.

조만간 아버지께만 은밀히 해류의 출생을 말씀드리고 어떻게 이용할지 의논해야겠다.

후일을 기약하며 그는 앞으로 다가온 거사 이야기를 건성으로 들었다. 어차피 접을 일인데 조마조마하며 골머리를 앓을 필요가 없었다.

"오늘은 그만하시지요. 자시가 넘었습니다."

수틀 앞에서 몰두하고 있던 해류는 여관 미려의 음성에 바늘을 놓았다.

"벌써 그렇게 됐는가? 그만 시간 가는 걸 잊었군."

하도 꼼짝 않고 오래 앉아 있었더니 다리가 저렸다. 일어서려던 해류는 다시 주저앉아 엉덩이와 허벅지를 두드렸다. 눈치 빠른 여관 미려도 살짝 무릎을 꿇고 다리를 주물러줬다.

"오늘도 폐하께서 늦으시나 봅니다."

태왕이 왕후와 다투고 나간 날, 미려는 번이 아니었다. 다음 날 그 밤의 소란을 전해 들었을 때는 모든 것이 최소한 겉으로는 수습된 뒤였다.

그렇지만 미묘하게 태왕과 왕후 사이에 벌어진 틈을 그녀는 알아챘다. 태왕이 어린아이였을 때부터 모시지 않았다면 몰랐을 징후가 곳곳에 있었다.

태왕은 드물게 격분했고 아직 풀리지 않았다. 대놓고 티를 내지 않지만 미려의 눈에는 보였다. 존귀한 분들의 대화를 감히 엿들을 수 없는 터라 아무도 내막은 몰랐지만 결벽하고 드높은 자긍심을 다치는 일이 있지 않았을까, 미려는 홀로 짐작했다.

의도했든 아니든 그런 상흔을 남길 수 있는 존재는 왕후가 유일했다. 어린 소년이었을 때부터 완벽하게 자신을 통제하고 감정을 감추는 데 이골이 난 태왕이었다. 그게 아니라면 저리 길게 스스로를 다스리지 못할 리가 없었다.

나름대로 결론을 내린 미려는 해류가 수놓고 있는 황룡에 희망을 걸었다.

"이제 거의 형태를 드러냈군요. 조만간 완성해 폐하께 올리면 크게 기뻐하시겠습니다."

"그러면 좋겠군."

흘러내린 머리를 한 손으로 넘기면서 해류는 자리에서 일어섰다. 갑자기 일어나 그런지 머리가 띵하니 어지러웠다. 휘청하는 해류를 미려가 얼른 부축했다.

"폐하!"

"괜찮네. 내내 고개를 숙이고 있다가 갑자기 일어나 그런 모양이야."

"잠도 부족하시지요. 수문위군 깃발을 만드느라 밤잠을 줄이셨고 그걸 끝내자마자 또 일과만 마치시면 태왕기를 수놓고 계시지 않습니까. 폐하께서 이걸 아시면,"

"그저 잠깐 어지러웠던 거라니까. 폐하께 공연히 이런 일을 알려 심기를 불편하게 하면 내가 용서하지 않을 것이야. 난 탕욕을 하고 쉴 테니 준비해주게."

단호한 해류의 태도에 여관은 한풀 꺾였다.

"예. 알겠사옵니다."

왕후가 탕옥으로 들어가자 여관은 궁녀에게 일렀다.

"침수 드시기 전에 드시게 차를 준비해라."

"어떤 차를 올릴까요?"

"글쎄……."

즐기시는 인삼차가 좋으려나, 아니면 원기를 돋우는 데 좋은 다른 약초차가 나으려나. 미간을 모으는데 뒤에 선 궁녀 하나가 살짝 끼어들었다.

"어제 폐하의 사가 어머님께서 왕후 폐하께 올려달라고 영지차를 보내오셨는데 그게 어떨지요."

미려는 이거다 싶어 채신도 잊고 손뼉을 쳤다.

"오! 그 귀한 걸 보내셨더냐? 그걸로 하자. 부인께서 보내셨다니 폐하께서 아주 기꺼워하시겠구나."

"예. 바로 준비해 올리겠습니다."

해류가 침실로 돌아오자 여관이 찻주전자를 화로에서 들어올렸다.

"폐하, 따끈하게 한 잔 드시고 침수 드시지요. 사가의 어머님께서 보내신 영지 차입니다."

"어머니가?"

몽글몽글 피어오르는 구수한 향이 온몸을 편안하게 감싸주는 것 같았다. 그러자 며칠 전 태왕에게 한, 어머니가 때론 버거웠다는 고백이 떠오르고 죄책감도 따라 엄습했다.

나를 당신보다 더 아끼고 챙기는 어머니인데. 왜 나는 그런 못된 생각을 품은 것인지. 천하에 다시없을 불효자로구나.

죄스러움을 삼키려는 듯 해류는 여관이 잔에 부어준 차를 한 모금 마셨다. 그런데 목구멍으로 막 넘어가는 순간, 역겨움이 확 밀려왔다. 볼썽사나운 꼴을 보이지 않기 위해서 삼켜야 한다는 의지와 절대로 넘기지 않겠다는 비위가 대결했다. 결국 해류는 욕지기를 못 이기고 찻물을 뱉어버렸다. 그 와중에 손에서 놓친 잔이 바닥에 떨어져 와장창 깨져버렸다.

"폐하!"

여관이 놀라 달려왔지만 해류는 손을 내저었다.

"그냥, 갑자기 너무 메슥거려서……."

"물을 드릴까요?"

"그래. 그래주면 좋겠네."

궁녀가 떠 온 물을 한 대접 마시고 나니 좀 편해지는가 싶었는데 다시 속이 울컥거렸다.

"우욱······."

방금 마신 물을 남김없이 토해내자 조금 편해지는 것 같았다.

"하아."

여관이 이마에 밴 진땀을 닦아줬다.

"폐하, 많이 불편하십니까? 어의를 부를까요?"

기운이 쪽 빠져 비틀거리는 해류를 여관과 궁녀들이 부축했다.

"아니, 요란 떨 필요 없네. 상달에 있을 여러 행사 준비 때문에 요즘 계속 강행군 하지 않았는가."

"그래도 어의를 불러 진맥을 받아보시는 게 어떨지요."

"지금은 너무 곤하군. 한숨 푹 자고 나면 괜찮아질 거야."

"예. 그럼 침수 드십시오."

손발이 데친 나물처럼 흐느적거려서 궁녀들의 도움을 받고서야 침의로 갈아입을 수 있었다. 해류는 눕자마자 눈을 스르르 감았다. 왠지 모를 불안함에 여관은 왕후가 잠이 들고도 한참을 더 옆에 서서 지켜보다가 침실을 빠져나왔다.

축시가 되어서야 태왕이 왕후궁 침전으로 들었다. 평소라면 감히 할 수 없는 일이지만 미려 여관은 죽을 각오로 그의 옆에 다가섰다.

"폐하."

왕궁의 법도를 칼같이 지키는 미려답지 않은 행동이라 태왕이 멈춰 섰다.

"무슨 일이냐?"

"저······ 왕후 폐하께서 좀 미령하시옵니다."

"어의는 불렀느냐?"

"한숨 푹 주무시고 나면 괜찮을 것 같다고 하셔서 일단 그리해드렸습니다."

"그래······?"

그러니 오늘은 편히 침수 드시게 침전으로 돌아가주십시오.

소리로 나오지 않은, 미려의 에두른 권유를 알아들었는지 태왕이 순순히 발길을 돌렸다.

"깨어나는 대로 잘 살펴보고 계속해 상태가 좋지 않으면 어의를 꼭 부르도록 해

라. 혹시라도 왕후가 거부하면 짐의 명이라고 전하고. 그리고 왕후가 깨어나면 환후가 어떤지 사람을 보내 알려다오."

"예. 그리하겠나이다."

태왕도 여관 미려도 궁녀들도 내일 아침이면 왕후가 평소처럼 자리를 털고 일어날 거라고 믿었다. 그러나 그 기대가 무색하게 찢어지는 비명이 고요한 왕후궁의 아침을 깨웠다.

"아아악!"

아침이 되도록 일어나지 않는 왕후를 깨우러 들어간 궁녀의 목소리였다.

"네가 정녕 치도곤을 당해야 정신을 차리겠느냐! 아침부터 이 무슨 해괴한 짓거리야!"

꾸짖으러 살기등등하니 달려온 여관 역시 침실에 들어서자마자 놀란 숨을 삼켰다.

왕후의 얼굴 곳곳에 붉은 반점이 피어났고 입에선 피가 흘러나오고 있었다.

"폐하!"

침상에 달려든 미려는 무례를 무릅쓰고 왕후의 귀에 대고 소리를 질렀다.

"폐하, 일어나보시옵소서. 폐하!"

깊은 잠에 들어도 문 앞에서 인기척을 내면 금방 깨어나던 왕후였건만, 소리를 치다 못해 몸을 흔들어도 눈을 뜨지 않았다. 미려와 함께 살피던 궁녀 하나가 한 손을 들어 뭔가를 가리켰다.

"저, 저것을 좀……."

궁녀의 손이 향하는 곳을 본 미려는 서둘러 이불을 걷었다. 왕후의 엉덩이 아래에 흥건한 피를 발견하자 산전수전 다 겪은 여관 미려의 입술에서 흐느낌 같은 신음이 흘러나왔다.

"헉! 오오, 맙소사."

그리고 보니 지난 두 달 동안 왕후는 몸앓이가 없었다. 원래 불규칙하던 터라 무심코 넘겼건만 필경 회임이었다. 사태가 심상치 않음을 깨달은 미려는 얼어붙은 궁녀들에게 고함을 쳤다.

"빨리 어의를 불러라! 빨리!"

어의들이 달려오고 얼마 뒤 태왕도 달려왔다.

"왕후는 어떠냐?"

수어의는 태왕을 보자 몸을 덜덜 떨었다. 연전에 왕후의 암살 시도와 낙마 사고 때 처음 마주했던 태왕의 진노는 아직도 종종 악몽으로 떠오를 정도였다. 게다가 작금의 상황은 당시와 비교도 할 수 없이 엄중했다. 그는 침통함을 감추지 않으며 간신히 입을 뗐다. 벼락 맞을 각오를 하고 가장 나쁜 소식부터 실토했다.

"저어, 그것이…… 왕후 폐하께서 잉태하고 계셨던 것 같습니다. 그런데…… 하늘이 무심하게도 워낙 악독한 극독이라……."

오랫동안 기다려온 왕손. 왕자든 공주든 태왕의 첫 자식이었다. 말로 할 수 없이 귀하디귀한 태아가 빛도 못 보고 세상을 떠났다. 그 비통한 소식에 다들 눈물짓거나 얼굴이 흙빛이 되어 땅만 바라보고 있었다.

침착한 사람은 가장 충격받았을 태왕뿐이었다. 눈을 부릅뜬 것이 그가 보인 유일한 반응이었다.

"그런데? 어떻게 이런 변이 생긴 것이냐?"

무심한 물음에 어의의 어깨가 더욱 움츠러들었다.

"어젯밤에 차를 드시다가 그대로 토해내셨는데 그게 독차였던 듯합니다. 여인이 아이를 가지면 냄새와 맛 모두에 아주 예민해지는데 그래서 역함을 느끼신 것 같습니다."

현재로선 유일무이하게 희망적인 사항을 잽싸게 덧붙였다.

"요행히 다 토해내신 덕분에 어떻게든 손을 써볼 수는 있었습니다. 지금 모든 독에 해독 효과가 있는 감두탕을 목으로 흘려 넣어드리고 있습니다."

어의의 설명에 침상 주변에 있던 궁녀들의 입술에서 억눌린 비탄의 오열이 일제히 흘러나왔다. 여전히 태왕은 고저가 하나도 없는 음성으로 낮게 물었다.

"너, 지금 독차라고 했느냐?"

아무런 감정도 실려 있지 않은 목소리인데도 소름이 쫙 돋았다.

"예? 예에."

그제야 어의는 태왕이 왕후가 쓰러졌다는 소식을 듣자마자 바로 달려왔음을 깨달았다. 자세한 상황은 모르고 있다는 의미였다. 그건 온갖 나쁜 소식을 다 전해야 하는 건 그를 포함한 이 자리의 모든 궁인들이라는 뜻이기도 했다. 어의는 도움을 청하듯 주변을 보며 눈동자를 굴렸다.

"저어, 그것이……."

태왕의 위압감에 얼어붙은 건 그만이 아니었다. 치열한 미루기 눈싸움 끝에 여관 미려가 나섰다. 그녀는 사시나무처럼 덜덜 떨리는 무릎에 힘을 꽉 줬다.

근래 유달리 피로해하시더니 복중에 태아를 품고 계셨구나. 바로 옆에서 모시면서도 그걸 모르고 잠을 많이 자라는 잔소리만 했다니.

속으로 스스로를 수없이 쥐어박고 자책하며 미려는 어젯밤의 일을 소상히 고했다.

"곤하신 것 같아 기력을 보해드리려고 왕후 폐하의 어머니께서 보내주신 영지차를 올렸습니다. 한 모금 넘기시더니 전부 토해내고 침수 드셨는데……."

"왕후의 모친이 영지차를 보냈다고?"

이 방에 들어온 이후 내내 무색 무심하던 그의 눈이 무섭게 빛났다. 그 눈빛에 목이 졸리는 것 같아 다들 황급히 시선을 푹 내렸다.

"부인이 직접 가져온 것이냐?"

미려의 목소리는 점점 더 작아져서 거의 들리지 않을 정도였다.

"그것은 잘 모르옵고……."

태왕이 돌연 몸을 돌리더니 문밖에 대고 외쳤다.

"지금 바로 왕후궁을 봉문해 아무도 나가지 못하게 하라. 번을 마치고 돌아간 자들도 다 끌어와 궁녀와 호위, 궁관들을 한 명도 남김없이 연금하라. 짐이 직접 추국하겠다."

왕후가 독에 쓰러져 사경을 헤맨다. 태왕이 직접 추국을 시작했다는 소식은 급속도로 퍼져나갔고 온 궁궐이 발칵 뒤집혔다.

모조리 끌려와 편전 앞뜰에 무릎 꿇려졌고, 가장 먼저 문제의 영지차가 추국장에 대령됐다. 바늘 떨어지는 소리도 들릴 정도로 적요한 가운데 위에서 지켜보는 태왕을 대신해서 계마로가 물었다.

"이 차를 받은 자는 누구냐?"

왜 하필 이걸 내게 전했는지. 운수 사나움을 원망하며 궁녀 하나가 죽을상으로 주춤주춤 고개를 들었다.

"제…… 제가…… 그제 받았사옵니다."

"누구에게 언제 어떻게 받았는지 소상히 고하라. 티끌만큼이라도 거짓을 고할 시에는 그 죄를 네 목숨으로 감당해야 할 것이다."

분위기를 보건대 곱게 죽지도 못할 게 자명했다. 어떻게든 제 무고함을 밝히는 것만이 살길이었다. 그녀는 왈칵 쏟아지는 눈물을 삼키면서 필사적으로 기억을 더듬었다.

"그저께 오후에 왕후 폐하의 사가에서 부인께서 보내시는 선물을 갖고 사람이 왔다고 해서…… 마침 번을 교대하던 때라 제가 왕궁 남문으로 나갔습니다. 사가의 하녀가 차가 든 함을 건네주기에 받아 온 게 다입니다. 정말입니다."

"사가에서 선물을 보냈다고 네게 전한 자는 누구이냐?"

"그게…… 남문을 지키던 호위였던 것 같습니다. 폐하의 사가에서 오는 전언이나 선물이 있을 때는 항상 남문에서 전해 받거나 전해드렸습니다."

계마로는 여관과 다른 궁녀들에게 시선을 주었다. 그와 눈이 마주칠 때마다 다들 저승사자라도 마주한 것처럼 흠칫거렸다. 그걸 알면서 계마로는 일부러 한 명 한 명 확인하듯 차례로 노려봤다.

"사실이냐?"

그나마 정신줄을 붙잡고 있는 미려 여관이 얼른 대답했다.

"예. 맞습니다. 왕후 폐하의 사가와 궁에서 오가는 것은 왕후궁의 궁인들이 남문에서 검수를 받습니다. 그제는 제가 번이 아니었던 터라 이 영지차는 직접 챙기지 못했으나 항상 그렇게 하고 있습니다."

계마로는 차를 받았다는 궁녀에게 눈길을 돌렸다.

"네게 차를 가지러 오라고 한 호위와 차를 전해준 자의 얼굴을 보면 찾아낼 수 있겠느냐?"

워낙 많은 사람이 오가는 왕궁이라 솔직히 자신이 없었지만 그건 나중 문제였다. 일단은 할 수 있다고 대답이라도 해야 숨이라도 쉴 수 있을 것이다. 어떻게든 되리라 자위하며 그녀는 고개를 주억거렸다.

"예. 예. 할 수 있을 것입니다."

"이틀 전 남문의 경비를 섰던 자들과 왕후궁에 심부름 갔던 자를 찾아오라. 그리고."

이어서 명령을 내리려던 그는 문득이 태왕을 바라봤다.

태왕 역시 계마로와 같은 고민을 하고 있었다. 짧은 순간 만감이 교차했지만 그는 바로 결단을 내렸다.

"사안이 엄중하니 을밀이 직접 전하라. 수문위군은 지금 왕후의 사가로 가서 명림두지와 예씨 부인을 포함해 그 식솔을 자택에 연금하고 안팎과 절대 연락할 수 없도록 모든 접근을 차단해라. 만에 하나 국상을 비롯한 그 일가 누구든 명림두지와 접촉할 경우 엄히 죄를 묻겠다. 그리고 그 집의 하녀들은 노소를 가리지 말고 모조리 다 끌고 와라."

"예."

짧은 대답과 함께 을밀은 번개처럼 사라졌다.

남문에 전령이 달려간 동안 태왕은 독을 살피기 위해 부른 어의들에게 차합을 가리켰다.

"저것이 바로 왕후가 어제 마셨다는 영지차이다."

도대체 어떤 독인가.

어의들은 침통한 표정으로 왕후의 어머니가 보냈다는 영지차를 집어 들었다. 냄새도 맡아보며 꼼꼼히 살피던 어의들이 말린 버섯을 던지다시피 내려놓고 황급히 손을 닦았다. 태왕의 앞만 아니라면 당장 우물가로 달려가 피부가 벗겨지도록 잿물에 뽀득뽀득 씻어냈을 거였다.

옷에 계속 손을 문지르면서 눈치만 살피다가 그중 가장 연장자인 어의가 대표로 나섰다.

"폐하, 이 영지에는 붉은사슴뿔버섯이 섞여 있습니다."

"붉은사슴뿔버섯? 독버섯이냐?"

"예, 맞사옵니다. 말려놓은 것을 얼핏 보면 영지버섯과 비슷하지만 극독 중에 극독입니다. 버섯을 만진 손을 입에 대어 묻히기만 해도 입술이 부르트고 병약한 사람은 피를 토할 정도입니다. 워낙 독해 기름종이를 써서 잡아야지, 아니면 손에 독이 오르기도 합니다."

태왕의 입매가 일자로 얇아졌다. 눈매 역시 날카로운 선으로 변했다. 눈을 가늘인 그가 펼쳐놓은 버섯과 어의들을 번갈아 노려봤다.

"이런 악독한 것이 시중에 나돈다는 것이냐?"

"아니요! 절대 아니옵니다! 다른 약재는 독도 되고 약도 되지만 이 버섯은 그야말로 독성만 있는 것이라 약초꾼들도 채취는 물론이고 사고파는 것은 엄금하고 있습니다. 의원들은 아예 쳐다도 보지 않습니다. 보약으로 쓰는 녹각영지와 일견 생김새가 흡사해 피해야 하기 때문에 저희도 배워 아는 것이지, 제대로 말려 영지차처럼 만들어놓은 것은 저도 처음입니다."

"이런 독을 다루는 자들은 따로 없고?"

"저희가 아는 한에선 없습니다. 말씀드렸다시피 이 붉은사슴뿔버섯은 독성뿐이라 어떤 경우에도 약으로는 절대로 쓸 수 없사옵니다."

"해독제는?"

"그것은…… 딱히 특별한 비법은……."

말끝을 흐리는 그들을 보니 더 추궁할 필요도 없었다. 그는 밀려오는 절망의 파도를 억지로 밀어냈다.

"왕후의 일과 상관없이 이런 악독한 것은 절대 세상에 돌아다니면 안 된다. 이걸 전한 자를 찾아내겠지만 너희도 왕후의 해독을 도우면서 이런 독이 어떻게 돌아다니는지에 관해서 은밀하고 신속하게 탐문해라. 지금 바로 물러가서 시행하라."

"예. 폐하."

이후의 심문 역시 일사천리로 진행됐다.

어의들이 독버섯을 감별할 때 이미 도착해 대기하고 있던 궁성 남문의 경비병들은 궁녀와 동일한 증언을 했다. 오후 즈음에 왕후의 사가에서 하녀가 심부름을 와서 왕후궁에 기별을 넣었고 궁녀가 가져갔다.

남문으로 갔던 궁녀와 말을 전하러 왕후궁에 갔던 병사는 쉽게 서로를 지목했다. 최소한 왕궁 안에서 물건을 바꿔치기하거나 암습자가 개입하지는 않았다는 의미였다.

예상대로 두지의 집 하녀들을 조사하며 벽에 부딪쳤다. 눈썰미가 좋아 한 번 본 얼굴은 거의 잊지 않는다고 장담한 남문의 호위병 하나는, 그동안 자신이 번을 설 때 심부름 왔던 하녀 서넛을 다 짚어냈다. 열서너 살 먹은 어린 소녀부터 머리 허연 노인까지, 명림두지 저택의 여자 노예와 하녀들을 모조리 끌고 왔지만 그 안에 문제의 심부름꾼은 없었다. 이틀 전이라 기억이 비교적 명료한 다른 호위들은 물론이고 궁녀도 저 중에 그날 온 사람은 없다고 확언했다.

내린 머리를 해 아직 혼인 전으로 보이는 스물 남짓의 하녀.

입을 모아 말하는 인물의 용모파기를 만들게 하고 남은 심문을 계마로와 을밀에게 맡겼다.

태왕은 횃불을 밝히며 밤을 준비하기 시작한 추국장을 나왔다. 당장 알아야 할 건 다 들었다. 다행히 최초의 충격과 흥분이 사라지자 머리는 더욱 명료해지고 침착해졌다.

심문을 끝내고 왕후궁으로 향하자 그곳에 연금된 궁녀들이 태왕을 맞았다. 태왕이 그들에겐 눈길도 주지 않고 침상으로 다가섰다.

해류의 입에 수저로 약을 흘려 넣고 있던 어의들이 얼른 비켜섰다.

창백한 피부에는 울긋불긋 피멍 같은 반점이 진하게 올라와 있었다. 얼핏 봐도 새벽보다 상태는 더 악화되어 보였다.

"왕후의 상태는 어떤가?"

"다행히 하혈은 멈추셨습니다."

그것이 수어의가 고할 수 있는 유일한 희소식이었다. 지금 왕후의 목숨은 가느다란 실 한 날에 매달린 위태로운 상황. 여태까지 숨이 끊어지지 않은 게 실상 기적에 가까웠다.

살지도 죽지도 않은 이 상태나마 버티다 보면 정신이 돌아오지 않을까. 애타게 기도하며 왕후를 이승에 잡아두기 위해 그들이 할 수 있는 모든 걸 다 하는 중이었다.

"다행히 왕궁 약재고에 만독을 해독한다는 파사석[1]이 소량 있어 그것으로 해독약을 만들었습니다. 보조하는 해독약으로 감두탕과 기력을 보하기 위해서 물에 연하게 탄 유락(乳酪)[2]을 계속 올리고 있사옵니다. 조금씩이나마 넘겨주시니 감사하며 하늘의 가호를 기대하고 있사옵니다."

"약재를 검수한 다른 어의들이 붉은사슴뿔버섯이라고 확인했는데 들었겠지?"

"예. 정말 태중의…… 아기씨께서 왕후 폐하를 살리셨습니다. 만일 단 한 모금이라도 드셨다면 화타나 편작이 와도 살아나실 수 없었을 겁니다."

대신 왕자 혹은 공주가 핏덩어리로 생을 끝냈다. 얼마나 고대하던 귀한 아기씨인데 그리 보내시다니.

침통한 어의와 달리 태왕은 담담했다. 아이에겐 미안하지만 둘 중 하나를 선택해야 한다면 주저 없이 해류였다. 아이는 잃었어도 해류가 살았으니 되었다. 다른 이들이 들으면 기절할 소리겠지만 그는 진심이었다.

"혼자 왕후를 돌보고 싶으니 넌 부를 때까지 물러나 있거라."

"예, 폐하."

수어의와 어의들이 주섬주섬 일어나 나가자 태왕은 침상에 걸터앉았다.

평상시에 발그레하던 뺨은 핏기는 고사하고 시신처럼 푸른빛이 돌았다. 규칙적이던 호흡도 그르렁거리는 것이 힘겨워 보였다. 육신은 여기 있으나 혼은 이미 반

---

1 인도 등에서 수입하는 해독 약재
2 일종의 요구르트

쯤은 저승에 담근 모양새였다.

미동도 않고 눈을 꼭 감은 해류를 보니 목이 꽉 멨다.

"내가 책임지고 보호해줄 테니 무조건 믿고 기대라고 했었는데…… 다 해결할 거라 잘난 척을 해놓고…… 정작 기댔던 것은 나였군."

해류를 얼마나 의지하고 있었는지. 어떤 고난이나 난관이 닥쳐도 금방 툭툭 털고 다음 방도를 찾아 달리는 그녀를 보면서 얼마나 많은 위로를 받았는지.

해류가 없어도 그는 숨을 쉬고 살긴 할 것이다. 그래야만 한다. 지금까지처럼 태왕의 가면을 쓰고 부왕의 유지를 받들기 위해, 아무리 괴로워도 해내야 했다. 그건 살아는 있되 산 것이 아닌 삶. 해류가 없으면 다시 외롭게 걸어가야 했다.

"내게 그랬었지. 그대의 삶은 텅 비고 삭풍만 부는 허허벌판을 홀로 걸어가는 것 같다고. 그건 바로 나의 얘기다. 그 외롭고 힘든 길을 유일하게 알아주고 동행해준 사람이 해류 너이고."

아예 그런 존재가 있다는 걸 몰랐을 때는 없이 살 수 있었다. 하지만 그는 함께선 이가 얼마나 따스한지, 얼마나 든든한지를 경험했다.

막막했다. 화가 났다. 그 절대 고독으로 돌아가는 건 상상만으로도 몸서리가 쳐졌다. 그에게서 해류를 빼앗아 가려는 흉수들에 대한 증오가 활활 타올랐다. 활화산처럼 타오르는 증오는 용암이 되어 흘러내렸다.

그 끝도 없는 길을 혼자서 걸어야 한다고? 왜 나만?

후회도 그를 사납게 난도질했다.

해류가 그를 사모한다고 고백한 밤. 펄쩍 뛰고 싶을 정도로 기뻤다. 그도 같았다. 아니, 그의 연모가 해류가 품은 것보다 훨씬 더 깊었다. 그럼에도 왠지 모를 쑥스러움과 자존심에 그 마음을 말로 되돌리지 못했다. 왜 그때 더없이 은애한다고 말해주지 않았을까.

해류가 그에게 버려달라고 했다가 찾아와 사죄하고 의지하는 법을 배우겠다고, 도와달라고 했을 때도 그랬다.

비록 말로는 고백하지 않았지만 제가 그녀를 얼마나 소중히 여기고 귀애하는지 해류가 모를 리가 없건만. 속민의 핏줄이라는 게 알려지면 짐이 되니 버려달라고 거리낌 없이 요구했다. 그의 심장을 난도질하는 거부였다.

해류는 그에게 두지의 입을 단속하고 그 문제를 해결해달라고 부탁했어야 마땅했다. 언제나처럼 혼자서 떠맡아 처리하겠답시고 저를 떠나려는 해류에게 받은 상처가 너무 컸다. 그녀도 자기만큼 아파보라고 일부러 거리를 뒀다. 힘들어하고 기죽어 있는 걸 번연히 알면서도 외면했다.

해류가 절 믿지 않는다고 화를 냈지만 실은 그녀에게 믿음을 주지 못한 스스로에 대한 혐오. 그나마도 지금 돌이켜 보니 심통 난 아이 같은 투정이었다. 아무짝에도 쓸모없는 위신을 세우느라 입을 닫고 심술을 부린 자신을 때려죽이고 싶었다. 만약 이대로 해류가 떠나면 그 또한 천추의 한으로 남을 것이다.

태왕을 덮고 있던 강철 같은 가면이 깨어졌다. 막막함과 황폐함에 허우적대며 그는 해류의 목덜미에 얼굴을 묻고 울부짖듯 속삭였다. 깊이 잠든 해류의 귀에 이 소리가, 마음이 닿기를 간절하게 기도했다. 매달리듯 사정하던 애원은 점점 협박으로 변해갔다.

저 황룡기를 완성해준다고 하지 않았더냐. 그대는 약속은 반드시 지킨다면서. 네가 만든 황룡기를 꼭 가져야겠다.

너를, 너만을 사모한다. 연모한다. 그러니 제발 나를 버리지 마라. 내게 돌아와 다오.

너를 필요로 한다. 네가 없으면 안 된다.

네가 떠나면 난 살아도 사는 게 아닐 것이다. 나를 이 세상에 혼자 두고 떠나지 마라. 살지도 죽지도 못하는 지옥에 나를 버려두고 가는 건 용서할 수 없다. 이렇게 떠나면 너를 절대로 용서하지 않겠다. 너를 내게서 빼앗아 간 것들도 절대 용서하지 않겠다.

한참을 애걸복걸하고 나니 당장이라도 넘칠 것 같던 격랑이 조금 가라앉았다. 기운이 쭉 빠지면서 심중도 약간이나마 편안해졌다. 이대로 깨어날 때까지 곁을 지키고 싶었지만 해야 할 일들이 많았다. 모든 걸 끝내고 해류가 안전해질 때까지 맑은 정신으로 있어야 했다.

"내가 슬퍼하지 않도록 부디 힘을 내라."

자신의 염원이 해류에게 닿기를 기도하며 뺨을 그리듯 한참을 어루만지다 일어섰다. 자신을 약하게 만들고 절망하게 하는 잡념을 다 끊어냈다.

침실을 나가며 태왕은 어의들에게 모든 것이 함축된, 메마른 한마디를 던지고 사라졌다.

"왕후의 목숨이 바로 짐의 목숨이다. 무조건 살려내라."

해야 할 일들을 부지런히 머릿속에 정리하며 왕후궁을 나왔다. 봉문을 명한 정문을 벗어나자 그를 기다리고 있던 태후가 다가왔다.

"왕후는 어떻습니까?"

태왕은 왈칵 밀려오는 짜증을 안간힘을 다해 눌렀다.

태후가 해류의 환후에 관심을 갖는 건 당연했다. 진심으로 염려하며 챙기는 것을 고마워해야 함이 마땅한데도 오늘은 다 귀찮고 성가셨다.

"아직은 버텨주고 있습니다."

"하아. 진실로 조상과 천신의 도우심이군요. 극독을 먹고도 아직도 버티고 있다니. 왕후가 정말 강건한 체질인 모양입니다."

기왕 도우려면 제대로 도울 것이지. 죄도 없는 사람이 아이도 잃고 사경을 헤매게 하는 게 뭐 대단한 은덕인가.

천신의 자손답지 않은 삐딱한 반박을 그는 가만히 삼켰다. 가뜩이나 머리가 복잡한데 길목에서 붙잡는 태후를 무시하고 싶었다. 그래도 해류를 염려하는 것이니 역정을 낼 수는 없었다. 인내심을 긁어모아 그녀가 궁금해하는 것을 알려줬다.

"다행히 의식을 잃은 와중에도 해독하는 약재를 삼켜주고 있습니다. 계속 독을 풀고 기운을 차리게 할 약재를 먹이고 있으니 곧 희소식이 있을 것입니다. 모후께서도 너무 심려하지 마십시오."

"알겠어요. 속이 시끄러울 텐데 나까지 찾아와 이러는 것을 용서하세요. 가만히 앉아 소식만 기다리고 있으려니 도저히……. 그나저나 무슨 독인지는 알아냈답니까?"

진심으로 염려되어 달려온 이를 귀찮아한다는 죄책감이 덮쳐왔다.

"근심하실 것을 미리 헤아려 소식을 전해야 하는데 여기까지 발걸음을 하시게 하다니 제 불찰입니다. 왕후가 당한 독은 붉은사슴뿔버섯이랍니다."

태후가 놀란 숨을 헉하고 들이마셨다. 어둠 속에서도 확연히 느껴질 만큼 얼굴이 새파랗게 질렸다. 머리를 한 대 얻어맞은 것처럼 휘청거리던 그녀의 음성이 커졌다.

"붉은사슴뿔버섯요! 그 독을 왕후가 먹었다고요? 도대체 그게 어떻게!"

기함하는 모습에 놀라면서도 슬쩍 흥미가 돋았다. 그는 오늘 처음 알게 된 이 독버섯에 대해 태후는 분명 잘 알고 있는 것이 틀림없다. 어떻게? 왜? 라는 의문도 당연히 따라왔다.

"모후께선 그 독에 대해 아시는 것 같습니다?"

"당연히 알지요. 아아, 일단 가장 중요한 것부터 설명을 드리자면 그 독은 부여신 사당에 속했던 자들에겐 익숙한 이름입니다. 아니, 무척이나 두려운 이름이라고 해야겠지요."

"예?"

"태왕께서도 알다시피 나도 왕후처럼 한때 부여신 사당 신녀였잖아요. 그래서 알 수밖에 없지요. 사당의 위엄과 신성을 지키기 위해 신녀들이 죄를 지으면 절대 외부에 알리지 않고 사당 안의 규율에 의해 치죄합니다. 그 버섯은……."

태후는 심란한 듯 미간을 찡그리며 손바닥을 이마에 댔다. 아주 엄중한 비밀을 밝힐지 말지 망설이는 게 분명했다. 상대가 태후만 아니었으면 멱살을 잡고 흔들어서라도 토설시켰겠지만 차마 그러지 못해 속이 타들어갔다. 그의 참을성이 아슬아슬하게 한계를 넘기 직전 태후가 그를 똑바로 올려다봤다.

"붉은사슴뿔버섯은 사통이나 신성모독 같은, 도저히 용납할 수 없는 대죄를 지은 신녀에게 죽음을 내리는 용도로 부여신 사당에서 은밀히 사용합니다. 말려서 잘 보관해놨다가 꺼내어 쓰지요."

갑자기 박동이 빨라졌다.

"혹시 그 독은 누가 관리하는지 아십니까?"

"나는 일개 미품신녀였던 터라 자세히는 모르지만 엄벌을 내릴 때 쓰는 극독이나 사당 대대로 내려오는 비약은 대신녀와 수품신녀들만이 직접 관리한다고 들은 기억이 납니다."

등줄기에 오싹 전율이 흘렀다. 태후 덕분에 범위가 특정되었다. 계마로에게 독의 출처를 조사하라 명했는데, 시간을 크게 벌었다.

"왕후의 환후에 변동이 있으면 모후께도 바로 알리라고 이르겠습니다. 바람이 차니 그만 돌아가 침수 드십시오. 이 뒤숭숭한 때에 모후까지 병환을 얻으시면 큰일 아닙니까."

"그래요. 나까지 폐하의 어심을 어지럽히면 안 되겠지요. 갈 길이 머니 태왕께서도 너무 무리하지 마세요."

"명심하겠습니다."

태후를 배웅한 태왕은 본래 가려던 편전 대신 침전으로 향했다. 추국 상황이 궁금하긴 했지만 조용히 생각을 정리할 필요가 있었다.

해류가 사경을 헤매는데 옆을 지키지도 못하고 상황을 살피며 득실을 따져야 하는 자신이 한심하고 동시에 서글펐다. 그렇지만 오늘 새벽부터 하루 종일 일어난 사건과 쏟아져 들어온 정보들. 이 안개 속에서 범인을 찾아내고 어떻게 단죄할지까지 모든 건 그가 결정해야 했다. 아무에게도 맡길 수 없었다.

주변을 물리고 홀로 남은 그는 가장 명백한 것부터 가능성을 좁혀나갔다.

확신컨대 두지는 아니었다. 그는 해류와 태왕의 약점을 잡았다고 확신하고 있었다. 해류를 협박해 부귀영화를 누릴 꿈에 부푼 그가 산통을 깰 리가 없었다. 그 착각을 깨지 않으려고 혐오감을 누르고 숙이는 척해줬다.

사냥모임에서 저들이 반란을 일으킬 때까지 기다리자. 그러면 계획대로 저들을 한꺼번에 다 쳐낼 수 있다. 두지에겐 원하는 걸 주는 척하면서 시간을 끌다 함께 쓸어버릴 계획이었다. 만에 하나 두지가 그 전에 입을 싸게 놀리더라도 왕후와 태왕을 음해하려는 반역자의 모략으로 묻어버릴 수 있었다.

지금 해류의 독살 시도는 정교하게 짠 판을 뒤흔들고 있었다.

방금 태후 덕분에 더해진 부여신 사당과 명림가가 연결됐다는 가정.

충분히 그럴 법했다. 국내성의 두 수품신녀 중 보연은 절노부 출신. 부여신 사당의 보연과 고등신 사당의 여리지는 명색은 신을 모시는 자들이지만 사실상 명림죽리의 수족이었다. 해류의 간택 때부터 지금까지 명림죽리가 바라는 건건이 하늘의 뜻이란 핑계를 대어 앞장서서 도왔다. 명림죽리가 요청하면 사당의 비독이나 비약을 내어주는 데 일말의 망설임도 없을 터였다. 그들에게 협조하지 않고 걸림돌이 되는 해류를 제거할 이유는 일견 충분했다.

그러나 다른 시각에서 보면 구멍투성이의, 터무니없는 가설이었다. 이미 만반의 준비를 다 마친 명림죽리가 굳이 이 시점에서 위험을 무릅쓰고 해류를 독살할 이유가 있을까. 성공하든 실패하든 모험에 비해 얻는 게 터무니없이 빈약했다.

그들의 의도대로 반정이 성공하면 간단히 치워낼 수 있는 해류를 왜?

명림죽리는 이런 어설픈 계책을 쓸 정도로 아둔하지 않다.

다른 가능성은 두지와 왕자비의 아비인 설로의 내분이었다. 피를 나눈 형제지만 이왕이면 자신의 딸이 왕후이고 본인이 그 자리에 서기를 원하는 것이 인지상정이었다. 방해가 되는 조카를 사전에 제거하고 그를 뒤흔들 모험을 할 가치는 충분했다.

마지막 가능성은 그의 손가락 사이를 계속 빠져나가는 미지의 적.

아무래도 그의 적은 최소한 하나 이상이고 일사불란하지 않은 것 같았다. 명림죽리를 중심으로 한 천도 반대파와 이익을 공유하고 결은 같지만 한배에 타지 않은 세력이 존재했다. 머리가 여러 개인 독사처럼 여러 갈래의 욕망이 켜켜이 똬리를 틀고 각자의 이득을 위해 독니를 드러내고 있었다.

노출된 사실을 모아 숙고할수록 그쪽에 무게가 실렸다. 명림죽리가 아닌 누군가에게 해류는 수단과 방법을 가리지 않고 제거해야 할 대상이 된 모양이었다.

해류를 잃을 위험을 무릅쓰고 준비한 길을 가느냐, 해류를 확실하게 지키는 대신 다 잡은 사냥감 대부분을 포기하고 지난한 싸움을 이어가느냐. 스스로 허무할 정도로 망설임조차 없었다. 그는 갈등 없이 후자를 택했다.

해류를 위협하는 올가미를 벗겨낼 기회를 놓쳐선 안 된다. 이번엔 명림을 쳐내는 데 만족하자. 이참에 어차피 쳐내야 할 오랜 적폐를 하나 더 드러낼 수 있다면 더 좋고.

전쟁은 만 가지 길을 대비해서 그중 하나만이라도 쓰면 족하다.

그는 어릴 때부터 귀에 못이 박이도록 들은 부왕의 입버릇을 떠올리며 다시 시작될 장도(長途)[3]를 머릿속에 그렸다.

"꺄아악!"

해도 미처 뜨기 전, 느닷없이 밀고 들어온 병사들에 사당은 아수라장이 되었다. 사당 영역으로 들어오는 담장 밖에 늘어선 신군(神軍)은 별다른 저항도 없이 순순히 문을 열어줬다.

부여신 사당은 숨소리도 죽여야 하는 고요하고 성스러운 공간이었다. 더구나 신녀들의 숙소는 지난 수백 년간 엄격한 금남의 영역이기도 했다. 사전에 허락을 받은 자만이, 그것도 딱 허용된 장소에만 출입할 수 있었다. 그 성소가 지금 병사들에게 짓밟히고 있는 전무후무한 사건이 벌어진 거였다.

"이 무슨 극악무도한 행패입니까! 여기가 어딘 줄 알고!"

뒤늦게 달려온 보연의 노성이 사당 앞뜰에 울려 퍼졌다.

"신녀님."

"흐흐흑."

마른하늘에 날벼락이라 정신을 못 차리고 있던 판이었다. 보연을 보자 안심이 되는지 신녀들이 눈물보를 터뜨렸다.

"이곳은 대모신 유화부인을 모신 사당입니다."

살기등등한 보연의 질타에 움찔하는가 했지만 찰나였다. 그들은 머나먼 하늘보다는 눈앞의 태왕을 더 따르는 직속 친위대였다. 혹시나 신녀들의 기에 밀릴까 몸소 병사를 끌고 온 계마로에겐 보연의 위세가 전혀 통하지 않았다.

---

3 오랜 기간의 여행. 매우 먼 길.

"여기가 부여신 사당인 것은 잘 알고 있습니다. 그렇기에 태왕께서 친위대가 직접 수색을 하라고 배려해주셔서 저희가 왔습니다."

"무슨 죄로요? 신을 모시고 기도만 올리는 우리가 무슨 죄를 지었길래 이런 치욕을 당해야 합니까."

"왕후 폐하를 시해하려는 죄인을 잡으려는 것입니다."

"뭐라고요! 그 무슨 망발을! 우리가 어찌 감히 그런 참담한 일을 벌인답니까!"

"저희도 그리 믿고 싶습니다만, 부여신 사당에만 있는 극독이 왕후 폐하께 쓰였습니다."

"독이라니요! 신성한 사당에 어찌 그런 삿된 것을 둘 수 있습니까! 감히 얼토당토않은 누명을 씌우려 하다니요! 정녕 하늘이 무섭지 않습니까!"

만약 다른 자가 왔다면 결백해 보이는 확고한 태도에 밀렸겠으나, 왕후의 뒤를 캐기 위해 사당의 뒷조사를 계속해왔던 계마로는 전혀 흔들리지 않았다.

국가의 큰 축을 이루는 고등신, 부여신 두 사당 다 문제가 많았지만 더 치밀하고 은밀하게 썩은 건 이쪽이었다. 저 거룩한 가면 뒤에서 어떤 행태를 부리는지 익히 아는 그는 하늘 어쩌고 하는 협박에 눈썹도 까딱하지 않았다.

"붉은사슴뿔버섯입니다. 대죄를 지은 신녀에게 죽음을 내릴 때 사용하고 있지 않습니까."

비싼 값을 치르는 경우 알음알음 밖으로 빼돌리기도 한다는 것도. 급하게 알아낸 것치고는 아주 유용한 정보였지만 계마로는 그 얘기는 일부러 꺼내지 않았다. 한꺼번에 모든 패를 다 보일 필요는 없었다.

잔잔하던 보연의 동공이 처음으로 흔들렸다. 보연의 뒤에 선 신녀들의 낯에서 핏기가 가시는 것도 계마로는 놓치지 않았다.

"신녀님, 사당에 속한 자들이 내부의 규율을 어겼을 때 신법으로 다스리는 것은 역대 태왕께서 암암리에 허용해주신 것이니 그 부분은 불문에 부치겠습니다. 하지만 그 독이 밖으로 나와 사람을 해하는 것은 다른 문제입니다. 더구나 왕후 폐하가 그 독 때문에 사경을 헤매고 계십니다!"

보연의 낯에 경악과 공포가 떠올랐다. 내밀한 기밀이 밖으로 새어나간 것 때문인지, 왕후가 독살당할 뻔했다는 사실에 놀랐기 때문인지, 아니면 정말 사당이 그 일에 연루된 것인지는 아직 판단할 수 없었다. 단 하나 분명한 것은 보연은 지금 두려워하고 있었다.

수품신녀는 거저 얻은 자리가 아닌 모양이었다. 충격에서 빠르게 회복한 보연은 얼른 표정을 수습했다.

"백성들이 요청할 때 치료하고 약재도 내주지만 사당에서만 쓰는 비약은 종류를 불문하고 외부로는 절대 내보내지 않고 있습니다. 잘못 써서 위험한 것은 더욱 엄중히 관리합니다."

"그러면 관리와 출납을 위한 장부도 있겠군요. 그것을 조사하도록 해주십시오. 그리고 그 실무를 맡은 신녀님과 책임을 맡은 신녀님께 여쭐 것이 있으니 불러주십시오."

보연은 할 수 없다는 듯 거만하게 치켜든 턱을 까딱했다.

"외인의 출입이 금지된 공간이니 모달⁴만 따라오십시오."

분위기를 유하게 하려는 의도로 보연이 일부러 높여 부른 직위를 계마로가 칼같이 정정했다.

"저는 말객입니다. 저 혼자 다 조사하고 챙길 수 없으니 부하 셋이 동행하겠습니다."

둘의 시선이 허공에서 날카롭게 맞부딪쳤다. 칼싸움이라도 하듯 팽팽하게 서로 노려보기를 한참. 마치 저주를 쏘는 것 같은 살벌한 눈빛이었지만 계마로는 피하지 않고 맞받았다.

절대 물러서지 않을 의중을 간파한 보연이 새침하니 눈을 내렸다. 보연이 눈짓하자 두 호위신녀가 유화부인 대신당이 있는 성소로 향하는 문을 열었다. 탐탁잖다는 티를 노골적으로 내며 보연이 앞장섰다.

"따라오십시오."

---

4   1,000명 단위 부대 여러 개를 통솔하는 장군

부여신 사당은 세 구역으로 나뉘어 있었다.

가장 바깥쪽은 정해진 시간에는 모두에게 개방된 장소로, 사당에 속한 노예들과 신병들의 숙소도 여기에 있었다. 작은 신당에 모신 신들에게 기도를 올리고 병을 치료할 약이나 부적을 얻으려는 사람들로 항상 북적였다.

중간 담 안쪽의 중심은 유화부인을 모시는 커다란 본당이었다. 매일 정해진 시간에 문이 열리면 외부인들이 들어와 신녀들과 함께 제를 올릴 수 있었다. 신녀 대부분의 숙소도 모두 이 안에 있었다. 공개하는 시간을 제외하고 공식적으론 금남의 구역이기도 했다. 그곳을 지나 보연은 다시 담장을 높게 두른 문 앞에 섰다.

"하늘을 가장 가까이 모시는 곳이니, 성소를 어지럽히는 언행은 절대 삼가셔야 합니다."

그 안쪽 지밀은 대신녀와 두 수품신녀가 머물며 하늘과 소통하는 장소. 신녀들도 허락 없이는 감히 출입하지 못하는 구역이었다. 그 신성한 영역으로 억지로 밀고 들어가려는 계마로를 바라보는 신녀들의 시선엔 시퍼런 적대감이 넘실거렸다.

눈이 화살이라면 우리 등은 지금 고슴도치가 되어 있겠다. 따끔따끔한 눈초리를 실감하면서도 느른한 표정을 유지하며 계마로가 뒤를 따랐다.

"여부가 있겠습니까."

사당의 지밀은 예상보다는 조촐했다. 하지만 겉보기만 소박하지 향긋하고 값진 자단목 기둥이며 윤기 나는 붉은 무늬 기와는 왕궁에서도 함부로 쓰지 않는 것들이었다. 계마로는 다시없을 기회를 놓치지 않으려고 쉴 새 없이 관찰했다.

불청객을 한시바삐 쫓고 싶은 보연은 종종걸음을 쳤다. 주머니에서 열쇠를 꺼내어 묵직한 자물쇠를 손수 열었다.

"이곳이 사당의 보물과 비약들이 보관된 창고입니다."

정갈하게 정리된 내부의 벽에는 선반이 빈틈없이 짜여 있고 그 위에는 역시 자물쇠를 채운 함들이 차곡차곡 놓여 있었다. 보연이 제일 안쪽에 있는 붉은 상자를 가리키자 따라온 신녀가 얼른 꺼내 앞에 놓았다. 다른 열쇠로 보연이 상자를 열어 안을 보여줬다.

"여기 이 주머니에 든 것이 대대로 신벌을 내릴 때 쓰는 비약입니다."

고집인지 죽어도 붉은사슴뿔버섯이라는 이름은 입에 담지 않았다.

"이렇게 엄중하게 보관했으니 들고 나는 중량은 정확하게 기록을 해놓으시겠군요."

"들어오긴 해도 나갈 일은 없지만 기록은 합니다."

"그러면 기록한 대장을 좀 보여주십시오."

보연의 입술이 불쾌감으로 꼭 다물어졌다. 오랫동안 부여신 사당의 이인자로 살아와 귀족들은 물론 왕족들도 굽히고 들어오는 대접에 익숙했다. 여기까지 데려와준 것도 사안의 위중함을 감안한 특혜였다. 적당히 조사하는 척하다 돌아가야 마땅했다. 이렇게 집요하게 파고들리라고는 예상하지 못했다.

성질 같아선 호통이라도 치고 싶지만 상대는 태왕을 대신해 온 심복이었다.

세상이 바뀌면 이자를 꼭 도륙하고 말겠다. 이를 갈면서 보연은 상자 안에 든 장부책을 꺼내 건넸다.

"보시면 알겠지만 이 약은 안에서만 쓰지 절대 밖으로 나가지 않습니다."

"예. 그러시겠지요."

건성으로 대답하면서 계마로는 버섯이 든 주머니를 부하 중 한 명에게 건넸다.

"붉은사슴뿔버섯이 맞는지 확인해봐라."

"예."

말린 버섯이 손에 닿지 않도록 조심하면서 꼼꼼히 살핀 사내가 고개를 끄덕였다.

"틀림없습니다."

"그래? 그럼 무게를 달아라."

그들이 준비해 온 약저울을 꺼내자 보연의 낯이 확 굳었다.

"이게 무슨 짓입니까?"

계마로는 장부를 펼쳐 버섯에 관해 기록된 부분을 찾느라 눈도 들지 않았다.

"속기 쉬운 눈과 달리 자와 저울은 절대 거짓말을 하지 않는다는 교훈을 최근에 얻어서요."

훌훌 넘기던 그는 마침내 찾아낸, 딱 그 부분을 펼쳐 손가락으로 짚었다.

두 번째 왕후 **2**

"여기 있구나. 여기 적힌 것과 다름이 없는지 확인해라."

한쪽에 말린 독버섯이 든 주머니를 올리고 다른 쪽에 옥돌로 된 추를 올려나갔다. 마침내 어느 한쪽으로도 기울어짐 없이 딱 균형을 이뤘다. 약재를 검수한 자는 저울을 계마로 눈높이로 들어올렸다.

"딱 서른여섯 냥입니다."

장부를 보고 있던 계마로의 눈빛이 음험하게 빛났다. 이미 예상한 것을 재확인하는 절차였지만 그는 일부러 놀란 척을 했다.

"무슨 소리냐! 장부에는 마흔 냥이라고 적혀 있는데? 착오가 있는 거 아니냐?"

"보십시오. 열 냥짜리 추 세 개에 다섯 냥과 한 냥짜리 추가 딱 맞지 않습니까."

"그, 그럴 리가 없습니다!"

째지는 듯한 보연의 음성이 창고를 채웠다.

"저기, 저울과 추를 가져와 재어봐라."

보연의 외침에 얼어붙어 있던 신녀들이 잽싸게 움직였다. 창고 구석에 있는 약 저울과 추를 가져와 올리니 이번에는 장부대로 딱 마흔 냥이 나왔다.

"보십시오! 감히 사당을 모독해도 되는 것입니까?"

보연 신녀의 상대를 다른 자에게 맡겼다면 꼼짝없이 당했겠다 싶었다. 뜻밖의 반격에 잠시 주춤했지만 거기서 물러날 계마로가 아니었다. 태왕이 제게 직접 가라고 이른 연유가 바로 이것이었다. 그는 지체 없이 신녀들이 들고 있는 추를 낚아챘다.

"신녀님들의 추와 저희가 갖고 온 추의 무게를 한번 재어보지요."

그는 저울을 들고 있는 신녀에게 손을 내밀었다.

"혹시라도 저희가 저울에 장난을 쳤다는 오해를 하실까 봐 공정을 기하기 위해 사당의 약저울로 달아보겠습니다. 여봐라, 여기 저울을 들어봐라."

부하가 저울을 받아 들자 계마로는 한쪽에 사당의 추를 하나 올렸다. 반대편에는 같은 열 냥짜리 옥돌추를 올렸다. 그런데 당연히 팽팽한 수평을 이뤄야 할 저울이 옥돌 쪽으로 기울었다. 숨도 쉬지 못하고 쳐다보는 신녀와 보연을 응시하며 그는 추를 하나씩 올렸다. 이번에는 좀 더 많이 기울었다. 그렇게 네 개의 추를 다 올리자 무게의 차이는 확연히 드러났다. 계마로는 가벼운 쪽에 자신이 가져온 한 냥짜리 추를 하나씩 올려놓기 시작했다. 네 개를 올리자 저울은 다시 균형을 되찾았다.

"저희가 가져온 저울로 다시 재어볼까요?"

"그…… 가져온 추가 이상할 수 있는 게 아닙니까!"

사당의 속임수가 명확하게 드러났음에도 포기하지 않는 집요함에 혀가 내둘러졌다. 신녀를 데리고 저잣거리에 가서 아무 추와 저울을 가져오라고 시킬까. 끝까지 가보려고 하는데 창고 밖에서 조용한 목소리가 들려왔다.

"창고 약저울의 추는 분명히 가볍습니다."

모두의 고개가 소리 나는 쪽으로 동시에 휙 돌아갔다. 경악과 분노의 시선을 한몸에 받으면서 중년의 신녀가 들어왔다.

"저는 수품신녀 미리내라고 합니다."

"아, 신녀님, 동맹 때 멀리서 뵈었습니다. 인사드리는 것은 처음이군요. 저는 태왕 폐하를 모시는 친위군 말객 계마로라고 합니다."

계마로는 예상하지 않은 원군을 흥미롭게 관찰했다. 듣기로 미리내는 정치적이고 야심만만한 보연과 달리 기도와 수행에만 힘쓰는 은둔자였다. 그 정보는 피상적이었던 모양이다. 높은 신력을 갖고 하늘을 모시는 임무에만 몰두한다는 이 신녀는 감춰진 부분이 많아 보였다.

"사당의 추가 가볍다고 하셨는데 어찌 그걸 아시는지요?"

"분명 장부상으로는 맞는데 눈대중으로도 양이 달라 보이는 것들이 있어서 따로 조사를 해보았지요. 아무래도 미심쩍어 따로 추도 구해서 달아봤습니다."

미리내는 품의 주머니에서 추를 꺼냈다. 자신을 태워 죽일 듯 노려보는 보연을 공기처럼 무시하며, 감정은 물론이고 고저조차 없는 음성으로 차분히 설명했다.

"이 창고는 우리 수품신녀 둘이 책임지고 관리합니다. 그런데 최근 몇 년 전부터 절대 밖으로 나가선 안 되는 비약과 약재들이 알게 모르게 줄어들었다 어느 순간 다시 채워지고 있었습니다."

이게 어떻게 돌아가는 판국인가. 혹시 사당의 비약을 빼돌렸다고 덤터기를 쓰는 게 아닌가. 배행한 신녀들의 얼굴에 두려움이 떠올랐다. 애절하게 자신만 쳐다보는 신녀들을 안심시키듯 미리내는 자애롭게 고개를 살짝 끄덕였다.

"치료를 위해 찾아오는 이들에게 나눠주는 약재는 바깥채의 창고에 있습니다. 여기 있는 것은 저와 보연 신녀만이 열쇠를 갖고 있고, 대신녀님의 허락 없이는 마른 풀 한 잎도 이 담 밖으로 나갈 수 없습니다."

미리내는 천천히 보연에게 돌아서더니, 진심으로 궁금하다는 듯 작은 몸을 한껏 펴서 보연과 눈높이를 맞췄다.

"보연 신녀, 최근 십여 년 동안 신벌용 약재의 양이 계속 오차가 났던 것은 어찌 설명해야 할지요? 세 해 전 사당의 신물을 훔쳐 간부(奸夫)와 달아나려 한 신녀를 단죄할 때 이후론 쓴 적이 없는데 말입니다."

전혀 예상치 않은 곳에서 뒤통수를 맞은 보연의 동공이 커졌다.

신당에만 파묻혀 아무것도 상관 않는 척하더니 뒤에서 저런 꿍꿍이를 품고 있었구나.

보연에게 주도권을 내어주고 몸을 사리고 있던 미리내의 일격. 절치부심한 회심의 한 수였다. 분노로 파들거리는 보연과 입꼬리를 살짝 말아 올리며 승리감을 담담히 내비치는 미리내의 시선이 살벌하게 얽혔다.

계마로는 속으로 쾌재를 불렀다. 보연 신녀가 독버섯을 몰래 유통해온 것은 사실이지만 그 자백을 받아내기란 아주 힘들 거라고 예상했는데, 천만뜻밖의 원군이 등장해 난제가 풀렸다.

조만간 공석이 될 대신녀 자리를 두고 벌어진 암투일 터. 흥미진진했지만 끝까지 지켜볼 여유는 없었다. 계마로는 상상도 못 했던 행운에 감사하며 보연을 매섭게 몰아붙였다.

"보연 신녀님, 혹시라도 사람을 해할까 독성만 있는 것들은 국법으로 금하기에 이 붉은사슴뿔버섯 말린 것은 절대 시중에서 살 수 없다고 왕궁의 어의들이 입을 모으더군요. 그런데 어떻게 양이 모자란지요?"

"그것은……."

조금의 여유만 있었더라면 적당히 둘러댈 수 있었겠지만 이건 그야말로 급습.

머릿속이 하얘져 아무 묘안도 떠오르지 않았다. 떨림을 감추기 위해 손을 소매 안에 말아쥐는 것이 고작이었다.

혹시 정말 보연 신녀님이?

그녀를 바라보는 신녀들의 눈에 의구심이 섞여들기 시작했다. 그동안 보연을 향한 시선엔 언제나 경외감과 동경만이 가득했다. 이런 의심은 절대 용납할 수 없었다. 무엇보다 이 상황을 즐기듯 유쾌함을 담은 미리내의 경멸하는 눈초리가 제일 거슬렸다. 오랫동안 무시해온 그녀에게 승리의 통쾌함을 안겨줄 수 없었다.

보연은 제가 왕후의 독살과 무관하다는 사실을 되뇌었다. 오만하게 고개를 치켜들고 계마로를 깔보듯 바라봤다.

"그것을 이제부터 밝혀야겠지요. 나도 지금 처음 알아 미리내 신녀 못지않게 황당합니다."

거액을 받고 조금씩 팔아왔다는 건 절대로 인정해선 안 되었다. 그랬다간 사당의 율법에 따라 이 버섯을 갈아 만든 환약을 삼켜야 할 다음 사람은 바로 그녀가 될 것이다.

벼랑 끝에 몰렸음에도 기세를 잃지 않은 보연에게 은근히 감탄하면서 계마로는 기다리던 말꼬리를 확 잡아챘다.

"옳은 말씀이십니다. 이 극악한 독재가 어떻게 사당에서 빠져나갔는지 저희가 직접 찾아내겠습니다."

"이건 사당의 일입니다! 당연히 우리가,"

계마로는 보연에게 어떤 여지도 주지 않고 확 끊었다.

"왕후 폐하를 해치는 데 사용된 독입니다! 왕후 폐하를 독살하려 한 버섯의 출처는 오리무중인데 유일하게 그 흔적이 발견된 곳이 바로 이곳이고요!"

"말객께선 감히 우리 부여신 사당을 의심하는 겁니까? 우리가 그런 끔찍하고 무도한 짓을 저질렀다고요?"

"저희도 절대 믿고 싶지 않습니다. 그러니 의심을 떨치고 싶으시면 독의 행방을 찾아낼 수 있도록 도와주십시오."

"……"

한마디도 지지 않고 이치에 맞게 받아치는 계마로에게 밀려 보연이 침묵했다. 그 틈을 놓치지 않고 미리내가 끼어들었다.

"어떻게 도와드리면 될지요?"

"이 창고에 드나들 수 있는 신녀님들과 책임을 맡으신 두 신녀님께 몇 가지 여쭙고 또 내부를 수색할 수 있도록 해주십시오."

짧은 시간 동안 정신을 수습한 보연이 새치름하니 치고 들어왔다.

"그것은 저희 임의대로 할 수 없는 영역입니다. 대신녀님께 허락을 얻어야 합니다."

미리내가 의기양양한 미소를 흘리며 다시 나섰다.

"다행히 오늘 대신녀님께서는 깨어나 계시고 정신도 맑으십니다. 잠시 뵙고 허락을 받는 정도는 가능하실 겁니다."

보연이 파르르 떨리는 입술을 깨물었다. 최근 혜와는 기력을 잃고 혼절하다시피 잠들어 있는 경우가 많았다. 그것을 믿고 당당하게 나섰는데 하필이면 오늘 정신이 멀쩡하다는 소식에 불안감이 엄습했다. 당장이라도 내뱉은 말을 주워 담고 싶었지만 엎질러진 물이었다.

보연은 혜와가 다시 혼수상태에 빠져 있기를 기도하면서 대신녀의 침소로 갔다.

"대신녀님, 태왕 폐하께서 보내신 말객이 허락을 청할 일이 있어 오셨는데 안으로 들여도 될지요?"

제발, 제발. 보연의 간절한 기도가 무색하게 안에서 움직이는 기척이 났다.

"드시라고…… 해라."

미리내와 보연을 따라 들어온 계마로는 대신녀에게 읍한 뒤 본론으로 들어갔다.

"대신녀님, 왕후 폐하께서는 폐하를 시해하려는 독을 마셔 지금 위중하십니다. 그 독이 부여신 사당에서만 쓰는 독재라는 걸 알아내 찾아왔고, 사당의 창고에 있던 약재의 일부가 빼돌려진 것을 조금 전에 발견했습니다. 그 진상을 조사하고 싶으니 허락해주십시오."

기함할 만한 소식이건만 혜와는 미동도 하지 않았다. 처음부터 알고 있었던 게 아닌가 의구심이 들 정도로 담담했다. 다른 이들에겐 보이지 않는 천기를 읽으려는 것인지 허공을 한참 응시하던 대신녀가 낮게 중얼거렸다.

"왕후 폐하는…… 아직 하늘이 주신 명이 다하지 않았습니다."

잔뜩 굳어 있던 계마로의 입매가 크게 휘어졌다. 겨우 숨결만 붙어 있는 왕후를 두고 태왕이 얼마나 노심초사하고 있는지, 옆에서 보는 그들도 애가 탈 정도였다. 하늘과 통한다는 혜와의 확언이니 틀림이 없는 것. 그의 가슴에서도 큰 바윗돌 하나가 치워지는 것 같았다.

"예. 알겠습니다, 대신녀님. 대신녀님의 말씀을 폐하께 전해드리면 크게 기뻐하실 것입니다. 감사합니다, 정말 감사합니다."

입이 찢어질 듯 싱글벙글 기뻐하면서도 그는 본래 목적을 잊지 않았다.

"대신녀님, 사당의 약재가 빼돌려진 진상에 대해서는……."

혜와는 계마로의 재촉에 바로 대답하지 않았다. 다시 침묵이 침실을 채웠다. 마치 돌아오지 않을 길을 떠나는 것처럼 그녀는 자신의 침소를 천천히 눈으로 훑었다. 작별을 나누듯 주변의 신녀들을 하나씩 응시하더니 고개를 딱 한 번, 미미하게 끄덕였다.

"성스러운 사당은 티끌만큼이라도 사악하거나 사특한 행위와 연관되어선 안 되지요. 내가 허락하니 샅샅이 조사해 남김없이 진상을 밝히고 죄지은 자는 신분 고하를 막론하고 엄벌로 다스리세요."

"감사합니다, 대신녀님. 공정하게 조사해 억울한 이가 없도록 하겠습니다."

낭패감을 감추지 못한 보연의 이 사이로 신음이 흘러나왔다. 미리내의 눈빛은 승리감으로 번쩍 빛났다가 차분하게 가라앉았다.

연민 가득한 눈으로 보연과 미리내를 응시하면서 혜와는 탄식을 삼켰다.

우리가 믿어온 천신들의 시대가 끝나려는 모양이다. 내가 살아 있는 동안에는 어떻게든 그걸 막으려 발버둥 쳐보겠지만…… 내 시간은 얼마 남지 않았지. 그렇다고 하늘의 뜻이 여기까지라고 순응하기엔 우리가 지켜온 세월이 너무나 유구하다. 내 딸들아, 부디 어떻게든 살아남아라.

"폐하께서 이 담 안으론 사람이든 물건이든 하나도 들지도 나오지도 못하게 하라고 엄명을 내리셨습니다."

"허허, 사람이 어찌 그리 융통성이 없나. 급작스럽게 연금령이 떨어지는 바람에 형수님의 약이 떨어졌을 것이네. 며칠 드실 약재만 사입하도록 눈을 감아주게. 다른 분도 아니고 왕후 폐하의 모친 아니신가. 꼭 드셔야 하는 것이니 그 정도는 자네 재량으로 얼마든지 되지 않겠는가."

수문위군 부장의 이마에 깊은 주름이 잡혔다. 고심하듯 허공을 보며 눈알을 굴리는 그를 명림설로는 조마조마하게 응시했다. 태학에서 선후배로 교류했던 사이니 잘 풀리지 않을까. 부풀던 기대가 무색하게 부장은 단호히 머리를 저었다.

"용서하십시오. 폐하의 명이 지엄합니다. 무슨 약인지 알려주시면 제가 왕궁에 연통해 의관에게 필요한 약재를 보내도록 하겠습니다."

가장 먹힐 듯한 여진의 핑계도 통하지 않자 설로는 쓴물을 삼키며 물러섰다.

"알겠네. 어떤 약재인지 의원에게 시켜 적어 보내지."

여진이 당장 죽어 나가도 명림 일족 누구도 눈도 깜박하지 않을 터였다. 오히려 막대한 재산이 마침내 저희 것이 되었다고 춤이라도 안 추면 다행이었다. 이 집안에서 여진의 위치를 잘 모르는 부장은 안타까움을 감추지 않았다.

"의원이 처방전을 주는 대로 속히 보내십시오."

"고맙네."

융통성 없는 인사 같으니라고. 저러니 저 용맹과 재주를 갖고도 수문위군에서 부장 노릇만 하고 있지. 우타소루는 딱 저 같은 자들만 밑에 두고 있구나.

설로는 투덜거리면서 빈손으로 아버지의 본가로 돌아왔다.

명림두지의 저택은 사흘 전부터 삼엄한 경계 아래 있었다. 아침 일찍 수문위군이 달려왔을 때 명림 일족은 간담이 서늘해졌었다.

태왕에게 선수를 뺏겼다. 결사 항전을 해야 하나, 아니면 억울한 척하며 버텨봐야 하나. 우왕좌왕하는데 군사들은 곧바로 두지의 저택으로 몰려가더니, 개구멍까지 샅샅이 봉쇄하고서 느닷없이 하녀들만 모조리 끌고 갔다. 어리둥절한 가운데 뒤늦게 궁에서 온 소식은 명림가를 들썩이게 했다.

왕후가 사가에서 영지라고 속여 보낸 독버섯 차를 마시고 사경을 헤맨다!

호시탐탐 명림을 꺾을 트집만 찾는 태왕이었다. 울고 싶은 아이 뺨 때려준다고, 왕후가 명림가에서 보낸 차를 마시고 쓰러졌다니. 명림두지와 여진이 연금당하고, 그 일에 연루됐을 아랫것들이 끌려가 치도곤만 당하는 건 굉장히 너그러운 처분일 터다.

혹시 성미 급한 두지가 어설프게 성동격서(聲東擊西)랍시고 설친 게 아닐까. 요 근래 꿀단지를 감춰놓은 곰처럼 혼자 싱글벙글하던 게 뒤늦게 걸렸다. 명림죽리는 혹시나 싶어 소규와 설로를 닦달했지만 둘 다 아는 바가 없었다.

왕궁에 꽂아놓은 귀가 전해오길, 여진이 보낸 차라고 했다. 딸을 위해서라면 목숨도 내놓을 여진이 독을 보냈을 리는 만무. 과연 누가 사달을 벌였을까. 두지와 연통이 되어야 확실히 내막을 파악하고 대처할 터인데 연금은 전광석화처럼 시작돼, 두지의 저택은 손써볼 틈도 없이 완벽하게 포위된 성채였다.

해류에 대한 총애가 남다르다는 태왕의 주의가 이 일로 흩어졌음은 분명한데 이것이 과연 환영할 사건인지. 연루됐다는 혐의를 씌워 명림 일가를 줄줄이 엮어도 충분한데 왜 저 정도에서 멈춘 것인지. 유불리를 따지느라 죽리의 머리도 터져나가고 있었다.

"아버님."

기다리던 설로의 음성에 죽리가 반색하며 돌아봤다.

"오! 어찌 되었느냐?"

"그것이…… 워낙에 고지식하고 꽉 막힌 인사라……. 태왕께서 아주 작정하신 모양입니다."

"이런!"

두지의 저택을 지키는 그 부장의 약점은 없을까. 이대로 손을 놓고 기다릴 수 없었다. 어떻게든 연통을 넣을 방법을 강구해보라 지시하려는데, 장남 소규가 헐레벌떡 달려 들어왔다.

"아버님, 큰일 났습니다!"

숨이 턱에 닿도록 뛰어왔는지 헐떡이는 그가 급박하게 쏟아냈다.

"사당, 부여신 사당에 태왕의 친위군이 들어가 보연 신녀를 연금하고 치죄 중이라고 합니다. 보연 신녀가 도와달라고 연통을 보내왔습니다."

"어찌 태왕의 친위군이 감히 그곳에? 더구나 보연 신녀를 왜?"

"심부름 온 자의 얘기론, 해류에게 먹인 독이 사당에서 나온 정황이 있답니다."

"거기에 왜 보연 신녀가 연루된 것이냐?"

"친위군 말객인 계마로란 자가 사당 창고에서 약재들 상당량이 빼돌려진 걸 발견했답니다. 그 독을 관리하는 게 수품신녀들이다 보니⋯⋯."

"무어라?"

죽리가 자제력을 잃고 탁자를 주먹으로 쾅 내리쳤다.

두지의 저택이 봉쇄됐을 때 스멀스멀 피어오르던 불안감. 안개같이 막연하고 흐릿하던 그 불길함이 형체를 드러내는 것 같았다. 흩어진 점들이 하나씩 연결되면서 그를 조여드는 밧줄로 완성되어갔다. 무리수를 두지 않는 태왕의 성격이나 심계 깊은 행보를 볼 때 이건 절대 피해의식이나 망상이 아니었다.

보연과 명림가가 친밀한 건 널리 알려진 사실이었다.

한미한 방계 집안이지만 같은 절노부. 죽리는 영리하고 야심만만한 보연에게 대신녀가 될 자질이 보인다고 판단하고 다방면으로 후원해줬다. 보연은 경쟁자들을 물리치고 올라서며 그 보답을 확실히 하면서 공생해왔다.

보연은 권력 이상으로 재물에 대한 집착이 어마어마했다. 명림뿐 아니라 다른 가문들이 여러 명목으로 바치는 뇌물을 절대 사양하지 않았다. 비싼 값을 치르는 이에겐 사당의 특별한 비방이나 비약을 비밀리에 내주기도 했다. 그렇게 팔아넘긴 약 중에 이번에 해류의 독살에 쓰인 것과 같은 독도 있었을 게 분명했다. 그도 알고 있는 사실을 태왕이 모를 리가 없었다.

어차피 그것은 우리와 사당들을 한꺼번에 꺾기 위한 핑계. 그 독이 사당에서 나온 것인지 아닌지는 태왕에게 의미가 없을 터이다.

지나친 물욕이 기어이 보연의 발목이 잡는구나. 죽리는 낭패감을 삼켰다. 안됐지만 보연의 자업자득. 모든 명운을 건 대사를 앞두고 있었다. 언제든지 대체 가능한 고리에 연연할 이유는 없었다.

어찌할지, 의중을 살피는 아들들에게 그는 단호하게 손을 저었다. 보연의 쓰임새는 다했다.

부여신 사당에서 벌어진 사건은 그날 해가 지기 전에 국내성 곳곳에 퍼졌다.

켕기는 구석이 있는 이들은 납작 엎드려 상황을 살피느라 바빴다. 명림죽리의 지시대로 경거망동하지 말고 평상시처럼 행동하고는 있지만 속으로는 전전긍긍했다. 줄을 잘못 선 것이 아닌지, 일부는 후회하며 왕궁에 촉각을 곤두세웠다.

이 정도 사안이면 중신이며 귀족들을 정전에 다 불러모아 독살을 시도한 범인 색출과 치죄에 대해 논의하라는 호령이 떨어질 법도 하건만, 편전에서 일상적인 정무에 묶어 챙길 뿐 기이할 정도로 일언반구가 없었다. 왕실의 문제라고 태왕이 선을 그어버리니 중신들이 나서기도 애매했다. 눈치만 살피는 가운데 또 하루가 흘러갔다.

정무를 마친 태왕은 곧바로 해류의 침실로 향했다. 정전이나 편전에서는 평소처럼 행동하지만 오랜 습관의 힘을 빌린 시늉에 가까웠다. 태왕의 신경이 쏠려 있는 곳은 왕후궁뿐이었다. 태왕이 들자 해류를 지키던 어의와 궁녀들이 자리를 떴다.

얼핏 보면 잠에 빠진 것처럼 규칙적인 낮은 숨소리에 안도감과 안타까움이 동시에 밀려왔다. 정성스럽게 보살피는지 머리도 곱게 빗겨 있었고 얼굴도 미안수를 발라 촉촉했다. 향유를 발랐는지 몸에서는 은은한 향기도 풍기고 있었다. 그럼에도 날로 초췌해지는 안색은 감출 수 없었다. 쏙 들어간 볼에 살이 다 내린 손목은 살짝 잡기라도 하면 뚝 분질러질 듯이 가늘었다.

그는 침상에 걸터앉아 조심스레 해류의 손을 잡았다. 미지근하지만 손바닥에 전달되는 체온이 더없이 기꺼웠다.

"그대는 모를 것이다. 왕후궁에서 사람이 왔다는 소리를 들을 때마다 내가 얼마나 두려워하는지. 네가 기어이 떠났다는 소식을 전해올까 봐…… 그대가 떠나는 것을 보게 될까 봐 일부러 온종일 이곳을 외면하고 있다."

의식이 없는 가운데에서도 약재며 보약을 조금씩이나마 삼켜주는 덕분에 가까스로 지탱하고 있었으나, 조만간 한계였다.

그날이 왔을 때 과연 그가 버텨낼 수 있을까. 홀로 서서 외로이 걸어가는 삶은 익숙했다. 너무 익숙해서 외롭다는 것조차 의식하지 못하고 살아왔다. 그렇지만 해류가 옆에 서면서 함께하는 온기와 든든함을 알게 되었다.

그걸 영영 잃는다면? 골수에까지 한기가 스몄다.

살아갈 수는 있을 것이고 또 그래야 했다. 대신 상실한 것에 대한 공허감은 살아 숨 쉬는 내내 그를 고통스럽게 할 것이다. 그를 기다릴 끝없는 고독이 두려웠다.

터무니없이 이기적이라는 걸 알면서도 그는 간청했다.

"정 힘들면 눈을 뜨지 않아도 좋다. 그냥 이렇게…… 숨만 쉬면서라도 내 곁에 머물러다오. 나를 제발 떠나지만 마라."

물에 빠진 사람이 동아줄이라도 잡듯, 조심스럽지만 꼭 붙잡은 해류의 손에 그는 얼굴을 묻었다. 미지근한 체온을 느끼면서 이렇게라도 그녀가 살아 있음을 확인하고 싶었다. 한참을 그러고 있는데 손가락이 움찔하는 것 같았다. 고개를 확 들어 해류를 살폈지만 깎아놓은 석상처럼 꼼짝도 하지 않았다.

간절히 염원하다 보니 착각까지 하는 모양이다. 씁쓸함을 곱씹으며 이마에 몇 가닥 내려온 머리카락을 넘겨주는데 감은 눈썹이 미미하게 흔들렸다. 쓰러진 이후 어떤 치료와 호소에도 미동 않던 해류의 첫 반응이었다.

기대감에 그의 심장이 미친 듯이 박동했다. 이성은 진정하라고 그를 옥박지르지만 들리지 않았다. 아주 조금이라도 환후에 변동이 있으면 곧바로 알리라는 엄명을 내려놨었다. 이런 변화가 있었다면 분명 그에게 전해졌을 거였다. 빨리 들어와 해류를 살피라고 어의를 부르려는데 해류가 눈을 가늘게 떴다.

"해류!"

그의 음성이 들리는 쪽으로 얼굴을 돌리려는 듯 움찔거렸다. 그러다 힘에 부치는지 눈꺼풀이 사르르 내려앉았다. 믿기지 않았다. 해류가 눈을 다시 뜨지 않을까 두려웠다. 그는 그녀의 어깨 아래에 팔을 넣어 올려 안았다.

"해류, 눈을 떠라! 다시 잠들면 안 된다."

명령인지 애원인지 모를 강압적인 요구가 들렸는지 해류의 눈매가 희미하게 휘어졌다. 몇 번의 시도 끝에 다시 눈을 뜨긴 했지만 초점이 맞지 않는지 그를 바라보는 시선은 여전히 흐릿했다. 그래도 자신을 보려는 노력임을 확신할 수 있었다. 환희와 안도감에 해류를 안은 팔이 떨렸다.

"여봐라, 속히 들어라. 왕후가 깨어났다."

그러잖아도 문밖에서 다들 귀를 쫑긋 세우고 있던 참이었다. 태왕의 허락이 없어 발만 동동 구르고 있던 어의들과 궁녀들이 쏟아지듯 들어왔다.

수어의는 태왕에게 안긴 해류의 손목에 손끝을 얹었다. 눈을 지그시 감고 맥을 짚던 그가 해류의 얼굴을 다시 살피더니 표정이 환해졌다.

"맥동이 확연히 강해지셨습니다. 낯빛도 미간에서 청색이 사라진 걸 보니 독 기운이 거의 빠진 것 같습니다."

기쁨을 감추지 못하며 그는 태왕에게 안긴 왕후에게 말을 걸었다.

"왕후 폐하, 제 목소리가 들리십니까? 들리시면 눈을 한 번 깜박여주십시오."

십여 개의 간절한 시선이 해류의 얼굴에 집중됐다. 그들에게는 영원 같은 기다림 끝에 왕후의 눈꺼풀이 살짝 벌어졌다가 내려왔다.

"지금 바로 미음을 올리고 잘 넘기시면 경과를 보면서 낙차[5]와 수유[6]를 넣은 미음을 차례로 드시도록 하겠습니다."

"독은 이제 문제가 없는 것이냐?"

"아직은 옥체에 남아 있겠지만 큰 고비는 넘겼으니 기력을 보하는 것에 최우선

---

5 일종의 밀크티
6 버터

을 두면서 해독도 병행하려고 합니다."

안고 있는 해류의 몸에서 전해오는 미지근한 체온을 감사히 음미하면서 태왕이 수어의를 치하했다.

"네 공이 크다."

죽었다 살아 돌아온 것은 수어의도 마찬가지였다. 매사에 공정한 분이니 왕후를 구하지 못했다고 해서 목이 달아나진 않을 것이다. 수없이 되뇌며 스스로를 격려했지만 애절한 눈으로 왕후를 바라보는 태왕을 볼 적마다 전전긍긍했었다. 왕후를 독살하려 한 자들이 잡히면 어찌 될지. 그 처참한 최후가 보여 저는 죄가 없음에도 공연히 모골이 송연해졌었다.

요 며칠 눈도 제대로 붙이지 못하고 왕후를 지킨 그는 밀려오는 안도감에 절로 감기는 눈을 밀어 올렸다.

"왕후 폐하께서 천운을 타고나신 덕분입니다. 태중의 아기씨께서 독을 거의 다 토하도록 해주셨고 또 타고나시길 강건하셔서 독이 옥체에서 빠져나갈 때까지 버텨주셨지요."

태중의 아기씨라는 말에 태왕은 잠시 잊고 있었던 존재를 떠올렸다.

찾아온 것을 알자마자 떠나보낸 소중한 존재. 얼마나 기다렸는지. 그녀를 닮고 그를 닮은 아이를 갖고 싶었다. 그의 뒤를 이어 태왕이 될 왕손이기 이전에 목숨처럼 아끼는 반려가 품은 아기였다. 해류의 생명이 경각에 달한 바람에 제대로 슬퍼하지도 못했다.

아내가 저승 강을 건너지 않는다는 게 확실해지자 뒤늦게 상실감이 밀려왔다. 심장이 칼에 찔린 듯 욱신거렸다.

아가야. 네 어미를 살려줘서 고맙다. 네게는 하나부터 열까지 정말 미안하구나.

그는 태어나보지도 못하고 스러진 아이에게 사죄했다. 모두 따르라는 눈짓을 하며 침실을 나온 그는 익실에 들어서 입을 열었다.

"왕후가 유산한 사실도 온 궁에 퍼졌겠구나."

"……."

어의들과 여관, 궁녀들의 얼굴에서 핏기가 사라졌다. 왕후가 독으로 쓰러진 자체가 워낙 대사건이었다. 낙산(落産) 같은 부수적인 내용은 아무도 입단속할 생각을 못 했다. 어의와 왕후궁 궁인들의 입을 통해 이미 알음알음 알 만한 사람은 다 알고 있었다.

사색이 되어 몸을 푹 숙이고 있는 그들을 하나하나 보면서 태왕이 나직하게 경고했다.

"복중 태아를 잃었다는 것을 왕후가 절대 알아선 안 된다."

영문 모르겠다는 의문이 반, 대충 뜻을 알겠다는 눈치 빠른 자들이 반 남짓. 여러 가지 감정과 정보가 섞인 눈빛이 엇갈렸다. 그 모습을 냉랭하게 바라보며 태왕은 어떤 착각도 없도록 다시금 못을 박았다.

"만에 하나라도 왕후의 귀에 이 사실이 들어갔을 경우 그 입 가벼운 자는 물론이고 그를 다스리는 자도 혀를 잘라 책임을 물을 것이다. 혹시라도 억울하게 치죄당하지 않도록 하라."

왕후가 유산한 사실을 절대 알지 못하도록 그들은 물론이고 주변에도 입단속을 철저히 시키라는 엄중한 경고였다.

태왕은 매사에 공정하고 충동적인 감정이나 노여움에 휘둘리지 않으나 내뱉은 말은 반드시 지키시는 분. 작정하고 죄를 물을 때는 무시무시하게 엄혹하다는 것도 그들은 잘 알았다.

사경을 헤매다 겨우 살아난 왕후였다. 귀한 아기씨를 잃은 사실을 알면 필경 큰 충격을 받고 다시 쓰러질 수 있었다. 그 위험을 사전에 막겠다는 뜻이었다.

첫 자식을 핏덩이로 흘려보낸 태왕 역시 상심이 이루 말로 할 수 없을 터였다. 그 비탄을 홀로 짊어지려는 태왕을 보며 그들은 왕후가 태왕에게 얼마나 소중한 존재인지 절감했다.

무정 무심하신 것 같던 태왕 폐하도 사내로구나. 정애에 눈먼 사내에겐 평정심을 기대해선 안 되는 법. 이 망극한 사건을 왕후 폐하가 아시면 저 엄포 그대로 줄줄이 혀를 잃고 저승길로 떠날 것이다.

그들은 공포를 뼛골에 새기면서 왕후를 돌보러 서둘러 침실로 돌아갔다.

십
이

"마님! 해류 아가씨가! 아니아니, 왕후 폐하께서 깨어나셨답니다!"

꽉 닫혀 있던 문이 벌컥 열렸다.

"해류가? 정말이냐?"

불 꺼진 방에서 달려 나오던 여진이 문지방에 걸려 쾅당 소리를 내며 나동그라졌다. 무릎이 깨져 피가 흐름에도 아픔을 못 느끼고 벌떡 일어나 구르듯이 계단을 내려왔다.

"누가 그러느냐? 왕궁에서 소식이 왔니?"

부리나케 달려온 나릅을 따라온 왕궁의 사자가 여진에게 고개를 숙였다.

"부인께서 많이 걱정하실 거라고 폐하께서 보내셨습니다. 왕후 폐하께선 저녁 무렵에 정신을 차리셔서 미음과 약을 드셨습니다."

벼락이라도 맞은 것처럼 멍하니 서 있던 여진의 눈에서 눈물이 비 오듯 흘러내렸다. 그러다 실성한 것처럼 하늘을 향해 손을 모으더니 사방에 대고 머리를 조아리고 또 조아렸다.

"아아, 천신님 감사합니다. 우리 해류를, 왕후 폐하를 살려주셔서 정말 감사합니다. 우리 모녀에게 내려주신 은혜는 절대 잊지 않겠습니다."

만약 해류가 세상을 뜨면 그녀도 따라갈 작정이었다.

얼마나 마음을 졸이고 속을 끓였을지. 보는 이들의 눈시울도 뜨거워지는 광경이었다. 나릅이 코를 훌쩍이며 여진을 부둥켜안았다.

"마님의 기도가 하늘에 닿은 모양이에요. 금방 회복되셔서 마님을 뵙자고 왕후 폐하께서 불러주실 테니 이제 마님도 죽이라도 한술 드세요."

당장 쓰러져도 이상할 것 없는 여진을 부축해 방으로 데려가려는데 달갑잖은 음성이 들려왔다.

"왕궁에서 사람이 왔다고?"

사자는 두지에게도 얼른 예를 표했다.

"고추대가를 뵙습니다. 오셨습니까."

"왕후 폐하의 용태는 어떠신가?"

"아, 예. 천신께서 보우하셔서 정신이 드셨습니다. 계속 해독하고 옥체를 잘 보하면 조만간 회복되실 것 같답니다."

"그래? 다행이구먼."

같은 소식을 들은 여진과 확연히 다른 반응. 왕후와 고추대가가 전혀 애틋하지 않다는 건 왕궁 안에선 비밀이 아니었다.

그래도 하나뿐인 여식인데 어찌 저리 남의 일처럼 무심할까. 사자는 찝찝한 불쾌감을 삼켰다.

"독을 탄 자는 잡았는가? 폐하께서 이제 우리의 연금을 푸신다는 말씀은 없으셨고?"

"저는 왕후 폐하께서 깨어나셨다는 소식을 부인께 전하라는 명만 받았습니다."

"사람이 어찌 하나만 알고 둘은 모르는가. 온 김에 갑자기 날벼락을 맞고 갇혀 갑갑한 이 안의 궁금증도 좀 풀어줘야지."

"폐하의 명을 수행했으니 소인은 이만 환궁하여야,"

두지가 그의 팔을 덥석 잡으며 말을 끊었다.

"허허, 희소식을 전하러 온 귀한 손님을 어찌 그냥 보내겠나. 빈청으로 가서 잠시 얘기를 좀……."

사자는 뱀처럼 칭칭 감긴 두지의 손가락을 결연하게 풀어냈다.

"용서하십시오. 소인은 이만 돌아가봐야겠습니다. 폐하께서 명하시면 다시 찾아뵙겠습니다."

그는 나름의 부축을 받고 겨우 선 여진에게 인사를 올린 뒤 선걸음으로 사라졌다.

"에잇!"

두지는 쓸모없어진 서찰과 금주머니를 소매 깊숙이 밀어 넣었다.

물샐틈없는 포위에 갇힌 지 벌써 며칠. 바깥의 아비와 형제들 이상으로 두지도 애가 타서 외부와 접촉하려고 시도했지만 허사였다. 방금 전의 사자는 궁으로 끌려 갔던 하녀들이 돌아온 이후 처음으로 문을 열고 들어온 외부인이었다. 연통할 방법 을 찾아 발을 동동 구르던 그는 다시없을 기회다 싶어 달려왔다. 그런데 시도도 못 해보고 물거품이 되니 몽짜가 더럭 났다.

어디든 시원하게 생청이라도 부리고 싶었다. 예전이었다면 여진에게 원 없이 풀어냈겠지만 해류가 깨어난 이상 힘들었다. 혹시라도 들켰다간 어미의 안위에 쌍 심지를 켜는 그 그악스러운 계집아이가 앞뒤 가리지 않고 덤벼들 게 뻔했다. 약점 을 단단히 잡긴 했어도, 내키는 대로 패악을 부리기가 영 꺼려졌다.

앞으로 얻어내야 할 것이 많은데 쓸데없이 자극해 산통을 깰 필요 없지. 살아났 다니 어쨌든 다행이다.

밉살스러운 여진을 흘겨본 뒤 두지는 안채를 벗어났다. 그의 머릿속에는 어떻 게 하면 부친과 연락할 수 있을까, 오로지 그 궁리뿐. 생사의 갈림길에서 돌아왔다 는 해류의 안부는 전혀 궁금하지 않았다.

두지는 몰랐다. 제집 담 안이 지금 국내성에서 가장 평온한 곳이라는 것을. 아무 것도 모르는 그는 답답증에 성질을 부리는 정도지만 바깥세상에선 광풍이 휘몰아 치고 있었다.

혜와의 허락을 얻은 계마로는 사당들을 샅샅이 털고 조사했다. 외부인에게 철 저히 감춰진 내밀한 비고(祕庫)와 치부도 미리내의 암묵적인 조력으로 속속들이 드 러났다. 대신 왕실과 상관없는 것은 무언의 약조대로 고요히 덮였다.

해류가 깨어난 날 새벽, 마침내 계마로와 미리내가 애타게 찾던 것이 나타났다.

"말객, 보연 신녀의 침소 바닥에서 작은 고방을 찾아냈습니다."

싹 다 뒤짐하고 남은 곳은 고위 신녀들의 처소. 미리내가 순순히 자신의 방을 열어주니 보연 역시 거부할 명분이 없었다.

역시! 미리내 신녀의 귀띔대로구나.

계마로의 눈에 의미심장한 빛이 돌았다.

미리내는 보연이 귀중한 것들을 손에 닿는 가까운 곳에 두었을 거라고 호언장 담했다. 사당 곳곳의 비밀스러운 공간이 속속 발각됨에도 비교적 태연한 보연을 보 며 계마로도 동감했다. 사흘 전부터 개미 새끼 한 마리 빠져나갈 수 없도록 사당을 봉쇄하고 있었으니 구린 것이 있어도 빼돌릴 수가 없어 더더욱 꽁꽁 감춰났을 터였 다.

보연의 침소 문은 활짝 열려 있었다. 반쯤 체념을 했는지 그녀는 저항도 않았다. 망연자실한 표정으로 득달같이 달려오는 계마로를 바라만 볼 뿐이었다. 계마로는 아직은 수품신녀인 보연에게 예의상 목례를 던지고 안으로 들어갔다.

고방은 침상으로 쓰는 긴 평상 아래에 있었다. 입구를 가리기 위해 덮어둔 갈대 로 짠 깔개가 옆에 치워져 있고 바닥에 뚜껑 달린 문이 열어젖혀 있었다. 그가 오기 를 기다리고 있었는지 계마로가 도착하자 한 명이 토굴 고방으로 몸을 숙여 안에 든 것을 꺼내기 시작했다.

차곡차곡 쌓아놓은 크고 작은 자루며 묵직한 것을 감싼 보자기, 함들이 줄줄이 나왔다. 어린아이 한 명이 겨우 웅크릴 수 있을 정도의 협소한 공간이었지만 갈무 리해놓은 것들은 끝도 없었다. 개미처럼 꺼내기를 한참, 고방이 싹 비워진 것을 계 마로는 직접 확인했다.

"지금 대신녀님을 뵐 수 있는지 여쭤봐라. 그리고 신녀들을 모두 데려와라."

계마로의 의중을 알아챘는지 남의 일을 보듯 섰던 보연이 다급하게 다가왔다.

"이것은 대신녀님께만 고하고,"

"당연히 대신녀님께 고해야지요. 하지만 은밀히 처리하면 구설이 날 수 있습니 다. 엄중한 사안이니 신녀들이 다 모인 가운데 공명정대하게 시시비비를 가리겠습 니다."

그는 대충 봐도 어마어마한 값어치를 지닌 보화와 보연을 번갈아 일별하고 몸 을 싹 돌렸다.

"하나도 빠짐없도록 잘 챙겨라."

"우품 이상 신녀와 관련된 일은 고위 신녀들이 진상을 조사하고 상벌을 정합니다!"

"그것은 사당 내부의 문제일 경우이지, 이것은 아니지 않습니까. 이 어마어마한 재물이 왜 사당의 창고가 아니라 신녀님의 방에 있었는지 다 함께 모인 가운데 그 변명을 듣고 싶습니다. 혹시라도 오해가 있다면 그때 풀어주십시오."

"그러니까 대신녀님께 먼저 여쭙고 권한이 있는 신녀들만 모아서!"

실랑이를 벌이는 가운데 대신녀에게 간 수하가 돌아왔다.

"대신녀님께서 오늘은 당신의 심신이 맑지 않으니 모든 신녀들이 본당에 모여 진상을 밝히고 그 결과만 알려달라고 하셨습니다."

밀려오는 절망감에 보연은 눈을 감았다.

대신녀께서도 내 손을 놓으시는구나.

태왕의 호위들이 사당을 봉쇄한 날 간신히 명림가에 사람을 보냈지만 감감무소식. 구명의 손길을 기다리던 보연은 명림죽리가 자신을 버렸음을 깨달았다. 마지막으로 믿었던 대신녀까지 등을 돌렸으니 기댈 곳은 전무. 바닥으로 떨어져 다시 시작한다고 해도 사당에서 쫓겨나지만 않으면 역전할 길이 있을 터, 왕후를 독살하려 했다는 누명을 쓰고 극형을 당하는 것만은 피해야 했다.

절망의 바닥을 찍자 오히려 담담해졌다. 보연은 자신을 단단히 다잡으며 계마로와 병사들이 이끄는 대로 본당으로 향했다.

상벌을 내릴 중요한 사안이 있으면 늘 그래왔듯 신녀들은 모두 본당 앞 안뜰에 모여 있었다. 일부러 더 당당하게 고개를 빳빳이 쳐든 보연은 분위기를 살폈다.

바로 며칠 전까지 그녀가 주도했던 세력의 추는 미리내에게 넘어간 게 확연했다. 미리내를 중심으로 도열한 상급 신녀들은 살기등등하게 보연을 노려봤다. 보연에게 밉보였거나 미리내처럼 신력을 가졌음에도 한미한 직책만을 맡았던 이들이었다.

보연이 수족처럼 부리던 신녀 일부는 죄인이 되어 무릎을 꿇고 있었다. 그녀의 명이라면 껌벅 죽던 나머지는 혹시 눈이라도 마주칠까 피하기 급급했다. 대다수의 하급 신녀들은 두려움을 감추지 못하고 무슨 일인지 눈알만 굴리고 있었다.

이득만 좇는 간사한 것들. 속으로 욕을 중얼거리지만 힘은 없었다. 그녀라도 저들과 비슷한 선택을 했을 것이기에. 가능성은 희박하지만 만약 이 사지에서 빠져나간다면 하나하나 다 되갚아주리라 맹세하며 보연은 미리내 옆에 선 계마로를 도도하게 응시했다.

계마로도 지체하지 않았다.

"보연 신녀의 방에서 나온 것들이다. 자루나 함, 보자기를 전부 풀어 모두에게 보여라."

"옛!"

압수한 죄인의 물건이었다. 그들의 손길은 빠르고 민첩할 뿐 배려는 없었다. 먼지라도 묻을까 애지중지 감싸놓은 보자기를 풀어 비단을 떨어뜨리고 자루를 열어 바닥에 뒤집었다.

찢어질 듯 무거운 자루에선 금편과 은괴에 오수전들이, 주머니에선 산호며 진주, 비취 등 대다수 신녀들은 이름도 모르는 귀금속들이 쏟아져 내렸다. 사당 살림을 위한 재물을 모아놓은 창고에 버금가거나 어쩌면 능가하는 수준이었다.

"아이고, 맙소사."

"저럴 수가……."

신녀들의 입술에서 경악의 신음이 흘러나왔다. 보연이 재물을 좋아한다는 것은 최말단 신녀를 제외하곤 다 알고 있었다. 경중의 차이만 있지 재물을 탐하는 건 대다수 신녀들도 마찬가지였으나, 그를 감안해도 그들의 상상을 초월하는 수준이었다.

요 며칠 은밀히 돌기 시작한 소문처럼 정말 사당의 귀물이며 비방을 몰래 판 것이 아닐까. 사사로이 부적과 치성 요청이 쏟아지는 보연이라지만 그것만으로 저 정도의 보화를 모으기란 불가능했다.

병사들은 신녀들의 반응엔 아랑곳하지 않았다. 보자기와 주머니를 털어낸 다음 함으로 손을 뻗었다.

"그것은 부적이 담겨 있습니다! 신력이 없는 자가 함부로 손을 대면 천벌을 받습니다!"

거침없이 움직이던 병사들의 손길이 뚝, 얼어붙었다. 죄인이지만 부여신 사당의 수품신녀였다. 이 사당의 부적이며 비방이 효능이 높다는 명성은 다들 들어 알고 있었다.

천신의 저주라도 받으면 어떻게 하나. 눈을 부라리며 지켜보는 계마로도 두려웠지만 동티가 나는 것도 못지않게 겁나는지 병사들의 손이 떨리고 있었다. 망설여지는 것은 계마로 역시 마찬가지였다. 그렇다고 그가 못 하는 것을 부하들에게 억지로 시킬 수는 없었다.

혹시라도 신벌을 받으면 여기 있는 미리내 신녀나 혜와 대신녀가 풀어주겠지. 욕심 많은 저 보연 신녀보다야 미리내나 혜와 신녀의 신력이 높을 것이다.

계마로가 용기를 끌어모아 함을 들어올리려는데 옆에서 손 하나가 뻗어왔다.

"신력이 담긴 부적을 허락받지 않은 외인이 함부로 손대는 것은 옳지 않습니다. 제가 하는 것이 맞을 것 같군요."

미리내의 지적에 공감하는 듯 신녀들의 고개가 일시에 아래위로 움직였다. 아무리 보연이 중죄를 지었어도 신성한 부적이 저 재물들처럼 흙바닥에 내동댕이쳐지는 모습은 보고 싶지 않았다.

각각 다른 의미로 병사들과 신녀들의 얼굴에 안도감이 떠올랐다. 반대로 보연의 낯은 흙빛이 되었다. 물 밖에 끌려 나온 붕어처럼 입만 벙긋거리는 보연을 의뭉스럽게 일별하며 미리내가 매듭을 풀고 함을 열었다.

주칠한 함이 열린 순간 모두 눈을 크게 떴다. 믿어지지 않는 듯 눈을 비비는 자도 있었다. 보고 다시 봐도 내용물은 그대로였다. 평온한 것은 미리내 신녀뿐이었다.

짐작하고 있었는지 그녀는 함 안에 있는 책 한 권을 들어올렸다. 옆에 선 신녀에게 함을 넘겨주고 책을 펼쳐 훌훌 넘겨보더니 계마로에게 건네줬다. 얇은 입술이 비웃음을 머금고 살짝 비틀렸다.

"아무래도…… 부적은 아닌 것 같군요."

계마로도 같은 판단을 내리고 있었다. 그는 책을 빼앗듯이 받아 펼쳐 삼킬 듯이 한 장 한 장 읽어내렸다. 예상대로 장부였다. 안타깝게도 구린 재물을 챙기는 자가 응당 그렇듯이 남이 알아보기 힘들게 암호처럼 적혀 있었다. 재물이 들고 난 때와 이유, 그 규모를 적은 기록인 것은 확실했지만 딱 거기까지였다. 세세한 것을 알아내는 데는 시간이 필요했다.

바닥까지 다 드러난 보연의 얼굴은 절대 입을 열지 않겠다는 각오로 결연했다. 여기서 더 추락하지 않아야 살아날 실낱같은 가능성이라도 남았다.

계마로의 이마에 진한 실금이 그어졌다. 다른 때라면 보연을 추궁하거나 고신하면 될 일이었다. 이런 장부를 잘 보는 자를 수소문해서 내용을 알아낼 수도 있겠지만 지금은 그럴 여유가 없었다. 계마로에게 허락된 시간은 오늘까지였다.

그러다 퍼뜩 해류가 예전에 드팀전 상인과 거래하던 기억이 떠올랐다. 번개처럼 스쳐가는 묘안을 잡아챈 그는 회심의 미소를 지었다.

"인이 찍혀 있는 금편과 은괴를 따로 모아라. 출처를 확인할 것이다."

계마로의 판단은 적중했다. 곧 원하는 것을 찾아낸 그는 보연을 압송해 궁으로 돌아갔다. 봉문이 풀린 사당에는 갖가지 목적을 가진 사람들이 모여들었다. 일부러 엄하게 단속하지 않은 덕분에 안에서 벌어졌던 사건은 곧바로 국내성 곳곳으로 퍼져나갔다.

왕후 폐하를 독살하는 데 쓴 독이 사당에서 나왔다. 수품신녀인 보연이 사당의 보물과 약재를 몰래 팔아 배를 불렸다. 어마어마한 금은보화가 보연 신녀의 방에 숨겨져 있었다.

말이란 옮겨질수록 길어지고 고약해지는 법. 소문은 입에서 입을 거치면서 살이 붙더니, 그날 오후 무렵에는 보연 신녀가 누군가와 결탁해 왕후를 독살하려 했다는 것으로 완성되었다. 그 소문의 홍수 속에 명림가에는 치명적인 소식도 하나 화살처럼 꽂혔다.

보연 신녀의 비밀창고에서 나온 금편 대부분이 명림 상단의 것이다.

이는 명림가가 보연과 아주 밀접한 관계라는 증거였다. 보연에게 지속적으로 재물을 대주면서 그에 상응하는 무엇인가를 받았다는 것. 장래가 촉망되는 같은 절 노부의 신녀를 후원한다고 보기엔 그 규모가 너무 어마어마했다.

막대한 보화의 대가로 보연에게 무엇을 받았을지. 그것은 태왕이 마음대로 갖다 붙이면 되는 것이었다.

이 대의명분을 만들기 위해 사당을 쳤구나. 죽리는 곧바로 깨달았다.

태왕은 확고한 증거 없이 움직이지 않았다. 누명을 씌우거나 억지를 부려도 될 법한 상황에도 언제나 그래왔다. 정당한 명분 없이 도모하는 것은 당장은 수월해도 결국 무리수의 대가를 치른다. 때론 장수들이 반발했지만, 그는 한결같이 그 원칙대로 행보를 지켜왔다.

웅크리고 앉아 넘치도록 충분한 증거와 명목을 쌓으며 기다렸다가 결정적인 순간에 움직였다. 여기까지 마각을 드러냈다는 건 태왕 입장에서는 올가미가 완성되었다는 의미였다.

아직은 우리를 주시하며 기다릴 줄 알았는데. 이대로 있다간 태왕의 올가미에 목이 걸려 숨이 끊어진다. 그 전에 선수를 쳐 급습해야 한다.

죽리는 결단을 내렸다. 공들여 세운 계획을 버려야 하는 게 못내 아쉬웠지만 다른 여지가 없었다.

"속히 준비하라고 일러라. 오늘 밤 거사한다."

숨겨뒀던 병력을 집결시키라 지시를 내린 명림죽리는 곧바로 승평 왕자의 궁으로 말을 몰았다. 급작스러운 전개에 흔들리는 동맹을 단단히 잡아주고 거병에 정당성을 부여할 중심이 필요했다.

시키는 대로 떠봤더니 승평 왕자가 화를 벌컥 냈다며 고은은 눈물을 보였다. 낙담하는 손녀와 달리 죽리는 그것이 흔들림을 감추기 위한 왕자의 몸부림이라고 판단했다. 정말로 아무 욕심이 없다면 격동하지도 않았을 터. 고은이 뿌린 씨는 승평 왕자의 가슴에서 싹을 틔워 자라고 있다고 그는 확신했다.

때문에 그의 머릿속엔 왕자를 설득 못 하면 어찌하나, 같은 걱정은 한 톨도 없었다. 병력을 어떻게 운용해 왕궁을 급습하고 태왕을 찍어낼 것인지, 그 계획만이 가득했다.

태왕은 그들이 정교한 계획을 포기하고 당장에 들고일어날 수밖에 없도록 몰아세우는 데 성공했다. 먼저 치고 들어오길 기다리고 있을 게 분명했다. 그래도 그가 이렇게까지 급속히 움직이리라곤 예측하지 못할 것이다. 설령 알아챘다고 해도 한발 늦어 손쓸 수 없도록 해야 했다. 분명 불리하지만 아직은 전세를 역전시킬 수 있다.

그는 지금까지 수많은 정쟁과 위기에서 그를 구해줬던 직감과 지략을 믿으면서 말에 채찍을 가했다.

최대한 은밀히 행동했지만 명림 일가 주변에 촘촘히 뻗쳐 있는 촉수들을 완전히 피할 수는 없었다. 심상찮은 움직임이 감지됐다는 급보를 든 전령이 왕궁으로 달려왔다.

"역시 명림죽리답군. 이렇게 빠르게 반응할 줄이야."

태왕의 중얼거림엔 찬탄과 노여움이 혼재되어 있었다.

"아무래도 오늘 밤을 넘기지 않을 듯싶습니다."

"그래. 지금 상황에선 가용할 수 있는 모든 병력을 동원해서 선수를 치는 게 유일한 활로겠지. 짐이 그라도 그럴 것이다."

태왕은 망설이지 않았다. 예정보다 조금 빨라진 명령을 거침없이 내렸다.

"지금 국내성에 있는 수문위군을 모두 왕궁 주변으로 배치하고 좌군과 우군은 왕궁으로 오는 주작대로에서 대기하라고 하라. 절대 먼저 움직이지 말고 적이 쳐들어오면 그때 섬멸하라고 전해라. 중군은 각 부의 저택을 주시하다가 사병이 나온 곳을 치고 남은 자들을 압송하라."

"예. 지금 바로 전하겠습니다."

편전에 대기하고 있던 중앙군의 부장들이 번개처럼 달려 나갔다.

"절노부야 당연히 국상을 따르겠지만 다른 부는 그 정도 절박감과 결속력은 없을 터인데……."

을밀이 안타까운 뒷말을 무겁게 삼켰다.

명림죽리로선 건곤일척의 기습이지만 상대가 알고 대비하고 있으면 그 효과는 무용. 절노부는 물러설 곳이 없으니 사생결단이었다. 하지만 반란에 동참하기로 한 다른 부는 달랐다. 너무나도 다급한 결정이었다. 정세가 불리하다고 판단하면 쏙 빠져 각자도생을 택하는 무리가 나올 거였다. 그러면 그들을 한꺼번에 뿌리 뽑아버리려는 태왕의 오랜 도모가 물거품이 되는 판. 태왕이 왜 다 몰아넣은 사냥감을 쫓아버리며 명림만 잡기 위해 서두르는지 이해할 수 없었다.

속은 타지만 차마 입 밖에 내지 못하는 계마로와 을밀을 보는 태왕의 입도 썼다. 솔직히 그도 아깝긴 했다. 무려 다섯 해 가까이 공들여온 계획을 물거품으로 만들었다.

그렇지만 이 길뿐이었다. 남은 귀족들을 숙청할 기회는 다시 만들 수 있지만 해류를 둘러싼 위험을 제거하는 건 지금만 가능했다. 둘을 저울질하는 일은 아예 있을 수 없었다. 연금에서 풀려나는 즉시 두지는 부친에게 달려가 해류가 신라 속민의 딸이란 사실을 알릴 게 틀림없었다.

그는 을밀뿐 아니라 자신을 설득하듯 힘있게 단언했다.

"명림죽리가 사라지면 구심점을 잃고 갈팡질팡할 것이다. 적절히 남길 자는 남기고 순차적으로 정리하면 되니 아쉬워 마라."

해류. 네 안위를 위협하는 것은 하나도 남겨두지 않겠다. 조금만 기다려라.

태왕은 당장이라도 왕후궁으로 달려가 해류를 지키고 싶은 유혹을 눌렀다.

"종친들을 모두 왕궁으로 불러라. 명림의 모반을 알리고 어떻게 다스릴지 의논해야겠다."

"예. 알겠사옵니다."

명을 전하러 나가려는 주부의 등에 태왕은 등골이 서늘해지는 한마디를 보냈다.

"승평에겐 아무도 보내지 마라."

거의 비슷한 시각, 승평 왕자의 궁은 예상치 않은 손님을 맞고 있었다.

"왕자 전하, 왕자비 전하, 국상께서 오셨습니다."

"조부님께서?"

드디어?

고은의 맥동이 빨라지기 시작했다. 조만간 이런 날이 오리라고는 예견하고 있었다. 부친의 귀띔으로는 상달 중순의 사냥모임일 거라고 했는데 예상보다 빨랐다. 그녀는 기대 반, 걱정이 섞인 시선으로 승평 왕자를 훔쳐봤다.

"어디에 계시냐?"

"빈청에 모셨습니다."

"알겠다. 지금 나가겠다."

왕자는 국상의 방문이 의아한 듯 고개를 갸웃하면서도 만삭이 가까워 뒤뚱거리는 아내를 얼른 부축해 일으켰다.

명림죽리는 빈청 한가운데에 서 있었다. 초조히 기다리던 죽리는 고은과 승평 부부를 맞았다.

"국상, 앉으시지요. 어찌 서 계십니까. 차를 내오라고 하겠습니다."

"아닙니다, 전하. 지금은 그럴 시간이 없습니다."

"예? 무슨……?"

죽리가 느닷없이 무릎을 꿇었다.

"전하. 어지러운 정국을 바로잡고 도탄에 빠진 백성을 구해야 합니다."

"국상, 갑자기 무슨 말씀입니까!"

"저희 귀족들은 고구려의 근본을 짓밟는 천도를 핑계 삼아 불필요한 토목을 일으키고 국력을 쇠하게 하는 폭군의 독단을 막으려 목숨을 걸고 일어섰습니다."

벼락이라도 맞은 것처럼 승평의 몸이 경련하듯 크게 떨렸다가 굳어졌다. 승평이 펄쩍 뛰며 거부하지 않는 데 용기를 얻은 죽리는 비장한 어조로 왕자를 설득했다.

"무도한 폭군을 쫓아내고 새 시대를 열려고 하니 고조부이신 미천태왕처럼 부디 저희의 뜻을 받아주십시오."

석상처럼 꼼짝 않고 있던 승평이 휙 돌아섰다.

"국상. 나는 아무것도 듣지 않았습니다. 그러니 국상도 어리석은 시도는 멈추세요. 감당하기 어려울 정도로 많은 피가 흐를 겁니다."

"전하! 새로운 시대를 여는데 어찌 산통이 없겠습니까. 우리 고구려의 근간인 귀족들을 핍박하고 악행을 일삼는 폭군의 폭정을 멈추기 위해 필요불가결한 희생입니다! 저희는 모든 것을 버릴 각오를 했습니다."

고뇌 가득한 승평의 얼굴을 보며 죽리는 내심 쾌재를 불렀다. 권세는 사내에게 있어 가장 큰 쾌락이자 욕망이었다. 더구나 최고의 권좌에 앉을 자격이 있는 승평 왕자에겐 떨치기 힘든 유혹. 그는 승리를 확신했다.

지금 승평과 나란히, 벌써 움직이기 시작했을 병력에 합류하면 최상이었다. 확실하게 설득하고픈 마음이 굴뚝같지만 억지로 밀어붙였다간, 오히려 튕겨 나갈 수 있었다. 영리한 죽리는 승평 왕자가 충분히 고심한 뒤 권력욕에 완벽하게 굴복할 여유를 주기로 했다.

"소신은 지금 거병하여 왕궁으로 갑니다. 거기서 전하, 아니 폐하께서 오시기를 기다리고 있겠습니다."

태왕에게 올리는 절을 한 죽리는 바람같이 왕자궁을 벗어나 멀어졌다.

빈청에는 고은과 승평 둘만 남았다. 명림죽리가 남긴 영혹이 젊은 왕자 내외를 내리눌렀다. 그 무게에 짓눌린 듯 두 사람은 숨소리도 크게 내지 못하고 서로를 바라만 봤다. 그 숨 막히는 것 같은 적요를 깨뜨린 건 고은이었다.

"전하, 민심은 천심이라고 했습니다. 오죽하면 소수림태왕 때부터 전심전력으로 왕실에 분골쇄신해오신 조부님께서 저러시겠어요."

고은은 결연한 표정으로 그의 손을 잡아 제 배에 올렸다.

"조부님의 뜻을 받아주세요. 우리 아이를 위해서, 그리고 이 나라 백성을 위해서요."

방울방울 뺨을 타고 떨어지는 눈물은 서러울 정도로 고왔다. 자신의 흐느끼는 자태가 얼마나 아름답고 또 승평에게 어떤 효과를 미치는지 그녀는 잘 알았다. 목석도 돌아볼 정도로 절절하게 승평에게 애원했다.

"전하는 태왕이 되실 자격이 충분하십니다. 지금 폭군과 비교도 되지 않는, 훌륭한 태왕이 되실 겁니다."

고은은 승평의 묵묵부답을 긍정으로 판단했다.

"여봐라, 전하의 갑옷과 무구를 가져와라. 서둘러라!"

왕자비는 아랫것들이 꾸물거리는 걸 질색했다. 명이 떨어지면 득달같이 수행해야지 조금만 늦어져도 치도곤을 맞았다. 불벼락을 피하기 위해 하인들은 쏜살같이 움직였다.

고은은 비장한 표정으로 갑옷 안에 받쳐입는 가죽 저고리를 승평의 어깨에 걸쳐 입혀줬다. 철편 갑옷을 들려는데 승평이 그녀의 손목을 잡았다.

"되었소."

기어이 조부의 뜻을 거절하시려는가. 울먹거리는 고은의 눈시울을 손가락으로 가만히 훔쳐주더니 승평이 칼집을 허리에 찼다. 내적 갈등을 끝낸 그의 눈은 평온했다.

"갔다 오리다."

"전하!"

이번에는 감격의 눈물이 고은의 눈에서 넘쳐났다. 그녀는 움직이기 힘든 몸을 간신히 굽혀 그에게 태왕에게 준하는 예를 올렸다.

"무사히 대업을 이루시길 천신께 기도하며…… 기다리고 있겠습니다."

벅찬 가슴으로 고은은 준마를 타고 멀어지는 승평을 배웅했다. 지금 그가 가는 길이 태왕의 자리에 오르는 영광의 길이라는 것을 그녀는 믿어 의심치 않았다.

어둠이 깔리고 별들이 총총 떠올라 하늘을 수놓으려는 시각.

평소라면 해가 지기 전에 서둘러 집으로 돌아가는 백성들이 길에 붐비고 집집 굴뚝마다 저녁을 끓이는 연기가 나고 있을 때였다. 그런데 오늘은 달랐다. 국내성 곳곳에는 무장한 병사들이 모여들고 있었다.

일촉즉발(一觸卽發)의 심상찮은 분위기를 감지한 사람들은 서둘러 귀가해 문을 꼭꼭 걸어 잠갔다. 그렇게 반 시진 정도 지나니 큰길에는 개미 새끼 한 마리도 보이지 않았다. 오가는 사람과 수레로 매일 밤늦도록 북적이던 수도의 중심 주작대로에는 적막마저 감돌았다.

그 텅 빈 길 가운데 말을 탄 사내 하나가 내달리고 있었다.

주작대로 주변에 매복한 중앙 좌군의 얼굴에 난색이 떠올랐다. 갑옷도 입지 않은 차림새는 전투와는 상관없어 보이지만 허리에 찬 장도나 말을 보면 분명 무인이었다. 저쪽은 혼자뿐이니 제지하거나 활을 쏘아 죽이는 건 얼마든지 가능했다. 그러면 숨어서 기다리는 그들의 존재를 적에게 들킬 수 있었다.

어쩔지 묻는 수하의 시선에 지휘 장수가 용단을 내렸다.

"매복이 있는지 살피러 보낸 척후병일 수 있다. 모르는 척 통과시켜라."

어차피 단기필마(單騎匹馬). 천하장사 항우라도 혼자서 수문위군을 다 물리치고 왕궁으로 들어가지는 못할 것이다. 좌군을 이끌고 온 장수는 그들이 쳐야 할 적을 기다리며 시선을 돌렸다.

아무 제지도 없이 주작대로를 통과한 말은 왕궁의 남쪽 주작문 앞에 멈췄다. 삼엄하게 궁을 에워싸고 있던 병사들이 창을 세웠다.

"멈춰라!"

"나다. 문을 열어라."

수문위군의 부장이 대표로 한쪽 무릎을 꿇어 왕자를 맞았다.

"왕자 전하!"

조금 전부터 태왕의 부름을 받은 종친들이 속속 입궐 중이었다. 수행원이나 호위도 없이 단신으로 나타난 왕자를 보고 잠시 어리둥절했다. 급히 들라는 명을 받고 바로 달려오셨나 보다, 그리 짐작한 부장은 문을 조금 열었다.

"어서 드시지요, 전하."

문이 열리자 승평은 그대로 안으로 내달려 들어갔다.

거침없이 달린 승평 왕자는 편전의 담이 보이자 말에서 내렸다. 편전의 영역으로 들어가는 문을 지키는 병사들 역시 승평이 초대받지 않은 손님인 것을 몰랐다. 그들은 앞서 도착한 다른 종친들에게 한 것처럼 선선히 그를 편전 안뜰로 안내했다.

승평의 존재에 처음 놀란 것은 편전을 삼엄하게 지키는 호위대의 대장 을밀이
었다.

"전하!"

"폐하를 뵈어야 한다."

어찌해야 하나. 짧은 찰나 을밀의 머릿속이 바쁘게 돌아갔다.

태왕이 딱 집어 승평 왕자를 부르지 말라고 한 이유를 그 자리에 있었던 자들은
모두 짐작했다. 그런 그가 이 긴박한 상황에 직접 찾아와 태왕을 뵙기를 청한다는
건 어떤 의미인지. 여러 가능성을 그리면서 일단 시간을 끌었다.

"잠시만 기다리십시오. 폐하께 고하겠습니다."

을밀은 편전 서쪽, 종친들과 태왕이 모여 있는 접견실로 직접 달려갔다.

"폐하, 왕자 전하께서 오셨습니다."

두런두런, 안에서 낮게 오가던 대화가 뚝 끊겼다. 잠깐 침묵이 내려앉는가 싶더
니 태왕의 답이 곧 돌아왔다.

"모셔라."

"예."

을밀은 승평에게 돌아와 그의 앞에 섰다.

"전하, 어서 드시지요."

을밀이 내민 손에 승평은 허리에 찬 장도를 풀어 올려줬다.

성큼성큼 안으로 들어가는 그를 따르는 을밀의 속은 타들었다. 장도는 치웠지
만 품에 소도나 단도를 감췄을 가능성이 있었다. 설령 그렇다고 해도 지금까지 한
번도 하지 않았던 몸수색을 오늘 할 수는 없는 법. 만약을 대비해서 언제든지 빼내
어 벨 수 있도록 칼자루를 단단히 잡고 뒤를 따랐다.

접견실 중앙에는 태왕이 앉아 있었다. 먼저 도착해 있던 종친들은 승평이 들자
얼른 일어섰다. 탁자에 펼쳐진 국내성의 지도를 보고 있던 태왕이 고개를 들었다.
아우를 본 그의 입술이 부드럽게 휘었다.

"이리 갑자기 들다니, 무슨 일이냐?"

평소처럼 맞아주는 태왕의 음성에는 희미한 호기심 말고는 아무것도 비치지 않

앗다. 반대로 왕자와 태왕을 지켜보는 이들의 손아귀에는 땀이 맺혔다. 긴장감에 눈알만 굴려 태왕과 승평을 번갈아 응시했다.

그들에겐 영원처럼 길게 느껴진 시간이었지만 실은 아주 짧은 순간이 흘렀다. 숨도 못 쉬고 있는데 승평이 무릎을 꿇었다.

"국상이 반란을 일으켰습니다. 지금 절노부의 사병을 이끌고 왕궁으로 오고 있습니다."

시립해 있던 종친 둘이 화들짝 놀라 서로를 마주 봤다. 그들도 방금 왕궁에 와서 태왕에게 들은 급보였다. 가장 먼저 와 태왕을 지키고 있어야 할 승평 왕자가 보이지 않자 반역도들이 그를 추대했다고 추측했다. 그런데 승평 왕자도 달려와 같은 소식을 전하니 몹시 혼란스러웠다.

어떻게 반응해야 할지. 다들 어쩔 줄 몰라 하는 가운데 태왕이 천천히 자리에서 일어섰다. 승평의 앞에 선 그는 승평의 떨리는 어깨에 손을 올렸다. 그 손에 꽉 한 번 힘을 줬다. 왕자를 일으켜 세운 그는 아우의 귀에만 들리게 속삭였다.

"고맙다."

너를 죽이지 않게 해줘서.

뒷말은 눈으로만 하고 몸을 돌린 태왕의 용안에서 온기가 싹 사라졌다.

"왕자가 증언했듯이 역도들이 왕궁을 향해 오고 있다. 두 번 다시 우리 고구려에 이런 일이 반복되지 않도록 진압하고 엄중하게 처단할 것이다."

절노부의 연합군은 왕궁을 향해 출발했다. 선두에 선 것은 명림죽리를 비롯해 절노부를 대표하는 세 가문의 가주들. 보는 눈을 의식해 기세등등하게 병사를 이끌고 있지만 속내는 달랐다.

바로 소노부와 순노부에게 사병을 이끌고 달려오라 연통을 보냈지만 감감무소식. 전령으로 갔던 자들은 가주들이 자리를 비웠다는 빤한 핑계만 듣고 빈손으로 돌아왔다.

꽁무니를 빼버렸구나.

피차 절절한 우의나 의리보다는 이득을 좇아 뭉쳤다. 같은 상황이라면 그 역시 비슷한 결정을 했을 터였다. 그래도 일부는 합류해주지 않을까, 일말의 기대를 품었는데 하나도 남김없이 등을 돌린 이 배신은 뼈아팠다.

조금 전 고은이 전해준 소식은 암담한 가운데 빛이었다. 승평 왕자가 반정에 참여하기 위해 집을 나섰다고 한다. 여기 오지 않은 이유는 왕자가 자신의 휘하 군대를 데려와 이끌기 위함일 것이라고 짐작했다. 충성스럽고 용맹한 왕자의 직속 군단이 합류하면 그야말로 천군만마를 얻은 격. 예상치 못하고 있는 전력이 왕궁을 급습해 전열을 흩트리면 충분히 승산이 있었다.

왕자께서 왕위에 오르면 오늘 우리를 배반한 네놈들부터 손봐줄 것이다. 하늘을 우러러 복수를 맹세한 그는 병사들의 사기를 북돋기 위해 말 머리를 뒤로 돌려 크게 외쳤다.

"승평 왕자 전하께서 군사를 이끌고 우리와 합류하실 것이다! 새로운 태왕의 시대를 여는 공을 세워 대대손손 부귀영화를 누리자!"

"와아아아!"

다른 부의 사병들은 왜 하나도 보이지 않는지. 주눅과 염려로 꺾이려던 기세가 그 한마디로 불에 기름을 부은 듯 확 살아났다.

숫자를 부풀려 보이기 위해 앞에 선 자들은 양손에 횃불을 들고 행군했다. 왕궁의 정문이자 중심인 주작문을 피해 북쪽의 현무문으로 우회해 달려가는 행렬은 곧바로 태왕의 군대에 보고됐다. 각 군의 지휘관은 여러 가지 경우의 수에 맞춰서 세운 작전대로 기민하게 움직였다.

"좌군의 반은 지금 바로 북쪽으로 이동해 현무대로에 잠복한 우군에 합류하라. 나머지는 여기서 주작대로를 지킨다."

"역도들이 현무문 구경도 하지 못하도록 하자!"

"폐하가 계시는 왕궁이다. 목숨을 걸고 지켜야 한다."

"중군은 절노부 명림, 우, 주씨의 본가로 가서 가솔을 추포하라."

"소노부, 순노부의 가주들이 섣불리 움직이지 못하도록 군사를 풀어 그 주변을 경계하라.”

이처럼 만반의 태세를 갖추고 기다리는 것을 모르는 절노부 사병들은 현무대로로 들어섰다. 자주 오가던 익숙한 장소였건만, 활기차던 길은 괴괴할 정도로 어둡고 고요했다. 쥐 죽은 듯 조용한 가운데 그림자만 일렁이자, 왠지 모를 압박감에 병사들의 발걸음이 느려졌다.

우씨, 주씨 가주 역시 오싹한 예감에 저도 모르게 침을 꿀꺽 삼켰다.

“국상, 왕자 전하께서는……?”

“오고 계시오. 어쩌면 협공을 위해 주작문으로 가셨을 수도 있소.”

“그렇다면 다행이고요.”

우물쭈물 주저하는 기색에 죽리는 이마를 찌푸렸다. 지휘관인 자신들도 반정의 중압감에 움츠러들고 있는데 뒤를 따르는 병사들의 두려움은 말할 필요도 없을 터였다. 시간을 끌면 사기가 꺾이고 이탈자가 나올 수 있었다. 아무 생각도 할 수 없게끔 몰아붙여야 했다.

“자, 현무대로 끝에 왕궁이 있다! 폭군을 몰아내고 성군의 시대를 열자!”

명림죽리가 장도를 빼 높이 쳐들고 달렸다. 우씨와 주씨 가주와 아들, 형제들도 그를 따랐다. 대로를 거침없이 달려 중간쯤 접어들었을 때였다. 요란한 소음을 내며 소리화살이 날아오더니 그걸 신호로 주변의 건물과 골목에서 화살이 쏟아지기 시작했다.

“아악!”

행렬의 중간에 선 자들이 비명을 지르며 우수수 쓰러졌다. 행군의 허리 부분에 화살비가 우수수 내리자 기세등등하게 돌진하던 병력은 두 동강이 났다. 그 사이를 끊듯이 어둑한 골목에서부터 태왕의 병사들이 물밀듯 튀쳐나왔다. 태왕군은 후미를 끊어내면서 앞선 쪽을 압박했다.

아무리 사기가 높아도 사병이 수많은 전투에 단련된 정규군을 효과적으로 압박하기는 쉽지 않았다. 그런데 기습하러 왔다가 도리어 역습을 당하니 절노부의 사병들은 허둥지둥 넋을 놓았다. 후미는 필사적으로 달아나기 시작했다.

운 좋게 사지에서 벗어났다고 착각한 것도 잠시, 주작대로에 매복했던 좌군의 반이 어느새 달려와 진을 치고 있었다.

"반역자들을 처단하라!"

그 명령을 신호로 본격적인 도륙이 벌어졌다. 이미 전의를 잃은 절노부 사병들은 대적하거나 저항할 의지마저 사라졌다. 남은 것은 미칠 듯한 공포와 생존본능뿐. 이리 뛰고 저리 뛰면서 비참한 운명을 피해보려고 애썼지만 소용없었다. 무자비한 칼날에 하나둘 스러져 현무대로에는 피의 강이 흘렀다.

선봉대의 상황도 크게 다르지 않았다. 다만 퇴로가 막혔다는 것을 깨닫자 필사적으로 저항은 하고 있었다. 전쟁이나 전투 경험이 적은 사병 위주인 후미와 달리 선봉대는 노련한 병력과 지휘관들도 건재했다. 초반에는 허를 찔려 주춤했지만 곧 전열을 회복해 공방을 벌이는 형국까지 갔다.

"이 포위를 뚫고 왕궁으로 가 태왕을 잡아야 한다!"

"모두 힘을 내라!"

얼마나 더 버틸 수 있을까. 그들에겐 지금 이 전력이 전부였다. 반대로 이제 급보를 전해 받은 태왕의 군대가 국내성과 그 주변에서 달려올 터였다. 시간을 끌면 끌수록 불리했다.

물러설 곳이 없다는 자각이 그들을 강하게 했다. 서서히 거센 방어선이 밀리며 조금씩 전진하는 게 느껴졌다.

"죽으려고 하면 살고 살려고 하면 죽는다! 우리는 하늘이 돕는 일당백, 일당천의 절노부 용사들이다. 폭군을 치러 가자!"

명림죽리의 독려에 기운이 샘솟는지 절노부 사병들의 기세가 다시 거세졌다.

갑자기 사기가 올라 달려드는 사병들을 대적하는 우군 장수의 수염이 노여움으로 흔들렸다. 단기전의 승패는 기세에 달린 경우가 많았다. 지금 승세를 잡아야 했다. 그는 독이 잔뜩 올라 고함을 내질렀다.

"한갓 사병에게 고전하다니 네놈들이 고구려의 우군이 맞느냐! 이들을 수문위군에게 넘겨줄 것이냐!"

그 질책은 배수진을 치고 덤비는 적에게 밀리던 병사들의 정신을 번쩍 일깨웠다. 왕후가 직접 수놓은 봉황기를 받았다고 거들먹대는 꼴도 보기 싫은데 모반을 진압하는 공까지 빼앗긴다고? 망신도 그런 망신이 없었다. 절대 있어선 안 되는 참변이었다. 그들도 죽기 살기로 창을 들어 찌르고 칼을 휘둘렀다.

조금 나아지는가 싶던 전세는 일진일퇴로 돌아갔다. 희미하나마 희망의 빛을 보던 역도들은 가까워진 저승의 그림자를 인지했다. 그렇더라도 여기서 포기하면 정말 나락. 마지막까지 결사 항전할 의지를 다지는데 그들을 막아선 좌군의 뒤쪽에서 한 무리의 병사들이 몰려오는 게 보였다.

태왕이 원군을 보낸 거라면 더는 승산이 없었다. 맥이 쭉 빠지려는데 선두에 선 장수가 눈에 익었다. 병사들을 이끌고 달려오는 사람의 얼굴이 그 옆에서 달리는 부장이 든 횃불에 비치자 절노부 지휘관들의 입술에서 탄성이 흘러나왔다.

"왕자 전하!"

"전하가 오십니다!"

왕궁을 벌써 공략하고 우리를 구하러 온 것인가.

광명 같은 존재에 사라지던 기운이 돌아왔다. 승평 왕자가 가세해 뒤를 쳐주면 이 포위를 뚫을 수 있다. 그러면 왕궁까지는 파죽지세로 밀고 간다. 그들은 칼손잡이를 잡은 손에 힘을 꽉 줬다. 막아서는 병사를 베고 달려 나가려는 순간 저 너머에서 청천벽력이 울렸다.

"역도들을 모조리 다 베고 절노부의 가주들은 생포하라!"

그들을 생포하라고 명령하는 저 음성은 분명 승평 왕자의 것이었다. 반군에 합류하기 위해 왕자궁을 나섰다면서, 왜 저기서 그를 태왕으로 모시려는 우리를 잡으라고 하는가. 머릿속이 뒤죽박죽, 이지가 사라진 것처럼 하얗게 텅 비었다. 언제나 자신만만하고 여유롭던 명림죽리마저도 넋이 나갔다.

승평은 그들이 혼란스러워할 여유도 주지 않았다.

"어명이다. 상하거나 다쳐도 상관없다. 백성들 앞에서 일벌백계를 보일 수 있도록 수괴들의 목숨만 붙어 있으면 된다."

기세를 높여 포위망을 뚫고 왕궁을 쳐도 간당간당한 상황이었다. 처참한 종말을 예감하며 힘이 빠지고 있는 형국에 승평의 배반은 최후의 일격이었다. 도끼와 방패, 창검이 부딪치고 뼈와 살을 베는 섬뜩한 소리와 비명이 난무했다. 사기를 잃은 반란군은 추풍낙엽처럼 스러졌다.

절노부의 가주나 직계들은 잡혀서 치욕을 당하느니 여기서 죽겠다는 각오로 저항했지만 태왕의 병사들은 그마저도 용납하지 않았다. 목숨만은 붙여서 끌고 오라는 엄명을 지키려 필사적이었다.

승평 왕자가 온 뒤 한 시진도 되지 않아 상황은 종료됐다.

치열한 싸움과 살육은 거짓말이었던 것처럼 사위가 조용해졌다. 어두운 밤하늘 아래 피비린내와 고통스러운 신음만 남았다. 승평 왕자는 피가 묻은 칼을 집에 넣었다. 그리고 천천히 말을 몰아 포로들에게 다가섰다.

무릎 꿇려진 우씨와 주씨 가주 형제들과 그 아들들. 명림죽리와 아우들, 장남 소규. 혹시라도 혀를 물어 자진할까 재갈까지 물린 그들에겐 영화롭고 위세 높던 모습은 간데없었다. 고구려 최고의 명문거족이 아니라 피를 뒤집어쓴 초췌한 노인 혹은 중늙은이들일 뿐이었다. 승평의 눈이 빈 사람을 찾아 헤매자 눈치 빠른 부장이 고개를 숙여 사죄했다.

"용서하십시오. 명림설로⋯⋯는 사로잡기 직전에 자진을⋯⋯. 막으려고 했으나 너무 빨라서 그만⋯⋯."

그 시선을 따라가자 대역죄인들 옆에 주검이 있었다. 분명 아는 얼굴인데 낯설었다. 단도가 관통한 목에는 아직도 굳지 않은 피가 찐득하니 흘렀다. 이미 생명이 떠난 시신임에도 부릅뜬 눈에는 그가 마지막까지 느꼈을 격통이 생생하게 남아 있었다.

승평 왕자는 명림죽리를 지나쳐 말에서 내렸다. 몸을 굽혀 장인의 눈을 감겨준 뒤 옆에 떨어진 투구를 들어 얼굴을 덮어줬다. 그가 처가에 해줄 수 있는 배려는 여기까지였다.

어리석은 사람들.

안타까움과 분루를 삼키며 그는 애마에 올랐다.

"죄인들을 끌고 가라."

모두 왕궁으로 압송되자마자 추국이 시작될 거라고 예상했다. 하지만 태왕은 정전 앞뜰에 역도 수괴들을 끌어다 놓으라는 명령만 내리고 편전에서 나오지 않았다. 찬 돌바닥에 명림죽리를 비롯한 절노부 귀족들이 묶여 엎드려진 가운데 밤은 새벽으로 넘어갔다.

동녘이 희미하게 밝아올 무렵, 각 부의 수장과 귀족들이 궁에 들었다.

한밤에 찾아온 태왕의 사자는 새벽 일찍 찬역을 저지른 자들의 국문과 치죄가 시작될 것이니 빠짐없이 입궁하라는 명령을 하달했다.

죄가 없는 자들은 없는 대로, 절노부와 더불어 모반을 도모했던 자들은 있는 죄를 들킬까 봐 밤새 한숨도 잠을 이루지 못했다. 살아 돌아올 수 있기를 기도하며 해가 뜨기도 전에 서둘러 왕궁으로 들어왔다. 처자식과 이승에서 마지막 만남이라 여기고 작별인사와 유언까지 남긴 자도 있었다.

마지막에 발을 뺀 자들은 도살장에 끌려가는 심정으로 정전을 두른 담 안에 들어섰다. 태왕의 직속 호위대와 친위대, 수문위군이 빈틈없이 둘러싸 살기등등한 분위기에 더욱 움츠러들었다.

곧이어 새벽빛 아래 드러난 광경에 경악했다. 바닥에 엎드린 자들은 반은 산송장이나 다름없는 명림죽리를 비롯한 절노부 귀족들. 바로 며칠 전까지 함께 국사를 논하고, 같이 사냥을 다니거나 기루에서 어울렸다. 특히 그와 함께 반정을 준비했던 소노부와 순노부 귀족들의 등에선 식은땀이 줄줄 흘렀다.

우리는 어제 움직이지 않았다. 다행히 증거는 없다. 만약 함께한 걸 알았다면 태왕이 우리를 멀쩡히 내버려두지 않았을 것이다.

당장이라도 갈비뼈를 뚫고 튀어나올 듯 벌렁거리는 가슴을 진정시켰다. 혹시 눈이라도 마주칠까, 입안의 혀처럼 굴며 깍듯하게 모시던 국상을 외면했다.

머리 위에 당장이라도 떨어질 듯 칼날이 대롱거리는 공포는 고등신 사당의 일자감 여리지가 가장 크게 느끼고 있었다. 어젯밤 그에게도 궁에서 사자가 왔다. 침착함을 가장하고 있지만 쓰러지기 직전. 보연과 그는 명림가의 역모에 직접 참여하지는 않았지만 물밑에서 지원해왔다. 역도의 국문에 신관까지 부르는 전례에 없는 통보는 필시 그의 연루를 안다는 의미였다.

차라리 어제 독을 삼키는 게 낫지 않았을까. 그랬다면 온전하게 죽었을 텐데.

그러면서도 그는 희망을 놓지 못했다.

반란에 연루되지 않은 귀족들은 여리지에게 의아한 눈초리를 보내면서 태왕을 기다렸다. 좌불안석하는 가운데 병사들이 형틀을 날라 왔다. 그들은 국상과 귀족들을 거칠게 잡아 형틀에 올렸다.

"으윽……."

어제 입은 부상에다 밤새 찬 바닥에 꿇어 있었다. 딱딱하게 굳은 몸이 움직여지자 고통스러운지 여기저기서 끙끙 앓는 소리가 흘러나왔다.

연이은 비명과 신음에도 병사들의 손길엔 티끌만 한 자비도 없었다. 감히 그림자 끄트머리도 밟지 못하던 이들을 패대기치듯 형틀에 묶었다. 등을 돌린 동조자들의 눈에는 저기에 내동댕이쳐지는 게 마치 자신 같았다. 섬찟함을 이기려 어제까지의 동조자들은 남몰래 눈을 감았다.

긴장감과 공포가 최고조에 달했을 무렵, 쩌렁쩌렁한 목소리가 울렸다.

"태왕 폐하 듭십니다."

정전 앞뜰에 있던 귀족들이 일제히 한쪽 무릎을 꿇어 태왕을 맞았다. 활짝 열린 정전 대청의 옥좌에 태왕이 앉았다. 태왕을 따라온 승평 왕자가 바로 한 계단 아래에 서고 태왕의 호위와 직속 친위부대의 장수와 부장들이 줄줄이 자리를 잡았다.

태왕이 눈짓하자 주부가 역도들의 죄상을 크게 알렸다.

"절노부 명림씨, 우씨, 주씨, 세 가문은 고구려의 오랜 귀족으로 왕실과 국가에 충성을 바쳐야 함에도 감히 역모를 계획하여 왕후 폐하를 독살하려고 시도했다. 그 음모가 탄로 날 위기에 처하자 어젯밤에 반란을 일으켜 태왕 폐하까지 시해하고 새 왕을 세우려고 했다. 천신의 도우심으로 저들의 간악한 계략을 제지할 수 있었다. 오늘 역도들의 죄를 낱낱이 밝히고 벌하려고 한다."

깎아놓은 석상처럼 꼿꼿이 정면을 응시하던 태왕의 얼굴이 옆으로 살짝 움직였다.

"승평."

태왕의 부름에 승평 왕자가 중앙으로 나왔다. 모두의 시선이 승평 왕자에게 모였다.

"승평, 네가 아는 것을 고하라."

이런 심각한 자리에 어울리지 않을 정도로 온화한 음성이었다. 그럼에도 선득함이 가득해, 태왕과 왕자를 올려다보는 이들은 오금이 얼어붙었다.

"예. 폐하."

왕자는 무표정한 얼굴로 정전 안뜰에 시립한 귀족들을 내려다봤다.

순간 소노부와 순노부 동맹자들은 간담이 서늘해졌다. 명림죽리는 승평 왕자도 반정에 동조했다고 했다. 왕자 역시 막판에 배신했을 것이다. 만약 죽리가 왕자를 설득하기 위해 가담한 가문을 전부 알려줬다면?

그러면 여기에서 산목숨으로 걸어 나갈 사람은 하나도 없었다. 흙빛이 된 얼굴을 감추려 고개를 조아리며 저승사자 같은 왕자의 발고를 기다렸다.

"명림죽리가 어제저녁 왕자궁에 찾아와 거병한다며, 제게도 가담할 것을 권유했습니다."

"왕자의 고변에 대해 반박할 말이 있는가?"

태왕의 서늘한 물음에 죽리가 고개를 번쩍 쳐들었다.

"없소. 어리석은 자를 택한 바람에 폭군을 폐하지 못한 것이 억울할 따름이오."

존대를 버린 언행에 좌중이 술렁거렸다. 분노하는 속삭임도 파도치듯 퍼져나갔다. 당장이라도 저 방자한 주둥이를 다시 틀어막을지. 죽리 옆에 선 호위가 묻는 시선으로 태왕을 올려다봤지만, 그는 무심하니 미동도 하지 않았다.

"심계 깊고 치밀한 네가 절노부의 사병만으로 거병했다고는 믿을 수 없다. 너를 배반한 자들이 누구인지 고하라. 그러면……."

태왕은 말을 끊고 아래를 죽 훑었다. 그 시선이 닿는 곳마다 죄가 있든 없든 안색이 허옇게 질려버렸다.

"능지처사만은 면해주겠다."

모두가 움찔했다. 사지를 찢어 죽이는 가장 잔혹한 형벌. 역도의 수괴에게 마땅한 처벌이긴 하지만 그 참혹함을 상상하자 몸서리가 쳐졌다. 더더욱 사색이 된 것은 절노부와 굳게 동맹을 언약했던 소노부와 순노부의 가문들이었다.

가장 끔찍한 죽음을 경감해주고 배신자에게 보복까지 할 수 있다니 명림죽리

입장에선 거절할 이유가 없었다. 저 입에서 자신들의 이름이 줄줄이 쏟아져나올 터였다. 자신들의 팔다리도 굵은 밧줄에 묶여 찢기는 환상에 다리가 후들거렸다.

이럴 줄 알았으면 차라리 어제 죽기를 각오하고 나설 것을. 뒤늦게 후회하며 조마조마하게 명림죽리가 입을 열기만 기다렸다.

놀랍게도 명림죽리는 피식 실소를 흘리더니 단호하게 머리를 가로저었다.

"우리 절노부만이 거병했소."

아직 재갈을 물고 있는 절노부 귀족들이 동시에 죽리가 있는 방향으로 고개를 돌렸다. 어째서 우리를 배신한 자들의 허물을 덮어주느냐고, 다들 길동무를 만들어서 함께 가자는 무언의 절규가 쏟아졌다. 그러나 죽리는 그 소리 없는 아우성을 무시하고 꼿꼿하게 태왕과 승평을 응시했다.

그의 눈빛은 패배를 인정함에도 비굴함은 없었다. 도리어 도전적으로도 보였다. 최후를 앞뒀음에도 형형한 그의 안광은 흡사 이렇게 말하는 것 같았다.

나는 안타깝게도 패배하고 떠나지만 당신 뜻대로 되지는 않을 것입니다. 내가 남기는 화근덩어리들과 다시 힘겹게 싸워보시지요.

끝까지 굽히지 않는 오랜 정적. 그를 담담하게 내려다보는 태왕의 동공에 희미한 경탄과 연민이 스쳐 지나갔다. 그것은 찰나였다. 아래를 향한 옥음엔 서슬 퍼런 분노와 위엄만이 가득했다.

"귀족들을 이끌며 국정을 책임져야 할 국상이었음에도 찬역을 일으킨 명림죽리는 주작대로에서 능지처사에 처하고 그 머리는 성문에 열흘간 효수한다."

비참한 최후를 각오했음에도 능지처사란 단어는 무거웠다. 초연하게 허공을 응시하던 죽리가 눈을 꼭 감았다가 새파랗게 질린 얼굴로 처벌을 기다리는 다른 이들을 흘끗 일별했다.

"우씨와 주씨 가주는 화형, 나머지는 투석형에 처하고 역시 수급을 베어 나란히 효수하라."

"예! 바로 시행하겠나이다."

"잠깐."

역도들을 끌고 나가려던 병사들은 태왕의 제지에 움직임을 멈췄다.

태왕은 사력을 다해 태연함을 가장하고 있는 소노부와 순노부의 가주들에게 시선을 꽂았다. 콕 짚어 절노부와 결탁했던 가문들이 하나하나 불렸다.

"엄중하게 집행해야 하는 일이니 널리 그 엄중함과 위엄을 보이는 의미에서 각 부의 가주들이 직접 주관하는 것이 옳을 것 같다. 소노부 욕살 해사무가 상중이니 소노부의 대실과 다른 가문들이 명림죽리의 능지처사를 주관하고 순노부에선 욕살 걸사비유가 남은 자들의 처형을 책임지고 집행하라."

우리도 동조했던 것을 알고 계신다.

대실씨의 가주 형발소는 휘청하는 전신을 겨우 가눴다. 비지땀으로 등이 축축해진 것은 물론이고 바지를 적신 자들도 있었다.

연유는 모르겠으나 당장은 그들을 죽이지 않겠다는 소리였다. 활짝 열린 저승 문 바로 앞에서 멈춘 귀족들은 흩어진 정신을 수습하며 허리를 깊이 숙였다.

"예. 성심을 다해 폐하의 뜻을 받들겠사옵니다."

사색이 된 자들과 한기가 팍팍 도는 태왕을 보며 무관한 이들은 머리를 굴렸다.

아무리 봐도 절노부만 단독으로 난을 일으켰을 리가 없었다. 명림죽리 말고 다른 수괴들을 고신하면 바른말이 나올 것이다. 반란에 연루되지 않은 자들은 그리 아뢰고 싶어 입이 근질거렸다. 저들을 제거한 뒤 달콤한 과실을 나눌 꿈을 꾸며, 누가 나설까 눈치를 봤다.

태왕은 그들의 기대를 여지없이 깨줬다.

"영락태왕 때 각 성의 병사들을 국가에 속하도록 하고 나머지는 사병으로 남겨주셨던 관용이 이런 변을 만든 것 같다. 다시는 이같이 간악한 뜻을 품는 자가 생기지 않도록 모든 부의 사병들은 오늘부터 중앙군에 귀속해 직접 관리하겠다."

명림죽리의 조력자들은 왜 그들이 살아남았는지 그제야 이유를 알았다. 사병과 우리 목숨을 바꿔 눈감아주신 거로구나.

귀족의 세력을 지탱해주는 양대 축은 토지와 상단을 통한 재물, 그리고 사병이었다. 전대 태왕 때 일부를 빼앗겼고 오늘 나머지를 고스란히 다 태왕에게 바치게 되었으나, 그래도 사지가 찢기거나 불에 타 죽는 것보다는 나았다.

감히 반발할 엄두도 내지 못했다. 죄상이 덮어진 죄인들은 감지덕지하면서, 무죄한 이들도 덩달아 입도 떼지 못한 채 그날로 모든 사병을 태왕에게 헌납했다.

잇따른 철퇴에 정신을 수습하려는 노력이 무색하게도 태왕은 고삐를 늦추지 않았다.

"반역에 연루된 절노부 가문의 재산은 몰수하고 직계 남자 중 열 살을 넘은 자들은 사형, 혼인하지 않은 직계 여자들은 노예로 만들어 변방 성으로 보내라. 열 살 아래의 사내아이들과 다른 가솔들도 남자들은 노예로 떨어뜨려 변방의 성과 노역장으로 추방하고 혼인으로 그 집안에 들어온 여자들은 빈손으로 쫓아내라. 입은 옷을 제외하고는 어떤 재물도 지녀선 안 된다. 곧바로 시행하라."

"예!"

태왕의 명이 떨어지자마자 득달같이 달려 나가는 일련의 무리를 보면서 절노부와 혼맥을 맺은 사람들의 눈에 안타까움이 맺혔다.

차라리 노예가 되는 게 낫지 않나. 그러면 최소한 비바람을 막아줄 지붕 아래서 끼니는 때울 텐데. 조만간 무서리[7]와 손돌이추위[8]가 몰려올 텐데 어쩌나.

역도의 가솔이니 친정도 거두기를 망설일 터. 맨몸으로 거리에 나앉을 이들이 당할 고초가 훤히 보였다. 도움 없이 살아남으려면 노예로 자신을 파는 방법이 거의 유일했다. 늦건 빠르건 결국 노예가 될 운명. 그렇지만 절노부에 속했다는 이유만으로 목이 베여도 마땅한 여인들이었다. 살려주는 것만으로도 어마어마한 관용이니 아무도 나서지 못했다.

그들은 몰랐다. 이 엄혹한 처벌 가운데 독일무이(獨一無二)하다시피 한 그 관용이 누구 때문인지를.

절노부에게 저승사자가 될 병사들이 달려가는 걸 무심히 지켜보던 태왕이 남겨둔 사냥감에게 칼을 들이댔다.

"여리지."

---

7 늦가을에 처음 내리는 묽은 서리
8 10월 중하순에 갑자기 닥치는 심한 추위

"예? 예에. 폐하."

구석에서 고개를 푹 숙이고 있던 여리지가 화들짝 놀라 머리를 들었다.

"중계 윗별이 북극성을 범하고 붉게 빛나는 것은 제후나 상공이 역모를 꾸민다는 의미인데, 짐도 보는 것을 어찌 너는 알리지 않았느냐?"

여리지의 얼굴이 하얗게 질리다 못해 푸르딩딩해졌다.

"그것이……."

태왕도 천기를 읽는 법을 배우지만 정무에 쫓기니 날마다 꼼꼼하게 살필 수는 없었다. 매일 일자들이 관측한 것을 일자감이 중요한 것만 추려 정리하고 해석해 올렸다. 그 빈틈을 이용해서 알리고픈 징조들 위주로 보고하는 것은 일자감의 권한이자 숨은 특권이었다.

전횡으로 인한 폐단을 막기 위해 부여신 사당과 고등신 사당을 경쟁시켜 상쇄시켜왔다. 그 견제 장치는 그와 보연 신녀가 명림의 그늘에 들어가 손을 잡으며 무력화됐다.

피차 몸을 사리느라 대놓고 의논하지는 않았지만 명림죽리가 승평 왕자에 대한 천기를 집요하게 물을 때 이미 눈치챘다. 공을 세우면 고등신 사당의 일인자가 되리라는 오만과 판단 착오의 결과가 바로 이것이었다.

작은 것을 인정해 죄를 받고 큰 벌은 피하자. 잽싸게 머리를 굴린 그는 바닥에 납작 엎드려 백배사죄했다.

"폐하, 소신의 무능력과 나태를 벌하여주시옵소서. 사보(四輔)[9]에 혜성이 범한 것을 보고 대신이 죽거나 쫓겨날 것이란 예언에만 현혹되어 가장 중대한 중계를 놓쳤나이다."

실은 하늘이 알려주는 역모의 징조를 무시해왔다. 대를 이어 꾸준히 사당의 영향력을 축소해온 태왕에게 품은 반감이 그를 죽리에게 기울게 했다. 최근에는 승평 왕자와 명림가를 위한 축성제까지 남몰래 드려왔던 터였다. 결탁한 게 발각되면 그

---

9 옥황상제를 호위하는 벼슬아치 별자리

도 지금 형장이 마련되길 기다리는 절노부 귀족들과 같은 운명이 될 것이다. 오매불망해왔던 고등신 사당의 대신관은 고사하고 목숨도 간당간당해졌다.

그가 명림죽리와 얼마나 끈끈한 관계인지는 태왕도 간파하고 있었다. 언젠가는 그 대가를 치르겠지만 이미 많은 피가 흘렀다. 후일을 기약하며 기민하게 자기 살 구멍을 판 여리지의 장단을 맞춰줬다.

"여리지는 파직하고 사당에서 무기한 근신하라. 후임 일자감은 짐이 직접 선발해 임명하겠다. 부여신 사당에선 수품신녀가 사사로이 극독을 유출하여 왕후를 독살하는 데까지 쓰이도록 했다. 직접적으로 관여하지는 않았다고 하나 사당의 보물로 잇속을 챙기고 기강을 흩트린 죄가 크다. 파문하여 국내성에서 영원히 추방하고 고구려의 어느 성에도 발을 들이지 못하도록 하라."

여리지는 사색이 되어 엎드렸다.

그 누구도, 고구려 건국 이래 일자감은 고등신 사당의 신관만 올랐다는 전례를 일깨울 엄두도 내지 못했다. 부여신 사당 보연의 문제도 그랬다. 신관과 신녀들의 죄는 사당 안에서 처벌해왔다. 국법을 어긴 죄도 역모가 아닌 한 태왕은 관여하지 않았었다.

신권과 왕권. 암묵적으로 존중해온 서로의 영역과 금기가 .깨어진 것. 이날로 수백 년 동안 시조신과 대모신을 모셔온 사당의 가장 중대한 특권이 날아갔다.

이 광경을 지켜보는 귀족들의 뇌리에 의문이 슬며시 떠올랐다. 어째 꼭 이러기를 기다린 것처럼 거침없이 처분을 내리시는가.

바로 어젯밤에 천지가 뒤바뀔 뻔한 사건이 일어났음에도 태왕의 처결에는 약간의 주저함도 없었다. 중신이나 귀족들의 의견은 아예 묻지조차 않았다. 새벽부터 불려온 그들은 철저한 구경꾼이었다. 오늘의 일을 지켜보고 주변에 전하기 위한 존재인 것만 같았다. 태왕이 이 순간을 준비해온 것 같다는 착각이 들 정도였다.

실제로도 그랬다. 명림죽리를 중심으로 한 귀족들을 쳐낸 뒤 어떻게 할 것인지. 지난 수년간 태왕은 수백 수천 번을 더 재고 고심했다. 지금 그의 입에서 나오는 명령들은 그 오랜 숙고의 결과물이었다. 머릿속에 그려왔던 장소가 북쪽 행궁이 아니라 정전 앞뜰이 되었고, 여기 죽음을 기다리는 자들이 세 부에서 절노부 귀족만으로 축소되었다는 것만 빼곤 거의 그대로였다.

　어제는 소노부와 순노부를 함께 숙청하지 못하는 게 못내 아쉬웠지만 지금 보니 차선도 훌륭했다. 불필요한 희생을 줄이고 그들의 사병을 온전하게 접수한 것은 그리 나쁘지 않은 선택지. 이 정도면 그동안 노력한 보람이 있었다.

　흥사를 길게 끌지 말라는 태왕의 명령대로 처벌은 신속하게 진행되었다.

　수문위군 병사들이 두지의 저택 입구를 활짝 열었다.

　내내 문이 열리기를 기다리던 두지는 연금이 풀린 줄 알고 신이 나서 달려 나왔다. 그런데 그가 대옥 앞뜰에 나오자마자 병사들이 그를 잡았다. 우악스러운 손길을 밀쳐내며 두지가 고함을 질렀다.

　"무슨 짓이냐! 내가 누군 줄 알고 감히!"

　그가 날뛰자 십여 명이 넘는 병사들이 한꺼번에 달려들었다. 두지도 장정 두서넛은 넘어뜨릴 수 있는, 제법 무용이 있는 장사였지만 여러 명이 달려드는 데는 당할 수 없었다. 발버둥 치던 그는 오라에 꽁꽁 매였다.

　"죄인 명림두지를 압송하라."

　"죄인이라니! 내가 무슨 죄를 지었다는 것이냐!"

　"어젯밤 명림죽리가 폐하를 시역하려 난을 일으키다 진압당했소."

　"뭐, 뭐……라고?"

　포박당한 채로도 거세게 저항하던 그의 사지육신에서 힘이 빠져나갔다. 며칠 동안 두지의 집을 봉쇄하던 수문위군 부장이 노골적으로 경멸을 드러내며 죄상을 일러줬다.

　"역도의 수괴들은 모두 능지처사와 화형, 투석형을 당할 것이지만, 직접 참여하지 않은 직계 남자들은 목을 베라고 폐하께서 선처를 베푸셨소."

　"뭐라고!"

　그가 버둥거리는 가운데 그의 아들들이 줄줄이 끌려 나왔다.

　"아버지!"

　"아버지, 허엉엉."

하늘에 나는 새도 떨어뜨린다는 국상 명림죽리의 손자로 애지중지 대접받으며 호강만 하고 살던 아이들. 지금 이 순간은 생전 처음 겪는 날벼락이었다. 눈물 콧물 범벅이 되어 아비만을 바라봤다. 두지의 눈에서 불똥이 튀었다.

"이게 무슨 짓이냐! 저 아이들까지 다 죽인다고? 내 자식들이 무슨 죄라고!"

"명림으로 그 덕을 보며 살아왔으면 그 죄도 함께 나눠야 하는 게 맞지 않습니까."

왕후의 아버지에 대한 마지막 예의로 존대해주면서도 부장은 가차 없이 명을 집행했다.

"명단을 확인해 열 살이 넘은 남아들은 명림두지와 같이 사형장으로 데려가고 그보다 어린 남아는 가솔들과 함께 노예로 만들어 변방으로 추방하도록 끌고 가라."

나이 열을 넘은 소년들의 다리가 풀어졌다. 심약한 소년은 눈을 뒤집고 혼절해 버렸다. 끌려 나오던 어미들은 아이를 놓지 않으려고 부둥켜안고 통곡했다.

차마 눈 뜨고 보기 힘든 참혹한 정경에 내심 동정하면서도 병사들은 묵묵히 임무를 수행했다.

"왕후 폐하를 위해서라도 의연하게 받아들이십시오."

아들들이 끌려 나가는 광경을 목격한 두지는 눈이 뒤집혔다. 내가 어떤 비밀을 덮어 왕후로 만들어줬는데. 나를 처참하게 배신하는 것도 모자라 자식들까지 죽이는지. 이판사판, 혼자 죽을 수는 없다. 해류 그년은 꼭 저승길의 길동무로 만들겠다.

그는 이성을 놓고 고래고래 고함을 쳤다.

"왕후? 벼락을 맞아 죽어 마땅한 그년이 누군지 아느냐. 내 내자가 신라인과 사통해 낳은 딸이다. 내 딸이 아니라 내 둥지에 들어온 뻐꾸기 새끼라고! 천한 신라 속민의 딸을 왕후로 둔 게 바로 태왕이다! 천한 핏줄을 내가 받아들여 왕후까지 만들어줬더니 은혜도 모르고! 뻐꾸기 새끼가 귀한 내 자식들을 다 잡아먹는구나. 짐승보다 못한 년. 해류, 네년은 천벌을 받을 것이다!"

처음엔 놀라던 부장과 병사들이 혀를 쯧쯧 찼다. 아무리 태왕에 대한 원망이 극에 달한다고 해도 그렇지. 딸이라도 살려야 할 판에 저주에다 악담까지 날조해 지 껄이다니.

아주 조금이라도 말이 되는 소리였다면 귀를 기울였겠지만 너무 황당한 모해라 다들 귓등으로 튕겨버렸다.

"아무래도 정신이 혼미해진 모양이다. 어쨌든 고추대가였던 자가 죽음이 두려 워 실성했다는 게 알려지면 그 또한 폐하께 누가 되니 입을 막고서 끌고 가라."

"예잇!"

재갈이 물린 두지와 아들들은 사형장으로 압송되었다. 어린아이들과 양인이었 던 가솔들은 생선 두름처럼 줄줄이 묶여 끌려갔다.

음지가 양지 된다고 이날 형편이 가장 나은 축은 노예들이었다. 두지에게 속한 재산이니 그들은 몰수할 재물을 파악하러 관리들이 올 때까지 집에 남겨졌다.

여진을 포함한 아내와 첩들은 맨몸으로 길에 내팽개쳐졌다. 바로 옆 두지 형제 들과 죽리의, 반란에 동참한 절노부 가문의 저택에서도 같은 일이 벌어졌다.

그날 오후 명림죽리는 주작대로 한복판에서 능지처사를 당했다. 청룡대로에선 주씨 가주가, 백호대로에선 우씨 가주가 각각 화형에 처해졌고 그들의 자식이나 형 제들은 현무대로에서 백성들이 던진 돌에 맞아 비참한 최후를 마쳤다.

저택에 남아 있었던 절노부의 직계 남자들은 한 명도 남김없이 끌려와 형장의 이슬이 되었다. 그날 해가 지고 어둠이 깔릴 즈음 역도와 그 핏줄들은 모두 이승을 하직했다.

건흥태왕 거련은 외치는 물론 내치에서도 상당히 유화적이었다. 무소불위로 막 강한 권력을 휘둘렀던 선대왕에 비해 귀족들의 의견도 비교적 잘 받아들여줬다. 즉 위 초, 북연과 화친 정책에 반발한 군부 세력이나 왕후가 사통한 사건 등 피바람이 불어 마땅한 건도 최소한의 처벌로 마무리해왔다.

지나치게 자비를 베풀면 권위가 흔들릴 수 있다. 왕실의 위엄을 지키기 위해 준 엄해야 한다. 중신들이 더 들고 나섰을 정도였다.

무르게 보였던 태왕이 처음으로 발톱을 제대로 드러낸 사변이었다.

태왕의 엄혹한 실체에 살아남은 귀족들은 등골이 서늘해졌다. 태왕은 그들의 전횡을 단순히 인내한 것이 아니라 적당한 때를 기다리며 지켜본 것이다. 선을 넘자 단호하게 움직인 결과가 오늘. 처참한 종말을 지켜본 뒤 후들거리는 발걸음으로 돌아가는 그들의 뇌리에 절대 사라지지 않을 교훈이 각인되었다.

태왕은 한계를 넘었을 때는 용서가 없다.

모든 처형과 효수까지 마무리됐다는 보고가 올라오자 태왕은 편전에서 일어났다.

문을 열어주고 따르던 시종들은 태왕이 당연히 왕후궁으로 가려니 했다. 그런데 태왕의 발걸음은 침전 쪽으로 향했다.

날마다 빠지지 않고 왕후궁으로 드시더니. 오늘은 왜?

그 의문은 곧 풀렸다. 태왕은 찬물에 수욕까지 한 뒤 정전 옆, 영성사직(靈星社稷)을 모시는 당에 들어갔다.

태왕의 명령으로 수많은 목숨이 앗아진 날. 역도와 그 일가니 당연한 처벌이지만 피가 홍수처럼 넘쳐흘렀다. 그 원념과 삿된 기운을 말끔히 정화하고 왕후를 보겠다는 배려일 터였다.

왕후 폐하에 대한 정애가 참으로 깊으시구나.

그렇지만 왕후는 오늘 능지처사를 당한 역도 수괴의 장손녀였다. 아무리 태왕이 아끼고 연모가 크다고 해도 자리를 지키는 건 쉽지 않을 것이다. 태왕을 모시는 이들은 침울한 심정으로 태왕의 뒤를 따랐다.

낮의 일이 왕후궁에도 전해졌는지 태왕을 맞는 어의와 궁인들의 태도는 평소보다 조심스러웠다. 특히 여관 미려의 얼굴에는 감추지 못한 수심이 가득했다. 그녀의 충성심이 기꺼웠지만 그것까지 챙겨줄 기력은 지금 그에겐 없었다.

"왕후는 좀 어떠시냐?"

"왕후 폐하께선 잣미음과 탕약을 드시고 조금 전에 잠드셨습니다."

"얼마나 드셨느냐?"

"거의 한 공기 가까이 달게 드셨습니다."

"다행이구나. 너희의 수고가 많다."

가볍게 치하를 던진 그는 해류가 누운 쪽으로 다가섰다. 뒤에선 어의와 궁녀들이 썰물처럼 빠져나갔다.

잠든 해류의 얼굴은 평온해 보였다. 무섭도록 창백하던 안색도 미미하게나마 윤기가 감돌았다. 당장이라도 고운 모래처럼 손가락 사이를 빠져나갈 것 같았던 해류가 이제는 그의 곁에 돌아왔다.

그것을 확인하자 안도감과 온기가 심장에서 온몸을 타고 퍼져나갔다. 이 모습을 보는 것만으로도 힘겨웠던 하루가 온전히 보상되는 느낌이었다.

아직 해류를 독살하려 한 진짜 범인은 잡히지 않았다. 당장 할 일도 태산이었다.

역도들이 정말 절노부, 순노부, 소노부만의 연합인지. 석연치 않은 위화감은 여전히 남았다. 누구든 그 정체를 속히 찾아 처단해야 했다.

그래도 시급한 불은 껐으니 미진한 부분은 천천히 파헤치자고 스스로를 달래며 태왕 거련은 지금에 집중했다.

그의 반려, 해류가 살아 있다는 것을 새삼 확인하는 일.

태왕은 몸을 숙여 자신의 얼굴을 해류의 이마에 대고, 그 체온을 느끼면서 속삭였다.

"두지가 죽었다. 더는 너를 위협할 자도 없고……, 맹세코 두 번 다시 너를 위험에 빠뜨리지 않을 것이다. 그러니 이제는 아무것도 걱정하지 않아도 되니까…… 빨리 일어나기만 하면 된다."

깊은 수면의 늪에 빠져 있지만 마치 그 음성이 들리는 것처럼 해류의 입술에 희미한 미소가 맺혔다. 그걸 내려다보는 태왕의 눈빛은 한없이 다사로웠다.

잘 닦아 반질거리는 청동거울에 비치는 여인은 낯설었다. 숯을 칠한 듯 짙고 길었던 속눈썹은 다 빠져서 밋밋하고 구름같이 풍성하던 머리카락도 반 가까이 빠져 듬성듬성했다. 거기다 뺨이 쑥 들어간 얼굴은 길쭉하니 영 추레했다. 고운 분을 꼼꼼히 바른 덕분에 잘 보이지 않지만 아직 가라앉지 않은 반점이 무수했고 얼룩덜룩한 살갗도 꺼칠하니 부석거렸다.

"하아, 딱 털을 반쯤 뽑다 만 삐쩍 마른 닭이로구나."

푸핫.

왕후의 냉혹한 자평에 여관과 궁녀들은 터져 나오려는 폭소를 초인적인 노력으로 참아냈다. 뒤에 선 궁녀는 잽싸게 손을 들어 입을 틀어막기까지 했다. 그러면서도 그들은 안도의 미소를 교환했다.

평소의 재치를 되찾으신 걸 보니 왕후께서 이제 정말 회복되나 보다. 왕후가 독에 상한 스스로를 자조하며 우울해하는 것마저도 감사했다. 만약 왕후가 그대로 눈을 감았다면 태왕의 측근으로 신임받던 미려 여관까지 포함해서 여기 있는 모두 궁에서 쫓겨나고도 남았을 터. 지금도 그때를 떠올리면 절로 몸서리가 쳐질 정도로 당시 태왕은 무시무시했었다.

"잘 드시고 잘 쉬시면 금방 미모를 되찾으실 겁니다."

화장을 맡은 궁녀가 정성을 다해 눈썹을 곱게 그려주며 왕후를 위로했다. 숱이 적어져 한 손에 쏙 잡히는 볼품없는 머리채를 조심스럽게 빗질하던 궁녀도 보탰다.

"워낙 풍성하셨던 터라 조금만 부풀려 얹으면 얼마든지 폐하의 위엄에 맞도록 치장할 수 있습니다. 심려하지 마시옵소서."

가만히 궁녀들을 감독하던 미려까지 나섰다.

"사지에서 늠름하게 살아 돌아오시지 않았습니까. 그것만으로도 태왕 폐하께서 얼마나 기꺼워하시는데요. 폐하의 눈에만 아름다우시면 된 것이니 왕후 폐하께선 오로지 회복에만 신경 쓰십시오."

해류의 볼에 홍조가 돌았다. 여관이 하는 소리는 마치 엿듣기라도 한 것처럼 바로 아까 태왕이 했던 칭찬과 같았다.

오늘 아침에도 그는 해가 뜨기도 전, 이른 새벽에 몸을 일으켰다. 그 기척에 해류도 깨어났다.

"기침하셨습니까."

"그대는 더 자요."

"아니, 그래도 어찌."

"내가 되었다고 하지 않소. 많이 자야 빨리 회복되지 않겠소."

일어나려는 해류를 가만히 다시 눕히는 그의 눈에선 달콤한 꿀이 뚝뚝 떨어졌다.

"태자비 간택장에서 처음 그대를 봤을 때 이 초롱초롱한 눈을 보고 흑수정 같다는 생각을 했었지."

"예에?"

눈길도 한번 주지 않아 속상했던 기억이 바로 어제처럼 생생하건만 이 무슨 능청이신지. 입바른 소리를 참느라 입술이 근질거렸다. 몸을 굽힌 그는 해류의 이마에 가만히 얼굴을 갖다 대며 속삭여줬다.

"그때나 지금이나 내 왕후는 머리끝부터 발끝까지 예쁘지 않은 곳이 없군."

태왕답지 않은 달콤한 밀어에 해류의 얼굴과 목은 물론이고 온몸이 새빨개졌다. 태왕도 자기가 내뱉어놓고도 놀랍고 민망한 기색이 뚜렷했다. 어색한지 몇 번이나 가볍게 헛기침을 하며 그녀의 눈을 피했다.

태자비 간택 때 그녀는 공작새 깃털을 모아 꽂은 참새처럼 어색하고 우스꽝스러웠다. 지금은 독의 후유증으로 몰골이 흉악한 수준이었다. 남들이 뭐라고 아부를 해도 자신이 제일 정확하게 알았다.

"가장 흉하던 시기만 콕 집어 말씀하시네요."

"아니, 내 눈에는 그대가 항상 아름다워."

입에 발린 소리가 아니라 진실. 그의 눈에 비친 그녀가 정말 가장 아름답다는 사실이 해류를 전율하게 했다. 해류의 눈망울이 투명하게 부풀었다. 방울방울 맺히는 이슬을 입술로 가만히 훔쳐주고 태왕은 그녀를 안은 팔에 힘을 꽉 줬다.

"이제는 말해도 되겠군. 늠름하고 씩씩하게 내게로 돌아와줘서 정말 고맙소, 해류."

다시 심장이 두근거렸다. 홧홧한 뺨을 감추려 볼을 양손으로 감싼 해류는 화제를 돌렸다.

"참, 요즘 폐하께서 계속 분주하신 것 같던데 내가 누워 있는 동안 무슨 일이 있었는가?"

왕후의 머리 위에서 여러 쌍의 눈동자가 급박하게 얽혔다가 얼른 풀어졌다. 작금에 벌어지는 그 어떤 사안도 왕후의 귀에 들어가지 않도록 하라는 태왕의 엄명. 그걸 명심하라는 무언의 주의가 분주히 오갔다. 여관은 머리 장신구가 든 상자를 열며 최대한 무심하게 대답했다.

"글쎄요. 소인들은 잘 모르겠사옵니다. 자, 폐하 오늘은 어떤 것을 하실지 한번 골라보시옵소서. 진주 채에 황금 모란잠을 꽂으시면 어떨지요?"

정전에서는 역모의 뒤처리가 마무리되고 있었다.

태왕 직속이 된 다섯 부 사병의 편제, 노예가 된 절노부 가솔들의 유형지, 참여하지는 않았으나 연좌제에서 자유로울 수 없는 절노부 방계들의 처분까지. 자잘한 문제들을 남김없이 처리한 뒤 태왕은 몰수한 가산의 마지막 부분을 정리했다.

"경계의 의미로 명림죽리 일가의 저택은 모두 허문 뒤 연못을 파 없애고 절노부의 토지는 사병으로 만들 군단과 새로 증원할 수군의 둔전(屯田)[10]으로 쓸 것이다. 우씨와 주씨 가택의 쓰임은 추후 결정하겠다."

"영명하신 결단이시옵니다."

이로써 왕실, 정확히 하자면 태왕의 창고에 어마어마한 재물이 추가됐다.

반란으로 속속들이 드러난 명림가의 재산은 상상 이상이었다. 죽리의 위광에다 둘째 아들 두지가 혼인과 상단 경영으로 축재한 재물의 실체는 왕가에 필적할 정도였다.

다른 경우라면 논공행상을 벌여 공을 세운 공신들도 나눠 받았을 테지만 여기 있는 단 한 명도 숟가락을 얹을 자격이 없었다. 처음부터 끝까지 오로지 태왕과 왕자, 그 직속 장수들만이 관여하고 활약한 진압이었다. 압수한 토지를 왕실에 귀속하는 것도 아니고 모조리 군사력 강화에 쓴다니 더더욱 입을 뗄 수 없었다.

절노부 재산에 대한 욕심은 다들 일찌감치 버렸다. 눈치를 보며 슬슬 암중모색하던 일의 운을 떼보려는데 태왕이 오매불망 기다렸던 명을 내렸다.

"이제는 그동안 비워놨던 국상의 자리를 채워야 할 것 같다."

"지당하신 말씀이시옵니다."

생각지도 않은 태왕의 언질에 귀족들의 귀가 쫑긋 다 섰다. 역도의 처형 뒤 귀족들의 가장 큰 관심사는 새로운 국상이었다. 선선대 고국양왕 때부터 오랫동안 일인지하 만인지상의 자리를 지켰던 명림죽리의 후임은 누가 될지. 자천타천으로 이름을 흘리고 물망에 오른 자를 알아보려고 했지만 태왕의 의중은 오리무중(五里霧中)이었다.

누구의 이름이 불리려나. 명림죽리와 척을 지며 태왕에게 충성해왔다고 자부해온 원로들의 가슴이 두근거렸다. 그런데 태왕에게선 뜻밖의 옥음이 흘러나왔다.

"그동안 국상 한 명에게 주어진 권한이 너무 크고 제약을 가할 방도가 없어 그 폐해가 막심했던 것 같다. 명림죽리의 권세가 그처럼 막강하지 않았다면 어찌 역모

---

10 군대가 경작하거나 군대를 유지하기 위한 비용을 대는 토지

를 꿈꿀 수 있었겠느냐. 하여 오늘부로 국상이란 관작은 없앤다."

"예에?"

폐하를 보좌하는 국상도 없이 어찌 통치하시렵니까, 란 아우성이 터져 나오기 직전 태왕은 오랫동안 품었던 구상을 현실로 옮겼다.

"이제부터 대로 위에 대대로를 두어 그가 국상이 했던 역할을 맡는다. 그 바로 아래 좌보와 우보를 두어 대대로를 보좌해 정사를 도모하도록 하겠다."

국상에게 집중됐던 권력을 삼등분하겠다는 의미였다. 자기 자리를 내놓는 것도 아니고 빈자리를 차지하려는 입장에선 세 조각 중 하나라도 얻는 게 나았다. 잽싸게 계산을 끝낸 중신과 귀족들은 공손히 수그러들었다.

"하면, 대대로는 누구에게 맡기시려는지요?"

"대대로는 조의두대형(皂衣頭大兄)[11] 이상의 관작을 가진 자 중에서 다섯 부의 귀족들이 협의해 뽑도록 해라. 명림죽리 같은 폐단이 다시는 나타날 수 없도록 세 해마다 협의하되 모두의 신망을 얻으면 계속 그 자리에 있도록 한다. 길게 비워둘 수 없으니 사흘 안에 정해 올리라. 먼저 대대로를 정한 다음 비어 있는 관작들을 채우겠다."

대대로를 우리보고 정하라니. 이게 꿈인지 생시인지! 벌어지는 입을 다물지 못하면서 정전의 귀족들은 한목소리로 외쳤다.

"예. 알겠사옵니다."

먹음직스러운 고깃덩어리가 던져졌다. 강력한 절노부가 사라지고 무주공산이 된 권력. 그들이 독점했던 고위직과 권한이 손만 뻗으면 닿을 수도 있었다. 누구와 손을 잡고 무엇을 주고받아야 할지, 치열한 수 싸움이 시작됐다.

이익공동체에게 의리나 신의 따윈 없었다. 손익을 따져 끊임없이 이합집산(離合集散)할 게 확실했다. 대대로 역시 자리를 보전하기 위해 자신을 추대한 귀족의 눈치를 볼 터. 그렇게 서로를 물고 뜯느라 태왕에게 반항할 힘을 모으기 힘들었다. 그것

---

11 고구려 14관등 중 제5위의 관등

두 번째 왕후 ❷

이 과거엔 국상이었고 지금은 대대로인 막강한 자리의 임명권을 귀족들에게 준 이유였다.

고삐를 잘 쥐고 마무리하면 최소한 몇 년 이상…… 내 치세에선 감히 왕권을 견제할 엄두는 내지 못하겠지. 내 후계가 아주 모지리가 아니라면 후대에도 충분히 통제가 가능할 것이다.

귀족들이 앞으로도 오랫동안 연합하지 못할 거란 전망에 태왕은 비소를 삼켰다.

대대로라는, 그들 나름으론 어마어마한 횡재를 한 귀족들은 오늘 꺼내기로 밀약한 중차대한 문제에 슬그머니 발을 들였다.

"폐하, 다른 가문과 혼인한 절노부 일족들은 어찌하실 건지요?"

계루부 출신 대로가 은근슬쩍 한마디 흘리자 관노부 욕살도 옳다구나 보탰다.

"가담하지 않은 방계 일족들을 너그러이 방면해주신 것은 당연하지만 직계임에도 화를 피한 딸들이 있는 것은 형평에 맞지 않사옵니다. 더구나 그 찬역에 가담한 정황이 있는 여식도 있지 않습니까."

태왕 바로 아래에 선 승평 왕자의 안색이 창백해졌다. 아우가 움찔하며 나서려는 기미를 눈치챈 태왕이 눈짓으로 그를 막았다.

내내 꼿꼿이 앉아 있던 태왕이 천천히 옥좌 팔걸이에 한쪽 팔꿈치를 올렸다. 그 손을 턱에 괴고 진심으로 흥미롭다는 표정으로 귀족들을 내려다봤다.

"하고픈 얘기가 무엇이냐? 빙빙 돌리지 말고 제대로 고해보라."

검은 밤 같은 안광에서 흘러나오는 얼음 같은 냉기. 아주 잘 억누르고 있지만 분명히 진노였다.

태왕이 자신들의 속내를 간파하고 있다는 사실에 귀족들은 등골이 서늘해졌다. 그래도 어렵게 꺼낸 안건이었다. 미뤄서는 안 된다는 판단에 처음 운을 뗀 계루부의 원로가 두려움으로 바싹 마른 입술에 침을 적셨다.

"말씀 올린 그대로입니다. 절노부에 시집온 여인들은 모두 빈 몸으로 쫓겨나 벌을 받고 있는데 정작 절노부 출신의 여인들 상당수가 죄를 비껴가 편히 살고 있지 않사옵니까. 그 불합리함에 대해 불만이 많아지고 있으니 공연한 구설과 불만을 막는 차원으로 왕실에서 모범을 보이심이 옳을 것으로 아룁니다."

"맞사옵니다, 폐하."

"부디 통촉하여주시옵소서."

며칠 전부터 모여 암암리에 오간 얘기였다.

혼인한 지 햇수로 3년인데 아직 왕손을 생산하지 못한 왕후. 막강한 배경이던 친정은 멸문지화를 당했다. 벌써 쫓겨났어도 이상할 게 없었다. 왕후족인 절노부가 힘을 잃은 이때에 우리 딸을 왕후로 올리자. 이번에야말로!

절노부와 동조했던 자들은 이것만이 살길이라는 절박감에, 절노부와 반목했던 자들은 정국을 주도할 절호의 기회라는 욕망에 새로운 왕후를 원했다. 명림죽리가 비참하게 처형된 그날 밤부터 합종연횡, 피 튀기는 아귀다툼을 통해 합의점을 찾아 냈다.

후사가 급하다는 핑계를 내세워 왕후와 소후, 후궁을 동시에 간택하도록 하고 공평하게 각 부에서 한 명씩 배분하기로 의논을 다 끝내고 기회를 노리다 드디어 오늘 물꼬를 튼 터였다.

물론 태왕이 심하게 노여워할 것은 예상했다. 당연한 반응이니 불벼락을 맞은 뒤 진노가 한풀 가시면 현실을 들이댈 계획이었다.

그들이 봐온 태왕은 불같은 선왕과 달리 지독할 정도로 냉철하고 이성적인 군주였다. 현 왕후를 포함한 두 번의 혼인 역시 정치적으로 면밀한 계산 아래 이뤄진 결합이었다. 근래에 총애가 제법 깊었다지만 정치적인 부담을 감수하면서까지 명림죽리의 손녀를 안고 가지는 않으리라 확신했다. 정 원한다면 지금 왕후를 후궁으로 떨어뜨려 당분간 남겨놓을 각오까지도 했다.

놀랍게도 태왕은 빙긋이 웃었다. 비웃음이 한가득 담긴 냉소였다. 그가 비소를 물고 귀족들을 차분히 노려보자 정전에 정적이 찾아왔다. 물방울 하나 떨어지는 소리도 들릴 것 같은 고요함을 태왕의 혼잣말이 채웠다.

"방자하게 왕실을 위협하는 강대한 외척을 치우느라 얼마나 고생했는데 또 외척을 만들어 그 고된 일을 다시 하라고?"

독백을 가장한 살벌한 경고.

오소소. 소름이 온몸에서 돋아나는 중신들의 속사정을 아는지 모르는지 태왕의 입술은 미소 짓는 모양으로 더욱 크게 둥글어졌다. 눈은 당장이라도 터질 듯한 검은 분노로 얼어붙어 있는데 입은 환하게 웃고 있는 모양새. 그 이질감은 기괴할 정도였다.

"그리도 소원이라면 들어줘야겠지. 자, 그럼 이제 누가 외척이 되어 명림의 다음 차례에 서려는가?"

반박할 수 없는 무서운 논리였다. 누구든 다음 왕후의 집안은 명림의 전철을 밟으리라는 협박이기도 했다. 없는 죄를 만들어서라도 내칠 것이다. 지금 태왕은 작심하면 얼마든지 그리할 수 있었다. 정전에 든 이들은 고하를 막론하고 태왕의 냉시를 피하느라 바빠졌다.

"왜 말이 없느냐? 짐에게 그런 주청을 할 정도라면 이미 올릴 여식까지 다 정해놨을 것 아니냐? 어느 집 누구의 딸이 다음 왕후인지 궁금하구나. 준비한 이름을 대어보라."

"아, 아니……옵니다. 폐하. 저희가 어찌 감히 그런……."

"절대로, 절대로 아니옵니다! 그저 폐하를 위하는 충정이 큰 나머지 그만 망발을 하였나이다. 소신들의 방자함을 용서해주시옵소서."

"망극하옵니다. 죽여주시옵소서."

"폐하! 용서하소서."

앞다퉈 죄를 비는 소리에 정전이 시끄러워졌다. 각기 최선을 다해 억울함과 충성을 맹세하는 회오리가 한바탕 몰아쳤다. 그 소동이 서서히 잦아들자 태왕이 그들의 희망을 관에 모조리 쑤셔 넣고 뚜껑에 못을 탕탕 박았다.

"사내가 먼저 여인의 집에 들어 혼인을 청하고 살지만 지아비를 따라 본가로 가면 그때부터는 그 집안의 사람이 되는 것이 우리 고구려의 국법이고, 과거에 선왕께서도 그리 처분하셨다. 수백 년간 이어왔고 짐의 증조부께서 율령으로 정한 그 근간을 흔들려는 자는 지위 고하를 막론하고 용서치 않을 것이다."

어린 원자의 병약함을 꼬투리 잡아 입지를 흔들려던 외척을 도륙했던 영락태왕도 왕후는 그대로 뒀던 전례까지 끌고 나오니 더 할 말이 없었다.

그날 정전에 있던 자들과 왕궁의 궁인들은 이미 알고 있던 사실을 새삼스럽게 각인했다. 왕후에 대한 태왕의 총후는 절대적이다. 지금은 그 무엇도 움직이지 못한다. 한창 정념에 불타는 사내에게 냉철한 득실 계산과 이성을 기대할 순 없었다.

태왕도 왕자도 어찌 명림가의 딸에게 저리 무른지.

부푼 기대를 안고 들었다가 헛물만 실컷 켠 귀족과 관료들은 훗날을 기약해야 했다. 터덜터덜 왕궁을 나와 각자의 집이나 소속된 관청으로 돌아갔다.

퇴궐하는 자들의 반대 방향에선 태왕과 승평 왕자의 긴 그림자가 멀어지고 있었다.

"정말 그리하고 싶으냐?"

"예. 폐하께서 허락해주시면 바로 떠나려고 합니다."

뒷짐을 진 채 멈춰 선 태왕이 흐려지는 하늘을 응시했다.

"국내성을 떠난다고 해도 경계의 눈초리가 거둬지진 않을 것이다."

반역 수괴의 손녀인 것은 왕후나 왕자비나 마찬가지지만 내막을 파고들면 비교가 불가능한 수준.

고은은 역모를 사전에 알고 있음에도 감췄다. 적극적인 동조는 물론이고 승평이 가담토록 획책까지 했다. 성공을 확신한 그녀는 그걸 숨기지도 않았다. 그날 보고 들은 눈과 귀가 워낙 많아 덮는 것에 한계가 있었다.

"내가 네게 이런 소리를 할 처지는 아니다만……, 왕자……비를 곁에 두면 네게 두고두고 족쇄가 될 것인데 감당할 수 있겠느냐?"

"제가 선택한 반려입니다. 아이에게서 생모를 빼앗을 순 없지요."

고은과 명림가가 그에게 무엇을 원하는지, 얼마나 계획적으로 그를 사로잡았는지 알았을 때 한 점 흐림 없던 연모는 산산이 깨어 스러졌다. 짓밟힌 순애보는 분노로, 종국엔 허탈감으로 바뀌었다. 바로 얼마 전까지 그 눈에 맺히는 이슬 한 방울에도 애면글면했건만. 흐느끼며 용서를 애걸하는 고은에게 희미한 연민 말고는 아무것도 느껴지지 않았다. 그의 가슴은 스스로 놀랄 정도로 텅 비었다.

속았다고 해도 자신의 선택. 저들의 이면을 간파한 모후와 태왕의 만류에도 불구하고 혼인을 강행했다. 더구나 고은은 그의 아이를 품고 있었다. 남은 게 파편뿐이라고 해도 책임은 져야 했다.

"어떤 고난이 있어도 지켜주고 아끼며 일평생 함께하겠다고 맹세했습니다. 저마저 내치면 의지가지 하나 없이 떠돌다 비참하게 생을 마칠 것이 분명한데 거둬야지요."

승평의 시선이 왕후궁이 있는 방향을 향했다가 태왕에게 돌아왔다.

"저희가 여기 계속 머물면 결백하신 왕후 폐하께도 누가 될 것입니다. 역모의 수습만으로도 힘드신 폐하께 부담을 드리지 않기 위해서라도 국내성을 떠나는 게 옳으니 허락해주십시오."

후우우.

태왕의 입에서 긴 한숨이 흘러나왔다. 이미 고혼(孤魂)이 된 명림죽리에 대한 증오가 새삼스럽게 치솟았다. 이 우직하고 선한 아우를 의심하고 시험하려 들었던 스스로에 대한 혐오도 다시 밀려왔다.

"그동안 단 한 번도, 아주 사소한 부탁도 없으시던 모후께서 처음으로 나를 찾아와 왕자비를 내쫓아달라고 간곡하게 요청하셨다."

마주한 형제의 시선에 난감함이 넘실거렸다.

"폐하를 곤란하게 하시다니 모후도 참……."

승평이 쓴웃음을 흘리며 형처럼 맥없이 하늘을 올려다봤다. 그도 하루빨리 고은을 내치라는 태후의 압박에 시달리고 있는 참이었다.

"작은 구설도 경계하고 도리를 올바르게 지키시는 분인데……, 저 때문에 폐하께 심려를 끼쳐 송구합니다."

"당연한 것 아니냐. 선대왕 때 집안을 숙청당하고 이번에 남은 방계 일족마저 거의 잃으신 모후께 가장 중대한 건 네 안위겠지."

"더 든든한 폐하가 모후 곁에 계신걸요."

외로운 생모를 안쓰러워하는 기색이 역력하면서도 승평의 의지는 흔들림이 없었다. 아우가 택한 험한 여로가 안쓰러웠지만 감수하겠다니 더 말릴 수 없었다.

"하아. 모후께서 상심이 크시겠구나."

각기 다른 이유로, 답답한 가슴을 안고 형제는 태후궁에 들었다. 기다렸다는 듯 태후가 반색하며 그들을 맞았다.

"어서 오세요. 두 분이 이리 나란히 오니 참 든든하고 보기가 좋습니다."

기대 가득한 태후의 눈길이 태왕에게 꽂혔다. 자신을 바라보는 태후가 무엇을 원하는지 앎에도 다른 답을 해야 하는 마음이 무거웠다.

"승평에게 평양성의 옹성 축조와 북하 일대를 기반으로 하는 수군 증원의 책임을 맡겨 보내려고 합니다."

"오! 참으로 적절한 판단이십니다. 잠시 국내성을 떠나 있으면서 승평도 신변을 정리하고 또 흉한 소문들도 사라질 테니 일거양득이 되겠군요."

태후는 흡족한 얼굴로 마주 앉은 아들의 손을 꼭 잡았다.

"태왕께 보탬이 되도록 막중한 임무를 잘 수행하고 돌아오도록 해라."

희색이 만면한 모후를 물끄러미 응시하던 승평 왕자가 어렵게 말문을 열었다.

"저는…… 이번에 가면 국내성에는 돌아오지 못할 것 같습니다."

"무슨 소리냐?"

"왕자비와 함께 떠나 평양성이나, 폐하께서 허락해주시는 그 인근의 성에서 살려고 합니다."

태후가 펄쩍 뛰었다. 어떤 상황에서도 품위와 위엄을 잃지 않던 태후에게 보기 힘든 격렬한 반응이었다.

"왕자비? 누구를 왕자비라고 칭하는 것이니. 역도의 무리에 너를 끌어들이려고 했던 그 간악한 계집을 두고 하는 소리냐!"

"어머니!"

"내 눈에 흙이 들어가기 전에는 너를 사지에 몰아넣으려고 했던 그 명림가 여식을 절대 용납할 수 없다."

"제 자식을 품고 있는 사람입니다."

그 문제는 숙고를 끝낸 듯 태후가 바로 대안을 제시했다.

"해산하면 바로 거둬 젖어미를 두어 키우면 된다. 네가 새 비를 맞을 때까지 여기에서 내가 직접 돌보고 키워주마. 그럼 되지 않니."

"천지간에 기댈 곳 하나 남지 않은 그 사람은 어찌하라고 그런 잔인한 말씀을 하십니까?"

승평의 반박에 태후의 얼굴이 붉으락푸르락해졌다. 어찌 이리 속없는 무골호인이 다 있나, 한심하단 감정을 노골적으로 드러내며 아들을 쏘아봤다.

꼭 닮은 두 눈이 맞부딪쳤다. 평소라면 숙이는 척이라도 할 승평 왕자였건만, 무언의 살벌한 질책을 침묵으로 감내했다. 물러서지 않겠다는 결기를 감지한 태후가 내키지 않는다는 티를 팍팍 내며 타협안을 내놨다.

"알았다. 네가 한때나마 정을 줬던 사람이라 마음이 쓰인다면 길에 나앉도록 하지는 않겠다. 살 방도는 풍족히 마련해줄 테니 너도 쓸데없는 미련은 버리거라."

물러서지 않는 아들이 야속한 듯 태후는 바로 태왕에게 호소했다.

"태왕, 승평이 저리 어리석게 굴면 엄히 꾸짖어 바로잡아주셔야지요. 어찌 응석을 받아주십니까!"

"어머니!"

승평이 전에 없이 강력하게 반발했지만 태후는 아랑곳하지 않았다. 그녀로선 드물게 격앙된 반감을 여지없이 드러냈다.

"왕실에서 대역죄인의 딸을 감싸면 귀족과 백성들이 우리를 두려워하겠느냐? 난 절대로 역도의 핏줄을 내 며느리로 둘 수 없다."

모자간의 설전을 조용히 지켜만 보고 있던 태왕이 처음으로 입을 열었다.

"왕후도 명림입니다."

"태왕…… 그것은……."

아차 싶었는지 태후가 말끝을 흐렸다가 변명을 이었다.

"태왕, 내 뜻을 곡해하지 마세요. 승평의 내자인 그 아이는 역모를 알면서 따른 것은 물론이고 승평까지 끌어들이려고 하지 않았습니까. 친정에 협력하지 않는다고 독에 당해 죽다 살아난 왕후는 다르지만요……."

반란을 진압한 직후 태후도 조심스럽게 왕후의 거취를 어찌할지 물었다. 에두른 질문을 그가 딱 자르며 그 문제는 왕궁 안에선 끝이 났다.

각자 품은 이견까진 그의 비호로 바뀔 수는 없다. 태왕이 두려워 감히 입 밖에 내지 못할 뿐이지 태후나 귀족들에겐 해류도 고은과 비슷한 죄인일 터였다. 그 낙인을 지우려면 긴 세월과 다수의 조력이 필요했다. 그는 그것을 얻기 위한 첫 시도에 들어갔다.

"모후께서 그 독의 출처를 알려주시지 않았다면 그렇게 빨리 증좌를 찾고 저들의 음모를 알아챌 수 없었을 겁니다."

"아, 그거야 내가 과거에 부여신 사당의 신녀였으니…… 태왕을 하늘이 도우신 것이지요."

"모후의 은덕은 왕후도 저도 절대 잊지 않을 것입니다."

갑작스러운 화제 전환에 태후는 당황한 기색이 역력해졌다.

"아니, 태왕, 왜 그런 소리를 하십니까."

"무엇을 염려하시는지 잘 알고 있습니다. 하지만 제가 이 자리에 있는 한 제 사람들은 모두 지킬 것입니다."

제 사람들이란 말에 힘을 주는 태왕의 시선은 승평 왕자에게 향해 있었다.

"그러니 모후께서도 도와주십시오. 왕실에서 가장 윗전이신 모후가 중심을 잡아주시면 헛된 야심으로 준동하는 입들은 닫힐 것입니다. 그리고,"

태왕은 오랫동안 준비하던 계획을 처음으로 태후 앞에 구체적으로 밝혔다.

"늦어도 십 년 안에는 평양성으로 천도할 것입니다. 승평이 먼저 가서 터를 닦으며 준비한다고 생각해주시지요. 조금만 참으시면 저희 형제가 가까이에서 함께 모실 것입니다."

정말로 도성을 옮기는구나. 태후와 승평 왕자의 눈이 경악으로 물들었다. 그동안의 행보에서 예측은 했지만 태왕이 그 뜻을 직접 확언하는 건 처음이었다.

태왕이 이렇게까지 나오는데 더 뻗대는 건 태후로서도 힘들었다. 절념해 고개를 떨구는 태후의 손을 승평이 꼭 잡았다.

"자주자주 소식을 전하고……, 좀 잠잠해지면…… 안부를 여쭈러도 종종 들르겠습니다. 저도 명색이 왕자인데 국내성에 발길을 딱 끊을 수는 없지 않습니까."

아들을 외면한 채 태후가 기운 없이 중얼거렸다.

"그래…… 아이가 태어나면…… 연통하거라."

흐트러진 모양새를 보이기 싫은지 고개를 돌린 채로 그녀는 손을 내저었다.

"이만 가보거라. 태왕도 어서 왕후에게 가보세요."

승평은 곧바로 왕자궁으로 돌아갔다.

최대한 빨리 국내성을 떠나고 싶다는 아우를 위해 그가 해줄 일은 평양성 일대 토목과 수군 증강의 책임자로 명하는 칙령. 내일은 편전이 또 시끄러워지겠지만 구심점인 명림죽리가 사라진 이상 떠들어봤자였다. 그쯤은 가볍게 물리칠 수 있었다.

훌훌 다 털고 달아날 수 있는 승평이 부럽단 생각도 들었다.

사면을 둘러싼 외적과 대치하며 부왕이 이룩한 제국을 지키는 일. 골치 아픈 정국을 조율하고 귀족들을 어르고 달래면서 국정을 이끄는 일. 살아 있는 한 벗어날 수 없는 힘든 의무지만 그래도 긍정적인 부분을 그는 찾아냈다.

이 자리에 앉은 덕분에 그의 반려, 해류를 지킬 수 있다는 것. 그 하나만으로도 그는 권력을 절대로 놓쳐선 안 되었다.

태후궁 입구에서 승평과 작별한 그는 왕후궁이 있는 서편으로 발걸음을 옮겼다. 매일 똑같은 행보라 이제는 어디로 향할지, 아무도 묻지도 않았다.

침전에서 편히 침수 드시라는 권유에도 불구하고 그는 꼬박꼬박 왕후궁으로 왔다. 기력도 하나 없는 왕후가 깨어나자마자 벌써 안으시려는 건가. 처음엔 어떻게든 만류하려던 여관이나 궁녀들도 왕후에게 손끝 하나 대지 않는 그의 자제력에 감동하며 경계를 풀었다.

"폐하, 듭시옵니까."

여관과 궁녀들이 들릴락 말락 소곤거리며 그를 맞았다.

"벌써 침수 든 모양이지?"

"폐하를 기다리시다 졸고 계셔서 목소리를 낮췄습니다. 오늘은 일찍 일어나 단장하고 산보도 하셔서 좀 곤하신 모양입니다."

"그래?"

맹독에 당한 후유증인지 좋다는 약재와 음식으로 보해도 기력이 좀처럼 돌아오지 않았다. 부축을 받아 침실에서나 겨우 움직이던 해류가 바깥출입을 했다는 건 더없는 희소식이었다.

"잘하였다. 조용히 들어갈 테니 너희도 왕후가 깨지 않도록 기척을 죽여라. 왕후가 깨어나면 함께 저녁을 들겠다."

해류는 침상에 반쯤 기대어 자고 있었다.

해류가 살아난 이후 이렇게 이른 시간에 왕후궁에 든 건 처음. 늦은 밤에 그가 오면 해류는 대체로 잠들어 있었다. 그 모습을 지켜보다 함께 침수 들어 아침에는 잠깐 얘기를 나누고 편전으로 가기 바빴었다. 침의가 아니라 일상복에 분단장까지 한 모습은 오랜만이었다. 흔들리는 촛불 아래에서 보면 바로 얼마 전 건강할 때의 모습이 슬쩍 비치는 것도 같았다.

죽음에서 살아 돌아온 지어미를 그는 삼킬 듯이 응시했다. 봐도 봐도 질리지 않았다. 당장이라도 그를 두고 떠날지 모른단 불안감 없이, 편히 볼 수 있다는 게 얼마나 감사한지. 아직도 믿어지지 않고 가슴이 벅찼다.

그렇게 바라보기를 한참. 불현듯 앉지도 눕지도 않은 해류의 자세가 불편하게 보였다. 편하게 자도록 눕혀주려는데 해류가 눈을 반짝 떴다.

"폐하. 오셨습니까."

흐트러져 내려온 머리를 가다듬으며 해류가 일어서려 하자 그가 저지했다.

"됐소. 그냥 편히 있어요."

얕은 잠이 들었다가 따끔따끔한 느낌에 눈꺼풀을 연 해류는 자신을 삼킬 듯 응시하는 태왕과 마주한 참. 정신이 들면서 손목을 가볍게 잡은 태왕의 손에서 따스한 체온이 전해졌다. 무엇보다 자신을 보는 그의 눈이 너무나 따뜻하고 정다워 보인단 생각이 들자 눈물이 핑 돌았다.

갑자기 젖어드는 그녀의 눈망울에 그가 몸을 일으켰다.

"어디, 불편한 것인가? 어의를 당장,"

"아닙니다."

해류는 가만히 그의 손을 잡아 자신의 눈가에 댔다. 그 커다란 손의 맥동과 체온을 가만히 즐겼다.

"그냥…… 폐하 곁에 이렇게 살아 있다는 게 꿈만 같고, 고맙단 생각이 들어서요.”

그의 눈빛이 돌연 깊어지더니 그녀를 확 끌어 가슴에 안았다.

“왕후가 되지 않았다면 겪지 않았을 횡액인데. 꿋꿋하게 버텨서 나를 떠나지 않았으니 오히려 내가 고맙다, 해류.”

네가 떠났다면 내 심장의 반도 함께 죽어 땅에 묻혔을 것이다. 그리고 저승에서 너를 다시 만날 날만을 손꼽아 기다리며 남겨진 시간을 견뎌냈겠지.

살아도 사는 것이 아니었을 그 세월을 상상하자 몸이 떨려왔다. 함께 있음이 현실이라는 걸 확인하고 싶어 해류를 숨이 막히도록 꽉 끌어안았다. 해류도 가는 팔로 그의 허리를 감으며 매달렸다.

태왕의 얼굴이 내려와 그녀의 입술을 삼켰다. 그를 환영하듯 열린 입술 사이로 혀가 침입했다. 갈급하듯 말캉한 속살을 훑고 맛보며 뜨거운 호흡이 얽혔다. 그렇게 같은 마음으로 서로의 품 안에서 숨 쉬고 있다 확인했다.

태왕은 자연스럽게 해류를 침상에 눕히며 옷깃을 벌렸다. 목덜미를 자근자근 씹으며 내려가던 그는 가늘고 앙상한 몸을 느끼자 정신이 번쩍 들었다.

열린 옷깃 사이로 드러난 몸은 풍만했던 자태는 간데없고 뼈만 남아 있었다. 어제부터서야 겨우 멀건 미음이 아니라 죽을 먹기 시작한 참이었다. 그나마도 아직 한 공기도 채 비우지 못했다.

왕후와의 동침을 만류하던 여관에게 감히 짐을 금수 취급하느냐고 일갈해놓고선. 죽다 살아난 사람에게 무슨 짓을 하려던 것인가.

얼굴이 화끈거렸다. 낙산했을 때는 최소한 백일은 지나고 수태해야 산모와 태아가 안전하니 당분간 금욕하시라는 수어의의 신신당부도 떠올랐다. 짐승처럼 날뛰려는 욕망을 다독이며 그는 해류를 일으켰다.

“석찬 전이라고 들었소. 함께 듭시다.”

부끄러움 반, 나머지 반은 안도감과 고마움과 아주 조금이지만 실망감을 갈무리하며 해류를 옷매무시를 가다듬었다.

“정말 오랜만에 폐하와 저녁을 함께하는군요.”

“분주하단 핑계로 왕후를 너무 내버려둔 것 같아 미안하군. 자주 더불어 할 수 있도록 노력하겠소."

"그런 뜻이 아니라……."

"알고 있소. 그냥 내 마음이 그렇다는 것이지."

왕후와 태왕 사이에 오가는 정담을 문 앞에서 듣는 여관과 궁녀들은 흐뭇한 미소를 참지 못했다. 저렇게 다정다감하시니 왕후 폐하께서 회복하시면 곧 희소식이 있을 것이다. 우리도 정신을 바짝 차려 빨리 아기씨가 다시 오시도록 해야지. 한마음으로 단단히 별렀다.

그러려면 급선무는 왕후가 건강을 되찾는 것이었다. 그들은 아직 입맛을 찾지 못한 왕후에게 죽 한 술이라도 더 뜨게 하려고 안간힘을 썼다.

태왕과 여관의 강권에 처음으로 죽 한 공기를 비웠다. 더부룩한 속을 달래려고 궁녀들이 후식으로 올린 살구차까지 마시자 태왕은 엄청 장한 공이라도 세운 것처럼 그녀를 칭찬해줬다.

상을 치우고 모두 물러간 후, 해류는 내내 궁금하던 것을 물었다.

"성심을 어지럽게 하던 일이 조금이나마 해결되었나 봅니다?"

"응? 그걸 어찌 알았소?"

"용안에 드리웠던 그늘이…… 아주 짙었는데 오늘은 왠지 가벼워 보이셔서 여쭸습니다."

"내 속이 훤히 읽히다니. 그대 앞에선 조심해야겠군."

"폐하께서도 제 속내를 다 읽으시니 공평하군요."

해류의 눈은 건강할 때처럼 총명하고 단단했다. 엉너리를 치자 웃으며 받아주면서도 그에게 묻고 있었다. 그녀가 빈사 상태인 동안 무슨 변고가 있었는지. 왜 아무것도 듣지 못하게 막고 있는지를.

태왕은 그가 직접 알려주기 전까진 어떤 소식도 해류의 귀에 들어가지 않도록 하라는 엄명을 내렸다. 미려는 그 명을 충실하게 지켰지만 해류는 영리했다. 심신이 조금씩 회복되면서 그녀 주위에 단단히 둘러쳐진 벽을 알아채기 시작했을 거였다.

이제는 해류도 알아야 하지 않을까. 그래야 했다. 그것이 맞았다. 무엇보다 그가

두 번째 왕후 **2**

넘어선 위기와 그 결과를 해류와 나누고 싶었다. 무엇이든 감춤 없이 나눌 사람이 있다는 건 중독이었다.

전해줄 우여곡절의 순서를 머릿속으로 하나씩 정리하면서 그가 천천히 입을 뗐다.

"당신이 독으로 사경을 헤매는 동안 명림죽리가 반란을 일으켰소."

해류의 동공이 크게 흔들렸다. 그는 해류가 가장 걱정하고 있을 것부터 알려줬다.

"수괴들과 그 직계 일가들을 처형할 때 명림두지도 이미 죽었소. 이제 그의 문제는 걱정하지 않아도 되오."

"……다행……이네요."

필경 비참한 최후였을 것이었다. 그래도 10년 넘게 아비로 알고 살았는데. 희한할 정도로 안도감 말고는 아무 감정도 없었다. 연민조차도 들지 않았다. 집안의 노복이 죽었다고 해도 이보다는 더 신경이 쓰였을 것 같다는, 흐릿한 죄책감만이 잠깐 스쳐 지나갔다.

"어머니는 어찌 되셨나요? 가산도 몰수되고 풍비박산이 났을 텐데요."

"당신 어머니는 그 약모리라는 직인이 그대가 맡긴 재물로 거처를 마련해 거기서 잘 지내고 있으니 염려 말아요. 예씨 부인을 모시던 여종은 약모리가 나라에 금전을 바치고 역적의 가산을 불하받는 형식을 취해 당신 어머니께 보냈소."

"역모의 뒤처리로 바쁘셨을 텐데 그런 사소한 것까지 챙겨주시다니 정말 감읍합니다."

"감읍이라니, 내가 더 민망하군. 왕후가 되지 않았으면 겪지 않아도 될 생사의 고비를 벌써 몇 번을 넘기는 것인지. 내가 원망스럽지 않소?"

"생사는 태어날 때 이미 정해져 있다고 하지 않습니까. 제가 죽을 고비를 여러 번 넘겨야 할 팔자면 어디에 있든지 겪었겠지요. 오히려 폐하 곁에 있는 덕분에 죽지 않고 살았다고 생각할 수도 있지 않을지요?"

그대는 어찌 말도 그리 예쁘게 하오.

칭찬하며 덥석 끌어안고 입이라도 맞추고 싶었다. 하지만 일평생 달콤한 정담은 고사하고 입에 발린 소리도 거의 해본 적 없는 태왕이었다. 마음으로는 수도 없이 하고 있음에도 목구멍에 딱 걸려서 나오지 않았다. 몇 번이나 속으로만 되뇌다가 그로선 최선의 미사여구를 밀어냈다.

"해류, 그대의 말솜씨는 갈수록 더 매끄러워지군."

"폐하께서 좋아하시면 앞으로도 열심히 갈고닦아야겠네요."

따박따박 받아치는 말대꾸를 들으니 해류가 정말 살아나 옆에 있다는 실감이 났다. 종알거리는 입술이 너무 고와서 그는 결국 충동을 이기지 못하고 그녀를 끌어안아 입술과 혀를 달게 삼켰다. 긴 탐닉을 끝내고 아쉽게 놓아주며 그가 장난스럽게 덧붙였다.

"그래요. 기대하지."

풋. 근엄한 태왕답지 않은 개구쟁이 같은 표정에 해류도 참지 못하고 깔깔거리고 웃음을 터뜨렸다. 마주 보며 한참을 웃은 뒤 해류는 그가 아직 말하지 않은 것을 캐물었다.

"저를 독살하려 한 자들은 누구랍니까?"

아직도 명쾌하게 대답할 수 없는 부분이었다. 무력감을 씹는 태왕의 음성이 침울해졌다.

"역도들이 보연 신녀에게 붉은사슴뿔버섯을 몰래 사서 당신 모친을 사칭해 왕실에 반입해 독살을 시도한 것으로 결론 내렸소."

그의 설명에 흐렸다 놀랐다 하며 집중해 듣던 해류는 숨은 이면을 놓치지 않았다.

"폐하께선 그리 여기지 않으시는 모양이네요?"

"그래요. 석연찮은 부분이 너무 많아. 아무리 따져봐도 반란을 일으킬 준비를 앞두고 당신을 독살할 타당한 이유를 찾을 수가 없었소. 그래서 그들이 얻는 게 무엇이지?"

곰곰이 숙고하던 해류도 그의 의견에 동감했다.

"제가 명림가에 협조하지는 않지만 그렇다고 대놓고 훼방을 놓을 위치도 아니고, 무엇보다 명림두지는 제 약점을 잡아 폐하를 움직여 이득을 취할 욕심에 잔뜩 들떠 있었는데 화수분을 깨뜨릴 이유가 없지요."

그녀는 태왕이 품고 있던 결론을 그대로 내뱉었다.

"명림이나 절노부 말고 또 다른 세력이 있는 건가요? 저를 그들의 걸림돌로 착각한……?"

"당신이 영민한 게 때로는 불편하긴 하지만 이럴 때는 참 좋군. 그렇소. 왕실을 흔들려는 자가 있어. 그동안 명림죽리와 절노부 뒤에 교묘하게 숨어 있었지만 방패막이가 사라졌으니 슬슬 실체를 드러내겠지."

걱정스럽게 그를 응시하는 해류의 미간에 그어진 실금을 그가 손끝으로 살살 풀어줬다.

"가장 큰 뿌리를 뽑아냈으니 한숨 돌리면서 나머지를 솎아내면 되오. 해류 그대는 어서 회복해서 내 옆에 든든히 서 있어줘요. 그것이 당신이 내게 해줄 일이오."

그래야 했다. 그녀의 임무는 왕후로서 단단히 서는 것.

실체는 허상이지만 세상에서 알던 그녀의 기반은 사라졌다. 남은 것은 역적의 손녀라는 낙인뿐이었다. 그녀를 폐위하고 새 왕후를 뽑으라는 주청이 폭풍처럼 쏟아졌을 광경이 훤히 보였다. 그녀를 이 자리에 두기 위해 하지 않아도 될 양보와 희생도 감수했을 것도 자명했다. 태왕은 절대 알려주지 않을 이야기, 그녀도 절대 물을 수 없는 이야기였다.

그가 최선을 다해 그녀를 감싸는 것에만 기대지 않고 해류도 스스로의 자리를 만들어야 했다. 그녀를 무조건 지키려는 태왕의 배려를 거스르지 않는 정교한 줄타기도 병행해야 했다. 쉽지 않겠지만 이 사람과 함께라면 기꺼이 감수할 수 있었다.

"그러겠습니다."

해류는 여관이며 궁의 관리들이 펄쩍 뛰던 낮의 대화를 떠올렸다.

"그래서 올리는 말씀인데요, 흉사들이 잇따라 벌어지는 바람에 올해 동맹을 제대로 챙기지 못했습니다. 오늘 그 준비 상황을 살피려 했더니 폐하의 허락을 얻어야만 한다며 다들 만류하더군요."

"아직 심신이 성치 않은 사람이 어찌 그런 것까지 챙기려고 하오! 올해는 모후께 맡겨요."

"폐하 옆에 든든히 서달라시면서요? 뒤숭숭한 시기일수록 나라의 중대한 행사는 차질 없이 진행되어야 합니다. 할 수 없는 것도 아닌데 왕후가 해야 할 임무에 손을 놓으면 어떻게 제 위엄이 서고 존중을 받을까요?"

조목조목 따지고 드는 논리는 약간의 빈틈도 없었다. 그는 조금 전, 해류가 영민해서 좋다고 한 칭찬을 취소하고 싶어졌다. 동시에 뿌듯하고 흐뭇했다. 이렇게 강하고 꺾이지 않는 사람이라서 그가 마음에 담은 거였다. 살짝만이라도 더 휘어지고 연약하면 좋겠지만 그건 해류가 아니었다.

"정말 괜찮겠소? 그러다 기력이 쇠해 다시 쓰러지기라도 하면 어쩌려고."

"다 해놓은 일들을 조금 챙기기만 하는 것을요. 쉬엄쉬엄하겠습니다. 빨리 털고 일어나 동맹 때 폐하 옆에 서야 하는데 무리를 하면 안 되지요."

꼬챙이처럼 말라 뼈만 남은 해류는 툭 치기만 해도 당장 쓰러질 것 같았다. 얼굴에도 여전히 핏기 하나 없었다. 얼마 남지 않은 동맹 행사에 나서는 건 무리 같았지만 그는 절대로 안 된다는 만류를 꿀꺽 삼켰다.

"수어의가 동맹에 참석해도 괜찮다고 할 정도로 회복이 되면 그때 의논해봅시다."

"그때까지 꼭 일어나 보이겠습니다. 왕궁에서 너무 편히 지내며 유약해졌지, 본디 제가 얼마나 건강한데요. 사당에 있는 내내 고뿔도 한번 걸린 일이 없었답니다."

그런데 나와 혼인해서 지난 동맹부터 올해까지 죽을 고비를 숱하게 넘기는구나.

자책감을 곱씹으며 그는 핼쑥한 해류를 애틋하게 바라봤다.

모처럼 기운을 차린 해류와 태왕은 자리에 누워 도란도란 정담을 나눴다. 밤늦도록 온갖 얘기를 나누다 그의 품에 기대어 까무룩 잠이 들었다. 오랜만에 늦게까지 깨어 있었던 게 몹시 피곤했던 모양이었다. 아침에 눈을 뜨니 그가 누웠던 흔적만 남아 있었다.

사람이 일어나는 기척도 모르고 잠만 자다니. 부끄러움에 얼굴이 홧홧해졌다.

궁녀들을 불러 아침 단장을 마친 해류는 조반으로 들어온 죽을 억지로 한 그릇다 비웠다. 궁녀들이 기뻐하며 상을 들고 나가자 여관만 남겨 명령을 내렸다.

"동맹을 준비할 것이다. 소임을 맡은 궁인들과 관원들을 내전으로 부르게."

"예? 그건 태왕 폐하께 허락을 얻으셔야……."

"어제 폐하께서 허락하셨네. 무리하지 않고 조금씩만 챙길 것이니 염려 놓게. 그리고 부여신 사당에 사람을 보내어 올해 미리내 신녀와 함께 어느 신녀가 주관할지 알려달라고 하게. 대신녀님은 계속 병중이니 올해도 힘드실 터이고 보연은 쫓겨나 없으니 어수선하겠지만 차질이 없도록 단단히 준비하라고 이르고."

아무리 왕후라도 태왕의 명을 사칭할 수는 없으니 거짓은 아닐 것이었다. 맡은 책임에 열정적인 왕후의 성품상 과연 무리하지 않을 수 있을지. 우려를 떨치기 힘들었지만 거역할 순 없었다.

"예. 알겠습니다. 지금 부여신 사당에 연통하고 관원들을 바로 들라고 하겠습니다."

왕후의 부름에 소임을 맡은 궁관들이 부리나케 달려왔다.

그래도 한 번 해봤다고 막막하던 작년과는 달랐다. 보고를 들으며 미비하다 느껴지는 건 짚어보고, 제대로 준비한 것들을 치하하며 오전이 훌쩍 지나갔다. 예상보다 수월하게 진행되긴 했지만 그래도 아직은 힘에 부쳤다. 중참이 되기도 전에 기운이 쏙 빠져 손가락 하나 까딱할 기운도 없어졌다. 덕분에 오후엔 휴식을 취하며 보내야 했다.

맥없이 누운 해류는 침상 옆에 쳐놓은 침장을 바라봤다. 어머니가 수놓은 일월도. 한 땀 한 땀 딸을 위한 기원이 담긴 그 정교한 자수를 보면서 해류는 그리움을 삼켰다.

무사한지 당장이라도 확인하고 싶었지만 그건 어머니를 포함해 모두에게 도움이 되지 않는 행동. 이 자리를 반석처럼 다져놓고 태왕께 짐이 되지 않을 때 어머니를 꼭 곁에 모실 거라고 다짐했다.

그날을 조금이라도 당기기 위해 할 수 있는 모든 일을 하자.

해야 할 일들을 머릿속에 정리하며 해류는 제일 먼저 글을 배워야겠다고 결심했다.

정월 대보름이 지나면 남쪽에는 슬슬 봄기운이 든다고 했다. 그렇지만 험준한 산으로 둘러싸인 북쪽에는 상관없는 얘기였다.

청명한 푸른 하늘엔 구름도 거의 없고 햇발의 기세가 강했지만 대기는 한기를 가득 품고 있었다. 휘몰아치는 삭풍은 두꺼운 겹겹 옷으로 전신을 꽁꽁 감싼 사람과 수레를 끄는 짐승들의 몸을 사정없이 때리고 지나갔다. 두툼한 털신을 신고 털옷과 모자 속에 몸을 잔뜩 웅송그려도 들이쉬는 숨결에 냉기가 파고들고 입김은 얼어 서걱거렸다.

맹추위에 인이 박인 사람들도 바람을 막아주는 집 안에서 머물 날, 무장한 병사들이 대부분인 행렬은 추위에도 아랑곳하지 않고 잘 닦인 산길을 빠르게 달리고 있었다.

저 멀리 언덕 아래에 웅장한 성벽이 보이기 시작하자 행렬의 선두에 있던 사내가 속도를 늦췄다. 그의 움직임에 맞춰 따르던 병사들도 말고삐를 당기거나 걸음을 늦췄다. 일행 중 유일하게 금색 갑옷을 입은 남자는 행렬 중간에 있는 수레가 다가오길 기다렸다. 말이 끄는 수레가 가까이 오자 창을 덮은 두꺼운 휘장을 젖혔다.

"왕후, 여기서 평양성이 보이는데 한번 보겠습니까?"

"예, 폐하. 보고 싶습니다."

두툼한 털가죽이 깔린 의자에 앉아 있던 여인이 얼른 일어섰다. 수레의 문을 열고 태왕이 내민 손을 잡으려는데 그가 갑자기 막았다. 함께 타고 있던 여관이 얼른 옆에 있는 긴 잘옷[12]을 들어 왕후의 어깨에 감싸줬다. 태왕은 목 쪽을 꽁꽁 여며 바람 한 점 통하지 않도록 잡도리를 한 뒤 해류를 내려줬다.

12　담비의 모피로 만든 가죽옷

"춥지 않소?"

"수레 안에 화로까지 있는걸요. 폐하나 다들 찬 바람을 맞는데 저만 편히 있는 것 같아 오히려 좌불안석이네요."

"아직 몸도 완전치 않으니 조심해야지. 동맹 때 무리해 고생하지 않았소."

태왕의 타박에 해류가 웃으면서 인정했다.

"그때는 제가 어리석었지요. 성심을 어지럽게 해드린 것은 정말 송구합니다."

지난 동맹 때 해류는 주변의 만류와 우려를 물리치고 왕후로서 제천 행사를 주관했다. 이를 악물고 위상을 지킨 대가는 평생 처음 앓아보는 호된 몸살과 고뿔이었다. 거의 열흘 가까이 열과 기침으로 고생했다. 목구멍이 퉁퉁 부어 음식도 제대로 못 넘기는 바람에 궁녀들이 지극정성으로 눈곱만큼 찌워준 살은 다 내려 홀쭉해지고 기력도 훅 떨어졌다.

그날 해류는 아무리 의지가 강해도 소용없고 육신이 받쳐줘야 한다는 큰 교훈을 얻었다. 그 이후론 절대 무리하지 않고 조섭에 힘써 지금은 거지반 회복되었다.

태왕은 예전만큼은 아니지만 그래도 해류가 어느 정도 심신이 건강해졌다는 걸 믿지 못하고 있었다. 동맹 행사를 끝낸 뒤 왕궁 문 안쪽에 들어서자마자 해류가 그대로 혼절했던 일을 절대 잊지 않았다. 새해 제사며 투석전도 왕후의 역할을 최소화해서 어떻게든 그녀를 쉬게 해주려고 했다.

이번 여정도 그랬다. 중간중간 말을 타고 태왕과 나란히 달리고 싶었지만 절대 허락해주지 않았다.

반역자의 자손인 왕후를 세모눈으로 보고 경원하는 분위기에 심기를 상할까 저어하지 않았다면 그녀는 아직 국내성 왕궁에 꽁꽁 갇혀 있었을 터다. 몸이 고된 것과 마음이 힘든 것, 어느 쪽이 더 나을지. 태왕이 고심을 거듭한 끝에 결정한 동반이었다.

등 뒤에서 벌어지는 은근한 배격. 그는 몹시 진노하고 염려하지만 실은 해류에게는 별다른 타격이 아니었다. 명림이란 성을 빌려 쓰는 마땅한 값이라고 여겼다. 입장을 바꿔봐도 귀족이나 종실 여인들 입장에선 저럴 만하다 싶었다. 약간은 당해주는 척이라도 하는 게 길게 봐서 낫겠다는 판단도 들었고, 태후나 태왕이 무서워

선지 도는 넘지 않기에 참아줬다. 만약 지나치다 싶었으면 그녀 선에서 이미 혹독하게 응징을 끝냈지 그냥 두지 않았다.

체력상 아직은 무리일 수도 있는 평양성 동행을 흔쾌히 받아들인 가장 큰 이유는 그와 함께 있고 싶어서였다. 혼자서도 충분히 대처할 수 있지만 한 번쯤은 유약한 척, 응석을 부려보고 싶었다.

"정말 괜찮습니다. 지금도 이리 멀쩡하지 않습니까."

예전에 승평 왕자가 고은을 불면 날아갈까, 쥐면 꺼질까 애지중지하는 게 부러웠는데 태왕이 그 숨은 바람을 읽은 것처럼 애면글면 아껴주니 기뻤다. 그것과 별개로 손도 까딱하지 못하게 하는 건 활동적인 해류로선 고역이었다. 지금도 그랬다. 춥지 않다고 했음에도 미덥지 않은지 바람을 막아주려는 듯 해류를 옆에 딱 끌어안고 언덕 아래를 가리켰다.

"저기가 평양성이오."

태왕과 왕후의 평양성행.

명림죽리가 있었다면 기를 쓰고 막으려 들었겠지만 크게 꺾인 귀족들은 아직 그럴 힘이 없었다. 미약하게 반발 비슷한 걸 해보려다 태왕의 냉안이 내리꽂히자 그대로 수그렸다.

"드디어 평양성에 와보네요."

해류의 음성이 들떴다.

내성과 중성, 외성으로 이뤄진 평양성은 남쪽에 흐르는 넓은 강을 끼고 있었다. 거의 완성된 다리가 놓인 강과 마주하는 성의 남쪽 중앙에는 궁으로 보이는 붉은 기와지붕이 씌워진 큰 건물들이 있고, 위에서 내려다보이는 성 내부의 배치는 거의 정확하게 바둑판처럼 구획을 지어 네모반듯했다.

"국내성과 모양새가 사뭇 다르네요. 일부러 구역을 딱 나눠놓은 건가요?"

"역시 왕후의 눈은 날카롭군. 부왕 때 교각 건설을 시작하고 중성 바깥에 외성을 다시 지어 규모를 키우면서 예순네 가구씩 구역에 맞춰 배치했지. 저 강 바로 위 내성 중앙에는 왕궁이, 그 주위에 관청, 사당도 세우고 바로 여기 이 대성산에는 북쪽에서 또 다른 외성 역할을 할 산성이 들어설 거요."

늘 절제된 그에게선 좀처럼 보기 힘든 흥분이 가득했다.

그들이 선 자리는 거칠고 황량한 언덕. 저 아래 보이는 평양성도 농한기를 맞아 토목 공사가 한창인, 지나칠 정도로 커다란 성일 뿐이었다. 어수선하고 휑뎅그렁한 대지 위에 해류는 태왕이 꿈꾸는 미래의 도성을 머릿속에 그려보았다.

"폐하의 눈에는 모든 것이 다 완성된 평양성의 모습이 이미 보이시는 것 같습니다."

"하하. 그런가?"

지나치게 들뜬 것이 쑥스러워 너털웃음으로 얼버무렸지만 실제로 그의 눈에는 이미 완성된 왕궁과 도성이 담겨 있었다. 거대한 성문을 지나 그와 나란히 천도한 평양성으로 들어가는 해류가 그려졌다. 아직 소박한 별궁만 있고 왕궁은 제대로 첫 삽도 뜨지 않았지만 그날이 벌써 기다려졌다.

그를 한껏 채운 들뜬 기대가 전염된 듯 해류의 맥동도 빨라졌다.

"폐하의 가장 위대한 업적 중 하나가 될 곳이군요."

"부왕 때부터 준비해오던 것이오. 나야 그저 이어가는 것이고."

"시작은 선왕께서 하셨지만 끈질긴 훼방과 온갖 난관을 물리치며 여기까지 끌고 온 것은 폐하시지요."

그런 것인가. 태왕 거련은 새삼스럽게 아래를 내려다봤다.

그녀의 지적대로 보니 달라진 부분들이 새삼스레 들어왔다. 부왕이 떠나간 뒤 평양성은 그의 치하에서 엄청나게 커지고 바뀌어 있었다.

"부왕께서 이걸 보시면 기뻐하시겠지……?"

소리 내어 입 밖으로 내고 있단 것도 의식하지 못한 혼잣말을 해류가 냉큼 되물었다.

"폐하께선 기쁘신지요?"

예상치 못한 물음에 잠깐 주저하던 그는 반사적으로 고개를 끄덕였다. 그의 긍정에 해류도 눈을 빛내며 평양성을 향해 양팔을 펼쳤다.

"폐하께서 기쁘시다니 되었습니다. 그것이 제일 중요한 것이지요. 이곳은 폐하가 만드시는 고구려의 새 도읍지입니다. 저도 덩달아 마음껏 즐거워하고 자랑스러위하렵니다.”

같은 마음으로 평양성을 바라다보는 해류를 보는데 한 가지 깨달음이 스쳐갔다.

처음이었다. 그를 칭송할 때 부왕이 거론되지 않은 것이.

겨우 말귀를 알아듣기 시작한 어린 왕자 시절부터 등극한 지 10년이 다 되어가는 이날까지 그를 향한 칭찬은 한결같았다. 부왕과 닮았다, 부왕의 뜻을 잘 지키고 있다, 부왕께서 기뻐하실 것이다, 였다.

반대나 비난 역시 선왕이라면 이러지 않으셨을 것이다, 로 일관됐다. 남들뿐 아니라 스스로도 끊임없이 부왕이라면 어땠을까를 자문자답하며 살아왔다.

그런데…… 곱씹어보니 해류는 항상 그를 그대로 칭찬했지 부왕과 비교한 적이 없었다.

이 사람은 온전히 나를 있는 그대로 바라봐주는구나.

그걸 깨달은 순간, 평생 머무를 거라 믿었던 거대한 그늘에서 한 발짝 벗어난 느낌이 들었다. 그 그늘이 부담스러울 때 덮쳐오는 죄책감도 오늘은 느낄 수 없었다.

나의 도읍지.

뿌듯하니, 순수한 환희가 가슴을 채워나갔다.

평양성 천도는 제위에 오르면서부터 가장 큰 숙제이자 막중한 의무였다. 부왕이 이루지 못하고 떠난 것을 반드시 완성해야 한다고 자신을 가혹하게 채찍질하며 달려왔다. 그것이 어느새 태왕으로 가장 이루고픈 일이 되었다는 걸 그는 비로소 깨달았다.

그 깨달음을, 그 기쁨을 알려준 반려가 더없이 예쁘고 고마웠다. 태왕 거련은 밀려오는 유혹에 순순히 굴복했다. 평양성을 향한 해류의 얼굴을 돌려 입을 맞췄다.

뜨거운 혀가 입안으로 파고들면서 그녀의 입술 안쪽을 훑었다. 놀라 도망치는 귀여운 살덩어리를 감아 빨아들이자 신음이 절로 흘러나왔다.

“으응…….”

부끄러움도 잊고 해류는 양팔을 들어 태왕의 목을 감고 다가섰다.

노골적인 애정행각에 뒤에서 지키고 있는 호위며 궁인들은 황급히 시선을 허공이나 먼 산 저편으로 돌렸다. 지켜보는 이들에게는 길고, 서로를 달콤하게 나누는 이들에겐 짧은 입맞춤은 회오리처럼 살을 때리는 보라바람이 지나가자 멈췄다.

볼에 닿는 심상찮은 된바람에 태왕이 몸을 폈다. 오랫동안 꿈꿔오던 도읍에, 눈에 넣어도 아프지 않은 반려와 함께였다. 하루 종일이라도 여기서 흐뭇하게 지켜볼 수 있었지만 아쉽게도 바람이 예사롭지 않았다. 시시각각으로 기온이 죽죽 떨어졌다. 햇살은 아직 쨍했지만 저 멀리서 다가오는 검기운 구름은 눈을 가득 품고 있었다.

"곧 눈설레가 칠 것 같군."

호위 책임을 맡은 장수도 비슷한 예측으로 전전긍긍하고 있었던 모양이었다. 태왕의 중얼거림을 듣자마자 바로 다가와 재촉했다.

"폐하, 아무래도 평양성에 도달하기 전에 눈이 내릴 것 같습니다. 폐하께서도 수레에 오르시지요."

국내성을 벗어날 때까지 의례를 위해 잠깐 탔던, 내내 빈 채로 따라오는 태왕의 수레였다. 마부가 눈치 빠르게 행렬 앞으로 수레를 몰아왔다. 고개를 저은 태왕은 손을 들어 어마의 고삐를 잡은 자에게 말을 끌어오게 했다.

"짐은 되었다. 자, 왕후, 서둘러야겠소."

대신 해류를 수레 쪽으로 안내했다.

"예, 알겠습니다."

밖에 선 지 몇 각 되지도 않았지만 한기가 두툼한 털옷을 파고들고 있었다. 그녀는 서둘러 수레에 올랐다. 겨울 날씨의 변화무쌍함과 그 치명적인 위험을 아는 일행들은 최대한 길을 재촉했다.

예상대로 빠르게 쫓아온 눈구름은 골짜기 길을 내려올 즈음엔 폭설로 바뀌었다. 평양성 쪽에서도 급작스러운 폭설에 태왕 일행의 안위를 염려했던 모양이었다. 펑펑 나리는 함박눈을 맞으며 달려오던 성주와 승평 왕자는 태왕을 맞기 위해 무릎을 꿇었다.

"태왕 폐하를 뵈옵니다."

"여기까지 마중 나올 필요는 없는데 괜한 수고를 했구나."

"갑자기 눈보라가 몰아쳐 걱정했는데 무사히 도착하셔서 다행입니다."

"동장군이 마지막 심술을 부리는가 보지."

해류가 탄 수레를 흘끗 일별한 태왕이 잠시 늦췄던 발걸음을 다시 재촉했다.

"눈폭풍이 될 듯하니 우선 성으로 들어가자."

"예."

잠깐 멈춰 서 있는데도 지위 고하를 막론하고 눈사람 형국이었다. 모두 태왕의 명을 아주 감사히, 그리고 잽싸게 이행했다.

태왕을 맞기 위해 활짝 열린 성문을 바람처럼 지났다. 다른 때라면 백성들이 모여 태왕을 환영했겠지만 추위에 익숙한 이들에게도 견디기 힘든 혹한에다 눈이 폭풍처럼 몰아쳐 대로 주변엔 인적이 드물었다. 사람도 수레도 없는 넓은 길을 태왕 일행은 황룡기를 휘날리며 질주했다.

수레 창에 드리운 두꺼운 휘장을 살짝 들어 해류는 바깥을 살폈다.

외성에서 중성으로 향하는 대로는 수레 여섯 대가 동시에 지나다닐 수 있을 정도로 널찍했다. 중성 안쪽의 도로 역시 큰 수레 서너 대는 너끈히 통과할 정도로 넓었다. 바둑판처럼 펼쳐진 주변의 길도 직선이었다. 국내성은 왕궁이나 관청과 이어지는 대로를 제외하고 구불구불하고 좁은 길이 많았다. 오랜 세월에 걸쳐 자연스럽게 확장된 국내성과 달리 정교한 계획을 통해 만들어지는 새로운 도성이란 점을 한눈에 알 수 있었다.

길이 넓고 반듯해서 전혀 거침이 없으니 군대는 물론이고 교역품을 실은 큰 수레들도 밀리는 것 없이 편하게 드나들겠구나. 거기다 바다로 바로 통하는 강이 있으니 무역도 군사도 움직이기 용이한…… 안목 없는 내가 보기에도 정말 천혜의 도읍지. 왜 폐하께서 그 집요한 반대를 물리치고 여기로 수도를 옮기려고 하는지 알겠다.

선대왕의 유업을 이루는 것을 목전에 둔 태왕의 흥분이 이해가 되었다.

쏜살같이 달린 수레가 도착한 곳은 평양성 북쪽 중앙에 자리한 별궁이었다. 왕궁의 담은 높고 웅장했지만 안은 배를 띄워도 될 정도로 커다란 연못 몇 개 외에는 놀라울 정도로 아무것도 없었다.

어리둥절한 눈으로 해류는 휑뎅그렁한 주변을 살폈다. 그녀의 표정을 봤는지 태왕이 수레에 다가왔다. 그는 반쯤 걷은 휘장 밖으로 머리를 빼고 두리번거리는 해류에게 손을 들어 눈보라 너머를 가리켰다.

"동서남북과 중앙, 다섯 구역으로 나눠 왕궁터를 닦아놨소. 저 중앙에 정전이 있는 중궁이 들어설 거요. 중궁의 중앙에 일직선으로 정전과 편전과 침전, 왕후궁이 지어지겠지."

지금 설명대로라면 태왕과 왕후의 거처는 지근이었다. 멀찌감치 떨어져 독립적인 국내성의 왕궁과 달리 담 위로 머리를 빼면 일거수일투족이 공유될 정도로 훤히 보이는 배치였다.

"지금보다 굉장히…… 가까이서 폐하를 모시게 되겠군요."

정답이라는 표정으로 태왕이 장난기와 음흉함이 섞인 웃음을 지었다.

"바라는 바요."

해류는 붉어진 얼굴을 감추려 쑥 뺐던 머리를 수레 안으로 넣었다. 눈이 들이쳐서 들어온 거라고, 아무도 묻지 않은 변명을 자신에게 하며 그 잠깐 사이에 어깨와 머리에 쌓인 눈을 열심히 털어냈다.

"저 넓은 자리들에 건물이 다 들어서면 궁궐이 얼마나 크고 웅장할지 가히 짐작이 갑니다. 국내성 왕궁보다 몇 곱절은 넓겠어요."

해류가 화제를 바꾼 이유를 훤히 알지만 태왕은 더 놀리지 않았다. 싱긋 웃더니 말을 몰아 앞으로 나갔다.

대화 속에선 어마어마한 왕궁이 완성되어 있었지만 지금은 그야말로 휑한 터뿐. 규모가 있는 건물은 편전이자 정전 역할을 하는 대전, 그 바로 뒤에 회랑으로 연결된 침전 정도였다. 태왕은 대전으로 해류는 침전에 들어갔다.

눈에 젖은 옷을 갈아입은 해류는 회랑을 통해 대전으로 향했다.

그는 해류와 비교도 할 수 없이 눈을 맞았건만 옷도 갈아입지 않고 보고를 받는지 승평 왕자까지 들어 있었다. 그녀를 보자 고하려는 시종에게 해류는 손가락을 입술에 올려 쉿 시늉을 했다. 몇 달 만에 모처럼 독대한 형제의 대화를 방해하고 싶지 않았다.

정담을 나누라는 배려가 무색하게도 안에선 옹성의 진척 상황이나 수병 증원 등, 맡은 임무에 대한 보고만이 길게 이어졌다. 대충 이야기가 마무리되는 것 같자 해류가 슬쩍 신호를 줬다.

눈치를 보던 시종이 안에다 대고 잽싸게 고했다.

"폐하, 왕후 폐하께서 드셨습니다."

"어서 모셔라."

태왕의 허락이 떨어지고 문이 열렸다. 승평 왕자가 일어나서 그녀를 맞았다.

"어서 오십시오, 왕후 폐하. 이제 제대로 다시 인사를 올립니다."

"전하, 아까는 눈을 피해 들어오기 바빠서 저도 인사를 제대로 못 했네요. 득녀를 축하드립니다. 수아라고 이름을 지으셨다지요? 순산했다는 소식을 듣고 태후 전하께서도 퍽 기뻐하셨답니다."

여아라는 소식에 태후는 옆에서 보기 민망할 정도로 티 나게 안도했다. 다른 상황이라면 여아라는 걸 조금은 아쉬워했을 수도 있었다. 그러나 역도의 딸이 현재 유일한 후계자인 왕제(王弟)의 장자를 낳는다는 건 애매한 상황이라 다들 가슴을 쓸어내렸다.

"감사합니다, 왕후 폐하."

정치적인 이해타산이나 어미의 죄와 상관없이 승평 왕자는 아이를 진심으로 고이고 기꺼워하는 기색이 역력했다.

"첫울음부터 남아 못지않게 씩씩하고 정말 어여쁜 아이라 팔불출 소리를 들을 걸 알면서도 빼어나게 예쁘다(秀娥)는 이름자를 감히 붙여봤습니다."

"수려하고 미려한 부모를 골고루 닮았으니 당연히 수아란 이름을 받을 자격이 있겠지요. 태후 전하께서 수아 군주(郡主)에게 보내신 선물과 또 태왕 폐하와 제가 드리는 선물도 함께 가져왔으니 군주와 왕자비께 전해주세요. 내일 댁으로 보내겠습니다."

"순행에 제 아이를 위한 선물까지 가져오시다니 과분한 배려에 감사드립니다. 여기까지 오셨으니 잠시라도 짬을 내어 만나주시면 왕자비도 크게 감읍할 것입니다."

정말 그럴지, 솔직히 의문이었지만 해류는 굳이 따지지 않았다. 육친으로 나눈 애틋한 정이 아주 조금이라도 있었다면 도리상 찾아봤겠지만 피차 우애는 눈곱만큼도 없다. 고은도 영락한 처지를 보이고 싶지 않을 것이 분명했다.

완신(頑信)[13]을 바쳤던 반려에게 크나큰 상처를 입었음에도 포용해주는 왕자에게 감탄하면서, 동시에 여전히 눈치 모자람에 기막혀하며 해류는 슬쩍 얼버무렸다.

"왕자비에게 선물을 보내면서 의중을 들어보겠습니다."

백이면 백, 고은도 거부할 터. 해류는 혹여 직접 초대라도 할까 저어해 얼른 일어서며 태후의 서찰을 건넸다.

"여기 이것은 태후 전하께서 왕자 전하께 보내는 서찰입니다. 그럼 계속 말씀 나누십시오. 저는 태후 전하의 서찰을 전하려고 잠시 들렀으니 이만 물러나겠습니다. 좀 전에 말씀드린 대로 선물은 따로 인편에 보내겠습니다."

해류가 잽싸게 일어나는 이유를 승평 왕자는 모르지만 태왕은 알아챘다. 그는 달아나려는 해류를 도와줬다.

"그러시오. 연일 강행군으로 곤하실 텐데 먼저 쉬시오."

"예. 그러면 신첩은 물러가겠습니다."

침실로 돌아온 해류는 궁녀를 물리고 자리에 누웠다. 따뜻한 온돌 침상의 열기에 몸이 젖은 솜처럼 늘어졌다. 그런데 이상하게 정신이 말똥말똥 잠이 오지 않았다. 한참을 뒤척이던 해류는 몸을 일으켜 앉았다. 끌어 세운 무릎에 턱을 올리고 자신의 수면을 방해하는 문제를 차분하게 짚어나갔다.

가장 수위(首位)에 있는 고민은 그동안 애써 덮어두고 생각하지 않으려고 하던 문제. 왕손 잉태.

혼인한 지 벌써 햇수로 4년이었다. 재작년 겨울까지는 태왕이 손목 한번 제대로 잡아주지 않았으니 아이가 생길 리 만무했다. 생산은 그녀의 책임이 아니고 어차피 헤어질 사이라 신경 쓰지 않았으나 이제는 달랐다.

---

13 굳은 믿음

그와 잠자리를 같이 한 지 한참이었다. 독에 당해 쓰러지기 전까지는 아이가 벌써 여러 번은 들어서고 남을 정도로 정이 넘쳤다. 고은은 혼인도 하기 전에 찾아온 아기씨가 왜 내게는 오지 않는지.

지금 회임한다고 해도 태왕을 제외하고 환영받지 못할 아이긴 했다. 태왕에게 눌려 티를 내지 못할 뿐 우려의 눈길이 꽂힐 거였다. 왕후를 바꾸거나 소후나 후궁을 들이고픈 귀족들 대부분 달가워하지 않을 것은 더더욱 확실했다.

훤히 보이는 모든 난관에도 불구하고 해류는 태왕의 아이를 낳고 싶었다. 전 왕후 연 씨가 어떤 심정으로 사당 문턱이 닳도록 찾아와 그리 애타게 아기씨를 내려달라 빌었을지, 이제는 알 것 같았다.

가슴 깊이 연모하는 이의 아이를 갖고 싶었을 것이다.

두 사람의 아이를 안은 그가 행복해하는 모습을 보고 싶었다. 그녀와 아이가 있다면 어떤 풍파가 생겨도 태왕은 흔들리지 않을 거라 확신했다. 그녀도 그들의 아이와 태왕을 위해 목숨이라도 바칠 수 있었다.

그렇지만…… 하늘을 봐야 별을 따지.

해류는 최근 심장을 좀먹기 시작한 또 하나의 사실을 뒤적였다. 하룻밤에도 몇 번씩, 거의 혼절할 지경으로 그녀를 탐하던 태왕이 요 몇 달 손끝도 대지 않았다. 기억을 더듬어보면 독에 당한 후 딱 한 번, 아직 회복되지 않은 그녀를 안으려다 만 이후부터였다. 간솔히 그때는 진심으로 안심했다. 기력이 너무 없으니 만사가 힘들어 그의 배려가 무척 고마웠다.

그런데 심신도 어느 정도 회복되고 해를 넘자 슬슬 신경이 쓰였다. 간혹 다정하니 입맞춤도 해주고 오늘 낮처럼 안아주곤 했지만 딱 거기까지였다. 침상에 나란히 누워서 정말 잠만 자고 나갔다.

최근엔 부끄러움을 무릅쓰고 은근슬쩍 다가가 몸을 붙여봤지만 그는 해류를 폭 끌어안고는 아기에게 하듯 다독다독 등만 도닥거려줬다. 그 손길에 녹아내려 스르르 잠이 들었다가 눈을 떴을 때 얼마나 허무했는지. 그 새벽의 황당함과 허탈함이 새삼 밀려왔다.

지난해에는 평양성으로 순행을 떠나는 새벽까지 흠뻑 안겼고 돌아오던 날은 밤

길을 달려와 품어줬으면서. 때때로 버겁다 느꼈던 그 밤이 그리워지고 몸 안이 간질거렸다. 저릿해지는 감각을 가라앉히려 자세를 바꾸는데 문밖 저편에서 인기척이 느껴졌다.

승평 왕자와 얘기가 벌써 끝났구나.

해류는 후다닥 누워 이불을 올려 덮었다. 그녀가 태왕에 대해 잘 아는 것처럼 태왕도 그녀에 대해 속속들이 알았다. 해류가 잠을 못 이루는 건 몸이든 마음이든 심각하게 불편하다는 증거였다. 그를 걱정시키고 싶지 않았다.

해류가 이미 잠들었다고 생각한 태왕은 기척을 죽이고 조용히 들어왔다. 이미 침의로 갈아입었는지 바로 침상으로 다가왔다. 금방 누울 것 같았는데 그는 침상 앞에 멈춰 섰다. 등을 돌리고 있음에도 자신을 내려다보고 있는 시선이 느껴졌다. 그의 손길이 내려와 가만히 그녀의 이마를 짚었다가 떨어졌다. 너무 웅크리고 있으니 오한이나 열이 있나 걱정하는 모양이었다.

그 손의 따스함에, 거기에 담뿍 담겨 있는 관심에 눈물이 날 것 같았다. 몽글몽글 다사로운 느낌이 피부 안쪽을 간질이며 발끝까지 퍼져나갔다. 혹시라도 깨어 있는 것을 들켜 이 안온함을 놓칠까 봐 해류는 눈을 꼭 감았다.

"폐하, 눈이 완전히 그쳤습니다."

어제부터 가랑눈으로 바뀌어 조금씩 흩날리던 하늘은 청명했다. 구름 한 점 없이 새파란 창공을 영접하는 궁녀의 음성에 반가움이 담겼다. 눈구름은 물러갔어도 혹한은 여전한 듯, 날씨를 가늠하려 창을 연 궁녀는 밀려 들어오는 매서운 강바람에 몸서리를 쳤다.

"평양성은 남쪽이라 국내성보다 훨씬 따뜻하다더니 다 헛소문이었던 모양입니다."

"그래도 눈이라도 그쳤으니 다행 아니냐."

"겨우 멈추긴 했지만 장정의 키가 넘도록 쌓인 길눈이옵니다. 날도 너무 차서

오늘내일 안에 녹기는 요원하고, 지난 이틀간 워낙 많이 내린 터라 큰길만 치우는
데도 한참 걸릴 것 같습니다."

따뜻한 별궁 안을 벗어나고 싶지 않다는 궁녀들의 간절한 바람이 담긴 설명이
었다.

피식 웃으며 해류는 입속말로 중얼거렸다.

"이 혹한에 나다니고 싶지 않은 심경은 이해가 된다만⋯⋯."

한가롭게 유람 온 게 아니었다. 평양성에 머무는 길지 않은 기간 동안 태왕이 직
접 찾아보거나 챙기기 힘든 일은 그녀가 해야 했다. 그럴 작정이 아니었다면 굳이
따라오지도 않았다.

"너는 나가서 가장 가까운 사찰까지 가는 길을 치우는 데 얼마나 걸리는지 알아
보고, 넌 길이 나는 대로 나갈 테니 수레를 준비하라고 이르고 오거라."

"날이 추운데 혹시 한질이라도 걸리시면 폐하께서 크게 걱정하실 것인데
요⋯⋯."

"맞사옵니다, 폐하. 국내성으로 돌아갈 때까지 아직 기일이 있으니 날이 좀 풀
린 후에 가보시지요."

왕후의 건강에 촉각을 곤두세우는 태왕을 핑계 대며 궁녀들이 만류했다. 그렇
지만 강단 넘치는 본디 모습을 되찾은 왕후는 그들의 간절한 바람을 단호하게 물리
쳤다.

"폐하께선 벌써 어제부터 나가셔서 병영과 성 안팎을 살피고 계신데 안에서 게
으름만 피우면 되겠니. 여기 남아 챙길 일도 많으니 오늘은 그 석가모니 신을 믿거
나 사찰에 가본 적이 있는 궁녀 두 명만 따르거라. 남은 사람들은 저녁에 폐하께서
베푸실 주연이 어찌 준비되는지 지켜보고 상에 올릴 꽃을 붉은색 종이로 만들어두
도록 하고. 나머지는 금방 돌아와서 살피겠다."

왕후는 추위도 별로 안 타고 가만히 앉아 있지 못하는 성격인 걸 궁녀들은 잘 알
았다.

저리 바지런을 떠시는 걸 보니 정말 건강을 회복하셨나 보다. 활동적인 왕후를
보필하느라 고생할 건 암담했지만 익숙했던 모습에 안도하며 그들은 준비를 서둘

렀다.

영락태왕 때 건축된 사찰은 평양성 동서남북을 포함한 팔방에 나뉘어 여덟 개
가, 나머지 하나는 왕궁 바로 근처에 위치했다. 미리 연통을 받은 왕궁 옆 사찰의
주지와 승려들이 왕후를 맞기 위해 죽 도열해 있었다.

"이런 날 찾아와서 미안합니다. 오늘이 아니면 들르기 힘들 것 같아서 무리를
했습니다."

제일 앞에 선 승려가 양손을 모아 합장하며 몸을 깊이 숙였다.

"아니옵니다, 폐하. 이런 누추한 곳을 찾아주셔서 저희가 감읍할 따름입니다."

"누추하다니요. 지나친 겸손은 오히려 비례(非禮)라고 했습니다. 선왕 폐하께서
직접 지어주신 아홉 사찰 중 하나가 아닙니까."

"송구하옵니다."

선대왕이 왕실을 위해 지은 사찰은 웅장했다. 바깥 일주문부터 여기 대웅전까
지 온 길을 보건대 그녀가 있던 부여신 사당보다 규모가 컸다.

몇 대 전부터 불교를 공인하고 왕실에서도 후원하긴 했지만 국내성에선 고등신
이나 부여신 사당보다 더 큰 절을 짓는 일은 상상조차 할 수 없었다. 오랫동안 숭상
한 신을 모신 세력이 강한 국내성과 달리 평양성은 새로운 서역 신을 섬기는 데 거
부감이 덜한 듯했다. 그러나 사당에서 지낸 세월 때문인지 절에 들어서니 어색하고
죄를 짓는 듯한 죄악감이 해류를 엄습했다.

소수림왕 때부터 대대로 강력하게 옹호하는 종교였다. 자신의 의사와 상관없이
익숙해지는 게 왕후로서 의무였다. 해류는 불교에 대해 알고 있는 빈약한 지식을
달달 긁어모았다.

"불존을 뵈어야겠지요. 나는 사찰에 온 것이 처음이니 석가모니께 인사를 올리
는 법을 알려주시오."

왕후의 제안이 뜻밖인 듯 주지의 눈이 휘둥그레졌다가 평소의 크기로 돌아갔
다. 함박웃음을 머금고 그는 왕후를 정중하게 안내했다.

"대웅전으로 드시옵소서. 불존은 거기에 모시고 있습니다."

"알겠소."

대웅전에는 거대한 황금색의 젊은 사내 모양의 상이 가부좌를 틀고 앉아 있었다. 해류는 주지와 승려들을 흉내 내어 절을 올리고 주문처럼 들리는 짧은 경을 읊는 것까지 듣고 일어났다.

그날 태왕은 승평 왕자와 평양성 인근을 둘러보고 돌아왔다. 곧바로 평양 성주와 그 휘하의 가라달, 처려근지 직위의 장수들과 함께하는 주연이 열렸다. 본래는 성주 부인 이하 장수의 내자들도 초청해 나란히 즐길 예정이었다.

그렇지만 두서너 자 넘게 쌓인 성내의 눈을 전부 치우기란 불가능했다. 수레가 움직일 수 없는 곳이 많아 안사람들의 참석은 부득이하게 취소됐다. 부인들이 없으니 왕후도 굳이 자리를 지킬 이유가 없어졌다. 해류는 성주와 휘하 장수들에게 얼굴만 비치고 나왔다.

저녁 일정이 사라지자 지루해진 해류는 할 일을 궁리하다 한 가지를 택했다.

"지필묵을 가져와라."

틈만 나면 왕후가 글 연습을 하는 것은 지난가을부터 익숙한 풍경. 궁녀들은 서둘러 문방사우를 꺼내 차리고 먹을 갈았다. 먹이 진해지는 동안 해류는 붓에 물만 묻혀서 천자문에 있는 글자를 옮겨 적었다.

이마에 땀이 송골해지도록 힘을 주어 팔을 움직이던 시녀가 벼루 옆에 먹을 놓았다.

"폐하, 다 갈아졌습니다."

"알았다. 이제는 되었으니 수직하는 궁녀만 문밖에 남기고 다들 물러가 쉬어라."

"예, 폐하. 편히 쉬시옵소서."

해류는 납기가 닥친 주문을 맞추는 마음가짐으로 먹을 찍었다.

비단을 짜고 자수를 놓으면 꼬박꼬박 금이나 은으로 돌아왔다. 차곡차곡 쌓이는 재물을 보면 허리가 끊어질 것 같아도 즐겁고 밤을 꼬박 새워도 지치지 않았었다. 그 재미를 고스란히 빼앗기니 침선도 전처럼 막 흥이 나지는 않았다.

딱히 손에 잡힐 것 없는 글공부도 재미없기는 마찬가지였지만 계루부 상단을 챙겨보니 확실히 글의 필요성이 커졌다. 올해 안에 출납 장부만큼은 설명 없이 읽어보자는 결심으로 집중했다.

"왕후께서 글공부에 몰두하시는 모습이 아주 보기 좋습니다."

흐뭇해하는 음성에 해류는 고개를 들었다. 몰입해 있다가 태왕이 드는 것도 놓친 모양이었다. 해류는 얼른 붓을 벼루 위에 내려놓고 일어섰다.

"주연을 일찍 파하셨네요."

"내일부터는 이 폭설의 뒤처리며 이럴 때만 할 수 있는 겨울 전투 훈련도 있으니 다들 일찍 돌아갔소."

꼭 필요하니 여는 것이지 태왕은 거창한 연회를 딱히 좋아하지 않았다. 더구나 해류도 함께 즐기려던 자리라 더더욱 김이 새버렸다. 성주며 승평, 다른 장수들도 첩첩이 쌓인 임무가 태산인지라 다들 몸을 사려 주연은 자연스럽게 일찍 끝났다. 모처럼 생긴 여유이니 단출하게 해류와 야참을 즐기려고 미리 해두면 나중이 편할 정무도 미뤄두고 침실로 온 참이었다.

태왕은 종이를 가득 채운 글씨를 유심히 살폈다.

"참으로 열심이군. 이러다 몇 해 뒤에 태학의 박사들을 능가하는 거 아니오?"

"그만 놀리셔요. 제가 읽고 쓰는 건 서툴러도 보는 눈은 멀쩡하답니다. 괴발개발에 간신히 까막눈을 면해가는 수준인걸요."

"놀리는 게 아니오. 정말 보기 좋아서 하는 소리요."

그는 탁자에 펼쳐놓은 천자문과 그녀가 베껴 적은 글자를 흐뭇하게 봤다.

"당신의 영민함과 노력이면 금방 경전이나 사서도 줄줄 읽을 수 있을 거요. 왕후와 함께 사서를 읽고 토론한 태왕은 고구려에 없었을 테니…… 그것도 즐겁겠군."

그의 칭찬에 웃던 해류는 경전과 사서라는 단어에 기겁했다. 고개를 젓는 것도 모자라 손사래까지 휘휘 쳤다.

"상찬은 진심으로 감사하나 저는 되었습니다. 굳이 경전으로 배우지 않아도 지켜야 할 도리는 알고 있습니다. 또 우리 고구려의 역사는 추모왕의 건국부터 시작해 영락태왕 대에 이르기까지 어릴 때부터 귀에 못이 박이도록 들어 외우고 있고, 다른 나라의 것은 굳이 책으로 찾아 읽을 만큼 흥미가 없습니다. 지어낸 것이 분명

한 허황한 옛이야기나 남의 나라의 건국이며 폭군이 실정해 망한 흥망사를 알아 무엇에 쓰라고요."

"지난 역사에서 보고 배워 그 잘못을 답습하지 않으려는 것이지."

"책으로 읽지는 않았으나 입에서 입으로 전해오는 이야기들을 보면 사람들은 매번 같은 실수를 하더군요. 아무리 유익한 교훈이 담긴 경전과 사서를 읽는다고 해도 스스로 경계하고 대비하지 않으면 소용이 없다고 생각합니다. 과거를 돌아보기 전에 지금 당장 깨닫고 고쳐나가야지요."

거기까지 공부할지는 스스로 의문이지만 만에 하나 글을 더 깊이 익힌다면 그녀는 다른 책을 읽어보고 싶었다.

"저는 폐하께서 간혹 보시는 천문도나 산법이 더 흥미롭습니다. 그런 지식은 당장 모두에게 쓸모가 있지 않습니까."

학자들이나 공부를 좀 한다는 귀족들은 경전과 사서를 가장 높이 두고 매진했다. 천문이니 산법서는 상대적으로 열등하게 취급했다. 그런데 그들이 목매는 사서를 뜬구름 잡는 것으로 취급하는 해류의 평가에 웃음을 참았다.

"산법이라면 몰라도 천문이?"

"제가 천문을 관측하는 방법은 모르나 별자리를 살펴 농사의 때를 알고 중대한 변고를 예측할 수 있다는 건 알고 있습니다. 그러니 폐하께서도 날마다 보고를 받고 수시로 직접 천기를 살피시는 것 아닌지요. 하지만 그것은 폐하께서 허락해주신다고 해도 까마득히 먼 훗날의 이야기이고,"

해류는 눈을 빛내며 태왕을 바라봤다.

"당장은 제게 올려지는 계서들을 직접 읽는 게 목표입니다. 설명을 들으면 다 기억할 수 있기는 하나 그래도 기록을 해두면 혹시 헷갈리거나 잊은 것을 다시 확인할 수 있겠지요."

"그리고는 더 없소?"

"예? 글쎄요……."

솔직히 그 외에는 없었다. 야담이나 전설을 모은 책도 재밌다지만 딱히 찾아서 읽고 싶을 정도는 아니었다. 그런 이야기에 자주 등장하는 귀신이며 혼령은 한 번도 본 적이 없으니 전혀 흥미롭지 않았다.

더 대답해야 하나 고심하는데 태왕이 뜻밖의 요구를 했다.

"난 내게 서찰을 써줬으면 해. 홀로 원행을 가 있을 적에 그대가 무엇을 했는지, 또 무슨 생각을 하는지 적어 보내주면 좋겠소. 궁의 일을 소상히 알려줄 믿을 만한 사람은 해류, 그대밖에 없지 않소."

듣고 보니 맞는 소리였다. 작년처럼 태왕이 멀리 떠나 있으면 궁의 소식이 궁금할 테니. 그리고 어머니에게도 서찰을 보낼 수 있었다. 지금은 태왕의 수하가 살피고 온 근황을 듣는 게 고작이지만 정국이 더 안정되면 편지를 주고받는 수도 있을 것이었다.

생각지도 못했던 글의 쓰임새가 확 늘어나니 의욕이 샘솟았다.

"그렇네요. 서찰을 보낼 수 있도록 정진하겠습니다."

선선한 대답에 만족한 듯 태왕의 눈에 담긴 미소가 짙어졌다.

"글공부는 오늘은 그만하고 오랜만에 함께 야식이나 들면 어떻겠소?"

긴장을 풀고 편히 한잔 마시고 싶다는 의중을 알아들은 해류가 문밖에다 명했다.

"기름진 것은 제외하고 따뜻한 술과 소찬 세 가지만 올려 주안상을 준비해라."

"예, 폐하."

술상은 금방 대령됐다. 궁녀들이 들어와 지필묵이 펼쳐진 탁자를 깨끗이 치우고 요리와 술을 올려줬다. 해류는 주전자를 들어 태왕의 은잔에 부었다.

"드십시오."

"본래는 여기 언덕 꼭대기에 파놓은 연못 옆 정자에 가려고 했었소. 작년 이맘때는 놀라울 정도로 따스했는데 공교롭게 되었군."

"다음이 있지 않습니까. 그리고 언젠가는 이곳으로 옮겨올 테니 그때는 폐하께서 틈이 나실 때마다 가면 되지요. 풍류가 모자라다 여기시면,"

해류는 안뜰로 향한 창을 활짝 열었다.

"창을 열고 앉아 눈이 쌓인 풍광을 즐기시면 되고요. 이렇게 있으니 비원의 전각에서 창을 다 열어놓고 차나 술을 나누던 일이 생각나네요."

"나야 괜찮지만. 춥지 않소?"

열어놓은 창으로 찬 바람이 밀려왔지만 침상을 데우는 구들과 화로의 열기로 꽉 찬 공간이었다. 견디기 힘들 정도로 차가워지진 않았다. 오히려 상쾌하니 정신이 맑아지는 것 같았다.

"괜찮습니다. 사당에서 지낼 때부터 추위에 단련이 되어 오히려 더운 게 더 견디기 힘든걸요. 왕후궁에 처음 왔을 때 침상 바닥에 너무 뜨겁게 불을 때서 한동안 잠을 설쳤답니다."

"그런 일이…… 말이라도 하지 그랬소."

"그때엔 그런 것을 폐하께 아뢸 분위기도 아니었잖아요. 설령 주청이 가능했다고 해도 그 정도는 제가 처리해야지요. 불을 적게 때라고 명해서 그다음부터는 편히 잤습니다."

초야부터 1년 넘게 해류를 쳐다보지도 않고 소박 놨던 기억이 떠오르는지 그의 표정에 그늘이 졌다. 그래도 해류가 덮어주는 걸 굳이 들쑤시고 싶지 않아 그는 얼른 화제를 돌렸다.

"참 희한할 정도로 그대는 불평을 입에 담지 않는군."

해류가 애교 가득한 눈웃음을 흘렸다.

"폐하께 토로해서 해결될 문제면 당연히 말씀을 올렸지요. 폐하께서 꼭 필요할 때만 추상같은 진노를 드러내시는 것처럼요."

정말 내 해류가 돌아왔구나. 새삼스럽지만 다시금 실감이 되었다. 그를 두려워하지 않고 웃으며 말대꾸를 하는 유일한 사람. 종종 따끔할 때도 있지만 그럼에도 상쾌하고 기꺼웠다.

이 사람 없이 남은 세월을 홀로 어찌 보냈을까, 그 상상만으로도 가슴이 텅 비었다. 만약 그랬다면…… 회오리처럼 휘몰아치는 격노에 전신을 내맡긴 그의 발아래엔 피바다가 생겨났을 것이다.

"폐하, 왜 그리 무섭게 보시나요? 제가 무슨 잘못이라도 했는지요?"

복잡다단한 상념에 해류를 앗아가려 한 자들에 대한 증오가 섞여들자 저도 모르게 살기가 드리웠던 모양이었다. 그는 웃음으로 드러난 감정을 털어냈다.

"잠시 다른 생각을 했던 모양이오."

해류는 더 캐묻지 않고 빈 잔을 채워줬다.

"잠시라도 복잡한 정무를 잊고 편히 드시지요."

"그러지. 그대가 있으니 시름이 다 잊혀지는군."

"그렇다면 기쁘옵니다."

"당신도 한 잔 받아요. 왕후를 위해 일부러 아주 약한 국화주로 가져온 모양이니 배려를 받아줘야지."

"예. 주시니 맛만 보겠습니다."

태왕의 술친구를 해주느라 단술로 술을 배우긴 했지만 여전히 술엔 약했다. 조금만 마셔도 입이 가벼워지는 주사가 두려워 해류는 극구 조심하고 있었다. 처음 마신 날 술에 취해 착실한 사내를 골라 혼인하겠다느니 하고 떠들었던 말실수. 다행히 태왕이 무던히 넘어가 수습되긴 했지만 떠올릴 때마다 등골이 오싹했다.

반대로 태왕은 술이 들어가면 웃음도 헤퍼지고 맨정신으론 드문 애교를 부리거나 속내를 털어놓는 해류의 모습을 좋아해 기회만 있으면 마시게 하려고 들었다.

"잔을 받고 비우지 않는 건 주도가 아니지. 자, 죽 마셔요."

입술에만 대고 내려놓으려는 잔을 든 손을 태왕이 잡았다. 그의 종용에 해류는 눈을 딱 감고 잔을 비웠다. 약하다는 건 태왕의 기준이었다. 걸러낸 맑은 곡주는 해류가 유일하게 즐겨 마시는 단술과 비교할 수 없이 독했다. 불을 삼키듯 타오르는 액체가 목구멍을 넘어가자 금방 알딸딸한 기운이 퍼졌다. 얼굴도 도홧빛으로 물들며 헤실헤실 웃음이 떠오르고 어조도 서서히 교태롭게 변해갔다.

"자아, 폐하. 신첩이 다시 한 잔 올릴게요."

평소에는 절대 들을 수 없는 간드러진 코맹맹이 소리가 나왔다. 곡주라 한 잔만으로 취한 모양이었다. 화사한 분홍빛 낮꽃을 환히 피운 해류는 그의 잔이 찰랑하도록 채웠다.

"폐하 여기요. 호쾌하게 한 번에 죽 드시어요. 그것이 주도라면서요."

"얼마든지."

가볍게 비운 그는 잔을 해류에게 돌려줬다.

"자, 왕후도 다시 받아요."

"예에? 또요……?"

아직은 완전히 취하지 않았는지 해류는 망설이는 기색이었다. 태왕의 입술이 장난스럽게 휘었다. 그는 잔을 반 살짝 넘게 채워줬다.

"더 권하지 않을 테니 이것까지만 마셔요. 한 잔은 정이 없다고 했으니 그대도 두 잔은 들어야지."

"그러면…… 이 잔까지만 받을게요. 폐하, 딱 이것까지만요. 더 주시면 아니 됩니다. 벌써 취하는지 나른나른해요."

"더 권하지 않을 거요. 약속하오."

해류는 아까처럼 단숨에 술을 털어 넣었다. 거기까지가 한계였다. 잔을 내려놓은 해류는 비틀거리며 일어나 태왕에게 파고들듯 안겨들었다. 그의 가슴에 얼굴을 파묻더니 돌연 울먹거리기 시작했다.

"폐하, 제 자태가 너무…… 추레하지요?"

적극적인 공세에 놀라면서도, 안겨든 여체의 감촉을 흐뭇하게 즐기던 태왕이 해류의 질문에 놀라 얼어붙었다.

"그 무슨 소리요? 당신이 왜? 누가 그런 소리를 하오!"

노여움이 실린 물음에 해류는 고개를 저으며 더욱 그에게 찰싹 달라붙었다.

"제게 미안해하시고, 또 긍휼히 여기며 더없이 아껴주시는 것은 잘 압니다. 그렇지만…… 조금 있었던 아름다움마저 다 잃으니…… 더는 여인으로 보지 않으시는 것 같아…… 흑."

술기운에 하소연을 하다 보니 갑자기 설움이 북받쳤다. 서글픈 흐느낌이 흘러나왔다.

머리카락이며 눈썹은 겨우 다시 나고 있지만 얼룩덜룩 반점이 남아 있는 얼굴이며 살결은 스스로 봐도 꺼칠하니 흉했다.

어린 시절 내내 못났다 소리에 인이 박여 외모엔 관심도 두지 않았었다. 시시때때로 아름답다고 해주는 태왕의 찬사에 어느 날부터 미모에 자신감도 조금씩 생겨났었다.

그런데 독에 당한 뒤 자신의 몰골은 그야말로 볼품없는 꼬락서니. 태왕이 입버

룻처럼 하던 곱다 소리도 않는 게 납득이 가면서도 서운했다. 여인으로 낭군에게 외면받는 사실이 참기 힘들었다. 맨정신이라면 자신에게 절대 허락하지 않았을 나약함이었다.

"해류……."

태왕의 얼굴에 난감함이 떠올랐다.

초야부터 참기 힘든 수모와 치욕을 겪으면서도 해류는 그의 앞에서 절대 울지 않았다. 모욕을 당할 때마다 입술을 꼭 깨물고 오히려 고개를 더 뻣뻣이 들고 버텨냈다. 때로는 지나치게 오연한 그 모습이 얄밉게 느껴지기도 했었다. 눈물을 쏟게 하고 싶다는 심술이 날 정도였는데. 정작 서글프게 우니 어떻게 달래야 할지 당황스러웠다.

"그대가 아름답지 않다니 무슨 망발인가. 누가 감히 그런 대역무도한 소리를 한 거요!"

"무심……하셨잖아요. 제가 다가가도 모른 척하시고……."

가늘게 떨리는 어깨를 감싸 안고 도닥이는 태왕의 입술엔 서서히 미소가 피어올랐다. 해류도 그를 원한다. 해류는 지금 그가 무관심하게 외면했다고 울며 불평하는 거였다. 그것이 더없이 기쁘고 뿌듯했다.

태왕 거련도 해류도 어쩔 수 없이 받아들인 정략혼이었다. 피차 외면하며 평행선을 달리다 끊어질 연을 그가 해류에게 반하면서 위력으로 이어 붙인 것. 때가 되면 곧바로 날개를 펴고 날아갈 태세인 해류를 그물에 몰아넣고 붙잡아 반강제로 인연을 맺었다. 막다른 골목에 몰려 포기한 것이지, 그녀가 진심으로 원했던 관계는 아니었다.

최악의 상황에 몰려도 절대 포기하지 않고 길을 찾아내는 해류가 선택한 차악이 아니었을까. 억지를 부려 해류를 갖고 주저앉혔다는 것은 그의 심장에 박힌 대못. 천행으로 진심이 통해 해류가 연모를 고백해줬음에도 그 처음은 지워낼 수 없었다. 욱신거리던 불안의 상처가 조금이나마 치유되는 것 같았다.

태왕은 더없이 소중한 반려를 살짝 떼어냈다. 손끝으로 젖은 뺨을 조심스럽게 어루만지더니 천천히 얼굴을 내렸다. 입맞춤을 예상하며 해류는 살포시 눈을 감았다. 그런데 그의 입술은 해류의 볼에 닿았다. 그러더니 그녀의 눈물을 훔쳐내기 시작했다.

"폐……하."

처음엔 몽롱하니 무슨 일인가 싶었다. 그렇지만 볼을 핥아주는 감각은 틀림없는……. 울며불며 난리를 피운 추태가 떠올라 정신이 번쩍 들었다.

또 주정을 부렸구나. 이제 어떤 감언이설을 하여도 술 근처에도 가지 않겠다.

수치심에 얼굴을 감추려 바동거리는 여체를 그가 꽉 끌어안았다. 희미하게 갈라진 목소리로 속삭였다.

"많이…… 그리웠고…… 참았다."

태왕은 재빠르게 날짜를 헤아렸다. 그 전에 배태되면 곤란하다며 수어의가 신신당부한 금욕 기간은 백일. 그때까지는 절대 손도 대지 않을 거라고 맹세했었다. 그가 무정하다, 무심하다 칭얼거리는 해류는 몰랐겠지만 정말 이를 악물고 참아왔다. 그야말로 아사 직전이었다.

아직 백일은 채우지 못했지만 고작 며칠 모자란다고 큰 사달이 나지는 않을 것이다. 더 이상의 인내는 그에게도 무리였다. 태왕은 해류를 침상으로 번쩍 안아 옮겼다.

얼마의 시간이 지났는지 가늠도 되지 않았다.

거친 숨소리와 환락의 비명, 끈끈하고 달착지근한 정사의 향기만이 방을 가득 채웠다. 안아주지 않는다는 불평을 응징이라도 하듯이 태왕은 그녀를 철저히 약탈했다. 몇 번이나 황홀경에 올랐다가 떨어졌는지 기억도 나지 않았다. 머리끝부터 발끝까지 샅샅이 맛보고 물어뜯고 삼켰다. 아무리 안아도 부족한지, 그는 도무지 지치질 않았다. 손끝에 잡힐 듯 약만 올리는 절정 직전의 감각에 미칠 것 같았다. 제발 채워달라고 애걸하며 흐느끼고 나서야 그는 해류의 몸 안에 자신을 풀어냈다.

그래, 이런 분이다. 뜨겁고, 사납고, 집요하고.

해류는 욕정에 휘둘려 굶주린 야수를 깨웠다고, 뒤늦은 후회를 조금……, 아주 조금 했다.

겨우 풀려나 한숨 돌리는가 싶었지만 여운은 짧았다.

"으응, 폐하……, 나중에……."

기진한 상태에 지나친 자극이 이어져 애걸했지만 소용없었다. 오히려 몸을 더 바싹 붙이고 집요하게 괴롭히는 몸짓에 눈앞이 아찔해지면서 불꽃이 튀듯 하얗게 세상이 탈색됐다.

"아앗!"

그에 대한 허기로 다시 달아올라 들썩이기 시작했다. 당장이라도 채워지지 않으면 죽어버릴 것 같았다. 만족을 갈망하며 몸이 활처럼 휘어졌다. 해류는 숨넘어갈 듯 헐떡이며 태왕에게 애원했다. 그의 팔뚝을 잡은 손가락이 하얗게 될 정도로 힘이 들어갔다.

"폐하, 제발! 제발요!"

그를 갈구하며 몸부림치는 해류를 내려다보는 태왕의 눈빛이 짙어지더니 거침없이 파고들었다. 사내의 거친 정염을 삼키며 해류는 그 농밀하고 달콤한 강압에 자신을 빠뜨렸다. 몸서리쳐지도록 황홀한 쾌감을 향해 달려갔다. 그리고 두 사람은 거의 동시에 벼락을 맞은 듯한 전율에 이은 극상의 절정과 충족감을 맛봤다.

녹초가 되어 나른한 수마의 늪에 빠져들기 직전 해류는 잠꼬대처럼 중얼거렸다.

"이제 술은 절대……, 절대로 한 방울도 입에 대지 않을 거야."

반쯤 엎드린 여인의 조붓한 어깨를 그의 입술이 느긋하게 맛봤다.

술기운이 사라지면 해류는 본래 모습으로 돌아올 것이다. 도도하고 위엄 있고 감탄이 나오도록 성실하게 의무를 수행하는, 철두철미한 왕후로. 지금 결심대로 자제력의 끈을 풀어내는 술은 멀리하려고 최선을 다할 거였다.

안됐지만 그는 술이 들어갔을 때만 나타나는 나약하고 애교스럽고 솔직한 해류와 영영 이별할 생각은 추호도 없었다. 술 없이도 해류가 그에게만은 그런 무방비한 모습으로 지내길 바랐다. 당장은 아니더라도 언젠가는 그리 만들 것이다. 꼭!

태왕은 모처럼의 정사에 기진해 깊이 잠든 고운 아내를 끌어안으며 다부지게 결심했다.

본채 대옥으로 향하던 마리습은 인기척을 느끼고 고개를 돌렸다.

"아, 형수님."

상복 차림이지만 아라는 고운 태가 가득했다. 긴 병구완으로 해쓱해졌던 볼에 살이 올라 있었다. 가득 드리웠던 처연함도 옅어졌고 살결도 투명한 윤기가 도는 것이 지아비를 잃은 지 몇 달 되지 않은 과부라는 게 믿기지 않을 정도였다.

울며 곡하는 기간도 지났으니 이제는 심신을 추슬러 산 사람은 살아나가야 한다. 슬픔을 극복한 모습이 다행이라고 생각을 하면서도 어쩔 수 없는 씁쓸함이 밀려왔다. 비통함을 삼키며 마리습은 아버지에게 고할 일을 먼저 아라에게 알려줬다.

"형님을 모실 곳에 소나무와 잣나무를 심고 왔습니다. 내년에 장례를 치를 때에는 제법 자리를 잡고 있을 겁니다."

"도련님께서 온갖 일들을 맡아주시니 의지할 데 없는 저희 모자가 근심을 덜고 지낼 수 있네요. 정말 고맙습니다."

애처롭게 수심에 젖은 얼굴을 숙이고 있지만 팔랑거리는 눈썹과 살짝 올려 뜬 눈에 담긴 것은 틀림없는 유혹. 그 각도와 시선이 얼마나 매혹적인지 잘 아는 계산된 움직임이었다.

한때는 저 귀엽고 새초롬한 눈과 마주하면 가슴이 뜨거워졌었다. 저 앙증맞은 붉은 입술에서 나오는 모든 소망을 이뤄주기 위해 동분서주했다. 그런데 지금은 오히려 심장이 차가워지고 있었다.

"의지할 데가 없다니요. 라후는 형님의 유일한 자식이자 해씨 가문을 이어받을 장자이고 형수님은 그 아이의 어머니가 아니십니까."

마리습은 한때 연인이었고 지금은 형수인 여인이 어떤 착각도 할 수 없도록 딱 선을 그었다.

"장지에 모시는 식이 차질 없이 성대하게 진행될 수 있도록 제가 최선을 다할 테니 형수님께서는 라후를 잘 돌봐주십시오. 내년에 탈상한 뒤 형수님께서 재가하시든 아니면 여기 계속 계시든, 원하는 대로 하실 수 있도록 제가 돕겠습니다."

그녀가 기대한 반응이 아니었다. 낭패감을 감추기 위해 얼른 고개를 숙였지만 아라의 얼굴이 일그러지는 걸 마리습은 놓치지 않았다.

허를 찔린 아라가 멈칫하는 틈을 타 가볍게 몸을 숙인 마리습은 성큼성큼 발걸음을 옮겼다. 뒤에 남은 아라의 눈초리가 표독스럽게 모로 찢어졌다.

이 집에 머물지 않았던 것은 정녕 옳은 선택이었다. 그 덕분에 큰 화도 하나 덜었다. 대옥에 오르며 마리습은 안도의 한숨을 베어 물었다.

곡을 하며 문상객을 받는 석 달을 채우자마자 상단으로 돌아간 가장 큰 이유는 해사무였다. 죽은 형을 대신해서 그 역할을 떠맡으라 노골적으로 요구하는 아버지. 그는 마리습이 소노부 상단도 책임지기를 원했다. 원치 않는 일을 해줄 거라는 헛된 희망을 품게 하지 않으려고 마리습은 일찍감치 다시 나갔다.

물론 해사무는 아라를 마리습이 형사취수하는 것을 절대로 원하지 않을 거였다. 그는 마리습의 배우자로 소노부 해씨와 격이 맞는 쟁쟁한 귀족의 여식을 들이고픈 의중을 노골적으로 비치고 있었다. 병약한 연우가 완강하게 거부하는 바람에 포기해야만 했던 혼인 동맹을 마리습을 통해 이루려 하고 있었다.

그걸 물리치는 것도 골치 아픈 판에 아라까지 저러다니. 머리가 지끈거렸다.

아라는 욕구에 충실한 사람이었다. 원하는 것을 얻기 위해선 남의 이목을 의식하지 않았다. 어릴 때부터 남달리 깜찍하고 어여쁜 아라의 말이면 다들 끔뻑 죽었다. 소노부의 청년들은 앞다퉈 그녀를 위해 나섰고 마리습도 열렬한 추종자 중 하나였다. 아라를 일심전력으로 은애했고 그녀의 행복이 바로 그의 행복이었다. 아라도 같은 심경이라고 믿어 의심치 않았다.

그녀의 친정인 송씨 집안은 소노부에서도 가장 한미한 가문이었다. 마리습 정도면 훌륭한 신랑감이었지만 그녀는 더 높은 곳을 바라봤다.

아라는 연우의 시선이 자신을 따라다니는 것을 놓치지 않았다. 연우는 권세가와 혼맥을 이으려는 부모를 물리치고 기어이 아라와 혼인했다. 연우는 아라를 쟁취했다고 믿었을지 모르나 마리습은 그 반대라고 확신했다. 마리습의 첫 연모는 그렇게 끝이 났다. 한없이 순수했던 해세적이 영원히 떠나간 날이기도 했다.

실타래처럼 풀려 떠오르는 과거를 묻으며 마리습은 아버지의 서재로 들어갔다. 그가 들어오자 예상치 않은 목소리가 아는 척해왔다.

"오랜만이로구나."

아버지 곁에 앉은 뜻밖의 인물에 마리습은 잠시 당황했다가 얼른 예를 표했다.

"궁주님을 뵙습니다. 돌아와 계신 것을 모르고 미처 인사를 올리지 못했습니다. 강녕하신 모습을 뵈오니 기쁩니다."

"놀랄 것 없다. 며칠 안에 떠날 것이다."

연우의 생모이자 해사무의 유일한 정처인 자미 궁주. 보온 공주의 딸인 궁주는 손이 귀한 왕실에 남은 몇 안 되는 지친이었다.

태생적으로 구속되는 것을 싫어해 최근 몇 년간은 꼭 필요한 경우를 제외하곤 국내성에 거의 머물지도 않았다. 연우의 임종을 간신히 지키고는 빈소를 철상하는 석 달도 채우지 않고 떠나더니 어느새 돌아온 모양이었다.

"두 분께서 말씀을 나누시는데 제가 방해를 드린 것 같습니다. 저는 물러났다가 다시 들겠습니다."

당연히 내보내리라 예상했는데, 해사무가 그를 막았다.

"아니, 그럴 필요 없다. 네가 오기를 궁주와 함께 기다리고 있었다."

"예?"

"내가 왜 지금 여기서 너를 기다리고 있는지 궁금한 모양이구나."

"하문하십시오."

귀 양옆으로 길게 늘어뜨린 머리카락을 손가락으로 꼬면서 궁주는 해사무와 시선을 교환했다. 궁주의 신호를 받은 해사무가 수염을 쓰다듬며 큰 선심을 쓰는 듯한 어조로 툭 던졌다.

"너도 이제 관직에 나가야지. 마침 궁주도 비슷한 생각을 하고 태후께 청을 올렸더니 고맙게도 왕궁의 재정 출납을 담당하는 선인[14]으로 추천해주신다고 한다."

"다른 후보자들과 경합해야 하지만 집안이나 능력이나 너를 능가할 자는 없을 것이다."

"태후께서 네가 하는 것을 보고 계시다가 착실히 공을 세우면 요직으로 승차할 수 있도록 추천해주신다고 하니 더없이 좋은 기회야. 이런 황망한 중임에도 너를 챙겨주신 궁주께 감사인사를 올리도록 해라."

그가 받아들이는 걸 기정사실화하고 있었다. 늘 그래왔듯 혼인이나 집으로 돌아와 상단을 맡으라는 강요 정도를 예상했던 마리습에게 이 제안은 좀 놀랍긴 했다. 당연히 전혀 당기지 않았다. 장사꾼으로 그가 뇌리에 새기고 있는 교훈 중 하나가 이유 없는 친절이나 대가 없는 호의는 없다는 거다.

궁주는 제 자식에게도 첩의 자식에게도 완벽하게 무관심했다. 그런 그녀가 존재하지 않는 것과 진배없었던 서자인 자신을 굳이 관직에 천거하려는 이유를 모르겠다.

"궁주님의 과분한 말씀은 감읍합니다만, 소인은 그럴 깜냥이 되지 않습니다. 내년에 연우 형님을 장지에 잘 모신 뒤 곧바로 장삿길을 떠날 예정입니다."

"지금 서쪽은 남이나 북이나 어지러운데 왜 위험을 무릅써! 네가 지난번에 동진으로 가서 제법 쏠쏠한 벌이를 하더니 허파에 바람이 잔뜩 든 모양인데 고새 동진이 무너지고 송이란 나라가 서지 않았느냐. 당분간은 관망하는 게 옳다. 너는 왕궁으로 나가 선인으로 일하면서 상단의 일은 아랫것들에게 맡겨라."

"아버님, 제가 송으로 이끌고 가려는 것은 제 상단입니다."

"우리 해씨 상단이 바로 네 것 아니냐. 언제까지 난전 수준의 작은 무리를 이끌면서 철없는 허세만 부리려느냐. 이제는 밖으로 돌지 말고 집안을 돌봐야지!"

맨몸으로 집을 떠나 맨바닥에서 온갖 고초를 겪을 때 외면하던 아비였다. 그것

---

14 고구려의 관직 중 열 번째 등위

을 다 잊은 듯 아무렇지도 않게 그를 끌어들이려는 행태에 기가 막히고 코가 막혔다.

"밖에서 맨손으로 고생할 때는 쳐다보지도 않으셨잖습니까. 오히려 다른 상단들이 저희를 괴롭히고 사사건건 훼방 놓는 것도 모른 척하더니 왜 갑자기 이러십니까."

"그거야 쓸데없는 짓 말고 돌아와 가업을 도우라는 뜻이었지."

"아무 권한도 없이 일꾼처럼 시키는 일만 하고 던져주는 부스러기라도 감지덕지하면서 받기를 바라셨겠지요."

마리습이 이룬 것까지 다 연우에게 주는 게 당신이 바라던 바가 아니었냐고, 고함치고 싶었다. 연우가 아니면 이 집 그림자도 밟지 않았을 터다. 꾹꾹 눌러둔 원망이 북받쳤지만 저들은 자식을 먼저 보낸 부모란 자각이 들었다. 그가 슬픈 이상으로 비통할 것이기에 튀어나오려는 막말을 억지로 삼켰다.

분위기가 격해지자 자미 궁주가 낯을 찡그리며 일어났다.

"당신이 세적을 설득해 마무리를 지으세요. 나는 좀 쉬어야겠습니다."

그녀는 서재를 나가며 마리습에게 묘한 충고를 던졌다.

"세적아, 네가 상상하는 이상으로 영광된 길이 앞으로 펼쳐질 것이다. 그러니 쓸데없는 고집 부리지 말고 출사해 너 자신을 위해서라도 분골쇄신하렴."

왠지 모를 오싹함이 마리습을 엄습했다. 점쟁이 뺨친다고 주변에서 혀를 내두를 정도로 그는 촉이 아주 좋았다. 그 남다른 육감 덕분에 수많은 위기를 헤치고 여기까지 왔다. 지금 아비와 자미 궁주는 드러난 이상의 무엇인가를 도모하고 있었다. 거기에 그를 끼워 넣으려는 게 분명했다.

"무슨 말씀인지 모르겠지만 어쨌든 저를 챙겨주셔서 감사드립니다, 궁주님."

반응을 살피듯 궁주의 시선이 그에게 꽂혔다. 마리습은 호기심이나 동요를 최대한 지웠다. 영문을 모를 때는 상대에게 어떤 정보도 주지 않는 것이 최상책이었다. 마리습의 얼굴에선 무엇도 읽을 수 없었는지 궁주는 혀를 차며 나가버렸다.

마리습과 단둘이 남자 해사무는 본격적으로 아들을 질책했다.

"궁주가 얼마나 어렵게 태후 전하께 소청을 올린 줄 아느냐. 이런 황망한 때에 친자식도 아닌 너를 위해 국내성에 돌아와 그런 수고를 해준 것이 고맙고 미안해서라도 넙죽 엎드려 받아들여야지 어디 말도 안 되게 뻗대는 것이야!"

"아버님!"

마리습이 반발하자 분을 이기지 못한 해사무가 벌떡 일어나 팔을 휘둘렀다.

철썩. 고개가 크게 돌아갈 정도로 뺨을 갈기는 소리가 방을 울렸다. 붉어진 마리습의 뺨이 부풀어 올랐다. 아마 연우였다면 바닥에 나뒹굴었을 세기였다. 해사무도 한가락 했던 무인이었지만 힘으로 맞붙으면 얼마든지 이길 자신이 있었다. 아비에 대한 최소한의 예우로 마리습은 드잡이는 참았다.

"아버님, 저는 연우 형님께 마지막 도리를 지키기 위해 국내성에 남아 있는 겁니다. 형님이 아니었다면 작년에 벌써 서쪽이든 북쪽이든 장사를 하러 떠났습니다. 정 급하시면 밖에 있는 다른 자식을 불러 해씨 성을 준 뒤 상단을 맡기고 관직에도 내보내십시오. 누구든 해씨 성을 쓰는 사내면 되는 거 아닙니까. 굳이 저일 필요는 없지요."

부들거리는 해사무의 어깨를 보니 더 있다간 주먹이 한 번 더 날아올 낌새였다. 죄도 없이 또 얻어맞으면 자신의 자제력도 장담할 수 없었다. 마리습은 패륜까지 저지르기 전에 자리를 피하려 등을 돌렸다.

"어딜 허락도 없이! 아직 얘기가 끝나지 않았다!"

"하실 말씀은 다 하신 것 같으니 저는 가보겠습니다."

문고리를 잡은 그에게 대고 해사무가 고함을 버럭 질렀다.

"네가 지금 무슨 짓을 하고 있는지 아느냐! 네놈이 감히 꿈도 꿀 수 없던 위치에 오를 기회를 버리고 있어!"

확신에 찬 목소리에 파묻었던 궁금증이 슬그머니 머리를 쳐들었지만 가차 없이 짓밟아버렸다. 차라리 모르는 게 약이었다. 그렇지만 상단으로 돌아온 뒤에도 마리습의 뇌리에는 해사무와 자미 궁주의 수수께끼 같은 말이 떠나지 않았다.

도대체 무슨 꿍꿍이일까. 내막도 목적도 모르나 모종의 음모를 꾸미는 것만은 확실했다. 선인으로 출사하면 실마리를 찾아낼 수도 있을 것이다. 못 이기는 척 슬쩍 넘어가는 척해줄까, 아주 잠깐 유혹이 밀려오긴 했지만 마리습은 즉시 떨쳐냈다.

왕궁의 관리가 되면 해류를 만날 수도 있다. 그 미미한 가능성만으로도 심장 박동이 거세지는 자신이 혐오스러웠다. 파멸의 단초가 될지도 모를 연정을 이어가는 건 옳지 않았다.

이미 끊어진, 더구나 홀로 고파하던 인연에 연연하는 것은 그답지 않은 행동. 이 해득실에 민감한 상인의 시각으로 봐도 관직은 손해였다. 그는 뼛속까지 이익을 따지는 상인이었다. 위험을 무릅쓰는 것은 돌아올 이득이 충분할 때만이었다. 이 건은 위험만 크고 챙길 것은 터무니없이 적은 거래였다.

눈에서 멀어지면 마음도 멀어지는 법. 혼인 축하 선물로 옥환을 보내며 혼자만의 사모도 다 버렸다는 걸 다시금 되새겼다.

"승평 왕자께서 태후 전하께 보내는 서찰과 선물입니다."

귀환인사를 올릴 겸 태후궁에 문안 온 해류는 왕자가 전해준 것들을 올렸다.

"태후 전하께서 보내주신 선물과 특히 혜와 대신녀가 직접 쓰신 부적에 크게 기뻐하면서 모후께 감읍하다는 인사를 거듭하셨습니다."

"내 손녀를 챙긴 것인데 뭐 그리 호들갑을 떠는지."

"대신녀의 병환이 깊어진 최근 몇 년 동안 태왕 폐하를 위한 걸 제외하고 사사로운 축수며 부적은 전혀 관여하지 않으시는 걸 왕자께서도 익히 아시지요. 태후 전하께서 간곡하게 부탁하지 않으셨다면 어찌 그걸 해주셨겠습니까. 대신녀께서 전하와 정말 가까우신가 봅니다."

해류의 칭찬에 태후는 희미한 웃음만 돌리면서 멀리 있는 자식의 안부를 물었다.

"그나저나 다들 잘 지내고 있답니까?"

해류는 왕자의 면을 세워주기 위해 어쩔 수 없이 수락한, 어색했던 단 한 번의 만남을 떠올렸다.

승평 왕자는 딸을 진심으로 고이고 그 어미인 고은도 배려하는 것처럼 보였다. 그러나 그 내막은 아니었다. 고은과 함께일 때 풍기던 다사로운 애정이나 열정은 흔적도 없었다. 티 한 점 없었던 순결한 연심은 거대한 배신에 산산이 부서지고 티끌이 되어 날아간 것이 확연했다. 다 감싸고 가겠다고 했다지만 그것은 은애함이 아니라 책임감과 의무였다. 어쩌면 저토록 완벽하게 식어버릴 수 있을까, 보면서도 놀라웠다.

승평 왕자의 절절한 연정과 존중을 당연히 여기며 콧대 높던 고은이었건만. 연신 그의 눈치를 살피고 기죽어 있는 게 훤히 보였다. 고은에게 호감이 전혀 없음에도 같은 여인으로 애처로울 정도였다.

수아를 끔찍이 아끼는 승평 왕자이니 딸을 위해서라도 그 어미인 고은을 끝까지 외면하지는 않을 것이다. 승평 왕자가 받은 상처는 완전히 치유되지는 않겠지만 그래도 세월이 흐르면 조금은 나아지겠지.

해류는 태후와 공유할 수 없는 복잡한 상념들을 걷어내며 듣기 좋은 얘기만 옮겼다.

"예. 떠나오기 전에 태왕 폐하와 함께 수아 군주를 봤었는데 그렇게 어여쁜 아기는 처음 봤습니다. 왕자 전하를 많이 닮았고 또 눈매에서 태후 전하의 모습도 보이는 것 같더군요. 아직 갓난아기인데도 그러하니, 저대로만 자라면 정말 경국지색 소리를 들을 것 같습니다."

성심성의껏 칭찬했지만 태후는 시큰둥했다. 아들의 목숨을 앗아갈 뻔한 며느리가 미우니 얼굴도 못 본 손녀에게도 별반 정이 가지 않는 눈치였다.

"아기의 얼굴은 백번도 더 넘게 바뀐다니 자라서 어떨지는 모르겠으나…… 기왕이면 아비를 빼닮으면 좋겠네요."

"첫딸은 대부분 아버지를 닮는다니 아마도 그러겠지요."

"왕후는 친탁도 외탁도 하지 않은 것 같습니다. 누구를 닮으셨는지 궁금하군요."

그저 대화 도중의 의미 없는 물음임에도 도둑이 제 발 저린다고 가슴이 철렁한 해류는 대충 얼버무렸다.

"저는 외조부님을 닮았다는 얘기를 많이 들었는데……, 제가 어릴 때 돌아가셔서 그 용모가 어떠셨는지 잘 기억이 나지 않습니다."

"그랬겠네요. 아홉 살 때라고 했었나요? 그 정도면 흐려질 만도 하네요."

무심히 고개를 끄덕이던 태후가 갑자기 음성을 확 낮춰 속삭였다.

"예씨 부인은 무사한가요? 어찌 지내는지 왕후는 아는지요? 아니면 혹시 연통이라도 주고받는지 궁금하군요."

태후가 종종 궁에 불러준 덕분에 두지며 명림 일족의 어머니에 대한 태도가 한결 부드러워졌었다. 진심으로 염려해주는 마음이 감사해 해류는 어머니의 행방을 일부만 알려줬다.

"어머니께 은공을 입은 직인이 도와준 덕분에 비바람을 피할 곳은 얻어 계시다고 합니다."

태후의 낯색이 눈에 띄게 환해졌다. 위로하듯 해류의 손을 꼭 잡아줬다.

"정말 다행이에요. 그 처지가 딱하고 궁금했지만 역도의 내자니 대놓고 알아볼 수도 없어서……. 이제 목에 걸린 가시 하나가 빠져나간 것 같습니다. 그나저나 직인이 도와봤자 곤궁함이 말도 못 할 텐데, 왕후는 나설 수 없을 테니 내가 은밀하게 그 생계를 좀 도와줄까요?"

해류의 가슴이 뭉클해졌다. 간장 종지 같은 저와는 비교도 할 수 없는 그릇을 가진 분이라고 탄복하며 진심으로 머리를 숙였다.

"태후 전하의 말씀과 은혜는 저희 모녀가 죽을 때까지 잊지 않겠습니다. 태후 전하께 폐가 될까 두려우니 그저 마음만 받겠습니다."

"왕후 어머니의 일이라면 태왕께서도 알면서도 모른 척해주실 것도 같은데……."

태후는 아랫사람들에게 약점을 보이거나 체통을 잃는 걸 절대 용납하지 않고 원리원칙을 엄격히 따졌다. 그런 그녀가 태왕을 속이면서까지 도와주겠다고 제안해준 것은 눈물이 나도록 고마웠다. 진즉에 태왕의 허락을 얻어 어머니를 위한 안배를 다 해놓았다는 것을 밝히고 싶다는 유혹까지 들 정도였다. 망설이던 해류는 잠시 잠깐 든 충동을 물리쳤다.

"제가 이 자리를 지키고 있는 것도 폐하께 커다란 누인데 어떻게 더한 부담을 드리겠습니까. 그 직인은 어머니 덕분에 면천한 자라 모른 척하지는 않을 것이고 다행히 저희 어머니도 비단을 잘 짜니 생계를 유지할 수 있으실 겁니다."

"참, 누가 부부가 아니랄까 봐 어찌 꽉 막힌 것도 똑같습니까. 아무래도 왕후가 직접 나서기는 곤란할 테니 혹시라도 도움이 필요하면 언제든지 내게 청해주세요."

"예. 감읍하옵니다."

여진의 얘기를 더 하고 싶지 않은 해류의 심경을 짐작한 듯 태후는 화제를 돌렸다.

"그나저나 평양성은 어떻습니까? 예전에 선왕 폐하를 모시고 갔을 때는 한창 외성을 짓기 시작했는데, 그게 벌써 십수 년 전이네요."

"왕자 전하의 독려 아래 외성 곳곳에 옹성 건축이 한창입니다. 그것이 완성되면 강에 있는 다리를 더 크게 놓을 거라고 합니다. 그리고 봄이 되면 지금 있는 것 말고도 수군 함선이 자유롭게 드나들 수 있는 커다란 나루터도 공사를 시작한다더군요."

바다와 먼 국내성과 달리 평양성에는 바닷길로 바로 연결되는 커다란 강이 있었다. 대규모 수군이 언제든지 바다로 나갈 수 있으면 지금까지의 전쟁과 차원이 다른 속전속결이 가능하다고 했다. 아직은 치목해놓은 통나무밖에 없는 성 밖 강나루에서 태왕은 떼를 지어 출전하는 거대한 함대를, 고구려의 수군이 지배하는 바다를 그리고 있었다.

평소 어떤 감정도 내비치지 않고 철저하게 절제하던 그도 평양성에선 부왕과 자신의 계획을 설명해주며 종종 흥분을 드러냈다. 큰 선물을 기다리는 소년처럼 설레며 반짝이는 그 모습이 좋아서 해류도 평양성이 좋았다.

"평양성에 지을 궁궐은 닦아놓은 터만 봐도 지금 국내성과 비교할 수 없이 웅장할 것 같았습니다. 폐하께서는 이미 모든 것을 머릿속에 그려두신 모양입니다."

"선왕 시절부터 여러 차례 두 분이 평양성을 오가시면서 준비해오던 것이 드디어 이뤄지나 보네요. 조만간 왕궁 건설도 시작되겠군요."

"예. 그러지 싶습니다."

"평양성에 관한 것을 사사건건 반대하던 걸림돌이 사라졌으니……."

가장 큰 걸림돌이 바로 명림가. 내막 모르는 태후나 세상에서 보기엔 해류의 친가였다. 태후는 말실수를 했다 싶은지 얼른 화제를 바꿨다.

"참, 사찰은 가보셨습니까? 오래전에 선대왕께서 평양성에 사찰을 지으시고 불교와 승려들을 크게 지원해주셨지요."

명림가의 비참한 몰락에 대해 아무 슬픔도 유감도 없었지만 그걸 태후에게 알릴 순 없었다. 해류는 그녀의 배려에 맞장구쳤다.

"예. 폐하를 대신해서 절에 가서 불존께 인사를 올리고 반야심경이란 것을 듣고 왔습니다. 읊는 모양새가 흡사 저주나 사악한 주술을 걸기 위한 주문처럼 들려 조금 껄끄러웠는데 물어봤더니 뜻은 의외로 아주 상서롭더군요."

"어떤 것이길래요?"

"열심히 읊거나 읽으면 가진 괴로움을 다 없애고 깨달음을 얻는다고 하더군요. 신께 제사를 올리거나 값진 재물을 바쳐 복을 구하지 않고 그저 염불이란 걸 외우는 것만으로 현생의 고통에서 벗어난다니…… 백성 중에 믿는 자들이 급격하게 늘어나는 이유를 알 것 같습니다."

"그렇군요. 사당은…… 조금 지나치게 재물을 탐하는 자들이 늘어났지요."

두 사람 다 입에 올리지는 않으나 축재에 몰두하다 몰락한 한 사람을 떠올렸다.

"보연의 본가가 찢어지게 가난해서 재물에 포한이 맺힌 것은 알고 있었지만 그런 짓까지 할 줄은 정말 몰랐어요."

태후와 보연 신녀가 사당에서 동기였다는 얘길 들은 기억이 어렴풋이 났다.

"본디 그런 분이셨군요. 당시 제게는 워낙 까마득히 높은 분이라 사당을 떠나기 직전까지 가까이 만날 일도 없었지요. 저희는 다들 고아하고 통솔력 있는 분으로만 알고 있었습니다."

"지금 사당 안에서 대신녀님을 제외하고 신력은 미리내 신녀를 따라갈 수 없지요. 그래도 수완도 뛰어나고 매사에 열심이라 올곧게 정진했으면 대신녀에 오르는 것도 불가능하지 않았을 텐데, 참. 그 어처구니없는 탐욕이 보연의 발목을 잡았네요. 보연 때문에 공연히 왕후까지 크게 욕을 보셨습니다."

후일을 기약하며 독살 혐의를 명림가에, 그 공모 혐의를 보연에게 묶어 벌하긴 했다. 명림가나 보연이 해류를 거추장스럽게 여기긴 했지만 거사를 앞두고 독살까지 할 이유는 없었다. 태왕도 해류도 그들은 아니라고 확신하고 있었다.

"보연 신녀가 독버섯을 몰래 내다 판 것은 사실이지만 제가 당한 독이 사당에서 나왔는지는 확실하지 않으니 그것까지는 원망하지 않으려고 합니다."

해류의 대답이 의외였는지 태후는 입이 놀란 모양으로 벌어졌다가 천천히 다물어졌다.

"큰 변을 당하고도 이리 의연하고 너그러우니. 참으로…… 왕후의 대범함이랄까, 널따란 도량에 내가 종종 감탄하게 됩니다."

"과찬이십니다. 어떻든 무사히 살아나 거의 회복하였으니 된 것이지요. 이미 다 죽고 추방된 사람들을 원망해봤자 되돌려지는 것도 아닌 것을요."

"그러게요. 이제 강건해졌고 태왕과 화락하니 아기씨도 금방 다시 찾아올 겁니다. 빨리 왕손을 낳아 왕후의 위치를 든든히 하고 태왕과 왕실의 시름도 덜어주셔야지요."

아기씨. 다시. 두 단어가 해류의 귀에 콕 박혔다. 태후가 후계가 될 아이를 기다리는 건 당연했다. 그런데 '다시'라는 단어가 포함된 덕담은 도무지 맥락이 맞지 않았다.

"다시……라니요?"

"아!"

화들짝 놀란 태후가 손을 올려 입을 가렸다. 크게 당황한 듯 늘 침착하던 눈망울이 마구 흔들렸다. 얼굴도 하얘졌다 붉어졌다 수차례 반복하더니 그녀가 고개를 푹 수그렸다. 빨래를 짜는 것처럼 양손을 비틀고 꼬는 모양새에서 초조감이 여실히 드러났다.

"아아, 늙으면 죽어야 한다더니……."

불길함이 해류를 덮쳤다. 자신이 모르는 무슨 불상사가 있었다는 확신이 밀려왔다. 두렵고 알고 싶지 않았다. 알면 분명 슬프고 힘들 일일 것이다. 그렇지만 뚜껑을 연 이상 덮을 수도 없었다. 그 답을 줄 사람은 태후뿐이었다.

해류는 반쯤은 그 답을 짐작하면서도 확인하기 위해 다그쳐 물었다.

"전하, 말씀해주십시오. 제게 무슨 일이 있었나요?"

"그것이……."

눈을 굴리며 해류의 시선을 피하던 태후가 긴 한숨을 내뿜었다.

"함구령이 내려 있습니다……. 만에 하나 왕후의 귀에 들어가면 엄벌을 내릴 거라는 태왕의 엄명에 다들 쉬쉬하고 있었는데…… 실은 그 독 때문에 왕후의 태에 깃들었던 아기씨를 잃었습니다."

어째서 나쁜 예감은 절대 틀리지 않는지.

천신만고 끝에 살아난 그녀를 반기는 여관이나 궁녀들에게 드리웠던 짙은 그늘. 연달은 흉사 때문인가 보다 했지만, 오랫동안 기다렸던 귀한 왕손을 잃은 슬픔이었고 그녀에 대한 동정이었다.

찾아온 줄도 모르고 허망하게 떠나보낸 아기를 생각하자 목이 꽉 막혔다. 눈시울이 확 젖어들고 벌겋게 상기됐다. 당장이라도 쓰러질 듯 새하얗게 탈색된 해류의 얼굴을 보며 어쩔 줄 몰라 하던 태후가 그녀의 손을 잡고 토닥였다.

"회임을 하면 맛이며 냄새 모든 것에 극도로 예민해지는데 그 덕분에 독차를 다 토해냈다지요. 그 아기는 왕후를 살리려고 왔던 모양이에요. 인연이 거기까지였던 것이니 너무 슬퍼하지 마세요."

구구절절, 그른 소리는 하나도 없었지만 듣기 싫었다.

얼마나 간절히 바랐던 아기였는데. 어미라면서 온 것도 떠난 것도 까맣게 몰랐다. 제가 미웠고 아이를 그리 보내게 한 상황도, 정체 모를 그 범인도 이 손으로 눌러 죽이고 싶도록 증오스러웠다. 해류는 더 이상 견디지 못하고 벌떡 일어섰다.

"왕후!"

"전하, 용서하십시오. 저는…… 전 지금은 이만 물러가겠습니다."

태후의 낯에 근심이 서렸다. 해류의 상태에 대한 것도 있지만 태왕이 알게 되었을 때 그 뒷감당에 대한 두려움일 터. 그러나 해류는 그 염려를 덜어줄 만한 상태가 아니었다. 간신히 몸을 굽혀 예를 표하고 태후궁을 나왔다.

심상치 않은 얼굴로 걸어가는 해류를 여관과 궁녀들이 따랐다.

혹시 언짢은 소리라도 들으셨나. 더없이 사이좋은 고부간인데 무슨 문제인가. 추측만 해볼 뿐 감히 왕후에게 연유를 물을 엄두는 내지 못했다. 눈치만 보면서 종종걸음으로 왕후의 뒤를 쫓았다.

해류는 느닷없이 비원으로 방향을 돌렸다. 왕후궁에는 사람이 너무 많았다. 주변을 물린다고 해도 한계가 있었다. 왕후궁을 지나치는 왕후를 보며 입구의 호위들과 궁녀들이 의아한 눈빛을 교환했다. 영문을 모르는 건 다들 마찬가지인 터라 왕후의 빠른 걸음을 쫓아갔다.

목적지인 비원에 이르자 해류는 입구에서 딱 멈춰 섰다.

"여기서 기다려라."

왕후가 비원에서 홀로 시간을 보내는 건 종종 있는 일이라 다들 두말없이 물러났다.

"예."

해류가 안으로 들어가고, 등 뒤로 비원의 정문이 닫혔다.

가슴이 저미고 아려 터질 것 같았다. 꾹 누른 오열이 당장이라도 터져 나올까 봐 해류는 전각 계단을 뛰어 올라갔다. 전각 문을 꽉 닫고 좌상에 털썩 주저앉자 억누른 눈물이 줄줄 흘러나왔다. 혹시라도 소리가 새어나갈까 두려워 소매로 입을 틀어막았다.

울어도 울어도 눈물은 멈추지 않았다. 몇 날 며칠이든, 눈물이 마를 때까지 떠나보낸 아이를 애도하며 통곡하고 싶었지만 그녀에겐 허락되지 않는 사치였다. 너무 오래 이러고 있으면 궁녀들이 이상한 낌새를 눈치챌 거고 그러면 반드시 태왕의 귀에 들어갈 것이다.

한참을 소리 죽여 흐느끼던 해류는 억지로 몸을 일으켰다. 비척비척 일어나 전각 안의 분재 화분을 위해 물을 떠놓은 항아리로 가서 세수를 했다. 얼음 같은 찬물에 여러 차례 얼굴을 닦으며 운 흔적을 최대한 줄였다. 헛기침으로 음성에서도 울음기를 지웠다는 자신이 서자 전각의 창을 열었다.

"화차를 다오."

왕후가 전각에 틀어박혀 꼼짝도 안 하는 시간이 길어지자 안달복달하던 궁녀들은 반색했다.

"예, 폐하. 바로 준비해 올리겠습니다. 잠시만 기다려주시옵소서."

위세 높은 왕후궁 궁녀의 체면도 버린 듯 몇몇이 달음박질쳐 멀어졌다. 곧 물을 끓일 화로며 다구, 다과상을 들고 궁녀들이 전각으로 들어왔다.

혹시라도 운 걸 들킬까 봐 해류는 빛이 들지 않는 안쪽에 자리를 잡았다. 어둑해지는 해거름이라 궁녀들이 불을 밝히려고 하는데 해류가 제지했다.

"어스름한 운치를 즐기고 싶으니 해가 지면 석등이나 밝히고 여기는 두어라."

왕후께서 오늘 좀 이상하시다. 소리 없는 대화를 눈으로 머뭇머뭇 주고받으면서도 궁녀들은 부지런히 손을 움직였다.

"폐하, 드시지요. 잘 우러났습니다."

"그래, 고맙다."

해류는 찻잔을 들어 한 모금 마셨다.

"생각할 것이 있으니 내려가 있어라."

"곧 석반을 받으실 시간인데 여기로 가져오라고 할까요?"

명치가 꽉 막힌 듯 물도 잘 넘어가지 않았다. 뭐든 건더기를 넘기면 체할 게 분명했다.

"석반은 거를 테니 준비하지 말라고 전해라."

왕후가 저녁을 걸렀다는 걸 알면 태왕이 질책할 게 뻔했다. 태왕이 왕후의 매 끼니에 얼마나 신경을 쓰는지 아는 궁녀들은 울상이 되었다.

"태왕 폐하께서 아시면 심려하실 텐데요……."

"태후궁에서 다과를 먹어 그런지 시장하지 않구나. 허하면 폐하가 오셨을 때 야식을 먹을 테니 지금은 되었다."

해류는 계속 화끈거리는 눈가에서 혹시라도 물기가 비칠까 궁녀들을 다그쳤다.

"그만들 하고 내려가 있거라."

"예, 폐하."

왕후에게 치도곤을 맞나 태왕에게 치도곤을 맞나 죽는 것은 마찬가지. 당장 눈앞의 불을 피하는 게 우선이었다. 궁녀들은 시키는 대로 전각에서 내려갔다.

혼자 남은 해류는 계속 잔을 비웠다. 화로에서 금방 끓여낸 뜨거운 물을 부어 우린 꽃차는 향긋했지만 아무 향도 느껴지지 않았다. 그저 바짝 마른 목을 축이고 겉치레라도 평온함을 되찾으려는 안간힘이었다.

놀이 떨어지고 어슬녘이 되자 정원의 석등과 지등이 차례로 밝혀졌다. 곳곳에 일렁이는 노랗고 붉은 불빛은 전각까지는 미치지 않았다. 어느새 떠오른 으스름달의 옅은 은빛만이 해류의 주변에 후광처럼 부서졌다.

왕후 폐하께서 왜 저리 잔약하고 위태로워 보이나. 당장이라도 저 달빛에 녹아스러져버릴 것 같다. 아래에서 왕후를 바라보는 여관이며 궁녀들의 이마에 수심이 서렸다.

평시 왕후는 따라가기 힘에 부칠 정도로 정력적이고 활기찼다. 맹독에 당한 이후 쇠약해지긴 했지만 차츰 나아지면서 최소한 겉으로는 예전처럼 행동하려 노력했다. 사경을 헤맨 직후를 제외하고는 저렇게 바스러질 듯 약한 모습은 본 적이 없었다.

막 비원으로 들어서는 태왕 역시 궁녀들과 같은 느낌을 받고 있었다. 해류는 이승의 존재가 아닌 것처럼 투명하고 멀어 보였다.

그리 오래지 않은 과거의 어느 날이 떠올랐다. 왕궁을 떠나기 전에 이 비원을 본래 모습으로 돌려주고 싶다던 해류. 그날 정원의 오솔길을 걸어가던 해류는 훨훨 날아가버릴 것만 같았다.

지금 모습이 딱 그랬다. 월광을 타고 하강한 비천신녀처럼 금방이라도 은빛 날개옷을 펼쳐 영영 멀어져버릴 것 같았다.

어떤 고난이 있어도 그를 떠나지 않겠다고 맹세했으니, 해류는 지킬 것이다. 하지만 그 어떤 굳건한 약속도 의지로도 막을 수 없는 애별리고(愛別離苦), 죽음. 저승 문턱을 넘어가던 해류를 간신히 잡아 끌어온 게 불과 몇 달 전이었다. 아무것도 할 수 없고 따라갈 수도 없는 생애 최악의 무력감을 절실히 체험했다.

그때의 절망감이 떠오르자 가슴이 내려앉고 걸음이 빨라졌다. 놀란 눈으로 그를 바라보는 호위나 시종들은 아랑곳하지 않고 날듯이 정원을 가로질러 전각에 올랐다.

"해류."

당장이라도 사라질 것 같다는 절박감에 목소리가 커진 모양이었다. 넋을 놓고 있던 해류가 화들짝 놀랐다. 창에서 그가 있는 쪽으로 몸을 돌린 해류의 입술엔 활짝 핀 고운 미소가 담겨 있었다.

"정무를 일찍 끝내신 모양이네요."

붉어진 눈가, 조금 부어 있는 얼굴. 분명 운 흔적이었다. 크게 호선을 그리고 있었지만 파들거리는 게 보일 정도로 입술 끝자락에 힘을 주고 있었다. 울었다는 것을 절대 알리지 않겠다는 의지가 역력했다.

무슨 일인지 추궁하고픈 유혹을 누르면서 그는 해류를 흉내 내어 여상함을 가장했다.

"오늘 많이 바빴던 모양이오? 피곤해 보이는군."

해류는 양손을 올려 자신의 뺨을 문질렀다 내렸다.

"그런가요? 여독이 덜 풀려서 그런 모양입니다."

"미안하오. 돌아오는 여정이 왕후에겐 좀 강행군이긴 했지."

모르는 척 맞장구는 쳐주지만 태왕이 그녀의 동요를 이미 간파했다. 해류가 감당하기 힘든 상처를 받았고 그걸 감추기 위해 여기 왔다는 것을 알고 있었다. 지금 그의 눈은 그녀의 아픔을 위로해주고, 가능하면 해결해주고 싶다고 호소하고 있었다.

순간 그의 가슴에 기대 마구 울고 싶다는 유혹이 강하게 밀려왔다. 오늘에야 알게 된 비극. 둘의 소중한 아기를 잃은 지독한 상실감을 그와 나누고 싶었다. 이 애통함을 진실로 이해하고 공감해줄 유일한 사람이 그였다. 그의 가슴에 얼굴을 묻고 실컷 통곡하면 돌덩이를 삼킨 것 같은 가슴이 조금은 가벼워질 것도 같았다.

해류는 마지막 순간에 그 충동을 눌렀다. 언젠가, 먼 훗날이라면 몰라도 지금은 아니다. 그가 어떤 심정으로 아이를 잃은 것을 제게 비밀로 했는지 알기에.

사경을 헤매다 돌아온 그녀가 혹시라도 그 충격에 굴복해 삶의 의지를 잃을까 두려웠을 것이다. 그래서 참담한 아픔을 홀로 짊어지기를 택했을 그 마음을 지켜주고 싶었다. 뒤늦게 아기를 잃은 사실을 안 자신이 죄책감과 슬픔에 몸부림치는 걸 알면 태왕은 더 힘들어할 거였다. 그를 위해서라도 그녀는 계속 모르는 채로 있어야 했다.

혹시……?

태왕의 눈에 떠오르는 의구심과 두려움을 가만히 바라보던 해류가 그의 손에 깍지를 꼈다.

"그냥,"

그를 그녀가 조금 전까지 앉아 있던 좌상으로 끌어 나란히 앉았다.

"이렇게 손잡고 이대로 잠시만 있어주세요."

무엇인가 말하려는 것 같더니 그는 입을 닫았다. 깍지 껴서 잡은 해류의 손을 자신의 무릎에 올리고, 마치 기운을 넘겨주려는 것처럼 꼬옥 잡아줬다. 그렇게 나란히, 두 사람은 비원을 내려다보았다.

태왕은 제가 진 짐을 결코 해류에게 주지 않았다. 그렇지만 그에게 의지할 존재가 되어주려는 그녀의 마음을 알고 거기에서 힘을 얻었다.

해류도 마찬가지였다. 이 슬픔은 그녀가 감당해야 할 몫이었다. 지금 옆에 있고 그녀를 위해 무엇이든 대신 짊어주고파 하는 이 존재만으로 든든했다. 삭풍이 몰아치는 허허벌판을 더는 홀로 걷지 않는다. 그것만으로도 텅 비었던 가슴이 따스하게 채워지고 있었다.

"정말 괜찮은 거요?"

도저히 견딜 수 없었는지 침묵을 깨는 물음이 낮게 울려왔다. 해류는 온몸을 타고 돌며 간질이는 충만감에만 집중하며 미소를 돌렸다. 그의 어깨에 머리를 살포시 기대는 것으로 답을 대신했다. 태왕의 팔이 기대어오는 가는 여체를 단단히 감싸줬다.

꼭 잡아준 손, 닿은 어깨와 팔에 전해지는 따스한 체온. 이것이 지금 그녀가 원하는 모든 것. 아니, 그 이상이었다.

은색의 달무리가 진 밤하늘을 바라보면서 해류는 하나만 더 소망했다.

아이야. 꼭 다시 만나자. 너를 기다리고 있을게.

더불어 굳게 맹세했다.

그때는 절대 허무하게 보내지 않고 반드시 지켜줄 것이다.

"문홰입니다."

마리습은 장부를 적던 붓을 내려놓았다.

"어서 들어와라."

시간 낭비를 싫어하는 마리습의 성품을 아는 문홰는 들어오자마자 본론부터 들어갔다.

"이르신 대로 은밀하게 알아보니 확실히 수상쩍은 것들이 눈에 띄었습니다. 절노부의 주요 상단이 거의 박살이 났으니 소노부로 세력이 쏠리는 건 당연하겠지만 그 규모가 상상 이상입니다."

지나치게 소심하다 구박을 받을 정도로 돌다리도 몇 번을 두드리고 건너는 문홰였다. 그런 문홰가 수상하다고 확언할 정도면 단초가 흘러넘친단 소리였다. 마리습과 모두루의 얼굴에 긴장감이 흘렀다.

"가장 이해할 수 없는 것이 해씨 본가의 상단입니다. 거래 물목과 규모는 물론이고 상단에 낯모르는 이들이 엄청나게 많아졌습니다. 본가에 살 때 친하던 동무와 술자리를 만들어 슬쩍 물어봤는데 최근 몇 달 사이에 새로 들어온 자들이 늘어났다고 했습니다. 그리고,"

쉬지 않고 설명하던 문홰는 잠시 숨을 돌리고 그도 듣고 놀랐던 소식을 전했다.

"북위의 큰 상단과 교섭에 성공해 거간을 거치지 않고 직접 거래하게 되었다고 합니다."

"뭐라고?"

마리습과 모두루 둘 다 쩍 벌어진 입을 다물지 못했다. 마리습 앞임에도 모두루까지 나서 재차 물었다.

"그게 정말이냐! 그쪽 상단과 직접 거래하게 되었다고?"

"예. 비밀로 하고 있다지만 이미 알음알음으로 다 퍼진 모양입니다. 전례에 없던 일이라 다른 상단들도 역시 놀라서 어찌 연결됐는지 그 선을 찾느라 분주하더군요."

"그건 너도 아직 찾지 못했다는 얘기로구나."

"송구합니다. 저도 직접 나서고 믿음직한 여마리꾼[15]도 여럿 풀어봤지만 흘러나오는 정보가 없는 걸 보니 아무래도 상단 사람들도 대부분 모르는 것 같습니다."

마리습은 신경질적으로 팔짱을 꼈다.

"북연이라면 몰라도 북위라니. 도대체 누가 그걸 주선하고 마무리까지 지어낸 것이지? 그런 수완을 가진 자가 해씨 상단에 있었나?"

장사꾼에게 정보는 힘이었다. 때문에 마리습은 가는 곳마다 귀를 쫑긋 세웠다. 아주 사소한 풍문까지 긁어모았고 국내성에서도 그래왔다. 부재중에는 모두루가 그의 눈과 귀가 되었다. 본가에 관심이 지대한 모두루 덕분에 해씨 상단의 소식도 알 만큼은 알고 있었다.

모두루는 그 낌새를 전혀 몰랐던 것이 자신의 잘못인 양 전전긍긍했다.

"그러게나 말입니다. 소노부의 상단은 북연을 중심으로 북량과 서진을 주로 가지 그 위 북쪽은 거의 오가지 않은 것으로 알고 있는데요……. 북위와 접촉하고 있었다니 금시초문입니다."

"정말 쥐도 새도 모르게 감쪽같이 추진한 듯합니다. 어마어마한 이익이 걸려 있을 테니 상단에서도 제일 위의 우두머리급 정도만 그 진행 과정이며 속사정을 아는 것 같습니다."

문홰와 모두루의 시선이 마리습에게 모였다. 그걸 알아낼 사람은 그밖에 없다는 뜻이었다.

눈에 들어오지 않는 장부를 내려다보고 있는 마리습의 흉중도 복잡했다.

대대로 물려받은 위세 말고는 없다고 은근슬쩍 얕잡아보던 아버지나 그의 수하

---

15   몰래 남의 사정을 살피고 조사하는 사람

들에게 뒤통수를 대차게 얻어맞은 느낌이었다. 내막을 알아보고픈 욕망이 모락모락 피어났지만 상인으로서의 냉철한 계산이 그를 제어했다.

"누가 그런 도모를 했는지 궁금하지 않은 것은 아니지만……."

뭐든 아는 게 모르는 것보다는 낫겠지만 이건 굳이 힘들여 알아내야 할 필요까진 없다. 말끝을 흐리던 마리습은 궁금증을 떨쳐냈다.

"우리는 아직 소노부의 상단들과 대놓고 경쟁할 규모가 아니다. 북위든 북연이든 누가 직접 교섭해 거래한다고 해도 우리에겐 별 의미 없는 일이지. 치열하다 못해 박이 터지는 북쪽보다는 서쪽과의 무역에 주력할 계획이 아니냐."

아버지가 벌인 일이니 잘되든 안되든 그분의 몫. 부자지간이라는 천륜을 제외하고 지난 10년 넘게 아무 접점 없이 살아왔다. 갑자기 절 집안으로 끌어들이려는 까닭은 모르겠으나 엮이지 않는 게 나았다.

"굳이 들쑤시지 말자. 자칫해서 우리가 감당할 수 없는 것을 찾아내면 공연히 욕을 볼 수도 있고, 그래. 아무래도 이건 모르는 게 약일 것 같다. 더 이상 탐문하거나 관여하지 말아라."

의문이 생기면 끝까지 파헤치는 걸 좋아하는 문홰였다. 아쉽긴 하지만 그가 보기에도 마리습의 결정이 옳았다. 소화할 수 없는 것을 삼키면 탈이 나는 법. 자신 없는 건 건드리지 않는 게 맞았다.

"예. 알겠습니다."

"부여신 사당과 약조한 물건들은? 차질 없이 된다고 하더냐?"

"예. 돌아오기 직전에 사란 신녀와 만났는데 약조한 날짜까지 틀림없이 마무리하겠다고 합니다. 필요하면 갑절까지는 더 만들어줄 수 있다고도 했습니다."

"허허, 해류 신녀님, 아이고, 아니 왕후 폐하만 대단하신 줄 알았는데 사란 신녀도 보통 길속이 아니군요. 혹시나 해서 한동안은 더 상세히 살폈는데 눈썰미가 좋은지 그 다채로운 모양새며 꼼꼼한 끝갈망이 해류 신녀님이 계실 때 못지않습니다."

"맞습니다. 사란 신녀님이 나서고 만사형통입니다."

모두루의 칭찬에 문홰도 맞장구쳤다. 바늘로 찔러도 피 한 방울 안 나올 것 같은 해류는 대하기가 영 껄끄러웠었다. 비교적 무던하고 싹싹한 사란을 상대하니 숨통이 트이는 터라 진심 어린 칭송이 술술 나왔다.

"신녀들의 솜씨가 좋아 다들 그 물건을 받아 팔고 싶어 하는데도 우리를 최우선으로 해주니 참으로 의리가 있는 분입니다."

"유유상종이란 말이 그래서 나온 거겠지."

마리습은 해류를 떠올리고 싶지 않아 얼른 그 화제를 돌렸다.

"모두루, 약재로 쓸 오색 돌비늘(운모)은 잘 모아들이고 있겠지? 선약(仙藥)을 만드는 데 쓴다고 아주 비싸게 팔리니 이번에는 최대한 많이 가져가자."

"예. 물론입니다. 거기서 바로 배로 옮겨 떠날 수 있도록 백잔 국경 부근에서 나는 최상급 돌비늘을 평양성 인근 상단의 창고에 모아두고 있습니다."

얼른 탁자에 있는 장부를 펼쳐 마리습에게 확인시켜줬다.

"잘했다. 내년까지 충분히 모으면 그것만으로도 크게 한몫 볼 수 있겠다."

"우리야 비싸게 팔 수 있으니 좋기는 하나, 그 돌가루를 먹고 신선이 된 사람은 제 한평생 본 적이 없구먼. 돈 많고 높은 사람들일수록 참 허황한 일에 재물을 낭비하는 걸 좋아하는 것 같습니다."

"왜, 사내의 정력을 돋우고 회춘시키는 약효도 있다지 않느냐."

"그걸 먹고 될 것 같으면 귀족이나 갑부 중에 늙은이가 어디 있겠습니까."

"하하, 하긴 그렇다. 뭐, 어떻든 우리야 그걸 믿는 자들에게 돌비늘을 팔면 되지."

둘은 중원에서 유행하는 불사약이며 여러 비방, 고구려에는 없는 약재를 평가하며 소소한 경험담을 나눴다.

함께 웃으며 떠들던 문홰는 문득 최근 저자에 떠도는 왕후에 관한 뜬소문을 떠올렸다. 신녀 시절 왕후와 친분을 나눴던 아버지나 마리습이라면 흥미로워할 것 같아 끼어들 짬을 봤다. 그렇지만 잠깐 어물거리는 사이에 화제는 고구려의 다른 성이나 남쪽으로 장삿길을 떠날 계획으로 넘어갔다.

별반 중요하지도 않은 얘기니, 나중에 어디서라도 들으시겠지.

전에 없이 국내성에 오래 머물러 엉덩이가 근질거리던 참이었다. 문홰는 남쪽으로 갈 무리의 인솔을 자원하며 풍문은 흘려보냈다.

야장간은 화덕이 있어 한겨울에도 후끈거렸다. 그렇지만 지금은 활활 타오르는 시뻘건 불길에도 불구하고 싸늘함이 감돌았다. 정말 오랜만에 들른 태왕의 심상찮은 기색 때문.

태왕은 치받아 터지기 직전의 감정을 다스려야 할 때 주로 여기에 왔다. 들어온 직후의 거친 메질은 흔한 일상이었다. 보통은 일이 각, 길어야 반 시진 정도면 쇠를 두드리는 소리가 평온해졌다. 왕후와 화락해지면서는 꼭 필요한 용무 외에는 얼굴도 보기 힘들었다.

그런데 오늘은 거의 한 시진이 가까워지고 있음에도 메질 소리가 여전히 거칠고 불규칙했다. 이를 악물고 망치를 휘두르는 용안은 무시무시할 정도였다. 마치 필생의 원수를 내리치는 것 같구나. 성심이 단단히 상하신 모양이다.

태왕이 사람이 아니라 무쇠에다 분풀이하는 것이 감사할 따름이었다. 왕후에게 선사할 거라고 틈틈이 짬을 내어 직접 만들고 있던, 거의 완성 직전의 등자가 형체를 잃고 있는 것을 지적할 엄두도 못 냈다. 반죽 좋은 건들마저도 혹시 눈이라도 마주칠까, 태왕을 등진 채 이미 한참 전에 날이 시퍼렇게 선 장도를 닳도록 벼렸다.

오랫동안 태왕을 지켜봐오던 야장들의 판단은 정확했다. 태왕은 어디에도 터뜨릴 수 없는 울화를 꾹꾹 삭여 녹여내는 중이었다.

되돌릴 수도 없는 일. 해류는 모르게 하려고 했다. 죽음 직전에서 돌아온 그녀에게 더 이상의 상처는 주고 싶지 않았다. 혹시 조심성 없는 수다라도 귀에 들어갈까 불안해서 아예 입에 올리는 것조차 엄금했다.

왕후가 좀 이상하다는 왕후궁 호위장의 보고에 단걸음에 달려간 그는 심상찮은 해류의 모습에서 직감했다. 해류가 아이를 잃은 사실을 알았다.

철렁하는 가슴을 부여잡고 어떻게 달래줘야 할지 머리를 쥐어뜯었다. 그가 그랬듯이 그녀는 심장에서 피가 철철 흘러내릴 텐데도 그에게 웃어줬다. 그와 같은 심정으로 해류도 알게 된 사실을 덮으려는 걸 알았다.

가장한 그 위태로운 평온함에 얹혀 자신을 속이려고 했다. 하지만 그날 이후 해류의 눈에 새겨져버린 비애를 보자 도저히 참을 수가 없었다.

당장 요절을 내주리라!

입을 가볍게 놀린 죄인을 찾는 일은 허무할 정도로 쉬웠다. 그가 탐문을 명하고 한 시진도 지나지 않아 태후가 찾아왔다.

"용서하세요, 태왕. 승평의 아이를 보고 와서 아직 왕손을 낳지 못한 것에 대해 마음 쓰는 게 너무 애달파 보여 위로하다가 실언을 해버렸습니다. 얼마든지 수태할 수 있으니 걱정하지 말라고 한다는 것이 그만……."

죽을죄를 지었다고 사죄하는 태후 앞에서 태왕은 말을 잃었다. 누구든 잡히기만 하면 혀를 잘라 멀리 추방해버릴 거라고 이를 갈았건만. 다른 사람도 아닌 진중한 태후가 그런 말실수를 했다는 게 믿기지 않았다.

만약 다른 이였다면 공언한 대로 추상같이 집행했겠지만 상대는 태후였다. 어린 그를 친자식보다 더 고이고 정성껏 보살펴준 모후. 피만 섞이지 않았다 뿐이지 그에겐 유일무이한 어머니였다. 일부러 그런 것도 아닌데, 실수를 가혹하게 처벌할 순 없었다. 한풀 꺾인 울분을 삼키며 그는 자신이 모르는 것으로 해달라는 부탁으로 마무리했다.

평소와 달리 시간이 지나도 분기가 가라앉지 않았다.

생전 안 하던 실언을 치명적으로 한 태후에게.

해류에게 독을 써서 그녀와 아기를 해친 흉적에게.

방심해서 아기를 잃고 지어미에게 지울 수 없는 상처를 남기게 한 자신에게 견딜 수 없이 화가 났다.

더 신중해야 했는데. 명림죽리 말고 다른 세력도 있다는 걸 미리 간파해야 했는데. 해류를 더 안전하게 지켰어야 했는데.

소용없는 후회를 하고 또 하면서 그는 하도 두드려서 종이판처럼 얇아진 쇠만 계속 내리쳤다. 형체를 다 갖춰 완성 직전이었던 등자는 쓸모없는 얄팍한 쇠판으로 변해갔다.

망치가 언제든지 자신의 머리통으로 향할 것 같은 공포를 느끼며 살벌한 태왕의 메질 소리 견디던 야장들을 구원한 것은 금은장이었다.

"폐하, 명하신 물건을 완성하여……."

칭찬을 기대하며 의기양양하게 야장간에 들어오던 금은장도 싸한 분위기에 말끝이 흐려졌다.

고맙게도 그의 등장은 태왕의 흥미를 끌었다. 저러다 다치시는 거 아닌가 걱정될 정도로 쉬지 않고 이어지던 소리가 멈췄다.

"아, 다 된 것이냐?"

혹시라도 태왕이 또다시 직접 만들어보겠다고 나설까 겁나서 명을 받자마자 밤샘을 불사했다. 그 사실은 쏙 빼놓고 소중히 품고 온 작은 함을 태왕에게 올렸다.

"예. 성심을 다해 이르신 그대로 했사옵니다. 한번 살펴보시옵소서."

건들마를 비롯한 야장들이 흘금흘금 훔쳐보는 가운데 태왕이 함을 열었다. 안에 든 것은 금빛으로 반짝거리는 조그만 주사위였다. 태왕이 두 손가락으로 집어든 주사위는 보통 여섯 면인 다른 것과 달리 면이 더 많았고 깨알처럼 작게 무엇인가 새겨져 있었다.

태왕이 저런 것을 즐기셨나? 바둑 말고 다른 놀이는 전혀 안 하시는 것으로 알고 있었는데? 야장들은 의아한 시선으로, 세공품을 바치러 온 금은장은 긴장된 시선으로 태왕을 바라봤다.

숨도 쉬지 못하는 긴장은 태왕이 주사위를 함에 넣으며 풀어졌다.

"수고했다. 제대로 잘 만들었구나."

"황공하옵니다."

모두가 속으로 안도의 한숨을 내쉬었다. 품평을 기다리던 당사자인 금은장보다 야장들이 더 기뻐하고 있었다. 혹시라도 제대로 되지 않은 걸 올려 찰랑찰랑하던 태왕의 노여움이 넘쳐 폭발하면 어쩌나 조마조마하던 참이었다. 더더욱 고맙게도 태왕은 주사위 상자를 소매에 넣더니 떠날 채비를 했다.

"거기 짐의 의대를 다오."

"예잇!"

문 앞에 시립한 시종이 달려오기도 전에 건들마가 대답하더니 옆에 걸어놓은 대수자포를 번개처럼 태왕께 바쳤다. 어서 입고 신속하게 떠나달라는 무언의 간청이었다.

왜 생전 안 하던 짓을 하느냐는 눈빛이 건들마를 스쳤다. 한마디 하려는 듯 태왕은 슬쩍 입술을 실룩거리다 포를 걸치고는 야장간을 나갔다.

후와아아. 태왕이 멀어지자 동시에 다들 희색이 돌아오고 소리 없는 환호성이 야장간을 채웠다. 어리둥절해 두리번거리는 금은장을 두고서 야장들은 신나게 풀무질, 메질을 이었다. 온몸을 짓누르던 묵직한 살기가 사라지니 어깨며 팔이 날개가 돋친 듯 가벼웠다.

본의 아니게 야장들을 고문하던 태왕은 고대하던 주령구를 품고 왕후궁으로 향했다. 날듯이 빠르던 걸음은 왕후궁의 지붕이 보일 즈음 돌연 멈췄다. 야장간에서 충분히 시간을 보냈지만 평온함을 완벽하게 되찾지 못했다. 조금 더 마음을 가다듬을 시간이 필요했다. 그는 비원으로 향했다.

해거름의 긴 그림자를 밟고 간 그는 비원의 중심인 가산 앞으로 걸어갔다. 해류가 보살피고 모자란 것들을 채워 넣은 정원은 그의 기억에 근접하게 옛 영화를 되찾았다.

석도종이 알려준 대로 분재 정원은 천하의 중심인 고구려를 두고 주변 국가들이 배치된 형태. 그 중심 백산에 서서 주변을 바라보며 그는 아버지 영락태왕과 얼굴도 모르는 생모를 떠올렸다.

모후는 혼인하기 전부터 몹시 허약해 부왕이 늘 노심초사했다고 들었다. 그를 잉태한 것은 혼인하고 한참 뒤. 무사히 출산한 것이 가히 기적이라고 했다. 그에게 모든 생명을 쏟아준 모후는 얼마 뒤 세상을 떠났다. 두 사람이 부부로 함께한 세월은 고작 다섯 해뿐이었다.

공감할 수 없었던, 원정을 나갔다가 돌아오면 바로 이곳으로 달려오던, 이 비원에 대한 부왕의 집착 같은 정애를 비로소 이해할 것 같았다. 이곳은 부왕의 생애 유일무이한 정인의 숨결이 살아 있는 성소였다. 일찍 떠난 아내 대신이기도 했을 것이다.

그 외로움을 안고 20년 가까이 어떻게 견뎠을지. 강건하던 부왕이 가벼운 병에 급격히 무너진 이유를 비로소 알 것 같았다. 긴 세월 동안 그를 좀먹던 거대한 공허와 싸우길 포기하고 스스로 삶의 끈을 놓았기 때문.

"왕이기에. 태어나면서부터 내게 내려진 그 막중한 책임 때문에 따라가고 싶어도 갈 수 없었다. 다시 만날 그날만 기다리며 죽을 만큼 그리워하면서 살아가야 했다."

이 비원에 남은 영락태왕의 사념이 다가와 고백하듯 들려오는 환청. 부왕이 감내해야 했던 절대 고독이 마치 그의 것처럼 생생했다.

그래도 부왕께는 미력한 소자라도 있었지만…… 저는 반려의 흔적 하나도 없이 홀로 남겨질 뻔했습니다.

문득 태후가 떠올랐다.

왕후 자리를 비워놓을 수 없다는 빗발치는 읍소에 영락태왕은 결국 거련이 다섯 살 때 계비를 들였다. 어린 그마저도 알고 있었던 절절한 익애를 태후는 평생 감내해왔다.

그녀에게 늘 고맙고 미안했다. 기억도 없는 생모보다는 가까서 지극정성으로 그를 돌봐주는 새 모후에게 정이 가는 것은 인지상정이었다. 부왕에게 품었던 유일한 불만이 죽은 모후에 대한 그칠 줄 모르는 애도였을 정도였다.

그러나 만약 해류가 그대로 떠났다면 그도 다른 여인을 왕후로 맞아 살아야 했다. 오로지 후계를 잇기 위해 씨말이나 씨소와 다를 바 없는 삶. 몸서리가 쳐졌다. 태왕으로 권좌에 앉은 대가라기엔 너무 혹독했다.

부왕도 가엾고…… 나도 가여울 뻔했구나.

불행의 순위를 다투는 건 아니지만 그중에서 가장 가련한 사람은 태후. 그에겐 더없이 훌륭한 아버지고 그의 생모에게는 다시없을 열부(烈夫)지만 태후에게는 무심하고 무정한 지아비였다. 그 역시 어쩔 수 없이 그런 희생양을 만들었을 것이고.

모후처럼 불행한 여인을 또 만들지 않아서 얼마나 다행인지.

상념이 거기에 미치자 해류에게 유산 사실을 알린 실수에 대한 앙금이 녹아내렸다. 마음도 한결 편안해졌다. 이제는 해류가 그의 심기 사나움을 눈치채고 걱정하지 않겠단 확신이 섰다.

"오늘은 비원에서 석찬을 받겠다. 왕후도 여기로 모셔와라."

"예. 명을 봉행하겠나이다."

왕후 폐하가 오시면 폐하의 심기도 편해지시겠구나. 태왕의 명에 시종과 호위들은 구사일생하는 심정이었다. 태왕이 평정심을 되찾은 걸 아직 모르는 그들은 저희를 구원해줄 왕후를 모시러 바람처럼 뛰었다.

쏜살같이 달려가 채근했는지 얼마 지나지 않아 해류가 비원에 들어섰다. 전각 아래로 내려와 맞아주는 태왕을 보는 해류의 뺨이 살짝 상기됐다. 어지간히 서둘렀는지 살짝 숨도 헐떡였다.

"천천히 와도 되는데 많이 서두른 모양이군."

"아닙니다. 오늘은 내내 앉아 있었는데 모처럼 걸으니 상쾌하고 좋습니다."

"좀 설렁설렁해도 되는 것을, 그대는 매사에 지나칠 정도로 꼼꼼해서 탈이오."

기가 막힌다는 듯 해류가 실소하며 눈을 슬쩍 흘겼다.

"누가 할 소리를 하시나요. 폐하야말로 바늘 끝만 한 빈틈도 용납하지 않으시면서요."

"그럴 리가. 하하."

역시 왕후 폐하가 최고의 명약이다. 태왕의 호쾌한 웃음소리에 오후 내내 살얼음판을 걷는 것 같았던 시종들도 긴장을 풀고 눈웃음을 교환했다. 흐뭇함과 안도의 물결을 등 뒤에 두고 두 사람은 전각에 올라갔다.

곧 저녁상도 올라왔다. 태왕도 해류도 평소엔 산해진미보다는 소찬을 즐기는 편이라 상차림은 비교적 간소했다. 상을 받은 후, 태왕은 궁녀들을 물렸다. 둘만 남자 해류는 굽다리 접시에 담긴 별식을 권했다.

"오늘은 무이장[16]에 절여 찐 옹어(鰅魚)[17]가 별미니 꼭 맛보라고 여관이 귀띔해주

---

16 느릅나무 열매로 만든 고구려 특유의 장
17 바다표범

더군요. 이것부터 드셔보세요."

"마주 앉아 상을 받으니 꼭 여염의 부부 같군."

해류도 비슷한 생각을 했기에 고개를 숙여 붉어지는 얼굴을 감추며 주전자에 손을 뻗었다.

"반주를 올릴까요?"

해류의 권고대로 맛본 옹어찜은 살짝 기름진 듯하면서도 무이장의 향이 감돌아 담백하니 입에 맞았다.

"좋은 안주가 있으니 한잔 곁들이는 것도 괜찮겠소."

해류가 따라준 곡아주를 마시던 태왕은 품에 있던 것을 퍼뜩 떠올렸다.

"이걸 받아요."

작은 함을 열어본 해류가 금색의 주사위를 집어 올렸다.

"예? 이게 무엇입니까? 주사위 같은데…… 면이 열네 개나 되는 것은 처음 봅니다."

호기심 어린 얼굴로 여러 개의 면을 살피던 눈에 의아하다는 빛이 떠올랐다.

"여기에 면마다 숫자가 아니라 글자가 새겨져 있네요?"

"이건 주령구요."

"주령구요?"

"신라에서 조촐한 연회나 곡수연(曲水宴)[18]을 즐길 때 쓰는 거요. 신라의 전 매금이 십여 년 전에 이와 비슷한 것을 공물로 바쳐 나도 알게 되었지. 서라벌에 주둔했던 장수들도 함께 어울려보고 재미가 있었는지 고구려에 돌아와서도 종종 사용하고 있는 모양이오."

"이걸로 어떤 놀이를 하는지요?"

"거기 새겨진 글자들을 읽어보시오."

해류는 글자를 살펴봤다. 숫자를 제외하고는 거의 까막눈이던 전과 달리 띄엄

---

18 좁은 수로를 따라 술잔을 띄워 노는 연회. 대표적인 장소가 포석정.

띄엄 아는 글자들이 눈에 들어왔다.

"자창자……음(自唱自飮)? 노래를 부르고 마시라고요? 그리고 이것은 삼(三)과 그 다음 글자는 모르겠고 일거(一去)라…… 한 번에 무엇을 하라는 것인지요?"

"그 글자는 잔(盞)이오. 삼잔일거. 석 잔을 한꺼번에 마시라는 의미지."

"예? 석 잔요? 도대체 무엇을 하는 주사위입니까?"

"보통은 술자리에서 차례로 주사위를 굴려 거기에 적힌 대로 행하는 것이오. 노래와 춤을 추라는 것도 있고 도깨비 흉내를 내거나 간지럼힘을 참아야 하는 등 각 면마다 다른 벌칙을 적어 즐기는 거요."

설명을 들으면 들을수록 그녀가 가질 물건이 아닌 듯싶었다.

"그런데 왜 제게 주십니까? 이건 폐하께서 주연을 베푸실 때 쓰셔야 하는 게 아닌지요?"

"원하는 자들은 이걸로 즐기지만 실은 난 한 번도 해본 적이 없소. 왕후와 함께 해보고 싶어서 금은장에게 만들라고 시켰지."

비로소 그 까닭을 알게 된 해류가 기겁했다.

"폐하, 저는 술이 엄청나게 약한 걸 아시잖습니까. 단술 한두 잔만 마셔도 취하는데 한꺼번에 석 잔이라니요!"

"그래서 술이라고 하지 않고 그냥 석 잔이라고만 새기게 했다오. 꼭 술이 아니라 차나 다른 음료도 되지 않겠소."

"그렇군요. 저는 그럼 여기에 걸리면 차를 마시겠어요. 그런데 이걸 왜 가져오셨는지요?"

"가끔은 이렇게 왕후와 둘이서 놀이를 즐겼으면 하고."

태왕과 놀이라니 전혀 어울리지 않는 조합이었다. 의무와 책임감이 남다른 태왕은 왕자 시절부터 소소한 놀이엔 눈도 주지 않았고, 태자 때 즐겼던 바둑도 짬이 없어 놓았다고 들었다. 태왕이 무엇을 하든 비난할 사람 하나 없는 지금도 그만을 위해 시간을 할애하는 것은 야장간이나 관천대에 오르는 정도. 관천대에서 천기를 살피는 것도 엄밀히 따지면 본디 태왕의 업무였다. 의무만으로 꽉 짜인 삶을 사는 그가 잠시 숨을 돌리고 쉴 수 있다면 해류로선 대환영이었다.

"그렇다면 괜찮겠네요. 재미있을 것 같습니다. 그런데 이 주사위에는 어떤 내용이 새겨져 있나요?"

태왕은 한 면씩 짚어주면서 설명했다.

"별것 없소. 이건 얼굴을 간지럽혀도 참아야 한다는 농면공과(弄面孔過), 그 옆은 상대가 청하는 노래는 무엇이든 불러야 하는 임의청가(任意請歌)고,"

노래라니. 아주 어릴 적 외엔 불러본 적이 없어 아는 노래도 없었다. 그렇지만 주사위를 굴려 태왕이 저 면에 걸리면 그의 노래를 들을 수 있다는 소리였다. 다시 없을 기회라는 생각에 해류는 무심히 다른 벌칙들을 듣다가 펄쩍 일어설 뻔했다.

"구접(口接)요? 이 면이 나오면 입맞춤을 해야 한다고요?"

놀란 해류와 달리 태왕은 느물느물했다.

"뭐 어떻소. 어차피 나와 그대 둘만의 놀이인데."

입맞춤과 비교도 할 수 없는 일을 수도 없이 해왔다. 이 정도에 화들짝 놀라는 게 도리어 우습다 싶어진 해류는 세모꼴이 되었던 눈에서 힘을 풀었다.

"다른 이들이 절대 볼 수 없도록 왕후궁이나 폐하의 침전에서만 해야 할 놀이 같습니다."

"역시 내 왕후는 하나를 알려주면 열을 깨우치는 총명함을 지녔지."

빙글빙글 너스레를 떨던 그는 심혈을 기울여 선정한 마지막 면의 글자를 짚었다.

"이건 유범공과(有犯空過)요. 그대가 주사위를 던질 때 이게 나오길 가장 바라고 있지."

"유범공과요? 이건 도대체 무슨 뜻인가요?"

"아, 그 뜻은 말이오."

궁금해하는 해류를 지그시 보던 태왕이 뜻을 풀어주었다. 음성은 진지했지만 눈빛에는 유쾌하면서도 음흉한 웃음이 넘실거렸다.

"덤벼드는 사람이 있어도 참고 가만히 있어야 한다는 벌칙이오."

무심히 그 의미를 생각하던 해류의 얼굴이 새빨개졌다.

"어찌 이런!"

이 주령구를 굴려 저 면이 나오면 어떤 것을 요구할지. 환할 때 떠올리면 낯이 화끈해지는 음란한 요청과 끈적한 정사 장면이 줄줄이 스쳐갔다.

"금은장이 이걸 만들며 무슨 생각을 했을지⋯⋯."

"무슨 생각을 하고 있길래 얼굴이 빨개지는 거요?"

해류가 짐작한 것과 같은 목적으로 이 문구를 새기게 해놓고도 그는 능청을 떨었다.

"폐하⋯⋯."

너무 딱 잡아떼니 꼬투리를 잡을 수 없었다. 해당 문구도 물색 모르는 타인이 봤다면 무난하게 해석할 만한 내용이었다. 오히려 더 민망한 건 입맞춤이나 등에 업히라는 등의 벌칙이었다.

"시험 삼아 지금 한번 해보는 게 어떨까?"

주령구를 굴리는 척하던 그가 구접을 하라는 면을 딱 세웠다. 곧바로 해류의 입술을 찾았다. 숨 막힐 것같이 길고 열정적인 입맞춤을 기다렸지만 뜻밖에 탐식은 짧았다. 금방 입술을 뗀 그는 해류의 귀에 대고 속삭였다.

"부디, 오래오래 살아주오."

무덤덤한 말투지만 그 속에 담긴 절박함이 심금을 울렸다. 심장이 꽉 조여왔다. 해류도 팔을 들어 그를 꼭 끌어안았다.

"살고 죽는 것은 하늘이 정하지만 오래 살려고 노력하겠습니다. 그리고 맹세할게요. 제가 살아 숨 쉬는 한은 폐하 곁을 지킬 것입니다."

"그래. 그것으로 되었소. 그 약조면 되오."

그녀의 향기에, 체온에 푹 빠져들면서 그는 자신에게도 속삭였다.

겨우 손에 다잡은 이 행복이 당장이라도 사라질까 불안하지만 그래도 지금 해류가 옆에 있었다. 믿으라고, 다 책임지고 보호해주겠다고 호언장담만 하고 지켜주지 못했다는 죄의식과 절망감은 두 번 다시 느끼고 싶지 않았다. 다시는 어떤 상처도, 위협도 받지 않도록 지켜줄 것이다. 그러자 상념이 그들의 아이에게로 날아갔다.

만약 조금만 더 신중하게 그가 제대로 대비했더라면 이 봄은 즐거운 기다림으로 채워졌을 터였다. 하루하루 해류의 태중에서 커가는 아이가 세상에 나올 날을 손꼽아 기다리고, 여름에는 아이를 안을 수 있었다.

못난 아비가 방심하여 너를 지켜주지 못했다. 미안하다.

사산하거나 유산한 왕실의 태아들을 봉안하는 태실(胎室)에 있는 아이를 떠올리며 그는 평생 지고 갈 자괴감을 삼켰다.

문해는 백제와의 국경 지대와 신라까지 훑는 장삿길을 떠났다. 늦어도 내년 여름까지는 돌아올 예정. 그쯤이면 형의 장례를 끝낸 마리습과 함께 서쪽으로 향하는 긴 여정을 나설 수 있을 것이었다. 다음 무역을 그리며 문해를 배웅한 마리습과 모두루는 상단으로 돌아왔다.

상단 입구에 낯선 자가 하나 서 있었다. 물건을 구하러 온 상인이려니 하고 스쳐 지나가려는데 그가 마리습 앞에 섰다. 차림새며 외모는 극히 평범했지만 열끼[19] 가득한 눈빛이 인상 깊었다. 탐색하는 마리습의 찌를 듯 뾰족한 시선에도 전혀 기죽지 않았다.

"해세적 단주님, 이제 돌아오시는군요. 기다리고 있었습니다. 저희 주인님이 단주를 뵈었으면 하십니다."

연우의 죽음 이후 마리습이 해씨 가문의 차자(次子) 세적이고 이 상단의 실제 주인이라는 사실이 상단의 관계자들에겐 최근에 알려졌다. 하지만 대다수 외부인들은 아직 모르는 얘기였다.

마리습은 이자를 아는지 묻는 눈으로 모두루를 슬쩍 봤다. 모두루 역시 어안이 벙벙한 기색을 감추지 못했다. 금시초문이라는 표정으로 고개를 모로 저었다.

"나를? 누가?"

---

19 눈동자에 드러난 당찬 기운이라는 뜻의 우리말

일부러 딱딱하고 고압적으로 되물었지만 상대는 기죽지 않았다.

"가보시면 아십니다."

"내가 무엇을 믿고 누군지도 모르는 네 주인의 부름을 따라야 하지? 재물을 노리거나 원한을 가진 자가 나를 유인해 납치하거나 해하려는 음모라면 어쩌고?"

마리습이 순순히 따라오지 않을 거라고 예상했는지, 사내는 주군에게 전해 받은 말을 그대로 옮겼다.

"나리께서 진짜 상인이라면 사소한 위험을 피하려고 일생일대의 거래를 놓치지 않을 거라고 하셨습니다."

강렬한 호기심이 마리습을 사로잡았다. 만약 이자가 징징거리며 사정했다면 가차 없이 무시했을 터. 낯모르는 상대는 지금 그에게 도전을 하고 있었다. 더구나 일생일대의 거래라는, 쉽게 입에 담기 힘든 미끼까지 흔들어대고 있었다.

날파리를 보듯 귀찮아하던 마리습의 한쪽 입꼬리가 슬쩍 비틀어졌다. 저렇게 자신만만한 상대라면 한 번은 만나주는 것이 도리겠지.

"그래? 그렇게까지 말하는데 무시할 수는 없군. 앞장서라."

"잘 생각하셨습니다, 나리."

갑자기 요상하게 돌아가는 분위기에 모두루가 화들짝 놀라 나섰다.

"도련님, 누군지도 모르는 자를 따라가시다니요! 저도 가겠습니다. 아니면 다른 아이라도,"

"만약 이자의 일당이 내게 살심을 품었다면 몇 명을 더 데려간다고 해도 소용없을 것이다. 이렇게 대놓고 청한다는 건 최소한 오늘은 무사히 돌아올 거란 의미니 걱정 말고 기다려라. 설령 아니라도 혼자 죽지는 않을 테지만, 혹시 내가 먼저 떠나면 원귀가 되어 떠돌지 않도록 원수나 잘 갚아주고."

농으로 눙치지만 허튼짓 말라는 협박이었다. 그 경고가 제대로 전달됐는지 심부름꾼 사내는 느물거렸다.

"맞습니다. 만약 나리를 해칠 작정이었다면 암습했지, 백주대낮에 찾아와 뵙기를 청하지 않았을 겁니다. 염려 놓고 기다리십시오."

"모두루, 금방 다녀오겠다."

못마땅한 기색이 역력했지만 주인이 강경하니 도리가 없었다. 모두루는 골목 끝까지 따라와 마리습이 길모퉁이를 돌아 사라질 때까지 자리를 지키며 배웅했다.

마리습은 이 안내자가 에움길을 택해 빙빙 에돌아 가리라고 예상했다. 그런데 상대는 의외로 아무 수작 없이 목적지로 향했다.

대단한 자신감이구나. 아니면 지금 가는 곳은 본거지가 아니라 쓰다 버릴 곳일 수도 있겠지. 마리습은 꼼꼼하게 행로를 눈에 담던 것을 그만두었다.

도달한 곳은 외성 북쪽 시장 뒤쪽에 있는 작은 저택이었다. 본채는 작지만 커다란 창고며 차고, 마구간에 선 말들을 보니 상단의 지점 같았다. 다만 인기척이 하나도 없는 게 기이했다.

그가 눈알만 슬쩍슬쩍 돌리며 사람을 찾아보는 걸 감지한 모양이었다.

"쓸데없는 눈귀는 미리 치웠습니다."

"그리 티 나게 행동한 것 같지는 않은데. 네가 감이 좋구나."

"그렇다는 소리는 종종 듣습니다."

씩 웃으며 대꾸하는 상대가 새삼 다시 보였다. 태도며 말투를 보아하니 필시 평범한 심부름꾼은 아닐 터. 아마도 나를 부른 자의 심복쯤 되겠다.

마리습은 더욱 신경을 날카롭게 곤두세우며 앞선 사내를 따라갔다. 본채로 통하는 담장 문을 연 사내는 계단 아래에서 안쪽을 가리켰다.

"안으로 들어가십시오."

여기까지 와서 망설이는 것은 의미 없는 짓이었다. 마리습은 성큼성큼 계단을 올라 문을 열고 안으로 들어갔다.

덧창까지 다 닫은 방 안은 어두웠다. 밝은 바깥에서 막 들어간 눈이 어둠에 익숙해지자 방의 중간쯤에 내려온 두꺼운 휘장이 보였다. 검붉은 색의 천은 무늬는 없지만 두툼하니 고급스러웠다.

나를 부른 자는 저 뒤에 있겠구나. 허세인지는 모르겠지만 제법 재력이 있나 보군.

마리습을 문을 닫고 그 앞에 섰다.

"얼굴도 모르는 이와는 어떤 거래도 할 생각이 없소. 휘장을 걷고 나와 얼굴을 보여주든지, 아니면 나는 이대로 돌아가겠소."

두꺼운 천 너머에선 아무 기척도 들리지 않았다. 기 싸움을 하듯 팔짱을 끼고 장막 너머를 쏘아보던 마리습은 속으로 삼십까지 헤아린 다음 미련 없이 돌아섰다.

"피차 신뢰가 없는 관계는 성립될 수 없으니 여기까지가 인연인가 봅니다. 다시는 이런 일로 사람을 오라 가라 마시오."

그가 막 문고리를 잡는 찰나 등 뒤에서 천이 걷히는 소리가 났다.

"듣던 대로 담대하고 수 싸움을 제법 하는구나."

순간 마리습은 제 귀를 의심했다. 천만뜻밖으로 여인의 목소리였다.

지금까지 온갖 위험에서 그를 구해온 육감은 이대로 문을 열고 나가라고 명령했지만 호기심을 이길 수 없었다. 결국 그는 돌아섰다.

의자에 앉은 사람은 고운 자태의 중년 여인이었다. 대단한 금붙이 하나 없는 간소한 차림임에도 위엄과 당당한 풍모가 돋보였다.

"해세적. 거기 앉으라."

명령하는 투가 거슬렸지만 칼자루는 저쪽이 쥐고 있었다. 마리습은 상대가 가리키는 의자에 앉았다. 그는 일부러 도전적으로 팔짱을 끼고 여인을 마주 봤다. 자신보다 연장자에 대한 예우이지 다른 이유는 없다는 티를 팍팍 내면서 말투만 약간 공손하게 바꿨다.

"부인께선 무슨 일로 나를 보자고 했는지요?"

절 노려보는 마리습의 형형한 눈빛에도 여인은 흔들림이 없었다. 만용이나 과시가 아니라 남을 다스리는 태도가 몸에 배어 있었다. 국내성에 부유한 여자 상인은 제법 있었다. 그렇지만 사내도 갖기 드문 자연스러운 위압감을 볼 때 절대 평범한 상인은 아니었다.

귀족가의 부인이나 딸이 대리인을 두고 상단을 경영하는 경우도 있으니…… 그쪽인가? 부지런히 여인이 주인인 상단을 추측해보는데 상대가 또다시 마리습의 허를 찔렀다.

"내가 누군지는 궁금하지 않으냐?"

실은 가장 궁금한 것이 이 여자의 정체였다. 당연히 알려주지 않으리라 보고 빙 둘러 다른 것부터 알아내며 파악해보려던 참이었다.

마리습은 잠시지만 말문이 막혔다. 밀린 기세를 회복하고 상대를 자극하기 위해 그는 부러 더 삐딱하니 반문했다.

"정직하게 대답해줄 건지, 그것부터 묻고 싶군요."

그의 퉁명스런 대답에 마치 재미있는 농담이라도 들은 듯 여인이 대소했다. 멀뚱히 쳐다보는 마리습의 시선을 무시하고 깔깔거렸다. 그러기를 한참. 겨우 진정한 여인은 웃음기가 넘실대는 눈으로 마리습을 응시했다.

"예상보다 더 마음에 드는구나. 너는 내가 누구인지 알 자격이 있는 것 같다."

팽팽한 긴장감이 공간을 채웠다. 누굴까. 마리습은 숨소리 하나도 놓치지 않도록 집중하며 여인의 입만 바라봤다. 그의 머릿속에는 여인의 정체에 대한 온갖 가능성이 오가고 있었다. 그렇지만 그 어떤 추측도 여인의 입에서 나온 신분에 미치지 못했다.

"나는 태후다."

十五

태후는 마리습이 기함하기를 기다렸다. 고소를 머금은 눈에 그 기색이 확연했다.

실제로 마리습은 몹시 놀랐다. 그렇지만 제 감정을 고스란히 드러낼 정도까진 아니었다. 최초의 충격이 지나가자 희한할 정도로 금방 박동이 가라앉았다. 아무 동요도 느껴지지 않았다.

태후라고 밝힌 이 여인과 그는 칼만 들지 않았을 뿐이지 날카롭게 대적했다.

마리습은 초면에 상대의 기를 꺾으려고 일부러 살기를 뿜어냈었다. 귀한 물건을 빼앗으려고 달려드는 흉적들도 그의 예기에 주춤해지곤 했다. 그런데 태후는 산전수전 다 겪은 그의 위협에 전혀 눌리지 않았다. 그 자신만만함과 명령이 몸에 밴 태도에서 예사 신분은 아니라고 예측했다.

자미 궁주와 연결된 몇 안 남은 왕족 끄트머리의 누군가가 아닐까 짐작했던 참이다. 마음 깊은 곳 저 아래에선 그 이상이라는 것도 어쩌면 알고 있었을 터였다. 덕분에 마리습은 침착함을 지켜냈다.

"놀라지 않는구나?"

"높으신 분이라 조금 놀라고는 있습니다."

마리습은 솔직히 인정했다. 자신의 추측을 확인받으려고 소리를 내어 상황을 정리했다.

"자미 궁주께서 태후 전하의 천거를 받아 왕궁의 말직으로 나가라는 제의를 하셨던 것이…… 저를 놀이판 위에 올리려는 계획의 일환이겠군요."

태후나 자미 궁주, 혹은 그의 아버지 해사무 정도면 얼마든지 입맛대로 사람을 골라 쓸 수 있으니, 꼭 그일 필요가 없었다. 왜 자신을 끌어들이려는 것인가, 묻고 싶었지만 먼저 질문하면 또다시 칼자루를 뺏기게 된다. 그는 침묵을 지키며 태후의 대답을 기다렸다.

눈싸움하듯 묵묵히 마리습과 대치하던 그녀의 양쪽 입꼬리가 호선을 그리며 올라갔다.

"정말 기대 이상으로 형세 판단이 빠르고 담대하구나. 과연 자미가 적극적으로 추천할 만해. 네 아비가 연우는 일찍 잃었지만 너를 보니 자식 복이 없지는 않은 모양이야."

역시 부친도 태후와 손잡았다.

무엇을 하려는지 어렴풋하게나마 짚었다. 귀족들의 구심점이던 명림죽리가 사라진 공백을 차지하려는 것. 해사무 혼자라면 언감생심이겠지만 태후가 개입하면 가능해질 수 있었다.

한 가지 의문이 풀리자 꼬리를 물고 궁금증이 이어졌다. 왜 태후가 별다른 연도 없는 소노부 해씨와 손을 잡으려는 것일까.

반은 객기, 반은 호기심으로 여기까지 왔지만 슬슬 후회가 들고 있었다. 자칫하면 빠져나오기 힘든 구렁텅이에 빠져들 듯한 예감에 마리습은 몸을 사렸다.

"과분한 상찬에 감사드립니다만 저는 그저 평범한 장사꾼일 따름입니다. 쏠쏠한 거래가 있다고 해서 오긴 했지만 그 상대가 전하일 거라곤 꿈도 꾸지 못했습니다. 아쉽게도 전 태후 전하께서 필요하신 물건을 구해드릴 안목도 수완도 없습니다. 절노부가 와해된 지금, 제 아버지의 상단 정도 되어야 태후 전하께서 흡족해하실 물목들을 올리지 싶군요."

완강한 거부에도 태후의 미소는 전혀 흔들리지 않았다. 우아하게 머리를 갸웃하며 그를 놀리듯 흘겨봤다.

"내가 무슨 얘기를 하려는지 눈치챈 모양이지?"

속내를 다 뚫어보는 듯한 눈길에 뜨끔했지만 마리습은 시치미를 뚝 뗐다. 모두루를 앞에 세워놓고 수하 노릇을 하며 익숙해진 가면을 썼다. 상대방의 경계를 풀고 방심하게 하는 데 효과적인 허허실실, 겸손하고 둔해 보이는 시늉을 했다.

"저 같은 무식한 장사꾼 나부랭이가 어찌 감히 태후 전하의 깊은 심중을 짐작이나 하겠습니까."

"그럼 내가 묻겠다. 왕궁직을 거부했다지? 그 이유는 무엇이냐?"

"저는 몸을 쓰는 일이나 장사 말고 복잡한 일들은 알지도 못합니다. 글줄도 제대로 모르는 무지렁이가 감당하기도 어려운 직분을 맡았다가 집안에 누가 될까 두려워 거절한 것입니다."

"하하, 내 그동안 모자라거나 모르면서 잘난 척, 아는 척하는 엇절이는 셀 수도 없이 봤다만 그 반대는 정녕 오랜만이로구나. 해세적, 어울리지 않는 그 아둔한 가면은 그만 벗고 제대로 흉금을 터보는 게 어떻겠니?"

마리습은 그동안 유용했던 한량의 가면을 지웠다. 빙글거리면서 '나는 아무것도 모르니 좀 가르쳐주오'라고 써 붙인 듯한, 사람 좋은 얼굴은 무의미했다. 태후는 그런 얕은 속임수에 넘어갈 사람이 아니었다. 본질까지 꿰뚫어 보는 혜안을 가진 여인이었다.

"그러면 감히 여쭙겠습니다. 소인을 왜 부르셨습니까? 그리고 태후 전하께서 제게 모습을 드러내신 까닭은 무엇입니까?"

"그래. 이제 얘기를 좀 나눌 수 있겠구나. 우선 첫 번째 질문에 답하겠다. 너를 부른 것은 네 자질과 능력을 높이 평가해서이다. 맨몸으로 아비 밑을 떠나서 쟁쟁한 귀족가의 상단과 경쟁할 위치에 오른다는 건 보통 수완과 의지력으로는 불가능하지. 그것을 높이 샀다."

칭찬에 반응할 법도 하건만, 마리습은 여전히 경계심과 회의만 가득 담긴 딱딱한 낯을 풀지 않았다. 태후도 그의 무례함을 타박하지 않았다.

"내 정체를 알려준 것은 네 말마따나 누군지도 모르는 상대와 네가 거래할 리가 없다는 걸 알기 때문이다. 일종의 시험이기도 했지. 네가 어느 정도 그릇인지 말이다."

"태후 전하께서는 제게 무엇을 바라십니까? 저를 높이 평가해주셨지만 알고 계시다시피 제 상단은 귀족가에서 작정하면 한두 입에 잡아먹히는, 그저 조금 큰 피라미일 뿐인 것을요."

"아직은 그렇지. 하지만 너를 피라미뿐 아니라 큰 물고기도 두려워하는 상어나 고래로 만들어주겠다면 어쩌겠느냐?"

"태후 전하께서 상단까지 운영하시는 줄은 몰랐습니다만?"

이 질문은 일종의 비아냥거림이었다. 그런데 태후의 대답은 그날 처음으로 마리습을 제대로 놀라게 했다.

"네가 능력을 보여준다면 내 상단을 네게 넘겨줄 수도 있다."

"……."

마리습의 무표정한 가면이 벗겨졌다. 경악으로 크게 벌어진 마리습의 눈을 태후가 유쾌하게 응시했다.

"북연, 북량, 북위, 하. 내가 부리는 상단은 북방의 모든 나라들과 통하고 있다."

태후였구나. 도무지 연결고리를 찾을 수 없었던 해씨 상단과 북위의 연결. 캄캄한 어둠에 서광이 비치듯 그 실마리가 확 풀렸다.

"그럼 해씨 상단과 북위 상단의 직접 교역이 바로……?"

마리습이 그것까지 파악하고 있었던 건 태후도 몰랐던 모양이었다. 그녀의 눈빛이 살짝 흔들렸다가 유쾌하게 반짝였다.

"그걸 벌써 알아낸 것이냐? 역시 넌 네 아비보다 한 수 위로구나."

"제 부친의 수하들이 허술했던 것이지요. 그분께서도 위세를 자랑하고픈 욕심에 잡도리도 별반 하지 않으셨던 것 같고요."

"그것까지 알고 있다면 나에 대한 회의감은 어느 정도 가셨을 것 같다만?"

"그러하시다니 의혹이 더 커집니다. 전하께선 저나 제 아버지의 것과는 비교할 수 없는 연줄이 있는 상단도 갖고 계시고 권력의 중심에 계십니다. 그런데 굳이 저를 불러 보잘것없는 제 능력을 사겠다고 하시니 더더욱 영문을 모르겠군요. 전하께서 제게 원하시는 것이 무엇입니까?"

"말했듯이 우선은 주도면밀하고 계산이 빠른 상인으로서 네 능력을 쓰고 싶다."

"우선이라 하시면 그다음이 분명 있으시겠군요. 아마도 그것이 전하께서 더 필요로 하는 것일 테고, 제게는 위험한 일이겠지요."

예상과 달리 태후는 마리습의 지적에 수긍했다.

"그럴 것이다. 하지만 너도 알다시피 얻기 위험한 것일수록 더 귀하고 그 값어치가 높아지는 법 아니냐. 큰 이문을 얻고픈 상인이라면 그 정도 위험을 무릅써야지."

"전하께서 제게 높이 사고 싶다는 그것이 무엇인지가 소인은 궁금합니다."

마리습은 '그것'에 힘을 딱딱 줘서 강조했다. 회심의 일격이었지만 태후를 흔드는 데는 성공하지 못했다.

"보기보다 성미가 급하구나. 넌 이 방에 들어와서 얼굴도 모르는 상대와는 거래하지 않겠다고 했지. 그것은 상인으로 지극히 옳은 태도다. 나도 상인의 입장에서 네게 답하자면 거래란 처음엔 작게 시작해서 신용을 쌓은 뒤에 조금씩 가진 패를 보이며 키워가는 것이 아니더냐. 네가 아무리 해사무의 자식이라고 해도 내가 지금 너에게 모든 걸 알려주는 건 어불성설이지 않겠니."

어떤 감언이설이나 자극으로도 태후는 지금 밝힌 이상은 절대 보이지 않을 것이다.

태후의 주변에 넘실거리는 위험한 냄새. 가까이하지 않는 게 현명하다고 그의 이성은 계속 경고했다. 그런데 타 죽을 것을 알면서도 불로 날아드는 부나방처럼 그 실체를 알고픈 유혹을 무시하기가 힘들었다.

"그 정도로 큰 거래라면 바로 답을 드리지 않는 게 올바른 자세이지 싶습니다. 제게도 숙고할 시간을 주십시오."

의외로 태후는 선선히 그러라고 대답했다. 자신은 아쉬울 것 없다는 듯 느긋하게 소맷자락을 가다듬었다.

"그러려무나."

"더 하실 말씀이 없으시면 저는 이만 가보겠습니다."

태후는 오늘 만남을 비밀로 하라는 둥의 빤한 당부는 아예 입에 담지도 않았다. 의미심장하게 웃으며 딱 한마디만 덧붙였다.

"나를 따르면 네가 언감생심, 감히 바라지도 못한 것까지 얻게 될 것이다."

그것이 무엇인지 마리습은 묻지 않았다. 태후는 미끼를 던지고 궁금증을 자극하면서 사람을 조종한다. 자진해서 알려주기 전에 공연히 알려고 들면 불리해진다. 짧은 시간 동안 나름대로 상대의 책략을 간파한 그는 호기심을 지웠다. 최대한 무심하게 예를 표하고 물러 나왔다.

큰길까지 안내해주겠다는 태후의 수하를 물리치고 그는 저택을 빠져나왔다. 마리습은 남다르게 길눈이 밝았다. 아까 태후의 수하가 미로처럼 이어진 안길을 빙빙 돌았다고 해도 헤매지 않고 여기로 다시 찾아올 수 있었다. 그러니 길을 찾아 나가는 것은 일도 아니었다.

보통 배포를 지닌 여인이 아니라고 내심 감탄하다 문득 해류가 떠올랐다. 태왕의 명으로 장사를 놓았다는데, 왕후는 막으면서 태후는 내버려두다니 불공평하다. 해류도 나중에 저리될까.

오랜만에 떠오른 해류에 대한 상념과 풀기 힘든 의문을 또 한 아름 지고 마리습은 터덜터덜 북시를 빠져나왔다.

평소라면 시장에 어떤 물건들이 나왔는지, 사람들이 어떤 것을 사는지 꼼꼼히 살폈겠지만 오늘은 하나도 눈에 들어오지 않았다. 일상을 지킬 심적인 여력이 없었다.

북시를 벗어나 갈림길에서 망설이던 그는 소노부 해씨의 본가로 향했다. 태후와 부친이 함께하려는 일은 단순한 장사가 아니라 권력의 향배를 바꾸려는 건곤일척의 거래일 터. 그들이 도모하는 바를 알아내야 했다. 부친은 과시욕이 남다르니 조금만 자극하면 작은 실마리라도 흘릴 확률이 높았다. 그는 동쪽으로 발걸음을 빨리했다.

마리습에게 문을 열어준 문지기는 머리가 땅에 닿도록 허리를 숙였다.

"오셨습니까요."

집사도 번개처럼 달려왔다.

"아이고, 작은 나리! 어서 오십시오."

어느새 연우의 것이었던 작은 나리로 바뀐 호칭. 집사의 환대가 낯설면서도 씁쓸했다.

"아버님은 계시냐?"

"예. 조금 전에 퇴청하셔서 대옥에 계십니다. 어서 드시지요."

"궁주님께서는?"

"대부인께서는 며칠 바람을 쐬러 가셨지만 곧 돌아오신다고 하셨습니다."

여느 때라면 궁주는 벌써 어디론가 기약도 없이 훌쩍 떠났을 텐데 전에 없이 길게 국내성에 머물고 있었다. 그것 역시 태후와 얽힌 게 틀림없다는 확신이 마리습의 뒷덜미를 따끔따끔 찔렀다.

"아버님, 세적입니다."

"들어오너라."

서재에 들어간 마리습은 찾아온 연유를 일부러 모호하게 밝혔다.

"오늘 그분의 부름을 받았습니다."

해사무는 놀라는 기색이 없었다. 오히려 만족스러운 표정으로 수염을 쓰다듬었다.

"그래? 너를 직접 한번 보겠다고 하셨으니, 조만간 그러지 싶었다."

"도대체 그분과 무엇을 꾀하고 계시는 겁니까?"

반항적인 태도로 그를 추궁하는 아들을 해사무는 전에 없는 참을성으로 어린아이 어르듯 타일렀다.

"우리 집안에 다시없을 기회이다. 너를 위한 일이기도 하니 잠자코 따르거라."

"아무것도 모른 채 무조건 따르라는 게 말이 된다고 생각하십니까?"

"나는 네 아비다. 아비가 자식에게 해가 되는 짓을 시키겠느냐. 연우가 일찍 떠나고 없는 지금, 네가 우리 집안을 이어갈 기둥이니 중심을 잡고 큰일을 맡아야지."

"제가요? 해씨 집안을 이어갈 적자는 형님의 아들 라후인데 무슨 말씀이십니까!"

라후의 이름이 나오자 해사무의 입에 미소가 흠뻑 물렸다. 무엇인가 말하고 싶은 듯 입술이 움찔거렸다. 비밀이 나올 조짐에 마리습은 잔뜩 긴장하며 아비를 주시했지만 실망스럽게도 마음을 바꾼 듯 점잖은 표정으로 돌아갔다.

"연우가 네게 라후를 부탁한 것을 알고 있다. 영광스러운 미래를 가진 그 아이를 위해 가장 가까운 육친으로 물심양면 도와야 할 것 아니냐. 게 구멍 같은 하찮은 상단에 미련 두지 말고 그분이 시키는 일에 전력을 다하면 모두에게 이로울 것이다."

해사무 역시 현 상태에선 그에게 더 이상의 비밀을 공유하지 않을 것이 분명했다. 그래도 여기 찾아온 게 완전히 무의미한 시간 낭비는 아니었다.

한 가지는 확실해졌다. 아비가 하려는 일에는 라후가 분명 관련되어 있었다.

라후는 해씨의 가주인 동시에 장차 소노부 전체의 수장인 욕살이 될 터였다. 귀족으로선 사실상 정점인 위치를 보장받은 아이에게 굳이 영광스러운 미래라는 말을 붙이는 건 부자연스러웠다. 장차 라후가 가지게 될 것 이상인 자리가 무엇일지. 그것은 마리습이 찾아보고 고민해야 할 숙제였다. 지금은 이쯤에서 만족하기로 했다.

"알겠습니다."

순순한 대답에 해사무가 반색했다.

"그러면 그분의 뜻을 받드는 것이냐?"

"일단 심사숙고를 해보겠습니다."

"숙고는 무슨! 네가 이런 어리보기인 줄은 정말 몰랐구나."

마리습은 정색하며 아비를 응시했다.

"저는 장사꾼입니다. 장사꾼은 항상 손해와 위험을 줄이는 것을 최우선으로 해야 길게 살아남는 법이지요. 그런데 아버님이나 그분은 제게 엄청나다는 이득만 얘기하지, 일이 제대로 되지 않았을 때 얼마나 손실을 보는지에 대해선 말씀하시지 않잖습니까. 수습하고 다시 일어설 수 없는 수준이라면 어쩌라고요."

셈에 밝은 장사꾼의 눈을 하고 거래 상대자로 아비를 보는 마리습의 시선을 해사무도 차분하게 맞받았다. 한참을 그리하던 그가 돌연 너털웃음을 터뜨렸다.

"그래. 네 말이 맞긴 하다. 하지만 사내라면 일생에 한 번쯤은 모든 걸 걸고 모험을 해보는 것도 의의가 있지 않겠니."

"생명까지도요? 그 정도로 가치가 있는 거래입니까?"

생명이라는 단어가 주는 무게가 컸는지 해사무도 움찔했다. 짧은 숙고 뒤에 나온 그의 답은 확고했다.

"그렇다."

놀란 숨을 삼키며 마리습은 눈을 홉떴다. 지금 앞에 있는 사람이 정말 그의 아버지인지, 혹시 아버지의 껍데기를 뒤집어쓴 다른 존재가 아닌지 의심이 갈 정도였다.

해사무는 가진 권세에 만족하고 지키는 것에 최우선을 두는 사람. 마리습을 포함해 모두 그리 믿어왔다. 때문에 명림가와 소소한 아웅다웅 외에는 별다른 불화 없이 이합집산하며 귀족 세력의 이인자로 오랫동안 살아왔는데, 야심을 활활 불태우는 모습이 영 낯설었다.

태후가 얼마나 대단한 확신을 줬기에 나태하고 소심한 아비가 변했을까.

명림죽리의 빈자리를 차지하는 것 정도가 아닌 듯하다는 느낌. 한기가 마리습의 등골을 훑고 내려갔다. 등줄기를 찌르는 불안을 애써 지우면서 마리습은 물러나왔다.

앞마당에 나오자 이번엔 아라가 기다리고 있었다.

라후는 다음에 봐야겠구나. 마리습은 확 밀려오는 짜증을 참으며 그녀에게 건성으로 눈인사만 던졌다. 입을 달싹이며 뭔가 말을 붙이려는 기미가 보였지만 틈을 주지 않고 빠르게 벗어났다.

쫓기듯이 달려서 자신의 상단으로 돌아오자 초조한 얼굴로 서성이던 모두루가 외쳤다.

"마리습 도련님!"

저승에서 돌아온 자식을 반기듯이 달려온 그가 마리습의 팔을 덥석 잡고 여기저기를 살폈다.

"무사히 돌아오셨군요. 별일 없으셨습니까?"

"멀쩡하게 돌아왔으니 괜찮은 것이지. 눈으로 보면서 뭘 또 그리 물어."

나중에 혼찌검이 나거나 말거나 뒤를 밟을 것을. 수백 번도 더 후회했다.

"다행입니다. 속을 얼마나 끓이고 있었는데요."

내내 동동거렸을 모두루의 모습이 보지 않아도 훤해, 마리습의 대꾸는 퉁명스러우면서도 정감이 있었다.

"내, 참. 물가에 내놓은 아이도 아니고 다 큰 어른을 두고 너도 걱정이 팔자로구나."

"제게 도련님은 머리 허연 노인이 되어도 물가에 내놓은 아이 같을 겁니다."

"신소리 그만하고 들어가자. 여기서 밤을 새우겠다."

한결같은 모두루를 보니 마구 꼬인 심사가 조금은 달래지는 것 같았다.

본가에 있을 때도 어미를 일찍 잃은 그를 챙겨준 것은 외가의 하인이었던 모두루. 쫓기듯 집을 나온 이후 그의 진짜 가족은 모두루 부자였다. 친부의 위험한 줄타기에 말려들어 혹시라도 잘못되면 이 충직한 수하를 비롯해 생사고락을 함께해온 상단 사람들도 무사하지 못했다. 자신에게 딸린 사람들의 안위까지 떠올리니 골이 더 지끈거렸다.

위태위태한 분위기를 느꼈는지 모두루가 슬슬 눈치를 살피다 말문을 열었다.

"……영 신통치 않은 조건이었나 봅니다?"

"좀 뜬구름 잡는 얘기여서…… 숙고해보려고 한다."

"복잡한 머리를 비우시게 술상을 올릴까요?"

"별로 내키지 않는군. 찌뿌둥하니 뜨거운 탕욕이나 준비해다오."

뻣뻣한 뒷덜미를 양손으로 꾹꾹 누르는 마리습을 걱정스레 보던 모두루가 물었다.

"그럼 안마라도 받으면 어떨지요?"

"그게 좋겠군. 부탁하네."

"예. 바로 사람을 부르겠습니다."

뜨거운 물에 몸을 담근 마리습은 생각을 정리했다. 범을 잡으려면 범굴에 들어가야겠지. 위험한 것은 확실했지만 피하는 게 능사가 아니었다. 내막을 알기 위해선 태후를 따르는 척이라도 해야겠다.

안마를 받기 위해 따끈하게 데운 돌 침상에 엎드린 마리습은 생각을 이어갔다. 자신마저 흔들 계약이 저 앞에 있는 것이 아닐까 불길한 예감을 떨칠 수 없었다.

태후가 탄 수레가 부여신 사당의 바깥 정문을 통과했다. 보통의 경우엔 입구에서 내려 걸어 들어가지만 태후의 수레는 안쪽까지 거침없이 들어갔다. 붉은 채장을 내린 수레는 대신녀가 머무는 내당으로 통하는 입구 앞에서야 멈췄다.

"어서 오십시오, 태후 전하."

미리내와 함께 기다리던 신임 수품신녀가 태후에게 인사를 올렸다.

"새로 수품신녀가 된 아미, 인사 올리옵니다."

"아미? 좀 낯이 설구나? 우품신녀들까진 대충 얼굴은 기억하고 있는데……."

"제가 신녀로 들어왔을 때는 전하께서 국혼을 올리시기 직전이라 저만 먼발치에서 몇 번 뵈었습니다."

"그래?"

기억을 더듬는 태후에게 미리내가 얼른 설명을 보탰다.

"오랫동안 졸본성에 있는 사당에 있다가 이번에 이곳으로 옮겨온 터라 태후 전하께서는 잘 기억하지 못하시는 듯싶사옵니다."

"그렇구나. 졸본에 계속 있었다면 내가 모를 수 있겠지."

궁금증이 해소됐는지 태후는 관심을 거뒀다.

"대신녀께선 좀 어떠시냐?"

"오늘은 다행히 정신도 맑으시고 병세도 그만하십니다."

"다행이구나. 빨리 쾌차하셔야 할 텐데."

혜와는 절대 회복될 수 없었다. 그동안 버틴 것이 용했다. 길어야 한두 해. 이승을 하직할 날이 머지않다는 걸 알면서도 입에 발린 덕담을 나누면서 태후를 대신녀의 처소로 모셨다.

"대신녀님, 태후 전하께서 오셨습니다."

기다리고 있었는지 금방 대답이 들려왔다.

"안으로 뫼셔라."

태후와 두 수품신녀가 나란히 들어서자 혜와는 손을 흔들었다.

"너희 둘은 나가고 주변을 비워라. 난 전하와 긴히 나눌 얘기가 있다."

"예."

두 신녀가 나가고 발소리도 멀어졌다. 지창을 두드리는 바람 소리 말고는 들리지 않자 혜와가 입을 열었다.

"여기까지 걸음 해줘서 고맙습니다."

"대신녀께서 직접 서찰까지 보내 만남을 청하시는데 당연히 와야지요."

태후는 혜와의 침상 앞에 놓인 의자에 품위 있고 꼿꼿한 자세로 걸터앉았다.

"무슨 연유로 저를 보자고 하셨습니까?"

"태후, 지금 하려는 일을 멈추세요."

"예에?"

"별똥별이 자꾸 천상(天床)을 침범하고 있어요. 왕의 비가 반란을 일으켜 여왕이 되려 한다고 하늘이 경고하고 계십니다."

태후가 영문 모르겠다는 표정으로 몸을 숙여 은밀한 비밀이라도 나누듯 귓속말을 속삭였다.

"왕의 비라고 하면 왕후가 아닙니까? 그런 변고가 예측된다면 태왕께 알리거나 왕후를 불러 경고하셔야지 왜 저를 불러 엉뚱한 소리를 하는지…… 도무지 이해가 되지 않는군요."

"태후! 하늘이 일러주신 경고를 당신께 말씀드리고 있는 겁니다. 지금 당신은 하늘의 뜻을 거스르려 하고 있어요."

격렬한 감정을 주체하지 못한 혜와가 헉헉거렸다. 떨리는 손으로 옆에 둔 물그릇을 들어 겨우 한 모금 마신 그녀가 말을 이었다.

"인간이 천명을 거스를 수 없습니다. 하늘은 태왕을 선택하셨어요. 남두육성이 전에 없이 강성해지고 있습니다. 그대도 알잖습니까. 남두육성은 태왕의 별. 태왕의 기운은 극상으로 가고 있어요. 아주 오래, 한참 동안 꺼지지 않을 겁니다."

온화하던 태후의 표정이 서서히 굳어갔다. 기품 있게 다물어진 입술이 비웃음을 한껏 물며 비틀렸다.

"대신녀를 처음 뵙던 날이 기억나네요. 그때 저를 보고 당신의 뒤를 이을 아이라고 하셨지요."

그랬다. 남다른 총명함에 미약하나마 신력도 타고난 명문 귀족인 절노부 우씨 가주의 딸. 왕족인 혜와만큼은 아니지만 약해지는 사당의 위상과 입지를 지켜줄 희망이었다.

"그런데 지금 전 왕궁에 있네요."

아련해진 태후의 눈망울에 회한이 어른거렸다.

"왜 거기로 갔을까요……. 꽁꽁 묶어서라도 좀 말려주시지……."

혜와는 기막혀하며 콕콕 찌르듯 한마디 한마디에 힘을 담아 과거를 되살려줬다.

"난 분명히 왕후는 당신의 길이 아니라고, 수차례 만류했었습니다. 그곳에는 당신을 충만케 해줄 온전한 것이 하나도 없으니 공허하고 불행해진다고, 그 자리는 광휘의 부스러기만으로도 만족할 여인에게 주라고 분명히 조언했습니다. 당신의 별은 당신이 사당에 머물 때 가장 충일하게 빛날 거라고요."

침잠하듯 고요하니 허공을 응시하던 태후가 중얼거렸다.

"그래요. 기억합니다. 그 충고를 들었더라면 좋았을 거라고…… 셀 수도 없이 많은 후회를 했었지요."

회한은 짧았다. 그녀의 낯이 다시 결연해졌다.

"그렇지만 아무리 뉘우쳐도 늦었잖습니까. 그래서 저는 후회 대신 다른 일을 해보려고 합니다."

측은하게 자신을 응시하는 혜와에게 태후는 사늘한 냉소를 흘렸다.

"대신녀님, 제게 천기를 읽는 법을 알려주시며 이런 가르침을 주셨지요. 하늘은 여러 길을 알려줄 뿐 선택하는 것은 사람이라고요. 수많은 역경을 각오하고 죽기로 부딪치면 천명마저도 바꿀 수 있다고요. 하늘이 내 존재를 경고하고 있다는 건 그 일을 이룰 수도 있다는 의미라고, 그렇게 믿으려고 합니다."

혜와는 동공이 크게 벌어지더니 경련하듯 몸을 떨었다.

"태후! 태왕을 해하고 고구려의 운명을 바꾸려는 역천입니다. 그 천벌을 어찌 감당하려고요!"

"홋. 천벌이요? 그건 지난 세월 동안 충분히 받았습니다."

태후는 수십 년간 가슴에 품고 아무에게도 털어놓을 수 없었던 절절한 한을 쏟아냈다.

"온 마음과 영혼은 저승에 간 여인에게 보내버리고 껍데기만 남아 텅 빈 사내의 등만 해바라기 하는 고통이 어떤 건지 아십니까? 오직 그를 기쁘게 해주기 위해 어미 잃은 왕자를 지극정성으로 돌봤고 그 왕자를 위해 친정 일가가 도륙당하는 것도 피눈물을 삼키며 지켜봐야만 했습니다. 그런데, 그렇게까지 전심전력으로 은애하고 받들었음에도 정말, 정말로 단 한 번을 돌아봐주지 않더군요. 내게 향한 시선 너머로 항상 다른 여인을 바라봤지요. 내가 아니라 혼백마저 다 흩어졌을 그의 정인 류희, 류희, 류희!"

발악처럼 외치는 태후의 고해엔 피울음이 섞여 있었다. 기억 하나하나가 심장을 난도질하는 비수였다. 여전히 피를 줄줄 흘리고 있는 상처를 그녀는 자해하듯 들쑤셨다.

"그이가 마지막 숨을 내쉬기 전에 남긴 말이 무엇인 줄 아십니까? 이제 류희를 만나겠구나……였습니다."

"……."

오장육부가 찢어지는 극렬한 고통이었을 것이다.

일평생 오욕칠정에 흔들리거나 정염에 휩싸인 적 없이 평정심을 지켜온 대신녀의 심금마저 울렸다. 신을 모시는 자로도, 같은 여인으로도 위로할 방도를 찾을 수 없었다. 동정을 한가득 담고 그저 침묵할 수밖에 없었다.

"제 운명이라던 신녀의 길을 버리고, 평생에 연이 단 하나밖에 없다고 만류하셨던 태왕의 왕후가 되는 길을 택했을 때 전 노력으로 운명을 바꿀 수 있다고 자신했었지요. 그 교만의 벌은 충분히 받았습니다. 이제는 그 고통을 조금이라도 돌려줘보려고요."

태후의 동공에선 겹겹이 덧얼어붙은 너테[20] 같은 한이 냉기를 뿜었다. 그 무시무시한 증오에 대신녀는 태후에 대한 존대마저도 잊었다. 검불처럼 마른 손으로 가장 아꼈던 신딸의 소매를 잡으며 간절히 호소했다.

"미오! 네가 무슨 짓을 하려는지 알고 있니! 안 된다. 아직은 되돌릴 수 있으니 멈춰라."

"미오……."

태후는 조용히 제 이름을 곱씹었다. 눈시울에 그렁함이 스쳤다.

"미오. 참으로 오랜만에……, 아아 여기를 떠나고 처음 들어보는 것 같네요. 그래요, 이십 년도 훨씬 더 넘어서 들으니…… 분명 내 이름임에도 참으로 낯설군요."

홀로 있다고 믿는 무방비한 상황에서 담덕이 애정을 담아 혼잣말로 수없이 되뇌던 류희. 정말 일생에 단 한 번이라도 그렇게, 더없이 소중하고 애틋하게 미오라고 불려보고 싶었다. 그랬다면 어떠한 한도 다 씻어낼 수 있었을 거였다.

류희에게는 담덕이었던 사람. 그녀에게는 영락태왕이었고, 그녀는 그에게 그저 왕후였다. 너무나 정중하고 거리감 있는 호칭. 잠자리에서조차 그랬다. 왕손을 더 봐서 왕실을 번창시켜야 한다는 의무감이 아니라면 불가능했을 순간. 그나마도 승평을 낳은 뒤 대신과 귀족들이 잠잠해지자 발길을 끊었다.

대신 온갖 유혹과 끈질긴 권유에도 후궁 하나 두지 않았다. 여인들이 입을 모아 부러워할 정도로 곁눈질도 않고 왕후에게 최고의 존중을 해줬다. 왕후로서 위신과 권위를 든든히 뒷받침해줬지만 딱 거기까지였다.

그녀의 애정과 헌신에 고마워하면서 철저하게 이용했다. 그녀가 목숨보다 연모하던 담덕에게 미오는 왕후라는 도구이지 여인이 아니었다.

서글픈 회상에서 돌아온 미오, 태후는 어리석었던 자신에게 쓰디쓴 조소를 보냈다. 뼈에 가죽만 남은 대신녀의 손을 토닥여주면서 오랜 세월 벼리고 또 벼려 새파랗게 날이 선 결단을 공유했다.

---

20 물이나 눈이 얼어붙은 위에 다시 물이 흘러서 여러 겹으로 얼어붙은 것

"언제라도 미련 없이 류희를 따라가고픈 그이를 붙잡은 것은 오직 아들과…… 고구려뿐이었지요. 그래서 저는 그 하나는 없애고 나머지 하나는 제가 가져보렵니다."

대신녀는 혼신의 힘을 다해 태후의 손목을 움켜쥐었다. 핏기가 사라질 정도로 꽉 힘을 주며 그녀는 호소했다.

"미오! 아니 된다! 그건 불가능해. 불로 뛰어드는 나방의 형국이다! 파멸이야!"

"불가능할지 아닐지는 두고 봐야겠지요. 설령 실패하여 산산이 부서지고 타버려 재가 되더라도 수십 년 척애(隻愛)의 보상을 스스로 챙겨보렵니다."

더 이상의 대화는 무용했다. 덩굴처럼 달라붙은 대신녀의 손가락을 하나씩 풀어내며 일어난 태후는 이승에서 마지막이 될 인사를 정중하게 올렸다.

"남은 신력이 있으시면 부디 당신이 가장 아낀다고 했던 이 신딸을 위해 기도해 주십시오."

"미오! 미오야! 멈춰라!"

대신녀의 음성에 절박감이 담겼다. 그렇지만 마지막 기력을 쏟아붓는 대신녀의 애타는 부름에도 태후는 돌아보지 않았다.

대신녀의 처소 계단을 내려온 태후는 그 앞에서 망자에게 하는 절을 나붓하게 올리고 몸을 일으켰다. 문으로 향하며 태후는 대신녀의 처소 담장 그늘에 있던 그림자에게 고개를 살짝 끄덕였다.

태후가 나가고 문이 닫히자 약그릇을 올린 소반을 든 여인이 혜와 대신녀의 방으로 들어갔다.

대신녀 혜와가 천신께 돌아갔다.

밤늦게 부여신 사당에 울려 퍼지는 곡소리와 함께 그 비보는 왕궁에도 곧바로 전해졌다. 다른 부고라면 당연히 동틀 때까지 기다리겠지만 대신녀는 태왕의 대고모이기도 했다.

혜와는 태왕의 증조부인 고국원왕의 후궁이 낳은 공주. 태생부터 징조가 남달라 일찌감치 신을 모실 사람이라고 정해졌다. 압도적인 신력에다 왕가의 혈통이라는 막강한 뒷받침까지 가진 혜와는 수십 년간 부여신 사당이라는 작은 왕국의 여왕이었다.

단순히 별의 움직임을 보는 데 그치지 않고 정세와 연관해 그 뜻을 명확히 파악해냈다. 그녀의 기도는 천신께 닿고 그 예언은 천신의 소리라고 믿어졌다. 병석에 눕기 전까지 천기를 살피고 하늘과 소통하는 혜와의 능력은 이웃 나라들도 두려워할 정도로 강력했다.

야간 수직을 선 관원은 지체 없이 태왕이 있는 왕후궁으로 달려왔다.

"대신녀가?"

"예. 조금 전에 임종하셨다는 소식을 전해왔습니다."

태왕의 뇌리에 혜와와의 추억이 주마등처럼 스쳐 지나갔다.

비교적 가까운 혈육이었으나 왕자와 대신녀라는 관계상 아주 살갑거나 가깝지는 않았다. 그렇지만 멀찌감치 서서 절 지켜보는 그녀의 눈길은 따스했다. 꼭 필요할 때는 알게 모르게 그의 뒤에 서줬었다. 외가의 기반이 전혀 없는 그가 순조롭게 태자 책봉을 받을 수 있었던 데는 그녀의 지지도 컸다.

열 살 무렵까지 잔병치레가 잦았던 그를 위해 써줬던 수많은 부적과 호신부. 전쟁터에 나갈 때마다 신이 강림한 것 같은 믿음과 용기를 주던 축성과 기원. 갈림길에서 고심할 때 방향을 제시해주던 예언과 조언.

올 초, 새해의 제례 직전에 잠깐 마주쳐 인사를 나눈 것이 마지막 만남이었다. 짬을 내어 사당에 들러달라는 며칠 전의 전언을 무심코 넘겼던 것이 후회스러웠다.

귀천을 예감하고 부른 것이었을 텐데 미루지 말고 바로 가볼 것을. 이제는 소용없는 안타까움을 곱씹었다.

"어떤 유지를 남기셨다더냐?"

"오후 즈음에 태후 전하를 만나신 뒤 저녁부터 갑자기 병세가 악화되어 혼절하셨다가 그대로 돌아가신 터라 직접 말씀하신 유언은 없으셨다고 합니다."

"모후께서 대신녀를 뵙고 왔다고?"

태후도 왕후가 되기 전에 사당의 신녀였다고 했었다.

"모후라도 작별인사를 나누셨다니 다행이군. 날이 밝는 대로 태후전에도 알려 드려라."

"예, 알겠사옵니다."

침전의 접견실은 침실 바로 옆방이었다. 침실에 있던 해류는 다리가 후들거려 의자에 주저앉았다. 그 떨림은 다리뿐 아니라 온몸으로 퍼져나갔다. 양팔로 제 몸을 꼭 감쌌지만 떨림은 좀처럼 멈추지 않았다. 거울처럼 맑고 형형했던 혜와의 그 눈이 잊히지 않았다.

대신녀와 별다른 인연이 있는 것도 아니건만 왜 이리 놀랍고 애통한지. 격하게 반응하는 자신이 이상했다.

"해류?"

생각에 골몰하느라 태왕이 돌아온 것도 몰랐던 모양이었다. 어깨에 닿는 손길에 해류가 얼른 정신을 추슬렀다.

"대신녀께서 돌아가셨다고요."

"그렇소. 이런 날이 조만간 올 거라고 예상은 했지만, 그래도 갑작스럽군."

부여신 사당의 수장인 동시에 몇 남지 않은 왕실 어른이 또 세상을 뜬 거였다. 망연자실함과 허전함을 드러내는 태왕을 해류가 꼭 끌어안았다.

"겨울을 무사히 넘기셔서 올 동맹까지는 버텨주시지 않을까 했었는데…… 성심이 많이 허하시겠어요."

"대신녀에겐 여러 가지로 고마운 일이 많은데. 작별인사를 못 한 것이 한이 되는군."

가장 고마운 은혜는 해류를 그의 반려로 만들어준 것. 천기를 읽는 능력도 능력이었지만 왕실 어른이란 무게감 때문에 해류 위에 왕후를 뜻하는 목성이 떴다는 혜와의 예언을 무시할 수 없었다. 대신녀가 그리 확고히 주창하지 않았다면 어떤 핑계를 대서든 다른 여인을 들였을 것이었다.

그것이 내게 얼마나 다행인지.

그는 절 위로하듯 안기는 해류를 안은 팔에 힘을 줬다.

"대신녀껜 여러 가지로 많이 의지했는데……."

왕실의 든든한 동맹인 동시에 견제자였던 혜와. 그녀의 죽음은 신의 권위가 살아 있는 시대의 종말이었다. 부왕 때부터 시작된 지난한 기다림이 드디어 끝났다는 의미이기도 해, 부여신 사당도 마음껏 무력화시킬 수 있었다.

고등신 사당은 영락태왕 대에 이미 제례 주제와 관측을 제외한 특권 대부분을 빼앗겼다. 거기에 그가 이인자인 여리지를 일자감에서 쫓아내며 사실상 유명무실한 존재로 만들었다.

혜와가 중심에 있는 부여신 사당은 부왕도 제대로 건드리지 못했다. 절노부에 묶어 보연을 쳐냈지만 그것은 극히 일부였다.

혜와가 떠났으니 사당은 지금까지처럼 영향력을 발휘할 수 없다. 태왕 거련은 제가 원하던 방향을 향해 본격적으로 다가서는 환희와 죄책감을 갈무리했다.

그의 머릿속에서 어떤 상념들이 소용돌이치는지 모르는 해류는 가까운 육친을 잃고 수심에 잠긴 태왕을 달래주느라 애썼다.

"대신녀께선 정말 오랫동안 병석에서 고생하셨습니다. 이제는 천신 곁에서 편안하시겠지요. 너무 슬퍼하지 마세요, 폐하."

그의 애수를 달리 해석한 해류의 다감한 위로에 양심이 따끔거렸다. 진정으로 추모하면서도 다음 수를 언제 어떻게 놓을지 계산하고 있는 스스로에 대한 혐오감도 밀려왔다. 쓴웃음을 삼키며 그는 지금 유일하게 순수한 감정인 애도를 쏟아냈다.

"그래요. 어떤 의미로는 나와 그대를 맺어준 일등공신이고 또 대신녀만큼 사리사욕에 휘둘리지 않고 천기를 명확하게 읽어 알려주는 사람이 없었는데. 그리울 것 같소."

"새로운 대신녀도 성심으로 폐하를 모실 것입니다."

"그래야겠지."

대화를 나누는 두 사람의 얼굴에는 동일한 회의감이 떠올랐다. 과연 그럴 능력자가 있을지.

해류는 처음이자 마지막이었던 대신녀와의 대화를 복기해봤다.

가까이에서 얼굴을 마주하고 대화를 나눠본 건 사당을 떠나던 그날이 유일했다. 너무나 끔찍한 예언이었기에 몇 년의 세월이 흐른 지금도 생생했다.

혜와가 알려줬던 미래는 왕후라는 영광과 무수한 죽음.

"넌 정말 원하면 하늘의 뜻마저도 바꿀 수 있을 것이다. 하지만 본디 타고난 운명을 거부하지 않고 순리를 따르는 게 대체로 편한 법이란다. 너뿐 아니라 모두에게 말이다. 천명이란 게 꼭 반드시 따라야 하는 건 아니지만…… 애야, 너무 험난한 길을 가려고 하지는 말거라."

얌전히 앉아서 죽으라는 소리냐고 속으로 반발하며 절대로 그러지 않겠다고 맹세했었다. 운명을 거부하고 벗어나려고 안간힘을 썼다. 폐위까지 자청했음에도 결국 이 자리에 있다. 적시기의 경고대로 닥친 떼죽음은 절노부가 당했다. 요행히 자신만은 명림가와 함께하는 비참한 최후는 면했다.

파멸을 피하려는 몸부림이 하늘에 닿아 피한 것인지 아니면 그조차도 운명이었을지. 무엇도 아스라하니 명확하지가 않았다. 그 답을 줄 수 있는 유일한 사람은 하늘로 돌아갔다.

부디 내 운명에 따라왔다는 참혹한 죽음의 별이 완전히 사라졌기를.

부디 혜와, 당신의 예언대로 내가 천도를 이룰 왕자이기를.

해류는 해류대로, 태왕은 태왕대로 각자 혜와 대신녀와의 추억과 그들에게 일러줬던 미래를 떠올리며 그녀를 애도했다.

둥둥둥. 둥둥둥. 둥둥둥.

해 뜰 참, 온 도성에 혜와 대신녀의 죽음을 알리는 북소리가 세 차례에 걸쳐 퍼졌다.

같은 시각 왕궁에서는 태왕과 왕후, 태후가 탄 수레가 사당으로 출발했다. 하얀 수레를 호위하는 병사들의 깃발도 대신녀를 애도하는 흰색이었다. 그 뒤에는 사당에 하사할 장례 예물을 바리바리 실은 수레들이 따라갔다.

곳곳에 흰 깃발이 휘날리는 사당은 조문객을 받기 위해 대문을 활짝 열어놓고 있었다. 왕가의 수레는 바깥채에 멈추지 않고 본당으로 곧바로 진입했다.

"태왕 폐하, 왕후 폐하, 태후 전하 당도하셨습니다."

태왕이 직접 대신녀의 조문을 오는 것은 전례에 드문 광영. 사당을 지키는 신병대장이 태왕의 도착을 알리자 빈소를 지키던 두 수품신녀가 나와 바닥에 무릎을 꿇었다.

"어서 오시옵소서."

"빈소로 안내하라."

불필요한 인사치례를 생략하라는 뜻이 담긴 태왕의 명령에 두 신녀는 얼른 몸을 일으켰다. 사방을 흰 천으로 두른 빈소로 태왕 일행을 모시면서 미리내가 설명했다.

"장례는 대신녀님의 생전 유훈에 따라 최소한의 법도만 지키면서 석 달간 간소하게 치르고 아낀 재물은 빈곤한 이들에게 나눠주라고 하셔서 그리 진행하고 있습니다."

보연의 탐욕으로 바닥에 떨어진 사당의 위상을 회복하기 위한 안배. 이 사실이 널리 퍼지면 대다수는 바로 얼마 전에 벌어졌던 거한 치부와 타락을 잊어버릴 것이었다. 떠나는 순간까지 자신의 왕국이었던 사당을 지키려는 혜와의 안배였다. 마지막까지 대신녀다웠다.

"다른 유언이나 글로 남긴 유지는 없었느냐?"

"예?"

왜 태왕이 대신녀의 유언을 묻는지. 반 발자국 뒤에서 따르는 두 수품신녀의 얼굴에 의구심이 떠올랐다.

"바로 며칠 전에 혜와 대신녀가 사당으로 와달라는 전언을 보냈었는데, 미처 와보기도 전에 황망한 비보가 닥쳤다. 혹시 서찰이나 그 전에라도 남긴 말이 있었나해서 물었다."

"송구합니다. 소신은 따로 보거나 들은 바가 없사옵니다."

미리내가 옆에 선 아미에게로 시선을 보내자 아미 신녀도 고개를 저었다.

"오후에 약을 드시고 편히 주무셨다가 저녁부터 급작스레 피를 토하시고 황망하게 떠나신 터라 다른 말씀은 없으셨고……."

갑자기 떠오른 게 있는지 아미 신녀가 고개를 갸웃하며 대신녀의 마지막을 전했다.

"기색이 누군가를 계속 찾으시고 부르셨던 것은 같았습니다."

"누구를?"

"용서하소서, 외마디로만 겨우 소리를 내서서 잘 알아들을 수 없었습니다. 송구하옵니다."

아미 신녀는 죄를 지은 것처럼 고개를 주억거렸다. 눈치를 살피던 미리내가 상황을 정리했다.

"몸이 좀 나으시거나 정신이 맑으실 때마다 주변을 계속 정리하셔서 그런지 따로 다른 말씀은 없으셨습니다만, 대신녀님의 침소를 정리할 때 폐하께 올리는 서찰이나 말씀이 발견되면 바로 알리겠습니다."

"그래. 그리하면 좋겠다."

태왕은 혜와의 빈소에 향을 사르고 읍했다.

고마웠습니다. 그 은혜는 당신이 떠날 때까지 사당의 처분을 미뤄둔 것으로 갚았습니다. 저들이 왕실을 거역하지 않는 한 지금까지 누리던 권한은 가능한 한 남겨주겠습니다.

그가 해줄 수 있는 최선의 약속으로 아직 이승을 떠돌고 있을 혜와의 혼백을 위로했다.

태왕을 따라 해류와 태후도 향을 올리고 조문을 마쳤다.

태왕 일가의 수레가 왕궁으로 돌아갈 즈음에는 국내성 전역에 혜와 대신녀의 죽음이 알려졌다. 그날부터 왕족, 귀족들은 물론이고 혜와를 흠모하던 백성들도 사당 문이 열리는 이른 새벽부터 줄을 지어 찾았다. 마리습과 모두루도 그 행렬에 끼어 있었다.

"우리야 오랫동안 사당과 거래해온 인연이 있으니 하직인사를 드리는 게 당연하지만, 백성들이 저리 많이 올 줄은 몰랐군."

신기해하며 앞뒤로 늘어선 긴 줄을 살피는 마리습에게 모두루가 바짝 다가서서 속삭였다.

"신력 높은 신녀나 신관이 세상을 뜨면 시신에도 그 영험함이 남는다고 하지 않습니까. 병환이 깊어져 운신이 힘들어지기 전까지 저희 같은 무지렁이도 골고루 살펴주시던 혜와 대신녀님이니 은덕에 감사하는 것도 있지만, 병이 들었거나 우환이 있는 자들은 마지막 이적을 바라고 오는 것도 큽지요."

"그것도 그렇겠군……."

"삼년상을 치르고 대신녀님을 매장할 때 그 무덤가에 두는 물건을 가져오려고 어마어마한 아귀다툼이 벌어지겠군요. 드물게 영검한 신통력을 지닌 대신녀님이 쓰시던 것들이니 말입니다."

"뭐든 얻을 수만 있다면 대대손손 물릴 귀한 가보가 되겠지."

"그렇지요. 그걸 노린 자들까지 모이면 장례 행렬도 지금 못지않을 것 같습니다."

마리습은 내년에 있을 형 연우의 장례식을 머리에 그려봤다. 준비해둔 무덤에 매장하면 그도 이곳을 떠날 수 있을 것이다. 찜찜한 태후와의 거래를 끝내고 저와의 혼인을 바라는 아라를 떨쳐내기 위해서라도 하루빨리 사라지는 게 나았다.

라후만 아니라면 장례고 나발이고 벌써 다 내팽개치고 가버렸다. 귀찮은 건 아랫사람에게 맡기고 아무 신경 쓰지 않을 조부모와, 역시 별반 믿음직스럽지 않은 어미. 그 어린아이가 기댈 이 하나 없이 상주로 서게 할 수는 없었다. 제발 그때까지는 이 찜찜하고 지긋지긋한 일들을 해결할 수 있기를.

마리습은 조문 행렬이 줄어들기를 기다리며 태후가 주문한 물목들을 머릿속으로 하나씩 짚었다.

딱히 특별한 것은 없었다. 승평 왕자에게 보낼 것이라는 약재와 보약들. 장신구와 향신료들. 구하기 조금 까다로운 것은 면실유 정도였다. 지금은 송이 된 동진에서는 흔한 것이지만 왕조가 막 바뀐 혼란기라 교역로가 어지러워 수급이 원활하지 않았다.

"면실유는 언제 도착한다고 했지?"

"늦어도 내일까지는 올 것입니다. 어쩌면 오늘 도착했을 수도 있겠습니다요. 중상급도 아니고 최상급품인 데다 워낙 많은 양이라 골치를 썩이는군요."

"어쨌든 구했으니 다행이지."

정 안 되면 아버지에게 도움을 요청하는 방법이 있지만 그것만은 피하고 싶었다. 그를 얽어매려는 족쇄들은 최소한이어야 했다. 그래야 발만 살짝 담갔다가 빠져나올 수 있었다. 자칫 헤어나올 수 없는 수렁에 끌려들어가는 건 절대 사절이었다.

"아엄, 이 장신구들은 수아 군주에게, 병차와 석청, 금창약은 승평 왕자에게 보내는 선물함에 잘 넣어라. 그리고,"

태후는 송에서 온 상인들에게 구입해 마리습이 가져온 기름 항아리들을 가리켰다.

"이 면실유는 기름을 담당하는 자에게 전해 왕후궁과 태왕전의 주방에 내리도록 해라. 이 긴 구슬 사슬만 빼고 나머지는 쓸모에 따라 네가 잘 정리해두고."

"예. 명을 받들겠습니다."

아엄이 궁녀들을 지휘해 물건들을 착착 분류해서 가지고 나갔다. 어수선하던 공간은 순식간에 정리되었다. 태후는 마리습이 바친 장부를 슬슬 넘겨보며 흡족한 얼굴로 치하했다.

"무일푼이나 다름없이 욕살 밑을 나갔다면서 그리 금방 네 상단을 키울 수 있었던 이유를 알겠다."

"과찬이십니다."

"천만에. 일부러 까다로운 것들을 섞어 구해 오라 했는데 한 치의 오차도 없이 최상품으로만 가져오지 않았더냐. 더구나 해씨 상단의 도움은 전혀 받지 않았다면서?"

태후와 소노부가 긴밀하게 근황과 정보를 공유하고 있다는 사실을 새삼 확인할 수 있었다.

"태후 전하를 도우면 제게 큰 이득이 있을 것이라는 제안을 따를 때 이미 양해를 구했고 허락하신 일이십니다. 제 능력 밖의 것을 구해야 했다면 같은 상인으로 도움을 청할 수 있겠으나 아버지 휘하와 불필요하게 엮이고 싶지는 않습니다."

"편한 지름길을 두고…… 너도 참 어지간히 고집이 세구나."

상인으로선 태후를 돕겠다. 관직에는 나가지 않을 것이고 소노부와 독립적으로 행동하겠다.

마리습이 내건 조건이었다. 당연히 해사무는 펄펄 뛰었지만 태후는 의외로 선선히 응낙했다. 오히려 마리습은 관원보다는 상인으로 궁을 드나드는 편이 나을 것이라고 찬동했다. 그리고 곧 궁궐에 필요한 물목을 대는 어용 상인 명단에 올려줬다.

왕실에 물품을 납품하는 것은 전통적으로 명문거족들이 운영하거나 그쪽과 연관된 상단만이 가능했다. 그 굳건한 고리에 마리습의 상단이 끼어들자 반발이 나왔지만 그가 해사무의 아들이라는 사실이 알려지자 쑥 들어갔다.

오늘은 태후궁에서 필요하다는 물건을 구해 들어오는 첫 납품이었다. 빈청 상석의 좌상에 앉은 태후는 아래에 선 마리습에게 예의 자신만만한 미소를 흘리며 놀리듯 물었다.

"네가 감히 바라지도 못하는 것들을 준다던 내 약속을 이제 믿겠느냐?"

어용 상인이란 위치는 감히 바라지 못하던 것이 맞았다. 그렇지만 가능 여부와 상관없이 딱히 바라지도 않았다. 때문에 마리습의 대답은 매끈하고 예의 바르지만 열의는 없었다.

"태후 전하의 은덕으로 과분한 소임을 맡게 되어 영광입니다."

"그래. 하지만 별반 소망하지는 않았다는 기색이 역력하구나."

펄쩍 뛰며 부인할까, 잠깐 망설였다. 아버지나 태후가 노리는 그 무엇인가의 규모를 볼 때 자신을 어용 상인 정도로 이용하려고 끌어들이진 않았을 터. 그는 솔직함을 택했다.

"소인은 남들이 다 알고 사고파는 것보다는, 모르거나 새로운 것을 찾아내 파는 것을 즐깁니다."

"그래서 귀족가 상단들이 틀어잡고 있는 북쪽을 버리고 바다 건너 서쪽으로 가서 큰 이득을 볼 수 있었겠지. 그런데 내가 고작 그런 정도로 네게 일생일대의 기회라고 했겠니. 내가 장차 주려는 것은 정말 네가 간절히 바라지만 얻지 못하리라 생각하고 포기한 것이란다."

마치 그 말을 기다리기라도 한 것처럼 문밖에서 궁녀의 음성이 들려왔다.

"전하, 왕후 폐하께서 드셨사옵니다."

"오, 어서 드시라고 해라."

마리습은 서둘러 나가려고 했지만 그러면 왕후가 들어오는 길목을 가로막는 격이었다. 이 난처한 상황은 우연이 아니라 태후가 계산한 바이리란 직감이 확 들었다. 그는 정신을 바짝 가다듬고 존재를 감추듯 구석에 섰다.

태후는 마리습의 우왕좌왕을 모른 척하며 좌상에서 일어나 왕후를 맞았다.

"어서 오세요, 왕후. 오늘 올해 새로 딴 매화차를 함께하자고 한 걸 내가 깜박했네요. 얼마 뒤에 승평의 생일인지라 오랜만에 선물이며 이것저것 보낼 것을 챙기느라 정신이 없었습니다."

"미리 알려주셨으면 저도 도왔을 텐데요."

"아닙니다. 거의 다 끝냈어요. 자, 앉으세요."

태후 맞은편에 앉으려던 해류는 그 뒤편에 몸을 감추듯 선 그림자를 발견했다. 무심코 그쪽으로 시선을 보내던 해류의 눈이 커졌다.

"마리습 단주?"

"예. 소인 마리습, 왕후 폐하를 뵙습니다."

"아니, 해세적을 왕후도 아나요?"

일부러 만든 판이면서. 깜짝 놀란 듯 해류와 자신을 번갈아 보는 태후의 능청스러움에 기가 찼다. 마리습은 헛웃음을 참고 두 사람을 지켜봤다.

과장된 태후와 달리 해류의 반응은 순수한 놀라움이었다. 지난 동맹 행렬을 먼 발치로 봤을 때는 해쓱하니 병색이 완연했는데 지금은 생기가 돌아와 있었다.

"해세적? 아, 예. 마리습 단주가 실상 소노부 해사무 욕살의 차자라는 걸 깜박했습니다."

해류는 마리습에게도 목례하며 가볍게 사죄했다.

"제대로 호칭하지 못한 것을 사과하겠네."

"아닙니다, 폐하. 저희 부친을 아시는 분들께나 해세적이지요. 오래전 가문에 들어가기 전에 저는 마리습이었고 가문을 떠난 뒤부터 다시 마리습입니다. 폐하께서도 그리 불러주시는 게 더 좋습니다."

해류는 가타부타 말을 얹지 않았다. 알았다는 끄덕임만 가볍게 보낸 뒤 궁금해하는 기색이 역력한 태후 맞은편에 다소곳이 앉았다.

"여기 마리습 단주의 상단이 부여신 사당에도 물목을 대고 있기에, 그걸 총괄하는 완환 신녀 직속이던 저와도 안면이 있습니다. 그리고 신녀들이 만든 방물들을 좋은 값에 사주셔서 두루두루 덕을 봤었지요."

"저희가 폐하의 은혜를 입었는데 과분한 말씀이십니다."

태후가 천연덕스럽게 끼어들었다.

"그랬군요. 왕후가 거래했을 정도면 신의와 수완은 보증이 되겠군요."

저 입술에 물린 미소가 조소라는 것에 마리습은 상단 전체라도 걸 수 있었다.

해류는 별다른 낌새를 못 느끼는 듯 말 그대로 받아들여 마리습의 칭찬을 이어나갔다.

"예. 정말 믿으셔도 후회 없으실 겁니다. 그런데 물품 구입을 맡은 관원에게 미리 언질을 주시면 거기서 준비했을 텐데요. 혹시 그들이 전하의 성심을 상하게 해드렸거나 불비한 일이라도 있으셨는지요?"

"아니, 아니에요. 승평에게 보내는 것이니 소일 삼아 직접 보고 고르고 싶어서 일부러 그런 것입니다. 덕분에 여기 해세적에게 바다 건너 나라들의 기묘한 풍습이며 세상 돌아가는 얘기도 듣고 즐거웠지요. 여기 해 단주가 중원 남쪽과 서쪽 나라들을 다녀온 것은 아시나요?"

"예. 알고 있습니다."

"세상이 참 넓으면서도 좁네요. 해사무 욕살의 차남과 왕후가 그런 인연이 있었다니."

신기해하는 태후의 반응이 일견 이해가 가면서도 왠지 거북했다. 그러더라도 여러모로 신세 진 마리습 앞에서 껄끄러운 티를 낼 수 없었다. 사소하게는 혼인 선물인 옥환부터 무역의 이익금을 정직하게 계산해준 덕분에 지금 제 어머니가 편히 지낼 수 있는 것까지. 그에겐 감사할 일이 많았다.

난처함을 웃음으로 얼버무리는데 마리습이 펄쩍 뛰었다.

"인연이라니요. 거래 때문에 몇 번 뵈었을 뿐입니다."

딱 자른 그는 태후가 만든 것이 분명한 자리에서 일어났다. 본래 계획은 무슨 심산인지 살피는 거였지만 잽싸게 벗어나는 게 현명한 선택이란 확신이 섰다.

"소인은 이만 물러나겠습니다."

"그래. 수고가 많았다."

왕후와 태후에게 인사한 마리습은 사지에서 빠져나오듯 궁궐을 벗어났다.

태후궁에서 가까운 왕궁 북문 바깥에서 기다리던 모두루는 살기등등한 기세로 달려 나오는 마리습을 보고 놀라 다가왔다.

"무슨 일이 있으셨습니까? 혹여 태후 전하께서 마음에 들어 하시지 않은 물목이라도 있었나요?"

"아니다. 다 흡족해하셨다."

마리습은 딱 잘라 대꾸했다. 어떤 질문도 하지 말라는 기색을 노골적으로 드러내며 그는 대기시켜두었던 말에 올랐다. 일단 상단으로 돌아가서 오늘 태후와의 만남을 하나부터 열까지 복기해야 할 필요가 있었다.

저 여우는 그가 예상한 것보다 더 많은 것을 알고 있었다. 어디까지 무엇을 알고 있는지, 더불어 그것으로 그를 어떻게 흔들려고 하는지. 예측해 대응하지 못하면 휘둘릴 수 있었다.

태후궁의 빈청에서 해류는 태후와 차를 마시며 담소를 나누고 있었다. 햇물 매화차의 향기를 음미하며 태후가 마리습을 다시 화제에 올렸다.

"신중한 왕후답지 않게 해세적이 믿을 만하다고 장담했는데 그 연유를 물어도 될까요?"

"예? 아, 예에."

태후가 왜 마리습에게 관심을 두는지 의아했다. 그래도 그럴 수도 있다 싶어 오래전 태왕에게 했던 대답을 태후에게도 들려줬다.

"전하께서도 익히 아시겠지만 신녀들이 물정 어두운 것을 노려 은근슬쩍 속이는 상인들이 많지 않습니까. 그런데 저 단주의 상단은 늘 정직하게 거래를 해줬습니다. 그런 단주이니 왕궁에는 더더욱 성심을 다할 것이라고 판단해 그리 말씀을 드렸습니다."

"그렇군요. 집안의 그늘을 나와 홀로 저 정도 재산을 일구다니 보통 사람은 아니겠지요. 해사무 욕살이 장남을 잃었지만, 든든한 차남이 있으니 그나마 다행입니다."

"신의도 있고 수완도 뛰어나니 당연한 결과이겠지요."

"저런 능력이라면 형을 대신해서 관직에 나와도 괜찮을 텐데. 태왕이 써도 될 인재 같지 않나요?"

그 평가에는 해류도 진심으로 동조했다. 그녀가 보기에 태왕 주변에는 마리습보다 훨씬 못한 관원들이 널려 있었다. 해류처럼 모계가 상인이고 첩이라는 것만 빼면 난다긴다하는 귀족가의 자제들보다 떨어질 게 하나도 없었다. 인재를 비교적 공평하게 기용하는 태왕이라면 그 진가를 알 거였다.

"저도 그리 생각합니다. 단주의 식견, 행동력, 판단력이라면 태왕께 도움이 될 것 같습니다."

"왕후가 나와 생각이 같다니 안심이 되는군요. 실은, 욕살의 부탁도 있고 해서 일단 사람됨을 보려고 일을 시켜보고 있는 거랍니다."

왜 오랫동안 왕실과 연을 맺은 수많은 어용 상인을 두고 굳이 마리습을 골라 일을 맡겼나. 그 의문이 스르륵 풀렸다.

"아아, 그러셨군요. 마리습 단주라면 나중에 전하께서 천거하셔도 크게 허물이 되지 않을 성싶습니다."

"그러면 왕후, 나도 조만간 부탁드리겠지만 기회를 봐서 왕후도 폐하께 해세적에 대해 말씀을 올려주는 게 어떨지요? 본래는 내 소관으로도 가능한 말직을 내릴까 했지만 그리 쓰기는 아깝다 싶어서요. 출사가 성사되면 소노부 해씨 가문에 큰 빚을 지우는 것이니 왕후에게도 이로운 일이 될 거고요."

"예?"

그것은 선을 넘는 행동. 태왕이 아무리 해류를 총애한다고 하나 월권을 용납할 사람이 아니었다. 설령 가능하다고 해도 쌓이면 언젠가는 둘 사이에 균열이 생길 것이 뻔했다. 마리습이나 태후에게 신세를 진 건 사실이지만 자신을 희생할 정도는 아니었다.

해류는 정색하며 자세를 고쳐 앉았다.

"전하께서 저를 위해 하시는 말씀이라는 것은 알고 있습니다. 그렇지만 제가 관여할 일이 아닌 것 같습니다."

"아니 왜요? 말도 안 되는 사람을 갖다 붙이는 것도 아니고 집안부터 능력까지 두루두루 겸비한 인재인데요."

태왕은 그의 권한에 조금이라도 침범하는 것을 절대 용인하지 않는다. 그걸 알기에 태후도 지금 그녀까지 끌어들이려는 것 아니냐고 항변하고 싶었다.

그 말까지 뱉는 건 태후에게서 등을 돌리는 행동이었다. 가장 외롭고 어려울 때 도움을 줬던 태후와 척지고 싶지는 않았다. 이럴 때는 가련한 척하는 게 최상의 대처다. 해류는 사정조로 태세를 전환했다.

"전하, 저는 친정의 대죄로 폐하께 말로 할 수 없이 큰 폐를 끼치고 있습니다. 제가 왕후로 남아 있는 것을 못마땅하게 여겨 다들 호시탐탐 제 허물만 찾고 있는데 만에 하나 청탁을 올렸다는 소문이 나면 어찌 되겠습니까? 제 처지를 살펴주십시오. 단주는 물론이고 욕살에게도 도움이 되지 않을 것입니다."

오로지 태왕의 의지로 지탱하는 것이지, 해류의 위치가 위태롭다는 건 태후도 알았다. 그 사실을 대놓고 인정하며 읍소하니 태후도 더 우길 순 없었다.

"하긴…… 왕후의 입지를 흔들려는 자들이 아직 많으니……. 그렇군요. 유능한 인재를 천거하고픈 욕심에 내가 무리한 말씀을 드린 것 같습니다. 용서하세요."

"용서라니요, 전하. 천부당만부당한 말씀이십니다. 도울 수 없는 제 처지가 서글플 뿐입니다. 너그러이 해량해주시니 감사할 따름입니다."

"왕후가 명철하고 사리 분별이 밝아서 태왕께나 왕실에 복입니다."

"과찬에 몸 둘 바를 모르겠습니다."

입에 발린 상찬을 주고받으며 두 사람은 불편한 화제를 마무리했다. 승평 왕자의 생일이며 곧 있을 제례에 대한 소소한 잡담을 몇 마디 나누고 해류는 태후궁을 나갔다.

해류가 나가자 어질게 웃던 태후의 얼굴이 싸늘하니 얼어붙었다.

왕후를 배웅하고 돌아온 아엄이 조용히 찻주전자에 뜨거운 물을 부었다. 매화 향이 충분히 우러나길 기다려 찻물을 잔에 따라 올렸다. 태후는 뜨거운 차를 한 모금 삼키는가 싶더니 '탁' 소리 나게 잔을 내려놨다.

"영악한 것."

태후의 뒤로 가 눈치껏 어깨를 주물러주던 아엄이 슬쩍 입을 열었다.

"왕후께서 전하의 뜻을 따르지 않은 모양이지요?"

울화를 다스리려는 듯 태후는 벌떡 일어나 방 안을 빠르게 걸어다녔다.

"머리도 제법 돌아가고 영리해서 귀엽게 봐줬더니만. 미꾸라지처럼 어찌나 잘 빠져나가는지. 은혜도 모르고."

"그러게나 말입니다. 태후 전하의 은공이 아니었다면 허수아비마냥 왕후궁만 지키다 맥없이 쫓겨났을 텐데요."

"붙임성도 교태도 하나 없구먼. 잇속 빠르고 천한 것에게 목석같던 태왕이 홀딱 빠져 정신을 못 차릴 줄이야."

"아무리 총후가 깊어봤자 후사를 얻지 못하면 한계에 달하겠지요. 아직은 조용하지만 곧 소후를 들이라는 주청이 빗발쳐 태왕께서도 어쩔 수 없이 받아들일 것입니다. 전하께 방자하게 구는 것도 한때이니 염려 놓으시지요."

태후는 미간을 찌푸리고 입술을 얇게 다물었다. 맞장구치고 싶었지만 장담할 수 없었다.

첫날부터 버림당한 해류에게 상처를 주고 둘이 절대 화합하지 못하게 하려고 전 왕후에 대한 태왕의 정을 과장되게 전달했다.

태왕이 연세아를 연모하지 않은 건 태후가 누구보다 잘 알았다. 부왕이 택해준 반려이기에 아끼고 존중했을 뿐. 첫 왕후를 사무치게 은애했던 선왕과 달리 그는 여인에게 별다른 의미를 두지 않았다. 권위와 드높은 자존심을 다치는 억지 혼인이 아니었다면 해류와도 의무과 책임으로 엮인 무난한 관계였을 것이다.

호불호를 드러내지 않는 태왕답지 않게 초야부터 내쳤을 때는 쾌재를 불렀다.

해류의 가슴에 원한을 심고 제 편으로 끌어들이기 위해 공을 들였다. 눈물 바람으로 달려와 하소연하리라 믿었던 해류는 눈을 의심하고 싶을 정도로 태연하게 현실을 받아들였다. 왕궁살이의 혹독함을 맛보라고 일부러 떠넘겨준 권한에 나가떨어진 연 씨와 달리 능숙하게 왕실을 장악했다.

완벽하게 진행되던 계획이 엇나가기 시작한 것은 거기부터.

신경질적으로 왔다 갔다 하던 태후가 돌연 멈추더니 몸을 휙 돌려 아엄에게 재우쳐 물었다.

"면실유는 보냈겠지?"

아엄의 입술에 음험한 미소가 맺혔다.

"예. 귀한 것을 내려주셨다고 주방에서 아주 기뻐한다더군요. 태왕과 왕후께 올리는 음식에 귀하게 쓰겠다고 몇 번이나 인사하였습니다."

태후가 짜증스럽게 입술을 일그러뜨렸다.

"그 쓸모없는 것들이 분수에 넘치게 착복하지 않았다면 내가 이런 수고를 안 해도 됐으련만. 고삐를 좀 늦췄더니 멍청한 짓을 벌여? 이왕 저지르는 거면 발각되지는 말아야 하는데 그것조차도 못 하다니."

"그러게요. 기름의 사업을 담당하던 자가 쫓겨나지 않았다면 왕후가 회임하는 불상사는 없었을 텐데 말입니다. 그런데 독으로 아기집이 상해 수태를 못 할 텐데, 이렇게까지 신경 쓰지 않으셔도 되지 않을지요?"

팔짱을 끼고 벽을 응시하던 태후가 살벌하게 강다짐했다.

"백이면 백 숨이 끊어지는 맹독을 마시고도 살아난 독한 아이다. 조만간 쫓아내야겠지만 다시는 그런 사고가 없어야 한다. 만에 하나라는 게 있으니 절대 방심하지 말고 신경 써서 면실유가 떨어지지 않도록 챙겨라."

"예. 알겠습니다. 결단코 실수가 없도록 할 테니 심려치 마십시오."

"그래야지. 하아. 태왕에게 문제가 있다는 의심이 가도록 오랫동안 그 공을 들여놨건만……."

태후는 신경질적으로 입술을 잘근잘근 짓씹었다. 오랫동안 들인 수고가 아깝지만 왕후가 회임했던 게 알려진 이상 더는 그 패를 쓸 수가 없었다.

그녀는 미련을 버리고 새로 짠 판에 집중했다.

"소문은 어느 정도 퍼졌느냐? 왕궁에까진 도달한 것 같지 않던데?"

"혜와 대신녀님이 돌아가신 바람에 잠시 잠잠하지만 조만간 왕궁에도 돌 것입니다. 그런 어마어마한 추문을 어떻게 무시하겠습니까."

"그렇겠지."

좌상으로 돌아간 태후는 상에 놓인 식은 차를 홀짝 단숨에 마셨다. 치솟던 분기가 조금은 가라앉는지 기대감이 가득한 얼굴로 중얼거렸다.

"이왕 시위를 당긴 활이니 늦추지 말고 쏘아야겠다. 사당에 연통을 보내라."

태후궁에서 멀어지는 해류의 표정은 무거웠다. 묘하게 살갗이 따끔거리고 등덜미가 싸한 느낌.

태후가 불편했다. 왕실에 처음 들어와 혈혈단신, 의지할 곳 없던 그녀에게 그늘이 되어주던 태후였다. 한결같이 그녀의 편에 서서 도와주고 태왕과 화목하게 지내도록 물심양면 나서줬다. 어머니와도 친분을 쌓으며 여러모로 도움을 줬고 지금도 변함없이 마음 써주고 있었다.

배은망덕하다는 가책이 듦에도 껄끄러움을 떨칠 수 없었다. 이 거북한 느낌은 근래에 들어 더 심해지고 있었다. 태후의 배려들이 고마우면서도 왠지 부자연스럽고 달갑지 않았다. 호의를 베풀어주는 상대에게 이런 감정을 품는 자신이 한심스럽고 죄스러웠다. 태왕께도 내게도 더없이 고마운 분인데. 왜 이러는지 모르겠다.

입술을 굳게 다물고 총총걸음을 걷는 왕후를 살피던 여관이 조심스럽게 물어왔다.

"폐하, 태후궁에서 혹시 심기 상하시는 일이라도 있으셨는지요?"

나도 모르게 불편함을 드러냈구나. 해류는 얼른 입귀를 늘리며 표정을 정리했다.

"그럴 리가 있는가. 모레 있을 친잠례(親蠶禮)[21]를 생각하느라 잠시 멍했던 모양이네."

"그 어떤 혼선도 없도록 왕후 폐하께서 수차례 챙기셨으니 차질 없이 진행될 것입니다."

"그래야지. 겨울이 유달리 길고 추워 걱정했는데 뽕나무가 제때에 싹을 틔워 다행이야. 참, 봄 회렵의 준비도 잘되어가고 있겠지?"

"물론입니다."

여관은 해류의 지시들을 줄줄이 읊어 확인해줬다. 두런두런, 제례와 행사들에 대해 의논하며 오늘 태후를 만나면서 생긴 찜찜함을 털어냈다.

비슷한 시각, 상단으로 돌아온 마리습은 태후궁에 올린 물목을 정리한 장부를 태울 듯이 응시하고 있었다.

지금 그는 엉망진창으로 꼬이고 얽힌 실타래 속에 들어와 있었다. 태후는 그를 내려다보며 조종하고 있는데 그는 상대의 의중을 파악하지 못하고 있었다. 태후가 짠 판이 무엇인지 파악하러 들어갔지만 그 판 위에서 움직이는 장기말이 된 것 같았다. 아니, 된 것 같다가 아니라 그는 지금 태후의 장기말 중 하나였다.

자신이 한심하고 불쾌했지만 마리습은 인정할 수밖에 없었다.

잡으려다 되잡힌 상황을 일단 받아들이면서 마리습은 하나하나 되짚어갔다.

오늘 왕후와 마주친 건 분명히 태후의 계획. 그건 명백했다. 그가 알고픈 것은 '왜?'였다.

사당의 장사 말고 해류와 그는 접점이 없었다. 해류는 태왕의 명령으로 사란 신녀에게 모든 것을 양도하고 장사에서 손을 뗐다. 상단에 투자해 얻은 이득금도 진금성의 직인에게 맡기는 형식으로 보내면서 마리습과 해류의 미약한 연결은 완전히 끊어졌다. 태후가 아니라 태왕이 직접 나선다고 해도 티끌 하나 나올 게 없었다.

---

21 봄에 뽕나무에서 싹이 나면 누에치기를 시작하는 행사. 왕후가 주도함.

그런데 왜 태후는 굳이 그와 해류를 마주하게 했는지. 마른세수를 벅벅 하며 머리를 쥐어짜던 그는 퍼뜩 손을 멈췄다.

혹시 태후가 내가 예전에 해류에게 품었던 마음을 알아챈 것이 아닐까?

그 누구에게도 고백하거나 티를 내지 않았다. 왕후께 혼인 선물로 전해달라고 건넨 옥환을 보고 모두루는 뭔가 눈치챈 듯했지만 입도 떼지 않았다.

동진에서 옥환은 변함없는 연정을 약속하는 증표였다. 해류는 몰랐던 그 의미를 태후는 알아챘을 수 있었다. 온갖 곳에 촉수를 뻗고 있는 태후라면 옥환으로 모든 걸 유추해냈을 가능성이 충분했다. 상대가 다른 사람이라면 절대 불가능했겠지만, 태후라면 작은 단서에서 여기까지 추측이 가능할 것이란 확신이 그를 엄습했다.

문득 전 왕후 연 씨가 사통으로 쫓겨났던 얘기도 떠올랐다.

이번엔 나와 왕후를 엮으려는 것인가?

푸시식, 실소가 터졌다.

태후가 나도, 해류도 잘못 봤군.

그가 해류를 연모했고 미련이 조금 남은 것은 사실이지만 목숨과 바꿀 정도는 아니었다. 해류 역시 그랬다. 해류에게 가장 중요한 것은 어머니와 그녀 자신의 안위. 설령 그와 죽고 못 사는 사이였다고 해도 왕후가 된 이상 흔들리지 않을 사람이었다.

마리습도 마찬가지였다. 둘 다 거래 상대와 신의를 중시하고 손익 계산이 철저한 장사꾼이었다. 나올 것 없는 장사에는 뛰어들지 않고 성공했을 시의 이득이 아무리 커도 감당할 수 없는 위험이나 손해는 절대 감수하지 않았다. 명분이니 자존심을 따지는 고귀한 귀족이나 왕족들은 절대 이해하지 못하겠지.

태후의 수가 희미하게나마 파악되자 꽉 조이던 가슴이 좀 편해졌다. 자세한 내막은 모르겠지만 전 왕후의 사통에도 태후가 개입되어 있을 것 같았다. 그렇지만 그저 짐작일 뿐 그로선 영원히 알 수 없는 일이었다.

마리습은 그를 괴롭히던 다른 문제에 눈을 돌렸다. 깍지 낀 양손을 턱 밑에 받치고 장부의 물목을 한참 보던 마리습이 문을 열고 외쳤다.

"모두루 단주를 모셔와라."

"예, 단주님."

소리가 들리는 곳에 있던 일꾼 하나가 본채로 달려가더니 곧 모두루가 나타났다.

"부르셨습니까, 도련님."

"이걸 한번 봐주게."

마리습이 내민 장부를 살핀 모두루가 영문 모르겠단 얼굴로 그를 응시했다.

"오늘 태후궁에 올린 물목들 아닙니까? 혹시 착오라도 있었는지요?"

"아니, 그게 아니라 이 면실유 말이야. 이것의 쓰임새가 궁금해져서."

"당연히 음식에 쓰겠지요, 장강(양쯔강) 인근에서야 워낙 흔하니 등잔 기름으로도 쓰지만 이게 바다를 건너 고구려에 오면 귀한 몸이 되지 않습니까. 그러니 왕궁에서도 찾으시는 거고요."

"그렇지. 그렇긴 한데……."

이 어마어마한 분량이 태왕과 왕후궁으로 고스란히 보내졌다는 사실을 무시할 수 없었다. 힘들게 구한 기름을 왕후궁에 보내라는 지시를 내린 사람은 태후. 그녀가 연관된 일은 아주 사소한 것도 허투루 넘기기 힘들었다.

장부를 내려다보는 마리습의 미간엔 세로로 선명한 주름이 잡혔다.

"아주 예전에…… 아마 우리의 첫 장삿길이었던 것 같은데, 동진의 기루에서는 요리할 때 꼭 이 기름만 쓴다던 얘기가 기억이 나나?"

기억을 더듬는지 모두루의 눈이 가느스름해졌다. 주름이 져서 눈을 거의 덮은 눈꺼풀 아래에서 눈동자를 데굴데굴 굴리던 그가 손뼉을 탁 쳤다.

"아, 예. 기억이 납니다. 면실유를 파는 상인이 그랬었지요. 그 기름을 먹는 동안에는 임신하지 않기 때문에 기루나 유곽에서는 반드시 면실유만 쓴다고요. 그때 도련님이 그러면 손님들의 씨도 마르는 거냐고 했더니 한 번씩 먹는 건 상관없고 기녀들도 끊으면 다시 회임할 수 있다고 장담했었지요. 하하하."

허리가 접히도록 박장대소하던 모두루의 웃음소리가 심각한 마리습의 표정에 잦아들었다.

"그런데 왜 그걸 물으시는지요?"

"그냥 갑자기 생각이 나서. 되었다. 오늘 수고가 많았으니 그만 쉬어라."

씰룩거리는 입술에는 묻고픈 기색이 역력했지만 모두루는 언제나처럼 순종했다.

"알겠습니다. 하문하실 일이 있으면 언제든지 부르십시오."

문을 닫고 멀어지는 모두루의 발소리를 들으며 마리습은 가물거리는 촛불을 매섭게 응시했다.

자신의 기억이 잘못되지 않았다는 것은 확인했다. 고구려인들은 모르는 면실유의 효능. 태후가 주문해 왕후궁에 보낸 목적이 분명했다.

전 왕후와 관련된 그의 추측에 또 한 가지 확신이 더해졌다. 연씨 왕후가 잉태하지 못했던 것은 그녀의 문제만은 아니었을 것이다.

이른 새벽, 외인의 출입이 금지된 신당 뒤쪽 후원에는 신녀들이 도열해 있었다. 한 단 위 평상에 놓인 의자에는 미리내와 아미 두 수품신녀가 무거운 표정으로 앉아 있는 가운데 후원의 문이 열렸다.

사내처럼 우락부락 덩치 큰 두 신녀가 끌고 온 여인을 바닥에 내동댕이치듯 꿇어앉혔다.

"죄인 사란을 끌고 왔습니다."

아닌 밤중에 홍두깨라고, 느닷없이 끌려온 사란은 행색도 엉망이고 넋이 반쯤 나가 있었다. 죄인이라는 소리에 정신이 번쩍 든 듯 고개를 쳐들고 외쳤다.

"죄인이라니요! 억울합니다."

"정녕 네 죄를 모르는 것이냐?"

"제게 죄가 있다면 알려주십시오. 사당에 들어온 이후 신녀님들의 가르침을 따라 정결한 몸과 마음으로 대모신을 모셔왔습니다."

사란 앞에 조악한 종이로 만든 누런 책이 하나 툭 던져졌다.

"그럼 이것은 무엇이냐?"

처음으로 사란의 눈동자가 흔들렸다.

"이것은……."

"여기 각기 다른 기호 옆에 숫자를 적어놓은 것을 보면 장부가 아니더냐! 물품 출납을 돕는 신녀도 아닌 네가 왜 이런 장부를 갖고 있는 것이냐?"

해류에게 물려받은 것이었다. 신녀들이 만든 방물이며 자수품을 팔고 산 내역과 지불금이 기록된. 해류는 숫자만 알지 글은 몰랐기 때문에 둘이 약속한 기호로 물품을 표시해왔다. 역시 까막눈인 사란도 해류에게 숫자만 배웠기에 장부는 같은 방식으로 이어서 작성하고 있었다.

"감히 사당의 귀물을 빼돌려 밖에 팔아왔던 것이냐!"

미리내 신녀의 서슬 퍼런 호통이 후원에 울렸다. 기강을 잡는 데 앞장서던 보연과 달리 늘 조용히 수양하며 신녀들을 다독여주던 미리내답지 않은 모습이었다. 사란은 물론이고 다른 신녀들도 흠칫 놀라며 움츠러들었다.

"아닙니다! 소인이 어찌 감히요. 절대 아닙니다. 저는 사당의 신물이나 귀물 근처에도 갈 수 없는 한미한 위치에 있습니다."

"그렇다면 이것은 무엇이고? 신물을 팔지 않고 네가 이 많은 은을 어떻게 얻을 수 있단 말이냐!"

방 뒤짐을 꼼꼼히도 했는지 아궁이 깊숙이 숨겨놓은 묵직한 은주머니가 사란 앞에 떨어졌다.

"그것이……."

사란은 정신을 차리려고 애쓰면서 솔직히 고백했다. 하급 신녀들은 어차피 다 하고 있는 일이라 크게 문제 될 것도 없었다.

"소인이 가진 손재주를 팔아 사가를 돕고 있었습니다. 그리고……."

장부에 적힌 숫자는 혼자만의 거래라고 우기기엔 방대했다. 망설이던 그녀는 동료들의 피해를 최소화하기 위해 일부만을 이실직고했다.

"몇몇 신녀들이 소일거리로 만든 방물도 함께 팔았습니다."

잠잠히 지켜보고만 있던 아미 신녀가 벽력처럼 고함을 쳤다.

"네가 감히! 신성한 사당에 적을 두고 신을 모시는 신녀가 사사로운 축재를 하고 있었단 말이야!"

"예에?"

휘둥그레진 사란의 눈동자가 공포와 놀람으로 물들었다.

원칙적으로 신녀들의 모든 재주는 사당에 귀속됐다. 그녀들이 소유한 재물도 사당의 것이었다. 유명무실해진 규율이지만 트집을 잡으려면 잡을 수는 있었다. 그래봤자 근신, 최악의 경우는 사당에 희사하게 하는 정도지 이런 대역죄인 취급은 이해가 되지 않았다.

까닭은 모르겠으나 이걸로 걸고넘어지려 한다는 것만은 알 수 있었다. 이럴 때는 관례라느니, 전례를 대며 마찬가지라고 우겨봤자 소용없었다. 그녀는 무조건 납작 엎드려 손바닥이 닳도록 비비며 빌었다.

"용서해주십시오. 소인이 그만 욕심이 지나쳤습니다. 다시는 이런 일이 없을 테니 부디 너그러이 용서해주십시오."

사란이 정신없이 비는 동안 아미와 미리내가 장부를 살폈다. 미리내는 숫자를 손가락으로 짚으며 기가 막힌다는 듯 입술을 파르르 떨었다.

"오랫동안 정말 어마어마하게 벌어들였군요."

"그러게나 말입니다. 어쩌면 간도 큰지."

혀를 차며 미리내의 의견에 동조하던 아미 신녀가 사란을 노려봤다.

"내통한 자가 누구냐!"

"내통이라니요! 오랫동안 다른 신녀들과 함께 물건을 만들어 상인들에게 팔아온 것일 뿐입니다. 저희가 만든 자수품이며 방물의 품질이 뛰어나 좋은 값을 받았고요. 정말입니다, 신녀님. 믿어주십시오."

"하하, 겨우 열두 살 때 사당에 들어온 네가 오랫동안 여러 상인과 상단을 상대로 커다란 거래를 해왔다는 것을 믿으라고?"

미리내도 몸을 굽혀 사란과 시선을 맞추며 냉엄하게 추궁했다.

"어떻게 이런 재물을 모았느냐? 누구의 사주를 받았는지 당장 고해라!"

사란은 눈물로 흠뻑 젖은 채 고개만 내저었다. 어찌 이런 추궁을 받는지 도무지 영문을 알 수 없어 혼란스러웠다.

"아닙니다, 신녀님, 정말 저와 사당의 동무들이 만든 물건을 팔아 번 것입니다."

짝. 단상에서 번개처럼 내려온 미리내 신녀가 사란의 뺨을 힘껏 후려갈겼다. 고개는 물론이고 몸까지 반쯤 돌아간 사란은 놀라 미리내를 올려다봤다. 미리내는 부릅뜬 눈으로 사란을 노려보며 이를 갈듯 경고했다.

"지나친 치부로 우리 사당의 얼굴에 먹칠하고 위상을 땅에 떨어뜨린 망동이 있은 지 얼마나 됐다고. 교훈을 얻지 못하였느냐?"

감정의 기복을 보이지 않고 늘 온유하던 미리내의 폭발에 놀란 듯 아미 신녀가 어조를 부드럽게 바꿨다.

"우긴다고 덮어지는 일이 아니다. 누구와 이런 간특한 짓을 꾀했는지, 너와 이 상인들을 연결해준 자를 밝혀라."

망연자실해 엉망진창이던 사란의 머릿속에 희미한 의문이 떠올랐다. 왜 자꾸 배후를 묻는가?

알음알음 사가를 통해 개인적으로, 혹은 드나드는 상인을 통해 신녀들이 물건을 팔아온 것은 오랜 관행이었다. 본격적으로 제작해 제값을 받고 명성을 얻기 시작한 것은 해류가 나서 창구를 통일한 뒤부터였다. 해류가 왕후가 되어 사당을 떠난 뒤로는 각자 능력껏 고군분투해봤지만 다시금 노회한 상인들의 호구가 되어가던 참이었다. 거기까지는 사란을 포함해 함께하는 신녀들이 다 아는 사실이었다.

사당의 수공예품 장사는 해류의 지시를 받고 사란이 전면에 나서면서 옛 영화를 되찾기 시작했다. 태왕의 명이라고 해류가 모든 걸 넘겨준 다음에는 모두루와 마리습의 상단을 중심으로 거래하며 그럭저럭 유지시키고 있었다.

"누구와 내통했는지, 누가 너를 도와 이런 엄청난 부를 얻었는지 밝히면 너는 선처해주겠다. 그러니 괜한 고집 부리지 말고 빨리 말해라."

거듭되는 호통에 번개를 맞은 듯 깨달음이 사란을 관통했다.

그녀를 심문하는 두 신녀나 고위 신녀들 역시 파악하고 있을 터였다. 저들이 어렴풋이 짐작하거나 추측은 해도 알지 못하는 것은 해류, 왕후의 존재였다.

왕후 폐하 뒤에 있다는 자복을 받아내려고 하는구나.

순간 그래도 되지 않을까. 강렬한 유혹이 사란을 덮쳤다. 해류는 왕후였다. 누가 감히 절대권력자인 태왕의 존귀한 왕후에게 죄를 물을까. 기껏해야 왕후가 사당의 신녀들을 부려 장사했다는, 소소한 추문 정도로 끝날 거였다. 공포에 질린 사란의 입술이 스스로의 의지를 배반하고 달싹거렸다.

"그것이……."

괜찮을 거야. 해류는 왕후니까.

수십 개의 눈동자가 저를 그물처럼 에워싸는 것을 느끼며 입을 열려는 순간, 사란은 돌연 목을 놓아 통곡했다.

"흐흐흑, 정말 억울합니다. 빈곤하고 한미한 제 사가가 어찌 저와 결탁하여 이런 금전을 축재하겠습니까. 제가 소일거리로 만든 물건을 도맡아 팔아준 것은 다른 신녀며 동무들도 다 압니다. 신녀님, 부디 제 억울함을 살펴주십시오."

이유는 알 수 없었다. 한 방울도 없다고 확신하던 신력이 뒤늦게 발동이라도 된 듯 절박한 예감이 사란을 사로잡았다. 절대 해류의 이름을 꺼내선 안 된다. 얼마나 버틸 수 있을지는 모르겠지만 맥없이 해류를 팔아버릴 수는 없었다.

"어리석은 것."

아미 신녀가 이를 갈면서 사란을 끌어온 신녀들에게 소리쳤다.

"말로 해서는 안 될 것 같구나. 이 아이를 저 나무에 묶고 회초리를 가져와라."

버드나무 가지를 잘 말려서 껍질을 벗겨낸 회초리는 채찍보다 더 아픈 것으로 악명 높았다. 피가 난 상처는 흉터로 남아 절대 사라지지 않았다. 회초리라는 단어만으로도 사란의 온몸이 사시나무처럼 떨려왔다.

과연 몇 대나 버틸 수 있을까. 회초리 아래에서 길게 입을 다물 자신은 없었다. 그래도 맞기도 전에 해류의 이름을 대기는 싫었다. 친혈육보다 더한 우애로 전부를 나눠준 해류에 대한 최소한의 예의이자 양심이었다.

눈물이 줄줄 흐르는 눈을 질끈 감는데 미리내 신녀의 음성이 들려왔다.

"아미 신녀, 이 아이에게 죄가 있기는 하지만 매로 다스려 자복을 받아낼 정도는 아닙니다. 몸을 상하게 하는 것은 대죄에만 적용하라는 신법을 지키는 게 옳습니다."

"이리 고집을 부리는 것을 순순히 놓아두자고요?"

"당연히 안 되죠. 얼마 전 보연의 일도 있으니 사당에서의 축재를 엄히 단속하자는 아미 신녀의 뜻은 나도 잘 압니다. 그럴수록 신법에 따라 공정하고 하자 없이 집행해야 맞을 것 같습니다."

내키지 않는 티가 역력했지만 트집 잡을 구석이 없는지 아미도 동조했다.

"미리내 신녀께서 그리 판단하신다면 따르겠습니다."

"고맙습니다."

화기애애하게 의견을 통일한 두 신녀가 나란히 사란 앞에 섰다. 미리내와 시선을 교환한 아미가 명을 내렸다.

"사란을 광에 가두고 단단히 지켜라. 내일 새벽에 다시 심문할 테니 그때까지는 물을 제외하고는 아무것도 주지 마라."

"예, 신녀님."

끌려가는 사란을 차갑게 일별하던 미리내가 몸을 돌려 후원을 나갔다.

신녀들은 다리가 후들거려 제대로 걷지도 못하는 사란을 질질 끌어 광에다 처넣었다. 그들이 손을 놓자 사란은 풀썩 바닥에 무너지듯 쓰러졌다. 10년 넘게 한 지붕 아래에서 지낸 사이니 안된 마음이 들 법도 하건만, 그들은 문을 닫기 전까지 사란을 옥박질렀다.

"밤새 잘 생각하도록 해라. 만약 네가 끝까지 죄를 인정하지 않고 감춘다면, 오늘처럼 넘어가시지 않을 것이야."

땅에 엎드린 사란은 웅크린 채 떨고만 있었다. 반쯤 혼백이 나간 것처럼 보이는 사란을 잠시 보던 두 신녀가 문을 쾅 닫고 나갔다. 바깥에서 두꺼운 빗장을 채우는 소리가 났다.

캄캄한 광에 남은 사란은 기절한 듯 한참을 엎드려 있었다. 서서히 시간이 흐르면서 조금씩 정신을 차린 그녀는 상체를 일으켜 주변을 살폈다.

죄지은 이를 벌주거나 가두는 곳. 말로만 들었지 제가 이곳에 갇힐 거라곤 상상도 못 했다. 이를 악물어도 턱이 덜덜 떨리고 입이 바짝바짝 말랐다. 입술이라도 축이고 싶었지만 아미 신녀의 명령은 무시했는지 아니면 잊었는지 물은 고사하고 광에는 몸을 뉠 거적때기 한 장 없었다. 봄이지만 아직은 이른 계절이었다. 옷깃을 바짝 여미고 몸을 잔뜩 웅크렸지만 전신을 파고드는 냉기를 막기엔 역부족이었다.

점점 심해지는 목마름과 배고픔을 잊으려 사란은 오늘을 천천히 되짚어보았다.

어젯밤까지도 아무 낌새가 없었다. 평소대로 신당에 모여 기도와 치성을 올린 뒤 모여 수다를 떨며 바느질을 하다가 잠들었다. 꼭두새벽 잠결에 끌려 나와 봉변을 당한 하루가 꿈결처럼 아득했다.

꿈이 아니라 악몽이겠지.

절망감에 눈물이 고였다. 빛줄기 한 점 들어오지 않는 곳이라 낮인지 밤인지 가늠도 되지 않았다. 캄캄한 광에 가둔 의도대로 사란의 두려움은 시시각각 커져갔다. 공포와 굶주림에 기진한 사란이 반쯤은 혼절하듯 깜빡 조는데 '삐걱' 소리가 들렸다. 밖에 채운 빗장이 움직이는 소음. 곧바로 정신을 차린 사란은 잔뜩 경계하며 문을 응시했다.

"누, 누구십니까?"

문이 열리고 그 가운데 커다란 그림자가 나타났다. 밤이 늦었는지 온 사위가 캄캄했다. 달도 없는 그믐이라 희미한 형체뿐 아무것도 보이지 않았다.

"이제 네 배후를 밝힐 마음이 드느냐?"

한 번도 듣지 못한 낯선 음성이었다.

사당은 술시에 문을 닫기 전에 외인은 모두 내보냈다. 이 야심한 시각에 신녀가 아닌 외부인이 사당 안에 있다는 게 말이 되지 않았다. 그래도 저 음성이 사내가 아니라는 것에 그나마 감사하며 사란은 보이지 않는 걸 알면서도 고개를 세차게 저었다.

"정말 저는 아는 게 없습니다. 배후라니요."

어둠 저편에서 비웃음이 들려오는가 싶더니 여자라고 믿기지 않는 억센 손길이 사란의 머리채를 틀어잡았다.

"너는 왕후의 방 동무가 아니었더냐!"

"예?"

헉! 그걸 외인이 어찌 아는지? 사란이 놀라 숨을 삼켰다. 숨소리로 그녀가 망연자실, 기함하는 걸 감지했는지 틀어쥔 손길이 더욱 우악스러워졌다.

"네가 왕후를 도와 오랫동안 장사를 해오지 않았냔 말이다!"

"예에. 그건, 그건 맞습니다. 하지만 궁으로 가신 뒤에는 저 혼자서⋯⋯."

철썩. 사란의 얼굴이 휙 돌아가고 몸이 풀썩 쓰러졌다. 이미 낮에 맞아 부어오른 자리였다. 솥뚜껑 같은 커다란 손에 후려쳐진 뺨은 화끈거리다 못해 남의 살처럼 먹먹해졌다. 눈물이 핑 돌고 입안에서 혈향이 감돌았다. 아까 아침에 맞은 따귀는 이에 대면 어린아이의 손길이었다.

그것으로도 부족한지 어둠 속의 여인은 다른 쪽에도 연달아 따귀를 갈겼다.

"아악!"

비명이 터져 나오고 입술에서 피가 흘렀다. 혼이 나갈 지경이 되도록 몇 대를 연달아 후려친 여인이 다시 사란의 머리채를 잡아 얼굴을 들었다.

"왕후가 네게 금전을 대고 이 모든 걸 시키지 않았더냐!"

"……."

아니라고 극구 부인해야 하는데. 마음은 간절하지만 입이 떨어지지 않았다. 부들부들 떨면서 눈물만 뚝뚝 흘리는 사란을 여인이 갑자기 놓아줬다.

"이 정도면 내일 무슨 답을 해야 하는지는 잘 알겠지. 맞아 죽기 싫으면 고분고분하게 굴어라. 네가 더 버티면 내일은 이것보다 몇십 배는 더 험한 일이 벌어질 것이다."

쓰러진 사란의 등 뒤에서 문이 다시 단단히 닫혔다. 도깨비처럼 무서운 여인은 나타날 때처럼 소리도 없이 사라졌다.

사란은 고통스럽게 숨을 내뱉었다. 짐작대로였다. 신녀들은 대놓고 요구하지는 않았지만 저들이 찾는 대답은 왕후. 조금 전에 나타났다 사라진 저 여인이 원하는 것은 왕후라는 답이었다.

곱씹을수록 해류를 끌어와선 안 된단 결심이 들었다. 명림 일가가 반역죄로 풍비박산 난 뒤 해류의 입지가 위태위태한 건 사란도 잘 알았다. 이렇게 자신을 핍박하면서 그 이름을 끌어내리려는 것은 해류를 해칠 함정을 마련하겠다는 의미였다.

더구나 사란은 칠직금 직조법을 익히기 위해 여진을 정기적으로 만나고 있었다. 해류를 해코지하기 위해 그것 역시 끌고 들어갈 확률이 높았다. 역도의 내자인 어머니와 내통한다는 빌미로 해류가 쫓겨날 수도 있었다.

"흐흑!"

파도처럼 밀려오는 공포와 무력감에 사란은 통곡을 터뜨렸다.

해류야…… 정말로 너를 배신하고 싶지 않은데…… 버틸 수 있을지 모르겠구나.

다음 날 새벽, 광의 문이 다시 열렸다.

사란을 끌어내러 온 신녀들은 퉁퉁 부은 사란의 얼굴을 보고 흠칫 놀랐다. 얼마나 호된 손길을 당했는지 피멍이 들어 군데군데 보랏빛으로 변해 있었다. 후원에 끌려온 사란의 몰골을 발견한 다른 신녀들도 의아하거나 기겁하는 기색이 확연했다. 오로지 미리내와 아미 두 수품신녀는 무표정하니 아무 감정을 드러내지 않고 팔짱을 낀 채 무릎 꿇려지는 사란을 내려다봤다.

"아직도 네가 무죄하다고 우길 것이냐?"

밤새 두려움과 고통에 시달린 사란은 넋이 나간 듯 눈동자가 멍했다. 심하게 부어올라 잘 벌어지지도 않는 입술을 억지로 열며 사란은 억울함을 호소해봤다.

"제가…… 제가, 작은 재주를 팔아 재물을 모은 죄를 지은 것은 맞습니다. 그 벌은 달게 받겠습니다. 하지만 없는 배후를 어떻게 대겠습니까. 신녀님 부디 제 억울함을 굽어살펴주십시오."

"저것이 아직도 정신을 차리지 못했구나!"

노화를 참지 못하는 아미의 앙칼진 고성에 이어 미리내의 조용한 추궁이 이어졌다.

"네가 동료들을 속여 갈취하기까지 했다면서? 그 죄는 어쩔 것이냐?"

"동료들을 갈취했다고욧!"

피를 토하고 싶도록 억울했다. 제발 죽여줍쇼 하고 자포자기한 사란의 목소리에 분심이 실렸다.

"전 절대 그런 짓을 하지 않았습니다!"

"정말이더냐?"

"하늘에 맹세코 아닙니다."

음습한 눈길로 사란을 내려다보던 미리내가 손을 들어 신호를 보냈다.

"들여라."

후원의 담장 문이 열리고 낯익은 얼굴 몇몇이 열을 지어 들어왔다. 다들 묵묵히 고개를 숙이고 있었지만 두엇은 새침하니 사란을 흘기듯 곁눈질하고 지나갔다. 맥없이 그쪽을 응시하다 눈이 마주치자 사란의 가슴에 불길한 예감이 스쳐갔다.

하요와 소별. 사란을 눈엣가시처럼 여기는 신녀들이었다.

둘은 해류가 사당에 있을 때부터 반목했다. 해류가 대주는 값진 재료들을 싸게 받아 만든 물건을 다른 상인들에게 팔아왔다. 해류는 요령껏 거래처를 뚫고 이문을 취하는 것도 재주라고 재료를 빼돌리지만 않으면 내버려뒀다.

해류가 왕궁에 간 뒤엔 다른 신녀들도 그 둘이 거래하는 상인들에게 물건을 주는 경우가 많아졌다. 처음에는 괜찮았지만 온갖 트집을 잡아 쳐주는 값도 박해졌고 그나마도 중간에 하요와 소별이 떼어 가는 몫도 있어 불만이 컸다. 갈취라고 항의하고 사란도 나름대로 애써봤지만 역부족이라 어쩔 수 없다 다들 포기했었다.

그 일방적인 착취가 중단된 것은 해류가 다시 개입하면서부터. 해류의 지시에 따라 사란은 과거처럼 재료를 안정적으로 공급받아 일사불란하게 물목을 제조했다. 해류가 태왕의 명으로 모아놓은 재물까지 다 물려준 이후에는 더 여유로워졌다. 사란은 자신이 요구하는 값을 쳐주는 신의 있는 상인들하고만 거래해왔다.

약모리나 모두루 상단이 대어주는 천이며 색실, 구슬 등 재료의 다양성이나 품질은 하요와 소별의 거래처 것과는 차원이 달랐다. 재료는 싸게 대주고 좋은 물건은 제값에 사주니 솜씨 뛰어난 신녀들은 당연히 모두루와 거래하는 사란에게 붙었다. 잠깐 위세를 부리다 끈 떨어진 연 신세가 된 하요와 소별은 앙앙불락 사란을 대놓고 배척해왔다.

"너희들이 여기 있는 사란에게 물건을 대준 신녀들이 맞느냐?"

예상대로였다. 사란의 없는 죄상을 고하러 온 신녀들 제일 앞에 하요가 섰다. 사란과 눈이 마주치는 걸 피하는 다른 신녀들과 달리 그녀는 적개심을 감추지 않았다.

"예. 사란 신녀는 오래전 왕후 폐하께서 이곳에 신녀로 계실 적부터 폐하의 위세를 등에 업고 저희들이 만든 방물에 트집을 잡아 박하게 후려쳐서 상인들에게 비싸게 팔아넘겼습니다. 왕후 폐하가 안 계신 뒤에는 혼자 모든 것을 독식하며 동료들을 일꾼처럼 부려먹고 착취해왔습니다."

"한 점 거짓이 없는 것이겠지? 동료를 모략하는 것은 큰 죄니라."

다른 신녀들은 더 깊숙이 머리를 떨궜지만 하요는 전혀 기죽지 않았다.

"어찌 거짓을 아뢰겠습니까. 최근에는 늘 사당 밖을 오가면서 왕궁이나 귀족가에서나 쓸 귀한 비단이며 색실, 염료들을 가져와 자기에게 고분고분하고 굽실거리는 신녀에게만 비싼 값을 받고 팔기도 했습니다. 그걸로 만든 수품들은 자기가 거래하는 상인에게 비싸게 팔아넘기고 그 금전은 다 착복했습니다."

옆에 있던 소별도 옳다구나 하면서 가져온 보따리를 풀었다. 펼쳐진 보따리 안에는 색색의 고운 실과 구슬이며 비단 자투리들이 가득했다. 한눈에도 시장에서 쉽게 볼 수 없는 고급품이었다.

"맞습니다. 신녀님, 이걸 보십시오. 모두 구하기 힘든 것들입니다. 저희가 증인입니다. 만약 사란이 그런 못된 짓으로 저희를 겁박하지 않았다면 어찌 저희가 증언을 하러 여기 섰겠습니까."

"이런, 이런. 정말 들을수록 상종하지 못할 것이로구나. 네가 어떻게 이 귀한 것들을 구할 수 있느냐! 이런데도 바깥에 내통하는 자가 없다고?"

아미가 바르르 떨며 윽박지르자 이번에도 미리내가 분위기를 정리했다. 그녀는 기세등등한 하요와 소별 뒤에서 고개를 푹 숙인 신녀를 손가락으로 가리켰다.

"거기, 너 얼굴을 들어라."

지목된 신녀가 울상을 한 얼굴을 들었다. 미리내가 차분하게, 그렇지만 거짓은 절대 용납하지 않겠다는 위협 조로 물었다.

"너도 여기 사란에게 물건을 만들어 판 신녀겠지?"

"예에? 예! 예, 맞습니다."

헐떡거리는 음성으로 쥐어짜듯 그녀가 겨우 대답하자 미리내가 재우쳐 추궁했다.

"지금 이 신녀들이 말한 것이 틀림없는 사실이냐?"

신녀의 눈동자에 갈등이 떠올랐다. 죄책감도. 그렇지만 공포는 더 컸다.

이유는 알 수 없지만 사란이 신녀들이 만든 물건을 판 것이 갑자기 큰 문제가 되었다. 지난 100년 이상 암묵적으로 그래왔다는 것은 이 상황에선 의미 없었다. 사란과 한패로 몰리면 자신도 죄를 받거나 최악의 경우엔 사당에서 쫓겨날 수도 있었다.

그녀는 가책을 눌렀다. 사란에겐 미안하지만 일단 자신이 살아야 했다. 눈을 질끈 감고 수품신녀들이 듣고 싶어 하리라 믿는 대답을 밀어냈다.

"……예. 맞습니다. 저희를 압박해서 값진 물건을 만들게 하고 그걸 팔았습니다."

미리내의 시선이 다른 신녀들에게 향했다. 다들 혹시라도 자신을 지목할까 봐 눈은 마주치지 않고 머리만 주억거렸다. 시선은 땅바닥에 고정한 채로 웅얼거리는 음성만 밀어냈다.

"예……."

"……그렇습니다."

이어지는 긍정의 물결이 오랏줄이 되어 사란을 칭칭 감았다. 동시에 격렬한 배신감이 덮쳤다.

저이는 데릴사위를 들일 수 있는 자매가 여럿이라 사란처럼 어릴 때 사당에 왔다. 비슷한 처지가 안타까워 일부러 더 후하게 값을 쳐주고 챙겨줬다.

저이는 바로 얼마 전, 병든 부모의 약값이 없단 소식에 동동 발을 구르기에 나중에 물건값에서 제하라고 잡은을 융통해줬다. 형편을 살펴주느라 독촉하지도 않았고 그 빚은 아직 하나도 받지 않았다.

저들 모두를 도운 건 아니지만 악하게 군 적은 없다고 자부했다. 모든 관계는 적절한 보상이 오가야 길게 가고 탈이 없다는 해류의 지론에 따라 동료들을 챙겨왔다. 그런데 그 보답은 이거였다.

똑같은 처지의 그녀가 조금 더 갖고 더 나아지는 것을 질투하고 용납하지 못하는 것. 거기에 동조해 친동기처럼 고락을 나눴던 그녀가 억울한 누명을 써도 못 본 척하는 것.

해류라면 불벼락을 함께 맞을지언정 아니라고 당당하게 나서고도 남았다. 해류가 얼마나 소중하고 의리 있는 벗인지, 그 귀함이 새삼스럽게 다가왔다. 조금 아까까지 죽을 만큼 두려웠던 회초리질도 견딜 수 있을 것 같았다.

버틸 때까지는 버텨보자. 악에 받친 사란은 이를 악물었다.

신녀들의 발고에 격노를 참지 못하고 부들거리는 아미 신녀를 보니 당장이라도 자신을 나무에 묶어 회초리로 때리라고 할 기세였다. 아미의 입술이 막 열리려는 찰나, 미리내가 나섰다.

"신녀로 신을 모시는 데 전심전력하지 않고 사사로이 재물을 모으는 것으로도 모자라 동료들을 속여 소드락질까지 한 자를 사당에 둘 수 없다. 당장 사란을 쫓아내라."

미리내의 명이 떨어지자 사란을 포함한 모두가 얼어붙었다. 바늘 하나 떨어지는 소리도 들릴 정도의 정적이 후원에 내려앉았다.

사란을 비롯한 모두가 예상한 다음 수순은 축재를 도운 배후를 대라는 심문. 순순히 응하지 않을 경우 어제 경고한 대로 매를 때려 토설시킬 것이다. 그리고 며칠 광에 갇히는 벌을 받은 뒤 풀려나 자숙하는 것. 딱 그 정도였다.

추방은 신녀에게 죽음 다음으로 무거운 형벌이지만 사당의 위엄과 신성함을 지키기 위해 어지간하면 죄인을 밖에 내보내지 않았다. 그런데 미리내는 추방을 명했다.

충격에 말문이 막혀 있던 아미 신녀가 펄쩍 뛰었다.

"미리내 신녀! 신녀의 죄는 사당 안에서 다스려야지요!"

"이 아이의 죄는 죽음으로 다스릴 정도도 아니지만 매로 벌하는 것만으로는 모자랍니다. 안타깝지만 태왕께서 사당에서 죄를 묻는 것을 금하셨으니 자칫하면 빌미가 될 수 있습니다."

"그래서 내쫓자고요?"

"예. 보연의 선례를 따라 축재한 자는 사당에서 쫓아내는 것이 옳습니다. 그래야 일벌백계가 되어 두 번 다시 사당 안에서 금전을 추구하지 못하겠지요."

보연의 이름이 나오자 잠잠해졌다. 사당의 비약까지 팔아치운 그녀의 치부가 세상에 드러나면서 떨어진 사당의 권위. 그 여파로 신녀들의 중죄를 벌할 권한도 빼앗겼다. 이제 금지된 권리였다. 남몰래 비공식적으로는 할 수 있겠지만 이전과 같은 권위는 사라졌다. 품도 없는 하급 신녀들에겐 상관없는 얘기지만 고위 신녀들에겐 사지가 끊어진 듯한 치명상이었다.

잠잠해진 신녀들을 뒤에 두고 미리내가 냉막한 음성으로 선고했다.

"신녀는 세속의 모든 것을 다 끊고 정결히 신만을 모셔야 하는데 넌 그 계율을 어겼다. 신을 모실 자격이 없는 자를 사당에 둘 수 없으니 파문이다. 당장 사당을 나가라."

겨우 정신이 든 사란이 미리내 앞에 엎드려 애걸했다.

"신녀님! 이곳은 제 집이고 제가 뼈를 묻을 곳입니다."

"그랬다면 이런 짓을 말았어야지. 다들 명심해라! 추후 하찮은 재주로 사사로이 재물을 탐해 사당의 위상에 먹칠하는 자는 모두 이리 처리할 것이다."

그 선포에 의기양양한 표정으로 사란의 횡액을 즐기던 하요와 소별은 사색이 됐고 대다수 하급 신녀들도 울상이 됐다. 그러거나 말거나 미리내는 예상치 못한 전개에 넋을 잃고 선 신녀들을 다그쳤다.

"무엇들 하니! 빨리 이 아이를 끌어내지 않고!"

"예, 신녀님!"

신녀들의 우악스런 손이 자신에게 닿자 다시 정신이 든 듯 사란이 울부짖었다.

"신녀님! 어떤 벌도 다 받겠습니다. 쫓아내지만 말아주십시오. 제발요."

울며 애원하는 사란에게 아미 신녀가 뭔가 말하려는 듯 입술을 달싹거렸지만 미리내는 아랑곳하지 않았다.

"뭣 하느냐!"

꾸물거렸다가는 자신들도 질책당할까 싶었는지 신녀들은 잽싸게 움직였다.

"신녀님! 신녀님!"

몸에 힘을 꽉 주며 버텨봤지만 여럿을 당해낼 수 없었다. 사란이 곱게 끌려오지 않자 두 명이 더 달라붙어 사지를 하나씩 붙잡고 번쩍 들어올렸다. 끌려 나가는 사란을 안타깝게 보는 눈길은 많았지만 아무도 나설 엄두는 내지 못했다. 네 신녀들은 뒷문을 열고 내동댕이치듯 사란을 내려놨다.

"미리내 신녀님의 선처 덕분에 그나마 온전한 몸으로 나가는 것이니 감사하거라. 두 번 다시 사당 근처에는 얼씬도 하지 말고."

엄중한 경고를 마친 뒤 그들은 몸을 돌렸다. 사란의 눈앞에서 문이 쾅 닫혔다. 빗장을 내리는 둔탁한 소리도 들려왔다.

너무나 황당하고 급박한 진행에 사란은 엎드린 채 정신을 차리지 못했다. 매질과 추궁은 각오했지만 파문에 추방이라니.

열두 살에 사당에 들어와 10년 넘게 그 안에서만 살아왔다. 다른 삶은 상상하지도 못했고 신녀로 살다 죽는 것이 운명이라고 믿었다. 그러다 난데없이 쫓겨나니 뭍에 던져진 물고기처럼 느껴졌다. 막막하니 아무 생각도 할 수 없었다.

빌고 있으면 불쌍히 여겨주지 않을까. 그런 막연한 기대에 사란은 내쳐진 대로 쪽문 앞에 엎드려 있었다. 그러기를 한참, 이른 새벽이라 고요하던 문 주변 안길에 인기척이 들리기 시작했다. 사람들이 왕래하기 시작하자 흘끔흘끔 의아한 눈길이 사란에게 꽂혔다. 안에서도 바깥 동태를 살피고 있었는지 오가는 이들이 많아지자 문이 다시 열렸다.

혹시? 기대를 안고 봤지만 상대에겐 성가신 골칫덩이를 처리하는 내키지 않는 임무를 맡았다는 짜증만이 가득했다. 몸을 숙인 신녀는 주변의 눈을 의식해 낮은 속삭임으로 사란을 윽박질렀다.

"고이 보내줬으면 감사하며 멀리 사라질 일이지 분대질로 사당까지 우세시킬 생각이야? 기어이 매타작을 받아야 정신을 차리겠니? 빨리 떠나."

곧바로 움직이지 않으면 정말 다시 끌고 들어가 몽둥이찜질이라도 할 모양새였다. 그 흉흉한 기세에 밀려 사란은 비척비척 몸을 일으켰다. 사란이 움직이자 신녀는 문을 쾅 닫았다.

어디로 가야 하나.

사란은 멍하니 본가를 떠올렸다. 상처 입은 짐승이 본능적으로 돌아가는 곳은 본디 살던 굴. 사란도 마찬가지였다. 의탁할 곳은 거기밖에 없었다.

문제는 가족임에도 그들이 어디 사는지 정확히 모른다는 거였다. 그녀가 준 금전으로 외성 바깥 어딘가에 조금 나은 새집을 얻어 이사했다는 소식을 들은 게 벌써 몇 년 전. 바로 얼마 전에 막내 여동생이 혼인해 집 뒷마당에 지은 서옥에 데릴사위가 들어왔다는 얘기를 들었다. 정작 그곳이 어딘지 그녀는 물을 생각도, 가족들은 알려줄 생각도 하지 않았다.

아하하. 기막힌 상황에 실소가 터져 나왔다. 흘끔거리며 사란을 훔쳐보던 사람들은 저 신녀가 미쳤나 싶은지 흠칫 놀라며 멀찌감치 떨어졌다.

주변을 전혀 의식하지 못하며 한참을 혼자 킬킬거리던 사란은 겨우 웃음을 그쳤다. 옛집에 가면…… 어디로 옮겨갔는지 아는 이웃이 하나쯤은 있겠지. 사란은 예전에 살던 집이 있는 방향으로 발걸음을 뗐다.

맞아서 터진 얼굴로 히죽거리고 술에 취한 사람처럼 비틀거리며 걷는 신녀를 행인들은 의아한 시선으로 좇았다. 성찮은 사람을 저리 둬도 되나 염려하는 눈길도 있었지만 신녀에게 참견하기도 애매한 터라 모르는 척 지나갔다.

사당에서 주문한 물건을 대러 온 모두루도 넋 나간 신녀를 본 사람 중 하나였다. 뭐에 홀린 것처럼 혼자 걸어가는, 반 거지꼴의 신녀를 보고서 놀랐고, 곧 그 신녀가 사란이란 걸 깨닫자 기절초풍했다.

당장 다가가 무슨 일인지 물으려고 했다. 그러나 보는 눈이 너무 많았다. 신녀가 저 꼴로 헤매는 까닭은 사당 안에서 문제가 생겨 벌을 받거나 쫓겨났기 때문일 확률이 컸다. 물건을 대러 온 다른 상인들 앞에서 챙기는 모습을 보였다가 그 소식이 들어가 사당의 눈 밖에 날 수 있었다. 사란과 밀접하게 거래해온 터라 더더욱 조심스러웠다. 그렇다고 시침 뚝 떼고 모른 척하기에는 양심이 허락지 않았다.

잠시 고심하던 모두루는 옆에 선, 자신처럼 눈을 휘둥그레 뜬 채 멀어져가는 사란을 응시하고 있는 수하에게 귓속말로 지시했다.

"구추야, 여긴 내가 처리할 테니 넌 사란 신녀님을 따라가라. 눈에 띄지 않게 붙어서 어디로 가는지 끝까지 살피고 혹시라도 불한당들이 달려들면 그때는 나서서 도와라."

"예. 알겠습니다."

구추가 멀어지자 모두루는 물건을 실은 수레와 수하들에게 신경을 돌렸다. 할 도리를 다했다고 눈을 딱 감으려고 했지만 찜찜함을 걷어낼 수 없었다. 사란과 의리도 의리지만 아무래도 자신들과의 거래가 연관된 것 같다는 생각을 떨치기가 힘들었다. 그는 수하 중에 가장 걸음이 빠른 자를 손짓으로 불렀다.

"너는 바로 상단으로 돌아가 마리습 단주님께 사란 신녀가 쫓겨났고, 갈 곳이 없어 헤매는 것 같다고 아뢰라."

예전에는 해류, 최근에는 사란과 거래를 트고 있는 것을 익히 아는 수하는 모두루의 뜻을 잽싸게 알아듣고서, 말이 떨어지기가 무섭게 쏜살같이 달려갔다.

도련님께서 잘 판단하셔서 조치해주시겠지. 마음을 놓은 모두루는 자신의 차례가 되자 싣고 온 물건들을 사당의 창고로 옮기도록 지시했다. 아무것도 보지 않은 양, 납품하는 물목을 적은 장부를 펼쳐 들고 검수하는 신녀에게로 다가갔다.

사당은 새벽의 소동 따위는 아예 없었던 것처럼 평온했다. 상인들을 응대하는 신녀들은 평소처럼 꼼꼼하게 물건을 하나하나 살피고 값을 치렀다.

귀신에 홀린 것 같은 기분으로 사당을 나오는데, 좀 전에 사란을 쫓으라고 보낸 수하가 기다리고 있었다. 발을 동동 구르며 초조한 표정이 심상치 않았다. 모두루를 보자 그가 날듯이 달음박질쳐 와 귀엣말로 속닥였다.

"사란 신녀가 끌려갔습니다."

"뭐라고! 누가 끌고 갔다는 거냐?"

"그것이 말입니다."

그가 본 것을 막 쏟아내려는데 저쪽에서 아까 보낸 수하와 마리습이 말을 타고 달려오고 있었다.

"도련님!"

전속력으로 달려온 마리습이 말에서 뛰어내렸다.

"사란 신녀에게 사고가 생겼다고?"

모두루는 혹시라도 신녀들의 눈에 띌까 두려워 마리습을 끌었다.

"일단 여기서 떨어지면서 들어보시지요. 지금 사란 신녀의 뒤를 쫓으라고 보낸 구추가 돌아와 얘기를 들으려던 참이었습니다."

마리습이 상단 하인에게 말고삐를 넘겼다. 그들을 두고 셋만 잰걸음으로 사당에서 멀어졌다. 충분히 떨어졌다고 판단되자 구추는 다급하게 무슨 일이 있었는지 알렸다.

"모두루 단주께서 시키신 대로 사란 신녀를 따라갔습니다. 그런데 복면을 쓴 무사들이 나타나 사란 신녀를 끌고 가려고,"

"복면 장정들?"

"예. 한둘이었으면 나섰겠지만 칼을 든 자들이 다섯이나 되다 보니…… 면목 없습니다."

마리습은 죄스러워하는 구추를 다독였다.

"슬기로운 판단이다. 네가 나서봤자 도움은 고사하고 개죽음을 당하는 게 고작이었을 거다. 그래서 그들에게 끌려간 거냐? 어느 방향으로 갔는지는 살폈고?"

"그런데 그것이 말입니다, 복면한 놈들이 사란 신녀를 끌고 수레에 실으려고 하는데 어디선가 역시 복면을 한 다른 무사가 하나 나타나서 그 다섯을 순식간에 물리치고 사란 신녀를 말에 태워 가버렸습니다."

"뭐라고!"

마리습과 모두루 둘 다 어처구니없어하며 구추를 응시했다.

"너 아침부터 또 술을 마시고 헛것을 본 거 아니냐?"

"아닙니다! 저도 직접 보지 않았다면 믿지 않았겠지만 참말입니다. 그리고,"

침을 꼴깍 삼키며 마른 입을 축인 구추는 제가 목격한 바에 신빙성을 더해주는 중요한 단서를 보탰다.

"혼자 다섯을 다 물리친 그 무사는 신군인 것 같습니다."

"신군? 그걸 어찌 확신하느냐?"

"검은 깃과 도련을 댄 푸른색 옷을 입고 있었습니다. 검은 가선을 댄 청의를 입는 무사는 사당들을 지키는 신군 말고는 없지 않습니까."

터무니없는 소리 같던 구추의 목격담에 무게감이 확 실렸다.

좀 더 정확하고 세세하게 모든 정황을 살필 필요가 있었다. 마리습은 단편적으로 들었던 사란의 추방부터 다시 짚어보기로 했다.

"연통을 받고 급히 달려오느라 사란 신녀가 사당에서 쫓겨나 헤매고 있다는 얘기만 들었는데 처음부터 세세히, 하나도 빼놓지 말고 말해보아라."

오는 길에는 모두루와 구추에게, 상단에서는 사당에 갔던 사람들이 각기 본 바를 마리습은 꼼꼼히 챙겨 들었다. 그리고 모두루와 같은 결론에 도달했다.

사란이 쫓겨난 이유에는 자신들과의 거래도 포함되어 있다. 거기에 더해 왕후인 해류와도 관련이 있다는 것도 마리습은 직감했다.

사란에게 각기 다른 두 무리나 붙었다는 건 솔직히 마리습에게도 충격이었다. 왕후를 치려는 세력이 하나가 아닌 의미였다. 둘 중 하나는 분명 태후가 보낸 사람들일 터였다. 증거는 없지만 확신할 수 있었다.

사당에서 쫓겨나자 기다렸다는 듯이 나타나 사란을 납치해 간 자들이 노리는 것은 무엇일지. 누구와도 나누거나 의논할 수 없는 고민을 머리가 터져라 하던 그는 오후 즈음 모두루를 불렀다.

"왕후궁에 사람을 보내 알현을 청하라고요?"

"그래. 물품 출납을 관장하는 관리에게 우리 상단의 이름을 대고 청해라."

모두루는 마리습이 사란의 납치를 전하려고 한다는 것을 눈치챈 듯 이유를 묻지 않았다.

"무어라고 하면서 요청해야 할지요? 다짜고짜 청을 올리면 과연 만나주실까요?"

사람을 보내 사란의 사고를 알리는 것도 고려했지만 너무 위험했다. 해류는 글을 모르니 서찰 역시 남의 손을 빌려야 해 마찬가지였다.

마리습은 해류의 영민함과 남다른 직감을 믿었다. 그가 알현을 청하면 분명 급박하고 중대한 문제가 있다는 걸 알아차릴 것이다.

"그냥 왕후 폐하께서 귀하게 여기시는 것에 관한 내용이라 급히 아뢰야 할 것 같다고, 그렇게만 전해달라고 해라."

"알겠습니다. 궐문이 닫히기 전에 지금 바로 연통을, 아니 제가 직접 가겠습니다."

"그래. 그게 좋겠다. 고맙다."

말을 준비하라고 소리치며 나가는 모두루를 보며 마리습은 양손으로 머리를 감쌌다.

태후는 도대체 무슨 생각을 하고 있는 것인지. 그녀의 속내를 짐작하려고 애쓰는 마리습의 입가가 씁쓸하게 비틀어졌다. 어쨌든 태후가 본의 아니게 하나는 도와준 셈이었다. 어용 상인이 아니었으면 왕후궁에 연통을 넣는 것이 어찌 가능했을까.

두 번째 왕후 ②

그는 사란의 행방을 쫓아보라고 내보낸 수하들과 모두루를 기다리면서 눈에 들어오지 않는 장부만 뚫어져라 응시했다.

사방이 열린 천 길 낭떠러지 꼭대기에 선 것 같았다. 어디로 가야 목을 옭아매는 이 절체절명의 위기에서 벗어날 수 있을지. 거친 망망대해 한가운데나 이정표가 될 언덕 하나 보이지 않는 황량한 벌판에 있는 것만 같은 막막함이 엄습했다. 생애 처음으로 어디로 가야 할지, 어느 길이 옳은지 전혀 감이 잡히지 않았다.

"오랜만…… 아, 얼마 전에 태후궁에서 만났으니 오랜만은 아니군요. 해세적 단주. 무슨 일로 나를 보자고 했는지요?"

"말씀은 편히 놓으십시오, 폐하. 그리고 저는 마리습이 편하니 그리 불러주십시오."

오랫동안 공대하던 사이라 어색했지만 해류는 이제 왕비였다. 달라진 상황을 자신에게 일깨우며 해류는 어투를 바꿨다.

"그럼 그리하지. 단주, 왜 갑자기 알현을 신청했는가?"

왕실의 어용 상인이 태후나 왕후, 때로는 태왕을 직접 만나는 경우가 아주 드물지는 않았다. 그렇지만 마리습은 국가에 중대한 물품을 취급하는 상인이 아니었다. 최근에 이름을 올린, 주로 태후의 필요를 중점적으로 다루는 신참이었다.

거대 상단들 틈바구니에서 입지를 키워오던 마리습은 늘 몸을 사려 튀거나 꼬투리를 잡힐 행동은 절대 하지 않았다. 좋은 일이건 나쁜 일이건 최대한 물밑에서 쥐도 새도 모르게 움직여왔다. 그런 마리습이 대놓고 알현을 청했을 때 해류는 처음엔 놀랐고 곧 불안해졌다.

가장 먼저 든 추측은 어머니에게 혹시 변고라도 생긴 게 아닌가였다. 그걸 알려주기 위해서 급히 만남을 청한 게 아닐까. 거기에 생각이 미치자 가슴이 벌렁거려 아무것도 손에 잡히지 않아 열 일을 제쳐놓고 그를 들였다.

조마조마한 눈으로 마리습의 입이 열리길 기다렸다.

"어제 사란 신녀가 사당에서 쫓겨났습니다."

"……."

해류가 짐작한 최악의 소식은 어머니가 다치거나 아픈 것. 그런데 이것은 아예 예측 밖이었다. 한참을 달싹달싹 입술만 움직이다 겨우 소리를 짜냈다.

"사란이…… 왜?"

"저도 자세한 내막은 모릅니다. 어제 아침에 모두루가 사당에 물건을 넣으러 갔다가 쫓겨나 밖에서 헤매는 사란 신녀를 봤답니다. 아무래도 걱정되어 어디든 안전하게 도착할 때까지 살피라고 사람을 붙였습니다. 그런데 중간에 복면을 한 무사들이 사란 신녀를 억지로 끌고 가려고 했답니다."

"복면 무사들? 사란을 납치했다고?"

그는 해류를 조금이라도 안심시켜주려 신군이란 단어를 강조하며 설명을 이었다.

"예. 그런데 신군으로 추정되는 또 다른 복면 무사가 나타나 그들을 모조리 물리치고 신녀를 데리고 사라졌답니다. 저희 상단 사람들이 행적을 쫓고 있지만 북쪽 방향으로 갔다는 것을 제외하고는 아직 행방을 찾지 못했습니다."

해류는 망연자실해 말을 잇지 못했다.

마리습은 동요를 감출 생각도 못 하는 왕후가 충격을 갈무리할 수 있도록 조용히 기다렸다. 그가 알기로 왕후에게 사란은 유일한 벗이었다. 애써 일군 것을 통째로 넘겨줘도 별반 아깝지 않을 정도로, 친자매처럼 가까웠다. 지금 얼마나 큰 충격을 받았을지 가히 짐작이 갔다. 소매가 흔들리는 것을 보니 떨고 있는 게 분명했다.

순간 위험한 충동이 마리습을 엄습했다. 저 떨리는 몸을 안아 달래주고 싶다. 무슨 수를 써서든 사란의 행방을 찾아낼 테니 염려하지 말라고 위로해주고 싶다.

여기는 왕후궁. 해류는 왕후였다. 그가 감히 쳐다봐서도 안 되는 태왕의 반려였다.

정녕 미쳤구나. 마리습은 잠깐 밀려왔던 치명적인 영혹을 떨쳐냈다. 대신 그가 해류에게 지금 해줄 수 있는 유일한 일, 더불어 그도 살아날 길을 만들기 위해 진실을 공유했다.

"사당을 통해선 아무것도 알 수 없어서……, 아직은 그저 짐작이긴 하지만, 아무래도 사란 신녀가 쫓겨난 죄목은 저희를 비롯한 상인들과 거래한 것 때문인 듯싶습니다."

충격에 굳어 있던 해류가 그 소리에 깨어났다. 반문하는 그녀의 음성엔 의아함과 노기가 서려 있었다.

"신녀들이 만든 물건을 판 게 죄라고?"

"어떤 잣대를 누가 들이대느냐에 따라 어제까지 당연히 용인되던 것도 오늘은 대죄가 되지 않습니까. 이미 굳어진 관행이라 덮어온 것이지 실상 신녀들의 개인적인 축재는 엄히 금해져 있으니까요. 정말 그걸 빌미로 쫓아낸 거라면 누군가 사란 신녀에게 원한을 품었거나 가진 재물을 탐내어 억지 죄목을 만들어 씌웠을 수도 있고요."

마리습은 호흡을 가다듬으며 지금 그가 할 수 있는 최선의 경고를 했다.

"아니면 사란 신녀를 미끼로 왕후 폐하를 끌어들여 모해하려는 수작일 수도 있습니다."

해류는 마리습이 말하고자 하는 바를 대번에 알아들었다.

태왕과 태후를 제외하고 왕실부터 귀족까지 모두 해류를 눈엣가시 취급했다. 태왕의 비호가 워낙 강력하니 지금은 눈치만 보고 있을 뿐, 어떻게든 허물을 찾아 폐위시키려고 눈이 벌게진 것은 익히 아는 사실. 마리습의 경계는 충분히 타당성이 있었다.

사란이 납치되어 사라졌다는 사실을 받아들이는 것도 힘든 판인데, 오만 가지 가능성이 떠올라 속이 울렁거렸다. 해류는 마구 엉클어지려는 사고를 애써 다잡으며 가장 먼저 떠오른 단상을 옮겼다.

"나 때문에 사란이 화를 입었다면…… 단주도 조심해야 할 수 있겠군."

마리습도 그 부분을 고려했다. 날벼락 같은 소식에 정신이 없을 텐데 금방 침착성을 되찾고 자신까지 챙기는 해류에게 새삼 감탄했다. 장담할 수는 없으나 믿는 구석이 있기에 그는 해류를 안심시켰다.

"과거야 어쨌든 지금은 제가 소노부의 욕살 해사무의 아들이라는 걸 다들 알고 있습니다. 사란 신녀를 해하려던 자의 정체는 모르지만, 함부로 저를 건드리진 못할 것입니다."

"부디 그러길 바라지만, 항상 조심하시오."

"예. 명심하겠습니다."

마리습은 물러가기 전에 해류가 간절히 바라지만 차마 하지 못하는 얘기를 먼저 해줬다.

"지금 저희 상단의 사람들이 모두 나서 사란 신녀를 계속 찾는 중입니다. 행방이나 실마리를 잡으면 바로 연통을 드리겠습니다."

"고맙소. 아주 사소한 소식이라도 있으면 알려주게. 단주의 연통은 곧바로 내게 전하라고 일러놓겠네. 그리고 언제든 주저 말고 찾아오시고."

"예……."

말끝을 흐리는 그를 해류가 다시 봤다. 더 할 얘기가 있는지 묻는 시선이 꽂혔다.

마리습은 아무래도 태후가 배후에 있는 것 같다는 추측을 덧붙일까 망설였다.

아직은 무리였다. 오로지 그의 육감일 뿐. 사당의 사건과 태후를 연결할 물증은 물론이고 티끌만 한 정황이나 근거조차도 없었다. 이 느낌을 증명할 증거, 혹은 고리를 찾아내기 전에는 입 밖에 낼 수 없는 추측이자 직감일 뿐이었다. 설건드렸다간 역습을 당해 그의 목이 달아날 수도 있었다.

"조만간 소식을 전해 올리겠사옵니다. 강녕하십시오."

후일을 기약하며 마리습은 몸을 숙여 예를 표하고 왕후궁의 빈청을 나왔다.

마리습이 나가고도 한참 동안 해류는 자리에 앉아 꼼짝도 하지 못했다. 앞에 놓인 수틀엔 바늘 한번 꽂지 않았다. 입버릇처럼 눈보다 게으른 게 없고 손보다 부지런한 게 없다며, 바지런히 일거리를 찾아다니며 잠시도 몸을 가만히 두지 않는 왕후였다. 이런 침잠은 굉장히 드물었다.

궁인들의 정례 보고와 중참까지 미루고 칩거하자 여관은 슬슬 불안해졌다. 독살당할 뻔한 이후 태왕은 왕후의 건강이며 기분에 온 신경을 곤두세웠다. 왕후가 무엇을 먹고 무엇을 했는지 태왕은 지치지도 않고 세세하게 챙기고 있었다. 조금 적게 드셨다고만 해도 눈빛이 싹 굳는데 끼니를 걸렀다는 게 태왕의 귀에 들어가면…….

차라리 호통이나 호된 꾸중이 낫지 '네가 하는 일이 무엇이냐'는, 무언의 질책을 담은 냉랭한 안광이 자신에게 향하는 상상만으로도 오금이 저렸다. 면피라도 해보려 다과며 과일을 계속 권했다. 애타는 속을 모르는 왕후는 평소에 즐기던 것임에도 내키지 않는다며 다 물리쳤다.

정말 어디 불편하신 게 아닌가. 어의를 불러야 하나. 심각하게 고민할 즈음 내내 그린 듯이 앉아 있던 왕후가 몸을 일으켰다.

"오늘 폐하께서 저녁에 연회나 다른 일이 없으시지?"

태왕 폐하의 일정을 꿰고 있는 왕후께서 왜 우리에게 물으시나. 이상했지만 곰곰이 떠올려보고는 얼른 대답했다.

"예. 그리 알고 있습니다. 시관이나 비관에게 가서 확인해보고 올까요?"

"되었네."

해류는 창을 열어 해의 위치를 살폈다. 그 모습을 지켜보던 여관이 조심스럽게 아뢰었다.

"조금 아까 유시(오후 5시)를 알리는 북이 울렸습니다."

"그래?"

유시면 특별한 안건이 없는 중신들은 보고와 회의를 마치고 퇴궐해 궁 밖 관청으로 돌아갔을 시각이었다. 태왕은 편전에서 미진한 부분의 보고를 추가로 듣거나 장계를 읽고 있을 거였다.

지금이 아니면 더 늦어진다. 망설이는 이 시간에도 사란은 무슨 변을 당하고 있을지 몰랐다. 망설임을 떨친 해류는 방을 나섰다.

"폐하, 왕후 폐하께서 드셨습니다."

태왕과 계마로가 나누던 얘기를 멈추고 의아하단 시선을 교환했다.

해류가 편전에 오는 경우는 본래도 드물었다. 명림가의 반란 이후에는 귀족과 중신들을 불필요하게 자극하고 싶지 않다고 부르지 않는 한 걸음 하지 않았다. 스스로 오는 건 왕후로 참석해야 할 자리뿐이었다.

한두 시진만 있으면 왕후궁에서 볼 텐데? 시급을 다투는 일인가? 연유를 궁금해하면서 태왕은 흔쾌히 답했다.

"모셔라."

문이 열리자 들어온 해류는 태왕 앞에 선 계마로를 보고 멈칫했다. 직위만 아직 친위대 말객 중 하나이지 계마로는 자타공인 태왕의 눈과 귀였다. 심복 중의 심복인 계마로와 독대 중이라면 중대한 의논 중일 터다.

"용서하십시오. 제가 방해드린 것 같군요. 기다렸다가 다시 오겠습니다."

"아닙니다, 왕후. 거기 앉으세요."

눈치 빠른 계마로는 해류에게 예를 표하고 잽싸게 물러났다.

계마로가 나가고도 해류는 입을 열지 못했다. 단단히 마음먹고 왔건만, 둘만 남자 입술에 풀이라도 바른 듯 입이 떨어지지 않았다. 긴 소맷자락 안에서 죄 없는 손가락만 하릴없이 비틀었다.

늘 명쾌하고 직설적인 해류가 답지 않게 우물거리자 태왕이 턱을 고인 손을 내리고 자세를 바로 했다.

"무슨 일이오?"

그의 질문을 듣고도 한참을 망설이던 해류는 눈을 질끈 감았다 떴다. 이건 불가항력이었다. 절대 태왕에게 기대거나 부담을 주지 않겠다던 스스로의 맹세를 깨는 게 속상했다. 그래도 단 하나뿐인 벗을 외면할 수 없었다.

입으론 백분 믿는다고 하지만 실은 진심의 절반만 걸쳐놓은 관계. 재물과 이익은 나눠줬지만 마음속 가장 깊은 곳까진 들이지 않았다. 그런데 사란은 사당에서 쫓겨나면서까지 자신을 지켜줬다. 그런 사란이 다치거나, 만에 하나 죽는다면 일평생 후회할 거였다.

"폐하, 사란이, 제가 하던 일을 다 물려준 부여신 사당의 신녀인 제 동무가 어제 사당에서 쫓겨나고 복면을 쓴 자들에게 납치까지 되었다고 합니다."

태왕이 미간을 모으고 해류를 정시했다. 정체를 헤아리기 힘든 오묘한 감정들이 흑암을 담은 눈동자를 채웠다.

"폐하께 사적인 부탁이나 청탁은 절대 올리지 않으려고 했습니다. 그렇지만…… 제가 도움을 청할 분은 폐하밖에 없습니다."

"당연히 내게 도움을 청해야지요."

절박감에 정신이 반쯤 나간 상태가 아니었다면 분명 이상하다 느꼈을 정도로 환하게 웃으며 태왕이 해류를 응시했다.

"좀처럼 부탁이란 걸 하지 않는 왕후가 여기까지 찾아온 걸 보니 그, 사란이란 신녀가 왕후에게 아주 중요한 사람인 모양이오?"

"예. 사란은 제게 어머니에 버금가게 소중한, 친동기 이상으로 가까운 동무입니다."

태왕의 손가락이 탁자를 톡톡 두드렸다. 마치 가늠하는 듯 해류를 보던 태왕이 다시 물었다.

"그런데, 그 사란이 납치된 것은 어떻게 알았소?"

"예? 아, 예에. 오늘 아침에, 해사무 욕살의 아들인 마리습, 아니 해세적 단주가 들어 알려줬습니다."

느른하니 흐뭇하게 해류를 응시하던 태왕의 눈빛에 순간 서늘함이 깃들었다.

"그자가 왕후에게 그 소식을 전했다고? 그는 어찌 알았답니까?"

"납품하러 사당에 갔다가 쫓겨나는 걸 봤다네요. 모두루 단주가 사란이 걱정되어 사람을 붙였다가 납치당하는 것을 목격했습니다. 상대가 여럿이고 워낙 황망 중에 일어난 일이라 미처 구할 수 없었다고 했습니다."

"그렇군……."

해류는 애원을 가득 담아 태왕을 바라봤다. 그녀를 마주 보는 태왕의 표정은 뭔가 깊이 생각하는 듯한 골몰함을 빼고는 담담했다. 하지만 해류는 착 가라앉아 평온해 보이는 그 이면에 일렁이는 감정을 감지했다.

가장 확실하게 느껴지는 것은 불쾌감. 해류가 왕후로서 체통도 버리고 한갓 신녀일 뿐인 동무를 찾아 구해달라고 하니 태왕이 노여워하는 건 당연했다. 두고두고 엎드려 사죄할 일이었다. 다만, 이상하게 그 이상으로 진한 만족감이 읽힌다는 거였다.

이 상황에서 태왕이 흡족해할 일이 무엇이 있을까. 도무지 이해할 수 없었지만 지금은 그걸 따질 계제가 아니었다.

"폐하, 제발 사란을 찾을 수 있도록 도와주세요. 해세적 단주의 상단 사람들이 열심히 추적하고 있다지만,"

"알겠소."

해류의 애원을 중간에서 끊은 태왕이 자리에서 일어서며 맞은편의 그녀를 끌어당겨 안고서 어깨를 도닥거렸다.

"그 신녀의 용모파기를 만들어 친위대와 수문위군에게 찾아보라고 하지. 그러니까 걱정은 놓고 있어요."

"폐하! 정말 감사드립니다. 정말, 정말로…… 이 은혜를 어찌……."

말도 제대로 잇지 못하고 눈물을 글썽이는 해류의 눈가를 태왕이 손가락으로 가만히 훔쳐줬다.

"알고 있소? 그대가 내게 무언가를 해달라고 부탁한 게, 폐위해달라는 청 말고는 처음이란 걸?"

그때도 부탁이라기보다는 사실상 거래 요청. 해류는 빈손으로 오지 않았었다. 그에게 복종과 협력을 약속하고 대신 자유를 요구했다. 정말 순수하게 도와달라고 손을 내민 건 이번이 처음이었다.

"……."

그의 지적을 해류는 달리 해석했다. 부끄러움과 미안함에 천천히 눈을 내리깔았다.

"폐하께…… 도움이 되어야 하는데…… 계속 폐만 끼치네요."

민망해하는 해류를 내려다보는 태왕의 시선은 늦봄의 햇살처럼 다사로웠다.

해류가 그에게 전적으로 의지하는 것. 그 열렬히 바라던 바를 이뤘다는 음습한 만족감이 그를 더없이 상냥하게 만들고 있었다. 늘 냉막하고 무표정한 태왕만 보고 살던 궁인들이 봤다면 환영인가 싶어 눈을 비볐을, 더없이 다감한 모양새였다.

"폐라니. 실은 조금은 기쁘군."

기쁘다? 뜻밖의 단어에 놀란 해류가 태왕을 올려다보자 그의 손이 해류의 양 볼을 감쌌다. 타오르는 것 같은 시선으로 해류를 삼키듯 봤다.

"내게 기대고 의지하라고 항상 얘기해왔는데, 해류 그대는 한 번도 그런 적이 없었지."

"그거야……."

"이제는 혼자 짊어지고 애쓰지 말고 어려울 때는 언제든지 얘기를 해요. 그걸 들어주는 게 내게 기쁨이오."

해류의 볼이 발갛게 물들었다. 먹먹하던 가슴이 벅차올랐다. 앞으로도 그에게 부담을 주지 않으려고 최선을 다하겠지만 그래도 기댈 곳이 있다는 사실은 그 존재만으로도 푸근했다. 좀 전과 다른 의미로 눈시울이 아롱거렸다.

맺힐 듯 말 듯 한 물기를 태왕의 손가락이 부드럽게 훔쳐주며 해류의 볼로 내려갔다. 대답을 재촉하듯 볼을 감싼 손에 살짝 힘이 들어갔다.

"그러겠습니다……. 예, 그럴게요."

진심 어린 대답에 흡족한 듯 태왕이 해류를 가슴에 끌어당겼다.

"금방 찾아낼 테니 나를 믿고 기다리시오. 일단 그 신녀가 왜 쫓겨났는지부터 알아보라 해야겠군."

그 연유 역시 엄청나게 알고 싶었다. 구명만도 염치없어 차마 입에 담지 못했다. 새삼 태왕의 예민함과 세심한 배려에 대한 고마움이 밀려왔다.

"감사합니다, 폐하."

"지금 바로 계마로를 불러 명할 테니 그대는 돌아가 있어요."

"예. 알겠습니다. 그럼 이만 물러가겠습니다."

이 잠시 잠깐이 사란의 생사를 갈라놓을 수도 있었다. 해류가 곧바로 복도에 나오자 저 멀리 있던 계마로가 성큼성큼 다가왔다. 해류는 빨리 들어가라고 눈인사만 가볍게 건네고선 스쳐 지나갔다.

왕후의 뒷모습을 흘끗 훔쳐보던 계마로는 집무실로 들어갔다.

골똘히 생각할 때 버릇대로 손에 턱을 괴고 있던 태왕은 다른 손을 들어 그를 가까이 불렀다. 거의 얼굴을 맞닿을 정도로 바짝 다가서자 나직한 음성으로 물어왔다.

"왕후는?"

"막 편전을 나가셨습니다."

"그래?"

갑자기 태왕이 벌떡 일어나 창으로 갔다. 팔짱을 끼고 창 앞에 서서 멀어지는 왕후를 지켜보더니 낮게 중얼거렸다.

"왕후가 사당에서 벌어진 일을 알고 있더군."

음성은 극히 부드러웠지만 그 안에 가득한 노염을 간파한 계마로의 귀에는 으르렁거림으로 들렸다.

"예에?!"

그도 오늘에야 해당 사건을 보고받았다. 태왕이 중신들과 편전에서 정무를 보고 있는 터라 내내 기다렸다가 조금 전에야 보고를 올리고 있던 참. 왕후가 왔단 소리에 입을 바로 다물었는데 혹시 태왕과 나누는 밀담을 들은 것인가.

"해사무의 아들 해세적이 들어와서 알려줬다더군."

"해세적이라 하면, 마리습이라고 불리던 그 상인 말씀이시군요."

어용 상인이 되었다더니 왕궁에 들었구나.

그가 어떻게 사란의 사고를 알았는지에 대한 의문은 풀리지 않아 계마로는 태왕의 설명을 기다렸다. 불퉁해진 감정을 감추려 등을 돌린 채 태왕은 조금 전 해류에게 들은 사실을 옮겨줬다.

"사당과 거래하는 상단이라 물건을 들이러 갔다가 봤다더군. 의리는 있는 자들이라 신녀를 보호하러 뒤를 따르다가 납치되는 것을 목격한 모양이다."

태왕의 설명은 지극히 평온했다. 그렇지만 긴장감 가득한 등줄기에선 미처 누르지 못한 불쾌감이 미미하게 흘러나오고 있었다.

마리습이 왕후 폐하를 뵙고 바깥의 소식을 전한 게 못마땅한 것이다.

계마로는 예리하게 감지했다. 왕후가 왜 왔는지도 대충 짐작이 됐다. 아마도 사란이란 왕후의 절친한 동무를 찾아달라거나 구해달라는 청을 올렸을 터. 지금 유일하게 오리무중인 것은 태왕의 의중이었다. 어찌하려는지 궁금했지만 물을 수 없는 그는 태왕의 등만 쳐다봤다.

긴 침묵이 공간을 채웠다. 마침내 장고를 끝냈는지 태왕이 옥체를 돌렸다. 못마땅한 심사를 달래느라 일자로 단단히 다물었던 입술을 열었다.

"왕후에게는 그 신녀의 행방을 찾아 구해주겠다고 했다."

"예?"

왜? 튀어나오려는 반문을 마리습은 가까스로 참아냈다.

사란 신녀는 이미 태왕의 보호 아래 있었다.

요 몇 년, 사당을 지키는 신군 상당수는 태왕이 골라서 심은 자들로 바뀌고 있었다. 몇 해 전 투석전에서 태왕의 눈에 든 순노부 설사수루도 그중 하나였다. 수문위군에 있다가 따로 선발되어 신군으로 사당에 보내졌다.

새벽의 파문과 추방은 전날의 소동을 전해 듣고 내부의 동태를 항시 주시하던 사수루에게도 알려졌다. 사란이 갑자기 쫓겨나자 급히 뒤따라간 그는 납치될 위기에 처한 그녀를 구해냈다. 다급한 상황이라 일단 외성 안 마을에 사는 누이 집에 숨겨놓고 어제저녁에 보고를 올렸다.

사수루의 전언을 받은 수하가 사당의 내부 사정까지 살펴 계마로에게 전한 게 오늘 중참. 왕후가 오기 전에 태왕은 이미 중요한 내용은 알고 있었다. 걱정으로 파리해져 달려온 왕후에게 가장 반가워할 소식을 왜 알려주지 않았는지, 계마로로선 도무지 이해할 수 없었다.

"저, 그러면, 왕후 폐하께는……."

주저하다 간신히 운을 떼보는데 태왕의 냉안이 그에게 화살처럼 꽂혔다. 그 입을 닥치라는 무언의 호통이었다. 계마로는 황급히 고개를 숙였다. 큰 실수를 할 뻔했다는 자각에 이마에 송골송골 진땀이 맺혔다.

"그, 사란이란 신녀가 배후나 공모를 대라는 모진 핍박을 받으면서도 왕후의 이름은 내뱉지 않았다면서?"

급작스럽게 바뀐 주제에 얼떨떨했지만 계마로는 순발력 있게 따라갔다.

"예. 전해준 자의 얘기로는 그렇다고 합니다. 꼬박 하루 넘게 물 한 모금 못 먹어서 기력도 떨어지고 심하게 맞았는지 피멍으로 얼굴도 엉망이라더군요."

"흠. 제법 지조가 있구나. 어지간한 사내들보다 훨씬 낫겠다."

거기엔 계마로도 동감이었다.

왕후는 신녀들이 손댈 수 없는 존재였다. 왕후가 뒷배라고 주장하면 얼마든지 빠져나올 수 있음에도 침묵을 지켰고 그 대가는 꽤 혹독하게 치렀다. 살피러 간 수하의 보고에 따르면 어찌나 독하게 때렸는지 입안까지 터져서 사람 꼴이 아니라고 했다. 극심한 고초에도 왕후를 위해 참아냈다는 건 칭찬받을 행동이었다.

"세작의 지위가 낮아 세세한 내막까진 모르지만 다른 신녀들을 속여 재물을 편취까지 한 사실이 발각되어 미리내 신녀가 추방을 명한 것은 확실하답니다."

"흠……."

태왕은 다시 창밖으로 시선을 보냈다. 뒷짐을 지고 등을 돌린 채 한참을 그리 있더니 손을 들어 계마로를 가까이 불렀다. 다가온 그의 귀에만 들릴락 말락 나직하게 속삭였다.

"계마로, 꽤 오래전부터 벌어져온 일들 말이다. 띄엄띄엄해 별개인 것 같지만…… 아무래도 하나의 줄로 연결되어 있는 것 같지 않으냐?"

"예? 소신은 무슨 말씀이신지 잘……. 송구하옵니다."

"왕실의 물목을 빼돌리던 동시의 드팀전, 이태 전 동맹 때 비려인들의 난동, 지난해의 독살 시도, 그리고 지금 사당에서 벌어진 일까지. 다 한 사람이 관여되어 있지 않으냐."

태왕이 무엇을 지적하는지 깨달은 계마로는 놀란 숨을 삼켰다.

왕후.

"그 일련의 사건들은 왕후가 들어온 뒤에 일어나고 있다. 명림죽리가 건재할 때는 두 세력이 섞여서 헷갈렸지만 하나가 제거되니 조금 더 명료해지는 것 같다. 아마도…… 저들의 배후 수괴는 드팀전의 정체를 밝힌 게 왕후라는 걸 알아챘겠지. 그 연유까지는 잘 모르겠지만 왕후가 걸림돌이라고 판단하고 끈덕지게 제거하려고 들었고……, 암살이 여의치 않으니 왕후의 입지를 계속 흔들어 폐위할 수밖에 없도록 몰아가려는 듯싶구나."

"정말로…… 어찌 그런 무도한…… 음모를……."

혼란스러운 머릿속에서 온갖 말과 생각이 엉망진창으로 얽혔다. 아연실색해 더듬거리던 계마로는 겨우 질문을 하나 정리해냈다.

"만약 그렇다면 왜…… 왕후 폐하를 집요하게 노리는 걸까요?"

계마로 쪽으로 상체를 돌린 태왕의 입술에는 옅은 조소가 떠올라 있었다.

"왕후가 저들에게 성가신 방해물이라는 것도 이유겠지만, 궁극적으로는 짐을 노리는 거겠지."

왕후는 현재로선 태왕의 유일한 약점. 왕후가 쫓겨나거나 죽으면 태왕은 평정심을 잃을 것이다. 분노로 폭주할 수도 있었다. 무너진다고 해도 본디 모습으로 돌아오겠지만 지금 같은 강력한 지배력과 판단력을 되찾는 데 긴 시간이 필요할 건 자명했다. 태왕이 흔들리는 동안 겨우 눌러놓은 귀족 세력이 되살아날 수 있었다.

어지러워질 정국. 약해진 국경을 침범해 난동할 외적들. 줄줄이 이어질 끔찍한 상황들이 계마로를 해일처럼 덮쳐왔다. 그런 악몽은 절대적으로 막아야 했다.

"반드시! 반드시 찾아내겠습니다!"

무시무시한 혼란의 공포가 어지러웠던 계마로의 사념을 말끔하게 정리해줬다. 무의미하게 흩어져 있던 파편들이 그의 머릿속에서도 속속 정리되어갔다. 곧 태왕과 같은 결론으로 도달했다.

"왕궁이나 대상단과의 연결이며, 비려나 북연까지 얽고 들어간 자들이니…… 분명 권력의 중심부에 있겠군요. 외국을 오가는 큰 상단을 가진 고위 귀족이거나 왕족이 아니고선 불가능할 것 같습니다."

"그래. 이리 오랫동안 꼬리를 드러내지 않고 숨어 준동할 만큼 아주 신중하고 뿌리가 깊은 세력이겠지."

계마로는 남은 유력 귀족들과 왕족들을 하나씩 떠올렸다. 목적과 방향을 알아냈으니 추적의 범위를 좁힐 수 있었다. 아무리 꽁꽁 숨더라도 꼭 찾아낼 것이다.

의욕을 활활 불태우는 그를 흘끗 일별하던 태왕이 전혀 뜻밖의 명령을 던졌다.

"왕후궁에는 그 신녀의 행방을 포함해서 짐이 허락한 것 외에는 그 어떤 소식도 들어가지 않도록 해라."

순간 계마로는 귀를 의심했다.

"예에?"

"못 들었느냐? 앞으로 왕후궁에 오는 모든 연통은 왕후에게 바로 전하지 말고 반드시 짐에게 먼저 알려라. 특히 해세적은 왕후궁에 절대 들이지 말라."

계마로가 똑똑히 들었다는 걸 번연히 앎에도 태왕은 군이 반복했다. 얼마나 이 문제를 중시하는지를 보여주는 증명이었다. 정말인지 되묻고 싶었지만 그랬다간 불벼락이 떨어질 것 같았다. 놀라서 입을 헤벌리고 있던 계마로는 얼른 정신을 수습했다.

"예. 알겠사옵니다."

"차후에 오늘 같은 일이 반복될 경우엔 지위 고하를 막론하고 용서치 않을 것이다."

용서치 않을 대상에는 이 명령을 전달해 실행시킬 계마로도 포함된다는 뜻.

마리습이란 사내가 왕후를 만난 것이 못마땅한지. 아니면 태왕이 극구 막는, 왕후의 심기를 상하게 할 밖의 소식을 전한 게 더 못마땅한지는 그로선 알 수 없었다. 아마도 둘 다일 터. 등골을 따라 흐르는 섬뜩한 기운에 계마로는 태왕이 원하는 확답을 올렸다.

"예. 명심 또 명심해서 엄중하게 조치하겠습니다."

왕후 폐하는 상황 판단이 명확하고 강인한 분인데 과보호하는 게 아닌지. 이 상황을 의논드리면 놓치고 있는 부분을 짚어줄 혜안도 있으시건만.

태왕은 어느 날부터 왕후를 온실 속에서만 자라는 연약한 꽃처럼 보호하려 들고 있었다. 이전 왕후 같은 여인이라면 세상의 모든 풍파와 차단된 그 안락함과 안온함에 더없이 행복해할 게다.

그러나 지금 왕후는 화초가 아니라 단단한 나무였다. 혹독한 겨울을 이기고 비바람을 맞으면서도 꿋꿋이 꽃을 피우고 오래도록 귀한 열매를 맺는 거목.

지난 동맹에서 그는 왕후의 진면목을 확실히 느꼈다.

태왕의 성총 덕분에 가당찮은 자리를 보전한 역적의 자손이란 비난을 한 몸에 받던 시기. 독에 상한 건강을 핑계로 숨어도 되는데도 더없이 당당하게 나섰다. 위엄과 기품 넘치는 왕후로서 존재감을 과시하며 본인의 입지를 굳건하게 지켜냈다.

그날 이후 최소한 왕궁 안에서는 왕후에 대한 힐난이나 업신여김이 싹 가라앉았다.

계마로는 감탄을 넘어 감동했다. 자기 힘으로 우뚝 서고 주변까지 감화시켜 끌고 나가는 사람. 동명성왕 주몽과 함께 고구려를 창건한 소서노 왕후처럼 해류 왕후는 건흥태왕 거련의 동지로 나란히 설 자격이 충분히 있었다.

그런데 태왕은 강력한 우군인 왕후의 능력을 높이 사고 활용하기는커녕 어떻게든 보호하고 감추려고만 들었다. 유능한 인재를 적재적소에 기용해 그 능력을 십분 활용하는 태왕답지 않은 행보였다. 잊을 만하면 벌어지는 왕후 암살 시도를 떠올리면 수긍이 가면서도 과하다 싶었다.

불만스럽지만 그가 감히 입을 얹을 수 없는 영역. 계마로는 어명이 완벽하게 집행되어야 한다는 것만 각인했다. 자신과 왕후궁의 궁인들은 물론이고 호위대와 친위대의 안위가 왕후의 안위에 달려 있었다.

왕후 폐하께서 이 사실을 알면 절대 기꺼워하지는 않으실 터인데. 아름드리로 자라날 나무를 좁은 온실 안에 가두면 오히려 시드는 법이건만.

계마로는 왕후의 반응이 어떨지 슬쩍 떠올려보다 현명하게 생각을 접었다.

왕후궁에 돌아온 해류는 차를 가져오라고 지시했다. 온종일 맹물만 조금 마시고 곡기를 끊은 왕후를 보며 발을 동동 굴렀던 궁녀들은 부리나케 다과상을 들여왔다.

"폐하, 앵두 과편과 석청을 넣은 산삼차입니다."

"고맙다."

내내 꽉 막힌 것 같았던 목구멍에 따뜻한 차가 달게 넘어갔다. 아침에 마리습에게 사란의 비보를 들은 이후 숨도 쉬기 힘들 정도로 갑갑했던 가슴도 한결 편안해졌다. 반드시 찾아주겠다는 태왕의 장담에 온몸을 누르던 바윗덩이가 치워진 듯했다.

후련함을 만끽하며 천천히 찻물을 삼키는 해류의 가슴에 작은 의혹이 하나 드리우고 있었다.

태왕은 해류가 전한 소식에 전혀 놀라지 않았다. 사란이 태왕에게는 별 의미가 없는 존재라고는 하지만 그래도 백주대낮에 사람이 납치당했다는데 조금은 놀라는 게 맞지 않나?

마치 알고 있었던 것처럼 침착했다. 언제나 감정 표현을 완벽하게 절제하는 태왕이지만 부자연스러울 정도로 무반응이었다는 느낌이 해류의 뒷덜미를 자꾸 따갑게 찔렀다.

내가 눈치채지 못한 것이다. 폐하의 미묘한 감정 표출을 놓치지 않는다는 건 내 오만이다. 부디 폐하든 마리습이든 빨리 사란의 행방을 찾아내 구해주기를.

해류는 의구심을 걷어냈다.

해류와 약속한 대로 마리습은 사란의 행적을 최선을 다해서 쫓고 있었다. 아침에 왕궁에서 나와 바로 사당으로 가서 친분 있는 신군에게 내부 사정을 탐문하고 내내 사란의 족적을 따라 헤맸다. 마지막으로 흔적이 발견된 북쪽의 민가를 샅샅이 훑다가 캄캄해질 무렵에야 상단으로 돌아왔다.

"도련님, 돌아오셨습니까."

바깥채 대문 앞에서 모두루가 안절부절못하며 그를 기다리고 있었다.

"아니, 내가 물가에 내놓은 어린아이도 아니고, 넌 언제까지 이럴 셈이냐."

평소라면 그 타박을 느물느물 웃어넘기며 어서 씻고 쉬라고 챙겨줄 모두루는 마리습을 담벼락의 그늘로 잡아끌었다. 그답지 않은 행동에 마리습도 순순히 따라갔다.

"무슨 일이야?"

혹시라도 소리가 나갈까 두려운지 모두루는 마리습의 귀에 대고 나직하게 속삭였다.

"아라 아씨께서 와 계십니다."

"형수님이?"

"예. 아까 중참 즈음에 오셔서 지금껏 기다리고 계십니다."

마리습은 머리를 들어 달을 봤다. 하늘 높이 떠오른 걸 보건대 꽤 늦은 시각이었다.

"밤이 깊었구먼. 다음에 오시라고 하고 모셔다드리지 않고."

"당연히 그리 말씀을 드렸지요. 그런데 꼭 도련님을 뵈어야 한다고 꼼짝을 안하시니……."

손을 휘젓는 모두루의 온몸에서 난감함이 풀풀 풍겨났다.

어머니 집안의 하인으로 본가까지 따라와 마리습을 모신 그였다. 아라와 마리습이 연인이었던 시절부터 알고 있었다. 과거야 어떻든 지금 아라는 마리습의 형수이자 해씨 후계자의 어머니이니, 이 상황이 얼마나 난처하고 곤란한지 잘 알았다.

그렇다고 하인인 모두루가 본가 마님인 아라를 억지로 내보낼 수는 없어 발을 동동 구르며 마리습을 기다리고 있던 참이었다.

"어찌할까요?"

모두루가 암시를 주는 것처럼 이대로 돌아 나갈까.

유혹적인 방도였으나 마리습은 그 선택지는 포기했다. 그래봤자 잠깐의 회피였다. 아라는 몸소 그의 상단까지 찾아왔다. 추문이 생길 것을 무릅쓰고 이 늦은 시간까지 기다리고 있을 정도라면 작정했을 터. 무슨 용건인지 들어는 주고 거절하거나 돌려보내지 않으면 이런 일은 반복될 게 확실했다.

마리습은 결의를 다지듯 주먹을 꽉 쥐었다 폈다.

"피한다고 능사가 아닌 것 같다. 일단 만나서 연유는 들어보고…… 금방 돌아가실 테니까 안전하게 가실 수 있도록 호위나 좀 준비해다오."

모두루도 후딱 볼일을 끝내고 최대한 빨리 보내는 게 상책이다 싶었는지 마리습의 등을 떠밀었다.

"예. 저는 지금 바로 준비를 시키고 문 앞에서 기다리겠습니다. 도련님도 어서 들어가보십시오. 객당에 모셨습니다."

소득도 하나 없이 끝까지 피곤한 하루였다. 마리습은 객당 앞에서 짜증을 누르며 표정을 정리했다.

"형수님, 이 누추한 곳에 연통도 없이 어찌 발걸음을 하셨습니까?"

정중하게, 동시에 당신은 불청객이라는 것을 확인시켜주는 인사를 하며 마리습은 방에 들어왔다. 일부러 앉지도 않고 아라의 맞은편에 섰다. 그의 의사가 제대로 전달됐는지 아라의 눈초리가 새치름해졌지만 아쉽게도 기대와 달리 자리를 박차고 일어나 나가지 않았다.

"꼭 해야 할 얘기가 있어 찾아왔어요."

"제게요? 형수님께서 제게 꼭 하셔야 하는 말씀이 무엇인지요?"

굳건히 벽을 쌓는 말투. 철저한 공대로 바늘 끝 하나 들어갈 틈도 보이지 않는 마리습을 향한 아라의 동그란 눈망울에 부아가 담겼다.

"세적, 당신이 꼭 알아야 할 비밀이란 말이 더 맞겠네요."

"제가 알아야 할 비밀요?"

예의상 흥미를 보이면서 마리습은 앉은 아라의 눈높이에 맞춰 허리를 살짝 구부렸다.

"형수님과 제게 무슨 비밀이 있다는지 이해할 수가 없군요. 어쨌든 여기까지 오셨으니 말씀하십시오, 형수님."

궁금해하는 태도는 가장. 무성의하니 진실성이 하나도 없다는 건 장님이 아닌 한 확연히 보였다.

입술을 잘근잘근 짓씹으며 아라가 그를 노려봤다. 입을 꼭 다물고 어금니를 사리무는가 싶더니 바르르 몸을 떨면서 마리습이 상상도 못 한 날벼락을 떨어뜨렸다.

"라후, 그 아이는 당신 아들이야."

十七

"정신이 좀 드십니까?"

깨어났다 혼절하기를 여러 차례. 겨우 정신을 제대로 차린 사란은 사내를 보자 비명을 질렀다.

"아악!"

이불이 방패라도 되는 것처럼 뒤집어쓰고 애걸복걸했다.

"살려주세요. 정말 저는 아무것도 모릅니다. 제발 살려주세요."

이불을 움켜쥔 손이 경련하듯 덜덜 떨렸다. 우악스러운 손길이 가할 고통을 어떻게든 줄여보려 사란은 몸을 한껏 웅크렸다. 그런데 시간이 지나도 앞에 선 사내는 꼼짝도 하지 않았다. 끝도 없이 길어지는 침묵에 결국 사란이 이불을 조금 내리고 그를 올려다봤다.

마주친 눈에 가득 담긴 감정은 동정. 요 며칠 내내 맞닥뜨렸던 적대감은 찾아볼 수 없었다.

그는 사란이 두려움에 제정신이 아닌 걸 아는 듯 침상에서 떨어져 선 채로 물었다.

"이틀 만에 눈을 뜨셨습니다."

"예? 이틀이나요? 제가 왜 여기에……?"

"기억이 전혀 나지 않으십니까?"

사당에서 쫓겨나 옛집을 찾아 정신없이 걸어가다 마주친 사내들이 다짜고짜 사란을 끌어 수레에 실으려고 했다. 비명을 지르려 했지만 넝마에 입이 틀어막혀 숨도 제대로 쉬기 힘들었다. 정신이 가물거리고 이대로 죽나 보다 하는데, 칼이 부딪치는 소리가 났다. 그리고 억센 손이 그녀의 허리를 잡아채 말에 올라 달리는 것까지가 마지막 기억.

그걸 입에 담아도 될지 확신이 서지 않은 사란은 머리만 계속 저었다.

사란의 눈은 사냥꾼에게 쫓기는 토끼나 사슴의 그것 같았다. 사수루는 잔뜩 겁먹은 그녀를 안심시키기 위해 자기소개부터 했다.

"저는 신군의 오십인장으로 있는 순노부의 설사수루라고 합니다."

"신군 오십인장이요?"

신군이라는 단어에 사란의 눈이 왕방울처럼 커졌다. 혹시 사당에서 이자를 시켜 자신에게 위해를 가하려는 것이 아닌가 두려움이 밀려왔지만 이어지는 설명에 긴장이 조금 풀렸다.

"태왕 폐하의 명을 받고 사당의 동태를 살피고 있었습니다. 신녀님이 쫓겨나시는 것을 보고 불길해 쫓아갔더니 큰 횡액을 당할 뻔하셨더군요."

절 구해줬다는 오십인장은 날렵하니 조금은 여윈, 소년티를 막 벗은 젊은 사내였다. 우락부락 험상궂은 무사 여럿을 순식간에 해치웠다는 게 믿기지 않을 정도로 체구도 별반 크지 않았다. 강아지처럼 살짝 처진 눈매도 서글서글하니 선량한 인상이었다. 무엇보다 사란을 자극하지 않도록 조심하는 행동거지가 아주 섬세하고 배려심 깊었다.

그럼에도 사란은 상대를 완전히 믿을 수 없었다. 최소한 지금 당장 해악을 가할 의사는 없어 보이는 것이 그나마 위안이었다.

"가, 감사합니다, 나리. 그런데 저를…… 어찌…… 왜 구하셨습니까?"

"아, 제 설명이 미흡했군요. 신녀님은 왕후 폐하께서 가장 아끼시는 친우이시잖습니까. 당연히 구해야지요."

"예? 그걸 어찌 아시고……?"

"사당에 배치될 때 신녀님을 면밀하게 살피라는 명이 있었습니다. 왕후 폐하와 가깝다는 이유로 고초를 당할 수 있으니 각별하게 주의를 기울이라고요. 아마 이런 변을 예견하셨던 게 아닐까 싶군요."

살았구나.

안도감이 그녀를 감쌌다. 뒤이어 온갖 감정들이 밀려오자 걷잡을 수 없이 마구 눈물이 쏟아졌다.

"흐……흑."

안심시키기 위해 알려줬는데 왜 심하게 오열하는 것인지. 안아서 달래줄 수도 없고. 난감해진 사수루는 어쩔 줄 몰라 들먹거리는 그녀의 어깨 위에서 손만 분주하게 흔들었다. 안절부절못하면서도 사란을 달래기 위해 최선을 다했다.

"자자, 신녀님, 그만 우십시오. 안심하셔도 됩니다. 왕후 폐하께서 신녀님 소식을 듣고 많이 걱정하고 계신답니다. 속히 쾌차하라고 귀한 약재와 보양식도 보내주셨습니다."

해류야. 해류야. 사란은 이제는 감히 입 밖에 낼 수 없는 이름을 속으로 부르면서 흐느꼈다.

해류를 팔지 않은 것이 얼마나 다행인지. 그러지 않았다면 태왕이 보낸 손에 구원받지도 못했을 테고 설령 구해졌다고 해도 가책에 짓눌렸을 것이다. 안도감에 고마움에, 어마무시한 핍박에도 신의를 지켜낸 스스로에 대한 대견함을 사란은 울음으로 풀어냈다.

한참을 울고 또 울고 나니 눈물도 말라버렸다. 반은 젖고 반은 소금기로 버석거리는 얼굴을 옷소매로 닦으며 사란은 고개를 들었다.

오열이 그치길 기다리고 있었던지 사수루는 말없이 수건을 건네줬다. 고맙게 받아 막힌 코를 팽, 시원하게 푼 사란은 더러워진 수건을 주섬주섬 접었다.

"고맙습니다. 그리고 죄송합니다. 이 수건은 잘 빨아서 돌려드릴게요."

"괜찮습니다. 좀 진정이 되시는지요?"

"예에."

죽을 구멍에서 벗어났다는 확신이 드니 상황을 살필 여유도 조금은 생겼다.

"사수루 님, 여긴 어딘가요?"

"제 누이의 집입니다. 전 사당 옆 신군 숙소에 머무는 터라 여기로 모셔왔지요. 옮길 곳을 정하기 전까지 이곳에 계시라는 명이 내려왔습니다."

그래도 괜찮냐는 물음이 사란의 얼굴에 고스란히 떠오른 모양이었다. 사수루는 빙그레 웃으면서 사란을 안심시켰다.

"제 매형은 임무를 맡아 멀리 출타 중이라 당분간은 조카들과 누이만 있습니다. 저는 물론이고 근방에 신녀님을 지키기 위한 병사들도 여럿 배치되어 있으니 염려하지 않으셔도 됩니다. 그러니 안심하고 조섭에만 힘을 쓰십시오."

"고맙습니다. 왕후 폐하께 이 천녀를 잊지 않고 살펴주신 데 감읍한다는 인사를 꼭 올려주십시오."

"예. 그리 전해드리겠습니다."

같은 날 밤, 편전에 있는 태왕의 집무실에선 계마로가 보고를 올리고 있었다. 사당과 상단을 중심으로 태왕이 명한 조사를 다 알린 뒤 그는 마지막으로 사란의 소식을 덧붙였다.

"명하신 대로 왕후 폐하께서 내린 걸로 해서 약재와 물품을 보냈습니다. 낙루할 정도로 감동하며 꼭 인사를 올려달라고 신신당부했답니다."

태왕은 장계에서 눈도 떼지 않은 채 무심하니 답했다.

"의리를 지키는 자이니 은공에 감사하고 앞으로도 할 수 있는 한 신의를 지키겠지."

"사란 신녀의 소식이라면 왕후 폐하께서도 궁금해하실 텐데 내일이라도 알릴까요?"

채찍 같은 힐난이 담긴 시선이 계마로를 스쳤다가 읽던 글로 돌아갔다.

왕후 폐하께선 여전히 아무것도 모르시는구나. 다른 건 몰라도 이 문제는 왕후께 알리고 조언을 받는 게 옳지 않을지. 근질근질한 입을 꾹 다물면서 계마로는 을밀의 눈치를 슬쩍 살폈다.

굳이 왕후의 이름으로 약재와 보양식을 내리라길래 사란이 당한 변고를 공유하나 보다 했었건만. 분위기를 보아하니 왕후는 깜깜무소식인 게 분명했다.

사란이 쫓겨난 이후 을밀과 계마로는 사당의 문제를 의논해왔다.

계마로가 어렵게 포섭한 자들은 사당 안에서 아직 미약한 위치였다. 알려오는 정보도, 그걸 검증하는 데에도 한계가 있었다. 사당 내부의 권력 구조며 상단들과 연결된 내막을 잘 아는 왕후의 협력을 얻으면 좋겠다. 왕후라면 그들이 놓치는 것을 짚어줄 수 있을 거라는 데 의견을 함께했다.

이심전심이라고, 을밀에게 계마로의 간절한 바람이 닿은 모양이었다. 묵묵히 태왕의 명만 집행하던 그가 좀처럼 떼지 않는 무거운 입을 열었다.

"폐하, 왕후 폐하께서도 이 안건은 아시는 게 낫지 않을지요?"

을밀의 간언에 태왕이 정색했다. 장계에서 다시 얼굴을 든 그가 선득한 눈빛으로 을밀과 계마로를 차례로 응시했다.

"짐의 명을 잊었느냐?"

태왕을 오랫동안 모신 호위대장의 의견이라면 가납하지 않을까. 계마로가 잠시 품었던 기대는 보르르 물거품이 되어 꺼져버렸다.

"그러하오나……."

미련을 버리지 못한 을밀이 우물쭈물 한마디를 보태려는 순간 태왕이 탁자를 쳤다.

탁. 가벼운 손짓에 그리 크지 않은 소리지만 공간을 침묵으로 물들이는 데는 충분하고도 남았다.

"용서하시옵소서. 소장이 잠시 정신이 나갔었나 봅니다."

입도 뻥긋하지 않았지만 무언으로 을밀을 지지하고 동조한 계마로도 함께 빌었다.

"폐하의 명을 잊고 성심을 거스른 죄를 용서하시옵소서."

싸늘하고 짙은 질타의 시선이 그들에게 한동안 머물렀다. 태왕이 눈길을 거둘 때까지 둘 다 압박감에 숨도 제대로 쉬지 못했다.

"왕족과 귀족 상단의 조사는 어찌 되고 있느냐?"

대화의 주제를 바꾸는 질문에 계마로는 목을 조르는 올가미에서 풀려난 듯한 안도감을 삼키며 얼른 답을 올렸다.

"절노부의 상단들은 역모에 일절 관여하지 않은 방계 한 곳을 제외하고 모조리 와해되어 그 세력의 상당수가 소노부로 옮겨갔습니다. 계루부에도 일부 흡수되긴

했지만 소노부 욕살의 상단이 빈자리의 대부분을 메우고, 그 와중에 북위와 직접
교역을 연결하기까지 했답니다."

"북위와? 북연이 아니고?"

"예. 그동안 거의 접점이 없었던 터라 다들 깜짝 놀랐다고 합니다."

"사신단에 동행한 것도 아닌데 어떻게 일개 상단이 그게 가능할 수 있었지? 대
단하군."

"저도 그 부분이 좀 미심쩍어 파고 있는데 워낙 극비리에 진행된 일이라 아직
정확히 그 내막은 알아내지 못했습니다. 곧 밝혀내어 아뢰겠사옵니다."

수긍하며 넘어가려던 태왕이 불현듯 떠오르는 게 있는지 고개를 들었다.

"그, 해사무의 차자 해세적. 마리습이라는 이름으로 상단을 이끄는 자와 혹시
연관이 없는지 면밀히 살펴보도록 해라."

계마로와 을밀의 눈빛에도 긴장이 흘렀다.

지난해 환도를 살폈던 자. 지금은 송이 된 동진에서 출발해 북방 국가들을 돌고
귀국했다고 했었다. 그때 북위와 아비 해사무의 상단을 연결하는 모종의 역할을 했
을 거라는 가정은 타당성이 있었다.

우리 폐하는 참으로 명민하신 분이다. 두 사람은 감탄의 눈길을 교환했다.

"예. 그 고리를 집중적으로 파헤쳐보겠습니다."

"짐이 알아야 할 안건들은 끝난 것이냐?"

"예. 오늘까지 올라온 것들은 모두 아뢰었습니다."

"계마로가 맡은 일이 많으니 을밀, 너는 가장 믿을 만한 수하를 골라 연전에 추
방한 보연을 찾아 필요한 증좌나 정보를 캐라 일러라. 치부에 열성이었던 자니 사
당과 연관된 재물이나 권력의 흐름을 명확하게 알 것이다."

태왕에게 죄를 받고 쫓겨난 자가 과연 순순히 도움을 줄까, 걱정하는데 태왕이
한마디를 더 보탰다.

"짐이 허락할 테니 보연의 입을 여는 데 수단과 방법을 가리지 마라."

그 뜻을 을밀은 금방 알아들었다. 빈 몸으로 쫓겨나 몹시 곤궁할 테니 금전을 들
이밀면 먹힐 것이다. 고분고분 협조하지 않으면 그때는 무력을 써야겠다. 똑똑한

여인이니 피차 힘들게는 않겠지.

"예, 바로 시행하겠습니다."

을밀이 누구를 보낼지 고민하는 동안 태왕은 옆에 있는 화로에 없애야 할 것들을 직접 던져 넣었다. 불길에 닿은 종이가 화르르 타오르고 재가 되는 걸 지켜보며 당부했다.

"너희도 알다시피 사라진 꼬리의 몸체가 아주 가까운 곳에 있다. 절대 경거망동하지 말고 항상 주변을 살피고 조심해라."

셋 다 공감하는 바였다. 태왕이 신하를 불러 내리는 명이며 회의를 남김없이 기록하는 주부와 비관마저도 이 문제를 의논할 시엔 퇴궐시킬 정도로 주의하고 있었다.

"예. 명심하겠사옵니다."

"그래야지."

용건이 끝난 태왕은 자리에서 일어났다.

"물러가 쉬어라."

툭 축객령을 던진 뒤 하직인사를 올릴 여유도 주지 않고 쏜살같이 방을 나갔다. 가까운 곳에선 비교적 진중했으나 멀어질수록 반쯤 뛰다시피 빨라졌다. 총총히 멀어지는 태왕의 발소리를 들으며 을밀과 계마로는 쓴웃음을 지었다.

"아직 해시도 되지 않았는데 편전을 뜨시다니, 폐하께서 정말 많이 변하신 것 같습니다."

"자네가 몰라서 그렇지 요즘은 술시 전에도 정무만 끝나면 왕후궁으로 가신다네."

"자시가 넘어도 편전에서 꼼짝 안 하시어 제발 침수 드시라는 간청을 올린 것이 부지기수였는데…… 항시 눈 밑이 시커멓고 꺼칠하던 주부와 비관들의 안색에 요즘 윤기가 좔좔 도는 이유가 있었군요. 하하하."

"그동안 너무 옥체를 돌보지 않고 격무를 감당하셨으니. 왕후 폐하 덕분에 한숨이나마 돌리시니 다행이지."

아무리 왕후를 총애해도 여인의 치마폭에 휩싸여 정무를 잊을 태왕이 아니었다. 그걸 확신하기에 둘 다 왕후에게 감사했다.

"두 분이 화목하시니 참으로 보기가 좋고 다행이지요. 이런 다정함은 대물림인가 봅니다. 선왕께서도 왕후께 말도 못 하게 정이 깊으셨다면서요?"

계마로의 물음에 을밀의 상념이 과거로 돌아갔다.

10여 년 전만 해도 바로 이 자리에 태산같이 앉아 있었던 그의 주군. 그보다 더 오래전, 늦은 밤에 종종 다과를 들고 찾아오던 아름답고 상냥한 그의 반려. 까마득히 먼 옛날처럼 느껴지는 동시에 바로 어제처럼 생생했다.

"그분은 다정이 너무나도 깊어서……."

병이셨지. 쓸쓸한 뒷말은 속으로 삼켰다.

벌떼 같은 반대를 전쟁하듯 물리치고 기어이 혼인한 태자와 태자비. 문자 그대로 서로에게 일편단심이었다. 허락된 시간이 꽃피는 봄날처럼 짧다는 걸 예감했는지 매 순간 절절하고 애틋했다. 둘만의 세계에서 더없이 행복했다.

왕후가 핏덩이 왕자만 남기고 눈을 감았을 때 영락태왕의 황폐한 눈을 을밀은 결코 잊을 수 없었다. 태왕은 통곡도 눈물도 없이 버석하니 사막처럼 마른 눈으로 그녀를 보냈다. 혹시라도 왕후를 따라가려고 할까 두려워 그는 한동안 밤잠도 제대로 자지 않고 태왕을 남몰래 지켰다.

다행히 영락태왕은 곧 슬픔을 떨치고 본연의 굳건하고 늠름한 모습으로 돌아왔다……고 다들 믿었다. 그렇지만 그때부터 태왕에게 국내성은 잠시 머물러 왕자의 안위를 살피고 금방 떠나는 장소였다. 반려의 숨결과 추억이 곳곳에 배어 있는 왕궁을 견딜 수 없는 듯 끊임없이 정벌에 나섰다.

만약 왕후께서 살아 계셨다면 그 광활한 영토를 정복할 수 있었을까. 을밀은 태왕을 따르면서 종종 생각했었다.

남북을 종횡무진 내달리며 정벌하는 것을 제외하고 영락태왕의 유일한 관심사는 어린 원자 거련이었다. 새 왕후를 들인 뒤 을밀은 외가도 인척도 없는 왕자를 목숨 바쳐 지키라는 명을 받아 국내성에 남았다.

영락태왕은 끊임없이 의심하고 감시했지만 을밀은 지금은 태후가 된 왕후에게 진정으로 감사했다. 그 일가는 태왕을 쏙 빼닮은 승평 왕자를 두고 다른 뜻을 품었는지 몰라도 왕후는 거련 왕자에게 진정을 쏟았다. 그가 영락태왕에게 유일하게 가졌던 불만이 첫 왕후에 대한 지나친 익애와 두 번째 왕후에 대한 무심함이었다.

멍하니 옛 시간을 헤매던 을밀은 왠지 따끔거리는 느낌에 얼굴을 털다가 계마로와 눈이 마주쳤다. 흐린 말끝에 흩어진 내용이 궁금한지 계마로가 그를 빤히 쳐다보고 있었다.

"정말로 정이 깊으셨다네. 자네 말마따나 태왕께서도 선왕 폐하를 닮으신 모양이야."

'아닌 줄 알았는데'라는 약간의 아쉬움이 어쩔 수 없이 흘러나왔다.

원자 시절부터 태왕은 선왕의 기대에 어긋나지 않게 자신을 극도로 절제하며 제왕으로 자질을 갈고닦았다. 등극한 뒤에도 스스로를 몰아치는 고삐를 늦추지 않았다. 을밀은 욕정에 휘둘리지 않고 목석같은 거련 태왕을 자랑스럽게 여겼었다. 여인에게 무심 무정하던 태왕의 과해지는 집착에 아주 살짝 배신감도 느끼고 있다.

지나치게 자신을 혹사하는 태왕을 잡아주는 왕후가 고마우면서도 순조로운 천도나 국정 운영에 도움이 될 장래의 혼인을 외면하게 만드는 게 아닌가 염려스러웠다.

을밀은 그 이율배반적인 감정을 아들 같은 계마로에게 토로했다.

"신라는 선왕 때부터 왕녀를 후궁으로 바치겠다고 통사정하고 있고 폐하께서 즉위하셨을 때부터 북위도 공주를 소후로 보내겠다고 하는데 왕후께만 애틋하시니……, 하루빨리 왕후 폐하의 태에서 적통 왕자를 보셔야 여러모로 운신의 폭이 넓어지실 텐데 말이야."

계마로는 내물 마립간이 영락태왕에게 왕녀를 둘이나 바치려 했다가 일말의 여지도 없이 거부당했던 선례를 떠올렸다. 신라로 돌아가길 거부한 그 여인들은 먼 방계 왕족과 혼인했다. 어느 나라 공주든 지금 태왕도 별다를 것 같지 않았지만 일어나지도 않은 일을 놓고 을밀과 의견 다툼을 할 이유가 없었다. 그는 유들유들하게 뒤쪽에만 반응했다.

"그러게나 말입니다. 용과 봉 같은 두 분 폐하 사이의 왕자님이면 다시없이 뛰어난 성군이 되시겠지요."

벽에도 귀가 있는 것이 궁궐. 금언령을 내린 사안이라 둘은 왕후의 유산을 감히 입에 담지 못했다. 빙빙 돌려 바람을 나눴다.

"두 분 다 젊고 화락하시니 곧 바라는 소식이 오겠지."

"그러게요. 폐하가 잉태를 시키지 못하는 분이라는 요상한 낭설이 싹 사라져서 얼마나 다행인지요."

계마로가 실실 웃으면서 한때 심심찮게 떠돌았던 뜬소문을 입에 담자 을밀이 이를 으드득 갈았다.

"폐하와 관련해서 삿된 비방을 퍼뜨리는 자들은 모조리 붙잡아 주리를 틀어버려야 하는데! 군주는 엄한 통치를 기본으로 이따금 너그러움을 보여야 위엄이 제대로 서는구만, 폐하께서는 선왕 폐하에 비하면 좀 과하게 유하셔."

"하하, 그런가요?"

당신의 일에는 꽤 자비로우나 왕후 폐하가 관여되면 눈 하나 깜짝하지 않고 피바람도 불사하실 겁니다.

굳이 소리 내어 반박하지 않고 계마로는 너털웃음으로 엉너리 쳤다. 시중에 왕후에 관해 떠도는, 너무 터무니없어 배를 잡고 폭소했던, 풍문을 들려주려던 생각은 접었다. 이 충직한 호위대장은 듣자마자 당장 그런 망발을 입에 담는 자들을 모조리 색출해 목을 베자고 펄펄 뛸 게 뻔했다.

평소라면 그도 이 얘기가 귀에 들어오자마자 입을 허투루 놀린 자들을 모조리 잡아들여 혼쭐을 내놓았겠지만 지금은 말도 안 되는 유언비어까지 챙기기에는 처리할 난제들이 너무 많았다. 태왕이 명한 시급한 건을 다 처리하면 왕실을 모독하는 헛소문을 뿌리부터 싹 뽑아놓으리라, 속으로 훗날을 기약했다.

충성스러운 두 심복의 바람대로 태왕은 석찬도 건너뛰고 왕후와 활활 타오르는 열락의 시간을 보내고 있었다.

"아얏!"

등에 느껴지는 까슬하고 탄탄한 사내의 벗은 가슴이 해류를 눌렀다. 낭창한 허리를 감싸 안은 손이 지나친 쾌락을 못 이겨 도망가려는 여체를 단단히 잡았다. 제대로 교접을 한 것도 아닌데 쾌감으로 머리끝부터 발끝까지 쭈뼛 서는 느낌. 아까부터 계속 이런 상태였다. 미치도록 달궈놓고선 지독하게 만족을 주지 않았다. 견딜 수 없는 허기에 해류가 결국 참지 못하고 흐느꼈다.

"폐하, 폐하! 제발!"

태왕의 웃음소리가 해류의 귀에 울렸다. 입술로 그녀의 목덜미를 희롱하듯 간질였다.

"어찌할까요?"

"제발……."

"어떻게 해달라고? 잘 들리지 않는군."

채워지지 않은 욕망으로 몽롱한 가운데에도 기가 막혀 해류는 고개를 돌려 그를 흘겨봤다. 새치름한 눈초리에 짓궂은 웃음을 문 태왕의 얼굴이 들어왔다. 거친 호흡을 연신 들이켜는 것을 보건대 그도 한계에 가까워 보였다. 그럼에도 해류를 희롱만 하고 있었다.

"폐하를…… 폐하를 제 몸에…… 받아들이도록…… 하읏!"

부끄러움을 참으며 밀어낸 애원이 끝나기도 전에 태왕이 그녀를 채웠다. 배려라는 것 없이 거칠게 미쳐 날뛰는 듯하면서도 섬세하게 해류를 살펴 쾌감을 주며 자신도 얻어 가고 있었다.

정신이 아득해지는 황홀감이 몇 번이고 해류를 삼켰다 물러났다.

"아응……."

감당하기 힘든 환락과 피로감에 사지가 늘어지고 앓는 소리가 절로 나왔다. 그녀가 더 버티기 힘들다는 걸 느꼈는지 경련하듯 몸을 떨면서 태왕도 자신을 풀어놨다. 거의 동시에 다시 절정에 다다른 해류의 나신도 얕은 떨림과 함께 축 늘어졌다.

미처 끄지 않은 촛불이 정사의 여운이 한가득 남은 침실을 색정적인 색으로 물들인 시각. 태왕은 혼절하듯 눈을 감은 해류를 안은 채로 누워 있었다. 흐트러진 긴 머리카락의 향기를 맡는 것처럼 얼굴을 묻고 숨소리를 들었다.

가만히 절 쓸어내리는 손길에 비몽사몽 헤매던 해류가 몸을 움찔거렸다.

"아직 석찬을 드시지 못했는데…… 드셔야 하는데……."

밀려오는 수마와 싸우면서 해류는 계속 중얼거렸다. 머릿속은 부지런히 움직였지만 정작 사지육신은 침상에 달라붙어 꼼짝도 하지 않았다.

일어나려 안간힘을 쓰는 해류를 태왕의 감은 팔이 살짝 눌렀다.

"더 자오. 지금은 그냥 이대로 있을 테니."

"예에…… 그럼 잠시만……."

그의 도닥임에 떠지지 않는 눈꺼풀을 밀어 올리려 애쓰던 해류는 까무룩, 밀려오는 졸음에 몸을 맡겼다.

옹송그린 여윈 어깨를 내려다보는 태왕의 눈빛이 어두워졌다. 해류는 이제는 건강해졌다고 주장했지만 태왕이나 어의, 그녀를 모시는 궁녀들의 눈에는 한참 멀었다. 확 내린 몸에는 좀처럼 살이 붙지 않고 지칠 줄 모르던 체력도 예전에 비하면 아직 형편없었다.

이전이라면 아무리 진진하고 깊었다고 해도 한 번의 정사에 기진맥진하진 않았다. 힘들다고 칭얼거리면서도 밤새도록 여러 차례 그에게 열렬하게 호응하며 합연하고, 해가 뜨면 일어나 활기차게 일상을 수행했지만 지금은 아니었다.

어의들은 오장육부에 침범한 독이 다 사라지는 데 시간이 걸릴 거라고 했다. 예전처럼 될지는 장담하지 못했고 설령 완전히 회복된다고 해도 한참 먼 훗날이었다.

네놈은 결단코 곱게 죽지 못할 것이다. 정체불명의 흉적에게 이를 갈면서 그는 고이 잠든 아내가 깰세라 조심조심 이불 위로 감싸 안았다. 바로 옆에서 끌어안고 체온을 느끼며 눈에 담고 있는데도 그립고 가슴이 아렸다.

"정말로, 다시는 아주 조금이라도 그대가 다치거나 위험할 일은 절대 허락하지 않을 것이다."

해류가 있는 왕후궁은 그가 돌아와 쉴 수 있는 유일무이한 장소. 해류는 그가 모든 걸 터놓고 안길 수 있는 존재였다. 해류가 없으면 그는 다시 혼자가 된다. 극도의 긴장과 황량한 고독 속에서 모두를 불신하며 홀로 살아야 했다.

기적처럼 손에 넣은 소중한 반려를 절대 놓칠 수 없다고 하냥다짐하며 그는 해류의 귀에 다정하게 속삭였다.

"해류. 내 자식을 낳는 사람은 그대밖에 없을 거요."

국내성 북쪽, 외성 바로 근처에 민가가 모여 있는 골목. 담 안에 있는 사람들은 줄을 지어 말을 달리는 사냥하러 나선 차림의 무사들을 흘끗거렸다.

청색 사냥복을 입은 무사들이 쓴 절풍[22]은 긴 깃털을 세 개씩이나 단 조우관. 더구나 그중 한 명은 금동으로 만든 절풍을 쓰고 있었고 말들은 얼핏 봐도 최상급 국마가 분명했다. 허리에 찬 다섯 자루 칼이며 황소 뿔로 만든 활도 마을 주민의 대다수를 차지하는 하급 관리나 사졸이 감당할 수준이 아니었다.

사냥터도 아닌데 왜 저리 떼로 몰려왔나? 의아한 시선으로 몰래 훔쳐보는 가운데 십여 명의 무사들은 골목 끄트머리에 있는 집 앞에 멈췄다. 큰일이 나는 게 아닌가, 걱정 반 궁금증 반으로 지켜보던 이웃들은 눈에 익은 안주인의 동생이 나와 앞에 선 사내를 맞이해 들어가는 것을 보고 긴장을 풀었다.

안도하며 눈을 돌리던 그들은 평범한 가축사[23]로 알았던 저 집 바깥주인이나 안주인이 대단한 권세가와 가까운가 보다, 마침내 납득할 이유를 찾아냈다. 공감의 눈빛을 낮은 담 너머로 교환하며 집 안으로, 밖으로 흩어졌다.

주변의 눈과 별개로 혹시라도 정탐하는 자가 있을까 담 안쪽으로 호위들이 집을 빙 둘러섰다. 누이와 조카들, 몇 안 되는 노예들까지 싹 내보내고 기다리던 설사수루는 태왕을 보자 한쪽 무릎을 꿇고 인사를 올렸다.

---

22 고깔 모양의 건
23 제사용 돼지를 기르고 관리하는 직책

"폐하, 어서 오시옵소서. 명하신 대로 주위를 물려두었습니다."

태왕은 자신이 직접 점찍어 발탁한 청년부터 치하했다.

"일어나라. 네가 기민하게 행동한 덕분에 큰 시름을 덜었다."

"망극하옵니다."

얼른 몸을 일으킨 사수루는 작은 뒤채로 태왕을 안내했다.

"이리로 듭시지요."

사란은 방에서 무릎을 꿇고 태왕을 맞았다.

"신, 아, 아니 천녀 사란이 폐하를 뵈옵니다."

습관처럼 신녀라고 하려던 사란은 얼른 단어를 바꿨다.

말도 제대로 못 하고 더듬거렸는데 태왕께서 노여워하지 않으실지. 초조해하는데 놀랍게도 태왕이 사란과 같은 눈높이로 몸을 숙였다. 감히 저 멀리서도 쳐다볼 수 없는 고구려의 태왕이 무릎을 굽혀 그녀와 마주하고 있었다.

"짐이 네게 상을 내리려고 한다."

"아, 아, 아닙니다!"

화들짝. 너무 놀란 나머지 사란의 무릎에서 힘이 빠졌다. 그대로 나자빠질 뻔하다가 엉덩이에 손을 받쳐 간신히 흉한 꼴은 면했다. 그녀는 감히 태왕의 얼굴을 볼 수 없어서 납작 엎드렸다.

"상이라니요……, 제가 어찌……."

딱 하루를 참아낸 것뿐이었다. 곧바로 쫓겨났기 망정이지 만약 회초리질을 당했다면 장담할 수 없었다. 잠깐은 버텼겠지만 결국은 고통을 못 이기고 해류를 팔았을 것이다. 그걸 알기에 태왕의 칭찬을 기쁘게 받을 수 없었다.

"당연히 제 할 도리를 했을 따름이온데…… 과분하신 말씀이시옵니다."

"그만 일어나라."

태왕이 몸을 세워 의자에 앉는 것을 보며 사란도 후들거리는 다리에 힘을 주며 일어섰다.

허름한 초막집의 낡은 나무 의자에 앉아 있음에도 옥좌에 앉은 듯 태왕은 편안하고 위엄 있었다. 반대로 오늘 아침까지 편안한 안식처였던 이 방은 사란에게 왕궁의 알현장처럼 두렵고 긴장되는 장소가 되었다.

"왕후를 위해 고통을 감내한 네 신의는 상을 받아 마땅하다."

좀 더 있으면 하얗게 질려 바들바들 떠는 사란이 쓰러지겠다 싶어 태왕은 바로 본론으로 들어갔다.

"당장은 안 되겠지만 후일에 네가 사당으로 돌아가길 원한다면 그렇게 해주겠다. 그러면 넌 언젠가는 대신녀가 될 것이다. 만약 네가 환속을 택하면 왕후와 짐이 후견이 되어 문무를 겸비하고 집안과 인품이 훌륭한 배필을 골라 맺어주겠다. 그러니 지금의 충정을 잊지 말고 왕후를 음해하려는 범인이 잡힐 때까지 기다려라."

대신녀. 언감생심 꿈도 꿔보지 못한, 그야말로 어마어마한 약속이었다. 숨이 꽉 막힌 사란은 마땅히 해야 할 인사도 올리지 못했다. 어질어질, 기절하지 않으려고 안간힘을 쓰는 게 고작이었다. 입을 딱 벌리고 얼어붙은 사란을 웃음 섞인 시선으로 일별한 태왕이 일어섰다.

태왕이 나가자 사란의 다리가 스르르 풀어졌다. 우당탕, 바닥에 나뒹굴듯 주저앉은 그녀는 머릿속이 텅 비어선 허공만 응시했다. 한참을 그러고 있었던 모양이었다. 어느새 들어왔는지 사수루의 걱정스런 눈길이 느껴졌다.

"사수루 님……?"

아무 의미 없이 눈앞에 선 사수루를 보고 나온 소리였건만. 그는 다르게 해석한 듯 얼른 태왕의 행방을 알려줬다.

"폐하께선 사냥터로 가셨습니다. 사냥을 나오신 김에 들르셨던 거라서요."

"그랬군요……."

얼떨떨하니, 태왕과 이 방에서 마주했던 시간이 꿈인가 생시인가 구별이 되지 않았다.

유하게 웃으며 치하해주시는데도 위압감에 숨통이 턱턱 막히는데. 저런 분과 부부로 살다니 해류가 정말 대단하구나.

멍하니 상념 속을 헤매던 사란은 사수루의 재촉에 현실로 돌아왔다.

"곧 수레가 올 것이니 떠날 준비를 하시지요."

"떠난다고요?"

공포로 확 굳어진 사란이 구명줄이라도 잡듯 사수루의 팔을 틀어잡았다. 뼈가 도드라질 정도로 꽉 쥔 그녀의 손을 사수루가 조심스럽게 토닥여줬다.

"이곳은 아무래도 번잡하고 보는 눈이 많으니 남쪽 행궁으로 옮겨 은신해 있으라고 하셨습니다. 안전해질 때까지 지켜드릴 테니 염려 마시고 저를 믿어주십시오."

허름한 수레에 탄 사란이 사수루와 함께 국내성을 벗어날 무렵, 마리습과 그의 수하들은 사란의 행방을 계속 탐문하고 있었다. 사란이 괴한들에게 습격당한 것을 목격했던 구추가 말에서 내리는 마리습에게 얼른 다가왔다.

"나리, 여마리꾼이 기다리고 있습니다."

대문간 옆 그늘에 숨듯이 살짝 기대서 있던 사내가 마리습을 보고 고개를 꾸벅 숙였다. 따라 들어오라는 눈짓에 그는 마리습을 따라 객당으로 들어왔다.

"알아낸 것이라도 있느냐?"

"아무래도 성안에는 없는 것 같습니다. 그 신녀가 사라진 날 외성 북서쪽 성문 근처에 있는 민가 인근에서 신녀복을 입은 여인이 말을 탄 사내에게 안겨 가는 걸 봤다는 것이, 믿을 만한 목격으로는 마지막입니다."

"하늘로 솟은 것도 아니고 땅으로 꺼진 것도 아니라면 어쩌면 이렇게 행적이 묘연할 수 있는 것인지."

"감히 제 소견을 말씀드리자면, 제가 줄조차 대어볼 수 없는 대귀족의 저택 내밀한 곳에 감금되어 있거나 사방이 가려진 수레 같은 것을 타고 국내성을 나갔지 않을까 싶습니다."

마리습은 이마를 찌푸렸다. 기민하고 발이 넓은 것으로 국내성 인근에서 최고라는 여마리꾼이었다. 저이가 알아내지 못한다면 그가 할 수 있는 일은 거의 없었다.

"알았다. 네가 그동안 수고한 삯을 받아 가고 계속 탐문해보도록 해라. 아주 작은 실마리라도 잡히면 바로 알리고. 정보의 경중에 따라 그 값을 치를 것이다.”

별 성과가 없어 착수금만으로 끝나는가 보다 했던 여마리꾼의 입이 벙싯 벌어졌다. 찢어지는 입을 감추며 그는 머리가 땅에 닿도록 고개를 숙였다.

“예, 예, 나리. 성 밖에도 끈을 찾아 샅샅이 살펴보겠습니다.”

여마리꾼이 나가자 마리습은 장부를 펼쳤다. 수금이며 대금을 치를 물목들을 챙겨야 하지만 눈이 글자만 훑을 뿐 머리엔 하나도 들어오지 않았다. 사란, 태후에 형수인 아라까지. 골치가 아프다 못해 터질 것 같았다.

가장 중대하고 급한 사안. 사란을 찾는 일에 집중하려고 했지만 지금 그를 가장 괴롭히는 존재는 아라와 라후였다. 그는 씁쓸하니 아라와의 설전을 떠올렸다.

“무슨 말씀을 하시는지 모르겠군요.”

라후가 그의 아들이라는 아라의 선언에 망연자실, 말을 잃었던 마리습은 금방 침착성을 되찾았다. 최소한 겉으로라도 멀쩡하게 보이도록 허허 웃으면서 아라의 주장을 일축했다.

“형수님, 형님의 유언대로 라후를 제 자식처럼 여기고 제 친아들과 마찬가지라고 생각하고는 있습니다. 아무리 그래도 제 자식이라고 하면 돌아가신 형님께서 서운하시지요.”

느물거리는 그의 반응에도 불구하고 아라는 전혀 민망해하거나 흔들리지 않았다.

“그날, 우리가 함께했던 그 마지막 밤에 생겼어.”

아라와 연우의 혼인이 결정된 날. 부모의 강요로 억지로 결혼을 승낙했다고 믿은 마리습은 아라를 찾아갔다. 항시 밀회하던 장소에서 만난 아라를 마리습은 다급하게 안았다. 열렬한 호응에 들뜬 그는 자신의 확신을 굳히며 아라에게 달아나자고 했다. 그녀 하나쯤은 얼마든지 먹여 살릴 수 있다고, 늦어도 10년 안에는 제대로 자리를 잡아 호강시켜주겠다고 약속했다.

그게 얼마나 어리석은 혼자만의 꿈이었는지. 아라가 원한 것은 소노부 욕살의 정실 자리였다. 마리습은 아라를 놓았다. 형을 위해서 혼례식 때까지 기다려 둘이 혼인한 뒤에 집을 떠났다.

그가 기억하기로 라후가 태어난 것은 혼인하고 아마도…… 아홉 달 정도 뒤. 둘의 마지막 밤이 원치 않는 결실을 맺었다면 제 아이일 수 있었다.

동요를 감추기 위해 가늘게 뜬 눈꺼풀 안쪽에서 마리습의 눈동자가 경악과 혹시나 하는 의구심으로 어두워졌다. 그는 감히 떠올려서도 안 되는 가정을 가슴에서 싹싹 지웠다. 너털웃음을 흘리며 일부러 능청을 떨었다.

"허허, 형수님. 하룻밤 춘정을 두고 이리 나오시면 곤란합니다. 송구스럽습니다만, 고작 하룻밤에 아이가 그리 쉽게 생기는 거라면 제 자식들로 이 집이 터져나갈 것입니다."

짝! 아라의 손이 마리습의 뺨을 쳤다. 있는 힘껏 휘두른 일격에 아라는 손바닥이 화끈거리는지 양손을 잡았다. 반대로 맞은 마리습은 살짝 돌렸던 얼굴을 바로 하는 정도였다.

성질을 이기지 못하고 손을 들었다가 뒤늦게 두려운지 아라가 전전긍긍, 움츠러들었다. 마리습은 폭력으로 갚을 의향이 없다는 걸 보여주려 양손을 공손히 내렸다.

"저속한 소리에 화가 나셨다면 그건 사과드립니다만, 제 기억에 형수님도 그 밤에 비슷한 소리를 하셨잖습니까."

이제 끝난 인연에 구질구질하게 연연하지 말라고, 그도 다른 인연을 찾으라고 했다.

편리하게 지웠던 모진 이별이 뒤늦게 떠오르는지 아라의 광대뼈 부근이 붉어졌다.

"마리습……."

동그랗고 까만 눈에 이슬이 방울져 흘렀다. 용서를 빌듯이 젖은 눈으로 자신을 올려다보는 아라를 마리습은 건조하게 내려다봤다.

예전에는 성깔을 부리는 모습도 깜찍하고 예쁘다 생각했었다. 저렇게 눈물을 그렁하게 담고 바라보면 하늘의 별이라도 따주고 싶었지만 지나간 한때였다. 콩깍지가 떨어져 나간 눈에는 어린아이 같은 떼쓰기에 염증만이 밀려왔다.

"형수님이 뭐라고 주장하시든 라후는 형님의 아들입니다. 형님이 라후가 어른이 될 때까지 친아들처럼 돌봐달라고 유언했으니 제 힘이 닿는 한 따를 것입니다."

그는 어떤 여지나 기대도 갖지 않도록 확고하게 못을 박았다.

"형수님께서도 명심하십시오. 라후는 연우 형님의 아들이고 제겐 단 하나뿐인 소중한 조카입니다."

마리습의 단연한 거부가 믿기지 않는 듯 파들거리던 아라는 그대로 문을 박차고 나갔다.

후우우. 억제하지 못한 긴 한숨을 내뿜었다.

아라 모자만 떠올리면 따라오는 두통을 줄이려 그는 주먹으로 자신의 머리를 통통 두드렸다. 잡념을 쫓으려고 거세게 고갯짓하고 장부에 집중하려 했지만 오늘은 날이 아닌 모양이었다. 술이라도 한잔할까 하는데 문 앞에서 인기척이 났다.

"모두루입니다. 들어가도 될지요?"

"아, 어서 들어와라."

서둘러 들어선 모두루의 얼굴에선 흥분이 엿보였다.

"사란 신녀님 쫓겨난 까닭을 드디어 알아냈습니다. 도련님이 짐작하시던 대로였습니다. 신녀님이 사사로이 재물을 모았다는 죄더군요."

"고작 그 정도로 추방까지 했단 말이냐?"

"당연히 아니지요. 쫓겨난 결정적인 이유는 다른 신녀들을 속이고 갈취했다는 죄목 때문이랍니다. 동료 신녀들이 증언했답니다."

마리습은 기가 막혀 고개를 절레절레 흔들었다.

"허허. 사란 신녀가? 그 고지식하고 간이 콩알만 한 사람이 남의 재물을 뺏는다고? 그럴 깜냥이나 된다더냐?"

마리습의 회의감에 모두루도 동조했다.

"그렇지요. 절대 그럴 분이 아니지요. 해류 신녀님, 아니 왕후 폐하께서 사당에 계실 때부터 따로 거래처를 뚫어 자신들 나름대로 축재하던 무리가 있었는데 사란 신녀를 따르는 신녀가 많으니 그걸 뺏어 오려고 모략을 한 것 같답니다."

모두루는 마리습에게 바짝 붙어 아까 들었을 때 놀라고 떨렸던 소식도 옮겼다. 그건 크게 떠들 게 아니라 은밀하게 전해야 할 것 같다는 육감 때문이었다.

"사란 신녀님께 어디에서 도움을 받아 많은 재물을 모을 수 있었는지 배후를 대라고 계속 추궁했답니다. 꼭 누군가의 이름이 나오길 바라는 것처럼요. 그 얘길 듣는데 혹시 우리 상단을 노리는 게 아닌가 싶어 어찌나 떨리던지."

마리습은 저도 모르게 무릎을 탁 쳤다.

"아! 이제야…… 빈 구멍이 제대로 채워져 보이는군."

동료를 갈취했다는 누명을 씌운 자들은 사란을 궁지로 몰아넣는 도구. 사란이 불법으로 축재했다며 잡아들여 치죄한 무리가 몸통이다. 사란을 이용해 왕후를 끌어들이려는 것 같다는 선연한 느낌. 그 직감이 정확했던 거였다.

처음 든 생각은 '왕후께 알현 신청을 올려 이 사실을 알려야 하나'였다. 그러나 이것만으로는 근거가 빈약했다. 전해 들은 이야기와 그의 추론일 뿐 증거가 없었다.

양손으로 머리를 싸매고 고심하는 그의 귀에 왕후라는 단어가 쏙 들어왔다.

"뭐? 방금 뭐라고 했지?"

"시중에 왕후 폐하와 관련된 이상야릇한 풍문이 돈다고요. 전 오늘 처음 들었는데 알고 보니 꽤 전부터 돌던 소문이라고 합니다. 글쎄, 왕후 폐하께서 신라 속민의 핏줄이라지 않습니까."

"뭐라고?"

어처구니없어하는 마리습에게 모두루도 동감하듯 머리를 주억거렸다.

"정말 말도 안 되는 소리죠. 역모를 꾀하다 멸문되긴 했지만 왕후 폐하는 오랜 명문 귀족인 명림가의 따님 아닙니까. 도대체 왜 그런 헛소문이 났는지 영문을 모르겠습니다."

마리습의 머릿속에 있는 빈 그림에 또 한 조각이 채워졌다. 사당의 축재에 배후를 밝히라는 추궁 끝에 쫓겨난 사란의 봉변. 왕후가 신라의 피를 받았다는 소문은 연관이 없어 보이지만 한 줄기로 이어졌다. 누군가 아주 줄기차고 집요하게 왕후에게 뒤집어씌울 그물, 혹은 올가미를 짜고 있었다.

왜? 누가? 수많은 질문들이 줄줄이 이어지는 가운데 마리습은 태후를 떠올렸다. 더 이상 모른 척 덮으며 관찰하는 건 의미가 없었다. 오히려 더 큰 위험으로 빠져드는 수렁이라는 판단이 서자 그는 의자에서 일어섰다.

"도련님? 아니, 갑자기 어디 가십니까?"

놀라 부르는 모두루를 뒤로하고 마리습은 마구간으로 뛰어가서 말에 올랐다.

온몸에 거품 같은 땀이 흐르도록 애마를 재촉해 도달한 곳은 부친의 저택이었다. 연통도 없이, 다급한 일이라도 생긴 양 달려온 마리습을 보고 다들 놀란 기색이 역력했다. 그 시선을 무시하고 마리습은 곧바로 해사무에게 달려갔다.

"아버님!"

문을 벌컥 연 마리습은 방에 있는 다른 인영들을 보고 멈칫했다. 공교롭게도 자미 궁주는 물론이고 아라와 라후까지 있었다. 끼어들어서는 안 될 공간을 침범한 느낌에 마리습은 저도 모르게 한 발 뒤로 물러섰다.

"다 여기 계셨군요. 용서하십시오. 궁주님께서 돌아오신 것을 미처 몰랐습니다."

놀랍게도 자미 궁주는 웃으며 들어오란 손짓을 했다.

"오랜만에 온 가족이 다 모였구나."

가족? 자미 궁주와 내가? 낯선 단어에 어색함을 참기 힘들었다.

그가 해사무의 아들이긴 했지만 어머니는 이 집 대문 안에도 들어오지 못한 평민 첩. 왕족인 자미 궁주의 체면을 지켜주느라 해사무는 다른 부인을 얻지 않은 건 물론이고 첩도 집에는 들이지 않았다. 어미가 죽은 뒤 해씨란 성을 주고 본가에 들인 자식은 마리습이 유일했지만 결코 가족은 아니었다. 이 집안에서 그의 위치는 하호 출신인 고용인보다 딱 한 계단 높은 정도였다.

느닷없이 가족이라니. 전혀 어울리지 않는 굴레였다. 목을 조르는 것 같은 단어를 떨친 마리습은 예의상 아라에게 목례만 한 뒤 라후에게 다정하게 아는 척을 했다.

"오랜만이로구나, 라후야. 올해부터 경당에 다닌다면서? 잘 다니고 있니?"

수줍음 많은 소년은 사슴 같은 눈망울을 들었다 내리며 조그만 목소리로 웅얼거리듯 답했다.

"예. 숙부님."

아라의 고백을 반푼 값어치도 없는 거짓으로 치부했으면서도 라후에게서 시선을 뗄 수 없었다. 그는 부지런히 소년을 살폈다.

라후는 전체적으로 외탁했지만 가냘픈 몸태며 조용하고 차분한 성격은 연우의 판박이. 저와 닮은 부분을 찾자면 열 살 남짓의 사내아이치고는 큰 키 정도뿐이었다. 억지로 더 찾아보면 조금은 비슷한 구석이 나올 수도 있겠지만 그와 연우는 한 아버지의 자식이었다. 외모의 특징을 얼마든지 공유할 수 있었다.

마리습은 어린 소년에게서 제 모습이 거의 보이지 않는 것에 진심으로 안도하며 이 집을 찾은 본래의 목적으로 돌아왔다.

"아버님, 따로 여쭤볼 것이 있어서 왔습니다."

"그래?"

해사무는 라후에게 책을 돌려주며 다정하게 머리를 쓰다듬어줬다.

"잘하고 있구나. 난 네 숙부와 얘기를 좀 나눠야 하니 어머니와 함께 그만 가서 쉬어라."

칭찬이 몹시도 기쁜지 소년의 낯에 홍조가 돌고 눈이 반짝거렸다.

"예, 조부님."

"그럼 저희는 물러가겠습니다."

"그래. 라후는 내일 또 경당에 다녀와서 배운 걸 들려다오."

아라의 시선이 자신을 스칠 때 잠시 섬뜩했지만 다행히 그녀는 순순히 사라졌다.

계단을 내려가는 발소리가 멀어지자 해사무는 마리습 쪽으로 돌아앉았다.

"그래, 무슨 일이냐?"

"저······."

자미 궁주를 보며 망설이는 기색을 알아챘는지 해사무는 혀를 찼다.

"네가 할 이야기가 무엇이든 궁주가 아셔도 되는 일 아니냐. 상관없다."

궁주도 동조하는지 알 듯 모를 듯 수수께끼 같은 미소를 요염한 입술에 머금었다.

"맞는 얘기다. 무슨 일인지 어서 고해보렴."

궁주와 부친이 이렇게 끈끈한 사이였던가? 마리습은 말도 통하지 않는 이상한 나라에라도 떨어진 듯 혼란스러웠다.

해사무와 궁주는 정략혼이었고 연우를 낳은 뒤에는 부부라는 허울만 공유한 남남이었다. 피차 관심도 애정도 없으니 데면데면, 나름대로 평화롭게 살아왔다.

마리습이 아는 한 자미 궁주가 이렇게 자주, 또 길게 국내성에 머문 적이 없었다. 간혹 돌아와도 그저 한 담장 안에 있을 뿐이지 왕실의 공식 행사를 제외하고 두 사람이 함께 시간을 보내는 경우는 없었다.

연우 형님을 잃은 슬픔을 이겨내면서 두 분이 서로 의지하게 된 모양이다. 그가 상상할 수 있는 범위에서 가장 타당한 답을 찾았다. 그리고 될 대로 되란 심정으로 내내 품고 왔던 질문을 쏟아냈다.

"왕후를 끌어내서 얻으려는 것이 무엇입니까? 해씨 집안에서 왕후로 올릴 딸을 구하셨나요? 아니면 태왕을 흔들어 반역이라도 하시려는 겁니까?"

허를 찔린 듯 해사무와 자미 궁주가 움찔했다. 느긋하게 마리습을 관찰하던 두 사람의 여유로움이 동시에 싹 얼어붙었다.

그에 마구 들끓던 마리습의 궁금증과 짜증이 씻은 듯 사라졌다.

설마! 정말로? 망치로 얻어맞은 듯 뒤통수가 멍하고 울렸다. 흔들어보려고 대충 입에서 나오는 대로 던진 질문이었다. 설마 태후와 부친의 궁극적인 목표가 그것이라고는 전혀 예상하지 못했다. 밀려오는 경악과 공포에 허우적거리면서 마리습은 정신을 차리려고 안간힘을 썼다.

어떻게 된 것인지 자초지종을 침착하게 따져 물어야겠다는 것은 그의 이성. 감당하기 힘든 충격에 격한 감정이 먼저 폭발했다.

"정녕 미치셨습니까!"

벽력같은 마리습의 고함이 놀라 굳었던 해사무의 뇌를 깨운 모양이었다. 그의 입에서도 고성이 터져 나왔다.

"네 이놈! 네가 어찌 감히! 아비에게 망발을 하느냐!"

"망발? 망발이라고 하셨습니까? 지금 아버님께서 하려는 일은 무엇인데요! 백

년 넘게 온갖 영화를 누리던 명림이 멸문하고 그 집터마저도 연못이 되어버린 것을 보면서도 그런 태평한 말씀이 나오십니까!"

부자간의 격돌을 지켜보고 있던 자미 궁주가 끼어들었다.

"그거야 그들의 어리석음 탓이지. 태왕에게 간파당한 주제에 거병은 무슨. 쯧쯧."

궁주의 말투엔 비웃음이 뚝뚝 흘렀다. 어차피 마리습이 알아차린 것, 감춰봐야 소용없다고 판단했는지 그녀는 술술 내막을 펼쳐놨다.

"그나마 영명하신 태후께서 미리 손써서 그쯤에서 막아주신 덕분에 다른 부들이 살아남았지, 아니면 순노부나 소노부도 지금 절노부 꼴이 났을 것이다. 태후 전하가 아니셨으면 발톱을 드러낸 태왕에게 모조리 도륙당하고 명맥만 남아 납작 엎드려 있었겠지."

한마디 한마디에 태후에 대한 존경과 칭송이 줄줄 넘쳐흘렀다. 언제나 고고하고 거만한 자미 궁주가 저리 떠받드는 사람도 있었던가, 놀라웠다. 만일 태후가 사내였다면 자미 궁주가 그이를 사모하나 의심했겠다 싶을 정도였다.

"태후가 손을 쓰셨다고요? 어떻게요?"

"그거야,"

자미 궁주가 아차 싶은지 입을 닫았다.

"이미 다 지난 것을 뭘 그리 자세히 알려고 하니. 네가 알아둬야 할 건 절노부를 주축으로 한 세 부의 계획을 태왕은 알아채 대비하고 있었고 세 부가 모조리 범 아가리로 달려드는 것을 태후께서 구명해주셨다는 거다."

"그래서 목숨을 구한 것 말고 뭐가 달라졌습니까? 태왕은 사병들을 몰수해서 당신의 친위병력으로 만들었고 궁주님의 말마따나 귀족들은 납작 엎드려 숨도 크게 쉬지 못하고 있잖습니까. 강성한 절노부가 멀쩡할 때도 대적하기 버거웠던 태왕을 상대로 한 역모에 동참해 고작 명림죽리의 빈자리를 차지하겠다고요? 해씨 모두의 목숨값으론 너무 빈약하다고 생각하시지 않습니까?"

사내라면 명림죽리처럼 일인지하 만인지상의 자리에서 권력을 휘두르고픈 욕망을 품을 수 있었다. 그렇지만 이건 단순한 권력 다툼이 아니라 단판걸이의 대모험이었다. 태생부터 소노부의 수장으로 모든 걸 가진 해사무는 야심가보다는 무사안일주의자에 가까웠다. 그런 아비가 이렇게 확률 낮은 도박을 하고 있다니 도무지 이해할 수 없었다.

"태후가 권력이라도 나눠준다고 했습니까?"

"나누는 게 아니라 되찾아오는 것이다."

"예? 되찾다니요! 그게 무슨!"

펄펄 뛰는 마리습을 향한 해사무의 음성은 기이할 정도로 평온했다. 반대로 눈은 흥분으로 번들거렸다.

"태왕을 쫓아내면 그 자리에는 라후가 오를 거야."

"뭐라고요?"

마리습은 처음엔 귀를 의심했다. 실소를 흘리다 너무나 기가 막혀 폭소를 터뜨렸다. 욕심에 눈멀어 정신이 나간 아비에게 예의고 나발이고 집어던졌다.

"아버님, 정말로 미치셨군요. 자기 친아들인 승평 왕자를 두고 라후가 태왕이 되도록 태후가 가만히 손 놓고 바라본답니까?"

"태후 전하께서 친히 약조하신 바다. 반정이 성공하면 라후를 왕위에 올리고 나중에 수아 군주와 혼인시키겠다고. 둘 사이에서 낳은 다음 태왕은 두 왕조의 피를 모두 이으니 순조롭게 승계될 수 있다. 태조 태왕 때처럼 라후가 성인이 될 때까지 나와 태후께서 섭정으로 고구려를 통치할 것이다."

"예, 아버님과 궁주님 바람대로 반정이 성공해서 라후가 왕위에 오르고 두 분이 섭정이 된다손 치지요. 그런데 승평 왕자나 고씨 왕족들이 해씨 왕조가 들어서는 걸 용납할 것 같습니까? 아무리 욕심에 앞이 안 보여도 심하게 과한 낙관이군요."

마리습의 거친 지적에도 해사무의 반박은 거침없었다.

"시조 추모왕은 고씨였지만 유리왕 때부터 사대에 걸쳐 우리 해씨가 고구려의 왕통을 이었다. 다시 원래대로 돌아가는 것도 불가능하지 않다. 라후는 궁주의 손자이니 고씨의 피를 받았고 지금 유일한 왕손인 수아 군주와 라후가 혼인한다면 왕통을 잇는 데 문제가 없다."

"승평 왕자는요! 승평 왕자가 없다면 억지로나마 비벼볼 만한 논리지만 왕자가 멀쩡히 살아 있는데 가당키나 한 소리입니까! 아버님, 현실을 보세요!"

"현실을 냉철하게 보고 있기에 태후와 손을 잡기로 한 것이다."

마리습을 바라보는 해사무의 눈에는 오랫동안 눌러왔던 분노가 일렁였다.

"우리 해씨는 고구려 창건 때부터 왕실과 버금가는 지위를 갖고 나라를 지탱해왔다. 몇 대에 걸쳐 태왕이었고 왕위를 넘겨준 뒤에도 우리만의 종묘와 영성 사직에 제사를 모셔왔다. 그런데 영락태왕은 그 모든 걸 빼앗아 왕실에 통합하고 우릴 다른 가문과 마찬가지로 격하시키지 않았더냐."

"어차피 허울뿐인 특권이었습니다. 빛깔만 고운 개살구라고요! 그걸 되찾아온들 무슨 소용이나 쓰임이 있습니까!"

"넌 네 혈육과 집안의 대사를 어찌 그리 남의 집 일 보듯이 무심하게 구는 것이야!"

어떻게든 부친을 막아야 한다는 절박감에 마리습은 그동안 표면적으로는 감췄던 본심을 정직하게 드러냈다.

"소노부 해씨의 피를 이었다는 자부심이나 집안에 대한 의무감을 가질 정도로 덕을 본 게 없어서요. 제가 원해서 태어난 게 아니니 낳아주신 은혜는 저와 상관없지요. 어머니를 잃은 저를 이 집에 들여 먹이고 입혀주신 은덕은 제가 이 집을 떠나기 전까지 상단에서 일하며 충분히 갚았습니다."

"너! 이이, 은혜도 모르는 놈!"

당장이라도 한 대 후려치고 싶은 듯 부르르 떨리는 해사무의 주먹에 자미 궁주가 달래듯 살짝 손끝을 얹었다. 그녀의 제지에 해사무가 거친 숨을 몰아쉬며 흥분을 가라앉히자 궁주가 나섰다.

"분명 목숨까지 걸어야 하는 대업이지만 얻는 것도 그만큼 크다. 라후가 태왕이 되면 넌 태왕의 숙부인 동시에 대가(大加)²⁴가 되고 나중에는 소노부의 욕살이 된다. 이 정도면 욕심을 내어볼 만하지 않겠니."

---

24 고구려에서 귀족가문의 적통을 잇는 장자에게 자동적으로 부여되는 지위

"궁주께서 해씨 가문의 번영에 큰 애착을 가지신 건 미처 몰랐습니다. 더구나 미천한 저를 그리 높이려고 하시다니요."

명백한 비아냥거림에도 궁주는 흔들리지 않았다.

"어쨌든 라후는 내 핏줄이잖니. 그 아이를 받쳐줄 주변이 튼튼한 게 낫겠지. 태후 전하의 약조를 믿어라."

그것만은 아닐 거였다. 해사무는 비교적 투명하게 자신의 속내와 욕망을 드러냈지만 궁주는 분명 아직 감추는 게 있었다. 매사에 시큰둥하고 남을 아래로 보는 자미 궁주가 누군가를 열성적으로 옹호하는 건 처음이었다. 더구나 별반 애정도 없고 관심도 주지 않던 손자였다.

해사무는 공동 섭정이 되어 권력을 휘두를 수 있다지만 궁주가 저런 위험을 무릅쓴다는 게 납득이 가지 않았다. 태후에 대한 궁주의 기이할 정도로 굳건한 신뢰 역시 수긍이 불가한 수준. 온통 이해할 수 없는 일투성이였다.

더 다투고 따져봤자 소용없다는 판단이 선 마리습은 결연하게 돌아섰다.

"저는 상관없는 일입니다. 두 분의 선택이니 알아서 그 길을 가십시오."

"이 모든 걸 알았으면서 상관없는 일이라고?"

"두 분이 보시기엔 보잘것없겠지만 전 제 상단과 하나뿐인 목숨이, 그 신기루 같은 부귀영화보다 훨씬 더 소중합니다. 혹여 성공하신다고 해도 덕을 보자고 덤비지 않을 테니 부디 뜻대로 하십시오. 오늘 들은 모든 걸 제 기억에서 말끔히 지우겠습니다."

마리습은 명백한 살의와 망설임을 담고 자신을 보는 아비를 똑바로 마주했다.

"제가 나가서 이 사실을 떠들어본들 누가 믿겠습니까? 저 자신을 위해서라도 입을 다물 겁니다. 그러니 제 입에서 뭔가 새어나갈 걱정은 안 하셔도 됩니다."

궁주는 쥐를 놀리는 고양이 같은 표정으로 마리습에게 냉엄한 현실을 일깨워줬다.

"대업이 성공했을 때 그 과실은 거부할 수 있겠지만 만에 하나 실패했을 때 처벌은 피해 갈 수 없다는 걸 알겠지? 운이 좋으면 목이 베일 것이고 아니면,"

"예. 운이 나쁘면 사지가 찢겨서 죽겠지요. 어쨌든 저도 해씨 성을 받은 사내니까요."

궁주가 던지려던 독설을 대신 한 마리습은 인사도 생략하고 도망치듯 나왔다.

아비와 궁주 앞에서는 더없이 당당하게 굴었지만 실은 다리가 후들거리고 있었다. 발만 살짝 담갔다가 언제든지 뺄 수 있다고 믿었건만 진득한 늪에 목까지 빠진 형국. 몸부림칠수록 더 깊숙이 끌려들어가는 느낌이었다. 부친과 태후의 계획을 알게 된 것이 수확이라면 수확이지만 차라리 모르는 게 나았겠다는 후회도 들었다.

막연한 추측이고 느낌뿐이었던, 왕후를 공격한 세력의 배후도 정체가 확실해졌다. 사란에게 누명을 씌우고 왕후가 신라 속민 출신이라는 헛소문을 퍼뜨린 것은 태후 일파.

어마어마한 정치적 부담을 무릅쓰고 왕후를 지켜준 걸 보면 태왕의 순애는 소문 이상으로 깊을 터였다. 왕후를 이용해 태왕을 흔들고 그 틈을 이용해 역천을 도모하려 한다는 것까진 알 것 같았다.

이해가 안 되는 건 다음 수였다.

수천의 정예사병을 동원한 절노부도 가볍게 무너뜨린 태왕이었다. 달달 긁어모아봤자 기백 정도일 오합지졸로 어떻게 대적하겠다는 것인지. 뭘 믿고 수레에 달려드는 사마귀처럼 무모하게 구는가?

마리습은 말을 빠르게 몰면서 불필요한 상념을 털어냈다. 지금 그가 할 일은 자신을 삼켜버릴 이 무저갱에서 안전하게 빠져나가는 것. 부친은 원하는 대로 위험천만인 영광스러운 길을 가고, 그는 덜 영화롭더라도 확실하게 사는 길을 택하기로 했다.

형님, 미안합니다. 가시는 길을 제가 끝까지 지켜드리지 못할 것 같습니다.

연우에게 속으로 사죄하며 마리습은 길을 재촉했다. 떠나기 전까지 할 수 있는 범위에서 최대한 많은 일을 처리해야 했다. 홀로 연모하며 미래를 꿈꿨던 여인에 대한 마지막 도리까지 포함해서.

"요즘 왕후 폐하께선 외부인의 알현은 받지 않고 계십니다."

궁관의 단호한 대답에 마리습은 등골이 선뜩해졌다. 마리습의 연통은 최우선으로 받을 테니 언제든지 소식을 보내거나 찾아오라고 했었다. 만남조차 거부당하는 것은 분명 문제가 있다는 의미였다.

"혹시 폐하께서 병환이라도 앓으시는 거요?"

"뭐, 병환까지는 아니지만……."

난처한 듯 우물거리는 반응이 마리습의 의심을 더욱 짙게 했다. 왕후에게 어떤 의미로든 변고가 있는 것이 분명하다. 벌써 태후가 왕후에게 그가 모르게 위해를 가한 게 아닌가 싶으니 마음이 급해졌다. 그는 궁관의 소매를 잡았다.

"왕후 폐하께 무슨 일이라도 있으신 겁니까? 일전에 뵈었을 때 제 알현은 언제든지 허락해주시겠다는 말씀을 들어서 그렇습니다. 딱 한 말씀만 올리면 되니 잠시라도 뵐 수 없을지요? 정말 급해서 그럽니다."

간절한 부탁에 상대는 안절부절, 이마를 훔쳤다.

"미안합니다. 정 그러면 내게 말을 남기거나 서찰을 주시오. 그러면 왕후궁에 전하지요."

어떻게 해야 하나. 찰나 동안 수만 가지 계산이 마리습의 머릿속에서 오갔다.

해류는 글을 몰랐다. 설령 읽을 줄 안다고 해도 구구절절 적는 건 위험했다. 필경 태후에게 들어갈 것이다. 전언을 남기는 것도 마찬가지. 그래도 아무것도 하지 않고 이대로 물러날 순 없었다. 그는 오늘 해주려던 경고를 최대한 함축해서 정리했다.

"왕후 폐하께 아주 가까이 있으니 주변의 아무도 믿지 말고 조심하시라고 전해주십시오."

뜻 모를 소리에 궁인이 머리를 갸웃거렸다.

"예? 무엇이 가까이 있다는 거요?"

"그냥 이대로만 전해주시면 됩니다. 그러면 왕후 폐하께서 아십니다. 꼭 그대로 말씀 올려주십시오."

왕후와 직접 마주했다면 태후를 경계하라고 구체적으로 말했겠지만 지금은 이게 최선이었다. 눈치 빠르고 기민한 해류이니 주위를 항상 경계할 테고 그러면 조만간 적의 정체를 알아챌 수 있을 것이다.

이로써 내가 할 본분은 다했다. 한결 가뿐해진 마음으로 마리습은 왕궁 문으로 향했다. 꾸물거릴 시간이 없었다. 그를 포기하지 않고 이용하려는 아비와 태후에게서 벗어나려면 서둘러야 했다.

마리습이 궁을 나가는 그 시각, 해류는 어머니의 근황을 전해 듣고 있었다.

"부인께서는 너무도 편안히 잘 지내고 계신다고 아무 염려하지 말라고 하셨습니다. 지금 칠직금을 짜고 계신데 완성하면 공작새 깃털로 짠 실과 비단벌레 날개들로 주작을 수놓아, 폐하의 침전에 드리울 새 채장을 만들어 올리겠다고 하시더군요."

예씨의 비전 칠직금에 공작사와 비단벌레 날개 수를 놓으면 천하의 거부와 각국 왕실들이 앞다퉈 찾을 일품 보배였다. 과도한 사치를 엄금하는 고구려 왕실에서는 제례용을 제외하고 칠직금을 사입하지 못하지만 직접 만들어 딸에게 주는 선물이라면 용인될 터였다. 당장은 힘들겠지만 언젠가는 그걸 받아 이 방에 걸어둘 날이 올 거라고 믿고 싶었다.

칠직금 얘기가 나오니 사란의 행방과 함께 또 다른 걱정이 꼬리를 물었다.

"저번에 사란 신녀도 칠직금을 열심히 짜고 있다고 하셨던 기억이 나는데, 어머니께서 혹시 사란의 안부는 묻지 않으셨느냐?"

"예?"

놀란 듯 잠깐 되묻던 궁관은 금방 표정을 정리했다.

"예. 부인께선 사란 신녀의 얘기는 전혀 없으셨습니다."

"그래?"

다행이다 싶으면서도 살짝 이상했다. 사란은 칠직금 짜는 법을 배우는 날이 아니더라도 틈나는 대로 해류의 어머니에게 들러 안부를 살핀다 들었다. 사란이 어머니를 따르는 이상으로 어머니도 사란을 딸처럼 살갑게 여기는 걸 알고 있었다. 오래 찾아오지 않으면 궁금해할 법한데 전혀 묻지 않는 건 어머니답지 않았다.

그것과 별개로 해류도 사란의 소식을 애타게 기다리고 있었다. 마침 얘기가 나온 김에 궁관에게 재우쳐 물었다.

"사란 신녀의 행방은 아직이더냐?"

"다들 폐하의 명을 받아 열심히 찾고 계시니…… 아마도 곧…….'

우물거리는가 싶더니 얼른 목청을 가다듬고 그가 확언했다.

"곧, 금방, 무사하다는 희소식을 알려오실 겁니다."

근거 없는 자신감이지만 마음이 든든해졌다. 왠지 기분이 가벼워진 해류는 웃으며 그를 치하했다.

"그래. 곧 그런 날이 오겠지. 수고했다."

"예, 소인은 이만 물러가겠습니다."

연통을 담당하는 자는 인사를 올리고 번개처럼 사라졌다. 열어놓은 창밖으로 잰걸음으로 왕후궁을 벗어나는 그가 보였다. 그 뒷모습을 보면서 해류는 고개를 갸웃거렸다.

콕 집어 뭐라고 할 수는 없지만 평소와 다른 미묘한 느낌이 뒷덜미를 간질였다. 일찍부터 닳고 닳은 사람들과 부대껴온 해류는 상대의 기만을 잘 감지했다. 무엇인가 감추거나 속이려고 할 때 나타나는, 그 특유의 신호에는 더더욱 민감했다.

저자는 뭔가를 감추고 있다.

그것을 이해할 수 없었다. 그는 태왕이 믿는 심복 계마로가 특별히 엄선한 자로, 지금까지 기민하고 성실하게 임무를 수행해왔다. 제게 어머니의 소식을 전하며 야로를 부릴 이유가 없었다.

손가락 끝으로 관자놀이를 톡톡 치면서 해류는 곰곰이 대화를 되짚어보았다. 들어와서 평소처럼 어머니의 소식을 자세히 전해주고 마지막에는 어머니가 전하라는 칠직금 얘기를 했다. 그때까지는 별다른 낌새를 느끼지 못했다. 껄끄러움이 느껴진 것은…… 사란을 입에 올린 다음부터였다. 일순간이지만 그는 흠칫했고 좌불안석, 몹시 불편해 보였다.

사란에게 혹시 좋지 않은 일이 생긴 것인가?

퍼뜩 그게 진실일지도 모른단 생각이 들었다. 국내성에 거미줄처럼 뻗친 태왕의 촉수를 피해 사란을 오래 숨기기는 쉽지 않았다. 작정하고 찾는데도 아직까지 흔적조차 발견하지 못했다는 게 말이 되지 않았다.

이미 사란을 찾았지만 무사하지 않았고, 흉한 변을 당했다는 비보가 내 귀에 들어오는 걸 막고 있는 게 아닐까.

그런 명령을 내릴 수 있는 사람은 단 한 명. 만약 그렇다면 지금 도망치듯 달려나간 저 궁관을 비롯해 궁의 누구를 붙잡고 물어봐도 답은 나오지 않을 것이다. 부정확할지라도 사란에 대한 제대로 된 정보를 들을 길은 하나뿐이었다.

해류는 옆에 선 여관에게 명을 내렸다.

"지금 바로 해세적의 상단에 사람을 보내 그를 들라고 하게."

"예에?"

화들짝 놀라는 모양새가 조금 전 어머니의 소식을 전하러 든 궁관의 반응과 흡사했다. 그쪽은 비교적 기민하게 잘 감췄지만 이쪽은 적나라하게 감정을 드러냈다는 차이만 있었다.

"못 들었는가? 어용 상인 해세적을 바로 왕후궁에 부르라고 했네."

"폐하……."

우물거리는 여관의 태도에서 짐작이 확신으로 바뀌었지만 해류는 일부러 세게 밀어붙였다.

"궁문이 닫히기 전에 만나야겠으니 서두르게."

"폐하, 용서하시옵소서."

도저히 방법이 없다 싶었는지 여관이 무릎을 꿇고 사정했다.

"그를, 해세적은 부르면 아니 되옵니다."

"왜? 그가 무슨 대역죄라도 지었는가? 만약 내가 모르는 사이에 어용 상인의 직책을 박탈당했다고 해도 내가 부르면 당연히 들여야 하는 거 아닌가?"

"그것이……."

"네가 진정 나를 능멸하려는 것이냐!"

좀처럼 드문 왕후의 쩡한 노염에 여관이 울음을 터뜨렸다.

"흐, 흐흑. 폐하, 용서하여주시옵소서. 저희는…… 해세적 단주는 왕후궁에 들일 수 없사옵니다."

"뭐? 뭐라고 했는가?"

이래도 죽고 저래도 죽을 판. 여관은 그냥 눈앞의 범에게 탈탈 털어놔버렸다.

"왕후궁에 해세적 단주를 절대 출입하게 하지 말라는 어명이 있었습니다."

"뭐……라고?"

처음엔 믿지 않았고 그다음엔 황당하고 화가 났다. 왕후궁은 그녀의 책임 아래 있었다. 법도나 도리에 어긋나지 않는 한 누구를 만나고 무슨 일을 하든 마음대로였다. 태왕은 지켜줘야 하는 그녀의 권위를 침범한 거였다. 자신의 영역을 짓밟힌 데 새록새록 분노가 짙어졌다.

문득 태왕이 자신과 마리습의 관계를 의심하는 게 아닌가 하는 의혹이 들기 시작했다.

객관적으로 마리습은 제법 잘난 사내긴 했다. 금욕의 계율을 지켜 사내를 멀리해야 함에도 그가 사당에 오면 남몰래 훔쳐보는 신녀도 있었을 정도였다.

오래전에 제가 그로부터 팔찌를 선물 받은 것을 알았을 때의 기억도 떠올랐다. 당시 태왕은 꽤 불쾌해했었다. 티는 거의 안 냈지만 그녀는 그걸 감지했고 이후 옥환은 태왕 앞에선 착용하지 않았다. 믿었던 전 왕후가 사통했던 상처가 워낙 크니 비이성적인 대처를 했을 수 있었다.

마리습의 출입을 막은 연유가 그거라면 머리로는 이해가 됐다. 그렇지만 자신을 믿지 못한다는 것, 그것도 모자라 몰래 명령을 내려 아랫사람들에게 영이 서지 못하게 했다는 사실이 가슴으론 도저히 용납되지 않았다. 당장이라도 편전으로 달려가 왜 그랬는지 따져 묻고 싶었다.

주먹을 쥐었다 폈다, 길게 심호흡을 하며 마구 치솟는 충동을 꾹 눌러 참았다. 어느 정도 진정됐다는 확신이 서자 해류는 바닥에 엎드린 여관부터 조치했다.

"알았다. 물러가게."

새파랗게 질려 입술을 달싹거리는 모양새를 보아하니 그녀가 뭘 걱정하는지 짐작이 됐다. 화를 낼 대상은 태왕이지 힘없는 수하들이 아니었다.

"어떻게 알게 됐는지는 태왕께 아뢰지 않을 것이니 걱정하지 말고."

"망극하옵니다, 폐하."

다시 눈물을 보이려는 여관에게 해류가 손을 내젓자 그녀는 구사일생한 표정으로 얼른 방을 나갔다.

꼼짝도 하지 않고 열린 창밖만 응시하며 해류는 태왕이 오기만을 기다렸다. 남는 것은 시간뿐이라 하나씩 되짚어보니 자신을 둘러싼 환경이 얼마나 부자연스러웠는지 하나둘 깨달아졌다.

어느 날부터, 아마도 평양성에서 돌아온 이후부터일 것이다. 매사가 너무나 매끄럽고 편안했다. 그녀를 거스르는 행동은 물론이고 신경 쓸 소식 하나도 없었다. 사람 사는 일이 그럴 수는 없는데 주변의 모든 것이 완벽하게 평화로웠다. 그 부자연스러움을 이제야 깨달았다는 건 태왕이 그의 성격대로 철두철미하게, 지독할 정도로 통제했다는 의미일 터.

사방을 단속했겠지. 내 눈과 귀에 거슬릴 것은 단 하나도 닿지 않도록.

해류는 침상 옆 측탁에 놓인, 꽃이 다 진 바다석류 분재를 응시했다.

강한 햇살도 세찬 비도 다 피하고 이슬만 머금어야 피어난다는…… 저 꽃처럼 나를 대하는구나.

태왕의 침전에서 막 봉오리가 맺힌 저 바다석류 꽃을 발견하고 감동했던 몇 달 전의 일을 해류는 떠올렸다.

혜와 대신녀의 조문을 마치고 돌아온 날, 해류는 마음이 스산할 태왕을 위해 침전의 분위기를 일신시키려고 했다. 준비한 물품을 든 궁인들을 줄줄이 거느리고 내밀한 침실에 들어간 해류의 눈을 사로잡은 것은 창가에 얌전히 자리 잡은 바다석류 꽃 분재였다.

"이건 바다석류 꽃이 아닌가?"

그녀가 알기로 왕궁에 바다석류 꽃 분재는 도종이 선물한 단 한 그루뿐이었다. 그건 비원 전각에 있었고 흰 도기 화분에 심겨 있었다. 조만간 꽃이 필 때라 며칠 전에 직접 살폈기 때문에 확실히 기억했다. 작년에 처음 피어난 꽃을 보고 즐거워했을 때 태왕도 함께 있었다. 그때 다른 화분이 있다는 얘기는 일언반구도 하지 않앉었다.

해류의 중얼거림을 들었는지 침전을 안내하던 시종이 옆에 달려와 머리를 조아렸다.

"예. 폐하께서 아끼셔서 직접 가꾸시는 분재이옵니다. 이게 바다석류였군요."

나를 생각하며 침전에 이 꽃 화분을 구해서 두신 건가?

퍼뜩 떠오른 생각에 곧바로 낯이 확 달아올랐다가 다른 의미로 화끈거렸다. 옆에 선 궁녀들이나 태왕이 지금 제가 무슨 망상을 하고 있는지 안다면 대망신이었다. 정신 차리라는 의미로 해류는 손바닥으로 자신의 양 뺨을 두드렸다. 채장이며 침구를 바꾸려던 궁녀들이 놀라 자신을 쳐다보는 걸 알면서도 쉽게 진정이 되지 않았다.

부끄러움을 감추며 해류는 계획대로 침실을 비롯한 침전의 휘장이며 채장을 싹 바꾸고 돌아왔다.

그렇지만 왕후궁으로 돌아와서도 바다석류 분재가 왜 거기 있는지 머릿속에서 떠나지를 않았다. 그날 저녁 태왕과 마주 앉자마자 근질거리던 입이 먼저 움직였다.

"폐하의 침전에 있는 것이 바다석류 분재가 맞는지요?"

기어이 질문을 밀어낸 자신의 입을 때리고 싶었지만 이미 엎질러진 물. 해류는 천연덕스러운 얼굴로 그를 봤다.

질문을 망설였던 게 허탈할 정도로 태왕의 대답은 선선했다.

"그대가 바다석류 꽃을 실제로 본 적이 없다는 얘기를 듣고 두 해 전에 구해됐던 거요."

"예? 두 해 전이면 왜 지금까지?"

묘한 표정으로 잠시 주저하는가 싶더니 태왕은 피식 웃으면서 고백했다.

"실은…… 저걸 구한 게 가을 즈음이었소. 다음 해에 꽃을 피워서 선사하려고 했는데 그 전에 석도종이 그대에게 분재를 선물한 걸 보니 공연히 뒷북을 치는 것 같아 내키지 않더군. 그래서 그냥 두었소."

늦가을에 분재를 심던 날 도종이 바다석류 나무 분재를 선물해줬다. 그날 차를 마실 때 태왕의 분위기가 음침하니 영 좋지 않았던 원인이 거기에 있었다는 걸 깨달은 해류의 얼굴에 미안함이 떠올랐다.

"그래도 주시지 그랬어요. 그건 그저 비원을 채우기 위한 선물이었는걸요. 폐하가 주신 것과 의미가 달랐을 텐데…… 주셨으면 정말 기뻤을 거예요."

"지금이야 그렇다는 걸 확신하지만 그때는…… 여러 가지로 자신이 없었지. 활짝 핀 바다석류 꽃을 본 그대가 깜짝 놀라며 기뻐하는 모습을 보고 싶었는데 그게 무산됐다는 실망도 컸고."

늦봄에 필 꽃을 보여주기 위해 전해 가을부터 분재를 구해 가꾸고 있었다니. 길게 암중모색하는 것보다 눈앞에서 확확 결과를 만드는 걸 선호하는 해류로서는 상상도 못 할 행동이었다. 그녀라면 구하자마자 바로 주든지 아니면 아예 꽃이 필 시기에 맞춰 구하도록 했을 것이다.

당시 자신은 피차 소 닭 보듯 하는 사이라고 생각했는데 그런 공들인 선물을 준비하고 있었다니 몹시 감동이었다.

맞은편에 앉아 있던 해류는 바로 일어나 태왕의 다리 위에 앉으며 와락 끌어안았다.

"조금 늦기는 했지만 감사해요, 폐하. 여기 옮겨놓고 잘 가꾸겠습니다. 조만간 꽃이 피면 함께 완상할 날이 기다려지네요."

해류가 진심으로 좋아하는 모습에 태왕의 음성이 그윽하니 더욱 부드러워졌다.

"그때 석도종이 분재를 선사한 걸 보고 다음부터는 미루지 말고 빨리 행동해야겠다고 생각했었는데, 이렇게 그대가 기뻐하는 걸 보니 묵혀두는 것도 나쁘지 않다는 생각이 드는군."

"석도종이나 동산바치의 얘기를 들어보니 저 바다석류는 햇볕이며 비도 과하면 안 되고 피할 것이 많아 꽃을 제대로 피워 즐기기 쉽지 않다는데 폐하의 침전에 있던 건 정말 정성스럽게 보살핌을 받은 티가 나더군요. 아끼시던 애마에 팔찌며 분재며, 폐하의 손길이 직접 간 선물을 이리 많이 받은 왕후는 드물 것 같습니다."

신이 나 종알거리는 해류의 입술을 삼키더니 귓불에 색정적으로 뜨거운 숨결을 불어넣으며 태왕은 속삭였다.

"해류, 그대는 바다석류 꽃처럼 이름 그대로 힘들고 모진 것은 다 피하며 온실 속에서 곱게 살아요. 내가 꼭 그리해주겠소."

바다석류 꽃처럼 온실 속에서 곱게만 살게 해주겠다는 게 그 사람의 진심이었 구나.

그저 달콤한 밀어로 흘려들었던 속삭임이었다. 그게 진심이었고, 말뿐 아니라 행동으로 철저히 옮겼다는 사실을 비로소 깨달았다.

분명 고마워해야 할 배려라는 걸 알면서도 부글부글 속이 끓었다. 자신은 죽을 힘을 다해서 그에게 보탬이 되려고 노력하건만. 어린 아기처럼 아무것도 하지 못하 는 무능력한 존재로 취급당하고 있다는 사실이 서글펐다.

시간은 느리지만 어김없이 흘렀다. 어느덧 창밖에 어스름이 깔리기 시작하자 등촉을 담당하는 궁녀들이 어둑해지는 왕후궁 곳곳에 불을 밝혔다. 담장 너머 저 멀리에서 태왕이 오는 게 보이자 해류는 자리에서 일어섰다.

속은 타서 숯이 되고 있음에도 해류는 침전 밖으로 나가 환한 얼굴로 태왕을 맞 았다.

"어서 오십시오, 폐하."

목소리도 밝은 시늉을 제대로 내 평소처럼 들린다고 생각했지만 착각이었다. 유심히 해류를 응시하던 태왕은 침전으로 들어와 둘만 남자 다짜고짜 물었다.

"무슨 일이 있는 거요?"

"예? 무슨 말씀이신지요?"

태왕에게 묻고 따지고픈 게 태산이긴 했다. 왜 마리습의 입궁을 막았냐는 질문 이 혀끝까지 나와 당장이라도 튀어나올 것만 같았다. 그걸 꺼내지 못하고 있는 건 감당하기 힘든 대답이 돌아올까 두려워서. 뭐든 덮기보다는 확 뒤집어 말끔하게 치 워버리는 자신답지 않음을 알면서도 입이 안 떨어졌다.

더 진정되었을 때 묻자고 자신을 다독이던 참이었다. 해류는 모르는 척 태왕의 대수자포 깃에 손을 올렸다. 그런데 태왕은 포를 벗겨주려는 해류의 손을 잡았다.

"입은 웃고 있으나 눈은 차게 굳어서 나를 피하고 있지 않소?"

그랬다. 조금 전 태왕을 맞을 때부터 해류는 그를 마주 보지 않았다. 눈을 마주하면 지금 억지로 가라앉히고 있는 울화나 배신감을 들킬 것 같아서였다. 평온함을 가장했지만 태왕에겐 읽힌 모양이었다.

이왕 이리된 것. 제대로 알아보자.

후우. 해류는 낮게 심호흡을 하고 태왕의 눈을 똑바로 올려다봤다.

"해세적이 왕후궁에 오는 걸 막으셨다면서요?"

아니길 바랐지만 태왕의 눈빛이 미미하게 흔들렸다.

오늘 해세적이 왕후에게 알현을 요청했다는 이야기는 아까 들었다. 그가 전해 달라는 알쏭달쏭한 전언도. 무슨 의미인지 조만간 불러들여 추궁해봐야겠다고 작정하면서도 그에 관해 불문에 부치라고 재차 단속했었다.

오늘 그가 왔다는 사실을 해류가 안다고 착각한 태왕의 가슴에 불꽃이 확 일고 있었다. 왕후궁의 사람을 싹 다 바꿀까 고심하는데 해류가 오해를 풀어줬다.

"사란의 일이 궁금해서 해세적 단주를 부르라고 했더니 이상하게 이 핑계 저 핑계를 대며 피하더군요. 그래서 혹시나 하고 여쭸는데 정말로 폐하께서 막으셨군요."

"아……."

태왕의 말문이 막혔다. 명령이 제대로 지켜지고 있다는 미약한 안도감과 함께 난감함이 그를 덮쳤다.

간신히 누르고 있던 물꼬가 터지자 해류는 거침없이 항의를 쏟아냈다.

"열셋에 처음 뵈었던 순간부터 흠모했고 이날까지 사모한 분은 오로지 폐하뿐이라고 말씀드렸습니다. 제게 사내는 오로지 폐하밖에 없다는 걸 아시면서 저를 그리 믿지 못하신 것입니까? 거래처이자 동업자였던 인연밖에 없는 해 단주의 알현을 막을 정도로요? 제가 폐하를 두고 다른 사내에게 눈을 돌릴 거라고 정말 의심하시는 건가요?"

가만히 그녀의 항변을 듣던 그는 의심이란 단어가 나오자 펄쩍 뛰었다.

"의심이라니! 절대로 아니오! 내가 가장 믿는 단 한 사람을 꼽으라면 해류 그대인 것을. 그런 이유로 해세적의 알현을 막은 건 아니오. 믿어주시오."

해류를 완신하는 건 진실이지만 마리습에 대한 그의 감정은 좀 더 복잡했다. 마리습을 떠올릴 때마다 묘한 자괴감과 열패감을 느꼈다.

해류와 마리습이 나란히 상단을 이끌면서 나라 곳곳을 누비고, 포목상을 부활시켜 여진을 모시고 오손도손 사는 광경이 희한할 정도로 또렷하게 그려졌다. 절대 인정하고 싶지 않지만 그 모습은 해류에게 정말 잘 어울렸다.

해류가 간절하게 꿈꿨으나 그는 결코 줄 수 없는 다복하고 평화로운 미래였다. 지위도 권세도 감히 비교할 수 없이 높지만 그는 줄 수 없는 삶을, 마리습은 해류가 바랐던 그대로 이뤄줄 수 있었다.

마리습과 함께했다면 이런 모진 풍파도 마음고생도 없이 해류가 좀 더 행복하고 편안하지 않았을까. 오로지 상상임에도 그 광경이 떠오르면 기분이 몹시 안 좋았다. 호언장담만 거하게 했지, 해류를 위험에 빠뜨리고 제대로 지키지 못한 자격지심이기도 했다.

"그대가 해세적은 물론이고 어떤 사내든 눈길도 주지 않았다는 건 내가 제일 잘 알아! 그런 끔찍한 가정은 입에도 담지 말아요."

말 한마디 한마디에 가득 담긴 진심에 들끓던 화가 조금 가라앉았다. 연모하는 이에게 불신당하고 있는 건 아니라는 사실에 안도하며 해류는 차분히 물었다.

"그러면 왜 그를 왕후궁에 출입 못 하게 하신 건지요?"

해류는 말간 눈으로 그를 응시했다. 그 시선을 받는 태왕의 옥안에 난처함이 스몄다.

가장 큰 이유는 해류가 불필요한 외부 소식을 듣고 다치는 걸 막으려는 의도지만 실은 질투도 있었다. 더없이 신뢰함에도 지어미 옆에 다른 사내가 어떤 형태로든 알짱거리는 게 싫은 감정은 해류로선 이해하기 힘들 것이다. 사내답지 못하게 투기한다는 걸 들키고 싶지 않았다. 고민하던 태왕은 진실의 반만 밝혔다.

"아직 건강도 완전치 않은데 몰라도 되는 바깥의 험한 소식을 자꾸 전하는 게 마땅치 않았소."

"몰라도 되는 일이라니요, 폐하. 제 혈육처럼 가까운 동무의 일입니다. 만약 단주가 알려주지 않았다면 제가 어떻게 폐하께 도움을 청할 수 있었겠습니까."

"그렇긴 했지. 그래서 그대가 원하는 대로 샅샅이 수소문해보라고 했고 얼마 전에 찾아서 안전한 곳에 피신하도록 했소."

해류가 요청하기도 전에 이미 사란을 구했다는 말은 할 수 없는 태왕은 이번에도 반만 알려줬다. 당연히 뛸 듯이 기뻐하며 감사하는 반응을 기다리던 그는 해류의 표정이 싹 굳는 걸 의아하게 바라봤다.

"왜 그러오?"

해류가 가장 싫어하는 것이 혼자만 따돌림당해 바보가 되는 일. 지금이 바로 그랬다. 마리습의 출입을 막은 건 그녀를 위한 배려라고 억지로 이해해볼 수 있지만 사란의 소식은 도저히 그 어떤 변명도 핑계도 찾을 수 없었다.

"폐하, 사란이 무사하다는 소식은 언제 아셨습니까?"

착 가라앉은 음성은 심상치 않았다.

"며칠…… 되었지."

"왜…… 제게 바로 알려주시지 않았나요? 제가 얼마나……, 얼마나 사란의 행방을 궁금해하고 걱정했는지 아시잖아요?"

화가 치밀어 미칠 것 같았다. 태왕 앞이라 차마 못 하는 것이지, 당장이라도 발을 구르고 마구 고함을 치며 패악을 떨고팠다.

험한 소리가 나올까 봐 입술을 꾹 다문 채 파들거리는 해류를 태왕은 물끄러미 응시하다 팔을 뻗었다. 달래려는 듯 허리를 끌어안는 팔을 해류가 탁 쳐내듯 밀어냈다. 그것도 모자란지 몸을 휙 돌려 그에게서 몇 걸음 떨어졌다.

"왜 그러셨습니까?"

해류의 눈망울에 의문과 배신감이 일렁거렸다. 긴 소매에 가려 보이지 않는 주먹은 손톱이 손바닥을 찌를 정도로 꽉 쥐고 있었다. 싸늘하게 그를 바라보는 해류의 눈이 작열감으로 타올랐다. 그 격노를 묵묵히 마주하던 태왕은 습기로 젖어드는 눈을 보며 아차 했다.

해류는 크게 상처받았다. 힘들게 하고 싶지 않아서 한 배려인데 도리어 그녀를 아프게 했다는 사실이 못내 미안했다. 그렇지만 해류를 목표로 한 치밀한 음모가 펼쳐지는 판이었다. 해류의 성정상 가만히 숨어 있지 않을 게 자명했다. 위험에 노출시키지 않고 안전하게 보호하려면 감출 건 감춰야 했다.

자신의 판단이 옳다고 믿기에 그는 담담하게, 어쩔 수 없이 알려야 하는 최소한의 것만 조심스럽게 선별하며 입을 열었다.

"그대도 짐작하고 있겠지만…… 사란에 대한 공격은 왕후인 당신을 노린 포석이오. 모든 문제가 말끔하게 해결된 다음에 알려주려고 했소."

"제 문제입니다. 당연히 제가 알아야지요."

"걱정을 함께한다고 해서 해결되는 것도 아니니, 최소한 그대라도 마음 편히 있었으면 해서."

"함께 염려하면 안 되나요? 폐하 혼자 전부 떠안고 저는 아무것도 모르고 편히 있으라고요? 정녕 그걸 원하세요?"

"그래요. 난 그걸 원하오."

어느새 성큼 다가온 태왕은 해류를 끌어당겼다.

"할 수만 있다면 태자비를 간택하던 그날로 시간을 거슬러 가고 싶어. 내가 그때 당신을 알아볼 혜안이 있어 당신을 택했다면, 그랬다면 그대가 이런 고초나 마음고생을 겪지 않았을 텐데……. 내가 다 막을 테니까 그대는 안전하게, 이렇게 내 품 안에만 있어요."

하! 너무 기가 막히니 말문까지 턱 막혔다. 이러면 그에게 기대기만 했다는 전 왕후와 똑같지 않나. 더구나 태왕은 나중에는 그녀에게 화가 났다고 했었다.

해류는 사당으로 쫓겨난 이후 남에게 의지하거나 책임을 떠넘기지 않고 스스로 결정하고 주관하며 살아왔다. 자신과 관련된 일에선 특히 더 그랬고 그런 스스로에게 자부심이 컸다. 지금 태왕은 그녀가 살아온 삶의 궤적을 송두리째 버리라고 요구하는 거다. 태왕이 뭐라든 그녀는 절대 온실 속 꽃으로는 살 수 없었다.

"폐하, 전 폐하께 도움이 되는 반려가 되겠다고 약조했습니다. 폐하도 그래달라고 하셨고요. 폐하만큼은 아니겠지만 왕후란 자리 역시 때로 하기 싫은 것도 감수하며 그 무게를 감당해야 합니다. 그런데 눈과 귀를 다 막고 화초처럼 왕후궁에서 폐하가 허락하는 것만 보고 들으며 바라보고 살라고요?"

"그러면 안 되는 거요? 내가 바라는데?"

"저는 폐하 곁에서 제 몫을 하며 나란히 서고 싶습니다. 미약한 힘이나마 폐하를 지키고 도울 수 있으면 좋고요."

"내 앞에 강건하고 무탈하게 있는 게 나를 지키고 돕는 거요."

태왕은 갑자기 해류의 목덜미에 얼굴을 묻으며 숨을 쉬기 힘들 정도로 꽉 끌어안았다.

"다시는, 다시는 그대를 위험에 빠뜨리지 않을 거요. 그러니 그냥 아무것도 하지 말고 내 옆에 안전하게 있어요. 그것만으로 충분해. 그대 이름의 꽃처럼 뜨거운 햇볕도 모진 비도 피하면서. 그게 내가 그대에게 가장 바라는 거요."

늘 지독할 정도로 자신을 절제하는 태왕은 지금 드물게 격정을 감추지 않고 있었다. 그의 음성에 넘실거리는 것은 두려움. 연전에 독살당할 뻔한 이후 강박적으로 그녀의 안전을 챙기는 건 알고 있었다. 시간이 흐르면 나아지겠지 했지만 평양성에서 돌아온 이후, 어느 날부터 점점 더 심해지고 있었다. 이런 비이성적인 집착은 정말 태왕답지 않았다.

해류는 그를 이해하려고 애쓰면서 태왕의 허리에 팔을 감았다. 손바닥으로 그의 탄탄한 등을 쓸어내리며 다정하게 속삭였다.

"폐하, 저는 어디에도 가지 않습니다. 약속드렸잖아요. 저를 믿어주세요."

낮은 한숨이 흘러나오더니 그가 가만히 고개를 젓는 게 느껴졌다. 해류의 귓불을 깨물면서 중얼거렸다.

"당신의 약속은 믿소. 하지만 그대가 통제할 수 없는 불가항력이 있지 않소. 아직은 너무나 불확실하고 위험해. 내가 모든 걸 안전하게 처리할 때까지만이라도 내 뜻을 따라주오."

"누가 저를 해치려고 하는데요? 그거라도 알려주세요."

"아직 확실치 않소. 조금 더 명확해지면 그때는 얘기해주리다."

딱딱한 돌벽에 머리를 부딪치는 느낌이었다. 무엇이 위험한지. 누가 그녀를 해치려고 하는지. 아무리 물어봐야 답을 주지 않을 태세였다. 해류는 어떻게든 그를 설득하기 위해 자신의 건재함을 호소했다.

"폐하, 전 생각하시는 것처럼 연약하지 않습니다. 꽃보다는 오히려 잡초에 가깝답니다. 저를 해치려던 흉적들의 마수에서도 끄떡없이 건재하잖아요. 고작 흉한 소식 같은 걸로 다치거나 흔들리지 않는답니다."

씩씩한 장담에도 태왕은 꿈쩍도 않았다. 종알거리는 입술을 그의 손끝으로 살며시 눌러 침묵하게 했다. 그녀를 삼킬 듯이 내려다보며 호소하듯 중얼거렸다.

"그대가 없으면 난 사람이 아니라…… 태왕으로만 살아야 한다."

그 절박한 고백을 듣는 순간 해류의 몸에서 힘이 쭉 빠졌다. 두 차례나 죽음 문턱에서 돌아온 그녀보다 오히려 태왕이 그 악몽에서 벗어나지 못하고 있다는 걸 비로소 알았다. 지금은 그 어떤 설득도 통하지 않았다. 그가 암살에 대한 공포에서 벗어나 본래의 냉철함을 되찾으려면 세월이 필요해 보였다.

시간이 흐르면 태왕은 명철하고 여유로운 그로 돌아올 것이다. 그때는 이 얼토당토않은 명령을 알아서 철회할 것이다.

해류는 자신을 설득했다. 내키지 않았지만 일단은 그가 원하는 대답을 해줬다.

"알겠습니다."

태왕의 눈빛에 짙은 안도감이 감돌았다.

"고맙소."

十八

이틀 뒤 평양성으로 출발해 배를 타겠다.

최대한 빨리 떠날 준비를 하라는 마리습의 명령에 모두루는 도깨비에 홀린 것 같았지만 그대로 수행했다.

물건도 충분치 않은데. 연우 나리를 묘소에 안치한 뒤 떠날 거라고 하시더니 왜 갑자기 서두르시나. 질문이 꼬리에 꼬리를 물었지만 마리습의 분위기가 워낙 다급하고 험악해 물어볼 엄두도 내지 못했다. 일정이 촉박하니 늦은 밤에도 대낮처럼 불을 밝히고 짐을 꾸렸다.

마리습은 사당과 관련된 거래가 기록된 장부를 모조리 꺼냈다. 사란을 이용해 해류의 발목을 잡으려는 태후라면 그도 비슷하게 엮으려 들 것이 불을 보듯 훤했다. 만에 하나의 가능성도 남기지 않기 위해 그는 손수 장부를 아궁이에 넣어 태우기 시작했다.

활활 타오르는 불길이 종이를 먹어 삼키는 것을 지켜보고 있는데 뒤에서 인기척이 났다. 마리습은 서둘러 남은 것을 아궁이에 던져 넣었다.

"도련님……."

고개를 돌려보니 뒤에 선 것은 난처한 듯 손을 비비고 있는 모두루. 그 옆에는 일전에 그를 태후에게 안내했던 젊은 사내가 있었다. 그는 사납게 노려보는 마리습에게 고개를 꾸벅 숙였다.

"그분께서 지금 뵙자고 하십니다."

"예상보다 훨씬 빨리 알아차렸구나."

마리습을 맞은 태후의 첫마디였다. 마치 이런 날을 기다렸다는 듯한 반응이었다.

조금도 놀라거나 조급함, 혹은 초조함이 없는 태후의 태도에 마리습은 등골에 진땀이 맺혔다. 저쪽이 이쪽보다 더 많이 알 때는 먼저 입을 떼면 불리한 법. 그는 묵묵히 앞에 앉은 여인을 바라만 봤다.

뒷짐을 진 채 입술을 꾹 다물고 선 마리습을 보는 태후의 눈빛이 조롱하듯 반짝였다.

"왕후를 만나려고 했다면서?"

태후가 오늘 일을 모르고 넘어갈 거란 기대는 아예 하지 않았다. 그래도 하루 이틀은 걸리지 않을까 했었다. 곧바로 이야기가 들어갔다는 건 그녀의 촉수가 예상 이상으로 꼼꼼히 퍼져 있다는 뜻이다. 지체 않고 그를 불러들인 건 해씨와의 유착이 드러나는 걸 태후도 꺼린다는 의미일 터. 마리습은 뒷짐을 지고 있던 손을 앞으로 모아 도전적으로 팔짱을 꼈다.

"예. 그랬습니다. 태후 전하를 경계하시란 말씀을 올리려고 했지요."

"근거도 없이 떠드는 너를 왕후가 믿어줄 것 같으냐? 왜 아예 네 아비와 내가 함께 도모하는 일까지 다 고변하지 그랬니."

"알리는 게 도리라 생각해서 간 것이지 믿건 말건 제가 관여할 바가 아닙니다. 그리고 두 분의 일은……, 아무 증험도 없는 것을요. 저 같은 일개 상인이 나서 떠든다면 감히 태후 전하를 놓고 무고한다고 오히려 제 목이 잘리겠지요. 그걸 아시니 제 부친이나 태후께서 아직 제 목숨을 붙여두시는 거 아닙니까."

태후의 눈매가 크게 호선을 그리더니 붉은 입술에서 파안대소가 흘러나왔다.

"호호호. 넌 정말 보면 볼수록 마음에 드는구나. 아쉽다면, 배포가 참으로 작다는 것이고."

"예. 잘 보셨습니다. 작은 물집에서 천을 물들여 호구하던 외가의 피가 짙어 제 상단을 키우고 부를 쌓아 편안히 살겠다는 이상의 야심은 없습니다. 손에 쥘 수 있단 보장도 없는 영화를 위해 모든 걸 투자하고 싶지도 않고요."

"상인도 상인 나름이지. 여불위같이 나라를 산 자도 있지 않니."

그의 입꼬리가 조소를 함박 물어 비뚜름해졌다.

"전 재산을 털어 진나라를 산 그 여불위는 주군이자 아들인 진시황의 명으로 죽었지요. 정신이 멀쩡한 상인은 자신이 감당할 수 있는 것만 사고팝니다. 여불위의 발끝에도 미치지 못하는 저 같은 자가 과한 욕심을 냈다가는 재물은 물론이고 시신도 온전히 보전하지 못할 테지요."

마리습은 전략적으로 잠시 침묵한 태후에게 물었다. 너무나 앞뒤가 맞지 않아 궁금했던 부분이었다. 모른 채 덮고 떠나려고 했으나 결국 태후와 맞닥뜨렸으니 그거라도 알아보자 싶어졌다.

"친자이신 왕자 전하가 계신데 왜 해씨와 손잡고자 하시는지요? 저는 도저히 이해가 되지 않습니다."

왕자란 소리가 나오자 태후의 낯이 싸늘하게 굳었다.

"승평에 대한 기대는 버렸다. 그 아이는 절대 태왕에게 반기를 들지 않을 거야."

울화통이 터진다는 걸 감추지 않으며 그녀는 마리습이 몰랐던 놀라운 사실을 알려줬다.

"왕후가 독에 쓰러지고 절노부가 봉기했을 때가 태왕을 칠 천재일우의 기회였다. 바깥에 경계가 쏠려 내부는 텅 비었었지. 승평이 호응했다면 나는 내 사병을 움직여 뒤를 쳤을 것이다. 태왕의 목을 벨 절호의 기회였는데. 그런데 그 바보 같은 아이가……."

승평 왕자가 태왕에게 달려와 절노부의 거병을 발고했다는 건 널리 알려진 사실이었다. 안타까운 듯 손을 쥐어짜는 태후를 보며 마리습은 제가 품어왔던 생각이 단순한 의심이 아니라 명백한 사실임을 확신했다.

"전하께서…… 전하께서 왕후께 독을 쓰셨군요……."

허를 찔린 듯 태후의 상체가 살짝 흔들렸다. 아주 약간이었지만 마리습은 놓치지 않았다. 그건 어떤 웅변보다 확실한 증거였다.

왕후인 해류를 독살해 태왕과 절노부를 동시에 혼란하게 하고 그 틈을 타서 태왕을 해치려는 계획이었을 것이다. 제대로 안 되었으나 절노부만 쓸려나갔지 태후는 멀쩡했다. 그리고 금방 해사무라는 다음 말을 찾아내서 움직이고 있었다.

도대체 몇 수를 내다보면서 계략을 짜는 것인지. 얼마나 오랫동안 준비해온 것인지. 마리습의 모골이 송연해졌다. 느긋하고 태평한 가면을 반쯤 벗은 태후의 위압감을 견디며 추궁하듯 물었다.

"태왕을 해치고 자신에게 돌아올 왕좌를 다른 씨족에게 넘겨준 어머니를 승평왕자가 가만히 둘 거라 믿으십니까?"

"그렇게까지 반편이는 아니니까, 당연히 아니겠지."

오싹 소름이 돋았다. 권력에 눈멀어 지아비나 부모 형제를 제거한 경우는 왕왕 있어도 자식을 해하는 건 고금에 보지도 듣지도 못했다. 자식의 안위도 상관하지 않는 어미가 과연 협력자라는 이유만으로 권세를 공유해줄까? 이 당연한 질문을 외면하는 어리석은 제 아비를 떠올리자 욕이 절로 나왔다.

"어쩌시려고요? 목숨이라도 빼앗으시려고요?"

"꼭 죽이지 않더라도 손발을 묶는 방법은 많지 않으냐."

"그리도 권력이 필요하십니까? 자식의 숙청까지 감수하시고서요? 그렇게까지 해서 당신께선 무엇을 얻으십니까?"

이 질문을 기다렸다는 듯이 바로 태후의 대꾸가 돌아왔다.

"고씨가 해씨로부터 뺏은 왕좌를 오래 차지했으니 이제 돌려줘도 무방하지 싶어서. 해씨의 왕위를 고씨에게 돌리고 수렴청정한 태조태왕의 모후처럼, 나는 해씨 왕조를 연 태후로 이름을 남겨볼까 한다."

진심인지 가늠하려는 듯 쏘아보는 마리습의 시선을 태후는 맞받았다.

믿기 어렵지만 진심 같았다. 흔들리지 않는 눈빛에 거짓이 없어 보임에도 여전히 믿기 어려웠다. 왕후를 독살하고 절노부의 힘을 빌려 태왕을 척살하려고 했던 것처럼 이 또한 태후가 갖고 있는 수많은 복안 중의 하나가 아닐까. 가장 유용한 패라 잡고 있지만 만약 질 것 같으면 이전처럼 미련 없이 던져버리고 다음 말로 갈아탈 것이다.

지금으로선 그것이 가장 타당한 결론이었다. 견딜 수 없는 피로감이 몰려왔다. 이런 복마전은 딱 질색이었다. 그는 제가 순순히 태후의 수하를 따라온 목적을 떠올렸다. 저들이 원하는 약속을 주고 그는 떠나면 되었다.

"천신의 가호를 받아 부디 뜻대로 하십시오. 대신 저는 이만 놓아주십시오. 부친께도 약조드렸듯이 제 입에서는 어떤 말도 나가지 않을 것입니다. 이틀 뒤에 국내성을 떠나 돌아오지 않겠습니다. 원하시면 여기서 피를 내어 천신께라도 맹세하겠습니다."

"이 일이 성공하면 넌 모든 걸 갖게 되는데도 포기하겠다고?"

"저는 정치에는 아무 관심도 능력도 없습니다. 그리고 진솔하게 제 진심을 밝히자면 위험한 도박에 말려 개죽음을 당하고 싶지 않습니다. 두 분께서는 활활 타오르는 불로 뛰어드는 나방같이 보여 안타깝습니다."

태후처럼 예리한 사람이라면 제가 진심이란 걸 알련만. 그녀는 가만히 그를 응시하다가 불쑥 또다시 청천벽력을 던졌다.

"왕후를 네 여인으로 만들 수 있다."

너무 놀라서 숨통이 턱 막혔다. 해류에 대해 품었던 정애는 한 번도 입 밖에 낸 적이 없었다. 모두루나 사란은 어렴풋이 감지한 듯했지만 지혜롭게 모른 척 덮어줬다. 지나가는 외사랑으로 날려 보낸 그 연심을 태후가 어떻게 알고 있는지 모르겠다.

"네가 왕후에게 준 옥환. 그건 평생을 함께하고픈 정인에게 주는 정표가 아니더냐."

마리습이 대답을 하거나 말거나 태후는 아랑곳하지 않았다.

"눈치를 보아하니 그 아이도 너를 싫어하진 않았던 것 같더만, 왕후가 되지 않았다면 둘이 부부가 되어 벌써 자식도 생겼을 수 있을 것인데. 그걸 주며 청혼할 결심으로 설레며 돌아왔을 텐데 참으로 황당했겠구나."

마리습은 겨우 정신을 수습했다. 모든 걸 확신하는 사람에게 아니라고 부정해봤자 의미가 없었다. 과거는 선선히 인정했다.

"이미 다른 사내, 더구나 태왕의 반려가 된 분입니다. 혼자 잠시 품었던 정념은 진작에 다 떨쳤고요. 저는 보답이 없는 곳에 미련을 길게 두는 바보가 아닙니다."

"그래. 정말 영리하구나. 그게 슬기롭지. 그렇지만 네가 어차피 해야 할 일에 절대 얻을 수 없었던 여인이 보상이라면 노력할 의지가 생기지 않겠니."

"골백번도 더 말씀드렸듯이,"

태후가 딱 끊고 들어왔다.

"넌 발을 뺄 수 없다. 네가 이 문을 열고 나가는 순간 난 해씨를 버릴 것이다."

역시. 자신들은 언제든지 버릴 수 있는 수많은 패 중 하나였다.

아찔함을 감추려 마리습은 눈을 질끈 감았다.

"이미 꼬리를 떼어낸 적이 있다. 또 못 할 것 같으냐?"

"태왕 폐하는 모든 사병들을 직속 병력으로 흡수하셨습니다. 기껏 끌어모아야 고작 기백 남짓의 병력으로 뭘 할 수 있습니까."

마리습의 음성엔 힘이 없었다. 그에게서 풍겨나오기 시작하는 절망을 즐기듯 태후의 목소리가 밝아졌다.

"무력 충돌은 당연히 승산이 없지. 싸움의 방법은 수만 가지구먼, 사내들은 왜 창칼로 맞붙어 싸울 궁리 말고 다른 방도들은 생각을 못 하는지 모르겠구나. 본디 전쟁이란 만 가지 길을 준비해서 하나만이라도 쓰면 족하다고 하거늘."

태후의 의기양양한 시선은 줄에 걸린 먹잇감을 보는 거미의 그것 같았다. 거미줄에 걸린 파리의 심정을 절감하며 마리습은 패배를 인정했다.

저 주도면밀한 태후가 여기까지 알려줬다는 건 따르지 않으면 죽음이란 의미. 그와 해씨 일족, 친혈육보다 더 끈끈한 모두루를 비롯한 상단 식구들 모두 형장의 이슬이 되는 광경이 눈에 어른거렸다. 어린 라후며 그의 수하들이 억울한 피를 흘리겠지만 눈앞의 이 여인에겐 아무 의미가 없었다. 태후는 쏙 빠져나가 다른 희생 제물을 찾아낼 것이다.

범의 등에 올라탔구나.

좌절감을 감추려 고개를 떨군 마리습을 바라보는 태후의 눈에 승리감이 차올랐다.

"궐문을 열어라! 친위대 말객이다!"

왕궁 외궁의 문을 지키던 병사들은 태왕의 직속 친위대 부장의 검붉은 깃발을 보자 서둘러 문을 열었다. 달려오던 이들은 그대로 계속 달려 외궁에 들어섰다. 계마로와 그의 수하들이 들어가자 문은 다시 굳게 닫혔다.

마구간 앞에서 말을 내린 계마로는 곧바로 정전을 지나 편전으로 달려갔다. 전신을 감도는 살벌한 분위기에 인사 올리던 궁인이며 병사들이 움찔했다. 무뚝뚝하고 엄숙한 태왕의 호위대장 을밀과 달리 계마로는 늘 빙글빙글 웃음을 머금었다. 보기 드문 살기에 다들 의아한 듯 그의 뒤통수를 응시했다.

그러거나 말거나 뒤도 돌아보지 않고 돌진한 계마로는 편전 구석에 있는 호위대장의 집무실로 달려갔다.

"대모달."

계마로답지 않은 분노와 초조함이 가득한 부름에 칼을 닦고 있던 을밀의 손이 멈췄다.

"무슨 일인가? 자네답지 않게 숨이 턱에 닿았군. 쫓던 무리의 배후를 찾은 것이야?"

"그 간악한 흉수들이 아무래도 왕후 폐하를 끌고 들어가려 간활한 일을 도모하는 것 같습니다."

"뭐!"

을밀이 벌떡 일어났다. 당장이라도 목을 치고 싶은 듯 칼자루를 거머쥔 그의 손이 부르르 떨렸다.

"누가 감히! 왕후 폐하를 두고 어떤 모략을 꾸민다는 것이야?"

계마로는 흘려보냈던 풍문의 출처를 진즉 캐보지 않은 것을 후회하며 입을 열었다.

"왕후 폐하께서 예씨 부인이 혼인 전에 사통한 신라인의 딸이라는 소문이 국내성에 파다하게 퍼져 있습니다. 꽤 오래전부터 암암리에 돌았던 모양인데, 명림두지가 형장으로 끌려가기 전에도 그리 떠들었다는 얘기까지 더해져서 믿는 자들이 많아지는 낌새입니다."

"뭐라고! 그런 얼토당토않은 요설을 퍼뜨리는 자들이 있단 말이야! 명림두지의 헛소리를 듣고 퍼뜨렸다는 병사들부터 찾아내서 물고를 내지 않고!"

"그것이……."

계마로는 죽을 때까지 자식과 아내를 모함한 명림두지를 저주하며 곤란한 사실을 덧붙였다.

"그런 얘기를 정말로 한 모양입니다. 당시 명림두지를 연금했던 수문위군의 부장에게 물어봤더니 왕후 폐하께 입에 담지 못할 악담을 퍼부었다고 하더군요. 너무 시끄럽고 말도 안 되는 소리라 재갈을 물려 압송했는데, 그 얘기를 들은 자들이 떠들었나 봅니다."

"허허! 수문위군의 기강이 저리 엉망이라니. 조만간 우타소루를 만나면 따끔하게 혼쭐을 내주라고 한 말씀 드려야겠군."

"그러시는 것도 좋겠지요. 다만, 명림두지가 마구 지껄인 악담 때문에 이 헛소문이 그럴듯하게 포장되어 퍼진다는 게 가장 큰 문제입니다. 예씨 부인이 명림두지와 혼인 전에 신라인과 혼인을 약속한 관계였다는 소리까지 보태지고 있다지요. 벌써 수십 년 전 일인데, 왕족도 아닌 여염집 아낙의 혼담을 사람들이 기억한다는 게 말이 됩니까, 참."

을밀의 표정이 더욱 험악하고 심각해졌다.

"귀 얇고 사리 분별 어두운 자들이 듣기엔 솔깃하게 그럴싸한 근거까지 만들어 붙이는 걸 보니, 간교한 자들이 작정하고 폐하 내외를 욕보이려 하는 것이로군."

"예. 무시하기에는 널리 번져나가고 있어 폐하께 아뢰고 막아야 할 것 같습니다. 이 빠르고 주도면밀한 진행을 보니 두 차례에 걸쳐 왕후 폐하를 암살하려던 무리와 관련이 있는 게 아닐까, 그것이 제일 걱정입니다. 대모달의 의견은 어떠신지요?"

"나도 동감이네. 미룰 것 없이 아뢰세. 아까 조례와 회의를 마치고 대대로와 좌보, 우보께서 들어 지금까지 정무를 보고 계시네. 유시에 각부별로 회의가 있으니 조금 있으면 다들 퇴궐해 관청으로 돌아갈 것이야. 그때 바로 아뢰도록 하지."

"잘되었군요. 그래야겠습니다. 전 다른 보고할 것이 있으니 챙겨서 오겠습니다."

"그러게."

계마로가 돌아왔을 때 을밀은 벌써 태왕의 집무실에 있었다.

계마로는 헐레벌떡 안으로 들어왔다.

"급히 고할 게 있다고?"

"예, 폐하. 왕후 폐하와 관련된 일이옵니다."

느긋하니 장계를 훑고 있던 태왕의 입매가 굳었다. 들고 있던 장계를 내려놓으며 그가 계마로에게 재촉의 눈빛을 보냈다.

"시중에 왕후 폐하께서 신라 속민의 딸이라는 헛소문이 파다합니다. 왕후 폐하를 모략해 폐하의 위신을 깎아내리려는 간활한 자들의 조직적인 계략으로 짐작되옵니다."

"감히!"

극히 절제된 나직한 한마디였지만 치뜬 눈은 태왕이 얼마나 분노하는지 여실히 보여주고 있었다. 눈빛엔 시퍼렇게 날이 섰지만 착 가라앉은 음성으로 태왕이 채근했다.

"소상히 고해라."

"실은 몇 달 전부터 그런 소문이 조금씩 돌기 시작했었답니다. 하지만 워낙 얼토당토않은 소리라 수그러드는 기미였는데 최근에 마치 진실인 것처럼 그럴듯하게 포장되어 확 퍼져버렸습니다. 형장으로 끌려가기 전에 명림두지가 왕후 폐하를 저주하면서 폭로를 했다는 게 무슨 큰 증좌인 것처럼 얘기가 나돌고 있답니다."

"명림두지가 그런 소리를 했다고?"

"예. 제가 당시 저택의 봉쇄를 책임졌던 수문위군을 탐문했는데 그런 헛소리를 했다고 합니다. 마지막까지 왕후 폐하를 모함하기 위해 눈이 벌게진 자의 발악이라 귀담아듣지 않았는데 이 소문이 들리니 병사 몇몇이 말을 흘린 모양입니다."

"수문위군이면 배울 만큼 배운 귀족들이건만, 그런 어리석은 짓을 했단 말이냐?"

공연히 자신도 질책을 받는 것처럼 뒷덜미에 스멀스멀 한기가 스쳐갔다. 계마로는 후들후들 떨리려는 다리에 힘을 꽉 줬다.

"다시는 입을 함부로 놀리지 못하도록 장을 열 대씩 쳐 엄중하게 경고해놨습니다.”

눈을 가늘게 뜨는 모양새를 보니 마음에 들지 않는 티다. 너무 가볍게 처분했다는 불만일 터. 연루된 자들은 치도곤을 맞겠다고 계마로는 남몰래 동정했다.

“왕후 폐하의 어머님께서 오래전에 신라인과 연분이 있었다는 소리까지 돌고 있습니다. 아마도, 헛소문에 신빙성을 덧붙이려 하는 흉적들의 소행으로 짐작되옵니다.”

보이지 않는 적의 의도를 파헤쳐보려는 듯 태왕이 허공을 응시했다.

“분명 왕후를 끌어내릴 명분을 쌓고…… 짐을 흔들고 능멸하려는 짓이겠지.”

격노를 감추려는 것처럼 태왕이 머리를 젖히며 눈을 부릅떴다. 천장을 노려보는 시선은 보이지 않는 적을 찢어발길 듯 살벌했다.

“당장 다른 일을 제치고 이 간특한 헛소문의 진원지를 밝혀내 주동자와 관련된 자들을 모조리 끌어와라. 사란 신녀를 쫓아내고 납치하려던 자들과도 연관이 있을 것이다. 짐이 친국하겠다.”

고요한 옥음 아래 출렁이는 시퍼런 살기에 계마로와 을밀은 온몸의 털이 쭈뼛 서는 것 같았다. 태왕이 노여워할 거라고 예상은 했지만 그 이상이었다.

태왕은 조용하고 온화해 보이지만 사납고 무자비한 면이 내재했다. 감춰놓은 그 숨은 면모가 처음으로 드러난 건 절노부의 역모 처리 때였다. 역적의 극형은 당연하다지만 그 처벌 범위는 태왕의 평소 행보보다 훨씬 가혹하고 광범위했다. 그건 왕후를 해치려는 시도에 대한 위협이 포함되었기 때문이라고 계마로는 짐작했었다. 오늘 이 격한 대응은 그걸 확신으로 바꿔줬다.

신속하게 배후를 찾아내지 못하면 격노의 불똥이 그에게도 튈 수 있었다.

“예, 폐하! 최대한 빨리 죄인들을 폐하 앞에 끌어다 놓겠습니다.”

“서둘러라.”

느려도 확실한 걸 추구하는 태왕의 전례 없는 독촉이었다.

편전을 물러 나오는 계마로는 머리가 복잡했다.

동시다발적으로 정신없이 여기저기서 일을 벌이는 적. 어디서 튀어나올지 모르는 이 공격은 마구잡이로 펼치는 게 아니었다. 하나씩 계산해서 적재적소에 풀어놓고 있었다. 아주 정교하고 꼼꼼하니 긴 시간 동안 준비한 것일 터, 그만큼 이 난맥상의 갈래나 뿌리를 찾기 힘들다는 의미였다.

누구길래 오랫동안 들키지 않고 숨어서 이런 일을 벌일 수 있었을까. 명림죽리처럼 눈에 보이는 적이면 아무리 강해도 대응할 수 있으련만.

캄캄한 밤에 허공을 향해 칼을 휘두르는 느낌이 아주 불안하고 갑갑했다. 태왕의 말마따나 아주 근거리에 있는 것은 분명했다. 빨리 찾아내 제거하지 않으면 명림죽리 이상으로 위협적인 존재가 될 수 있다는 것도. 계마로는 모든 가능성을 그려보며 편전을 나갔다.

계마로가 나간 뒤에도 태왕은 쌓여 있는 장계를 살피는 일로 돌아가지 않았다. 일렁거리는 촛불을 태울 듯이 응시하며 꼼짝 않았다.

숨소리도 크게 내지 못하고 지켜보던 을밀이 조심스럽게 입을 열었다.

"폐하, 일전에 명하신 보연 신녀에 관한 보고를 올려도 될지요?"

보연이란 단어에 태왕은 순식간에 깊은 침잠에서 벗어났다.

"찾았느냐?"

"예. 졸본성 인근 마을에서 점바치를 하고 있다고 합니다."

"점바치?"

"사당에 있을 때도 점복술이 능란해서 중대사를 앞두고 길흉을 살피러 온 귀족들에게 제법 명성이 높았었다지요. 그걸로 생계를 꾸리는 모양입니다."

"다른 자들이 오가거나 수상한 낌새는 없었고?"

"일단은 조용히 살고 있는 것 같답니다. 윤허하신다면 제가 직접 만나보려 합니다."

"그게 좋겠다. 네가 가면 확실하겠지."

"허면 내일 해가 밝는 대로 출발하겠습니다."

머리를 꾸벅 숙이고 나가려는 을밀을 태왕이 잡았다.

"짐과 잠시만 대련할 여력은 있느냐?"

굉장히 심란하신 모양이구나.

잡념을 지우는 데는 전심전력으로 진검을 부딪치는 것만큼 훌륭한 묘약은 없었다. 을밀은 곧바로 허리에 찬 칼을 들었다.

"당연히 있지요. 준비하시옵소서."

태왕도 포를 벗고 옆에 걸어둔 긴 칼을 칼집에서 빼냈다.

"긴 여정을 가려면 일찍 돌아가 쉬어야 하니 손속에 사정을 두지 말라."

당연하다는 듯 을밀의 입술이 크게 휘었다.

"폐하와 진검으로 대련한 첫날부터 이날까지 단 한 번도 전력이 아니었던 적은 없습니다. 염려 놓으시옵소서."

편전 뜰로 내려간 두 사람은 곧바로 칼을 맞댔다.

멀쩡히 정무를 보시다가 왜 느닷없는 칼부림인가. 편전을 지키는 호위들의 표정이 의아함으로 물들었다. 곧 호위대장의 검술을 오랜만에 볼 수 있다는 기대감에 초롱초롱 눈에 힘을 주고 치열한 태왕과 을밀의 대결을 지켜보았다.

서로를 너무나 잘 알기에 늘 그렇듯이 공격하고 막는 순간순간이 마치 춤을 추듯 절묘하게 합이 딱딱 맞았다. 매번 이렇다는 걸 알면서도 사람들은 피차 한 치의 양보도 없는 살벌한 충돌을 손에 땀을 쥐고 지켜봤다.

그러기를 몇 각, 태왕의 칼이 빈틈을 파고들어 을밀의 칼 손잡이를 세게 쳤다. 체중을 다 실은 공격에 밀린 듯 을밀이 잠시 주춤하자 기다린 것처럼 전력을 다해 치고 들어왔다.

챙. 쨍그랑.

돌바닥에 을밀의 칼이 떨어졌다.

"우와아아!"

태왕의 승리였다. 아무리 을밀이 자신들의 대장이지만 매번 태왕을 이긴 그에게 환호하긴 눈치가 보였던 호위들이 일제히 함성을 질렀다. 을밀도 씩 웃으며 칼을 집어 들었다.

"제가 졌습니다."

모처럼의 승리가 기쁜 듯 태왕도 흡족한 표정으로 을밀의 어깨를 툭 쳤다.

"빨리 가서 쉬고 싶었던 모양이구나."

"그럴 리가요. 마지막 공격은 예리하게 연속으로 들어와 막기 힘들었습니다."

태왕은 어깨를 크게 돌리면서 잔뜩 긴장했던 근육을 풀었다.

"올라가자. 가볍게 목만 축이고 퇴궐해라."

"예, 받들겠사옵니다."

태왕과 을밀의 대화를 듣자마자 시종들이 달음박질쳐 갔다. 얼마나 서둘러댔는지 칼을 내려놓은 두 사람이 수건으로 땀을 닦고 앉을 즈음엔 주안상이 대령됐다. 궁녀들이 탁자에 술과 간단한 안주를 차려놓자 태왕이 주변을 물렸다.

"비관을 포함해서 다들 나가고 익실까지 비워라."

"예, 폐하."

은밀히 밀담을 나누고픈 기색을 눈치챈 을밀이 주전자를 들어 술을 올렸다.

"드시옵소서."

"그래."

그대로 잔을 비운 태왕이 을밀의 잔을 채워줬다. 황송해하며 일어나 술을 받은 을밀도 얼른 잔을 비웠다. 그동안 태왕은 자신의 잔을 스스로 채워 또 비웠다. 거푸 석 잔을 마신 태왕이 중얼거렸다.

"그것은 사실이다."

온 신경을 태왕에게 집중하지 않았으면 절대 들리지 않을 정도로 나지막한 음성. 을밀의 귀에는 화살처럼 꽂혔다.

처음에는 무슨 소리인가 싶었다. 곧 그 의미를 깨달은 을밀의 동공이 경악으로 크게 벌어졌다. 뭔가 말하고프나 소리로 나오지 않는 듯 입술을 들썩이는 그에게 태왕이 머리를 끄덕했다.

"명림두지는 왕후의 생부가 아니다."

"예에? 허면 누구……?"

저도 모르게 중얼거렸던 을밀은 얼른 정신을 차렸다.

"용서하시옵소서. 제가 쓸데없는 말을 그만……."

"그래. 쓸데없는 소리다. 네가 명심할 것은 딱 하나다. 저들은 우리가 대적한 중 가장 위험하고 가공할 적이다. 어떻게든 왕후를 해치거나 내쫓으려고 전력을 다하고 있다. 짐을 지키던 그 마음과 정성으로 왕후를 지켜다오."

태왕은 잔을 가득 채워줬다.

"짐이 가장 믿는 사람이 너이기에 비밀을 밝히고 부탁하는 것이다."

머리가 어질어질했다. 덜덜 떨리는 손에 힘을 주며 을밀은 술잔을 들어 단숨에 비웠다. 그리고 무릎을 꿇어 맹세했다.

"예. 목숨을 걸고 왕후 폐하를 지키겠습니다."

비단을 짜는 직인들이 모여 사는 진금성은 상인은 물론이고 직접 비단을 사거나 주문하러 오는 귀족 여성들이 흔했다. 때문에 마을 변두리에 있는 작은 집 앞에 수레가 섰을 때도 주변 사람들은 무심히 지나쳤다.

반대로 수레에서 내린 여인을 맞아들인 띠풀집의 주인은 놀라 바닥에 엎드렸다.

"전하!"

"오랜만이오."

반가움을 담뿍 담은 음성으로 인사한 태후는 몸을 굽혀 여진을 일으켰다.

"보는 눈이 많으니 어서 일어나요."

그제야 여진은 낮은 담 너머로 흥미롭게 안뜰을 응시하는 시선들을 알아챘다.

"누추합니다만, 안으로 드시지요."

여진의 거처는 침상 하나가 다 차지한 콧구멍만 한 작은 방과 베틀 두 대로 꽉 찬 조금 큰 방 두 칸짜리 띠풀집이었다. 그나마 큰방으로 태후를 안내한 여진은 실꾸러미와 반짇고리로 가득한 탁자와 의자 위를 얼른 치웠다.

"이리 앉으시옵소서, 전하. 미리 연통을 주셨으면 치우기라도 했을 텐데. 너무 어수선하여 송구합니다."

"아닙니다. 공연히 마음 쓸 것 같아서 일부러 그냥 들렀습니다. 조심스럽기도 하고요. 아니었으면 벌써 살폈을 텐데 서운했지요?"

"서운이라니요! 무슨 망극한 말씀이십니까, 전하. 목숨을 건지고 사는 것은 오로지 태왕 폐하의 하해와 같은 은공 덕분인 것을요."

여진은 역도 집안의 내자. 딸은 요행히 왕후 자리를 지켰지만 여전히 위태로운 상황이었다. 해류에게 티끌만 한 누도 끼치지 않아야 했다. 그녀는 혹시 태후가 조금이라도 오해할까 두려워 열렬하게 감사를 토로했다.

"쫓겨난 이들 중 몇은 스스로를 노예로 팔아 목숨을 부지하고 있다고 들었습니다. 태왕 폐하께서 은혜를 베풀어주시지 않았다면 친정이나 일가붙이 하나 없는 제가 어찌 국내성에서 이렇게 편히 살고 있겠습니까. 성은에 늘 감사하고 또 감사하고 있습니다."

"그리 생각해주니 다행이군요."

"전하, 따뜻한 차라도 한 잔 올릴까요? 병차 같은 것은 없지만 초봄에 캐서 말려놓은 쑥이나 매화꽃 차라도 괜찮으시면 준비하겠습니다."

"아니, 예 오기 전에 사당에서 다 먹고 마셨으니 신경 쓰지 말아요."

태후는 방을 천천히 둘러봤다. 베틀 하나에는 비칠 듯 얇고 새하얀 실이, 나머지 한 대에는 색색의 화려한 비단실이 걸려 있었다.

"지내기는 어떤지요? 왕후에게도 언질을 줬었는데, 혹시 내가 도울 일은 없을까요?"

여진의 눈시울이 촉촉해졌다. 감정이 북받쳐 말도 나오지 않는 듯 입술만 한참 떨던 여진이 머리를 주억거렸다.

"아니옵니다. 오늘 태후 전하께서 여기 들러주신 발걸음과 지금 말씀만으로도 이 천녀는 온갖 금은보화를 받고 천군만마를 얻은 듯 기쁘고 든든합니다. 제가 부탁드릴 것은 딱 하나. 의지할 데 없는 왕후 폐하께 지금처럼 힘이 되어주십시오."

"그거야 당연하지요."

태후가 자애롭게 고개를 끄덕이며 여진을 가만히 응시했다.

"그런데 부인."

"예. 하문하십시오, 전하."

"그러잖아도 요즘 왕후를 두고 허황되고 삿된 얘기가 돌아서 걱정인데, 혹시 아십니까?"

"예? 무슨 이야기인지요?"

"글쎄, 왕후가 신라 속민의 딸이라는 풍문이 파다하게 퍼져 있지 않습니까."

"예?"

여진의 낯에서 핏기가 싹 사라졌다.

눈엣가시인 해류를 쫓아내려고 제 존재를 들쑤시지 않을까. 아니면 두지가 자신을 위협했듯이 사통했다는 누명을 만들어 씌우지 않을까. 온갖 걱정으로 노심초사했다.

혹시라도 빌미를 줄까 두려워 해류가 이제 글을 읽을 줄 안다는 소식을 듣고서도 서찰 한 장 보내지 않았다. 달포에 한 번, 태왕의 분부로 찾아오는 궁관을 통해 안부를 주고받는 것 말고는 어떤 접점도 만들지 않으려고 최선을 다해왔다.

"몰랐나 보군요."

"예에……."

태후는 기가 막힌다는 듯 혀를 차면서 다른 소문도 덧붙였다.

"금시초문이라면, 부인도 알아두시는 게 좋을 것 같군요. 명림두지가 죽기 전에 왕후가 신라인의 딸이라고 모해했답니다. 거기에, 실은 부인께서 명림가와 혼인 전에 신라인과 깊이 연정을 나누고 혼인까지 하려 했었다는 소리까지 돌고 있답니다."

'어떻게 그 사실을?'이라는 비명을 간신히 참아내는 것이 고작. 이건 그녀가 상상하는 범주 바깥이었다. 얼어붙은 듯 꼼짝도 못 하는 여진의 손끝을 태후가 위로하듯 잡아줬다.

"이리 지저분한 손을…… 어찌 전하께서……. 망극하옵니다."

겨우겨우 몇 마디를 쥐어짜낸 여진은 덜덜 떨리는 몸을 감추려고 손을 빼려 했다.

"왕후가 매사에 깔끔하고 흐트러짐이 없는 건 부인 물림인가 봅니다."

태후는 여진의 손을 놓아주지 않고 따스하게 토닥거려줬다.

"많이 놀랐군요. 당연합니다."

태후의 눈매가 초승달처럼 다정하게 휘어졌다. 안아줄 듯 여진에게 바싹 다가

앉았다.

"내게는 무슨 얘기든 해도 됩니다. 난 항상 왕후와 태왕 편입니다. 어려울 때일수록 지혜를 모아야지요."

해류가 갓 입궁해 태왕에게 박대받을 때부터 한결같이 지지해줬던 존재. 해류에게 태후가 물심양면으로 도와줬던 얘기를 들으며 늘 가슴 깊이 감사했다. 그것도 모자라 자신까지 챙겨준 기억도 주마등처럼 지나갔다.

"전하……."

명림가의 반역 이후에도 해류를 지켜준 태후라면, 평생 지켜온 이 비밀을 털어놓고 어찌 대응하면 좋을지 상의해도 되지 않을까. 다감하고 푸근한 태후를 보며 짧은 시간, 여진은 치열하게 고심했지만 마음을 다잡았다.

어느 날부터 모든 걸 딸에게 당연하게 기대왔다. 이 문제만큼은 스스로 해결해야 했다. 먼저 부딪쳐보고도 정 안 되면 그때 해류나 태후의 도움을 받는 게 나았다.

"정말…… 전하의 깊은 배려와 은덕은 절대로 잊지 않겠습니다. 부디 이런 헛소문으로 왕후 폐하께서 성심을 다치시지 않도록 잘 보살펴주십시오."

태후의 입매가 바르르 떨렸다. 머리를 조아리고 있던 여진은 태후가 눈살을 찌푸렸다가 펴는 걸 보지 못했다. 그녀가 고개를 들었을 때 태후는 온후한 가면을 쓰고 있었다.

"당연하지요. 왕후는 걱정 말아요."

"망극하옵니다, 전하."

감격과 감사의 감정에 파묻혀 흐느끼는 여진의 등을 태후는 싸늘하게 내려다봤다.

"나리를 만나게 해달라고요?"

문지기는 어처구니없어하며 앞에 선 여인을 아래위로 훑었다. 옷차림은 허름했지만 정갈하니 고운 태가 나는 여인. 험상궂은 그의 기세에도 전혀 주눅 들지 않은 태도를 보건대 영락한 귀족가의 부인이지 싶었다.

그는 거칠게 대거리하려던 말투를 조금 순하게 바꿨다.

"이보십시오, 약속도 없이 찾아와 떼를 쓰시면 어쩝니까."

"무리한 부탁이라는 건 나도 아오. 하지만 정말 급해서 그러니 예여진이라고, 꼭 뵈어야 한다고 댁의 나리께 물어라도 봐주시오."

"그런 말도 안 되는 소리로 수작 부리지 말고 썩 물러가시오!"

어지간한 사람이라면 뒤도 돌아보지 않고 달아날 정도로 사납게 고함을 치고 문을 쾅 닫았지만 여인은 요지부동이었다. 다시 문을 두드리고 실랑이를 벌이기 한참. 위협부터 시작해서 어르고 달래도 꼼짝도 하지 않는 여인에게 문지기는 점점 지쳐갔다.

쓸데없는 소리를 한다고 꾸중을 듣더라도 나리께 전하기는 해야겠다. 한숨을 삼키며 그는 조금 열어둔 문 쪽으로 돌아섰다.

"나리께 여쭤는 보겠지만, 기대는 마시오."

참으로 발칙하고 대찬 여인이다. 그동안 은근슬쩍 선물이나 서찰을 보내거나 사람을 보내 초청하는 경우는 있었어도 대놓고 찾아와 막무가내로 우기는 경우까진 없었는데. 여인들 때문에 문밖출입도 힘드니, 여복이 아니라 여난(女亂)이로구나.

문지기는 분재 정원으로 달려갔다. 외출을 거의 하지 않는 이 집의 주인은 한겨울을 제외하고 낮에는 정원에서 분재를 가꾸는 게 일상이었다.

"나리, 웬 여인이 찾아왔습니다."

석도종은 시들한 잎을 뜯어내며 대꾸했다.

"알아서 쫓아낼 일이지 왜 나까지 귀찮게 하느냐."

"그러려고 했는데 반 시진 가까이 실랑이를 했는데도 막무가내로 버티고 있습니다."

불쾌감 가득한 주인의 눈화살이 꽂히자 그는 뒷걸음질을 치면서 웅얼거렸다.

"예여진이라고…… 나리를 안다고……."

뚝. 도종이 손질하고 있던 분재의 가지가 꺾였다. 벼락이라도 맞은 듯 멈칫하고

섰다. 주인의 이상한 반응에 걸음을 멈추고 바라보는 하인의 시선을 느낀 그는 손에 든 가지를 버렸다. 담 너머 대문 쪽을 응시하는 듯하더니 뒷짐을 지고 돌아섰다.

"모셔라."

"예?"

잠시 머뭇거리던 문지기는 믿기지 않는 듯 입을 벌린 채 달려 나갔다. 곧 가벼운 발소리가 나더니 등 뒤에서 잊지 못할 목소리가 들려왔다.

"만남을 허락해주셔서 고맙습니다."

정중하고 예의 바른 인사에 치솟는 부아를 꾹 누르면서 도종은 여진이 선 방향으로 몸을 돌렸다.

"무슨 일로 저를 보자고 했는지요?"

여진은 도종의 얼굴을 뚫어져라 응시했다. 노골적인 시선이 불편한지 처음엔 조용히 마주 보던 도종이 눈을 피하며 제 얼굴을 만졌다.

"내 얼굴에 뭐가 묻기라도 했습니까?"

이리 보니 해류와 정말 닮았다. 혈연관계를 모르는 사람의 눈에는 닮지 않은 모습. 하지만 둘이 부녀라는 걸 알고 살피면 누구나 비슷한 점을 금방 찾아낼 수 있을 거였다. 이래서 씨도둑질은 못 한다는 거로구나.

암담함을 삼키면서 여진은 그에게 한 발 다가섰다.

"여기에서, 고구려에서 떠나주세요."

"뭐요?"

처음엔 이해가 되지 않는 듯 멍하던 도종의 눈빛에 노여움이 담겼다.

"무슨 소리를 하는 겁니까! 내게 고구려를 떠나라니요!"

"내 아이가 당신 때문에 위험해요."

"부인의 아이라면 왕후 폐하를 말씀하시는 것일 텐데, 그분의 안위가 나와 무슨 상관입니까? 다짜고짜 찾아와서 망발이 심하군요. 이만 돌아가주십시오."

여진은 그에게 마구 소리치고 싶은 충동을 눌렀다. 주변에 아무도 없어 보이지만 만에 하나라는 게 있었다. 그녀는 도종에게 바짝 다가가 귓속말했다.

"당신이 그 아이의 생부예요."

경악 어린 침묵이 내려앉았다.

그녀를 쳐다만 보던 도종은 겨우 입을 열고도 한참을 소리를 내지 못한 채 입술만 뻐끔거렸다.

"뭐……라고……."

겨우 띄엄띄엄 소리를 짜내던 그가 여진의 양팔을 꽉 움켜잡았다.

"무슨 소리요!"

"들은 그대로예요. 나를 버린 건 용서할게요. 하지만 내 딸의 인생까지 망치진 말아줘요."

"버렸다고? 내가? 당신을?"

도저히 참을 수 없다는 듯 도종이 이를 갈며 버럭 고함을 쳤다. 오래전에 깨끗이 털어버렸다고 믿었건만. 20년 넘게 퍼부어주고 싶어 가슴에 묻어놨던 원망이 제어할 틈도 없이 쏟아져나왔다.

"고구려를 떠나기 싫다면서! 국내성에 남아 고구려 귀족의 아내가 되어 살겠다고, 당신의 그 잘난 인생에 끼어들어 훼방 놓지 말고 한시바삐 신라로 떠나라고 한 사람이 누군데! 그 변심도 모른 채 서라벌로 돌아가는 것도 포기하고 국내성에 남아 당신과 살려고 한 나를 바보로 만들고선, 내가 버렸다고? 하!"

와르르 퍼붓다가 숨이 막혀 잠깐 멈춘 그는 허탈한 조소를 흘렸다.

"편리한 대로 기억할 수 있어 참 좋겠다. 부러워……."

믿을 수 없다는 얼굴로 그를 응시하며 여진이 부들거렸다.

"당신은…… 오지 않았잖아……. 얼마나 기다렸는데……."

"기다렸다고?"

"난…… 새벽에…… 성문이 열릴 때부터 남문 밖에서 비를 맞으면서 온종일 기다렸는데…… 해가 지고 성문이 닫혀도 당신은 오지 않았어."

"마음이 변했다고, 함께 가지 않겠다고 서찰을 보냈잖아! 도저히 믿을 수 없어서 달려갔는데 당신 아버지와 명림두지가 당신은 고구려인과 혼인할 거라고…… 두 번 다시 네 곁에 얼씬도 하지 말라고…… 쫓아냈었다."

여진은 당장이라도 쓰러질 것처럼 휘청거리다가 풀썩 주저앉았다.

"아버지는…… 당신이 떠났다고…… 나를 농락한 거라고…….."

20년 세월을 넘어 밝혀진 진실을 감당하기 버거워 여진은 세운 무릎에 얼굴을 파묻었다.

"그때 쓰러져서 며칠을 앓다가 해류를 가진 걸 알고 여기로 찾아왔어. 실성…… 당신 사촌형이 도종은 신라로 돌아갔고 정혼녀와 바로 혼인할 거라고…….."

도종의 사촌형이 그녀에게 퍼부었던 독설이 바로 어제처럼 되살아났다.

"내 아우 도종은 신라의 가장 높은 왕족인 성골이고 정혼녀도 성골이오. 일전에도 충고했듯이 아가씨가 여기선 갑부의 외동딸로 제법 위세가 있다지만 서라벌에서는 아무것도 아니오. 도종과 당신이야 당장은 좋아 죽는다지만 그 감정이 얼마나 갈까요? 의지가지 하나 없는 서라벌에서 본부인이 따로 있는 도종만 믿고 측실로 들어가 온갖 텃세를 견딜 수 있을 것 같소?"

"내 배 속엔 도종의 아이가 있어요. 도종도 알아야 해요."

"신라는 부모가 모두 왕족이어야 그 신분을 인정받습니다. 도종이 자기 자식으로 받아들인다고 해도 이 아이는 날개가 꺾인 채 살아야 하오. 든든한 외가가 있는 여기서 키우는 게 아가씨나 아이를 위해서도 나을 거요."

실성의 집요한 설득에도 여진은 물러서지 않았다. 도종에게 아이가 생겼다는 소식을 전하겠다는 약속을 받고 서찰까지 건넨 후에야 돌아왔다.

그러나 답은 오지 않았다. 기다리다 지쳐 다시 이 저택을 찾았을 때는 실성마저도 신라로 돌아간 뒤였다. 소식을 전하거나 받을 방도도 사라졌다.

"아이를 가졌다고…… 그 소식을 꼭 전해주겠다고…… 당신에게 보내는 서찰도 맡겼는데…….."

"실성 형님은…… 아무 말씀도 없었다."

의도적으로 전하지 않았구나. 뒤통수를 세게 맞은 듯 머리가 띵해졌다.

이해가 가긴 했다. 그의 정혼녀는 실성의 이복 여동생. 누이가 혼인하자마자 남편의 다른 여인에 아이까지 떠안아야 한다니 달갑잖았을 게다. 더구나 그가 여진과 혼인해 고구려에 남겠다고 뻗대기까지 했었으니 더더욱 막으려고 들었을 터. 어쩌면 이렇게나 철저하게 농락당한 운명인지. 긴 세월 동안 엉뚱한 곳에 원망을 품었다는 사실도 기가 막혔다.

여진 역시 밀려오는 배신감을 이겨내려 안간힘을 쓰고 있었다.

언젠가 신라로 돌아가야 한다고, 아버지는 도종을 탐탁하지 않게 여겼다. 그래도 그녀가 연모한다고 그 없이는 안 된다고 우기니 알아서 하라며 져줬다. 질자를 돌려보내기로 결정이 났을 때 도종은 여진에게 함께 가자고 청혼했다. 여진의 부모는 당연히 펄펄 뛰었다. 외동딸인 그녀는 유일한 후계자였다. 포목상과 부모님을 두고 떠나야 한다는 사실에 고심하던 여진은 결국 그를 택하기로 했다.

도종의 사촌형 실성도 반대하고 아버지도 극렬히 반대하는 결합. 설득하기를 포기한 둘은 몰래 떠나 둘의 혼인을 기정사실로 만든 뒤 나중에 알리기로 계획했었다.

아버지가 도종과 야반도주하려는 것을 눈치채셨구나. 그렇다고…… 내가 죽고 싶을 정도로 괴로워하는 걸 보면서도 어떻게 끝까지 감쪽같이 속이셨을까.

아비가 두지와 공모해 자신을 나락에 떨어뜨렸다는 걸 믿고 싶지 않았지만 도종이 지금 와서 거짓말을 할 이유가 없었다. 더구나 그의 고백은 오랫동안 품어왔던 그녀의 의문을 딱딱 메워주고 있었다.

바로 전날까지도 잠시도 떨어지기 싫다면서 아쉬워하던 그가 왜 단 하룻밤 사이에 변심한 것일까. 무슨 억하심정으로 마지막까지 철저하게 가면을 쓰고 저를 농락했을까. 숨이 쉬어지지 않도록 그리워하면서도 또 그만큼 깊게 원망했었다. 두지에게 억지로 안길 때마다 그녀는 두지보다 도종을 더 저주했다.

정작 그 원념과 저주를 받아야 할 사람이 아버지였다니.

그럼에도 그녀를 더없이 아끼고 귀하게 여겨줬던 부친에겐 차마 그런 감정을 품을 수 없었다. 그 기만을 이해할 수 없었고, 왜 그리했는지 따지고도 싶었지만 이제는 의미 없었다. 지금 중요한 건 되돌릴 수 없는 과거가 아니라 딸이었다. 그 사실을 되뇌면서 여진은 무릎에 대고 있던 얼굴을 들었다.

"그 아이를 낳아서…… 네가 줬던 꽃나무 이름을 따서 이름 지었어."

해류. 서라벌의 바닷가를 그리워하며 어렵게 길러낸 바다석류 나무.

가진 것 없는 질자인 그가 더없이 부유한 연인에게 줄 수 있었던 가장 귀한 선물이었다. 태왕께 바치자는 실성의 집요한 종용을 물리치고 여진에게 선사했었다. 그것이 딸의 이름이 되었고, 그 나무는 돌고 돌아 딸에게 있었다. 의도하지 않았지만 얽히고설킨 인연은 그들을 꽁꽁 묶고 있던 거였다.

운명의 오묘함과 가혹함에 휘청거리는 그를 낭떠러지로 떠밀듯 여진은 청천벽력을 보탰다.

"누군가 우리 과거를 빌미로 내 딸을 해치려고 해."

예상치 않은 충격에 아찔하니 당장이라도 쓰러질 것 같았다. 두서없는 말에 도종은 답답해하며 재우쳐 물었다.

"좀 자세히 자초지종을 설명해봐라. 도무지 알아듣지를 못하겠다. 왜? 누가?"

그제야 여진은 자신이 내내 횡설수설했다는 사실을 깨달았다. 공포와 분노가 뒤엉킨 감정을 추스르고 최대한 간결하게 설명하려고 노력했다.

"명림두지가 형장으로 끌려가기 전에 내가 신라 속민과 사통해 낳은 아이라고 떠들었나 봐. 누군가 아이를 노려 그 이야기를 퍼뜨리고 있어. 내가 신라인과 은애하는 사이였다는 소문까지 낸 걸 보면 그들은 아마도…… 조만간 당신도 찾아내겠지. 어쩌면, 벌써 당신이 생부라는 걸 알고 있을지도 몰라."

얘기를 하다 보니 정말 해류를 노리는 적들이 이미 도종의 정체를 알았을 것 같다는 위기감이 밀려왔다. 어쩔 수 없이 여진의 호소가 거칠어졌다.

"당신만 없으면 이대로 얼토당토않은 헛소문으로 끝날 거야. 하지만 당신이 세상에 드러나면 태왕께서도 그 아이를 지켜줄 수 없어. 그러면 내 딸은……, 나 때문에 고생만 하다가 겨우 행복해진 내 딸은 살아남지 못할 거야."

격한 감정을 이기지 못한 여진은 도종 앞에 무릎을 꿇었다. 그를 올려다보는 여진의 눈에서 눈물이 비 오듯 흘렀다.

"제발, 그러니까 제발 고구려를 떠나. 본의는 아니었다지만…… 당신은 그 아이를 버렸고, 이날까지 아무것도 해주지 않았잖아. 우리를 불쌍하게 여겨줘. 내가, 내가 이렇게 빌 테니까 제발 영원히 사라져줘."

아무것도 들리지 않는 듯 도종은 넋이 나간 얼굴로 서 있었다. 대답을 듣기 전에는 절대 물러서지 않을 각오로 여진은 무릎을 꿇은 채 머리를 조아렸다.

파드득. 분재에 열린 열매를 따 먹으러 날아든 새가 사람을 보고 놀라 날갯짓하는 소리에 얼어붙은 듯 멈춰 있던 팽팽한 대치가 깨어졌다. 허공을 헤매던 혼이 돌아온 듯 도종이 시선을 떨궜다.

여진과 그녀의 아버지를 닮았다고 생각했던 왕후. 곰곰이 돌이켜 보니 제 모친의 모습이 있었다. 길고 짙은 그윽한 눈매며 여인치고 드물게 훤칠한 키, 입술을 뾰로통하니 독특하게 모으며 짓는 도도한 미소는 여진이 아니라 그의 어머니를 빼닮았다.

자신과 연분을 맺기 전부터 여진을 향했던 명림두지의 구애와 집착도 떠올랐다. 자신을 향한 그의 강렬한 증오는 지금도 기억이 생생했다. 두지는 연모하던 여인이 가진 다른 사내의 씨를 품어줄 그릇이 아니었다. 해류와 여진. 두 사람이 얼마나 불행하고 고달팠을지, 구구절절한 설명 없이도 알 수 있었다.

바로 앞에 딸을 두고 전혀 몰랐던 명청한 아비. 그 전에 여진의 변심으로 받은 상처에 침잠해 곧바로 포기해버린 자신의 어리석음이 뼈아팠다.

국내성에 남은 수하에게 소식이라도 한번 물어볼 것을. 뒤늦은 후회가 몰아쳤지만 아무것도 되돌릴 수 없었다. 한때 모든 걸 버려도 아깝잖을 정도로 은애했던 정인과 딸에게 지금이라도 해줄 수 있는 것은 여진의 말마따나 하나뿐이었다.

"……알았다."

긍정의 답을 들을 때까지 며칠이고 이대로 버틸 각오였던 여진은 너무나 순순한 대답에 맥이 풀렸다. 잠시 멍하던 그녀는 몸을 일으켜 그에게 큰절을 했다.

"이 은혜는 죽을 때까지 잊지 않을게."

신라에서 정변이 일어나 실성은 죽고 도종은 망명했다고 들었다. 어디에도 돌아갈 곳이 없는 삶. 여기마저 떠나면 그의 미래는 평탄하지 못할 것이다. 그나마 누리고 있던 모든 걸 포기해야 하는 그에게 여진은 감사와 함께 엄청난 죄책감을 느꼈다.

"그리고…… 정말…… 미안해."

도종은 몸을 굽혀 여진을 일으켜줬다.

"나야말로…… 미안했다."

너를 더 믿었어야 했는데.

차마 표현할 수 없는 회한을 가만히 삼키면서 그는 휘청거리는 여진을 부축해
줬다.

"이제는 너도 행복하게 잘 살아."

너를 힘지로 몰아내고 내가 어떻게 혼자만 행복해질 수 있겠니.

따스하고 단단한 손의 감촉에 시큰해지는 눈을 여진은 이를 악물고 참았다. 떨
리는 입술을 억지로 빙긋이 늘리면서 고개를 크게 끄덕였다.

"네게…… 언제나 감사하면서…… 우리…… 딸이 행복하게 사는 걸 지켜볼게."

"그래. 멀리서 나도 항상 천신께 둘의 행복을 빌겠다."

여진은 더 이상 그의 말간 눈을 바라볼 수 없었다. 그가 배신했다고 확신했던 날
보다 더 가슴이 미어졌다. 뒤돌아서 도망치듯 정원을 빠져나왔다. 문지기가 놀라서
쳐다보는 것도 무시하고 대문을 손수 열어젖히고 도종의 집을 떠났다. 비틀비틀 쓰
러질듯한 걸음을 억지로 옮기며 참았던 눈물을 마음껏 흘렸다.

여진이 떠나간 뒤에도 도종은 한참 동안 정원에 비석처럼 서 있었다.

태왕의 오해를 살까 두려워서. 두지와 여진의 자식이라는 게 미워서 제대로 쳐
다보지도 않았던 왕후. 이럴 줄 알았으면 기회가 있을 때 눈에라도 마음껏 담아둘
것을. 하찮은 바다석류 분재 따위가 아니라 어머니의 유품인 허리띠와 목걸이를 선
물할 것을.

그가 후회를 곱씹는 사이 어느새 사위가 어두워졌다. 미적거려선 안 되었다. 혹
시라도 그의 존재를 이용해 해류를 해치려는 마수를 피하려면 최대한 서두르는 게
옳았다. 내일 해가 뜨는 대로 고구려를 떠날 작정으로 그는 방으로 돌아갔다.

만약을 대비해서 잠시 머리를 식히러 여행을 떠난다는 서찰을 썼다. 집과 남은
재산은 신라에서부터 따라온 수하들에게 관리하라는 지시도 남겼다. 이로써 그가
돌아오지 않아도 충성스러운 그들의 살 도리는 마련해줬으니 마음은 가벼웠다.

고구려에 망명하며 잊지 않고 가져온 모친의 패물을 두고선 그는 망설였다. 마
음 같아선 여진이나 해류에게 남기고 싶었지만 공연한 꼬투리가 될 수 있었다. 아

쉬움을 누르고 짐에 넣었다. 여비로 쓸 약간의 금은과 옷 한 벌, 칼 세 자루와 활을 챙긴 그는 조금이라도 눈을 붙이려고 침상에 누웠다.

칼은 그럭저럭 다루니 어디 가든 입에 풀칠은 할 수 있겠지.

말똥말똥, 오지 않는 잠을 애써 부르려 뒤척이다 동편이 부옇게 물들 무렵 몸을 일으켰다. 해도 제대로 뜨지 않은 이른 새벽에 마구간에 온 주인을 보고 마구간지기가 놀라 눈을 비볐다.

"나리? 이 시간에 웬일이신지요?"

"요즘 날씨도 좋고 하니 유람을 떠나려고. 말을 내어와라."

"예? 시종이나 호위도 없이 혼자서요?"

"그래. 가볍게 여기저기 돌 예정이라 혼자 가려 한다. 유람이 좀 길어질 수도 있으니 걱정하지 말라고 전해라."

유람 떠나는 것치고는 분위기가 영 음울하다 싶었지만 마구간지기가 관여할 영역이 아니었다. 그는 두말도 않고 도종의 말에 안장을 얹었다.

"나리, 잘 다녀오십시오."

"그래. 너희도 잘 지내거라."

역시 놀라서 뛰어나온 문지기와 마구간지기의 배웅을 받으며 도종은 저택을 나섰다. 나오긴 했지만 목적지는 아직 없었다. 갈림길에서 잠시 망설이던 그는 남문으로 방향을 잡았다.

일단은 고구려를 빠져나가는 것이 급선무였다. 패수 쪽으로 내려가서 배를 타고 송이나 가야, 아니면 왜든 가면서 결정하면 될 일. 급할 거 없었다. 남은 한평생 그에게 유일하게 넘칠 건 시간이었다.

천천히 정하자.

빠르게 말을 몰아 외성의 남문을 벗어났다. 국내성이 멀어지고 한적한 산길로 접어들 무렵 뒤에서 말발굽 소리가 들려왔다. 남쪽으로 가는 일행인가 보다 생각하며 말을 길가로 비켜 모는데 다급히 가까워지던 소리가 확 늦춰졌다. 불길한 예감에 칼집에 손을 대며 뒤쪽에 주의를 곤두세웠다.

그저 신경과민이려니 하는 기대가 무색하게도 그를 포위하는 그림자에 도종은 말 머리를 돌리며 칼을 확 뽑았다. 무장한 십여 명의 무사들. 혼자선 중과부적이었지만 그는 애써 침착하게 그들을 노려봤다. 예상대로 그들도 도종에게 칼을 겨누었다.

"너희는 누구길래 죄 없는 사람에게 칼부림을 하려 드느냐!"

도종의 날카로운 질책에 멈칫하는가 싶었지만 살기등등한 음성으로 되받았다.

"순순히 칼을 버리고 따르면 다치게는 하지 않겠다."

"흥. 그러려면 내게 칼을 겨누질 말고 얘기해야 신뢰가 가지 않겠는가."

도종에게 두려워하는 기색이 없자 우두머리로 보이는 자가 날카롭게 명령했다.

"말로 해선 듣지 않을 놈이다. 다쳐도 좋으니 목숨만 붙여서 생포하라."

그의 말이 끝나기도 전에 도종은 가장 앞에 선 자를 칼로 베었다.

"윽!"

예상치 않은 예리한 급습에 무사 하나가 가슴을 움켜잡으며 말에서 떨어졌다. 그들이 멈칫한 틈을 놓치지 않고 도종은 말 엉덩이에 채찍질을 철썩했다. 놀란 말이 힘껏 내달리자 금방 거리가 벌어졌다. 곧 정신을 차린 추적자들이 그를 쫓았다.

"놓쳐선 안 된다."

곧 화살이 비 오듯 날아왔다. 몇몇 개가 쌩, 그의 귓전과 어깨를 스치고 지나갔다. 도종도 움찔했지만 쫓아오던 자들 역시 놀랐는지 우두머리인 듯한 자의 목소리가 울렸다.

"조심해! 말을 쏴라. 무조건 목숨을 붙여서 데려가야 한다!"

그와 여진의 관계를 퍼뜨리고 해류를 제거하려는 무리가 명백했다. 그의 존재를 알아채고 쫓아왔다는 것도. 잡히면 어떤 식으로든 해류를 해치거나 끌어내리는 데 이용당할 터. 그래도 절 죽이려는 뜻은 없으니 일말의 도주 가능성은 있었다.

화살을 피하려고 도종은 말을 좌우로 요리조리 움직이며 달렸다. 그의 노련한 대응에 추격자들의 당황이 느껴졌다. 그렇지만 그들을 떨쳐내지는 못했다. 말이 흘리는 땀이 점점 많아지는 것이, 곧 지쳐서 속도가 느려질 게 자명했다. 사람의 눈을 피하려고 일부러 한적한 경로를 택한 걸 도종은 뒤늦게 후회했다.

마을이나 북적이는 길이었다면 대놓고 무기를 든 채 쫓아오지는 못할 텐데. 그랬다면 적절히 사람들 틈에 묻어서 도망가는 게 가능했을 텐데.

유일하게 기대한다면 저쪽의 말들이 먼저 지쳐 쓰러지는 것뿐이었다. 한참을 쫓고 쫓기는 가운데 야속하게도 도종의 말은 입에 거품까지 물었다. 한계인 모양이었다.

도종은 죽을 각오를 하고 활을 들어 쫓아오는 자들에게 살을 날렸다. 이번에도 급습이 성공해서 연달아 두 명이 말에서 떨어졌다.

최선을 다해 발버둥 쳐봤지만 그의 저항은 거기까지였다. 활로 대응하느라 그의 속도가 조금 늦춰진 틈을 타 상대의 화살이 말의 엉덩이에 명중했다. 고통을 못 이긴 말이 날뛰었고 도종은 고삐를 놓쳤다. 낙법으로 구르며 얼른 몸을 일으킨 그는 양손에 각각 칼을 뽑아 단단히 움켜쥐었다. 곱게 잡혀주진 않을 것이다.

저 중 몇이라도 저승길 동무로 만들면 해류에게 미미하게라도 도움이 되겠지. 각오를 단단히 하면서 다가서는 적들을 매섭게 노려봤다.

계마로는 여진에게 붙여둔 수하로부터 급보를 받고 태왕을 찾아 편전으로 내달렸다.

"폐하는 안에 계신가?"

"오늘 조례를 마치고 왕후 폐하와 마자수로 가셨습니다. 애하첩고성에서 새로 증원된 수병들이 강에 상륙하는 훈련을 참관하신다고……."

낭패감을 삼키려 허공을 응시하던 계마로가 입술을 깨물었다. 오늘은 조회가 일찍 끝나는 날이라 당연히 편전에 계시리라 생각했건만.

당장 필요한 지시는 내려놨으니 태왕이 돌아올 때까지 기다려도 될 일이긴 했다. 그러나 그의 직감은 태왕이 이 사실을 바로 알아야 한다고 따끔따끔 경고를 보냈다. 망설임은 짧았다. 그는 편전 앞뜰을 가로질러 외궁의 마구간으로 되돌아갔다. 말에 올라탄 그는 나루터가 있는 방향으로 전력 질주했다.

"와아아!"

"공격하라!"

빠르게 강가에 도달한 함선에서는 수병들이 쏟아져 내려왔다.

"창병들이 공격하도록 길을 내라!"

얕은 물을 첨벙거리며 올라온 수병 1진은 일사불란하게 상륙해, 대기하던 병사들의 방어를 뚫으려고 도끼를 휘두르면서 달려들었다.

"적의 기습을 막아라!"

"절대 밀려선 안 된다. 방어벽을 두껍게 하라!"

강변의 요새를 지키던 병사들 역시 파도처럼 밀려오는 대군을 사력을 다해 막아냈다. 창칼이 맞부딪치고 화살이 소나기처럼 쏟아졌다.

혼신의 힘을 다한 밀고 밀리는 격전이었다. 촉을 뺀 화살에 무딘 무기와 나무창이지만 실전을 방불케 하는 살벌한 공격과 방어에 양쪽 모두 부상자들이 속출했다. 일진일퇴를 거듭하며 서로 절대 밀리지 않았다.

두 군단의 격렬한 대치가 한눈에 들어오는 절벽에 선 이들은 손에 땀을 쥔 채 지켜보고 있었다.

"정말 대단합니다. 훈련을 제대로 개시한 지 두 해도 되지 않았는데 벌써 저 정도라니. 장수들의 노고가 엄청났겠군요."

왕후의 찬탄에 태왕 옆에 선 수병 장수들의 입술이 씰룩거렸다. 채신없이 벙싯 벌어지려는 입술을 꽉 깨물며 그들은 아무렇지도 않은 척, 전혀 별게 아니란 시늉을 했다.

"고구려 수병이라면 당연히 저 정도는 되어야지요. 겨우 풋내를 면하고 걸음마를 한 정도라 갈 길이 아직 머웁니다."

"당연한 정도라도 거저 얻어진 것은 아니지. 중도(中刀)나 간신히 휘두르는 하호들을 데리고 짧은 시간 안에 진을 짜 움직이며 각종 병장기를 능수능란하게 다루게 만든 그대들의 노고가 정말 크다."

태왕의 칭찬에 겸손한 척을 포기했다. 감격을 드러내며 일제히 한쪽 무릎을 꿇었다.

"성은이 망극하옵니다, 폐하."

장수들에게 일어나라고 손짓한 태왕은 제 옆의 해류를 바라봤다.

"그대들의 수고를 치하하려고 왕후가 직접 준비한 선물이 있다."

말이 떨어지자 왕후 뒤에 있던 궁녀들이 옻칠한 목함을 들고 왔다.

우리도 드디어! 장수들의 눈이 기대감으로 빛났다.

연전에 왕후가 수문위군에게 자수를 놓은 깃발을 하사한 것을 시작으로 태왕에게, 얼마 전에는 승평 왕자의 군단에도 직접 만든 청룡 깃발을 내렸다. 다음에는 어디일지, 은근한 기대와 눈치싸움이 치열했었다.

궁녀들이 목함을 열자 그 안에는 예상대로 붉은 비단에 금색과 푸른색, 녹황색이 어우러진 화려한 기린이 담겨 있었다.

수군 중에선 우리가 처음! 북하에서 양성되고 있는 수군들보다 우리가 먼저 왕후 폐하의 깃발을 받는다.

자랑스러움으로 가슴이 터질 것 같았다. 의기양양함을 감추지 않고 그들은 왕후를 향해 일제히 한쪽 무릎을 꿇었다.

"이 깃발이 휘날리는 곳마다 고구려와 태왕 폐하, 왕후 폐하의 영광을 널리 떨치도록 하겠사옵니다."

"고맙소. 그 약속을 꼭 이뤄주길 천신께 기도하겠소."

왕후의 치하에 그들은 크게 외쳤다.

"저희 모두의 목숨을 걸고 맹세하겠습니다. 반드시 이루겠나이다!"

북수병의 대모달이 함에서 깃발을 꺼내 절벽가로 달려가 휘둘렀다.

처음엔 전투에 몰입해 위의 상황을 모르던 수병들이 하나둘 깃발을 보았다. 처음엔 부장들이, 이어서 사졸, 병사까지 그것이 무엇인지 알아챘다. 서서히 기쁨의 함성이 쩌렁쩌렁 울려 퍼졌다.

"태왕 폐하 만세, 왕후 폐하 만세!"

광기에 가까운 그 충성의 외침을 들으며 계마로는 태왕이 있는 절벽으로 올랐다. 장수들에게 둘러싸인 태왕과 왕후의 뒷모습이 들어왔다.

계마로가 막 천막 가까이에 갔을 때 태왕이 왕후에게 얼굴을 돌렸다. 마침 몰아친 바람에 귀 옆으로 내린 왕후의 머리가 휘날려 볼에 붙자 태왕이 손을 들어 달라붙은 머리카락을 걷어주는데, 그 눈빛은 훔쳐보는 그의 낯이 붉어질 정도로 뜨거웠다.

바람에 흐트러진 태왕의 대수자포를 정리해주는 왕후의 손길도 더없이 다사로웠다. 그러자 태왕이 살짝 몸을 굽혀 귓가에 무엇인가 속삭였다. 왕후가 부끄러운 듯 웃으며 몸을 비키려고 하자 태왕이 거침없이 손을 뻗어 왕후의 손을 잡았다. 긴소매가 다시 흘러내려 감춰지기 전 두 사람의 손이 단단히 깍지를 끼는 모습까지 계마로는 남김없이 지켜봤다.

옆에 선 장수들은 깃발을 흔들며 병사들의 환호성에 심취해 있느라 태왕 부부의 정다운 실랑이를 놓쳤다. 흥분을 가라앉힌 그들이 보는 건 나란히 붙어 선 태왕과 왕후, 긴 소매에 가려 보이지 않는 꽉 잡은 손.

서로를 향한 깊은 연모를 보는 그의 마음은 흐뭇하면서도 동시에 꽉 막힌 듯 갑갑하고 묵직했다. 왕후가 태왕을 전심으로 은애하는 건 다행이나 태왕의 순애엔 여러 가지 위험과 변수가 너무나 많았다. 가장 큰 문제는 연심의 무게를 저울로 단다면 태왕 쪽이 확연히 더 무거우리라는 것.

왕후와 관련된 사안에는 태왕답지 않은 처리가 늘어나고 있었다. 갑갑할 정도로 모든 경우의 수를 따져 위험과 희생을 최소화하는 방향으로 주도면밀하게 움직이던 태왕이었다. 매사에 꼼꼼하고 여유롭던 그의, 전에 없이 잔혹하고 조급한 최근의 행보는 왕후의 안위 때문. 그걸 알기에 지금 이 소식을 전하면 또 어떤 반응을 보일지 더럭 겁이 났다. 그렇다고 미루고 감출 수는 없었다.

계마로는 크게 심호흡하고 발걸음을 뗐다. 주변을 삼엄하게 지키는 호위들에게 눈짓을 건네고선 태왕 뒤편으로 살그머니 다가섰다. 인기척을 느꼈는지 슬쩍 고개를 돌린 태왕과 눈이 마주쳤다. 왕후도 계마로를 발견하고 눈인사를 건네자, 태왕은 내내 잡고 있던 손을 놓고 천막 뒤쪽으로 걸어갔다.

"고하라."

"예씨 부인이 처녀 때 교류했던 신라인의 정체를 알아냈습니다. 그가 오늘 새벽 국내성을 떠나서 감쪽같이 사라졌는데 아무래도 피습을 받은 것 같습니다."

딱 요점만 정리한 계마로의 보고만으로도 심각성을 감지했는지 태왕의 눈빛에 한기가 감돌았다.

"처음부터 차근차근 자세히 말해보라. 그 사내는 누구더냐?"

"폐하께서도 잘 아시는 이입니다. 몇 년 전에 망명을 허락하신 석도종이라고."

태왕의 눈이 잠깐 부릅떠졌다가 평소대로 돌아왔다.

"확실한가?"

"예. 오래전 일이긴 했지만 석도종의 외모가 워낙 출중하니 옛일을 기억하는 자가 있었습니다. 분재를 좋아하던 예씨 포목상의 전주와 교류가 있어 자주 드나들었고 부인과도 종종 어울려 친하게 지냈다더군요. 그리고……."

계마로는 침을 꿀꺽 삼키고 예씨 부인에게 붙여놓은 수하가 보고한 어제의 일도 알렸다.

"어제 누군가 다녀간 뒤 예씨 부인께서 바로 석도종을 찾아갔다가 울면서 나오셨다고 합니다. 하인 중에서도 둘의 대화를 가까이 지켜본 자가 없어 자세한 내막을 모르지만 필시 과거의 일과 연관된 다툼이나 문제가 있지 않았나 짐작되옵니다."

"부인의 집에 찾아왔다는 외인은 누구인지 알아냈는가?"

"눈에 띄지 않게 멀리서 보느라 얼굴까지는 제대로 살피지 못했지만 평범한 소수레를 타고 온 귀부인으로, 수레꾼과 하녀 하나만 데리고 왔다가 금방 떠났다고 합니다. 그 직후에 부인께서 바로 석도종을 찾아간 걸 보면 뭔가 연관성은 있어 보이는데…… 간혹 비단을 주문하러 오는 이들이 있는 터라 같은 용건으로 짐작하고 뒤를 쫓지는 않았다고 합니다. 송구하옵니다."

수하의 죄는 자신의 죄인 터라 계마로는 고개를 숙여 사죄했다.

"그것까지 짐작할 수는 없었겠지. 송구해할 것 없다. 그나저나 석도종의 행방이 묘연하다고?"

"예. 오늘 새벽 해가 뜨자마자 잠시 유람을 다녀오겠다며 남문을 빠져나가는 것까지 확인했답니다. 석도종에게 붙인 사졸이 다른 수하에게 뒤를 밟으라고 인수한 뒤 보고를 올리러 왔는데 중간에 사라졌습니다. 주변의 큰길과 마을을 수소문해도 봤다는 이가 없었는데, 산길에서 도종이 타고 갔던 말의 사체를 발견했습니다."

"그의 말이 확실한가?"

계마로는 수하가 가져온 여인의 장신구를 품에서 꺼냈다.

"안장주머니에 금은과 함께 이것이 있었답니다. 목걸이와 금 조각을 이어 붙인 과대 허리띠에 달린 이 곡옥과 금 사슬, 띠드리개 장식의 문양은 한눈에도 신라의 것이지요. 더구나 일반 여인들이 쓰는 게 아니라 왕족들만 쓸 수 있는 패물들입니다."

소맷자락 안에 감춰진 태왕의 손아귀에 힘줄이 도드라졌다. 주먹을 꽉 쥐었다 폈다 하면서 감정을 다스린 태왕이 목걸이와 허리띠를 무심하게 일별했다.

"산적들이라면 이런 걸 두고 가지 않을 테니…… 네 짐작이 맞겠구나. 그, 석도종과 예씨 부인이 어떤 사이였는지는 아직 확실치 않은 것이고?"

"예. 연분이 있었는지까지는 잘 모르겠으나…… 질자 시절부터 교류해왔던 지인 한둘을 제외하고 외인, 특히 여인은 집에 들이지 않았다던 그가 부인을 만난 것만 봐도 범상한 인연은 아니었던 것 같습니다. 무엇보다 오늘 새벽 갑자기 국내성을 떠난 것도 부인의 방문과 연관이 있지 않을까, 조금 억지 같지만 자꾸 그런 생각이 듭니다. 그리고 길을 떠나자마자 공교롭게도 습격을 받아 행방이 묘연한 것도요."

숨도 쉬지 않고 자신의 판단과 조사를 몰아쳐 고한 그는 한 호흡을 끊고서 제가 여기까지 달려온 가장 중요한 이유를 밝혔다.

"아무래도 왕후 폐하를 음해하려는 적들도 석도종에 대해 알아낸 것 같습니다. 그를 이용해 추문의 증거를 조작하려고 납치한 거겠지요. 그래서 최대한 빨리 석도종을 찾으라 지시하고 폐하께 달려왔습니다."

태왕이 고개를 한 번 끄덕이더니 느긋하게 뒷짐을 지었다. 숨을 가볍게 몰아쉬면서 허공을 응시하는 표정은 담담했지만 눈에선 서슬 퍼런 살기가 돋고 있었다. 크나큰 충격으로 귓속이 웽웽거렸다.

석도종은 해류의 생부가 맞다. 닮은 듯 닮지 않았지만 지금 되짚어보면 왜 몰랐을까 싶을 정도로 비슷한 부분이 있었다. 화려하면서도 차갑고 고아한 분위기. 외모보다는 풍기는 그 느낌이 아주 흡사했다.

알고 되짚으니 오래전, 비원의 복원을 축하하는 소연에서 도종과 여진의 표정이나 대화가 묘하게 경직되었던 것도 떠올랐다. 서로 잘 모르는 사이라 어색하기 때문이라 넘겼지만 사실은 정반대의 이유였을 터. 그보다 한발 앞서서 이 모든 걸 간파하고 석도종을 빼돌린 배후가 짓고 있을 조소를 떠올리니 핏기가 가실 정도로 불끈 쥔 주먹이 부들부들 떨렸다.

여기서 흥분해 냉철함을 잃으면 상대에게 휘말리는 것. 자칫하면 해류를 잃거나 고통스럽게 할 수 있다는 위기감이 엄습했다. 판단의 균형을 잃지 않으려고 안간힘을 쓰면서 그는 습관처럼 해류가 있는 쪽을 바라봤다. 그와 계마로 사이에 맴도는 심상찮은 공기를 느꼈는지 흘끔흘끔 살피던 해류는 그와 눈이 마주치자 입술을 애교스럽게 휘었다.

쿵쿵. 언제나처럼 두근거림이 심장을 두드리고 따스한 훈기와 만족감이 가슴을 채웠다. 이 모든 게 손가락 사이로 빠져나가는 모래처럼 사라진단 상상만으로도 주변이 암흑으로 변하고 숨이 막혀왔다. 아예 몰랐으면 모르되 이 충만감을 경험한 이상 전으로 되돌아갈 순 없었다. 다시 구할 수 없는 합일감을 절대 놓을 수 없었다.

절대 네 뜻대로 휘둘리지 않을 것이다.

보이지 않는, 그러나 어렴풋이 감지되기 시작한 적에게 홀로 경고하면서 태왕은 계마로에게 명령했다.

"예씨 부인의 신변을 단단히 지키고 석도종을 저 흉수들 손에서 반드시 구해내라. 만에 하나 그것이 힘들 경우엔…… 어떤 허튼소리도 그의 입에서 새어나오지 않도록 해라."

속삭이듯 낮은 음성이 귀에 꽂히자 계마로의 온몸에 오싹 소름이 돋았다. 단박에 태왕의 뜻을 알아들은 그는 무겁게 명령을 받들었다.

"옛! 명심하겠사옵니다."

같은 시각, 졸본성 바깥의 작은 마을에서 을밀은 보연을 만나고 있었다.

"오랜만입니다."

추방당하면서 수품신녀라는 직위는 물론이고 귀족의 신분도 다 빼앗겼지만 을밀은 존대했다. 낮은 담장 앞에 선 낯선 인영에 흠칫하던 보연도 곧 을밀을 알아봤다.

"대모달께서 이 천녀에게 무슨 일이십니까?"

스스로 천녀라고 비칭(卑稱)함에도 을밀을 대하는 보연의 태도 역시 과거의 도도함이 남아 있었다. 불쑥 찾아온 그를 두려워하지 않고 침착하니 목적을 짚어냈다.

"제 행방을 수소문해서 여기까지 찾아오신 걸 보니 긴한 볼일이 있으신 모양이군요."

"나쁜 일은 아닐 것이니 얘기를 좀 나눴으면 합니다."

잠깐 망설이는가 싶더니 보연은 고개를 까딱하고 몸을 돌렸다. 허락으로 받아들인 을밀은 시늉만 낸 싸리문을 밀고 들어갔다.

땅에 반쯤 파묻어 지은 한 칸 움집 안에는 커다란 평상과 화로만이 달랑 있었다. 보연이 평상에 올라 맞은편을 가리켰다.

"앉으시지요."

"고맙소."

자리를 잡은 을밀은 방 안과 보연을 살폈다. 말리려고 걸어놓은 약초 냄새로 가득한 토방은 허름하긴 했지만 나름 튼튼하고 정갈했다. 보연도 빈 몸으로 쫓겨난 것치곤 혈색이며 입성도 나쁘지 않아 보였다.

"잘…… 지내고 있는 것 같습니다."

"이럴 때는 태왕 폐하의 은덕이라고 대답해야 하겠지요?"

지극히 합당하고 공손한 내용과 달리 읊는 음성에서 비꼬임이 묻어나왔다. 명림가와 연관된 자들이 다 쓸려나간 와중에도 목숨을 살려줬으니 엄청난 자비였지만 보연 입장에선 누리던 모든 걸 빼앗긴 터. 태왕에게 품은 감정이 고울 리가 없었다.

우물쭈물 다음 말을 고르던 을밀은 불필요한 인사치레는 생략했다.

"사당에서 거래하는 상단과 물목들에 대해 자세히 알려줬으면 합니다. 특히 귀족가의 상단들에 관해서 아는 대로 말해주시오."

"그다지 아는 바도 없지만……, 설령 있다고 해도 제가 왜 그래야 하는지요?"

은혜도 모르고 방자하게 구는 보연의 목줄을 잡고 모든 걸 토설시키고 싶은 유혹을 을밀은 간신히 눌렀다. 채찍을 휘두르는 건 나중으로 미뤄두고 태왕의 지시대로 회유책부터 내밀었다.

"당신이 알려주는 것의 중요도에 따라 과분한 보상이 따를 거라고 한다면 이유로 충분할 듯싶소만?"

무뚝뚝하니 경계하는 기색이던 보연이 흥미를 드러냈다.

"보상이라고요?"

"당신이 주는 것에 따라 받을 것도 그만큼 커질 것이오."

"드릴 건 없으나 저도 사람인지라…… 그 과분하다는 보상이 어느 정도인지 궁금은 하네요."

"원한다면 재물을 줄 것이고, 국내성은 힘들지만 원한다면 여기 졸본성에 있는 사당의 수품신녀로 돌아가는 것까지도 가능할 것이오."

예상 이상이었는지 보연의 입술이 헤벌어졌다.

사당으로, 더구나 수품신녀로 복권되어 돌아갈 수만 있다면 졸본성도 감지덕지였다. 신녀일 때는 눈길도 주지 않던 촌무지렁이들의 비위를 맞추며 점괘를 뽑아주고, 더럽고 냄새나는 환자들을 돌봐 연명하는 고역에서 벗어날 수 있다. 희망이 보이자 갈비뼈를 뚫고 튀어나올 정도로 심장이 요란하게 두방망이질 쳤다.

"아시다시피 오랫동안 사당과 거래해온 것은 절노부와 소노부, 계루부에 속한 가문의 상단들이지요. 그들이 하찮게 여겨 다루지 않는 소소한 것들은 그때그때 다른 상인들과 거래했고요. 내가 명림가와 친밀한 것은 다 아는 사실이라 다른 부들은 내밀한 거래나 속내를 털어놓지는 않았습니다."

"그렇다고 무엇이 오가는지 손을 놓고 구경만 하지는 않았을 테지요."

호호, 보연은 입을 가리고 살짝 웃더니 흔쾌히 인정했다.

"칭찬인지 욕인지는 모르겠으나, 그러긴 했지요."

"사당의 상단은 어떤 식으로 누구와 거래하는지 말해주시오."

"무엇을 찾으시려는지 모르겠지만 사당에 공식적으로 들고나는 물목을 캐는 건 의미가 없을 겁니다. 오히려 주목하고 파헤쳐볼 것은 사람이지요. 드러난 우두머리 말고 그 바로 아래 속한 자들, 혹은 뒤에 있는 전주요."

"누구를 지칭하는 거요? 자세히 말해보시오."

"전 사당의 살림을 직접 관장하지 않아 대충 얼굴만 알지 교분이 적어 세세한 건 모릅니다. 더구나 떠난 이후로는 모르니 딱히 지목할 만한 자는 없습니다. 다만,"

"다만 무엇이오?"

"오랫동안 거래해오긴 했으나 극히 미미하다가 최근 몇 년 사이에 사당과 거래가 급격히 는 곳이 있습니다. 사당은 수백 년간 귀족가의 상단과 거래하는 게 관행이고 새로운 상인이나 상단에 힘을 실어주는 경우는 매우 드물지요. 그런데 어떤 연줄인지 알 수 없는 곳이 있었습니다. 그것부터 조사해보시면 좋을 듯싶군요."

진실인지 가늠하려는 듯 을밀이 보연을 응시했다. 이 부분은 속이는 게 없는 터라 보연도 지지 않고 그의 시선을 받았다. 한동안 대치하던 두 사람의 눈싸움은 을밀이 다음 질문을 던지면서 끝났다.

"왕후 폐하를 해치는 데 썼던 붉은사슴뿔버섯 독을 모아두고 쓰는 곳은 사당뿐인 것으로 알고 있소. 당신 말고도 그 독을 거래했을 거라고 혹시 짚이는 사람은 없소?"

가장 아픈 부분이 나오자 보연은 움찔했다.

"제가 간혹가다 그걸 조금씩 팔긴 했지만 사당에서 나간 것이 왕후께 쓰이지 않았으리란 건 천신께 맹세할 수 있습니다. 그러니 내 목이 아직 붙어 있는 것이고요. 그 독은 절대 사당에 보관된 것이 아니에요."

"어찌 그렇게 단언하는 거요?"

"명림가에는 준 적이 없고 제가 아주 예전에 밖으로 조금 보낸 것을 제외하면 양에는 변동이 없었습니다. 아니라면 저 몰래 누군가 배돌리고 모자란 양을 채워 넣었다는 건데, 왜 그런 번거로운 짓을 하겠습니까?"

을밀이 듣기에도 보연의 설명은 지극히 타당했다.

"제대로 알고 다루거나 이용할 만하다고 혹여 짐작되는 자는 없소? 사당 안이나 밖에서나 말이오."

문득 한 사람이 떠올랐다. 지독하게 부러워했고 한 번이라도 이겨보고 싶었던 존재. 그녀는 모든 걸 바쳐서라도 얻고 싶었던 보장된 미래를 박차고 왕궁으로 가버린 사람.

우미오. 태후다!

벼락을 맞은 듯한 깨달음이 보연을 관통했다. 빈 구멍이 순식간에 착착 메워지면서 그녀도 너무나 궁금했던 독살 배후의 정체가 확실해졌다.

그렇지만 명확한 증좌 없이 입에 담기엔 위험했다. 태후에 대한 태왕의 지극한 효심은 유명했다. 태왕이 믿어준다는 보장도 없고 도리어 태후를 모함한다고 그녀의 목을 자를 수 있었다. 설령 태왕이 넘어가준다고 해도 태후가 자신의 비밀을 알아챈 보연을 살려둘 리 없다. 권력자들의 정쟁에 휘말려 개죽음을 당하고 싶지 않았다.

"글쎄요. 사당 안에서 비전의 약재들을 다루는 직분을 맡은 자들은 알고 계실 테고…… 찾으려면 사당을 떠난 자들을 수소문해보는 게 옳을 듯싶군요."

"흠……."

도움이 되는 조언이긴 하지만 일일이 다 수소문하려면 제법 시간이 소요될 터다. 적이 눈치채지 못하도록 은밀하게 진행해야 하는 조건까지 감안하면 더더욱 그랬다. 전에 없이 서두르는 태왕의 재촉도 재촉이지만 수년 혹은 그 이상 암약해온 적을 등 뒤에 오래 두는 건 위험했다.

"비전 약재를 다루다가 사당을 떠난 신녀 중에 혹시 기억나는 사람은 없습니까?"

어쩔까. 지금이라도 알게 된 걸 밝힐까. 유혹이 잠깐 스쳤지만 그녀는 면피만 하는 수준으로 모호하게 흐렸다.

"사당에서 내밀한 약과 독을 다루는 사람이 한둘이 아니긴 하지만 그 기준이 엄격합니다. 저같이 한미한 집안 출신은 순서와 절차를 밟아 승차하여 권한을 얻지만, 그걸 건너뛰는 파격을 만드는 건 배경이지요."

처음엔 그 정도로 마무리하려고 했다. 하지만 자신을 밑바닥으로 밀어뜨린 태왕이 간절하게 원하는 정보를 알고 있다는 사실에 도취되어갔다. 오랜만에 느끼는 우월감에 취한 그녀는 내뱉자마자 후회할 말을 입에 담았다.

"등잔 밑이 어둡다는 속담도 있지 않습니까."

을밀의 안광이 무섭게 빛났다. 보연은 긴요한 정보를 갖고 있었다. 태왕의 명을 받아서 찾아온 그의 앞에서도 밝히지 못하는 건 확실치 않거나, 그 누군가를 태왕 이상으로 두려워하거나.

"허튼수작을 부리면 복권은 고사하고 남아 있는 것마저도 폐하께서 거두실 수 있다는 걸 잊었나 보군."

위협이 통했는지 보연의 안색이 창백해졌다. 덜덜 떨리는 입술을 꽉 깨물면서 그녀는 고개를 거세게 저었다.

"저는 정말…… 제가 말씀드릴 수 있는 건 정녕 그것뿐입니다. 정말입니다. 믿어주십시오."

을밀이 보기에 분명 보연은 짚이는 데가 있었다. 극도의 공포로 떠는 모습을 보건대 당장은 그 이름을 내뱉지 않을 분위기였다. 파격적인 배경 운운하는 걸 보면 대귀족이거나 어쩌면 종친 혹은 척족일 확률이 높았다.

당장 칼을 뽑아 목에 들이대고 위협해볼까. 사납게 그녀를 노려보며 고민하고 있는데 보연이 불쑥 내던진 질문에 다른 상념이 달아났다.

"뭐라고?"

"붉은사슴뿔버섯의 극악한 후유증에 대해 아시냐고 여쭸습니다."

"오장육부에 침입해 피를 말리고 내장을 상하게 하는 것 아니오?"

예상대로였다. 태왕도 이 호위대장도 가장 무서운 효능에 대해선 모른다. 을밀의 추궁을 피할 작정으로 꺼낸 얘기였지만 제가 당한 몰락의 고통을 아주 조금이나마 되갚는 만족감과 통쾌함이 엄습했다.

"그보다 더 무서운 것이 있지요."

"오장육부 말고 다른 것도 상하게 한다고?"

내 원수는 남이 갚아준다더니. 모처럼 우위에 선 여유를 만끽하면서 그녀는 자신이 아는 것을 알려줬다.

"맞습니다. 그 독은 내장 모든 곳에 침입하는데, 살아난다고 해도 사내는 씨가 마르고 여인은 아기집이 상해서 수태도 힘들고 설령 한다고 해도 태아를 만삭까지 보듬지 못합니다."

"뭐라고!"

을밀이 벌떡 일어나 칼을 뽑았다. 불똥이 튀어나오는 게 아닐까 싶을 정도로 눈에는 노염이 불타올랐다.

"네가! 어찌 감히 그런 극악무도한 저주를 하는가! 정녕 죽고 싶으냐!"

예상보다 훨씬 격렬한 반응에 보연이 순간적으로 몸을 웅크렸다. 그렇지만 말을 바꾸거나 죄를 빌지 않았다.

"저를 죽여서 그 일을 묻고 싶다면 그리하십시오. 하지만 저는 진실을 말씀드렸습니다. 아마…… 미리내나 왕후께 독을 쓴 자도 그 사실을 알고 있을 겁니다."

바닥이 출렁거리는 것 같아 을밀은 주저앉다시피 평상에 앉았다. 너무나 충격적인 사실에 보연을 계속 추궁할 의지를 잃었다. 이 끔찍한 발언이 진실인지 확인하는 것이 급선무였다. 지금 당장 할 일들을 머릿속에서 부지런히 정리하며 그는 자리에서 일어섰다.

"저녁 무렵에 다시 올 것이니 허튼 궁리는 하지 말고 사당을 떠난 신녀들을 하나하나 떠올려보시오. 혹여 기억이 나지 않는다면 그때는 내가 이 손으로 반드시 생각이 나게 해드리리다."

그는 대답도 듣지 않고 등을 돌려 움집을 나갔다.

문이 닫히자 엎드린 보연의 몸이 사시나무 떨듯 마구 떨리기 시작했다. 흐릿하니 초점이 풀린 눈으로 보연은 벽을 응시했다. 괘를 짚어보고 싶었지만 결과가 두려워 차마 손이 가지 않았다.

태왕은 입을 열지 않으면 죽일 것이고 태후는 입을 열면 죽일 것이다. 끝까지 모르는 척할 것을 왜 생각 없이 혀를 가볍게 놀렸는지 후회가 막심했지만 이미 엎질러진 물. 몇 번이고 심호흡하면서 자신을 추스른 보연은 덜덜거리는 손으로 산가지를 꺼내 우선 태왕의 괘를 짚었다.

대길(大吉).

어차피 그녀가 택할 길은 하나뿐이었다. 태후나 그들의 수하는 멀리 있지만 태왕의 수하는 바로 가까이 있었다. 그래도 이 결과가 위안이 되었다. 문득 태후의 운세도 짚어보고 싶어졌다. 다시 산가지를 들려던 그녀는 문소리에 손을 멈췄다.

점을 보러 왔거나 치료를 청하러 온 마을 사람이려니. 무심히 고개를 돌린 보연은 건장한 사내들을 보자 공포로 얼어붙었다. 낯선 사내들에게 넘치는 기색은 살의였다.

"태후가……?"

겨우 짜낸 한마디가 그녀가 이승에 남긴 마지막 일성이었다.

쾅! 태왕이 탁자를 부술 듯 쳤다. 끄트머리에 놓인 연적과 붓통이 위태롭게 흔들거리다 바닥으로 떨어졌다. 와장창 소리를 내며 연적은 산산이 부서지고 붓도 사방으로 흩어졌다.

처음이었다. 태왕이 날 것의 격노를 대놓고 표출하는 것은.

태왕은 희로애락을 극도로 절제했다. 면밀하게 계산해 적시 적소에 필요할 때만 드러냈다. 감정 표현은 주변을 쥐락펴락하는 수단이지 진짜 분노는 늘 홀로 삭였다.

전에 없는 반응에 놀라고 황망한 을밀의 머리가 더욱 깊이 아래로 떨어졌다.

"보연이 독살당했다는 건 저들에 대해 알고 있기에 입을 막았다는 뜻이 아니냐! 그런데! 다른 누구도 아닌, 네가 직접 거기까지 가서도 그걸 알아내지 못했다고?"

"죽여주시옵소서."

그 자신도 왜 끝까지 추궁하지 않고 쓸데없이 말미를 줘서 이 사달을 만들었는지 죽을 만큼 후회하고 있었다. 붉은사슴뿔버섯 얘기에 기함해 이성을 수습하려 시간을 줬다는 건 변명이 되지 않았다.

독을 먹고 누운 보연의, 미미한 온기가 남아 있는 시신을 발견했을 때 느꼈던 그의 울분은 태왕이 뿜어내는 진노 앞에선 백산과 언덕 정도일 거였다. 그걸 알기에 그는 어떤 변명도 하지 못했다.

"언제까지 저 무도한 자들이 짐과 왕후를 우롱하며 활개 치고 다니는 걸 지켜만 봐야 하느냐?"

"다행히 보연이 죽기 전에 유용한 단서를 남겨줬습니다. 환속한 신녀 중에 약재와 독을 잘 다루는 자가 있는 것 같습니다. 배경이 든든해 빠르게 승차해 사당의 고위직까지 올랐다는 것과, 심하게 두려워하면서 그 이름을 말하지 않은 걸 보면 지금도 보연을 핍박할 수 있는 높은 신분임이 확실합니다."

떠다니는 단서를 정리하듯 태왕은 손가락으로 탁자를 툭툭 치며 중얼거렸다.

"환속한 귀족…… 보연과 가깝거나 최소한 서로 그 존재를 알 정도의 접점이 있는 신녀라……. 그 정도면 조만간 찾아낼 수는 있겠구나."

"예. 계마로에게도 전달했으니 금방 소식을 들려드릴 수 있을 것입니다. 최근 몇 년 동안 사당과 거래가 급격히 늘거나 규모가 커진 상단들의 전주도 파악 중입니다."

정체를 듣고 왔다면 이런 시간 낭비는 하지 않을 수 있는데. 태왕은 안타까움과 짜증을 지그시 눌렀다.

"다른 얘기는 없었고?"

가장 큰 산을 넘자 이것보다 어쩌면 더 중요할 수 있는 일을 어찌 알려야 하나 고심하던 을밀은 없다고 답하려고 했다. 그러다 퍼뜩, 보연이 덧붙였던 한마디가 떠올랐다.

"대단한 건 아니옵고, 보연이 등잔 밑이 어둡다는 소리를 했습니다."

순간 태왕의 눈빛이 매서워졌다.

"등잔 밑이 어둡다고? 분명 그리 말했느냐?"

"예. 아니었으면 좋겠지만 왕실이나 고위 귀족가의 여인이란 암시 같아 그쪽을 잘 찾아보라 전했습니다."

"그래…… 네 짐작이 맞을 것이다."

태왕의 머리에 한 인물이 자욱한 안개 속에서 빠져나오고 있었다.

감쪽같이 속았다. 아니면 의식의 심연에선 인지했으나 은연중에 외면하고 있었던지. 지난 수년간 하늘부터 시작해 온 사방에서 알려줬었다.

정에 이끌려 부인했던, 믿고 싶지 않은 진실을 곱씹어 억지로 소화시키려 손으로 턱을 괸 채 태왕은 눈을 감았다. 깊게 숨을 쉬며 진정시키려고 노력했다. 거세게 들먹이는 가슴만이 그의 격동을 보여줬다.

그걸 지켜보는 을밀의 입술에서 흘러나오는 한숨이 길어졌다. 명림죽리와 긴 싸움을 겨우 끝내셨는데 또 주변을 쳐내셔야겠구나. 강하고 영명한 분이니 잘해내실 것이다. 안쓰러움과 신뢰를 반반씩 담은 시선으로 태왕을 보며 을밀은 마음을 다잡았다.

"폐하, 더 올릴 말씀이 있습니다."

보연에게 들은 비보를 전해야 했다. 어떻게 태왕에게 전해야 할지 돌아오는 내내 고심했다. 보연의 죽음을 막지 못해 질책받는 것보다 이 순간이 더 두려웠다.

"홍수의 정체를 밝히는 데 필요한 정보는 아니지만 폐하께서 꼭 아셔야 할 얘기입니다."

"무엇이길래? 네 표정을 보니 소소한 건 아닌 듯싶은데?"

곧 절망으로 물들 태왕의 용안을 차마 마주할 수 없어 을밀은 눈을 질끈 감았다.

"예. 붉은사슴뿔버섯의 독성에 관한 새로운 내용이었습니다. 그 독은……."

침을 꿀꺽 삼킨 그는 벼랑에서 뛰어내리는 심정으로 한꺼번에 와르르 쏟아냈다.

"여인의 포궁을 상하게 해서 잉태하지 못하도록 만든다고 합니다. 설사 잉태한다고 해도,"

"그만."

태왕의 서늘한 음성이 그의 보고를 자르고 들어왔다.

"알아들었다."

입술도 거의 움직이지 않고 이 사이로 밀어내는 것 같은 중얼거림에 을밀의 등골이 더욱 오싹해졌다. 화산처럼 터져서 회오리처럼 쓸어버리는 영락태왕과 달리

건흥태왕 거련은 열이 극에 받칠수록 침잠하는 사람이었다. 내뿜던 분노마저 삭 거둬들여 아무것도 비치지 않는 흑암 같은 안광엔 으스스함마저 감돌았다.

"보연이 했다는 그 얘기를 아는 자가 또 있느냐?"

"계마로가 사당으로 수하를 보내 붉은사슴뿔버섯에 관한 모든 기록을 샅샅이 살피고 바깥에서도 잘 아는 자들을 찾아보라는 명령을 내리긴 했지만 그 연유는 아무에게도 알리지 않았습니다."

"현명한 판단이다."

냉랭하니 굳었던 태왕의 입매가 미미하게 풀어졌지만 이 침착함은 그저 겉치레 뿐이라는 걸 을밀은 잘 알았다.

"그것과 관련한 보고는 아무도 거치지 말고 무조건 짐에게 바로 올리라고 해라. 언제 어디서든 그것을 최우선으로 살피겠다."

"예! 받들겠나이다."

"이것이 다인가?"

"예. 보연이 진술한 다른 내용은 바로 정리해서 계로 올리겠습니다."

"그래. 그럼 나가보라."

가볍게 읍을 한 을밀이 뒷걸음으로 나가고 문이 닫혔다.

홀로 남자 태왕의 무덤덤한 가면이 떨어져 나갔다. 그는 양손으로 얼굴을 감싸듯 가렸다. 이렇게 어처구니없이 당하다니. 지켜주겠다고 또 헛된 장담만 했구나.

죄책감, 무력감에 배신감까지 온갖 감정들이 회오리처럼 휘몰아쳐 그를 삼켰다. 터져 나오려는 광소를 그는 이를 악물고 삼켰다.

十
九

몸 위로 쏟아진 차가운 물에 바닥이 흥건해졌다. 물에 빠진 생쥐처럼 흠뻑 젖었음에도 바닥에 쓰러진 사내는 꼼짝도 하지 않았다. 살기등등해서 고문을 준비하던 자들이 이맛살을 찌푸렸다.

"혹시 죽은 것이 아닌가?"

"에이, 설마요!"

갑자기 두려움이 몰려오는지 그들은 바닥에 엎드린 사내를 바로 눕혔다. 모진 채찍질에 갈기갈기 찢긴 옷은 피범벅이 되어 엉망진창. 입에 재갈까지 물린 사내는 등을 대고 눕혀지자 고통스러운 신음을 흘렸다.

"으음……."

그 작은 소리에 그를 살피던 두 사내의 낯에 화색이 돌아왔다.

"살아 있습니다!"

뒤에서 지켜보던 자도 낮게 안도의 한숨을 내쉬었다.

"절대로 죽게 해서는 안 된다. 너무 험하게는 다루지 말고 어떻게든 토설을 받아야 한다."

"예. 명심하겠습니다."

대답은 냉큼 했지만 혼절해 있는 도종을 내려다보는 두 사내는 난감한 눈빛을 교환했다.

어지간한 여인은 찜 쪄 먹을 아리따운 외모에 쉽게 여기고 덤볐건만, 보기 드문 독종이었다. 동료 여럿이 희생당하고서야 겨우 끌고 왔더니, 정신이 들자마자 느닷없이 혀를 물고 자결하려고 해서 혼비백산했다. 재갈을 물려놓고서 물 한 모금 주지 않고 등이 터지도록 채찍질한 게 며칠째. 그럼에도 원하는 답을 내놓으라는 겁박엔 꿈쩍도 하지 않다가 혼절까지 해 이 난리를 치게 한 거였다.

"정신이 들려면 좀 걸릴 것 같은데요."

"시간을 낭비할 여유가 없다. 다시 고신을 시작하게 물을 더 부어 깨워라."

희미한 신음만 흘린 뒤 미동도 하지 않았지만 도종은 의식이 돌아오고 있었다. 저들이 떠드는 소리도 들려왔다.

타는 것 같던 등의 통증은 한계를 넘어 이제 뭉근하니 그를 내리눌렀다. 퉁퉁 부어 입안을 가득 채운 혀도 얼얼하니 남의 살덩어리 같았다. 빨리 숨이 멈췄으면 하는 바람과 달리 그 두 군데를 제외한 다른 부분은 아직 멀쩡했다.

망명하기 전까지 일평생 장수로 수많은 전장을 오갔다. 여러 차례 생사가 오가는 상황을 넘겨온 그에게 거친 채찍은 살을 찢어놨을 뿐 치명상은 아니었다. 모진 격통 속에서도 끈질기게 버티는 튼튼한 육신이 원망스러웠다.

다시 정신을 잃어서 잠시라도 이 고통에서 도피하고픈 것은 욕심이었다. 내리퍼부어지는 차가운 물벼락에 그의 눈꺼풀이 결국 흔들렸다.

"정신이 돌아오는 것 같습니다!"

기쁜 듯한 외침에 셋 중 우두머리인 자의 음산한 지시가 더해졌다.

"일으켜 벽에 세워라."

건장한 두 사내가 양쪽 겨드랑이에 손을 넣고 세웠지만 지탱하지 못했다. 내내 벽에 매달려 호된 채찍질을 당했던 육신은 기운을 잃어 두 다리는 젖은 해초처럼 흐물거렸다. 축 늘어지는 몸뚱이를 매달아 묶어보려던 두 사내가 뒤에 선 이에게 묻듯이 시선을 보냈다.

도종의 상태를 살피던 우두머리가 명령을 바꿨다.

"의자에 앉혀 묶어라."

도종의 머리가 툭 떨어졌다. 몸을 의자 등받이에 묶지 않았다면 그대로 쓰러졌을 것이다. 상대가 방심하길 기대하며 도종은 일부러 힘을 더 뺐다.

"혀를 물 기운도 없어 보이는군. 재갈을 풀어줘라."

입을 단단히 틀어막고 있던 천과 재갈이 빠져나가자 버석거리는 혀가 느껴졌다. 죽기 위해 깨문 상처에 생긴 피딱지가 거슬렸지만 그래도 한결 숨쉬기가 나았다. 다시 혀를 물어보려고 했지만 저들의 판단은 옳았다. 내내 굶주린 탓인지 혀를 끊을 정도의 힘은 들어가지 않았다.

낭패감을 삼키며 푹 수그린 그의 머리를 억센 손아귀가 잡아챘다. 거친 숨을 몰아쉬며 바로 앞에 요 며칠 사이에 익숙해진 얼굴이 들이밀어졌다.

"네가 질자 때 정을 통해 딸까지 낳게 했던 여인이 왕후의 어머니란 걸 인정할 의향이 생겼느냐?"

침으로 마른 입속을 축이면서 힘없이 고개를 저었다.

기대를 갖고 내려다보던 사내의 얼굴에 노염이 확 맺혔다. 그는 우악스럽게 틀어쥔 도종의 머리를 마구 흔들며 위협했다.

"어차피 버리고 간 자식인데 네가 목숨을 던져 감춰준다고 해서 그 모녀가 네게 감사라도 할 것 같으냐?"

"무슨…… 소리를 하는지…… 난 정말…… 모르겠소."

차아악. 사내의 주먹이 도종의 볼을 강타했다. 그의 손길대로 돌아갔던 얼굴이 아래로 처졌다. 코와 입술에서 흘러내린 피가 다리로 뚝뚝 떨어져 번져나갔다. 분명 자신의 피건만 현실감이 들지 않았다.

사내는 그런 도종의 얼굴을 다시 잡아 올렸다.

"참으로 잘생긴 얼굴인데. 여기에 흠이 가면 아깝지 않겠느냐?"

도종은 피식 실소를 흘렸다.

"얼굴을 파는 기녀도 아닌데 사내가 얼굴에 상처가 좀 남는다고 뭐 흠이 되겠소."

내 입에서 해류와 여진의 목을 옭아맬 증언은 한마디도 나가지 않을 것이다.

도종의 단호한 결의를 읽은 듯 사내가 칼을 뽑아 들었다.

"오냐! 네가 쓴맛을 제대로 보는 게 소원이라면 그대로 해주지."

휙 소리와 함께 얼굴에서 피가 튀었다. 화끈, 살이 베이는 통증이 퍼져나갔다. 이마부터 왼쪽 볼까지 피가 줄줄 흘러내렸다.

고통이 극심할 텐데도 이를 악문 채 신음을 삼키는 도종을 내려다보는 사내들은 기가 막힌지 고개를 젓다, 목적을 되새긴 듯 사납게 윽박질렀다.

"이건 시작이다. 내일은 네 눈을 파낼 것이다. 그래도 입을 다물면 귀를 하나씩 자를 거고 그다음은 그 잘난 코와 손가락들이 되겠지. 그렇게 하나씩 잘라내어 붓을 쥘 오른손과 혀만 남겨놓고라도 네게서 바른 소리를 꺼낼 것이다. 그때 후회해도 돌이킬 수 없다."

옆에 선 수하들이 움츠릴 정도로 살벌하게 협박한 그는 등을 돌려 나갔다.

눈치를 보던 사내들은 목숨줄은 붙여놔야 한다는 명을 떠올리며 재갈을 물린 뒤 도종을 풀어 바닥에 엎드려 눕혔다. 문에 자물쇠가 채워지는 소리와 함께 발소리도 멀어졌다.

오늘은 끝났구나 하는 안도감이 찾아왔다. 동시에 내일 눈이 파이는 고통을 버텨낼 수 있을지, 회의와 두려움이 밀려왔지만 그는 해류와 여진을 떠올리며 용기를 냈다. 어차피 실성 마립간과 함께 떠났어야 할 운명이다. 딸을 위해 죽으면 의미라도 있겠지.

고맙게도 가물가물 다시 정신이 멀어지면서 통증도 흐려지기 시작했다. 도종은 삶에 대한 미련을 버리려 애쓰며 의식을 놓았다.

철커덩. 끼이익.

소음이 도종을 감싼 무의식의 축복을 찢었다. 이대로 눈을 감고 모든 걸 무시하고 싶었지만 몸에 밴 무사의 본능은 그를 깨워 귀를 곤두세우게 했다. 정신이 맑아지자 통증이 해일처럼 밀려왔다. 이를 악물고 신음을 누르며 그는 소리의 진원지에 경계를 바짝 세웠다.

예상대로 문이 열리는 소리에 이어 살금살금 숨죽인 발소리가 그에게 다가왔다.

죽음, 혹은 눈알이 뽑히는 격통을 예상하며 잔뜩 긴장하던 도종은 의아해졌다. 그를 붙잡아 고신하는 자들이 밤손님처럼 기척을 줄일 이유가 없었다.

혹시?

희망을 느낀 맥동이 빨라졌다. 다가온 그림자는 기대대로 그를 일으키려고 했다. 어깨에 손이 닿자 억제할 사이도 없이 비명이 터져 나오려 했다. 상대는 도종의 움찔거림을 느끼자마자 민첩하게 입을 틀어막았다. 어둠 속에서도 침묵하라는 다급한 신호를 감지할 수 있었다. 어차피 재갈이 물려 있어 소리를 낼 수 없던 도종은 고개를 한 번 끄덕했다.

뜻이 닿았는지 상대는 입을 틀어막은 손을 내리고 팔다리를 묶은 밧줄과 재갈을 풀어줬다. 그리고 다급하게 그를 일으켜 세웠다. 아까는 일부러 힘을 빼 사지를 축 늘어뜨렸지 실은 운신 못 할 정도까진 아니었다. 더 심한 부상이나 극한 상황을 여러 번 겪었던 도종은 후들거리는 다리에 힘을 줬다. 곁부축을 받으니 그럭저럭 움직일 만했다.

예상외로 멀쩡한 그의 상태를 감지한 듯 상대가 귀에 바짝 대고 아주 작게 속삭였다.

"말을 탈 수 있겠습니까?"

"충분히."

대답을 들은 사내는 도종을 밖으로 안내했다.

도종이 달아날 상태가 아니라 여겼는지 창고 주변에 경비는 없었다. 혹시라도 오가는 자들이나 바깥에서 보초를 서는 자들을 피해 담벼락의 그늘에 몸을 숨겨가며 조심조심 움직였다. 도종을 구하러 온 자는 내부의 구조를 잘 아는 듯 요리조리 으슥한 곳을 따라 걸었다.

큰 저택의 담장을 따라 돌아 마침내 노예들이 드나드는 쪽문에 도달했다. 숨을 죽여 문을 열자 바로 앞 나무에 과하마 한 마리가 묶여 있었다.

"저걸 타고 피하십시오. 안장주머니에 옷과 은자를 넣어놨습니다."

"은인께서는요?"

"전 괜찮습니다. 꾸물거리지 말고 이걸 갖고 빨리 떠나시오."

어둠 속의 사내는 손에 장도도 한 자루 쥐여주며 그를 떠밀었다. 숨찬 재촉에 도종은 고통을 참으면서 말에 올랐다.

도종은 과거의 고통을 주문처럼 떠올렸다. 백제와 전쟁 때 어깨에 화살을 맞고도 고비를 놓지 않고 포위를 돌파했다. 가야와 왜의 연합군과 싸움에선 옆구리를 창에 찔렸음에도 살아남았다. 채찍 세례로 얻은 이깟 상처 따위에 무너지면 안 된다.

벌써 돌아서 문을 닫고 사라진 사내에게 마음으로 인사한 뒤 그는 어둠 속으로 내달렸다.

"사당에 물건을 대는 상단들을 전부 뒤져봤는데 다들 최소한 십여 년 이상 된 곳들이라 특별히 변한 것은 찾아내지 못했습니다. 거래 물목이나 규모가 갑자기 늘거나 주는 경우도 면밀히 살폈으나 그 역시 통상적인 수준이었습니다."

정리해 올린 목록을 살피는 태왕에게 면목이 없어 계마로가 고개를 숙였다.

"단주며 그 바로 아래 수하들도 최근에 들고 나거나 변한 것이 없었습니다."

실마리를 찾아가는가 싶었다가 다시 벽에 부딪힌 추적. 거기다 석도종도 하늘로 솟았는지 땅으로 꺼졌는지 도무지 흔적을 찾을 수가 없었다. 피곤한 듯 관자놀이를 누르는 태왕의 모습이 제 무능함을 질책하는 것처럼 느껴졌다.

또 밤을 새우신 모양이구나. 풀어야 할 난제가 있으면 잠을 이루지 못하고 해결책을 찾아 머리를 싸매는 것이 태왕의 오랜 습관이었다. 잠깐의 방심으로 보연이 암살당하는 걸 막지 못해서 쉽게 풀 일을 꼬았다는 자책감에 을밀은 지치고 날 선 태왕의 눈치만 살폈다.

눈 한번 붙이지 않고 밤을 꼬박 새운 것은 사실이지만 이유는 을밀이나 계마로가 추측하는 것과 달랐다. 태왕은 어제 해류와의 설전을 떠올리고 있었다.

태왕이 왕후궁 주변을 철저하게 통제하고 있다는 사실을 안 해류는 강하게 반발했지만 그의 간절한 요청에 결국 수그러들었다. 그렇게 납득하고 받아들인 것으로 믿었지만 아니었다.

그의 입장에선 소중한 왕후를 철통같이 보호하는 것이지만, 해류의 입장에선 연금이나 다름없는 상황. 더 견딜 수 없었던 해류는 다시 그의 명령을 철회해달라고 요구해왔다.

"폐하, 그만 저를 둘러싼 장벽을 치워주십시오."

화기애애하니, 해류와 마주해 모처럼 느긋한 저녁 시간을 즐기던 참이었다. 태왕은 기분 상한 티를 내면서 술잔을 탁 내려놨다.

"그 얘기는 일전에 끝난 것이 아니었소?"

"폐하께서 너무 염려가 크신 것 같아 진정되시길 기다리려 물러섰습니다. 그런데 평소 모습으로 돌아오지 않고 계속 그러시니 다시 말씀을 올리는 것입니다. 왕후궁에 내린 금족령과 금언령을 철회해주십시오."

그가 그녀의 안위에 얼마나 애면글면하는지 알고 있으면서 왜 이러는지. 이 순간 해류가 참으로 야속했다. 늘 감사하던 그녀의 대범함도 원망스러웠다.

"죽을 고비를 숱하게 넘기고 온갖 험한 일을 겪지 않았소. 더 이상 그대를 다치지 않게 하려는 내 마음을 왜 알아주지 않는 거요?"

"왕궁 안에만 머무는 제게 무슨 위해가 있겠습니까. 바깥을 마음대로 출입하게 해달라는 것도 아니고, 그저 전처럼 밖과 교류하면서 왕후로서 제 소임을 할 수 있도록 해달라는 것이 무리한 부탁인지요?"

구구절절 틀리지 않은 소리라 잠깐 말문이 막혔다. 이성은 이 정도면 안전하다는 걸 알지만 해류를 잃을 뻔했던 두 번의 경험이 그의 여유를 갉아먹고 초조하게 했다. 태왕은 다급하게 기억을 더듬어 얼른 해류가 좋아할 만한 일을 찾아냈다.

"조만간 북하로 내려가 수군들을 살필 예정인데 그들도 왕후가 직접 수놓은 깃발을 오매불망 기대하고 있을 거요. 그리고, 그래. 정 무료하면 일자를 왕궁의 관천대로 불러 천문을 배우면 어떨지? 사내라면 일자로 출사해서 별을 살피는 일을 하였겠다고 하지 않았소. 말이 나온 김에 내일이라도 당장 들라고 하지. 그대는 언제든지 관천대에 오르는 걸 허락하라는 왕명을 내리겠소."

해류는 한숨을 삼켰다. 벽과 대화하는 느낌이었다. 태왕이 그 나름의 최선을 다해주는 건 알 수 있었다. 안타깝지만 그가 주려는 것은 그녀가 원하는 게 아니었다.

"폐하, 저는 제 두 발로 서서 제 힘으로 걸어온 사람입니다. 제가 폐하만 애타게 바라보고 폐하의 일거수일투족에 울고 웃으며 의지만 했다면 과연 저를 쳐다보셨겠습니까?"

그의 언행 하나하나에 일희일비하며 그만 바라보던 한 여인이 떠올랐다. 그가 없으면 안 되는 사람이니 감내해야 한다고 수없이 되뇌며 자신을 다독였던 기억도.

그래서 정반대인 해류가 신기했다. 스스로 우뚝 서서 자기 자리를 만들고 지키는 사람. 처음엔 신선하고 놀라웠고 나중에는 경탄했다. 해류에게 향한 마음의 출발은 그런 강하고 독립적인 면이었다.

정곡을 찌르는 공격에 그가 해류의 시선을 피했다.

"지금까지 내가 원하지 않는 것은 기꺼이 다 포기해주지 않았소."

"예. 폐하가 원하시는 것은 따라드렸지요. 그런데 폐하, 그건 제가 보기에도 마땅하다고 여겼기에 그런 것입니다."

해류는 태왕의 뜻에 따라 포기했다고 그가 믿는 것들을 조목조목 읊어줬다.

"폐위당해 어머니와 떠날 뜻을 버리고 폐하 곁에 남겠다고 한 것은 제가 폐하를 은애하고, 또 부부로 연을 맺었으니 그래야 한다고 생각했기 때문입니다. 장사도 그랬습니다. 제 지위는 티끌만큼도 이용하지 않더라도 어떻든 왕후가 사적으로 재물을 모으는 건 아름답지 않은 모양새지요. 모범을 보여야 하는 왕후가 유명무실한 규율이지만 청빈해야 하는 신녀들을 동원해 부를 얻는 것은 옳지 않다고 판단해 접었습니다. 다른 소소한 것들도 진심으로 수긍하였기에 따른 것이고요."

해류는 태왕을 사로잡았던, 여전히 매혹적인 동시에 조금만 덜하였으면 싶은 결기를 여지없이 드러냈다.

"그런데 이건 아닙니다. 제례 때 폐하 옆에 서서 꽃처럼 미소를 짓고 자리만 지키는 것이 왕후일지요? 제 책무를 제대로 하려면 궁관들을 통해 바깥의 시정이며 세상 돌아가는 얘기를 들으며 흐름을 챙겨야 합니다. 폐하께서 맡겨주신 계루부 상단의 감독 문제는 특히 그렇습니다. 그런데 폐하의 명으로 눈, 귀가 가려진 요즘은 제대로 판단도 할 수 없어 매번 그리하거라, 그 대답만 앵무새처럼 하고 있습니다."

당장이라도 입을 다물라는 호통을 들어도 할 말이 없는 거침없는 토로였다. 태왕이 침묵을 지키는 것에 용기를 얻어 해류는 내친김에 품었던 불만을 모두 털어났다.

"어린 날 품었다 스러진 연모가 다시 살아난 게 언제였는지 아시나요? 바로 평양성으로 원행을 가시면서 제게 투석전을 포함해 왕궁의 대소사를 맡겨주셨을 때였습니다. 이분이 나를 신뢰하는구나, 전심전력으로 그 기대에 보답해야겠다고 결심하던 제 가슴이 얼마나 뛰었었는데요. 그런데 작금의 이 상황은 무엇인지요?"

해류는 말수가 적었다. 술이 들어가지 않는 한 교태도 별반 없었고 꼭 필요한 얘기 이외에는 거의 하지 않았다. 이렇게 자신의 감정을 길게 고백하는 건 좀처럼 드문 일이었다.

홀린 듯이 해류의 입만 바라보는 태왕의 흉중은 아수라장이었다. 이 영민한 여인의 손발을 묶어 갑갑하게 만든 미안함, 그럼에도 떨쳐지지 않고 날로 진득해지는 두려움, 이런 자신의 불안감을 알아주지 않는 해류에 대한 야속함이 치열하게 싸우고 있었다.

갈등을 누르느라 무표정해진 것을 거부라고 느낀 해류의 음성이 젖어들어갔다.

"천신이 도우셔서 제가 왕후가 되고서 폐하가 직접 출정하시는 일이 아직 없었지만 언제까지 이럴 수 없겠지요. 다른 원행 때와 비교할 수 없이 큰 권한을 갖고 폐하를 대신해서 제가 챙겨야 할 중대사들도 있을 것입니다. 연금된 것과 다름없어 세상 돌아가는 일이며 아무 물정도 모르는 왕후가 무엇을 할 수 있을까요? 궁인들은 물론이고 중신들에게 제 영이 서겠습니까?"

연모했기에 그를 편안하게 해주고 싶었고 힘껏 도우려고 노력해왔다. 그렇지만 그를 위해서라고 해도 자신을 송두리째 버릴 수는 없었다. 아무리 믿고 사모하는 이여도 온실 속에 갇혀 무력하게 사는 건 싫었다. 결국은 그녀 자신뿐 아니라 태왕까지 힘들게 할 미래가 손에 잡힐 듯이 그려졌다.

"오래지 않은 과거에, 제가 폐하를 신뢰하지 않는다고 크게 진노하셨던 적이 있지요. 지금 저는 그때 폐하께서 어떤 마음이셨을지 비로소 알 것 같습니다. 그래서 몹시 죄송스러운 동시에 그 아픔을 제게 주시는 폐하께 화가 납니다."

목이 화끈거렸다. 감정에 북받쳐 눈물이라도 흐를까 봐 볼살을 꼭 깨물며 해류는 그를 마주 봤다. 그의 격노, 혹은 벌까지도 받을 각오를 단단히 하며 가지고 있는 모든 용기를 끌어모았다.

"폐하께선 지금 몹쓸 병이 들어 계세요. 지어미 된 자가 어찌 지아비이자 고구려의 태왕께서 병드신 것을 보며 손을 놓을 수 있겠습니까. 폐하, 전 언제나 폐하의 여인이고 이 자리에 있습니다. 하늘이 무너질까 하는 기우는 떨치시고 그 명을 거둬주시기 전에는 송구하옵니다만, 폐하를 전과 같은 마음으로 모시지 못할 것 같습니다."

목석처럼 미동도 않던 태왕이 부르르 경련하는 게 느껴졌다. 그녀를 질타하는 고성이 터져 나올 걸 기다리며 잔뜩 긴장했다.

그는 광랑한 눈으로 그녀를 노려보는 것으로 자신을 다스렸다. 서슬 퍼렇게 타오르는 안광은 그가 얼마나 격노했는지 여실히 보여줬다.

태왕의 가슴에서도 터뜨리지 못하는 수많은 항변이 소용돌이치고 있었다. 자신답지 않다는 건 그 스스로 제일 잘 알았다. 남이 이러는 걸 봤다면 광증에 가깝다고 비웃을 정도라는 것도.

문제는 해류가 얽히면 이성은 멀리 달아나고 자제가 되지 않는다는 것이다. 완벽하게 지켜주고픈데 계속 틈을 비집고 그녀를 앗아가려는 위협이 소름 끼치게 두려웠다.

그의 왕후가 되는 바람에 죽을 고비를 여러 번 넘긴 것도 모자라 아기를 잃고 회복하기 힘든 상흔까지 남았다. 아이를 가지기 힘들게 됐다는 걸 알면…….

그도 아직 완전히 감당하지 못하는 비극을 해류에게 알릴 수 없었다. 그걸 입 밖에 내면 해류를 지옥으로 밀어 넣는 것. 방심하고 제대로 지켜주지 못해서 해류가 이리됐다는 죄책감을 감당하는 것도 힘겨웠다. 눈에 넣어도 아프지 않을 반려를 슬프게 하는 것보단 미움을 받는 게 나았다. 그리 생각함에도 자신의 애타는 심정과 불안, 절박감을 알아주지 않는 해류에게 화가 났다.

태왕은 그대로 일어나 왕후궁을 나왔다.

찬바람이 쌩쌩 도는 그의 뒷모습에 왕후궁 궁인들의 눈에 근심이 서렸지만 버선발로 쫓아 나와 태왕을 붙잡아야 할 왕후는 꼼짝도 하지 않았다.

그렇게 침전으로 돌아온 태왕은 눈 한번 붙이지 못하고 밤을 꼬박 새웠다.

화를 내고 나왔으면서도 은근히 기대했다. 흥분이 가라앉은 해류가 찾아와 저번처럼 화해를 청해주지 않을까. 그러면 '그대는 이 고구려의 왕후이니 어떤 일이 있어도, 어떤 소리를 들어도 절대 흔들리지 마시오. 그대가 흔들리면 나도 흔들립니다.'라고 달래며 못 이기는 척 받아줘야겠다.

근사한 당부까지 준비하며 기다렸건만. 기대가 무색하게 새벽이 지나 해가 중천에 뜰 때까지도 해류는 끝내 오지 않았다.

시간이 되자 의관을 정제하고 정전으로 나가 조회를 했다. 편전으로 돌아와 보고를 듣고 정무를 챙겼다. 최소한 표정이며 태도는 몸에 밴 습관대로 평온하게 유지하고 있었다.

덕분에 내밀한 침전의 다툼을 모르는 신하들은 태왕의 의식이 반쯤 붕 떠서 날아다니는 걸 몰랐다. 그를 오래 지근에서 지킨 을밀이나 계마로 정도만 산재한 난제들로 고심이 깊어 잠을 설치셨나 보다 짐작할 따름이었다.

제 입만 바라보는 을밀과 계마로의 시선에 태왕은 해류를 잠시 머리에서 지웠다. 어젯밤 해류와 함께 그를 불면하게 했던, 가장 시급한 문제에 집중했다.

"사당의 상단 중에 태후궁과 연관된 곳들을 추려내라. 그리고 태후께서 사당에 있을 때 어떤 소임을 맡았는지, 특히 약재와 관련된 부분을 면밀하게 추적해보도록 해라."

"예에!"

늘 반쯤 감은 듯 가는 계마로의 눈이 튀어나올 듯 휘둥그레졌다. 담담한 분노와 애수가 어린 태왕의 눈을 마주하며 을밀은 수긍의 한숨을 흘렸다.

태왕은 을밀이 회피하던 정곡을 찌르고 있었다. 등잔 밑이 어둡다는 보연의 충고에 그도 반사적으로 태후를 떠올렸다. 고위 귀족 출신으로 사당에서 중임을 맡았다가 환속한 신녀. 인정하고 싶지 않지만 모든 정황은 태후를 가리키고 있었다. 그동안 짐작도 못 했다는 게 솔직히 희한할 정도였다.

지극정성으로 태왕 폐하를 모시고 지켜온 분이 왜 그러셨을까. 폐하께서 얼마나 배신감이 크실지. 태왕이 밤잠을 설친 게 당연했다. 쓸쓸함과 설명할 수 없는 복잡다단한 감정이 그를 휘감았다. 그래도 혹시나 하는, 아니었으면 하는 일말의 기대를 버리고 싶지 않았다. 태후를 친어머니처럼 모셔온 태왕 역시 같은 심정일 게 자명했다.

여전히 믿고 싶지 않은 을밀과 달리 태왕은 망설임을 다 덜어낸 듯했다. 잘 벼린 칼처럼 날 선 음성이 공간을 채웠다.

"계마로는 태후를 중심으로 누가 어떻게 연결되어 있는지 조사에 착수하고 을밀은 왕후의 모친과 그 주변을 잘 지켜라. 아주 작은 방심이나 실수도 있어선 안 될 것이다."

"예. 폐하."

"어명을 받들겠나이다."

고개를 조아리면서 계마로는 찰나간이었지만 태왕과 을밀이 교감하는 걸 감지했다. 분명 두 사람은 그가 모르는 무엇인가를 공유하고 있었다. 가슴 한구석에 서운한 감정이 슬쩍 일었다.

을밀은 태왕이 태어났을 때부터 곁을 지켜온 충신. 태왕을 가까이 모시게 된 지 10년 남짓인 그와 비교할 수 없었다. 스미는 소외감을 정리한 그는 태후를 파헤쳐야 하는 문제에 몰두하기로 했다.

때가 되면 알려주겠지. 아니면 제가 몰라도 되는 것이든지.

"마님, 자수를 가져다주고 왔습니다. 품삯으로 받은 곡식과 건어물은 부엌 광에 넣어놨어요. 지금 밥을 지을까요?"

"수고했다. 난 해가 질 때까지 베를 짜려고 하니 너는 그만 돌아가보렴."

베틀에서 내려오지도 않고 쉴 새 없이 바디[25]를 놀리는 여진을 지켜보던 나릅이 조심스럽게 입을 뗐다.

---

25 베틀에서 짜는 천을 촘촘하게 밀어주는 도구

"그런데, 마님. 왕후 폐하를 두고 이상한 소문이 도는데…… 혹시 들으셨는지요?"

여진의 손에 잡혀 있는 바디가 멈췄다가 다시 빠르게 움직였다.

"무슨 소문이길래?"

"그것이…… 예전에…… 마님께서 신라에서 오신 나리와 정을 통해서 왕후 폐하를 낳으셨다고……."

"그 무슨 말도 안 되는 소리야! 내가 누구와 어쨌다고?"

여진의 쨍쨍한 일갈에 나릅이 움찔했다. 과거에 여진과 도종의 사연을 기억하는 나릅은 걱정으로 밤잠도 설치다가 가까스로 입 밖에 내어본 것이었다. 저리 파르르 떨며 노여워하는 여진을 보니 공연히 심기를 건드린 게 아닌가 후회스러웠다.

"용서하세요, 마님. 누가 그런 얘기가 떠돈다면서 묻길래 그만. 저도 그런 일은 전혀 없다고, 말도 안 되는 소리라고 딱 잘랐습니다."

"네게 옛일을 물었다고?"

여진의 놀란 가슴에 공포가 스며들었다.

"누가? 뭐라고 하더냐?"

"약모리에게 비단을 사러 온 심부름꾼이요. 안면도 별로 없던 하녀인데 공연히 친한 척을 하더니 왕후 폐하가 속민의 핏줄이란 소문을 얘기하면서 정말 마님이 그때 국내성에 있던 신라 질자와 연분이 있었냐고……."

귀가 웽웽거리면서 머리가 어질거렸다.

막연한 신라인에서 이제는 신라 질자. 저들은 도종의 정체를 확실하게 알고 있다. 해류를 해치려는 자들의 그물이 조여오는 게 느껴졌다.

도종을 멀리 떠나보낸 것으로 마무리되었다고 믿었건만, 나릅의 얘기를 듣고 보니 그건 손바닥으로 하늘 가리기였다. 작정하면 당장 눈앞의 나릅부터 시작해서 그녀와 도종의 관계를 기억하는 이를 얼마든지 찾아낼 수 있었다. 그들 모두가 나릅처럼 충성스럽다는 보장도 없었다.

절대 벗어날 수 없는 깊은 함정에 빠진 느낌. 하늘이 무너진 듯 아득했다.

핏기가 사라져 시체처럼 창백해진 여진을 보고 나릅이 호들갑을 떨었다.

"아이고, 마님. 왜 갑자기! 잠시만요."

여진이 당장이라도 쓰러질 것 같아 나릅은 부엌으로 가서 물을 한 사발 떠 왔다.

"자 마님, 천천히 마시세요. 의원을 불러올까요?"

어떻게든 정신을 차리려고 물을 한 모금 마시자 걷잡을 수 없이 뛰던 맥동이 조금 잦아들었다. 당장이라도 터질 듯한 가슴을 두드려 갑갑함을 덜어내며 여진은 물 그릇을 나릅에게 돌려줬다.

"괜찮다."

"그래도 의원을 부르는 것이…… 너무 창백하세요."

"정말 괜찮아."

여진은 아주 어린 소녀일 때부터 한시도 제 곁을 떠나지 않고 지켜줬던 나릅을 애틋하게 응시했다. 속량도 포기하고 남아준 고맙고 든든한 벗. 짧은 순간 결단을 내린 여진은 베틀에서 일어나 옆에 둔 궤짝을 열었다. 갑자기 왜 저러시나, 의아하게 바라보는 나릅에게, 비밀리에 돌려받은 마지막 패물이 든 낡은 주머니를 건넸다.

"다 변변찮은 것이지만 이건 네가 가지면 좋겠구나."

주머니에 든 것이 무엇인지 아는 나릅이 펄쩍 뛰었다.

"아이고, 마님. 이걸 제게 주시다니요! 아기씨 때부터 아끼시던 것들인데요."

"그래서 주는 거야. 네 딸아이나 며느리에게 하나씩 나눠줘도 좋고, 얼마 되진 않겠지만 필요하면 팔아서 쓰렴. 네게는 고마운 것이 정말 태산처럼 많다."

"제 서방과 아이들을 노예 신분에서 풀어주신 것만 해도 갚지 못할 은혜인걸요. 어찌 그런 말씀을 하세요. 이건 해류 아가씨, 아니 왕후 폐하께 드려야지요."

"왕후 폐하가 쓰시기엔 초라하지 않니. 그러니까 받거라."

"그래도 제가 어찌……."

"주인이 말하면 냉큼 알겠습니다, 할 것이지 무슨 잡소리가 이리 많으냐! 내가 이리 영락했다고 너까지 나를 우습게 보는 것이니?"

여진의 서슬에 나릅이 얼른 수그러들었다.

"아이고, 아닙니다. 그럴 리가요. 제가 잘못했습니다, 마님. 잘 두었다가 말씀대로 아들 녀석이 장가들 때 며느리에게도 주고 딸들에게도 나눠줄게요."

"그래. 잘 쓰도록 해라. 그만 가보렴."

왠지 모를 불안감에 떠나고 싶지 않았지만 여진의 재촉에 나릅은 할 수 없이 엉덩이를 일으켰다.

"그럼 마님, 내일 뵐게요. 끼니 거르지 마시고 저녁은 꼭 드세요. 침장에 말린 노루고기를 절여놨습니다."

"알겠다, 어서 가보거라."

다시 베틀에 앉아 철커덩거리며 비단을 짜는 여진을 한참 바라보다가 나릅은 떨어지지 않는 발걸음을 뗐다.

나릅이 돌아간 것이 확실해지자 여진은 일어나 지필묵을 꺼냈다. 공들여 먹을 갈면서 조금 아까 떠오른, 제가 해야 할 일을 천천히 정리했다.

해류를 해치려는 자들은 아주 집요했다. 수십 년 전의 일까지 샅샅이 뒤져 도종이 그녀의 연인이었다는 걸 알아냈을 정도라면 증거나 다른 증인을 찾아내는 건 시간문제였다. 그건 곧바로 해류의 목을 조를 올가미가 될 터였다.

이 땅에서 가장 비천한 노예도 속민의 딸이 고구려의 왕후인 것은 용납하지 않았다. 최고로 잘 수습되어봤자 후궁으로 떨어지는 게 고작일 터. 차라리 죽으면 죽었지 그림자처럼 숙여 살 수 있는 아이가 아니었다. 해류는 결코 그런 대접을 받아선 안 되었다.

이 고리를 끊을 수 있는 건 나뿐이다.

먹을 다 간 후 여진은 종이를 펼쳤다. 머릿속에서 정리한 문장을 단숨에 써 내려갔다. 삶에 대한 몹쓸 미련이 발목을 잡기 전에 마무리를 지어야 했다.

태왕 폐하의 하해와 같은 성은으로 비천한 목숨을 보전한 명림두지의 내자 여진이 삼가 아뢰옵니다.

폐하께 불충했던 지아비가 마땅한 중벌을 받아 세상을 떠난 후 왕후 폐하를 음해하려는 자들이 소인이 사통하여 왕후 폐하를 낳았다는, 차마 입에 담을 수 없는 추문을 퍼뜨려 저뿐 아니라 두 분 폐하까지 능멸하고 있습니다.

무지하고 힘없는 여인이 그 억울함을 풀 길이 없어 죽음으로 제 무고함을 증명하려 합니다.

부디 소인의 무죄를 밝혀주시고 태평성대를 이루며 왕후 폐하와 만수무강하시옵소서.

진하게 갈았음에도 질 낮은 거친 종이에서 먹은 눈물처럼 번져나갔다. 통곡하는 그녀의 심정을 대변하는 것 같았다. 먹이 마른 것을 확인한 뒤 여진은 유언이자 호소문을 봉투에 넣어 탁자 한가운데 올려놨다.

내일 나릅이 이걸 보면 약모리에게 가져가겠지. 왕궁에 연통을 보내면 폐하께서 보시고 알아서 조치해주실 것이다. 설령 차질이 생겨 전달되지 않는다고 해도 내가 죽고 없어지면 다 정리되는 것이니.

여진은 서찰만 남기고 탁자 위를 말끔히 치웠다. 방과 부엌도 아침에 나릅이 청소해두어 말끔했다. 이 정도면 누가 봐도 책잡힐 것 없다는 확신이 서자 여진은 가장 깔끔한 옷으로 갈아입었다.

이제 돌아올 일 없는 곳. 부모를 잃은 이후 가장 마음 편하게 살았던 안식처에 작별을 고하며 성문으로 향했다.

그녀의 목적지는 마자수였다. 약모리나 나릅에게 흉한 시신을 수습하는 폐까지 끼치고 싶지 않았다. 멀리 바다까지 흘러가 사라지고 싶었다.

귀신에 홀린 듯 비척거리며 걷는 그녀를 지나가는 사람들이 한 번씩 돌아봤지만 여진은 전혀 의식하지 못했다. 용기가 사라지기 전에 빨리 생을 끝내려고 밭은 걸음으로 국내성을 벗어났다. 한 가지 목적에 몰입해 강으로 부지런히 걸어가느라 제 뒤를 밟는 기척을 알아채지 못했다. 멀리서 물비린내와 급류가 흐르는 소리가 들리자 여진은 달리기 시작했다.

겨우 다잡은 이 결심이 흐려지기 전에 끝을 내야 한다.

오로지 그 생각뿐이었다. 그때 뒤에서 다급하게 쫓아오는 소리가 들렸다.

해류를 해치려는 자들이 나를 잡으려고 쫓아왔구나.

공포가 여진의 다리를 재촉했다. 숨이 턱에 닿았지만 그녀는 이를 악물고 달렸다. 딱 한두 발짝만 더 디디면 끝낼 수 있었다. 눈을 질끈 감고 낭떠러지에서 뛰어내리려는 찰나, 바로 등 뒤에서 뻗어온 팔이 그녀의 허리를 잡아챘다.

"놔! 놓아라!"

내가 살아 있으면 해류가 죽는다. 그 절박감에 여진은 힘껏 몸부림쳤지만 건장한 사내의 기운을 당해낼 순 없었다. 그녀를 잡은 팔은 여진을 벼랑 끝에서 안쪽으로 가볍게 끌고 갔다.

"여진! 그만둬. 무슨 짓이야."

낯설면서도 익숙한 음성에 여진의 저항이 약해졌다. 자신을 끌어안은 상대의 팔 힘이 조금 약해진 틈을 타서 그녀는 고개를 돌렸다.

"도종……."

목소리는 분명 도종인데 눈앞의 모습이 잠깐 낯설었다. 눈에 들어온 것은 왼쪽 이마부터 볼까지 길게 베인 상처에다 흐트러져 엉망인 머리에 넝마를 걸친 추레한 사내. 언제나 단정하고 해사하던 모습은 간데없었다.

"어찌? 여기에? 왜?"

띄엄띄엄, 맥락 없이 이어지는 질문을 도종은 정연하게 답해줬다.

"나를 핍박해 토설을 받으려는 자들에게 잡혔다가 겨우 도망쳤다. 아무래도 그 자들이 너도 노릴 것 같아서 네 집 주변에 숨어 지켜보고 있었어."

"……."

여진의 눈시울이 뜨거워졌다. 심한 상흔에 놀라 미처 보지 못했던 곳곳의 피멍이며, 퉁퉁 부은 입술이 엉망으로 터진 것도 뒤늦게 들어왔다.

딸을 위해서긴 하지만 도종에게 어마어마한 희생을 요구했다. 무위가 뛰어난 그를 쫓아 잡아 가둘 정도라면 범상한 자들이 아니었다. 달아난 도종을 눈에 불을 켜고 찾고 있을 터. 다시 잡히면 목숨이 위험할 수 있음에도 그녀를 위해 사지나 다름없는 국내성으로 돌아온 거였다.

여진은 결국 눈물을 참지 못했다.

"……미안해. 정말로…… 나 때문에……."

"너 때문만은 아니니 그리 울 필요는 없다."

바닥에 주저앉아 눈물을 비처럼 흘리면서 여진은 마지막으로 남았던 모든 원망과 미련을 다 흘려보냈다.

"날 지켜줄 필요가 없으니까 당신이라도…… 멀리 달아나."

"지켜줄 필요가 없다고?"

"나만 없어지면 그 소문도 사라질 테니……."

"기어이 죽겠다고? 자식과 내 가슴에 대못을 박고?"

"내가 살아 있으면 그 아이를 진창으로 끌고 들어갈 족쇄가 돼."

여진은 젖은 얼굴을 들어 처연한 미소를 보냈다.

"어미인데도 딸에게 응석을 부렸어. 세상에 단둘뿐인 모녀니 당연하다고 생각하며 내 아이의 어깨에 기대며 살았지. 그 아이도 나 못지않게 고단하고 힘든 걸 알면서도…… 이제라도 내 딸을 자유롭게 날려 보내줘야 해."

비척비척 다시 절벽으로 걸어가려는 여진의 팔을 도종이 멍이 들도록 꽉 움켜잡았다.

"너 혼자 편한 거겠지. 네가 이렇게 목숨을 끊은 걸 알면 그 아이가 네 소원대로 마음 편히 살 수 있을 것 같아? 고작 서너 번 만나본 나도 단언할 수 있다. 네 딸은 너를 희생시켰단 죄책감에 평생 가슴이 멍든 채로 살아갈 거다. 그렇게 만들겠다고?"

"그럼 나더러 어쩌라고!"

발악하듯 외치는 것과 동시에 어느새 달려왔는지 숨을 몰아쉬며 을밀이 여진의 앞을 가로막았다.

"석공의 말이 옳습니다. 자진은 답이 아닙니다."

"아니, 대모달이 어찌 여기에……."

을밀은 손을 들어 수하들을 멀찌감치 물렸다. 대화가 들리지 않을 정도로 호위들이 충분히 떨어지자 그는 여진에게 작은 꾸러미를 하나 내밀었다.

"폐하께서 부인의 누명을 벗겨주실 겁니다. 얼마 되지 않지만 이걸 갖고 남쪽으로 내려가 몸을 숨기십시오."

"하면……?"

여진이 무엇을 묻는지 을밀은 바로 알아들었다.

"당연히 왕후 폐하께서는 부인께서 멀리 피하여서 잘 계신다는 걸 알려드려야지요. 그래야 그분도 편히 계실 것 아닙니까."

"……그렇군요."

여진은 고개를 끄덕였다. 생각지 못한 새로운 길이었다.

어디든 숨어 베를 짜서 팔아도 내 입에 풀칠은 할 수 있고 그것도 어려우면 고용된 직인이 되어도 된다.

어릴 때부터 해류는 입버릇처럼 둘이 함께 멀리 가자고, 어차피 두지는 재산만 자기 손에 있으면 굳이 찾지 않을 거라고 했다. 진즉 그 말을 들었으면 좋았을 것을. 그랬다면 해류가 왕후는 되지는 못했겠지만 적당한 배필을 만나 일가를 이루고 편히 살 수 있었다. 그리 못 한 것이 땅을 치고 싶도록 후회스러웠다.

마땅히 해야 할 일을 제때 하지 못한 회한은 한 번이면 족하다. 그녀는 을밀이 내미는 보퉁이를 받아 안았다.

"태왕 폐하께…… 성은이 망극하다고, 어디서든 내 한 입 풀칠하며 건사할 재주는 있으니 절대 제 염려는 마시라고 왕후 폐하께 전해주십시오."

부모의 유산을 두지에게 줄 수 없다는 건 핑계였다. 험한 세상에 나와 해류와 고생할 것이 두려웠다. 가진 재주로 두 몸쯤은 얼마든지 연명할 수 있었는데. 그 어린 해류는 할 수 있다는 걸 왜 나는 안 하려고 했는지.

이제라도 하면 된다고 자신을 추스르며 여진은 다부진 표정으로 일어섰다.

"그럼 곧바로 떠나겠습니다. 제가 여기서 지체할수록 두 분 폐하께 폐만 될 것입니다."

"금방 어두워질 터인데 오늘 밤에 유숙하실 가까운 마을까지만이라도 저희가 호위해드리면 안 될지요?"

괜찮다고 사양하려는데 을밀과의 대화를 지켜보고 있던 도종이 끼어들었다.

"내가 함께 가면 안 될까?"

"뭐?"

"예?"

도종의 존재를 잠시 잊고 있던 을밀과 여진의 얼굴이 동시에 그에게로 돌아갔다.

타인 앞에서 옛 인연을 들추는 게 쑥스러운지 잠시 머뭇거리던 도종이 숨을 한 번 크게 삼키더니 말을 이었다.

"끊어져버린 연을 다시 이으려는 사심 같은 것은 티끌만큼도 없다. 그냥 호위를 고용했다고 생각해주고 동행만 하게 해줘. 당신 혼자 사라지면 왕후 폐하의 심려가 크겠지만 안전해질 때까지 곁에서 신변을 지켜줄 사람이 있다면 아주 조금은 걱정이 덜어지겠지. 당신을 위해서도 나를 위해서도 아니고 그분을 위해서, 당분간만이라도 동행하도록 해다오."

가만히 도종의 제안을 듣고 있던 을밀도 옳다구나 싶은지 거들었다.

"석공의 말이 옳습니다. 보는 눈이 많아 저희는 멀리까지 호위를 해드릴 수 없습니다. 먼 길을 가시려면 혼자보다는 석공을 동반하시는 것이 안전하실 겁니다. 부인께서 평안하셔야 왕후 폐하께서도 편히 지내실 수 있습니다."

을밀은 여진이 절대 거부할 수 없는 주문을 휘둘렀다.

"왕후 폐하를 위해서 부디 그리해주십시오."

하아. 여진은 짙은 한숨을 베어 물었다.

내키지 않았다. 이유야 어떻든 오래전에 깨어진 연분. 어색하고 불편했다. 그래도 을밀이나 도종의 말마따나 둘이 함께 떠났다고 하면 해류의 마음이 훨씬 편해질 터. 어미를 위해 아주 어릴 때부터 어른이 되어야 했던 딸을 위해 그 정도는 얼마든지 감수할 수 있었다. 마땅히 해야 했다.

조마조마한 표정으로 자신을 응시하는 두 사내를 보며 여진은 고개를 끄덕였다.

"알겠어. 조금만 신세를 질게요."

"잘 생각하셨습니다. 고맙습니다, 부인."

을밀은 도종에게도 묵례했다.

"부인을 잘 부탁드립니다."

바로 떠나려는 듯 등을 돌리는 여진을 을밀이 조심스럽게 불렀다.

"저……, 부인, 왕후 폐하께 더 전해드릴 말씀은 없으신지요?"

여진의 발걸음이 멈췄다. 습윤한 동공을 감추려 뒤돌아선 채로 그녀가 입을 열었다.

"이제는…… 그 무엇에도 연연하지 말고 왕후 폐하께서 원하는 대로 살라고, 그것이 이 못난 어미의 소원이라고 전해주세요."

건강히 잘 지내라거나, 태왕 폐하를 성심으로 모시라거나 등의 축수를 기대했던 을밀은 뜻밖의 당부에 사색이 되었다. 그러거나 말거나 여진은 그에게 가벼운 묵례만 보낸 뒤 미련 없이 걸음을 뗐다. 도종도 조용히 여진의 뒤를 따랐다.

점점 멀어지는 여진과 도종이 남쪽으로 향하는 등굽잇길 저편으로 완전히 사라지자 을밀은 수하들이 기다리는 등선 반대편으로 달려 내려갔다.

태왕은 몇 번이고 톺아본 여진의 유언장을 반듯하게 접어 탁자에 내려놨다.

해류가 어머니를 닮은 모양이구나. 참으로 강인한 사람이다.

감탄에 이어 큰 난제를 처리했다는 안도감이 따라왔다. 가슴을 쓸어내리며 태왕은 진한 죄책감을 곱씹었다. 실은 이리해달라고 요청하려고 했는데, 이런 서찰까지 남기고 떠나주다니 고마우면서도 미안했다.

"무사히 떠났느냐?"

"예. 날래고 무예가 뛰어난 호위 병사 여럿을 몰래 붙여놨습니다. 거기다 무위가 뛰어난 석도종까지 예상치 않게 동행하였으니 별 무리 없이 은신할 수 있을 것입니다."

"그는 어떻게 거기에 나타났다더냐?"

"요행히 탈출해서 부인의 주변을 지켰다는데, 부인의 뒤를 밟은 것 같습니다. 몰골을 보니 고초가 꽤 심했던 것 같지만 다행히 치명상을 입지는 않았던 모양입니다."

예씨 부인의 집 주변에 거지꼴을 한 수상쩍은 사내가 맴돈다는 보고를 받자, 적과 연결되었으리라 생각하고 그도 감시하라는 지시를 내렸었다. 그 부랑자가 석도 종이었다는 것은 의외였다. 예씨 부인의 안전한 도피를 위해선 긍정적이지만 적의 배후로 닿을 끈이 아니었다는 것은 실망스러웠다.

"기민하게 대응해 때를 놓치지 않고 잘 처리했구나."

"집을 나서는 부인의 분위기가 심상치 않은 것을 보자마자 신속하게 보고한 자들의 덕분이지요. 폐하께서 상찬해주신 것을 알면 크게 기뻐할 것입니다."

"부인의 주변을 지켰던 자들에게 네가 알아서 적당한 상을 내려라. 그리고 부인이 어디든 정착할 때까지 어려움이 없도록 뒤에서 최대한 표 나지 않게 보살피도록 해라."

여진의 유언장으로 할 일을 결정한 태왕은 밖에 대고 소리쳤다.

"계마로를 부르고 비관도 들라."

"옙!"

을밀과 태왕의 독대를 방해하지 않기 위해 멀찌감치 익실 바깥에 대기하던 수직 비관이 들어오고 곧 계마로도 달려왔다. 고개를 숙여 예를 표하는 계마로에게 태왕은 여진의 유언장을 밀어줬다.

"예씨 부인은 자신이 신라인과 사통해 속민의 딸을 낳았다는 모함에 항거해서 결백을 밝히려고 물에 빠져 자진했다. 비록 죄인의 내자이긴 하나 그 집안의 죄와는 무관했고 왕후의 모친이다. 법도에 맞게 예를 갖춰 장례를 엄숙하게 치르고 이 피맺힌 유언대로 극악무도한 자들을 발본색원해 엄벌에 처하라."

억울함을 호소하며 강물에 투신한 여진의 유언은 다음 날 조회 말미에 공포됐다. 예상찮은 비보에 중신들이 정신을 차리기도 전, 살벌한 어명이 더해졌다. 왕후는 물론이고 태왕마저 모독하는 요설을 퍼뜨린 자들을 모조리 잡아들여 중벌로 다스려라!

정전에 모인 중신들 모두 알고 있던 소문이었다. 명림두지의 폭로를 포함해 상당한 신빙성을 지녔다 싶어, 그걸 빌미로 왕후를 흠집 내고 폐위시킬 기회를 노리던 귀족들은 입도 뻥긋 못 하고 뜻을 접었다.

그 소식은 태왕의 지시대로 날개를 달고 왕궁 안은 물론이고 밖으로도 빠르게 퍼져나갔다. 동시에 태후궁에도 전달됐다.

짜아악! 새파랗게 질린 얼굴로 내내 입술을 짓씹고 있던 태후가 쥐고 있던 명주 수건을 찢었다. 그러고도 분을 참기 힘든 듯 갈가리 찢어발긴 천을 바닥에 내동댕이쳤다.

"전하……."

도종이 탈출했다던 비보에도 침착하던 태후셨는데. 안절부절, 땀이 흥건한 양손을 비비며 초조하게 지켜보고 있던 아엄은 얼른 몸을 굽혀 넝마를 주워 모았다.

"하!"

오랫동안 공들인 비장의 한 수가 마지막 순간에 또 물거품이 되었다.

비원에서 도종을 처음 마주한 여진의 동요를 그녀는 놓치지 않았다. 왕후의 약점을 얻을 수 있지 않을까 남몰래 사람을 시켜 뒤를 팠고 예상 이상의 대어가 걸렸다. 두 사람이 오래전 한때 연인 관계였다는 사실. 혹시나 하는 직감에 비원의 완공을 축하할 때 왕후와 도종, 여진까지 같이하는 자리를 다시 만들었다. 나란히 앉혀 놓은 셋을 보면서 확신했다.

왕후는 저 둘의 자식이다.

여진이 혼인한 뒤 해류를 이른둥이로 낳았다는 사실까지 더해지면 빠져나갈 구멍이 없었다.

처음엔 태왕에 대한 원망을 심어 제 편으로 끌어들이려고 했다. 유일한 아군인 자신에게 의지할 거라 믿었건만 해류는 만만치 않았다. 오랫동안 태후의 영역이었던 왕궁을 손쉽게 장악해버렸다. 일부러 내버려둔 부패한 수하들이 쫓겨나면서 공들인 계획이 꼬여갔다.

여진과 친해지며 해류가 포목에 빠삭하다는 걸 알게 됐다. 물품과 자금을 유통하는 창구인 드팀전을 파헤치는 데 앞장선 것이 해류라는 판단이 서자 걸림돌을 제거하려 했다. 억세게도 운수가 좋은지 암습은 실패했고 천만뜻밖에도 태왕은 왕후에게 빠져들었다. 해류는 태왕이 유일하게 집착하는 대상이 되었고, 수차례의 암살 시도는 무산되었으며 철통같은 방비 때문에 직접 위해를 가하기가 아예 불가능해졌다.

왕후를 없애야 태왕을 흔들 수 있다는 판단에 기회를 노려왔다. 소문을 흘리고 거의 다 옭아맸다고 확신한 찰나에 잡아들인 도종은 감쪽같이 달아나고 여진까지 자결해버렸다.

좌절감과 분노에 태후는 부들거렸다. 온 방 안의 기물을 다 던져 부숴 조금이라도 분풀이하고픈 유혹이 그녀를 마구 휘감았다. 몸을 던져서라도 막아야겠다는 결심을 했는지 비장하게 자신을 주시하는 아엄을 보며 태후는 격분을 가라앉혔다. 아무리 제 사람들로만 모은 태후궁이라도 방심은 금물이었다.

"아엄, 찬물을 좀 다오."

아엄은 번개처럼 주전자에 든 물을 큰 잔에 따라 올렸다. 그 짧은 기다림도 힘든지 잔을 채 간 태후는 속에서 타오르는 불에 뿌리듯 벌컥벌컥 물을 들이켰다.

"한 잔 더 다오."

다시 가득 채운 잔을 비우고 던지듯 내려놓은 태후는 손가락을 쥐어짜듯 꼬면서 씩씩거렸다. 심화를 가라앉히려는 듯 태후가 이마에 손을 대고 머리를 숙였다.

이제 좀 진정이 되시나 보구나.

아엄은 살며시 태후의 뒤로 다가섰다.

"소인이 어깨를 좀 주물러드릴까요?"

머리까지 지끈거리던 참이라 뻣뻣한 목을 뒤로 젖혔다 바로 하며 태후가 기꺼이 허락했다.

"그래라."

아엄은 익숙하게 뒤통수부터 살살 목과 어깨를 눌러주기 시작했다. 돌덩이처럼 딱딱하게 굳어 있던 근육이 세심한 손길에 조금씩 풀리자 태후는 나직하게 신음을 흘렸다.

"아아, 그래, 그 자리를 좀 더 풀어다오. 이제 머리도 좀 맑아지는 것 같구나."

"예, 전하."

정성을 다한 아엄의 손놀림이 효과가 있었는지 당장이라도 터질 것 같던 태후의 분위기가 점차 평온해졌다.

"후우. 너도 힘들겠구나. 그만 되었다."

"아니옵니다. 불편하신 곳이 있으면 편안하시도록 만져드리겠습니다."

태후가 손을 들어 어깨를 주무르는 아엄의 손을 살며시 눌렀다.

"고맙다. 정말 괜찮으니 이리 좀 앉아보렴."

"예. 전하."

"후우."

긴 한숨을 내뿜으며 태후는 상황을 챙겼다.

"반응은 어떻다더냐?"

"예 씨가 직접 쓴 게 확실한 유언장이며 주변의 증언이나 상황이 워낙 명확하니 의구심을 품는 사람은 없는 것 같다고 하옵니다. 궁인들도 비슷합니다. 귀가 얇고 어리석은 자들이라 얼마나 억울하면 왕후의 어머니가 자진했겠냐며…… 동정하는 목소리가 높습니다."

설령 의심이 든다고 해도 태왕 앞에서 그걸 드러낼 정도로 목숨이 여유로운 자도 없을 터. 왕후의 태생을 두고 찧고 까불던 백성들 역시 비슷할 거였다. 회심의 미소를 머금고 있을 태왕을 떠올리는 태후의 눈빛이 이글이글 타올랐다.

"예 씨가 따로 몸을 감췄다거나 하는 정황은 없고?"

"나리들께서도 그걸 의심하고 수소문해보고 계시지만 일단은 혼자 국내성을 빠져나간 것까지만 확인하셨다고 합니다. 마치 넋이 나간 것처럼 참담한 표정으로 홀로 진금성을 벗어난 걸 본 자들이 여럿이라 자결에 신빙성을 더해주는 모양입니다."

"정말 여진이 딸을 위해 죽었을까?"

태후가 굳이 답을 청하는 게 아니라는 걸 알기에 아엄은 침묵을 지켰다.

자문자답하며 태후는 여러 가능성을 곰곰이 짚어봤다. 명림두지에게 더불어 핍박당한 긴 세월 때문인지 보기 드물게 끈끈하고 정 깊은 모녀였다. 여진은 딸을 위해서라면 죽음도 불사할 사람이 맞긴 했다. 태왕에게 남겼다는 그 절절한 호소문도 분명 여진다운 내용이었다. 조사를 맡은 관원이 장부 등의 필체를 비교해서 그녀가 쓴 게 명백하다는 증언도 받아 왔다.

그럼에도 그 절절한 모정이 공들인 계획을 무산시켰다고 납득하기엔 한 가지가 걸렸다.

태왕.

어미가 자신을 위해 죽음을 택한 사실을 알면 왕후는 그 죄책감과 비통함을 견디지 못할 것이다. 왕후의 안위와 심기에 목매는 태왕이 그걸 모를 리 없었다.

둘 중 하나였다. 여진의 주변을 몰래 지키던 태왕의 수족들이 자결을 미처 막지 못했거나 아니면 태왕이 몰래 빼돌렸거나. 문제는 둘 다 그럴듯해 어느 쪽에도 무게가 실리지 않았다.

"확실한 방법은 왕후가 자진 소식을 아는지 찔러보는 것인데……."

여진이 살아 있다면 왕후에게 틀림없이 알려줄 터. 정말로 죽었다면 태왕은 그 사실을 비밀로 감추고도 남았다. 왕후에게 슬쩍 흘려보면 명확해질 것이었다.

문제는 왕후에게는 태왕이 허락한 것 외에는 그 무엇도 전할 수 없다는 것이었다. 바깥의 일을 함부로 왕후 앞에서 떠드는 자는 혀를 자를 거라는 살벌한 경고. 태후 자신을 포함해서 그 누구도 예외는 없었다. 한 번은 실수인 척 유산한 걸 알려줬지만 그 방법을 다시 쓰기는 힘들었다. 원하던 결과도 얻지 못하고 아까운 기회만 날려버렸다.

또 그러면 태왕은 분명 그녀를 경계할 것이다. 조만간 태왕도 그녀가 가장 큰 정적이라는 걸 알게 되겠지만 그날은 가능한 한 늦추는 게 현명했다. 설령 알아차린다고 해도 그의 성향상 명확한 증거나 확실한 명분 없이 쳐내지 않을 테니 절대 빌미를 줘선 안 되었다.

초조감에 저도 모르게 손톱을 잘근거리면서 그녀는 결단을 내렸다.

"참으로, 너무나도 아쉽지만…… 일단 이 수는 접어놔야겠다."

혹여 여진이 살아 있거나 도종을 찾으면 언제든지 꺼내서 쓸 수 있다. 태후는 자신을 다독였다.

아엄은 평소의 명철함을 되찾은 주인을 존경을 가득 담아 우러러봤다. 태후가 시키는 일이라면 불구덩이라도 기꺼이 뛰어들겠다는 각오로 그녀의 명을 기다렸다.

"평성을 들라고 해라. 해세적에게 시킬 일이 있다."

태후의 명을 전한 자는 나타났을 때처럼 조용히 어둠 속으로 멀어졌다.

진짜가 아니라 콕 집어 가짜를 구해 오라니. 그가 전한 지시를 마리습은 곱씹고 또 곱씹었다. 음습한 태후의 속내를 명확히 짚어내는 건 언제나 힘들었지만 이건 그 목적이 아예 짐작도 가지 않았다.

밤새 머리를 쥐어뜯으며 고심하던 마리습은 성문이 열릴 시간에 맞춰 말을 몰았다. 새벽의 어둠이 채 걷히기도 전에 부친의 저택에 도착했다. 그는 상단의 고용인들이나 하인들이 드나드는 골목길의 쪽문으로 향했다.

예상대로 그 문은 열려 있었다. 동틀 무렵부터 일과를 시작하는 노예들의 동선을 피해가며 기민하게 이동했다. 마침내 부친의 침실이 있는 대옥으로 숨어 들어갔다.

"아버님, 저입니다. 잠시 의논드릴 것이 있어 찾아왔습니다."

깨어 있었는지 부스럭거리는 소리가 나더니 안에서 한껏 낮춘 음성이 들려왔다.

"들어와라."

방에 들어서자마자 해사무는 염려와 짜증이 섞인 음성으로 그를 질책했다.

"신라로 장삿길을 떠난 것으로 알려놨는데 어찌 경솔하게 행동하는 것이냐."

"그래서 일부러 사람을 피해서 왔습니다."

"빨리 얘기하고 돌아가라. 무슨 일이야?"

"태후께서 제게 가짜 파사석을 구해 은밀하게 올리라고 하셨습니다. 그 연유가 궁금해서 아버님께 여쭤보러 왔습니다."

"파사석을? 가짜로?"

해사무도 모르는 일이었는지 의아한 빛이 떠올랐다. 그렇지만 곧 그는 불필요한 호기심을 떨쳐냈다.

"필요하니 구하라고 하셨겠지. 요란하게 알려지면 안 되니 네게 은밀하게 하라는 명을 내리신 것일 테고."

"아버님, 파사석은 해독하는 데 다시없는 명약이지 않습니까. 너무 값지고 귀하니 가짜가 판을 쳐서 진위를 판별하느라 골치를 썩는 판인데 굳이 가짜를 구해 올리라는 건 도무지 이치에 맞지 않습니다. 더구나 아버님과도 그 연유를 공유하지 않은 것은 필시 우리에게 이롭지 않은 뭔가를 도모하는 게 틀림없습니다."

"이로울지 해로울지는 닥치기 전에는 모르는 것이다. 너는 태후 전하나 내가 시키는 일을 차질 없이 잘해내기만 하면 되는 것을! 왜 쓸데없이 토를 달고 말이 많으냐."

"아버님!"

발끈하며 대들려던 마리습은 마지막 찰나에 간신히 자제했다. 감정적으로 부딪쳐봤자 백해무익. 궁금한 것을 조금이나마 풀려면 부친을 더 자극하지 말고 참아야 했다. 그는 한풀 꺾인 음성으로 제 회의감을 부친에게 드러냈다.

"아버님, 태후 전하를 정녕 믿으십니까?"

"그게 갑자기 무슨 소리냐?"

"태후 전하께서도 휘하에 상단이 있는데 밖으로 크게 드러나거나 혹여 꼬투리를 잡히면 빠져나가기 힘든 일은 저나 아버님의 상단에게 맡기고 있지 않습니까. 북위와 직접 교역이라든지 오늘처럼 가짜 파사석을 구해 오라는 것 같은 일들 말입니다."

부친을 설득하려는 의도였으나 곱씹을수록 저희가 쓰고 버려질 말이라는 확신이 커졌다.

"옛말에 권세와 권력은 부자지간에도 나누지 못한다고 했습니다. 두 분이 원하는 대업을 이뤘을 때 과연 태후께서 약조를 지켜 공동으로 섭정하고 해씨 왕조를 지켜주실 거라고 확신하시는지요? 제가 보기에 태후는 우리를 언제든 버릴 수 있는 장기판의 졸 취급을 하고 있는 게 분명합니다."

해사무는 자랑인 풍성한 수염을 쓰다듬으며 비소를 흘렸다.

"그걸 내가 모를 것 같으냐?"

순진한 어린아이를 가르치는 어투였다. 해사무는 양손을 마리습의 어깨에 올려 꽉 쥐었다.

"태후가 나를 믿는 딱 그만큼 나도 태후를 믿는다. 만에 하나 권세를 독점하기 위해 우리를 숙청하려고 들면 고분고분 당하지 않을 것이다."

태후를 상대로 부친의 뜻대로 될 것인지에 대해선 지극히 회의적이었지만 마리습은 그것까진 지적하지 않았다. 그동안 궁금했으나 쉽사리 알아낼 수 없었던 것을 부친에게 들을 절호의 기회였다.

"궁 밖에서 태후 전하의 수족처럼 움직이는 평성이라는 자와 태후가 움직이는 그 상단의 진짜 주인은 누구입니까?"

잠깐 망설이는 듯싶던 해사무는 마리습이 알아도 상관없다고 판단했는지 선선히 대답해줬다.

"오래전 선왕께서 태후의 친정을 치실 때 열 살 이하의 남아들은 노예로 만들어 국경의 성으로 보내셨다. 그러다 귀천하시기 몇 해 전인가에, 나이가 어려 살아남은 태후의 조카와 마침 왜에 간 덕분에 화를 피한 후실 소생의 막냇동생을 복권해 주셨지. 평성은 태후의 조카다. 태후의 이복아우 막덕은 예전의 너처럼 수하를 앞에 세우고 뒤에서 상단을 이끌고 있고."

"그랬군요……."

태후의 명이라면 물불 가리지 않는 평성의 절대적인 충성이 이제야 이해가 됐다.

해사무는 마리습이 사람들의 눈에 띄는 게 두려운지 그를 쫓았다.

"더 할 얘기가 없으면 빨리 나가라. 그리고 앞으로 이런 쓸데없는 의문으로 시간 낭비하지 말고 태후의 명은 지체하지 말고 따르도록 해라. 라후와 네가 이끌 우리 집안의 명운이 걸린 일이다."

허리만 한 번 꾸벅 숙인 뒤 마리습은 아버지 앞에서 물러났다. 도적처럼 몰래 집을 벗어나며 마리습은 태후와 마지막으로 직접 대면했던 날을 떠올렸다.

자신도 모르는 사이에 함정에 빠져 꼼짝없이 범의 등에 올라탔다는 걸 깨달았던 순간이었다. 벗어나는 방법은 범을 죽이고 뛰어내리거나 범이 목적지에 도달해 멈추거나. 원하지는 않았으나 이미 올라탄 이상 어떻게든 살아서 내려야 했다.

그는 흔들리는 마음을 단단히 다잡으며 말의 옆구리를 찼다.

"폐하, 탕약을 드실 시간입니다."

쓴 탕약의 내음에 해류는 인상을 찌푸렸다.

"약은 그만 먹어도 될 것 같은데……."

겉은 비교적 멀쩡해졌지만 속은 아직 예전으로 돌아가려면 멀었다. 그걸 인정하지 않는 건 왕후 본인뿐이었다. 말투는 더없이 공손하지만 강경한 태도로 미려는 약대접을 직접 해류 앞에 올렸다.

"자, 식기 전에 어서 드시옵소서. 식으면 폐하께서 직접 명하셔서 각지에서 구해 올린 귀한 약재의 효험이 떨어집니다."

절대 물러서지 않겠다는 강력한 의지가 폴폴 풍겼다. 할 수 없이 해류는 약사발을 들어 단번에 죽 삼켰다. 평소보다 더 쓴맛에 미간을 찌푸리자 미려 옆에 선 궁녀가 잽싸게 꿀에 졸인 정과를 대령했다.

"산수유입니다. 쓴맛을 씻어내시옵소서."

윤기 나는 붉은 보석 같은 정과를 얼른 입에 넣어 삼킨 해류가 민망한 웃음을 흘렸다.

"아이도 아닌데 너희에게 미안하구나. 하루 이틀도 아니고 거의 한 해 가까이 약을 달고 살고 있으니 민망하기도 하고, 솔직히 이제 탕약 냄새만 맡아도 진저리가 난다."

"그래도 꾸준히 드셔야 옥체를 회복하시지요. 어의들이 정성을 다해 달이고 있으니 이제 되었다고 할 때까지 참고 드셔야 합니다."

"그래야겠지. 그런데, 약이 바뀌었느냐? 얼마 전부터 맛이 좀 달라진 것 같은데?"

금시초문인지 미려나 궁녀들이 자기들끼리 마주 보고 머리를 갸웃거렸다.

"글쎄요. 소인들은 따로 들은 바가 없어 잘 모르겠습니다. 어의를 불러서 물어볼까요?"

잠깐 망설이던 해류는 고개를 저었다.

"되었다."

무엇을 물어본들 제대로 대답이 돌아오지 않을 건 명약관화였다. 요즘 왕후궁에 드나드는 사람들은 해류와 얼굴을 마주하면 사색이 되었다. 혹시라도 전하지 말아야 할 소리를 떠들어 혀가 잘리면 어쩌나. 서슬 퍼런 태왕의 금언령을 떠올리며 아주 사소한 것조차도 버벅거리며 대답을 못 하거나 회피했다.

자수나 바느질도 흥이 나지 않고 글공부도 해서 뭐 하나 싶어 책을 펼쳐도 눈에 들어오지 않았다. 몸이 멀쩡함에도 손가락도 까딱하기 싫은 무력감은 해류의 생에서 처음. 자신의 날개를 꺾고 새장에 가둬 무기력하게 만들려는 태왕에게 새삼 화가 났다. 피를 토하는 심정으로 사정했건만 꿈쩍도 않는 그가 너무나 야속했다.

비원에 가서 풀을 뽑고 흙이라도 만지면 시간이 좀 가려나. 열린 창으로 보이는 해그림자로 시간을 가늠하며 몸을 일으키려는데 왕후궁의 호위장이 달려왔다.

"폐하께서 해넘이 즈음에 정무를 마치고 가실 테니 관천대에서 기다려달라고 연통을 주셨습니다."

"그래?"

해류의 시큰둥한 반응에 미려가 얼른 나섰다.

"폐하, 요즘 왕후궁 안에만 머무시느라 갑갑하셨지 않습니까. 날씨도 딱 좋으니 얼른 준비하시지요."

태왕은 심기가 불편하다고 해서 아랫사람에게 화풀이하진 않았다. 그렇다고 해도 침식을 잊고 몰아치듯 정무를 처리하는 태왕의 음울한 분위기에 주변은 살얼음판이었다.

태왕을 모시는 궁인들은 모두 서편의 왕후궁을 향해 제발 왕후께서 빨리 태왕께 화해를 청하시길 간절히 기도하고 있었다. 미려와 친분이 있는 태왕의 시관이나 여관들은 몸소 찾아와 왕후를 설득하라고 읍소와 윽박지르기를 반복했다.

한낱 여관인 자기더러 어쩌라는 거냐고 핀잔을 주어 보냈지만 실은 그녀도 애가 탔다.

일전에 크게 다퉜을 때는 왕후가 다음 날 새벽에 바로 찾아가 사죄했다. 그럼에도 태왕의 노여움이 풀리지 않아 알게 모르게 어색한 감은 남았지만 왕후가 독에 쓰러지면서 살짝 냉랭했던 분위기는 싹 쓸려갔다. 그 이후 왕후의 안위에 대한 태왕의 강박이 좀 심하다 싶긴 했지만 워낙 흉변을 겪었으니 그럴 만하다 다들 납득하고 있었다.

호불호를 좀처럼 알 수 없던 태왕이 저리 대놓고 다정다감하니 이제 왕후가 건강을 회복하고 빨리 아기씨만 가지면 된다, 흐뭇하게 기다리고 있던 판에 웬 날벼락인지. 전에 없이 등을 돌리고 냉랭하니 외면하는 시간이 길어지는 태왕 부처 곁에서 미려 역시 발을 동동 구르고 있었다.

태왕께서 관천대로 와달라 청하는 건 화해의 손길이었다. 이걸 거부했다간 정말 돌이키기 힘들 수 있었다. 얼핏 유해 보이나 태왕은 더없이 자존심 강하고 권위를 침범하는 걸 절대 용서치 않았다.

그 성정을 아는 미려는 여차하면 떠밀어서라도 보낼 각오까지 하며 발 벗고 나섰다.

"폐하께서 손을 내미시는 것입니다. 상하신 성심이 아직 덜 풀리셨더라도 제발 왕후 폐하께서 받아주십시오."

사내는 자신이 잘못한 것을 알아도 뻗대는 경우가 잦답니다. 완전히 등을 돌리고 남남이 될 게 아니라면 숙이고 들어올 때 적당히 용서해주는 게 지혜롭습니다. 부부간에는 져주는 게 이기는 것이니 부디 화합하소서.

감히 입 밖에 낼 수 없는 충고는 눈에만 간절히 담았다.

해류는 미려의 강권이 아니더라도 갈 생각이었다. 화가 난다고 계속 회피하고 등 돌리고 있으면 아무것도 해결할 수 없다. 귀를 기울여 바뀔 때까지 계속 떠들고 또 떠들어야지. 그러려면 이쯤에서 일단 굽히는 척이라도 하고 화해해야 한다. 일보 전진을 위한 반보 후퇴다.

계산을 마친 해류가 의자에서 벌떡 일어났다.

좋아서 벌어지는 입을 애써 오므리며 미려는 해류를 잡았다.

"폐하, 아직 해가 지려면 시간이 좀 있습니다. 머리 단장과 화장을 다시 하시면 어떨지요?"

됐다고 뿌리치고 나가려던 해류는 퍼뜩 떠오르는 게 있어 손목에 낀 옥환을 뺐다.

"그건 되었고 폐하께서 만들어주신 은팔찌를 끼려 하니 그거나 좀 가져오게."

"예. 잘 생각하셨습니다. 손수 만드신 팔찌를 보시면 흐뭇해하실 것입니다."

두 사람이 대화를 나누는 동안 눈치 빠른 궁녀들이 잽싸게 팔찌가 든 함을 대령했다. 상자에는 태왕이 혼인 예물 말고 처음으로 선사해준 호박과 산호 장신구 일습도 나란히 놓여 있었다.

"머리 장식과 허리띠 고리도 이 푸른 산호나 밀화 호박으로 바꿔 끼심이 어떨지요? 지금 입으신 의복과 잘 어울릴 겁니다."

"이걸로 충분하니 되었네."

반들반들 윤이 나는 은팔찌를 손목에 낀 해류는 거울과 단장 도구를 든 궁녀들을 손짓으로 물렸다. 어가를 대령하겠다는 미려의 제안도 반려했다.

"바람도 쐴 겸 천천히 걸어가 폐하를 기다리겠네."

"예. 폐하."

공연히 더 들썩이다 마음을 바꿔 안 가겠다고 할까 두려운지 미려 여관과 궁녀들은 두말없이 뒤를 따랐다.

왕궁의 관천대에 오를 수 있는 것은 오로지 태왕과 그의 허락을 받은 사람뿐이었다. 먼저 도착한 해류는 긴 계단을 천천히 혼자 올라갔다.

아직 해거름도 전이지만 이미 연통을 넣어놨는지 꼭대기 누각에는 여기저기 횃불이 활활 피어오르고 있었다. 넓은 평상에는 두 사람이 초야를 보낸 그 밤에 있던 호랑이 가죽 대신 물들인 갈대로 짠 화문석이 깔려 있었다.

해류는 평상 끄트머리에 엉덩이를 살짝 걸치고 앉아 하늘이 아니라 멀리까지 펼쳐진 국내성과 왕궁을 내려다봤다. 타오르는 저녁놀에 물든 풍경을 바라보고 있지만 눈에 담기지는 않았다. 여기에 서니 태왕과 처음으로 합연한 밤이 떠올랐다.

상상조차 해보지 못한 일들이 이 자리에서 시작됐다.

진정한 의미에서 지아비와 지어미가 되었고, 그때부터 시작된, 기대하지도 예상하지도 않았던 관계와 감정들. 매 순간마다 살아남기 위한 최선이나 차선 혹은 차악의 선택들이 하나씩 누적되어 여기까지 왔다. 반쯤은 자포자기로 태왕에게 안길 때는 이처럼 그를 사모하고 가슴에 담을 것이라곤 상상하지 않았었다.

하늘은 이 막막하고 갑갑한 느낌을 풀 방도를 알려주지 않을까. 내 머리 위에 떴다던 그 적시기는 이제 사라졌을까, 아니면 그대로 머물러 있을까. 나와 태왕의 앞에 어떤 미래가 기다리고 있을까.

하나둘 총총 떠오르는 별을 보며 해류는 천기를 읽을 줄 알았으면 하고 바랐다. 줄줄이 떠오르는 의문을 삼키며 난간에 기대어 답을 주지 않는 하늘을 응시했다.

"무슨 생각을 그리 골똘히 하길래 사람이 오는 기척도 듣지 못하고 있소?"

"아, 폐하, 오셨습니까."

해류가 몸을 돌리기 전에 어느새 그가 다가왔다. 태왕은 난간 너머를 바라보는 해류의 등 뒤에서 팔로 그녀의 허리를 감았다.

온몸을 감싸며 딱 달라붙은 태왕을 느끼는 해류의 몸이 굳었다.

화장까진 아니더라도 머리에 향유라도 좀 발라 다시 빗고 올 것을.

요 며칠 태왕도 침전에 오지 않고 사람을 만날 일도 없으니 몸단장은 딱 최소한만 했다. 게을렀던 자신의 행태를 뒤늦게 후회하고 있는데 태왕은 머리를 숙여 그녀의 목덜미에 얼굴을 파묻고 꽃내음을 맡듯 크게 심호흡했다. 그녀를 더 민망하게 하는 속삭임이 귀를 간질였다.

"그대의 향기를 맡으니 이제 좀 숨이 쉬어지는군."

태왕에게 잔뜩 앵돌아졌던 감정이 반 남짓 사르르 풀어졌다. 빨라지는 고동을 진정하려 애쓰면서 해류는 허리를 감싼 그의 손에 자신의 손을 살며시 얹었다. 손등에 닿는 팔찌의 익숙한 감촉에 눈을 내려 확인한 태왕의 입매가 슬쩍 휘었다.

"마음에 드오?"

"당연하지요. 폐하께서 은을 녹이는 것부터 시작해 일일이 은사를 뽑아 만들어주신 정표가 아닙니까. 이건 무덤에 갈 때도 꼭 가지고 가려고요."

무덤이란 단어에 태왕의 눈빛이 어두워졌다.

"그런…… 얘기는 아직 이르지 않소. 귀히 여겨주는 건 고맙지만 불길한 소리는 안 하면 좋겠군."

"예, 아직 먼 얘기잖아요. 그러니 웃으면서 할 수 있는 거겠지요. 눈앞에 닥치면 액운이 두려워 어찌 그런 언사를 할 수 있겠습니까."

그를 안심시켜주려는 듯 일부러 더 밝게 너스레 떠는 말투에 굳었던 눈매와 입매가 부드럽게 풀어졌다. 화해의 손길을 해류가 받아들여줬다. 그 사실에 스스로 놀랄 정도로 안도하며 그는 계단을 오르는 동안 제 가슴을 무겁게 했던 고백부터 했다.

"언젠가…… 여기서 꼭 하려던 말이 있었는데…… 지금 해야겠군."

"제게요?"

궁금함을 감추지 않고 보는데 뜻밖의 단어가 그의 입술에서 흘러나왔다.

"미안했소."

따지자면 태왕이 그녀에게 지은 죄가 많긴 했다. 그런데 그 모든 것을 다 사죄하는 얘기는 아닐 거였다. 무엇을 두고 미안하다고 하는지는 좀처럼 짐작이 가질 않았다.

"예?"

"도망갈 수 없도록 몰아넣은 그대를 억지로 붙잡고…… 여기서 안았던 것 말이오."

아아.

관천대에 먼저 와 태왕을 기다리며 떠올랐던 첫 합일의 기억이 다시 생생해졌다. 그 순간의 감각과 감정이 저 밑에서부터 부상했다.

달콤한 강압의 밤. 첫 몸을 열던 시간은 고통스러우면서도 뜨겁고 농밀했었다. 확 달아오르는 낯을 감추려 해류는 고개를 떨궜다. 그녀의 머리 위에서 태왕의 나직한 속삭임이 적막한 밤의 대기를 울렸다.

"그때는 진정 절박했었소. 얄팍한 충성심이나 동지애 말고 좀 더 끈끈한 고리가 없으면 그대는 정말 아무런 미련도 없이 홀홀 떠나 사라질 것 같았거든. 만약 내가 약조대로 그리하게 됐다면…… 그대만큼은 이런 우여곡절이나 고생 없이 편히 잘 살았겠지."

해류는 속으로 수긍했다.

아마도…… 아니, 그랬을 게 확실했다.

만약 두 사람이 약속한 대로 군신 관계였다면 별다른 아쉬움 없이 그를 떠나서 바라던 대로 살았을 것이다. 언제 사라질지 모르는 성총에 기댄 불안한 영광보다는 제 손으로 직접 쌓은, 더 탄탄하고 안전한 미래를 선택했을 게 분명했다.

태왕은 상상 이상으로 그녀를 잘 파악하고 있었다.

인정하기 부끄럽지만 태왕을 본격적으로 의식하고 끈끈해진 것은 몸을 나누면서부터. 그와 매일 밤 교합하면서 언제든 떠날 태세이던 가벼운 마음이 바윗돌에 매달린 것처럼 무거워졌지만 처음 안길 때는 아니었다. 어쩔 수 없다는 포기가 절반 이상이었다.

해류는 그 진실은 태왕에게 알리지 않기로 결정했다. 아무리 은애하고 완신한다고 해도 서로의 모든 걸 다 알 필요는 없었다. 약간의 비밀은, 특히 상처나 불안의 원인이 될 것을 덮어두는 침묵은 필요했다. 비교적 무심하고 대범한 그녀와 달리 태왕처럼 섬세하고 예민한 사람에게는 더더욱 그랬다.

해류는 자신만이 아는 진위에 태왕이 좋아할 양념을 살짝 쳤다. 그의 손을 붙잡아 빠르게 두방망이질 치는 자신의 왼쪽 가슴에 갖다 대었다.

"폐하를 이 심장에 담았기에 제가 선택했습니다. 어떤 강압이 있더라도 정말로 싫었다면 전 끝까지 거부했을 거예요. 며칠 전에도 말씀드렸었지요. 전 제가 진심으로 수긍을 해야 따른답니다."

해류의 고백이 백분 진실은 아니라는 걸 그도 모르진 않았다. 기만을 끔찍하게 싫어함에도 해류의 배려에는 묻어가고 싶었다. 그때는 아니었더라도 지금은 다르니까. 이리 말해주는 해류의 단심은 분명 그에게 있었다.

"그대는 정말…… 놀랄 정도로 강한 사람이오."

벅차오르는 애정을 삼키면서 태왕은 해류를 이곳에 부른 이유를 밝혔다. 이 관천대는 그들에게 의미 깊은 동시에 누구도 알아선 안 되는 비밀을 가장 안전하게 공유할 수 있는 장소였다.

"당신 어머님께서 멀리 떠나셨소."

"예에?"

해류의 눈이 커다래졌다. 마구 흔들리는 해류의 동공을 마주하며 태왕은 여진이 남긴 유언장을 건네줬다. 떨리는 손으로 잡아채듯 받아 든 해류는 삼킬 듯이 종이를 응시했다. 모르는 글자가 섞여 군데군데 이해가 가지 않는 부분도 많았지만 몇 번을 읽으니 대충 뜻은 이해가 됐다.

자신이 읽은 내용이 맞는지 묻듯 올려다보는 해류에게 태왕은 자초지종을 설명해줬다.

"당신의 무죄함과 억울함을 호소하는 유언을 남기고 목숨을 끊어 모든 추문을 덮을 작정이셨던 것 같소. 다행히 석도종과 을밀이 뒤따라가 제때 만류해서…… 남쪽으로 내려가 몸을 숨기는 것으로 일단락했지."

당장이라도 쓰러질 듯 파들파들 떨기 시작한 해류를 어르듯 그가 가만히 가슴으로 당겨 안았다.

"석도종이 보호를 자청해 동행했고, 을밀이 따로 또 호위병을 몰래 뒤따르도록 조치했으니 걱정하지 말아요. 자리를 잡고 안정되면 딸려 보낸 자들이 소식을 전해 올 거요. 어디에 있든 위험이 없도록 만반의 대비를 하라고 명도 내렸으니,"

아무 염려하지 말라고 달래려던 태왕은 가슴팍이 젖어드는 것을 느꼈다. 흐느낌을 삼키는지 어깨도 떨렸다. 그녀가 감정을 감추지 못하고 우는 것은 처음. 발버둥 치며 통곡하고 눈물바다가 될 상황에서도 언제나 오연했다. 한 번쯤은 그의 어깨에 기대어 울며 위로를 구해도 되련만. 그 굳건함이 신기하고 때로는 화도 났다.

막상 몸부림치며 오열하는 상황이 닥치니 난감했다. 어떻게 위로해야 해류의 슬픔과 상실감을 달래줄 수 있을지, 가늠도 되지 않았다. 자신이 너무나 무력하게 느껴졌다. 그저 해류를 안은 팔에 힘을 주는 것 말고는 아무것도 할 엄두도 나지 않았다.

태왕의 가슴에 얼굴을 파묻은 해류는 미칠 듯한 죄책감에 몸부림치고 있었다.

그녀를 위해 죽음도 불사하려고 한 어머니. 그녀만 바라보는 어머니를 가끔씩이지만 버겁고 힘겨워했던 자신을 용서할 수 없었다. 해일처럼 자신을 덮치는 상실감에 몸과 마음이 텅 비는 것 같았다.

이제 누구를 위해 어떻게 살아야 하나.

어머니의 바람은 그녀의 바람이었다. 그걸 꼭 이뤄야 한다는 목표로 살아왔다. 그녀가 어릴 때부터 반드시 이루고야 말겠다고 이를 앙다물었던 것들. 다정하고 듬직한 지아비와 아이들. 화목한 가정. 예씨 포목상의 부활.

태왕의 곁에 머물기로 결심하면서 포목상을 부흥시키려는 소망은 버렸다. 대신 고구려에서 가장 높고 잘난 사내의 안곁으로, 왕후로 더없는 권세를 누리고 또 아이들도 여럿 낳아 다복하게 사는 모습을 보여주려고 했다. 그것이 자신을 위해 청춘과 여인으로서의 행복을 희생한 어머니에게 보답하는 길이라고 믿어왔다.

그 어머니가 떠나버린 것이다. 바로 그녀를 위해.

"포목상을, 외조부모님의 유산을 되찾아드리지 못하는 대신 어머니께 잘 살고…… 행복한 모습을 보여드리고 싶었습니다. 그런데 그것도 못 보시고 저 때문에…… 제가…… 은공도 모르고 어머니를 버거워한 제, 이 죄를…… 어떻게 다 받아야 할까요."

소리 내어 우는 해류를 다독이는 태왕의 가슴에도 묻어놨던 기억이 불현듯 떠올랐다. 부왕이 귀천했을 때 느꼈던, 하늘이 무너진 듯한 좌절감.

그때까지 그의 삶은 부왕을 조금이라도 더 닮고 따르기 위한 것. 부왕을 기쁘게 해드리고 인정을 받고 싶은 욕구로 차 있었다. 작은 성취에도 크게 흐뭇해하는 그 호탕한 웃음, 달가운 상찬의 말을 듣기 위해서 죽을힘을 다했었다.

오로지 그 목표를 위해 살았건만 부왕은 황망할 정도로 맥없이 떠났다. 한동안 무엇을 위해 살아야 할지 갈피를 잡을 수 없었다. 그가 아무리 뛰어난 일을 해도 그것을 칭찬해주고 성취감을 나눌 사람이 사라진 거였다. 방향을 잃고 막막할 때, 힘들고 지쳐 너덜너덜해졌을 때 돌아갈 곳도, 기댈 곳도 아무 데도 없어 홀로 모든 걸 책임져야 한다는 사실이 막막하고 힘들었다.

해류를 만나고서 그에게 다시 그런 존재가 생겼다.

그의 성취를 즐거워하고 격려해주고 또 그의 부족함을 채워주는 사람. 그가 죽을 만큼 고단해 쓰러지고 싶을 때 일으켜주는 사람.

처음엔 여인으로만 해류를 원했지만 이제 해류는 그가 은애하고 욕망하는 여인이자 반려인 동시에 벗이었다. 가장 믿고 의지할 수 있는. 그도 해류에게 그런 존재가 되길 원했다.

태왕은 을밀에게 여진이 했다던 당부를 떠올렸다.

"부인께서 그대에게 전해달라고 했다던 말이 있소."

어머니의 전언이란 소리에 해류가 젖은 얼굴을 들었다. 눈물범벅에다 빨갛게 상기된 해류의 얼굴을 손수건을 꺼내 닦아주면서 태왕은 을밀이 옮긴 얘기를 토씨 하나 빠뜨리지 않고 그대로 읊었다.

"이제 그 무엇에도 연연하지 말고 왕후가 원하는 대로 살라고, 그것이 못난 어미의 소원이라고. 그리 말했다고 하오."

원하는 대로 살아라.

사당에 있는 내내, 왕후가 되어 궁궐에 들어온 이후에도 한두 해는 그것만을 꿈꿨다. 힘겨울 때마다 주문처럼 되뇌었다. 그런데 어머니가 떠나고 나니 지금은 제가 원하는 것이 무엇이었는지조차 흐릿했다.

"무엇을 위해, 누구를 위해 살아야 할까요……."

멍한 중얼거림에 태왕은 여진의 당부를 들었을 때부터 해류에게 하고프던 부탁을 했다.

"그대를 위해 살아요. 다만 내 곁에서 그래주면 좋겠소. 나도 당신이 필요하오. 하지만 기대거나 응석 부리진 않을 거요."

해류는 자신을 태울 듯한 시선으로 내려다보는 사내를 가만히 응시했다.

다정하고 자상한 가면을 쓰고 있지만 원하는 것을 얻기 위해선 누구보다도 냉혹하게 그녀를 몰아갈 수 있는 사람. 어떤 인연으로 만나서 연모가 생기고 이리 몸과 마음이 합일하는 부부가 된 것인지. 운명의 오묘함을 헤아리기 어려웠다.

"만약에 어머니가 어린 저를 데리고 명림가를 나갔거나, 제 생부가 떠나지 않고 어머니와 함께했더라면…… 그래도 폐하를 만났을까요?"

"만났을 것이오. 분명히. 그대가 어디에 있건 우린 만날 운명이오."

반드시 그래야 했다. 해류가 없는 삶은 가정도 해보고 싶지 않았다. 이 활기차고 씩씩한 사람이 곁에 없다면. 상상만으로도 온 세상의 빛이 다 꺼지고 황량한 들판에 홀로 선 것처럼 막막하고 외로웠다.

곧바로 나오는 확고한 대답을 들으며 해류는 살짝 고개를 갸웃했다.

"그래도…… 아무리 폐하가 저를 원하고 아낀다고 해도 왕후는 될 수 없었겠지요. 기껏해야 후궁 말석을 지키며 왕후나 소후에 둘러싸인 폐하를 보면서 가슴앓이를 했을 것 같습니다."

그 냉철한 지적은 차마 부인할 수 없었다.

속민의 딸이 왕후가 되는 걸 용납할 고구려인은 없다. 고구려의 근간을 송두리째 뒤흔들지 않는 한 불가능했다. 그는 뼛속까지 태왕이었다. 아무리 연모하고 은애해도 여인 때문에 나라가 어지러워지고 왕권이 약해질 선택은 할 수 없었다. 그가 줄 수 있는 자리는 온 마음을 다해 아끼고 총애하는 후궁. 그 정도로 만족해달라고 해류를 어떻게든 설득하며 붙잡았을 것이었다.

"부정하지 않으시네요."

이이의 얼굴이 벌게진 건 횃불 탓일까, 아니면 차마 거짓말을 할 수 없어 고심하는 탓일까. 대답을 종용하고픈 심술궂은 유혹이 몰려왔다. 웃음기가 찰랑이는 눈으로 그녀는 태왕을 물끄러미 올려다봤다. 적당히 웃으며 엉너리 치지 않을까 했던 예상과 달리 태왕의 눈빛이 깊고 어두워졌다.

"만약, 그렇다면 당신은 내 곁을 떠나는 걸 선택했을까?"

전혀 예상치 못한 질문이었다. 농으로 얼렁뚱땅 넘기기에는 너무 진지해 보여서 해류는 골똘히 생각해봤다. 잠시 고심을 하다가, 인정하고 싶지는 않으나, 아마도 자신이 했을 선택을 솔직히 밝혔다.

"아마도…… 제가 수많은 여인 중 하나라고 해도 폐하 곁에 머물렀을 것은 같습니다. 소후나 후궁을 여럿 두는 것은 태왕께는 흔한 일이니 어쩔 도리가 없겠지요."

해류의 대답에 기분이 묘해졌다. 다른 여인과 공유해도 상관없다는 의미가 무엇인지. 그것이 상관없도록 그를 깊이 연모한다는 것인지, 아니면 그에 대한 마음이 그걸 받아들여도 괜찮을 정도로 얕다는 것인지 알쏭달쏭했다. 해류가 질투하지 않겠다는 걸 기꺼워해야 함에도 이상하게 들그러웠다.

"하지만 폐하께 향하는 사모가 지금처럼 오롯하진 않겠지요. 폐하를 다른 여인과 나누는 만큼 제 연정도 덜어내야 투기를 이겨낼 수 있으니까요. 이 마음 그대로 온전히는 못 드릴 것 같네요."

그가 주는 만큼만 돌려주겠다는 선언이었다. 발칙하다고 노염을 사도 억울하다 할 수 없는 되바라진 대꾸였지만 다른 여인과 나눠도 된다는 말보다 훨씬 듣기 좋았다. 관대한 선언을 들었을 때 뾰족이 일어나던 몽니가 잠잠해졌다.

태왕은 한결 편안해진 심정으로 너털웃음을 흘렸다.

"후궁을 절대 두지 말라는 소리보다 더 무섭소."

"연모하는 이에게 당연히 바라는 일이지요. 하지만 폐하는 못 사내가 아니니까요."

더없이 너그럽고 후덕한 왕후다운 발언이었다. 그렇지만 그도 부왕의 아들인 모양이었다. 해류 말고는 누구도 원치 않았다.

"그대의 전부를 가지려면 원치 않는 소후를 두지 않아도 되는 강력한 태왕이 되는 수밖에 없겠군."

스스로에게 하는 약속이었다. 해류를 알기 전의 자신이라면 절대 하지 않았을 맹세이기도 했다.

그가 한 말의 의미를 알아챈 해류의 눈망울이 촉촉해졌다.

외조부모가 죽자 그럭저럭 나쁘지는 않은 아비였던 두지가 본색을 드러냈다. 여진과 해류를 하늘처럼 떠받들어주던 외조부의 심복 대다수도 두지에게 붙으며 돌아섰다. 철도 들기 전에 인간의 바닥을 속속들이 보면서 해류는 뼛속 깊이 그 이중성을 각인하고 의심과 경계를 천성처럼 둘러썼다.

그런데 태왕의 약속을 들으면서 자신도 모르게 남아 있었던 마지막 한 조각 의심마저도 걷혔다.

앞으로 어떤 시련이 있어도 이 사람을 믿겠다.

구름 한 점 없이 맑게 갠 하늘처럼 청명한 마음으로 해류는 진심을 가득 담아 맹세했다.

"저는…… 그런 태왕 폐하의 곁을 지키고 돕는 왕후가 되겠습니다."

사람에겐 사람이 필요하다. 내게 저 사람이 필요하듯 저 사람에게도 내가 필요하다.

태왕과 연을 맺지 않았다면 어디서든 최고의 비단 장인이자 포목상으로 부유하고 편안하게 살았을 거다. 대신 소리 내어 부를 수는 없는 이름, 거련이라는 두 글자를 떠올리는 것만으로도 가슴이 벅차도록 은애하는 이런 충일감은 몰랐을 것이다.

어머니가 떠났다는 사실이 여전히 슬프고 막막하고 허전했지만 이 사람과 함께라면 견딜 수 있을 것 같았다.

"어머니와 제가 했던 마음고생과 이별은 폐하 곁에 서기 위한 값이라고 생각하렵니다. 명림해류였기에 폐하를 만날 수 있었고 지금 여기 있습니다. 어머니가 주신 것을 소중히 여기면서 지금은 폐하 곁에서 당신이 이루려는 걸 돕고 싶습니다."

"해류! 고맙소."

부서져라 강하게 해류를 끌어안으며 그는 안도했다.

실은 오래전부터 묻고 싶었다. 만에 하나 어머니와 자신 둘 중 단 한 명만 택해야 하는 상황이 오면 누구를 선택할 거냐고.

치졸한 걸 알면서도 그가 해류에게 가장 소중하고 유일무이한 존재이길 확인받고 싶었다. 끝내 입 밖에 내지 않았던 이유는 자제력이라기보다는 두려움이었다. 해류가 어머니를 택할 수밖에 없다는 답이 나올까 봐. 아니면 괴로워할까 봐. 이제는 그걸 확인하지 않아도 되고 자신의 바닥을 보지 않아도 되었다. 이유야 어떻든 그 어린아이 같은 투기와 투정을 참아낼 수 있어서 다행이었다.

그의 가슴에 폭 파묻힌 채 해류는 내내 품었던 소망을 고백했다.

"그리고…… 천신께서 허락한다면 폐하의 아이들도 많이 낳고 행복하게 살고 싶습니다."

안겨 있던 해류는 태왕의 얼굴이 서글프게 가라앉는 것을 몰랐다. 짙은 자책과 애수를 지우면서 태왕은 음성을 애써 밝게 냈다.

"아직은 독의 기운이 남아 있으니 기다려야겠지만, 건강이 회복되면 하늘이 응답해주시겠지. 어의들이 최근에 효험이 뛰어난 약재를 더해 약을 올리고 있으니 탕제를 물리지 말고 잘 들어주오."

"예. 그러겠습니다."

경쾌하게 대꾸하며 해류는 태왕의 팔에서 살짝 벗어났다. 초롱초롱 빛나는 눈동자에 강한 의지를 담아 그에게 다시 호소했다.

"그렇지만 저를 비원의 온실 속 화초나 병에 꽂힌 꽃처럼 무조건 보호하려고만 하지는 말아주세요. 일방적으로 기대기만 하면 기대는 사람도 받쳐줘야 하는 사람도 행복할 수 없습니다. 전에도 약조드렸듯이 천신이 부르기 전까지는 폐하를 떠나지 않습니다. 하지만 바라보고 예쁨만 받는 꽃보다는 폐하가 머물고 쉴 나무가 되고 싶습니다. 그늘도 주고 미약하지만 비도 긋게 해주고 꽃도 열매도 주는 요긴한 나무요."

밤이 덮은 공간에 다시 암흑보다 짙은 침묵이 내려앉았다. 복잡다단하니 헤아리기 힘든 감정과 상념이 출렁이는 눈으로 태왕은 해류를 응시했다. 그러기를 한참. 태왕의 눈에 결심이 담기더니 고개를 끄덕였다.

"그래. 이렇게 하면 공평하겠군. 나는 고구려의 태왕이고 해류 그대는 왕후이자 내 유일한 반려요. 난 나의 왕후이자 지어미인 그대를 지킬 것이니 그대는 나를 지켜요."

이른 아침, 정전 앞은 사람들로 빽빽했다. 태왕이 원행할 때 사용하는 수레엔 말이 매여 있었고 그 주변엔 장수들이 삼엄하게 에워싸고 있었다. 중신들을 거느린 태왕이 정전 아래로 내려오자 맞은편에서 기다리던 왕후, 태후와 장수들이 일제히 몸을 숙였다.

그들을 보며 태왕이 손을 들자 시관이 크게 외쳤다.

"평신."

일제히 몸을 일으키는 사람들을 지나쳐 태왕은 수레 제일 가까운 곳에 선 왕후에게 시선을 고정했다.

"짐이 없는 동안 잘 부탁합니다, 왕후."

명림죽리가 국상일 때와 달리 이번엔 왕궁의 대소사는 물론이고 일상적인 정무까지 왕후의 소관이었다. 중대한 안건은 모두 태왕에게 올려 최종 승인을 받겠지만 과연 잘해낼 수 있을지. 걱정과 부담감을 삼키면서 해류는 최대한 침착하게 대답했다.

"미력하지만 폐하께 누가 되지 않도록 최선을 다하겠습니다."

두 사람 말고는 아무도 눈치채지 못할 정도로 찰나처럼, 애틋함이 끈끈하게 교차했다가 풀렸다. 왕실을 대표해서 태후가 수레에 오르려는 태왕에게 인사했다.

"폐하의 무사 귀환을 천신께 기원하겠습니다. 항상 옥체를 보중하고 강건하게 돌아오세요."

"꼭 그리하겠습니다."

태왕이 태후에게 답례하자 제일 앞에 선 대대로도 중신과 귀족들을 대표해 한쪽 무릎을 꿇었다.

"폐하, 무사히 돌아오시옵소서."

"짐이 없는 동안 종묘제 준비와 긴급한 사안은 왕후의 명을 받들어 시행하고 왕성을 잘 지켜라."

"예. 명심하겠습니다."

마지막으로 짧게 다시 해류와 작별의 시선을 교환한 태왕이 수레에 올랐다. 수군과 연합하는 훈련을 위해 동행하는 우타소루가 넓은 정전 앞뜰이 쩌렁쩌렁 울리도록 크게 외쳤다.

"출발하라."

기다렸다는 듯 왕성 정문까지 모든 문이 활짝 열렸다. 태왕과 수행하는 장수들이 탄 수레와 말들이 빠르게 달려 빠져나갔다. 사람과 말, 수레로 꽉 찼던 공간이 금세 비었다. 흙먼지만 남기고 멀어지는 일행을 해류는 하염없이 바라봤다.

짧아도 달포 이상. 그가 없을 긴 시간이 벌써 두려워졌다. 북하 일대에 새로 양성한 수군들의 성취를 참관하고 평양성에서 비지신도와 서라벌에 주둔할 수군들의 출항을 지켜보는 무난한 일상에도 이리 가슴이 떨리는데. 태왕이 전쟁터로 나가면 심장이 남아나지 않을 것 같았다.

망부석처럼 선 해류의 뒤에 을밀이 섰다.

"왕궁 바깥에서 수문위군과 친위대가 합류해 폐하를 모실 것입니다."

"대모달도 동행했다면 좋았을 텐데 나 때문에 번거롭게 되었소."

"아닙니다."

태왕이 그의 그림자이자 오른팔인 호위대장을 굳이 남겨두고 간 것은 얼마나 그녀를 염려하는지 보여주는 증거. 을밀이 태왕이 아니라 자신을 지키는 건 어색했지만 아직도 그를 잠식하고 있는 뿌리 깊은 불안과 강박을 덜어주기 위해서 양보해야 했다.

해류는 자신의 눈치를 보며 뭉그적거리고 있는 중신들을 뒤늦게 의식했다.

"관청으로 돌아가 각자 맡은 일을 보시오. 폐하께서 이르신 대로 최근까지 전례가 있는 업무는 그대로 처리하되 이 사람이 확인할 수 있도록 매일 왕후궁으로 가져오고 참고할 전례가 없거나 중대한 정무는 장계로 만들어 폐하께 파발로 보내면 될 것이오."

"예, 폐하."

남아 있던 관료들도 빠르게 흩어지자 정전 뜰은 텅 비어 휑해졌다.

해류는 반 발짝 앞에 서 있는 태후에게 다가갔다.

"옥체가 미편하시다고 들었는데 무리를 해주셔서 송구하고 감사합니다."

"송구라니요. 태왕께서 선왕의 숙원 중 하나를 이루러 가시는 길인데요. 다리만 움직이면 나와 배웅드려야지요."

태후는 처연하게 태왕이 간 방향을 보고 있는 해류의 긴 소맷자락을 위로하듯 톡톡 쳤다.

"경사로운 일로 가시는 것 아닙니까. 길어야 두 달이라니 금방입니다. 심기를 굳건히 하세요."

"나약한 모습을 보여 부끄럽습니다. 선왕 폐하께서는 거의 매해 친히 군사를 이끌고 전쟁에 나서셨다던데, 전하께서는 그 기다림을 어찌 견디셨을지…… 소첩은 감히 가늠도 되지 않습니다."

"비단 왕후뿐 아니라 고구려 사내를 반려로 둔 여인이라면 견뎌야 하는 일인 것을요. 그러고 보니…… 왕후가 왕실에 들어온 이후에 폐하께서 친정할 정도로 큰 전쟁은 없었군요. 정말 왕후의 복입니다."

"예. 폐하께서는 선왕 폐하와 달리 전쟁을 지나치게 회피한다고 불만을 가진 자들도 있다지만, 좁은 소견이라고 흉을 잡힌다 해도 저는 그것이 참으로 다행이고 감사합니다."

태후의 눈빛이 아스라해졌다가 애수 어린 씁쓰름한 미소로 바뀌었다.

"진솔하게 고백하자면…… 나도 동감입니다. 승전하실 때마다 고구려의 기상을 드높이고 영예가 온 천하에 퍼지지만 남아 있는 사람에겐 무사히 돌아오실 때까지 전전긍긍, 힘들고 잔인한 기다림이지요."

애잔한 미소를 머금은 채로 그녀는 해류를 돌아봤다.

"그래서 난 왕후가 참 부럽습니다."

"전하……."

"이런 이런, 내가 허튼소리를 했네요. 전쟁은 아니지만 오랜만에 대군을 이끌고 왕궁을 떠나시는 걸 보니 옛 생각이 나서 공연한 헛말이 나왔으니 마음에 담지 마세요. 난 이만 돌아가 좀 누워야겠습니다."

"아닙니다. 전하. 제가 거기까지 모시겠습니다."

부축이라도 하려는 듯 바짝 다가선 해류의 기세를 보니 말려도 소용없다 싶은 모양이었다. 태후가 고개를 한 번 끄덕하며 어가에 올랐다.

침전까지 모셔주고 돌아 나온 해류는 빠르게 걷다가 뚝, 발걸음을 멈춰 태후궁을 돌아봤다.

열 길 물속은 알아도 한 길 사람 속은 모른다더니. 속속들이 다 알고 있음에도 기연가미연가 싶어지는 태후의 완벽한 가면이 새삼 오싹했다.

며칠 전, 관천대에서 내려오기 전 태왕은 천만뜻밖의 경고를 던졌다.

"태후를 조심하시오."

처음엔 잘못 들은 줄 알았다.

"당신 어머니가 정말 자진한 것인지 아니면 내가 몰래 피하게 한 것인지 태후가 조만간 떠보려고 접근할 거요."

"태후 전하가요?"

충격으로 머리가 어질어질했다. 무슨 소리인가 하여 그를 올려다보는 해류에게 태왕은 의심의 여지가 없도록 명확하게 설명해줬다.

"석도종과 부인의 과거를 알아내어 퍼트린 것도 모두 태후의 소행이오."

분명 소리로는 들리는데 머리에선 곧바로 받아들여지지 않았다. 실은 석도종이 친부라는 사실도 아직 믿기지 않았다. 그런데 태후는 어떻게 그 사실을 알고 퍼트렸는지. 어머니와 우의를 나누던 다감한 미소 뒤에 매서운 칼날을 감추고 있었다는 사실을 인정하기 힘들었다.

태왕은 충격으로 하얗게 질린 해류를 걱정스럽게 보면서도 알아야 할 비밀을 남김없이 공유했다.

"일전에 여기에서 객성이 북극성에 범하면 왕후나 후궁이 역적모의한다는 경고라는 얘기를 해줬던 것을 기억하오?"

"당연하지요. 그 핑계로 드디어 제 목을 베시려나 보다 하고 얼마나 떨었는데요."

벌써 한참 전이건만, 다시 살아나는 공포에 절로 몸서리가 쳐졌다. 절대 그럴 리 없다고 약속하듯 그녀를 꼭 안아주며 그는 설명을 계속했다.

"이 팔찌를 주던 날 시조신 사당의 관천대에서도 후비(后妃)의 역모를 경계하는 천기를 읽었지. 그대가 나를 배반할 리 없다고 확신했기에 그 뜻을 제대로 짚지 못했소. 태후 역시 왕후였는데."

짙고 묵직한 자책이 그를 눌렀다. 자신의 실수를 용납하지 못하는 태왕의 완벽주의 성향을 잘 아는 해류가 그를 안은 팔에 힘을 줬다.

"폐하의 잘못이 아닙니다. 어디서부터 어긋났는지 모르겠으나…… 어떻든 폐하를 지극정성으로 키워준 모후를 그런 연유만으로 의심하는 건 어불성설이지요."

"글쎄…… 그것이 진정이었는지조차 지금은 의심스럽소. 설령 진심이었다고 해도 키워준 은혜로 상쇄하기엔 너무 멀리 갔고. 독을 써서 그대를 해하려 한 것도,

아직 명확한 증거를 찾지는 못했지만 국고를 빼돌려 상단에 넘겨 이득을 취한 것과 동맹 때 비려인들을 동원해 그대를 해치려 한 것도 필경 태후의 사주일 거요."

"아니……, 왜……?"

갈수록 태산이었다. 놀라 저도 모르게 나온 더듬거리는 중얼거림에 태왕은 곧바로 답을 줬다.

"그대를 해치면 내가 흔들리니까 어떻게든 그대를 죽이거나 폐위하려고 했겠지. 왕후 자리에는 저들 입맛에 맞는 유순한 여인을 올리면 금상첨화일 것이고."

바로 앞에 적을 두고 짐작조차 못 했다. 태왕의 분노와 배신감이 손에 잡힐 듯이 진하게 묻어났다. 태후를 친어머니처럼 따르고 효도했으니 그 배덕에 대한 모멸감은 이루 말로 할 수 없을 터였다.

최초의 경악이 지나가자 해류는 금방 수긍이 되었다. 무의식 깊은 곳에선 그럴 것이라고 감지하고 있었던 모양이었다.

초야부터 소박맞아 설 곳 없는 그녀에게 유일하게 손을 내밀어줬던 사람. 태후의 후의에 진심으로 감읍하면서도 이상하게 불편하고 기대어지지 않았다.

무정한 지아비인 영락태왕을 열렬히 사모하며 지극정성으로 모신 것도. 전 왕후 소생인 장자 거련을 친자식보다 더 아끼는 것도. 친정이 도륙당했음에도 그의 태자 책봉을 적극 지지했던 것도. 자신은 열 번 죽었다 깨어나도 불가능하다 감탄했다. 동시에 어색하다는 감정을 떨칠 수 없었다, 저것이 사람에게 가능한 도량인가 싶었다.

태왕은 태후가 해류를 이용해 정국을 흔들고 왕권을 약화시켜 권세를 얻는 것이 목적이라고 확신하고 있었다. 그러나 해류가 보기엔 그것뿐이 아니었다.

영락태왕이나 지금 태왕에게 쌓인 원한이나 복수.

무의식적으로 인지하고 있었던 부자연스러움의 정체가 단번에 밝혀지는 느낌. 아직까지는 그저 그녀의 짐작이었다. 확실하게 이거라고 주장하기엔 근거가 부족했다. 해류는 폭풍처럼 자신을 강타한 충격을 소화하며 일단 가장 앞에 당면한 문제에 집중했다.

"하면……, 어머니의 일은 어찌하면 좋을지요?"

"그 소식은 그대는 아직 모르는 것으로 해주면 좋겠소."

해류도 수긍했다. 태후 앞에서 어설프게 충격이나 슬픔을 가장하는 것보다는 그게 나았다. 매의 눈을 가진 태후였다. 그 어색함을 놓치지 않을 게 자명했다.

그날 이후 어머니 얘기가 나오지 않을까 단단히 준비했지만 의외로 태후는 찔러보는 시늉도 없었다. 너무나 평온하게, 늘 그래왔던 것처럼 적절한 거리와 친밀감을 유지했다. 이 순간까지도.

태왕이 자리를 비운 틈을 노려서 어머니 얘기를 흘리지 않을까. 오늘 굳이 태후와 동행하겠다고 나선 것도 그 이유였다.

예상 이상으로 심계 깊고 무서운 분이다. 절대 경계를 늦춰선 안 되겠다고 다짐하며 해류는 왕후궁으로 돌아갔다.

내전 앞에는 궁관들이 열을 지어 기다리고 있었다. 해류가 내전에 앉자마자 가장 시급한 순서대로 들어왔다.

"태왕 폐하께서 돌아오시면 바로 모실 대종묘제 준비에 관해 아뢰옵니다."

그 보고와 재가를 시작으로 분주한 나날이 이어졌다. 외로움이나 허전함은 공사다망함에 파묻혀 적어도 해가 떠 있는 동안에는 찾아들지 않았다.

해류가 바쁘지만 보람찬 시간을 보내는 동안 태왕 일행은 관도를 따라 빠르게 남쪽으로 내려갔다. 요지마다 위치한 성에 들러 정무와 민심을 살피는 일도 생략하고 최단거리로, 최소한의 휴식만 취하며 움직였다. 평소보다 급박하게 서두른 여정 덕분에 수군 1진이 출병할 때에 맞춰 평양성에 도달했다. 그 행렬의 뒤를 파발꾼이 숨 가쁘게 오가며 시시때때로 국내성의 소식을 전하고 있었다.

강행군에 지친 장수와 관원 대다수가 일찌감치 숙소로 쉬러 간 밤에도 평양성 왕궁 대전은 불이 환했다. 연일 이어지는 과로로 양쪽 입술 끝이 터진 주부는 대대로와 각 부에서 올린 장계를 태왕 앞에 끊임없이 펼쳤다. 마지막 무더기를 끌어안고 한숨 돌리려던 주부는 장계가 분명한 종이뭉치를 든 계마로가 들어오자 원망스러운 눈초리를 보냈다.

태왕은 재가하는 문서에 옥새를 누르며 고개도 들지 않고 계마로에게 물었다.

"왕후는?"

"그러잖아도 조금 전에 왕후 폐하께서 보내신 서찰이 도착하였습니다."

붉은 붓으로 죽죽 그으며 시정할 내용을 적고 있던 태왕의 손이 멈췄다.

"그래?"

눈치 빠르기로는 둘째가라면 서러울 계마로였다. 달라는 소리가 나오기도 전에 벌써 봉서를 내밀었다.

심장을 적시며 퍼져나가는 기대감과 흐뭇함을 만끽하며 태왕은 단단히 봉해진 봉투를 뜯었다.

무사히 도착하셨는지요?

아직 배움이 모자라 시관의 도움을 받았으나 여전히 미비합니다. 부족한 글로나마 궁금해하실 왕궁의 대소사를 고해 올립니다.

맡겨주신 국무는 이르신 대로 대대로 이하 중신들과 의논해 선례에 따라 처리하고 저 혼자 판단하기에 지나치게 중차대하거나 확신이 서지 않는 내용은 폐하께 올리니 재가하여주십시오.

선왕께서 생전에 마지막으로 하신 뒤 십수 년간 수종묘(修宗廟)를 대대적으로 하지 않아 개수하고 구비할 곳이 많이 보입니다. 이에 대종묘제 전까지 급한 부분을 우선 살펴 미비한 부분을 정비하고 있습니다. 나머지는 폐하께서 돌아오시는 대로 살펴주십시오.

올해는 혜와 대신녀가 안 계신 첫 동맹이라 그 준비도……

태왕의 입술에 삐딱한 실소가 맺혔다.

이럴 때만 내 말을 지나칠 정도로 잘 듣는군.

내키지 않아 하는 해류에게 글을 배우라고 강권하며 그는 왕궁의 대소사를 써서 보내달라고 했다. 알았다고 수긍한 그녀는 놀라울 정도로 열성적으로 글공부를 해왔다. 소원대로 이번 순행에 드디어 왕후가 보낸 서찰을 받는 데는 성공했지만 기대했던 연서와는 한참 멀었다.

아무리 시관이 교열을 봐준다고 해도 지아비에게 보내는 첫 편지인데, 그립다거나 보고 싶다거나 하는 소리 한마디 정도는 쓸 법도 하건만. 긴 서찰은 처음부터 끝까지 그가 맡긴 국무와 왕궁의 근황에 관한 내용뿐이었다.

혹시나 하고 마지막 줄까지 꼭꼭 씹듯이 훑었지만 옥체를 보중하고 무탈하게 돌아오길 기원하겠다는, 저녁 내내 눈이 빠지도록 살핀 장계 말미에 있는 것들과 거의 흡사한 인사말이 유일무이한 안부였다.

돌아가면 꼭 술을 한잔 나눈 뒤 서찰을 써보라고 해야겠다. 그러면 최소한 이것보다는 연서에 가깝겠지. 해류는 뭐 하나 쉽게 내어주는 법이 없구나. 태왕은 아쉬움을 삼키며 종이를 접었다.

계마로의 예리한 눈은 슬쩍 굳어진 태왕의 입매를 놓치지 않았다.

"혹시 좋지 않은 소식이라도 있으신 건지요?"

"아니다. 왕후가 왕궁을 잘 장악하고 있는 모양이다."

"그러실 거라고 믿었습니다. 평소에도 보면 불만이 나올 정도로 빡빡하게 조이지도 않고, 그렇다고 나태하도록 내버려두지도 않고 적재적소에 잘 운용하시지요. 앞으로 폐하께서 길게 원정을 나가시더라도 왕궁이나 왕성의 문제로 근심하실 일은 없으실 것 같습니다."

계마로의 진정 어린 칭찬이 미더운지 태왕의 눈매가 풀어졌다.

"그래. 영민하고 통솔력이 있는 사람이지."

해류를 떠올리며 부드러워졌던 표정은 같은 왕궁에 있는 다른 이를 떠올리자 싸늘하게 굳어졌다.

"태후 전하는 여전히 미령하시다더냐?"

"예. 그러신 모양입니다."

어물어물, 얼버무리는 기색에 태왕은 주부에게 시선을 주었다.

"나머지는 말객의 도움을 받아 처결할 테니 너는 이만 쉬어라."

"예. 그럼 소신은 물러가겠사옵니다."

주부는 사양하는 시늉도 한번 하지 않았다. 혹시라도 태왕이 변덕을 부릴까 두려운 듯 쏜살같이 대전을 빠져나갔다. 대전 밖을 지키는 호위들을 제외하고 주변이 빈 것을 확인한 계마로는 태왕 앞에 바짝 붙었다.

"태후궁에서 꼼짝도 하지 않고 계십니다. 기력이 떨어져 운신하기 힘들다는데 어의의 말로는 특별한 환후는 없다고 합니다. 무슨 요량인지 짐작할 수가 없어서 일단 경계만 단단히 하고 있답니다."

"태후의 이복아우가 이끄는 그 상단은?"

"역시 큰 움직임은 없습니다. 아무래도 눈에 띄는 거래는 해사무 욕살의 상단과 해세적의 상단에게 맡기고 그들은 다른 방도를 모의하고 있지 않나 짐작됩니다."

"짐과 같은 생각이구나. 회심의 일격이라고 믿었던 수들이 연달아 꺾였으니 아무리 진중한 태후라도 꽤 초조해졌을 것이다. 짐이 왕성을 비운 때를 놓칠 수 없을 테니, 조만간 움직일 것이다. 그때 반드시 목덜미를 잡아채야 한다."

참을성 싸움이라면 누구에게도 지지 않는다 자부했다. 저들이 노리는 게 그라면 얼마든지 기다릴 자신이 있었다. 태후가 말라비틀어져 무덤에 갈 때까지라도 틈을 보이지 않으며 경계하고 인내할 수 있었다.

안타깝게도 저들이 노리는 것은 해류. 태후가 자멸할 때까지 덫을 놓고 기다리다 또다시 해류가 다치는 건 용납할 수 없었다. 하루빨리 모든 위험을 제거해야 했다. 그래서 원행을 결행했다.

딸을 위해 죽음도 불사하는 여진의 용기를 보지 않았다면, 그의 옆에 나란히 서고 싶으니 자신의 강함을 믿어달라는 해류의 간곡한 호소가 없었다면 그는 여전히 해류를 꽁꽁 감싸고 보호하려고만 들었을 거다. 그가 우기면 해류는 결국 따라는 주겠지만 시들어 본연의 모습을 잃어버릴 미래가 보였다.

제가 공포에 굴복해서 해류를 가두고 억압하기 전에 태후와의 싸움을 끝내야 했다. 그래서 위험할 수 있음을 알면서도 동행하지 않고 혼자 국내성을 떠나왔다.

해류도 적극 동조했지만 과연 잘한 결정이었는지.

빠른 말로 밤낮을 달려도 며칠이 걸리는 거리로 멀어지니 새삼스럽게 회의감이 엄습했다.

태왕의 한없이 깊어지는 침잠의 까닭을 잘 아는 계마로는 그가 할 수 있는 최선의 위로를 했다.

"대모달이 곁에 있으니 너무 염려하지 않으셔도 될 것입니다."

"그래. 을밀이 지켜주겠지."

그라면 목숨과 바꿔서라도 해류를 지켜줄 것이다. 해류가 태왕 거련에게 어떤 존재인지 가장 잘 아는 사람. 그가 없었다면 여러 가지 안배를 겹겹이 해놨어도 떠나기 힘들었다. 그를 믿기에 태왕은 모험을 할 수 있었다.

계획대로 끝나면 최소한 바로 턱밑에 치명적인 적을 두는 일은 다시 없을 것이다. 그러면 나도 해류를 좀 더 여유롭게 풀어줄 수 있겠지. 계마로의 보고를 들으며 그는 하루빨리 그날이 오길 간절히 바랐다.

다음 날 평양성 앞에선 내해를 지킬 수군이 출병했다. 긴 장마 끝이라 바다처럼 너른 패수 위를 대선단이 움직이기 시작했다. 돛을 잔뜩 올린 배들이 줄을 지어 출항하자 성벽 위에서 그들을 내려다보는 태왕이 손을 들어 무운을 기원해줬다.

"와아아아!"

"태왕 폐하 만세!"

배 위의 수병들이 태왕을 바라보며 성을 무너뜨릴 듯 우렁찬 함성을 터뜨렸다.

강을 빽빽하게 뒤덮듯이 내려가는 선단의 물결은 고구려인들에게는 뿌듯하고 든든한 광경이었다. 반대로 적에겐 간담이 서늘할 위용이기도 했다. 수군들의 출병을 지켜보는 장수들 역시 비슷한 감회를 품은 듯 흐뭇함을 감추지 않았다.

"눈엣가시 같은 백잔을 치우고 한수 일대를 정벌하려는 선왕 폐하의 유업을 이룰 날도 멀지 않은 듯싶습니다."

"저 함대를 보기만 해도 백잔이나 왜의 무리들은 꼬리를 감추고 달아나겠군요."

"저 대군이 내해를 오가면 백잔이나 가야, 왜 모두 감히 대적은 물론이고 중원과 연합해 우리 고구려를 괴롭히겠다는 어설픈 시도를 할 엄두도 내지 못할 것 같습니다."

우타소루의 드문 찬탄에 태왕도 동감했다.

"그게 궁극적으로 짐이 바라는 바다. 전쟁이 일어나지 않도록 미리 막아 고구려가 오래도록 평화를 누리는 것."

전쟁 준비를 다 해놓고 이게 무슨 귀신 씻나락 까먹는 소리인가. 의아해하는 장수들에게 태왕 거련은 오랫동안 품어왔던 뜻을 처음으로 털어났다.

"올바른 내치는 위기를 헤치고 나라와 백성을 지키는 것보다 난세가 오지 않도록 미리 막는 것이 더 중요하다 생각한다. 다스리는 자들이 제대로 하면 백성들은 우리가 무엇을 한 줄도 모른다. 하지만 조금만 못하면 원망하거나 그러다가 그 못남으로 인한 문제를 수습하면 오히려 감사하고 성군이라 칭송하지."

등극한 지 10년이 되어가도록 그는 건흥태왕이 아니라 영락태왕의 후계자였다. 부왕의 위업을 그대로 따르기를 기대하는, 충성스러움을 넘어 신실한 장수들. 태왕은 그들 한 명 한 명과 눈을 맞췄다.

"아무도 알아주지 않아도 상관없다. 짐은 가능한 한 충돌과 실수를 줄이고 전쟁은 최소한으로 하며 우리 고구려를 번영시키고 싶다. 붙어 있는 나라는 치고 멀리 있는 나라와는 가까이 교류할 것이다. 사람이 하는 일이니 실패도 많겠지만 짐의 치세는 영락태왕이 닦아놓은 기반을 계승해 지키며 딱히 기록할 위업은 없으나 내내 무탈하고 평온했다고 후세의 사가들이 적어주었으면 한다."

이것은 장수들뿐 아니라 자신에게 하는 당부였다. 자신의 통치 원칙을 회의하지 않겠다는.

해류와 평양성이 내려다보이는 대성산성 자리에서 건흥태왕 거련은 자신이 부왕과 다름을 인정했다. 그는 절대 부왕처럼 될 수 없었다. 끊임없이 자책하던 모자람이 아니라 그저 다름. 부왕과는 다르지만 그 나름대로 훌륭한 태왕이 될 수 있으리란 자신감이 생겼다. 강력한 태왕이자 정복자의 길을 좇지 못한다는 열패감은 버렸다.

부왕처럼 종횡무진 정복 전쟁을 펼치지는 않을 것이다. 내 나름대로 고구려를 위해서 최선을 다하겠다.

목적지는 같지만 다른 길. 이제는 부왕의 그림자를 좇으며 그와 다른 결정을 내릴 때마다 느껴지던 자괴감을 떨칠 거였다. 부왕의 통치를 이상으로 삼았던 자신에게, 신하들에게, 더 이상 선왕과 비교하지 않고 자신의 길을 가겠다는 천명이기도 했다.

수긍하며 고개를 끄덕이는 자, 격동하며 감격을 드러내는 자, 시큰둥하니 불만을 간신히 감추는 자 등 각양각색의 표정이 떠올랐다 가라앉았다. 태왕은 그 반응에 아랑곳하지 않고 자신의 구상을 마무리했다.

"그걸 위해선 아무도 고구려를 넘볼 수 없도록 만반의 대비를 할 것이다. 북하에서 양성하는 새로운 수군과 함선들은 고구려의 철벽같은 방패가 될 것이고 언젠가 한수 이남까지 정벌할 때 선두에 설 초석이다. 거기에 그치지 않고 수병과 기병들을 증원할 것이니 그날을 위해 모두 전심전력을 다하라."

평양성에서 수군의 출병을 참관한 태왕은 다음 날 바로 북하로 내려갔다.

같은 날 국내성에서는 갑작스런 화재로 왕궁이 발칵 뒤집히고 있었다.

뎅뎅뎅뎅뎅! 큰 변고가 났음을 알리는 종소리가 국내성 곳곳에서 요란하게 울려 퍼졌다. 왕후궁으로 달려 들어온 사령은 내전 문이 열리기도 전에 크게 소리쳤다.

"폐하, 종묘와 그 인근 민가에 큰불이 났다고 합니다!"

서찰을 쓰던 붓을 내동댕이치듯 던져놓은 해류는 자리를 박차고 달려 나왔다.

"종묘라고? 그곳에서 왜? 어찌 된 일인가."

이유를 재우쳐 물으려던 해류는 얼른 말을 바꿨다.

"아니, 그것보다 멸화군(滅火軍)[26]은 출동했는가?"

"예. 인근 백성들과 가까운 곳에 주둔한 멸화군이 달려가 진압하고 있다고 합니

---

26   현대의 소방관 역할을 하는 조직

다."

"그들만으로 부족할 수 있다. 당장 왕궁의 멸화군도 모두 가서 무슨 일이 있어도 종묘와 제단을 지키라고 명하라."

"예. 폐하. 바로 명을 시행하겠습니다."

가쁜 숨을 가다듬지도 않고 사령이 돌아 나가자 왕후를 둘러싼 여관과 궁녀들의 낯빛이 새파래졌다.

올해는 3년마다 종묘에서 추모왕부터 영락태왕까지, 역대 태왕들을 전부 모시는 대종묘제가 있는 해. 선대 영락태왕이 소노부의 종묘까지 통합한 이후 왕권의 강대함을 과시하는 대제례였다. 초대왕 주몽이 용을 타고 천신에게 돌아간 9월마다 매년 올리는 종묘 제사와 차원이 다른 의미와 규모기도 했다.

태왕으로부터 모든 권한을 위임받은 왕후가 심혈을 기울여 꼼꼼하게 차비하고 있는 중으로, 만에 하나 차질이 생기면 더없는 흉조였다.

"폐하, 종묘라니……. 이를 어찌합니까."

두려움이 가득한 궁녀들 앞에서 의연한 척하지만 가장 염려되고 속이 타는 사람은 해류였다.

올해는 그녀가 주관하는 첫 대종묘제라 완벽하게 해내고 싶었다. 그것이 지금 물거품이 될 위기에 처한 거였다. 잠깐이지만 머릿속이 새하얘졌으나 냉철함이 돌아왔다. 전전긍긍하며 여기서 소식만 기다리는 건 그녀에게 어울리지 않았다. 날랜 걸음으로 왕후궁을 빠져나가며 척척 명령했다.

"직접 가봐야겠다. 지금 달려가 말을 준비하라고 하고, 대대로에게도 이 소식을 전하라. 대대로는 자리를 지키고 내 지시를 바로 이행할 수 있도록 좌보나 우보 두 사람 중 하나를 최대한 빨리 종묘로 보내라고 해라. 다른 구역의 멸화군도 최소한의 인원만 남기고 모든 준비를 해서 종묘와 그 인근으로 집결하라는 명도 내려라."

줄줄이 이어지는 명령에 얼어붙어 있던 궁녀들이며 궁인들이 잽싸게 흩어졌다.

동쪽으로 향한 내궁 문을 지나자마자 을밀과 추풍오가 대기하고 있었다.

"직접 종묘로 납신다고요?"

"화재 진압이야 멸화군들이 하겠지만 상황을 살피며 급히 결정할 일들도 있을 것이오. 공연히 전령이 왕궁과 종묘를 오가며 시간을 낭비하는 것보다 거기서 바로 하는 게 나을 것 같소. 서두릅시다."

해류의 판단이 옳다 싶은지 을밀도 가타부타 토를 달지 않고 말에 올랐다. 왕후를 둘러싼 호위대가 종묘로 달리기 시작했다.

멀리서 볼 때는 연기가 피어오르는 정도였지만 현장은 아수라장이었다. 가까이 다가가자 막 도착해 불길로 뛰어드는 왕궁의 멸화군, 불을 피해 나오는 인근 주민들과 불이 더 번지는 것을 막기 위해 건물을 무너뜨리는 종묘 구역의 멸화군이 뒤엉켜 있었다.

시커먼 연기를 뚫고 해류 일행은 종묘 근처로 다가갔다.

왕후가 온다는 소식이 전해졌는지 멸화군의 군장과 국내성의 힐지(纈支)[27]가 달려왔다.

"화재는 어느 정도인가? 원인은 무엇이고?"

"원인은 아직 확실치 않습니다만, 종묘 수리를 위해 목재를 쌓아둔 곳에서 불이 시작된 것 같다고 하옵니다."

"그럼 종묘에서 불이 시작된 것일 텐데 왜 인가까지 불이 번진 것인가?"

"그것이……."

확실치 않은 일이나 알려도 될지. 잠시 고심하던 힐지가 침통하게 고했다.

"그것이, 아무래도 방화 같습니다."

"방화? 일부러 불을 냈다는 소리인가?"

"예. 그렇사옵니다. 그러지 않고선 이렇게 불이 빨리 번지고 또 곳곳에서 다발적으로 일어나는 게 이치에 맞지 않습니다."

"힐지의 말씀이 맞사옵니다. 불길은 종묘 수리를 위해 치목한 목재를 쌓아둔 곳과 종묘에 수묘하는 자들이 사는 집, 그리고 그 옆 시장에서 거의 동시에 일어났습니다. 인가에선 불을 잘못 다뤄서 화재가 나는 경우는 종종 있사옵니다만, 겨울도

---

27 중상위 관직 대형의 고구려 고유어

아닌데 치목한 나무 옆에서 불을 피울 이유가 없지요."

종묘의 화재만으로도 충격적인 판에 방화라니. 잇따른 충격에 골이 띵하니 울렸다. 해류는 중차대한 것부터 해결하자고 속으로 되뇌면서 집중했다.

"종묘의 상황은 어떠한가?"

"다행히 불을 일찍 발견해서 그 주변 행각을 무너뜨리는 선에서 큰 불길은 거의 잡았습니다."

안도감에 몸에 힘이 풀려 휘청, 말에서 떨어질 뻔하다 등에 힘을 줬다.

"수고했다. 대제례에 추호도 차질이 있어선 안 되니 마지막까지 잘 챙기게. 나머지는 힐지에게 들을 테니 자네는 바로 복귀하게."

"예, 폐하."

치하를 받은 멸화군 군장이 어깨에 힘을 주고 달려가는 방향에는 망연자실한 채 집을 버리고 빠져나오는 이재민들의 행렬이 이어지고 있었다.

"주변 민가와 백성들의 피해는 어느 정도인가?"

"백성들까지 나서고 있으나 시장의 창고들과 민가로 향하는 불은 아직 잡지 못했습니다. 화재는 여러 곳에서 동시에 크게 일어나고 인원은 한계가 있어서……."

"다른 구역의 멸화군도 곧 도착할 것이다."

백성들은 결사적으로 물을 날라 뿌리고 멸화군도 신들린 듯 도끼를 휘두르며 건물을 부숴 불을 막고 있지만 목재 집들이 다닥다닥 붙어 있었다. 거대한 화마에 대응하는 데는 한계가 분명했다. 다행히 종묘는 지켰지만 시장과 민가, 둘 다 구하기는 힘들 터다. 임의로 한쪽을 선택해 집중하기에 힐지의 권한은 미약했다.

이건 나밖에 결단을 내릴 사람이 없다.

해류는 단호하게 명령을 내렸다.

"시장과 민가 둘 다를 구하는 건 불가능하오. 재물은 다시 얻을 수 있으나 사람의 목숨은 되돌릴 수 없으니 멸화군과 백성들은 민가에 집중하라 명하시오."

그의 영역 밖이던 결정이었다. 태산같이 무겁던 어깨가 가벼워진 듯 힐지의 대답은 잽쌌다.

"영명하신 판단이시옵니다."

명을 받자마자 왔는지 전속력으로 달려온 중신들도 마침 해류 앞에 멈췄다.

"폐하, 소신 명을 받잡고 왔습니다."

제일 앞에 선, 붉은 옷을 펄럭이는 좌보에게 왕후의 시선이 꽂혔다.

"좌보, 연전에 찬역을 저지른 자들의 저택은 허물어뜨린 명림가를 제외하고는 아직 대부분 비어 있지요?"

"예, 그렇사옵니다만?"

"잘되었군요. 아직 여름이지만 벌써 밤이 되면 서늘해지기 시작하는데 불로 집을 잃은 자들이 한데서 노숙을 할 수는 없잖겠소. 그곳을 열어 병자, 어린아이와 노인이 있는 가호를 우선으로 배정하고 나머지는 관청과 귀족가의 외채와 인근 마을에서 여유가 있는 집에 나눠서 잠시 거하도록 하지요."

"예에?"

종묘가 화마에 당했고, 왕후가 그리로 달려갔다는 소식까지만 듣고 헐레벌떡 달려온 참이었다. 가쁜 숨을 고르기도 전에 척척 떨어지는 명령에 정신이 하나도 없었다.

"화재 규모를 보니 그리해도 다 수용하기는 힘들 것입니다. 형편과 건강이 나은 자들은 병사들을 동원해 천막을 쳐서 피하도록 하고 창고를 열어 구휼에 차질이 없도록 해주시오."

나라의 곡식 창고를 여는 것 역시 태왕이 결정하는 중대 사항이었다. 머뭇거리던 그는 긴급한 안건은 왕후의 결정을 따르라는 왕명을 떠올렸다.

어차피 이 정도 재해면 구휼곡을 풀어야 하니 이왕이면 빠른 게 낫다. 설령 태왕 폐하의 뜻에 어긋나는 결정이라고 해도 왕후 폐하께서 책임져주시겠지. 일말의 망설임도 없이 그는 편안한 수긍을 택했다.

"예. 폐하. 바로 봉행하겠나이다."

그날 국내성을 덮친 화마는 종묘 인근을 잿더미로 만들고서 다음 날 새벽에야 겨우 잡혔다. 그나마 바람이 심하게 불지 않아서 그만했다.

왕후가 민가를 우선으로 구하라는 명령을 내려주지 않았다면 이 정도로 끝나지 않았을 것이다. 우왕좌왕하다가 국내성을 반 가까이 태웠던 수십 년 전의 악몽이 반복될 뻔했다.

화마에 모든 걸 잃은 백성들이 길에 나앉지 않도록 적절한 조치까지 더해져서 온 백성이 입을 모아 왕후를 칭송했다.

기다리던 파발을 갖고 온 전령은 곧바로 태왕 앞으로 안내됐다. 태왕은 그가 올린 두루마리를 펼쳐 읽으면서 입으로도 명했다.

"화재에 대해 소상하게 고하라."

국내성에 화재가 일어났다는 봉화에 이어 이삼일 뒤부터 줄줄이 도착한 전서구들로 요점은 알고 있었으나 최소한의 정보뿐이었다. 피해의 자세한 규모며 수습 상황, 화재 이유 등 정작 궁금한 사항은 거의 알 수 없었다. 때문에 전령이 도착하기를 태왕을 비롯해 모두 애타게 기다리고 있던 참이었다.

"종묘와 인근 민가, 시장에 방화로 추정되는 화재가 동시에 일어났습니다. 왕후 폐하께서 직접 가셔서,"

"뭐? 너 지금 뭐라 했느냐? 왕후가 직접?"

"예?"

혹시 자신이 말실수라도 한 것인가. 문득이 주위를 슬쩍 두리번거렸다. 태왕의 표정은 왠지 살벌했지만 옆에 선 말객과 주부는 심상하게 그의 보고를 기다리는 기색이었다. 별다른 잘못은 없는 것 같다고 판단한 전령은 숨을 가다듬고 왕후의 활약상을 신나게 고했다.

"예, 그러하옵니다. 불이 났다는 소식을 들으신 왕후 폐하께서 즉시 왕궁과 다른 구역의 멸화군도 보내 종묘의 화재를 진압하게 하고 곧바로 납시어 백성들의 터전과 생명이 중하니 시장은 버리고 민가를 구하라고 제때 판단을 내려주시어 최소한의 피해만으로 그칠 수 있었사옵니다. 그리고 그곳으로 부르신 좌보께 명하시어 지난해 찬역으로 몰수한 역도들의 빈 가택과 관청, 귀족저 등에 이재민들을 수용하라 명하셨습니다. 전 재산을 잃은 하호들이 자신이나 자식을 노예로 팔아 연명하지

앓도록 구휼곡도 넉넉히 내리고 피해 규모에 따라 내년까지 조세를 감면하라는 명
도 내리셨습니다."

화재 수습을 어떻게 하고 있는지에 대한 내용은 장계에도 자세히 나와 있었다.
읽으면서 제법 기민하게 잘 처리했다고 흡족해하고 있던 판. 다만 긴 두루마리 어
디에도 왕후의 명이었다는 언급은 없었다.

불이 어디로 옮겨갈지 모르는데 거기로 달려가다니.

해류의 무모함에 화가 나면서도 동시에 기특하고 흐뭇했다. 이율배반적인 감정
을 다스리면서 태왕은 보고에 없는 부분을 살폈다.

"왕후의 지시를 다들 순순히 따랐더냐?"

"국고를 열고 조세를 감면해주는 문제를 두고 대대로와 일부 중신들께서 폐하
의 재가 없이 시행하는 건 경솔하다고 우려를 표명하셨습니다만, 왕후 폐하께서 구
휼의 때를 놓치면 백약이 무효이니 당신께서 책임을 지시겠다고 강경하게 나오셔
서 다들 수긍하셨습니다."

"왕후의 판단이 옳다. 그 부분을 명확히 하는 명을 따로 내리겠지만 짐이 바로
처리할 수 없을 때는 왕후의 판단이 곧 짐의 판단이니 그대로 받들라고 전해라."

태왕이 중병이나 전쟁 등으로 부재일 때 태자나 왕후가 대리하는 게 관행이지
만 이건 전례가 없는 수준의 권한 위임이었다. 전령은 물론이고 주변에 시립한 사
람들의 입이 경악으로 쩍 벌어졌지만 태왕은 눈길도 주지 않고 질문을 이어갔다.

"그 외에 다른 일은 없었고?"

눈치 빠른 전령은 태왕이 왕후와 관련된 소식에 목말라한다는 걸 알아챘다. 씩
웃으며 귀족들이 속으로 피눈물을 쏟았을 미담도 신이 나서 전했다.

"가난 구제는 나라도 할 수 없으나 왕실이 모범을 보여야 한다시면서 주박(主
薄)[28]에게 명해 불탄 가호의 복구에 보태라고 내탕금을 내주시고 계루부 상단에서
도 필요한 물자를 내놓도록 하셨습니다. 그 모범을 따라 중신과 귀족가의 상단에서

---

28 왕실의 재정 출납을 관리하는 관직

도 앞다퉈 물품과 금전을 바쳐서 큰 보탬이 되고 있습니다. 그리고 이 기회를 노려 혹여라도 매점매석하는 자들이 있으면 안 되니 집 짓는 데 필요한 목재와 생필품의 가격을 면밀하게 살펴 폭리를 취하는 자들은 신분 고하에 상관없이 엄히 단속하고 왕실 숲의 나무 중 민가를 짓기에 적합한 것을 선별해 베어 싸게 공급하라는 명도 내리셨습니다."

위기에 적절하게 대응한 것은 물론이고 수습까지 일사천리. 태왕이 국내성에 있는 것과 진배없이 완벽한 처리였다. 상황 판단과 행동이 잰 해류를 잘 아는 계마로의 입도 떡 벌어졌다.

과연 태왕께서 더없이 애총할 만하시다.

그들 못지않게 태왕도 감탄하고 있었다. 귀족들까지 구호에 보탬을 주게 만든 것은 그도 했을 법한 일이지만 목재 등 물품 단속까지는 이렇게까지 빠르게 생각이 미치지 못했을 것이다. 자신이 놓친 부분을 짚어내는 기민함에 입꼬리가 기분 좋게 올라갔다. 그를 끈질기게 잠식하려는 집착의 사슬도 조금 더 멀찌감치 떨쳐냈다.

해류에 대해서 여전히 그는 애착과 집착의 경계를 오가며 치열하게 싸우고 있었다.

왜 고민하고 망설이는가. 나는 태왕이다. 내가 원하는 대로 해류를 세상과 차단하고 꽁꽁 감싸면서 완벽하게 보호해야 한다. 해류는 나를 연모한다. 잠시 괴로워하겠지만 결국은 이해하고 안주할 것이다.

그 유혹은 지치지도 않고 그를 덮쳐왔다. 그 편집증적인 집착에 굴복하면 다음 수순은 광기. 해류의 생사를 장담할 수 없을 때 실은 그는 광기에 휩쓸렸었다. 해류가 살아나기만 하면 어떤 위해도 입지 않도록 누구에게도 보이지 않겠다. 만약 해류가 떠나면 그녀를 빼앗아 간 자는 그 식솔은 물론 지친과 노예까지, 그 담 안에 생명 붙은 것은 단 하나도 살려두지 않겠다는 복수심의 광풍에 휘말렸었다.

아슬아슬했던 그를 되돌린 것은 해류였다. 그 집착에, 광기에 굴복하면 그는 행복할 수 있겠지만 해류는 아니었다. 더불어 암군이 된 그가 다스릴 고구려도. 그는 태왕이었다. 책임져야 하는 나라와 해류를 위해서, 무엇보다 자신을 위해서라도 애착의 선을 넘어가선 안 되었다.

해류는 뿌리 깊은 나무처럼 흔들리지 않는 강인한 사람. 그녀가 마음껏 가지를 뻗고 살 수 있도록 품어주는 산이 되어야 한다. 자신을 다스리는 주문을 외우며 그는 최근 몇 년간 계속 보이던 별들을 떠올렸다.

고구려에 여왕이 날 수 있다는 천기는 태후에 대한 경고보다는 해류의 능력을 잘 쓰라는 천신의 충고일 수도 있겠군.

물을 만난 고기 같은 해류의 활약상에 가슴이 벅차도록 뿌듯하고 자랑스러운 감정이, 뒤이어 진한 그리움이 밀려왔다. 멀리 떨어져 있다는 사실이 너무도 안타까운 동시에 잠시 잊었던 위기감도 되살아났다.

불이 시작된 장소에서 기름 냄새가 났다는 것 등, 방화로 의심되는 증험들. 화재의 원인을 나열한 부분을 태울 듯이 다시금 정독하며 그는 이 변을 사주했을 원흉을 떠올렸다.

태후의 수하들이 불을 냈다는 건 확신할 수 있었다.

명확히 풀리지 않는 의문은 '왜'였다.

평양성으로 천도를 원하지 않는 거족들이나 태후의 기반은 국내성. 당연히 귀하게 지켜야 할 공간이었다. 어떤 목적으로 그곳에 방화라는 극악무도한 범죄를 저지른 것인지. 태후가 원하는 것이 무엇인지.

잡힐 듯 잡히지 않는 묘연함이 그의 뇌리에 먹구름을 드리웠다. 모든 것을 통제하며 해류를 가두고 독점하고픈 욕망은 그를 평생 따라다닐 것이다. 또다시 해류가 생사를 오가는 위기에 처하면 어떤 선택을 할지 장담할 수 없었다. 그 치명적인 미혹에 끌려들지 않기 위해선 태후의 야욕을 반드시 막아야 했다.

"태왕도 안 계시고, 이런 어수선한 시기에 참으로 미안합니다."

"소첩이 챙겼어야 하는데. 옥체가 계속 미편하신 것을 미처 알아채지 못한 잘못을 용서하여주십시오."

"왕후가 얼굴만 봐도 병증을 짚어낸다는 편작도 아닌데 어찌 그런 소리를 합니까."

태후는 최근 살도 쑥 내리고 안색도 별반 좋지 않았다. 어의도 신경증으로 인한 속병이라고 진맥했다. 몇 주 피접을 허락해달라는 요청은 형식이 부탁일 뿐 사실상 통보였다. 딱히 막을 구실도 없었다.

그걸 앎에도 가능하면 태후를 멀리 떨어트리고 싶지 않았다.

친구보다 적을 더 가까이 두라는 속담. 해류는 그걸 신봉했다. 턱밑에 칼날을 둔 격이지만 보이는 날붙이는 경계만 늦추지 않으면 피할 수 있었다. 반대로 언제 어디서 덮쳐올지 모르는 습격은 치명적이었다.

해류의 내키지 않는 기색을 읽었는지 태후가 간곡하게 부탁해왔다.

"어지간만 해도 참아보려고 했는데 종묘에 화재까지 나니 너무 놀라 울렁증까지 생긴 모양입니다. 하루하루 숨도 쉬기 힘들도록 갑갑하고 도저히 견딜 수가 없네요. 태왕께서 오시기 전에는 돌아올 테니 왕후께서 이 사람의 사정을 좀 봐주세요."

이렇게까지 나오는데 만류할 방도가 없었다. 저 속내에 무엇이 들었는지는 알지만 확고한 증거를 찾기 전에는 아무것도 할 수 없었다. 죄도 없는데 왕후가 태후를 연금시킨다거나 무력을 쓰는 건 불가능했다.

"그럼 언제 떠나실 예정이신지요? 편히 다녀오시도록 만반의 준비를 시키도록 하겠습니다."

"번잡스러운 것은 원치 않아요. 자미 궁주가 마침 동행해준다니 천천히 유람하듯 속병에 좋다는 약수터도 들르면서 좀 쉬다가 돌아오겠습니다. 태후궁의 호위들만으로 충분합니다."

"예. 그러면 졸본성의 사당에 태후 전하를 맞을 준비를 하도록 미리 사령을 보내놓겠습니다. 그건 허락해주십시오."

"고맙습니다, 왕후."

더없이 다정한 고부지간처럼 예의 바르게 대화를 나눈 뒤 해류는 태후궁을 나왔다.

태후궁의 담장을 벗어나자 긴장이 풀리고 기운이 쪽 빠졌다. 태후의 정체를 안

뒤부터 태후궁에 들 때마다 줄타기를 하는 것처럼 조마조마했다. 속병은 태후가 아니라 그녀에게 생겼는지 명치가 꽉 막힌 듯 답답하고 속이 울렁울렁 부대꼈다.

폐하는 이런 팽팽한 긴장 속에서 살아왔겠구나.

평생 주변을 날카롭게 경계하며 살아온 그가 신뢰하는 몇 안 되는 사람 중 하나가 태후였다. 믿고 의지하던 어머니가 등 뒤에서 자신에게 칼을 겨누고 있는 심정이 어떨지. 그가 새삼 가엾고 그 진심을 짓밟은 태후가 두려운 동시에 미웠다.

태후의 심중에 든 것은 모르지만 그게 무엇이든 해류에게 이로울 게 없다는 것만은 확실했다. 자신을 이용해 태왕을 흔들거나 상처 입히도록 둬선 안 되었다.

"을밀 대모달에게 왕후궁으로 들라 전해라."

해류가 왕후궁 내전에 앉자마자 을밀이 바로 들었다.

"찾으셨사옵니까?"

"태후 전하께서 자미 궁주와 동행해 졸본성으로 피접을 가신다고 하오."

"지금 이때에요?"

놀라 크게 뜬 을밀의 눈엔 그걸 허락했느냐는 못마땅한 기색이 담겨 있었다.

"꼭 가야겠다고 우기시니 나로선 막을 방법이 없었소."

을밀이 한숨을 삼켰다. 태후궁은 태후의 사람들도 채워져 있지만 어차피 왕궁 안. 물샐틈없는 감시가 가능했는데, 여기서 유유히 빠져나가는 모습을 눈 뜨고 바라만 봐야 한다는 게 안타까운지 입술이 딱딱하게 굳어졌다.

속이 상하는 것은 해류도 마찬가지였지만 손을 놓을 수는 없는 법. 그녀는 지금 할 수 있는 최선을 명했다.

"태후 전하의 호위에 끼워 넣을 수 있다면 최선이겠지만 그게 안 되면 똑똑한 수하를 붙여서 절대 허튼 시도를 할 수 없도록 하시오. 대모달만 믿겠습니다."

태후 문제로 고심이 짙은지 그림자가 드리운 어두운 표정에 해류의 가슴도 덩달아 더 묵직해졌다.

고개를 숙인 채 잠시 침잠하던 을밀이 얼굴을 들더니, 언제나 그래왔듯이 심란함을 덜어주는 믿음직한 대답을 들려줬다.

"예. 폐하와 고구려를 위해 신의 모든 것을 바쳐 성심을 다하겠사옵니다."

二十

"왕후 폐하, 어서 오시옵소서."

종묘를 지키는 관리들과 제관들이 말에서 내리는 왕후를 공손하게 맞았다.

"피해는 잘 복구되고 있는가?"

"천신과 조상신의 가호로 위패를 모신 묘실과 제단은 무사하니 크게 심려치 않으셔도 될 것 같습니다."

제관들은 외벽에 붉은 칠이 한창인 본관 건물의 활짝 열린 문 안을 보여줬다.

"연기 내음이 좀 났으나 해가 날 때는 사방의 문을 열어 화기를 빼고 있습니다."

허풍은 아닌지 실내에선 매캐한 연기 대신 향 내음만 풍겼다.

"겨울이 오기 전에 눈비를 피할 지붕이라도 올려야 하는 백성들이 많으니 불타 무너진 행각과 본디 보수하려던 건물은 대종묘제가 끝난 뒤 태왕 폐하의 재가를 받아 수리하는 걸로 조치하시오. 금벽까진 무리지만 미루려던 칠은 재나 연기 때문에 진 얼룩을 가릴 수 있도록 모든 건물에 시행해 형색을 갖추고 제례의 위엄을 지키시오."

고국양왕 때 지은 오래된 전각까지 싹 수리할 절호의 기회가 아깝긴 하지만 내색할 수는 없었다. 잿더미가 된 인근 가호 상당수가 종묘에 봉직하는 수묘인들의 집이다 보니 더더욱 그랬다. 제관과 관리들은 일제히 고개를 주억거렸다.

"달포 안에 폐하께서 돌아오실 테니 그 전까지 만반의 준비를 끝내주게."

왕후를 모시고 종묘를 돌며 자신들의 빠른 일처리와 노고를 자랑하고 싶었지만 딱 필요한 부분만 챙긴 해류는 바쁜 걸음을 돌렸다.

"부여신 사당으로 모실까요?"

"그래. 서두르게."

왕후가 앉자마자 수레가 출발했다. 수레를 둘러싸고 호위들도 함께 신속하게 움직였다. 사당에 도착하니 역시 미리내와 아미 두 수품신녀가 그들을 기다리고 있었다.

"어서 오시옵소서, 폐하."

"올해는 대종묘제에다 동맹이 연이어 있어 많이 분주하겠군. 신녀들의 노고가 크겠습니다."

삼년상을 마치는 내년에 여러 수품신녀 중 하나가 혜와의 뒤를 이을 예정이었다. 미리내가 대신녀 자리를 승계할 거라는 예측이 우세하지만 절대적이진 않았다.

졸본성과 평양성에 있는 사당의 수품신녀는 어차피 들러리였다. 탐욕과 명예욕이 강하던 보연에 비해 상대적으로 무던해 보이는 아미와 미리내 두 사람 중 누가 태왕의 치세에 도움이 될지. 해류는 저도 모르게 가늠하고 있었다.

두 신녀 중 연장자인 미리내가 접객을 맡은 듯 먼저 인사를 올렸다.

"무슨 말씀이시옵니까. 왕후 폐하께서 귀한 걸음을 해주시니 오히려 저희가 감읍할 따름입니다."

"폐하께서 주관하실 일을 대신 하는 것뿐이니 서로 지나친 예의는 차리지 맙시다. 나와의 동행은 어느 신녀가 합니까?"

미리내 옆에 있던 아미가 살짝 무릎을 굽혔다 일어섰다.

"제가 모실 것입니다. 마침 올해 동맹에는 제가 수신을 모셔오는 소임을 맡은 터라 신께 미리 고하고 심신을 정결히 하기 위해 국동대혈에서 기도를 올릴 참이었습니다."

"고맙소. 백성들의 동요를 막기 위해서라도 정화제는 빠를수록 좋으니 바로 출발합시다. 미리내 신녀, 내일 새벽에 봅시다."

"예, 폐하. 무사히 다녀오시옵소서."

아미 신녀는 미리내 신녀에게 가볍게 묵례하고 왕후가 가리킨 옆자리에 조심스럽게 올랐다.

"미리내 신녀, 저는 일주일 뒤에 뵙겠습니다. 그동안 잘 부탁드립니다."

아미가 앉자 수레는 날래게 움직였다. 제일 말미에는 신녀들이 탄 수레가 따랐다. 깃발을 보고 왕후인 걸 안 백성들이 고개를 숙이는 광경이 물결처럼 펼쳐졌다. 그 가운데를 왕후 일행은 빠른 속도로 달려 나갔다.

국내성을 지나 국동대혈이 있는 계곡 입구에 닿자 수레가 멈췄다.

"폐하, 여기부터는 걸으셔야 합니다."

국동대혈의 영역에는 수레도 마소도 허락되지 않았다. 신녀였던 해류는 그 사실을 당연히 알고 있었지만 호위장은 왕후를 수레에서 내리게 하는 게 껄끄러운지 안절부절못했다.

"당연한 일이니 괘념치 말게."

왕후를 따라 내린 아미는 호위들에게 주의를 줬다.

"성역에서는 쇠로 된 날붙이를 지니면 안 되니 모두 내려놓고 따르십시오."

"알겠습니다."

신의 영역에 피를 묻힌 무기를 들이는 것은 신성모독. 엄격하게 지키는 금기였다. 고구려인에겐 절대적으로 신성한 성지에 들어가는 호위장과 호위들은 망설임 없이 창칼을 내려놨다. 수레와 벗어둔 병장기를 지킬 최소한의 인원만을 남기고 그들은 왕후와 아미, 신녀들을 따라 골짜기로 들어갔다.

국동대혈로 향하는 계곡에 접어들면서 일행은 모두 자연스럽게 입을 다물었다. 새소리, 계곡물이 흘러가는 소리와 한껏 낮춘 숨소리 외에는 입도 뻥끗하지 않았다.

골짜기 중간쯤 왔을 때 갑자기 쌩 소리와 함께 화살이 날아와 호위장의 목에 꽂혔다.

"윽!"

단말마만 남긴 채 호위장이 고꾸라졌다.

무슨 일인지!

다들 믿기지 않는 광경에 넋을 잃었다. 이곳은 수신의 영역. 고구려의 하늘과 통하는 길이기도 했다. 날붙이조차 들일 수 없는 땅에서 멀쩡한 숨이 앗아져 땅을 피로 적시고 있다. 다들 돌로 변한 듯 멍하니 있는 가운데 행렬 뒤편에서 화살이 비 오듯 쏟아졌다.

"아악!" ·

"까아악!"

신녀들과 병사들이 화살에 맞아 쓰러지는 아비규환이 펼쳐지자 먼저 정신을 차린 호위병 하나가 다급하게 외쳤다.

"왕후 폐하를 보호하라!"

고함에 마비가 풀린 듯 병사들이 맨몸으로 해류를 둘러쌌다. 동시에 골짜기에서 무장한 사내들이 나타났다. 험상궂은 표정을 한 그들이 든 것은 크게 휘어진 환도.

고구려인이 아니다!

가족까지 급살을 맞을 수 있는 짓을 감히 저지른 자들이 누구인지 수수께끼가 풀렸다. 고구려인이라면 천금을 준다고 해도 할 수 없으나 북방 민족이라면 거리낄 게 없을 터였다. 오늘 여기서 매복까지 하고 기다린 걸 보면 왕후를 노린 건 분명했다. '왜?'라는 질문을 해류와 호위병 모두 품었지만 생각할 시간은 없었다.

가려 뽑은 용맹하고 날랜 호위병들이지만 무기를 든 자에게 맨손으로 대적하는 건 불가능했다. 결사적으로 저항해도 맨몸으로는 중과부적. 하나둘 피를 흘리고 쓰러졌다. 방금 전까지 생생하고 늠름하던 병사들은 차례로 시신이 되었다. 남은 것은 덜덜 떨며 반쯤은 기절해 쓰러지기 직전인 신녀 몇몇과 아미뿐이었다.

주변에서 펼쳐지는 참극이 현실처럼 느껴지지 않았다. 공포가 도를 넘으니 오히려 침착해져버렸다. 비참하게 난도질당한 주검과 피비린내가 진동하는 가운데에도 꼿꼿하게 선 해류가 신기한지 사내들의 눈에 찬탄이 슬며시 떠올랐다.

우두머리로 보이는 자가 해류 앞으로 성큼 한 걸음 다가왔다.

"고분고분 따라오면 다치게는 하지 않을 것이오."

억양이 강하긴 하지만 능숙한 고구려 말이었다. 장사할 때 저런 억양을 쓰는 역관들을 상대한 적이 있었다. 말을 건 사내를 제외한 다른 자들의 멀뚱한 태도를 보며 해류는 저 무사들은 고구려인이 아니라고 다시금 확신했다.

무기도 도와줄 사람도 없는데 공연히 저항하다가 다치면 정작 달아날 기회가 생겼을 때 그걸 잡지 못할 수 있다. 그러나 목숨을 구하기 위해 비굴하게 굴지는 않겠다.

해류는 성스러운 곳을 모독한 자들에 대한 토악질을 참았다. 겁먹은 모습은 절대 보이지 않겠다고 이를 악물며 고고하게 고개를 끄덕였다.

"신녀들의 안전을 보장해준다면 그리하겠다."

"우리도 불필요한 피를 흘리는 건 원치 않습니다."

대답과 동시에 그의 눈짓에 사내 둘이 환도를 칼집에 꽂고 해류 양편에 서서 그녀의 팔을 단단히 잡았다. 다른 사내들도 넋이 나가 주저앉은 신녀들과 아미를 끌고 움직이기 시작했다.

반 시진 정도 걷자 골짜기 바깥, 아까 벗어놓은 무기와 수레를 둔 곳으로 나올 수 있었다. 그곳에는 결사적으로 저항한 흔적이 역력한 호위병들이 쓰러져 있었다. 그 참혹한 광경에 해류는 눈을 질끈 감았다.

해류에게 말을 건 사내가 수하들에게 북연이나 북위 말로 짐작되는 낯선 언어로 뭐라고 하자 몇 명이 일사불란하게 움직여 시신들을 병장기와 골짜기 안으로 갖고 사라졌다. 몇몇은 흙을 덮어 핏자국을 지우는 가운데 나머지는 해류와 아미, 신녀들을 수레에 밀어 넣었다. 바깥을 보지 못하도록 차양을 단단히 내려 묶은 수레가 빠르게 달려갔다.

이로써 마지막 희망까지 사라졌다.

저녁이 되어야 을밀이나 왕궁 사람들은 그녀가 돌아오지 않는 것을 이상하게 여길 것이다. 실마리를 찾아 사당을 거쳐 여기까지 오는 건 빨라도 한밤중이었다. 아무리 횃불을 많이 밝힌다고 해도 그 칠흑보다 짙은 암흑 속에서 살인의 흔적을 찾아내긴 쉽지 않을 터다. 기민하게 움직여도 내일 해가 뜬 이후에야 여기서 무슨 일이 일어났는지 알 수 있었다. 그때쯤이면 저희는 어딘가 끌려가 깊숙이 감춰졌거나 최악의 경우 이미 죽은 뒤일 수도 있다.

죽이려고 들었으면 이렇게 귀찮게 끌지 않고 벌써 골짜기에서 끝냈을 것이다. 최소한 당분간은 머리가 목에 온전하게 붙어 있으리라고 스스로를 달랬다. 공포에 굴복하면 끝이었다. 마지막의 마지막까지 포기하지 않고 벗어나보리라.

어머니와 존재조차 몰랐던 생부가 전부를 내던져 지켜준 자리이고 목숨이었다. 절대 헛되게 스러져선 안 되었다.

해류는 수백 년 동안 적대해온 북방 오랑캐까지 동원해 성지를 모독하면서 자신을 납치한, 대담하고 사악한 자의 정체를 곰곰이 짚어보며 흔들리는 수레에 육신을 맡겼다.

수레는 계속 달렸다. 지친 말들의 헉헉거리는 숨소리가 수레 안까지 들려와도 사내들은 속도를 늦추지 않았다. 밤눈 밝은 범이나 살쾡이처럼 어둠 속을 거침없이 내달리던 수레와 말들은 밤이 이슥해져서야 조금씩 느려지더니, 드디어 목적지에 도달하는지 문이 열리는 소리가 나고 마침내 멈췄다.

꽉 내려 묶은 장막이 풀리더니 젊은 사내 하나가 다가왔다. 해류를 부축하려는 듯 그가 손을 내밀었다.

"내리십시오."

딱딱한 의자 위에서 하도 오래 흔들려 엉덩이가 얼얼하고 다리가 후들거렸다. 내민 손을 거부하고 싶었지만 나둥그러지는 것보다는 나았다. 내키지 않았지만 해류는 사내의 팔에 살짝 의지해 내려왔다. 바닥에 단단히 발을 딛자마자 그에게서 떨어졌다.

"이곳은 어디냐?"

사내는 대답하지 않고 몸을 돌렸다.

"따라오십시오."

까만 밤하늘엔 손톱만 한 초승달만 떠 있고 사방엔 횃불도 하나 켜놓지 않아 사위가 캄캄했다. 앞에 선 건물의 지창에서 흘러나오는 희미한 불빛이 유일했다. 발밑이 제대로 보이지 않음에도 왠지 낯설지 않다는 느낌에 고개를 갸웃거리며 해류는 바로 앞의 건물로 올라갔다.

사내는 문을 열어주더니 들어가라는 듯 뒤로 비켜섰다.

촛불이 일렁이는 실내로 들어서자 정면 의자에 앉은 인영과 그 옆에 장승같이 선 여인이 눈에 들어왔다. 희미한 승리감을 안고 쳐다보는 시선을 해류가 물끄러미 마주 봤다. 기함, 혹은 기절초풍해 주저앉는 반응을 기대했던 상대의 눈이 가느스름해졌다.

"놀라지 않는구나."

수레를 타고 달려오는 반나절 넘는 시간 동안 할 수 있는 것은 생각뿐이었다. 아무것도 하지 않으면 미쳐버릴 것 같아 머리를 쥐어짜며 온갖 가능성을 짚어봤다.

결론은 한 사람. 지금 마주한 태후 말고는 감히 이런 전무후무한 신성모독을 저지를 뱃심을, 이유를 가진 자는 없었다.

"제가 국동대혈로 간다는 것을 알고 거기에 매복을 심어둘 사람은 손가락으로 꼽을 정도이지요. 거기다 북위인들을 움직여 일을 꾸밀 수 있는 사람은 단 한 명뿐이니까요."

반문하는 태후의 음성에 흥미가 실렸다.

"북위? 왜 그들이라고 생각하지?"

"고구려인이라면 어떤 부귀영화를 얻거나 불구대천의 원수라고 해도 천벌이 겁나서 감히 수신이 계신 성역을 부정하게 하지는 못하니까요. 하지만 고구려인이 아니라면 다르지요. 적당한 보상만 있다면 무슨 일이든 저지르겠지요."

"그것만으로 어찌 북위라고 확신한 것이냐?"

"국고를 빼돌리는 걸 발견하고 태왕께서 추적하시던 상점에서 북연의 것으로 위장한 환도들이 나왔습니다. 고구려 안에서 굳이 북연의 칼을 만들 이유는 하나겠지요. 북연인이 아닌 자들이 북연인인 척 꾸미려는 목적이 아니겠습니까."

해류는 아까 단정한, 또 하나의 가설도 거침없이 들이댔다.

"지금 떠올려보면…… 몇 해 전 동맹에서 저와 백성들에게 화살을 쏘았던 비려인들과 함께했던 자 중 하나가 북방 나라의 말을 썼다던데 그자가 오늘 저를 끌고 온 자와 동일인이 아닐까 하는 생각도 하고 있습니다. 그리고,"

침을 한 번 꼴깍 삼켜 버석이는 목을 축이며 해류는 차라리 아니었으면 하는 추측도 담았다.

"종묘와 도성에 불을 지른 것도요. 저를 국내성 바깥으로 내보낼 수 있는 가장 확실한 방도니까요."

도성에 큰불이 나면 이레 안에 태왕이 직접 국동대혈로 가서 수신에게 죄를 청한 뒤 계곡의 물을 떠 와 정화제를 치르는 것이 관례였다. 태왕이 부재한 경우 태자나 왕후가 그 일을 대행했다. 이 사고가 아니었다면 해류는 절대 국내성 밖으로 나오지 않았다.

고작 자신을 끌어내기 위해 수많은 백성들이 죽거나 다치며 삶의 터전을 잃고, 또 조상신들을 모시는 종묘까지 불태울 수 있을까. 냉엄하게 태후를 추궁하면서도 아니라고 부인해주길 바랐다. 태왕이 친모처럼 믿고 따랐던 여인의 바닥까지 보고 싶지 않았다.

기대가 무색하게 태후의 입술 한쪽이 조소와 찬탄을 물고 삐뚜름하게 올라갔다.

"영리하고 상황 판단이 빠르고…… 넌 나와 참 많이 닮았어. 이래서 내가 처음에 너를 참으로 예뻐하였고 동병상련의 정으로 함께 일을 도모할까 생각도 했었지. 언제든지 너를 버릴 수 있는 갈대 같은 사내 따위 말고 더 확실하고 올바른 길을 취했더라면 좋았으련만. 헛똑똑이라는 게 몹시도 유감이다."

피식거리며 해류를 조롱하던 태후가 기습적으로 물었다.

"태왕도 내가 배후라는 걸 알겠지? 언제부터 알았더냐?"

시치미를 떼볼까도 고심했지만 의미가 없었다. 이 사실이 아주 조금이라도 태후를 흔들어주길 바라면서 해류는 선선히 인정했다.

"평양성으로 가시기 한참 전부터 간파하고 있었습니다."

의자 팔걸이에 팔꿈치를 걸치고 손에 턱을 괸 태후가 머리를 아래위로 끄덕였다. 금귀걸이에 달린 방울과 물방울 달개 장식이 이 음침한 상황과 어울리지 않는 영롱한 소리를 내며 찰랑거렸다.

"그래. 태왕이 끝까지 모를 거라는 기대는 하지 않았다. 그가 없으면 내가 움직일 거라고 예상하고 일부러 왕성을 비운 거겠지. 의외는 너를 두고 간 것인데……, 얼마든지 내게 누명을 만들어 씌울 수 있음에도 고작 명분 때문에 손을 놓고 선수를 뺏기다니. 정말 거련다워. 너무나 예측대로라 재미가 없구나."

"그분을 폄훼하지 마십시오. 비열한 술수에 의존하지 않고 정도를 지켰기 때문에 여기까지 올 수 있었던 겁니다."

"하! 넌 태왕이 항상 정의롭고 공명정대했다고 생각하는 것이니? 너도 그것만
으로 통치가 된다고 믿을 정도로 어리석고 순진한 거냐?"

해류는 순진한 이상주의자가 아니었다. 인정하고 싶지 않으나 태왕보다는 태후
와 더 가까운 사고 체계를 가졌다. 이 문제를 의논할 때 해류는 분명 태후가 했었을
법한 조언을 했었다.

어차피 상대는 간계를 서슴지 않는데 더 인내하지 말고 지금까지 모인 증거에
약간의 조작을 가해 죄를 확고히 만들어 빨리 정리하는 게 어떨까, 아니면 수하들
이라도 쳐서 손발을 묶는 게 어떨까 하고.

그 조심스러운 건의에 태왕은 단호하게 손을 내저었다.

"그건 헤어나기 힘든 수렁이오. 딱 한 번이라고 결심해봤자 그 편한 길의 맛을 알
면 두 번째는 더 쉬워지겠지. 그때부터는 조금만 거슬려도 없는 죄도 만들어 치우는
손쉬운 유혹에 휘둘려 빠져나오지 못할 거요. 내가 가진 권력이 큰 만큼 그 폐해는
걷잡을 수 없겠지. 나중에 어찌 변할지는 나도 장담할 수 없으나 할 수 있을 때까진
어렵고 느리더라도 통치하는 자로서 정도를 지키고 싶소. 없는 죄를 만들어 벌하고
싶지 않아. 언제까지 웅크리고 있지는 못할 테니 모든 게 확연히 드러나면 적법하게
처결하려고 하오."

태후가 이 정도로 대담하고 앞뒤 가리지 않을 거라 예측 못 한 건 불운. 아무도
알아주지 않는 그의 원칙 때문에 이런 봉변을 겪고 있지만 희한할 정도로 원망이
들지 않았다.

"당연히 폐하도 완전무결하게 공정진 않지요. 그렇지만 사리사욕을 위해 죄
없는 백성들을 위험에 빠뜨리거나 무고한 희생을 만드는 일은 피하며 통치해왔습
니다. 지금까지 태후께서 무사하셨던 것도 그 덕분이고요."

"나를 얕본 것이야."

태후는 소름 끼칠 정도로 환하게 활짝 웃었다.

"그건 두고두고 땅을 칠 실수가 될 것이고."

"태왕과 척을 져서 어쩌시려고요? 오랑캐 백여 명에 기껏해야 천도 안 될 사병

으로 폐하의 군단과 대적이 된다고 생각하세요? 폐하께서 그 정도 계략에 허투루 빠질 분이 아니란 걸 모르십니까?"

"정상이라면 그렇겠지. 하지만 네가 관여되면 그는 얼음 같은 이지를 다 잃어버리거든. 너를 구하기 위해 화살을 엇맞아 성난 황소처럼 앞뒤 가리지 않고 돌진할 것이다. 그건 네게 감사할 일이지. 그 고마운 마음을 담아 넌 가능한 한 목숨은 거두지 않는 방향으로 고려해보겠다. 그게 안 되면 가능한 한 덜 고통스럽도록 죽이고 시신도 곱게 수습해주겠다."

끔찍한 소리를 하면서 큰 호의를 베푼다는 투에 애써 눌러놓은 공포감이 다시금 떠올랐다. 아무 감정 없이 말갛게 번들거리는 태후의 눈을 보니 소름도 오싹 돋았다.

"도대체 무슨 심산입니까? 어찌하시려고요?"

태후는 나른하니, 마치 파리를 쫓는 것처럼 손을 흔들었다.

"그걸 왜 네게 세세히 알려줘야 하느냐? 어차피 금방 알게 될 테니 기다려보렴."

보통 사람이라면 오랫동안 공들인 음모를 자랑하고 싶어 할 만도 하건만. 태후는 그런 욕망 따위는 없는 듯 해류와 길게 말을 섞지 않았다. 바깥에 야멸차게 명령을 내렸다.

"여봐라, 데려가 가둬라."

문 바로 밖에 서 있었던지, 낯선 남자가 병사 둘을 데리고 들어왔다. 버텨봤자 태후에게는 한마디도 더 끌어내지 못할 게 분명했다. 공연히 기운을 빼고 흉한 꼴을 보일 필요는 없었다. 해류는 곱게 그들을 따라 계단을 내려왔다.

질질 끌려가다시피 빠른 걸음으로 움직이는 가운데 해류는 최대한 주변을 살폈다. 어둠에 익숙해지자 눈에 익은 전각들이 들어왔다. 이곳이 어딘지를 깨달은 해류의 가슴이 갑자기 마구 뛰었다.

남쪽 행궁이구나.

올해 초, 태왕과 평양성에서 돌아올 때 여기서 하룻밤을 머물렀다.

해류가 스스로 가장 자부하는 재주는 눈썰미였다. 물건이든 사람이든 한 번 본 것은 거의 잊어버리지 않았다. 특히 장소를 기억하는 길눈은 다들 혀를 내두를 정도로 정확했다.

당장 달아날 방도가 있는 건 아니지만 자신이 끌려온 장소가 어딘지 파악되자 약간이나마 마음이 가라앉았다. 왜 졸본성으로 간다던 태후가 여기를 선택했는지 이해도 될 것 같았다.

남쪽 행궁에는 최소한의 궁관과 병사만 있었다. 왕족들은 미리 연통하지 않고도 들르는 경우가 종종 있으니 태후에게는 활짝 열린 문. 일단 안에 들어온 이상 방심한 그들을 제압하는 건 어린아이 팔 비틀기였다.

행궁에 속한 자들은 여기 어딘가에 갇혀 있을 것이다. 아니면 다 죽여 없앴던지. 가능하면 후자는 아니기를 바라며 해류는 태후의 수하들이 이끄는 곳으로 걸어갔다.

국동대혈에서부터 내내 불길했던 느낌은 서서히 확신으로 변하고 있었다.

태후가 얻고픈 것은 태왕이 쳐낸 명림죽리 일파와는 다른 것 같다는. 국내성과 종묘에 불을 지르고, 신성한 제천 행사 동맹과 수신의 성지까지 거침없이 모독하는 일련의 일들은 고구려를 부정하는 행위였다. 태왕의 모든 걸 빼앗아 그 위에 서기 위해서라기엔 너무 거칠고 거침이 없었다.

태후가 궁극적으로 원하는 것은 권력이 아니라 태왕의 파멸이 아닐까. 그 목적을 위해서라면 고구려가 혼란해지고 쇠퇴해도 상관없는 것 같다.

뭔가를 온전히 뺏으려는 자는 크게 두려울 것 없지만, 자신이 갖지 못하면 누구도 소유할 수 없도록 아예 부숴버리려는 자는 두려워해야 하는 법. 아니기를 간절히 바라지만 태후는 아무래도 후자인 것 같았다.

골똘히 상념에 잠겨 걷다 보니 어느새 목적지에 도착한 모양이었다. 그곳은 커다란 광이었다. 절대 맨몸으로 빠져나올 수 없는 두꺼운 벽과 문으로 이뤄진 튼튼한 건물. 사내들은 육중한 자물쇠를 풀더니 문을 조금 열고 해류를 거칠게 밀어 넣었다. 등 뒤에서 곧바로 문이 닫히고 자물쇠 잠기는 소리가 났다.

저 벽 꼭대기에 바람이 통하도록 낸 조그만 창은 광을 밝히는 데 아무 소용도 되지 않았다. 캄캄한 공간을 맥없이 바라보던 해류는 인기척에 흠칫 놀랐다. 한두 명이 아니라 여러 명의 숨소리였다. 이런 때에 가장 두려운 존재는 사람이었다.

잔뜩 경계하며 웅크리는데 어둠 너머에 보이는 희미한 그림자에게서 친숙한 음성이 들려왔다.

"해류?"

왕후를 끌고 가는 자들이 충분히 멀어지자 해류를 끌어냈던 사내가 태후가 있던 공간으로 들어왔다. 방에는 곁방에 있던 아미 신녀와 다른 사내가 돌아와 있었다. 그는 태후 앞에 서서 고개를 절레절레 저었다.

"사내라도 이런 횡액을 당하면 넋을 놓는 법인데 목숨이 간당간당하는 상황에서도 어찌 저리 담대한지요. 정말 보통 계집이 아닙니다."

"태왕은 자기 아비와 달리 드세고 사내 같은 계집을 좋아하나 보지. 여인에게 빠지면 일편단심이 되어 물불 가리지 않는 건 핏줄 내력이지만 취향은 각기인 모양이다."

해류를 끌어낸 젊은 사내도 동감하듯 머리를 끄덕였다.

"그 내력 때문에 명을 재촉하겠군요. 참말로 태왕께선 기 센 여인을 좋아하시나 봅니다."

"왜? 평성아, 너도 그런 취향이더냐? 네게 내려줄까?"

평성이라 불린 청년이 기겁하며 펄쩍 뛰었다.

"그럴 리가요. 거세고 사나운 여인은 절대 사양입니다. 사내는 물론이고 주변을 다 휘어잡고 마구 흔들 상입니다."

치마만 둘렀지 조신함은 약에 쓸 것도 없는 저 살천스러운 여인 앞에서 양물이나 제대로 서겠나, 태후 앞이라 차마 입 밖에 내지 못하고 속말로만 웅얼거렸다.

"호호, 네가 사람 보는 눈이 제법 있구나. 그래 맞다. 어지간한 사내는 얼씬도 못하거나 아니면 휘어잡혀 내자가 가주 노릇을 하는 걸 용납해야겠지. 뭐, 그래도 태왕 말고도 좋다는 자가 또 있으니…….."

태후 옆에서 함께 큭큭거리던 다른 사내가 이름을 하나 입에 올렸다.

"해세적 말씀이십니까?"

"그래. 그자가 왕후를 마음에 담고 있다. 그래서 대업을 이루면 원하는 대로 해주겠다고 했단다."

"정말이십니까?"

"정녕 그리하시겠다고요?"

두 사내가 동시에 기겁했다. 놀란 그들을 보며 태후가 냉소를 흘렸다.

"그리 고이는 왕후가 다른 사내의 안곁이 된다면, 거련은 죽어서도 눈을 제대로 감지 못하지 않겠니."

그림자처럼 입도 떼지 않고 있던 아미 신녀마저도 놀란 듯 끼어들었다.

"아무리 그렇더라도……."

"해세적을 확실하게 묶어두기 위한 여러 올가미 중 하나다. 두고두고 흐뭇하고 재밌을 보복이지. 매사에 완전무결해야 하는 그 완벽주의자가 은애하는 왕후를 구하지 못해 그 시신을 보게 하는 것도 즐거울 것 같고, 반대로 그 여인 앞에서 죽는 것도 남다른 맛이 있을 것 같지만……."

고심하는가 싶던 태후는 유혹을 떨치려는 듯 머리를 세차게 흔들었다.

"절치부심하며 기다린 세월이 얼마인데. 그런 사소한 유흥 때문에 티끌만 한 위험도 무릅쓸 이유가 없지. 이제야말로 우리 모두의 한을 풀어야 하니."

"처음 계획대로 진행하시렵니까?"

"그래. 거련은 왕후의 소식을 들으면 앞뒤 가리지 않고 돌아올 것이다. 선왕이라면 온 천하가 떠들썩하게 전면전을 벌이고도 남지만 거련은 다르지. 최소한의 인원으로 남모르게 처리하려 들 터. 이번처럼 대놓고 충돌하지 않는 은밀한 전쟁에선 거련의 그런 성향이 우리에게 유리하다. 특히나 냉정을 잃은 상태에선 더더욱 그렇고."

태후는 적개심으로 활활 타오르는 눈으로 자신을 둘러싼 충성스러운 조카와 동생을 응시했다.

"막덕과 평성, 너희는 북연인으로 위장한 사병을 이끌고 졸본성으로 가는 길목을 지켜 독화살을 쏴라. 만에 하나 그게 실패하면 사당에서 내가 상대하겠다."

"예? 과연 거기로 올까요?"

"자미가 나인 척하고 졸본으로 갔으니 당연히 올 것이다. 왕후가 그곳에 있다는 정보가 있으니 반드시 온다. 절대 얕잡아보면 안 되는 인사지만 목숨보다 아끼는 여인의 목숨이 위태하니 평소만큼 주도면밀하지 못할 것이다."

태후는 신뢰와 염려가 동시에 담긴 눈으로 자신을 주시하는 동조자들에게 마지막 방도를 공유했다.

"독을 쓸 것이다. 저승 입구에서 되찾아온 지어미 대신 그가 그 독으로 떠나주면 거련에게 딱 어울리는 결말이 아니겠니. 그 지어미는 다른 사내의 반려가 되어 살 것이고."

태후를 제외한 사람들이 슬슬 눈치를 보다가 태후의 이복아우인 막덕이 나섰다.

"전하, 그런데…… 해세적을 정녕 믿으시는지요? 일전의 일도, 제 생각에는 아무래도 그자가 의심됩니다. 아니라면 어떻게 제대로 운신도 못 하던 자가 하늘로 솟은 것처럼 감쪽같이 달아나버립니까."

평성도 동감하듯 고개를 주억거렸다.

"저도 숙부님과 같은 생각입니다."

"너희가 저어하는 것이 무엇인지 안다. 가장 쓰기 좋은 적절한 수단이니 함께하는 것이다. 해씨 일가와 우리는 지금 같은 배를 타고 있지만 목적지에 도달하면 자미만 빼고 언제든지 헤어질 수 있어. 그러니 나와 피를 나눈 너희에게 중임을 맡기는 것이 아니냐."

"하면……?"

"해세적은 계산이 빠르고 자신이 감당할 수 없는 이상은 욕심내지 않는 영악한 장사꾼이야. 왕후를 안겨주면 아마도 뒤도 돌아보지 않고 고구려를 떠날 것이다. 딱 그 정도 그릇인 게 그에게나 우리에게나 정말 천행이지. 라후는 자미의 핏줄이라 의미가 있지만 해사무는…… 언젠가는 쳐내야 하지 않겠니."

"알겠사옵니다."

"밤이 늦었으니 이만 쉬고 내일 새벽 일찍 떠나도록 해라. 왕후를 납치해 가둬놓은 건 해세적이 절대 모르도록 하고. 늦어도 내일 오후쯤이면 을밀이 참상을 발견해 태왕에게 연통을 보낼 것이고 그러면 그는 밤낮을 가리지 않고 달려올 테니 만반의 준비를 해야 한다.”

“예. 단단히 단속하겠습니다.”

“전하께서도 쉬시옵소서.”

일어서는 두 사람에게 아미가 기원을 올리는 손 모양으로 읍했다.

“오라버니, 평성. 모두 무탈히 뜻을 이루고 돌아오시길 기원합니다.”

“고맙소, 누이.”

막덕과 평성이 문을 닫고 나가자 태후가 아미를 손짓해 가까이 불렀다.

“혜와 대신녀의 일부터 시작해 오늘까지, 네 공이 정말 크다. 네가 목숨을 걸고 내게 천군만마가 되어준 은덕은 절대 잊지 않을 것이다.”

“은덕이라니요. 저를 적절하게 졸본성에서 국내성으로 옮겨주신 전하의 안배가 빛을 발한 것이지요.”

미오가 왕후가 되자 사당에 넣으려 양녀로 들인 먼 친척 여아. 우씨 집안에서 다음 대신녀 자리를 차지하기 위한 안배였다.

그렇지만 신기가 뛰어난 미리내나 명림죽리의 후원을 받는 보연과 대적하기에는 신기도 명망도 미약했다. 물밑에서 기회를 노리는 게 더 낫다는 판단에 일가임을 철저히 감췄다. 차근차근 단계를 밟아 올라가던 가운데 우씨 가문이 숙청당하면서 졸본성의 사당으로 밀려났다가 태후의 물밑 공작으로 돌아온 거였다.

“몇 해 전부터 꾸준히 여왕이 나온다는 천기가 사라지지 않았는데, 하늘의 뜻이 정말 전하께 있는 모양입니다.”

“천신은 여러 가지 가능성만 보여주고 그 길을 여는 것은 인간이 할 도리이다. 네가 내 곁에 있는 것이 바로 천심이라 생각한다.”

“예, 저도 그리 믿습니다. 제 종고모님이신 전하의 대업이 바로 저의 소망입니다. 그래야 억울하게 떠난 아버지나 형제들이 편히 눈을 감으시지요.”

“그래. 멀지 않았다. 태왕 때문에 희생된 우리 일가의 한을 반드시 풀 것이다.”

떠나간 이들을 그리던 두 사람의 서러운 눈빛에 서슬 퍼런 포한이 담겼다.

"너도 준비한 곳으로 몸을 감추거라. 일이 마무리되면 네가 혜와 대신녀의 뒤를 이을 것이다."

태후가 머무는 전각에서 무르익은 음모가 착착 현실로 펼쳐지는 시간, 행궁 깊숙한 곳에 위치한 광에서 해류는 예상 밖의 조우에 말문이 막혔다.

"사란! 정말 너니? 맞지?"

처음에는 믿을 수 없어 서로 이름만 부르며 바라보던 해류와 사란이 누가 먼저랄 것도 없이 얼싸안았다.

"해류야!"

"네가 왜 여기에……."

"흐흑, 해류야."

한때 방 동무였다지만 높으신 왕후 폐하를 감히 저리 허물없이 부르다니. 함께 끌려와 갇힌 신녀들은 무서운 것도 잊어버리고 연인보다 절절해 보이는 해후를 토끼 눈으로 구경했다.

사지에서 동무를 만난 반가움과 미안함에 부둥켜안은 두 사람은 신음에 정신을 퍼뜩 차렸다. 사란은 해류에게서 떨어져 얼른 누워 있는 사람에게 달라붙었다. 밖에 소리가 나갈까 두려운지 그의 귀에 얼굴을 바짝 갖다 대고 속삭였다.

"사수루 님? 정신이 드십니까?"

사수루는 누구인지? 해류도 사란 옆으로 다가갔다.

어둠 속이라 잘 분간은 가지 않지만 분명 사내였다. 사수루라는 무사는 심한 부상을 입은 게 분명했다. 가물가물하긴 해도 이름은 분명 들어본 기억이 있는데 전혀 낯선 얼굴이었다. 묻는 표정으로 옹기종기 그들을 둘러싼 신녀들을 봤다. 해류의 시선을 느낀 신녀들도 모르겠다는 듯 다들 고개를 저었다.

사란은 주변의 분위기는 전혀 느껴지지도 않은 듯 누운 사내에게만 집중했다.

"사수루 님? 사수루 님?"

애타는 목소리가 의식을 파고들었는지 눈꺼풀이 파르르 떨리더니 희미한 신음 같은 음성이 흘러나왔다.

"사……란…… 님?"

"사수루 님! 예, 맞습니다. 사란입니다. 이제야 정신이 드셨군요."

"다……행입니다. ……무사하셔서……."

희미하게 중얼거리던 사수루는 안도한 듯 다시 까무룩 의식을 놓았다.

"사수루 님! 사수루 님! 정신 차리세요!"

사란의 울부짖음에 바깥에서 지키고 있던 경비병이 문을 쾅 차며 버럭 고함을 질렀다.

"시끄럽다! 재갈을 물리기 전에 당장 그 입 닥치지 못하겠냐!"

당장이라도 문을 따고 들어올 거친 기세에 움찔, 사란은 물론이고 해류와 다른 신녀들까지 움츠러들었다. 안이 잠잠해지자 만족한 듯 밖의 사내가 멀어져가는 소리가 들려왔다.

어안이 벙벙해 한동안 잠자코 있던 해류는 겨우 정신을 수습했다. 알아야 할 것들이 너무 많았다.

"이 사람은 누구야? 나 때문에 사당에서 쫓겨났지만 폐하께서 너를 안전한 곳에 피신시켜주셨다던데 왜 여기에 있는 거니?"

조곤조곤한 해류의 질문에 사란은 띄엄띄엄 설명했다.

"이분은 설사수루 님……, 사당에서 쫓겨났을 때 납치될 뻔한 나를 구해주신 분인데…… 태왕 폐하께서 이분과 함께 행궁으로 피신해 있으라고 하셔서 여기에…….."

더듬거리나마 말을 하며 멍하던 눈에 힘이 조금 돌아왔다. 그러면서 자신의 앞에 있는 사람이 누구인지 깨달은 모양이었다. 말투도 친구가 아니라 왕후를 대하는 예로 바뀌었다.

"폐하의 명으로 이곳에 숨어 있었는데, 이틀 전에 태후 전하께서 오셔서…… 태후 전하의 사람들이 행궁의 병사와 궁관들을 모두 죽이거나 어디론가 끌고 갔습니다. 사수루 님은 저를 피신시키려 했지만 혼자서는 무리였던 터라……. 어차피 죽을 테니 따로 처리하기 귀찮다고 이곳에 저와 함께 가둬놓고…… 흑."

분명 행궁은 은신하기에 적절한 장소였다. 태왕이 예측하지 못한 건 태후도 같은 선택을 했다는 것. 사란이 하필이면 여기 있었던 건 지독한 불운이었다.

"나 때문에…… 안 해도 될 고초를 네가 너무 많이 겪는구나."

실은 사란도 또 죽을 고비를 넘기고 사경을 헤매는 사수루와 함께 광에 갇혀서 그런 생각을 했었다. 그래도 해류에게서 사죄의 소리가 나오니 희미한 원망은 씻은 듯이 사라졌다.

"아닙니다, 폐하. 아닙니다."

무력감이 해류를 엄습했다. 이리도 막막하고 무기력하게 느껴지는 것은 처음이었다. 절망적인 상황이지만 손을 놓고 가만히 있어서는 안 된다고, 발버둥이라도 쳐야 한다고 스스로를 다잡았다.

사수루의 이마에 손을 짚어보니 열이 나고 있었다. 부상을 입은 자가 열까지 나는 건 좋지 않은 징후였다. 이를 악물고 이 궁리 저 궁리를 하던 해류는 자신의 입만 바라보는 신녀들의 눈초리를 느꼈다. 골똘히 궁리하다 보니 퍼뜩 떠오르는 단초에 해류는 앞에 앉은 신녀의 팔을 잡았다.

"주머니! 너 주머니를 갖고 있느냐? 흘리지 않았지?"

"주머니요?"

반문하던 신녀들은 반사적으로 허리춤으로 손을 내렸다. 골짜기에서 다리가 풀려 나자빠지거나 머리를 감싸고 웅크려 숨다가 줄줄이 끌려왔다. 심하게 저항하거나 튀지도 않아서인지 사당에서 출발할 때 허리끈에 단단히 매단 주머니는 멀쩡히 달려 있었다.

"예? 예! 여기 있습니다."

"다행이구나."

안도의 한숨을 크게 내쉰 해류는 신녀들에게 명했다.

"해열하는 환약과 금창약, 면포를 다 꺼내라."

"아!"

신녀들과 사란 모두 환성을 삼켰다. 신녀들은 여러 날 예정으로 사당을 나설 때

토사곽란, 해열을 위한 환약, 상처에 바르는 고약을 상비했다. 연거푸 당한 횡액에 까맣게 잊고 있던 것을 왕후만이 기억해낸 거였다.

"대단한 도움은 안 될지 몰라도 열을 내리고 상처에 약을 바르면 조금은 낫겠지. 폐하께서 사란 너를 지키라고 특별히 골라 뽑아준 무사라면 허무하게 죽지 않을 거야. 사란, 빨리 약을 먹이고 치료를 해보자꾸나."

자신을 위해 목숨을 바치려던 사람이 스러지는 걸 무력하게 지켜보는 게 아니라 미약한 거라도 해줄 수 있다. 그 사실이 무너지던 사란의 기력을 되돌렸다. 그녀는 바로 옆에 앉은 신녀가 내민 주머니를 낚아채듯 받아 열었다.

열을 내리는 환약을 꺼내 사수루의 입에 밀어 넣었다.

"사수루 님! 열을 내리는 약입니다. 드세요."

사란의 애타는 음성에도 사수루는 미동도 하지 않았다. 앙다문 입에 밀어 넣으려던 환약은 옆으로 떨어졌다.

"사수루 님, 드셔야 합니다. 제발, 삼키세요."

바위도 돌아볼 정도로 애절하게 사정사정을 하건만. 악문 사수루의 입은 열리지 않았다. 안타깝게 바라보는 신녀들과 해류가 어찌 도울까 궁리하고 있는데 갑자기 사란이 약을 제 입에 털어 넣었다. 버드나무 껍질로 만들어 소태보다 쓴 약을 우적우적 씹더니 사수루의 입술을 덮었다.

애고머니! 저게 무슨 해괴한 짓이냐!

신녀들이 기겁을 하거나 말거나 사란은 입에 있는 약을 사수루의 입술 안으로 밀어 넣었다. 한 방울이라도 목구멍으로 넘겨 열이 내리기를. 절대 이대로 보내선 안 된다는 간절함에 입안을 태우는 것 같은 쓴맛도, 부끄러움도 잊었다.

그 정성이 닿았는지, 아니면 그 독한 맛에 혼미해진 정신마저 깨워지는 것인지 사수루는 미간을 잔뜩 찌푸리며 약물을 삼켰다. 맛을 상상하는 것만으로도 절로 몸서리가 쳐지는 쓰디쓴 환약 한 움큼을 씹어 사란은 기어이 사수루에게 다 먹였다.

무의식임에도 역한지 인상을 잔뜩 쓰고 쩍쩍거리는 사수루와 쓴맛을 의식조차 못 하는 사란. 그 광경을 지켜보던 해류가 가만히 사란의 어깨에 손을 올렸다.

"이제 금창약을 바르고 기다려보자. 하늘이 무심치 않으면 네 정성을 알아주시겠지."

왕후에게 변고가 생겼다.

태왕이 평양성으로 떠나기 전에 은밀히 추가한 봉화. 만에 하나를 가정해 새로 만든 신호였다. 쓸 일은 절대 없으리라 믿었지만, 국내성에서 시작된 봉화는 숨 가쁘게 이어져 그날 밤, 마침 평양성으로 귀환한 태왕에게 당도했다.

"왕후가!"

청천벽력에 태왕의 음성에서 경악이 묻어났다.

"이게, 어찌 된 일이냐!"

질책하듯 계마로를 노려봤지만 답이 돌아올 수 없는 질문이었다.

도무지 믿기지 않는 것은 급보를 받자마자 달려온 계마로 역시 마찬가지였다.

"무슨 일인지는 전서구들이 도착해야 알 수 있을 것 같습니다. 대모달께서 봉화를 올리면서 바로 전서구를 여러 마리 날려 보냈을 테니 빠른 놈은 모레쯤에는 도착할 것입니다."

좀 더 자세한 내막은 전서구와 함께 출발했을 전령이 와야 알 수 있을 터. 그렇지만 그때까지 기다릴 수는 없었다.

을밀을 믿고 떠나왔건만. 또다시 태후에게 뒤통수를 맞았다는 노여움보다 죄책감과 후회가 더 컸다. 충분히 방비했다는 자만심에 남행을 택한 자신을 죽이고 싶었다.

"새벽 일찍, 동트기 전에 출발한다. 준비하라."

마음 같아선 당장 떠나고 싶었지만 조금 전에 입성한 터라 다들 지쳐 있었다. 환한 보름이라면 몰라도 달도 없는 캄캄한 밤길을 달리는 건 불가능했다.

몇 시진이라도 쉬고 출발하는 게 낫다. 들썩이는 자신을 다잡으며 태왕은 시간을 절약하기 위한 명령을 연달아 내렸다.

"지금 제일 발 빠른 전령을 보내 두 시진마다 말을 바꿀 수 있도록 가장 튼튼하고 날랜 군마들을 역참이나 숙장(宿場)[29]마다 미리 준비해두라 일러라. 을밀에게는 짐이 출발한다는 봉화를 올리고, 평양 성주에게 당장 들라고 하라.”

“예, 폐하.”

밤낮을 가리지 않고 말을 달릴 작정이시구나.

계마로는 예상되는 혹독한 여정에 각오를 단단히 하며 직접 명을 전하기 위해 달려 나갔다.

동살[30]도 잡히지 않아 새벽별이 아직 초롱초롱한 시각, 평양성의 성문이 활짝 열렸다. 배웅하러 나온 평양 성주는 태왕 옆에 바짝 다가섰다.

“명하신 대로 어젯밤에 봉홧불을 올렸으니 오늘 안에는 국내성에 폐하께서 출발하셨다는 소식이 도착할 것입니다. 해가 뜨는 대로 폐하께서 명하신 바를 전서구들에 매달아 날릴 것입니다. 하온데,”

그는 전에 없이 살벌한 태왕의 눈치를 살피면서 어렵게 운을 뗐다.

“우타소루 대모달이며 대부분의 장수들이 다 돌아가거나 북하에 남아 있는데 모달도 하나 없이 말객들과 병사만으로 움직이셔도 되겠사옵니까? 왕자 전하께 연통을 보내 합류하라 하심이 어떨지요?”

“필요하면 가는 길에 인근 성에서 차출하거나 국내성의 군단을 불러 내리면 된다. 남쪽을 지키는 수군을 통솔하는 데 차질이 없도록 승평을 쓸데없이 움직이게 하지 마라.”

명분은 그럴듯하지만 가장 중대한 이유는 승평에게 태후가 일으킨 난을 감추기 위해서였다. 무슨 심산인지 태후는 승평과 독립적으로 움직이고 있었다. 아무리 충성스러운 승평이라고 해도 친모가 연루되면 어찌 반응할지 장담할 수 없었다. 가능하면 승평과는 무관하게 일을 마무리하고 싶었다. 반드시 그래야 했다.

---

29 관용숙소
30 새벽에 동이 틀 때 비치는 햇살

"전서구가 도착하면 전령을 뒤따라 보내라. 국내성의 전령도 내려오고 있겠지만 어느 쪽이 더 빠를지는 모르니."

그 명을 던지자마자 태왕이 전속력으로 달려 나갔다. 신호라도 받은 것처럼 계마로와 호위부장들, 병사들도 쫓았다. 병사들이 가진 정보는 최대한 빨리 국내성으로 돌아가야 한다는 정도였다. 혹시 역모 시도나 북방에서 전쟁이라도 난 게 아닌가 초조함을 감추지 못하면서 그들은 말을 몰아쳤다.

그물망 같은 군도(軍道)를 통해 돌진하는 기습전은 고구려의 강점이었다. 특히 기병은 신출귀몰, 주변 국가들 모두가 두려워하는 가공할 속도를 지녔다. 태왕 직속 정예군단은 그중에서도 가장 빠르다고 자타공인했다. 자세한 내막은 모르나 급박한 낌새를 느낀 병사들은 엄청난 속도로 내달리고 있었다.

그럼에도 태왕 거련에겐 바람을 가르며 내달리는 말의 속도가 거북이걸음처럼 느릿느릿하게 느껴졌다. 시조 동명성왕을 태우고 하늘로 올랐다는 천마며 용, 해가 뜨기 시작하자 창공을 가르며 날아가는 새의 날개가 미치도록 부러웠다.

이를 악물고 달리면서 그는 간절하게 기도했다.

해류, 제발 무사해라. 내가 갈 때까지 제발.

태왕 일행은 말을 바꿀 때만 잠시 쉬며 눈 한번 제대로 붙이지 않고 달렸다. 중간에서 만난 전령에게 해류의 납치 사건 전모와 졸본성에 있다는 태후의 행방을 전해 받은 태왕은 자신의 위치나 행로를 당분간 국내성에는 알리지 말라는 엄명을 내렸다. 때문에 태왕이 국내성으로 빠르게 북상하는 중이란 소식은 아직 전해지지 않았다.

신중한 태후는 태왕에게 연통이 가자마자 최대한 신속하게 달려올 거라고 예상했다. 기습전 속공과 같은 비상사태에서 운용되는 기병의 이동 속도를 계산해 떠나도록 종용했다.

태왕은 우회하는 관도 대신 골짜기를 가로지르는 최단거리를 택할 것이라고,

태후는 확신했다. 그가 지나갈 지름길에 매복해 기다릴 수 있도록 평성과 막덕이 이끄는 북위 무사들과 심복 사병들은 일찌감치 졸본으로 떠났다.

그들의 이동은 지극히 은밀하고 신속했다. 행궁에 따라온 다른 사병들조차 누가 어디로 갔는지는 깜깜무소식이었다.

광에 갇힌 해류 일행은 당연히 바깥의 변화를 눈치챌 수는 없었다. 그렇지만 빈틈을 노리느라 신경을 곤두세우고 있던 해류는 광을 지키는 인원이 줄어든 건 알아챘다. 늘 둘 이상이었는데 어느 날부터 한 명만 있었다. 처음엔 잠깐 자리를 비웠나 했다. 혹시나 하는 기대를 갖고 유심히 살펴보니 변함없이 한 명이었다.

확신이 선 다음 날 이른 새벽에 해류는 사수루에게 다가가 나직하게 속삭였다.

"움직일 수 있겠는가?"

그가 정신을 차린 것은 이틀 전. 중상을 입었어도 무사이니 여자들 모두를 합한 것보다 위험한 존재였다. 혹시라도 깨어난 것을 알면 죽임을 당하거나 따로 떼어놓을까 봐 계속 인사불성인 척하는 중이었다. 해류가 제게 이 질문을 던진 이유를 알아차린 듯 그는 말없이 고개를 끄덕였다. 안색은 창백하지만 눈에 기백이 돌아와 있었다.

아무리 그래도 힘들긴 할 거였다. 무리라는 건 알지만 어쩔 수 없다고 마음을 다잡으며 해류는 손을 들어 사란과 신녀들도 모았다. 옹기종기, 웅크리고 머리를 맞댄 자세로 해류는 최대한 소리를 낮췄다.

"광을 지키는 자는 한 명이다. 우리가 힘을 합하면 사내 하나 정도는 충분히 제압할 수 있다."

경악과 의문이 그녀를 둘러싼 신녀들의 휘둥그레진 눈에 떠올랐다. 해류는 말없이 검지로 구석에 세워진 빗자루를 가리켰다.

사수루와 사란, 신녀들의 시선이 일제히 해류가 가리킨 방향으로 향했다. 해류가 무엇을 생각하는지 사수루를 제외한 나머지는 금방 알아챘다.

감시병이 하나라는 걸 확신했을 때 해류는 어떻게 하면 자신들의 힘만으로 그를 제압할 수 있을까 온갖 궁리를 다 해봤다. 궁하면 통한다고, 벽 모서리에 내동댕이쳐진 긴 빗자루는 하늘에서 내려온 동아줄이었다.

하늘이 도왔구나. 대용으로 저거면 충분하겠다.

이심전심이었다. 해류와 사란, 신녀들은 두려운 가운데에서도 회심의 미소를 교환했다. 함께 있으니 뭐든지 할 수 있을 것 같은 힘이 났다.

그들의 묘하게 들뜬 분위기가 의아한 듯 사수루가 끼어들었다.

"어찌하시려는지요?"

해류의 눈짓에 사란이 명쾌하게 답을 줬다.

"간혹 신군의 경비를 뚫고 내당으로 침입해 신녀들에게 몹쓸 짓을 하거나 사당에 해를 끼치는 자들을 대비해 신녀들은 조를 짜서 악적을 물리치는 훈련을 받습니다. 긴 막대기를 든 여인 네다섯 명이면 설령 칼을 들었더라도 사내 하나 정도 제압하는 건 가능하지요."

"아……! 들은 기억이 납니다. 긴 막대기로 침입자의 하초와 눈, 머리 같은 급소를 노려 힘껏 휘두르거나 찌르는……."

사란과 왕후를 포함해 신녀 다섯. 막대로 거리를 벌려 공격하면 한둘 정도는 충분히 승산이 있었다.

"좋은 방도로군요."

눈으로 빗자루를 세던 신녀 하나가 안타까운 듯 입술을 깨물었다.

"그런데…… 비가 네 개밖에 없는데요……."

"빗자루는 사란과 너희가 들어라. 나와 사수루는 따로 할 일이 있다."

다시 몸을 굽힌 해류는 소곤소곤, 어제부터 머릿속에서 가다듬었던 계획을 밝혔다. 왕후가 그래선 안 된다, 자신들이 하겠다는 만류가 있었지만 해류는 반대를 단호하게 물리쳤다.

"이게 타당하다고 판단해 결정한 일이니 그냥 따르라. 아침밥이 들어온 직후에 시행하도록 하자."

"힘들고 어려운 일일수록 위에 선 사람이 제일 지저분하고 험한 부분을 떠맡아야 군말 없이 따르고 뒤탈이 적은 법이야. 내가 가장 많은 몫을 차지하는 값이 그거 아니겠니."

사당에 있을 때 해류의 입버릇을 떠올린 사란은 수긍의 미소를 돌렸다.

광에 갇힌 포로들에게는 아침에 딱 한 번, 소금물을 바른 주먹밥과 물이 든 조롱박 보따리가 작은 살창으로 툭 던져졌다. 아침을 가져온 사람은 전날부터 내내 지킨 감시병과 교대했다. 다음 날이 될 때까지 광에 찾아오는 사람은 거의 없었다. 최소한 해류가 갇힌 이후부터는 그랬다. 둘이었던 감시병이 하나로 줄어든 것 말고는 며칠째 똑같았다.

새벽에 보따리를 던져 넣고 감시병이 교대한 얼마 뒤 광 안쪽에서 다급한 소리가 났다.

"폐하, 왕후 폐하! 정신을 좀 차리십시오!"

"폐하!"

처음엔 귀를 막은 듯 무시하던 감시병은 심상찮은 울음과 비명에 미간을 모았다. 조용히 하라고 호통이라도 칠까 하는데 안에서 누군가 문을 부서져라 두드리기 시작했다.

"이보십시오! 제발 잠시만 문을 열어 좀 들여다봐주세요. 왕후 폐하께서 심상치 않으십니다! 빨리 의원을 불러야 합니다!"

어떻게 해야 할지 감시병은 주저했다.

다른 신녀나 무사라면 죽거나 말거나 상관없었다. 그렇지만 지금 상태가 좋지 않다는 사람은 왕후였다. 절대 손을 대거나 해를 끼치지 말고 잘 감시하라는 명령의 대상이었다. 달려가 사람을 불러올까 하다가 그는 일단 직접 살펴보기로 했다. 괜한 엄살로 인한 소동이라면 신경이 칼날처럼 날카로워진 대장에게 자신이 치도곤을 맞을 수 있었다.

허리춤에 있는 열쇠를 꺼내 문손잡이를 단단히 두른 사슬의 자물쇠를 풀었다. 그리고 열리지 않도록 막아놓은 빗장과 버팀목을 밀어냈다.

삐그덕. 며칠 동안 한 번도 열리지 않은 문이 요란한 소리를 내며 열리자 안에서 쾨쾨한 곰팡내와 인분 냄새가 코를 훅 파고들었다. 허리춤에 찬 칼손잡이에 손을 올린 그는 인상을 잔뜩 찌푸리며 안으로 들어갔다.

"무슨 일이냐! 왕후가 어떻다고?"

순간 바로 뒤에서 문이 쾅 닫히면서 단단한 나무막대기가 그의 머리를 강타했다.

"으윽!"

본능적으로 손으로 머리를 막으며 잠시 휘청했다가 곧 정신을 차려 칼을 뽑았다.

"네, 이년들!"

거칠게 칼을 휘둘렀지만 공격은 그 범위 바깥에서 이어졌다. 긴 막대기가 머리며 하초, 칼을 든 팔을 쉴 새 없이 찌르고 두들겼다. 고통을 참고 방어 자세를 취하며 가장 가까운 신녀가 든 빗자루를 움켜잡으려는 찰나, 해류가 악취를 가득 풍기는 배설물 항아리를 그의 머리에다 쏟았다.

"으아아악!"

육신의 고통보다 더 큰, 본능적인 혐오와 치욕감에 그의 몸이 얼어붙었다. 어찌할 바를 모르고 동동거리는 그 짧은 찰나를 놓치지 않고 사란의 빗자루대가 그의 오른 손목을 타격하자 경비병은 칼을 놓쳤다. 사수루가 번개처럼 떨어뜨린 칼을 잡아 사내의 목을 찔렀다.

"컥!"

오로지 효과적인 살육만을 목표로 한 일격이었다. 능숙한 무사의 발도에 짧은 단말마를 마지막으로 생명이 삽시간에 빠져나갔다. 더한 살겁을 바로 며칠 전에 질리도록 봤음에도 절명하는 모습은 익숙해지지 않았다. 구토감을 억지로 참으면서 해류는 피와 오물로 얼룩진 시체를 외면했다.

"사수루, 마구간으로 가서 상황을 보고 가능하면 말을 훔쳐 달아나거나 아니면 뒷문으로 몰래 나갑시다."

"예, 폐하. 일단 다들 여기 계십시오. 제가 살펴보고 오겠습니다."

운이 좋다면 내일 아침까지는 아무도 그들의 탈출을 모를 터. 가까운 마을로 가서 신분을 밝히고 보호를 요청해도 되지만 태후의 사병들이 쫓아오면 한계가 있었다. 이왕이면 말을 타고 병사들이 있는 곳으로 멀리 가야 했다.

염려 가득한 사란의 시선을 느끼면서 사수루는 광을 빠져나왔다. 웬일인지 병사들의 숫자가 확연히 줄어들어 있었다. 다행이라고 가슴을 쓸어내리면서도 경계심을 늦추지 않고 그는 마구간이 있는 쪽으로 숨어 들어갔다.

혹시나 하고 품은 기대가 무색하게, 당연하지만 마구간 주변의 경계는 엄중했다. 그 혼자라면 밤까지 기다려서 한 마리쯤 빼낼 수 있을지 몰라도 왕후나 사란, 다른 신녀들까지 태울 말을 구하기란 절대 불가능이었다. 그는 곧바로 미련을 버리고 광으로 돌아왔다.

"마구간 주변에 병사가 너무 많습니다. 말은 포기하고 일단 행궁을 빠져나가는 게 나을 것 같습니다."

"그대의 판단이 그렇다면 맞겠지. 그럼 더 지체하지 말고 바로 떠납시다."

혹시라도 누가 지나가다 이상하게 여길까 사수루는 시신 옆에 떨어진 열쇠를 꺼내 문을 단단히 잠갔다.

"문을 열어보기 전에는 내일 아침까지는 우리가 탈주한 걸 알아챌 사람은 없을 것입니다."

"광 근처에 궁노들이 오가는 문이 있을 터인데……."

사당이나 궁이나 광 근처에 노예들이 쓰는 문을 두는 경우가 대부분. 해류의 추측은 타당했다. 사란이 잽싸게 일어났다.

"왕후 폐하 곁을 지켜주십시오. 제 짐작에도 이 근처에 문이 있지 싶습니다."

피도 멎고 열도 내렸지만 아직은 격렬한 활동이 무리인지 창백해진 사수루를 일부러 주저앉힌 그녀는 말릴 틈도 없이 움직였다. 담벼락을 따라 나무 그늘 사이로 사라지는가 싶더니 금방 희색이 만면한 얼굴로 나타나 이리로 오라 손짓했다. 얼른 달려온 해류와 사수루, 신녀들을 사란은 쪽문으로 이끌었다.

"저쪽입니다."

고맙게도 그 문엔 따로 자물쇠는 없었다. 밖에서 열리지 않도록 걸쳐놓은 빗장을 빼내고 그들은 재빠르게 행궁 밖으로 나왔다.

"국내성은 저쪽입니다."

당연히 국내성으로 이끌려는 사수루의 팔을 해류가 가만히 잡았다.

"그쪽은 아닌 것 같소. 가까운 마을에 숨는 건 의미가 없고 또 해가 지면 걸을 수도 없으니 오늘 안으로 국내성에 돌아가는 건 무리요. 더구나 저들이 우리가 사라진 걸 알아차려 말을 타고 전속력으로 달려오면 금방 따라잡힐 거요."

"하면 어디로 가시려는지요?"

해류는 탈출을 결심했을 때부터 마음에 두었던 목적지를 비로소 알렸다.

"가장 가까운 봉화대가 어딨는지 사수루, 그대는 알겠지?"

"봉화대요?"

"내가 봉화에 대해 자세히 알지는 못하지만 여러 가지 신호가 있다고 들었소. 행궁에 위험이 있다는 걸 알리는 신호까지는 아니더라도, 큰 변고가 생겼다는 걸 알릴 신호는 분명히 있을 거요. 평양성에서 돌아오고 계실 폐하께 위험하다는 걸 알려야 합니다."

자신이 납치되어 사라졌다는 소식을 듣자마자 태왕은 북하나 평양성에서 곧바로 출발했을 게 확실했다. 침식을 줄이며 몰아쳐 달려오고 있다 가정하면 늦어도 수삼 일 안에 이 근방에 당도할 확률이 높았다. 태후 역시 그걸 예상하지 못할 리가 없었다. 태왕이 오는 길에 함정을 파놓았다는 데 목숨도 걸 수 있었다. 태왕 역시 모르진 않겠지만 최소한 할 수 있는 경고는 다 해줘야 했다.

사수루는 해류가 무엇을 하려는지 이번에도 기민하게 간파했다. 봉화대는 그가 미처 생각지도 못한 최상의 선택이었다.

"명민한 판단이십니다. 소수지만 정예병사들이 지키고 있는 곳이니 잠시 몸을 피하기도 낫겠군요. 바로 모시겠습니다."

사수루는 해류의 뒤에 선 사란과 신녀들에게 독하게 마음먹으라는, 경고의 눈빛을 보냈다.

"길이 좀 험하지만 제가 폐하를 업고 움직이더라도 멈추지 않을 것입니다. 중간에 낙오할 것 같으면 지금 아예 가까운 마을로 가는 걸 권하겠습니다. 방향은 알려드리겠습니다."

그의 말이 끝나기가 무섭게 사란이 다부지게 대꾸했다.

"당연히 폐하를 따라 지켜드려야지요."

망설임이 오가는가 싶었지만 다른 신녀들도 들고 있는 빗자루가 마치 장검인

양 결연하게 세우며 합세했다.

"저희도 따르겠습니다."

사수루의 눈망울에 사람에게만 보이는 따스함이 빠르게 스쳐 지나갔다.

"그럼 출발하겠습니다."

해류 일행은 저 멀리 보이는 산꼭대기에 있다는 봉화대를 향해 움직이기 시작했다. 얼핏 가늠하기엔 그다지 멀지 않게 보였지만 반나절 넘게 걸어도 걸어도 제자리에 있는 듯 거리는 좀처럼 좁혀지지 않았다.

해류 일행이 봉화대로 한창 달려가던 시각, 행궁은 발칵 뒤집혔다.

"왕후가 달아났습니다!"

다급한 고함에 침전의 문이 벌컥 열렸다.

"무슨 소리냐!"

수하의 보고에 헐레벌떡 달려가 상황을 살피고 달려온 태후 상단의 단주가 면목 없다는 듯 고개를 떨궜다.

"진시에 교대한 경비병이 칼에 맞아 숨이 끊어져 있고 광은 싹 비어 있었습니다. 피가 굳은 정도를 보니 오늘 아침 교대를 하자마자 금방 일을 치고 다 함께 도망간 것 같습니다."

"하!"

머리가 띵해졌다. 좀처럼 침착함을 잃지 않는 태후가 당장이라도 쓰러질 듯 휘청거렸다. 아엄이 얼른 그녀를 부축했다.

정교하게 짠 계략이 어그러진 것 이상으로 해류에게 뒤통수를 맞은 게 화가 나서 견딜 수 없었다. 사사건건 훼방을 놓고 대업을 앞둔 마지막 순간까지 발목을 잡는 질긴 존재. 같은 여인이라 봐주는 셈 치고 몸을 상하게 하지 않고 가두기만 했던 게 후회스러워 머리를 쥐어뜯고 싶었다.

한쪽 팔은 아엄에게 다른 팔은 기둥에 기대면서 태후가 재우쳐 물었다.

"말은? 마구간은?"

"아, 말은 도둑맞은 게 없습니다. 마구간은 엄중하게 지키고 있었는데 수상쩍은 움직임도 없었다고 합니다."

짧은 순간 냉정함을 되찾은 태후는 빠르게 명령을 내렸다.

"바로 추격대를 구성해 왕후를 쫓아라. 걸어서 달아났으면 금방 잡을 수 있을 것이다. 국내성과 인근 마을로 가는 길을 샅샅이 훑어라."

숨도 쉬지 않고 지시하던 그녀는 잠깐 호흡을 고르더니 가장 중요한 지시를 덧붙였다. 마리습이 조금 걸리긴 하지만 쓸데없는 자비는 무의미했다.

"가능한 한 생포를 우선으로 하되 불가능하면 죽여도 상관없다. 시체라도 좋으니 데려만 오라."

어조에 서린 살벌함에 잠깐 움찔하는가 싶더니 단주는 단호히 답했다.

"명을 받들겠습니다."

곧바로 수하들을 모아 마구간으로 달려가는 뒷모습을 지켜보며 태후는 아엄의 부축에서 벗어났다.

"얕잡아볼 인사가 아니라는 건 알고 있었지만……. 거기서 기어이 달아날 궁리를 짜내다니."

"어찌하시려는지요?"

걱정스럽게 자신을 응시하는 아엄과 남은 수하들을 의식하며 태후는 동요를 감췄다. 일부러 더 무심하고 냉랭하게 다음 수를 지시했다.

"계획을 바꿔야겠다. 왕후를 잡아 오는 대로 우리도 바로 행궁을 떠난다. 곧바로 출발할 수 있도록 다들 준비하도록 해라."

노련한 사냥꾼 출신 사병은 어지러운 흙길에서 금방 흔적을 찾아냈다.

"국내성 방향이 아닙니다."

그는 멀리 봉화대가 있는 산 방향을 가리켰다.

"저 남동쪽으로 향하고 있습니다. 아마 그쪽에 마을이 있는 모양입니다."

"달아난 지 길어봤자 반나절이다. 우린 말로 가니 한 시진이면 따라잡을 수 있다. 마을에 닿기 전에 잡아야 한다!"

"예!"

다들 말에 올라 사냥꾼의 안내에 따라 달리기 시작했다.

빠르게 다가오는 추적대의 존재를 모르는 해류 일행의 발걸음은 조금씩 무거워졌다.

처음엔 씩씩하게 걷던 신녀들이며 해류, 사란의 발걸음도 점점 느려지려 하고 있었다. 갈증과 굶주림, 피로에 지쳐 당장이라도 쓰러질 것 같은 그들을 움직이게 하는 힘은 공포. 오늘 안에 어디든 안전한 곳에 도착하지 않으면 원점이 되는 거였다.

가장 힘든 것은 부상을 입은 사수루일 텐데 그의 속도는 조금도 늦춰지지 않았다. 그의 등을 보면서 모두 이를 악물고 따라갔다.

터벅터벅, 해가 중천을 넘어가고 산기슭이 드디어 가까워질 무렵, 저 멀리서 뽀얀 흙먼지가 이는 게 보였다. 말을 탄 무리가 분명했다. 자신들과 상관없는 자들이기를 기도하며 해류 일행은 사수루를 따라 나무에 바짝 붙어 몸을 감췄다. 간절한 소망과 반대로 그 두려운 말발굽 소리는 점점 가까워졌다. 아니기를 간절히 바라던 고함이 들려오기 시작했다.

"왕후다! 잡아라!"

사수루는 아까 감시병에게 빼앗은 칼을 바투 잡았다.

"제가 시간을 끌 테니 다들 흩어져 산으로 올라가십시오. 봉화대는 이 산꼭대기에 있습니다."

"사, 사수루 님……."

사란의 물기 젖은 애절한 부름에도 그는 돌아보지 않았다. 적들을 살벌하게 응시하는 그의 음성이 험해졌다.

"제가 무의미한 개죽음을 당하게 할 겁니까! 폐하를 모시고 빨리 피하십시오!"

절박한 종용에 해류와 사란은 입술을 깨물었다. 그의 말대로 여기 있으면 다 함께 죽는다. 그가 목숨을 내던져 벌어주는 겨를 동안 산을 올라 봉화대에 닿아야 했다. 봉화대의 병사들이 그들을 보며 수상한 낌새를 눈치채고 움직여주는 게 현재로선 유일한 희망이었다.

모질게 마음먹은 해류가 몸을 돌려 산길로 달려가려는 순간, 다른 길에서 나타난 복면의 무리가 그들과 해류 일행 사이로 끼어들었다.

"멈춰라!"

다 잡은 먹잇감을 두고 신이 나 달려오던 추격대는 상상도 못 했던 급습에 당황했다.

"웬 놈들이냐!"

그들이 멈칫하며 형세를 살피는 그 짧은 동안을 놓치지 않고 화살이 날아왔다.

"윽!"

"으아악!"

순식간에 네댓 명이 말에서 떨어졌다.

"다들 침착해라! 화살을 쏘지 못하도록 거리를 좁히고 바로 달려들어 베어라!"

정신을 차린 태후 휘하 추격대의 우두머리가 다급히 반격을 독려했지만 선공을 빼앗긴 충격은 컸다. 전투에 익숙하지 않은 사병들은 기세를 뺏기자 금방 사기를 잃고 꽁무니를 빼기 급급했다.

어리석은 선택이었다. 상대는 기껏 서른 남짓이었다. 대장의 지시대로 바로 반격했다면 두 배가 넘는 숫자의 우세로 비등한 격전이 가능했겠지만 등을 보인 대가는 날아오는 화살비였다. 장대비에 떨어지는 낙엽처럼 기세등등하던 사병들이 화살에 맞아 후드득 바닥으로 떨어졌다. 아수라장이 되는 가운데 저승사자의 호령이 더해졌다.

"단 한 명도 살려 보내선 안 된다!"

노련한 병사라면 오히려 결사 항전을 결심하게 하는 말이지만 몇몇을 제외하고는 대부분 시장에서 불한당 노릇이나 해본 오합지졸. 덮쳐오는 죽음의 공포는 마지막 남은 기력마저도 앗아갔다. 화살을 피해 달아나던 사병들은 추수하는 낫에 베이는 곡식단처럼 칼날에 또 우수수 쓰러졌다.

추격대를 이끈 상단 단주를 포함해 산전수전 다 겪은 무사도 있었으나 그 몇 명으로 대적하기엔 무리였다. 격렬하게 저항해 상대를 몇 명 다치게는 했지만 결국 하나씩 생을 마감하거나 숨만 붙어 땅바닥에 드러누웠다.

믿을 수 없는 광경에 해류와 사란, 신녀들은 달아나는 것도 잊은 채 넋을 잃고 살육을 지켜봤다. 사수루만이 누가 적이고 아군인지 살피려 경계를 늦추지 않았다.

쫓아오던 추격대가 몰살되고 신음과 주인을 잃은 말 울음소리만 가득한 가운데 한 사내가 해류 일행에게로 말을 달려오기 시작했다.

죽어라 달려왔는지 따라오는 일행보다 한참 앞선, 거품을 무는 말에서 그 외침의 주인공이 구르듯 뛰어내렸다. 날듯이 달려와 그를 가로막는 사수루 바로 앞에서 멈춘 사내가 해류를 향해 성큼 다가오더니 복면을 벗었다.

"폐하!"

"마리습……?"

절대 여기 있을 이유가 없는 사람이었다.

적인가 아군인가.

해류는 상대를 잽싸게 훑었다. 자신들을 뒤쫓아온 무리를 물리쳐주었고 적대감도 보이지 않지만 힘들게 탈주한 그들을 쫓아온 것은 분명했다. 무엇보다 소노부해씨는 태후와 손을 잡았다고 들었다. 해류는 소용없을지 모르나 언제든 다시 도주할 태세로 가시를 세웠다.

"그대가 여기 무슨 일인가?"

"여기 계셨군요."

금세 따라온 마리습의 일행들이 약속이나 한 듯 복면을 벗어 던졌다. 모두루를 비롯한 눈에 익은 상단 사람들이었다. 마리습과 모두루가 해류 앞에 무릎을 꿇었다.

"일찍 구해드렸어야 했는데, 소신들이 불민해 고초를 겪게 해드린 죄를 용서하십시오."

봉화대에 연기가 피어올랐다.

하늘 높이 올라가는 연기를 지켜보면서 해류는 양손을 가슴에 모았다.

부디 태왕이 침착하게 대응하기를.

심장을 휘감는 안도감과 불안을 애써 누르는 해류 옆에 봉화대의 책임자인 사자(使者)[31]가 다가왔다.

"방금 전령이 출발했습니다."

"폐하께서 졸본성 쪽으로 가고 계시다고?"

"예. 역도들이 왕후 폐하를 그쪽으로 끌고 갔다는 첩보가 있어서요……. 그동안은 극비라 저희도 까맣게 몰랐는데 마침 어제 은밀히 알고 경계를 강화하라는 파발이 당도했었습니다."

마치 제 실수인 양 사자는 몸 둘 바를 몰라 했다.

"그래도 시급히 국내성으로 오셔야 한다는 봉화를 올렸으니 졸본으로 접어들기 전에 말을 돌리실 겁니다. 전령이 말을 바꿔가며 전속력으로 달려가면 내일은 폐하께 왕후 폐하의 소식을 전할 것이고요."

"그렇군."

태후는 졸본성으로 간다고 했었다. 을밀이 붙인 감시자가 보고한 내용도 행로는 분명 그 방향이었다. 해류가 납치됐으니 을밀은 당연히 그쪽으로 끌려갔다고 판단했을 터였다.

노련한 장수 못지않은 태후의 지략에 시금쓸한 감탄을 곱씹었다. 동시에 몸을 피한 것에 안도하며 무력하게 기다릴 수만 없다는 호승심도 솟았다.

태후가 나라면 이 상황에서 어떻게 행동할까. 내가 태후라면 기껏 잡아놓은 미끼가 달아난 걸 알았을 때 어떻게 대응할까. 적의 입장에서 대응책을 따져보자 무엇을 해야 할지 상황이 좀 더 명료하게 다가왔다.

"이곳 봉화대를 지키고 있는 병사는 총 몇인가?"

"저를 포함해서 오십 명이 있습니다."

봉화대의 정예군에 마리습과 함께 온 상단의 무사들이 서른 남짓. 태후가 여기

---

31 고구려 관등 중 8위의 관료

까지 추적해온다고 가정했을 때 요새의 이점을 살려 막아내는 건 가능했다. 그렇지만 태후라면 무의미한 추격보다는 피신할 확률이 높았다. 그녀는 결코 불리한 싸움을 벌이지 않았다.

이미 북위까지 끌어들인 태후가 혹여 국경을 넘어 외세를 등에 업는다면?

지금까지의 행보를 본다면 그러고도 남았다. 해류의 눈에 비친 태후는 고구려 백성에게도 왕실에도 반 푼 덧정도 없었다. 오히려 파괴를 바라는 것 같았다. 더 극심한 혼란을 일으키기 전에 어떻게든 발을 묶어놔야 했다.

해류는 저 멀리 다음 봉화대에서 신호를 받아 피어오르기 시작한 연기를 보면서 멀찌감치 서 있는 마리습에게 시선을 줬다. 자신을 납치하고 역모를 꾀하는 일당의 수괴가 태후라는 사실은 태왕이 올 때까지는 감춰두기로 약조했기에 돌려서 물었다.

"단주, 역도가 움직이는 군사의 규모는 어느 정도인가?"

"병력 자체는 많지 않습니다. 가장 주력은 아마도 태왕 폐하를 시해하기 위해 빠져나간 것 같고 행궁을 지키는 건 소노부 상단의 무사와 가병(家兵)까지 포함해서 기백 정도일 겁니다. 무엇보다,"

마리습은 서로 신뢰하지 않는 동맹의 맹점을 씁쓸하게 밝혔다.

"소노부의 정예는 국내성에 남아 있습니다. 행궁에 보낸 자들은 조금 아까 그 추격대처럼 그저 머릿수나 채우는 정도지요."

"그렇군."

이때를 놓치면 안 된다. 예상 이상의 희소식에 해류는 결단을 내렸다.

"사자, 국내성에 사람을 보내야겠소. 왕궁으로 가서 을밀 대모달에게 군사를 이끌고 속히 행궁으로 오라고 전하시오. 그리고 이곳엔 봉화대를 지킬 최소한의 인원만 남기고 행궁으로 갑시다."

"예? 왕후 폐하께선 어찌하시려고요?"

"어쩌긴. 폐하께서 오실 때까지 행궁을 포위해야지. 내가 없는 걸 알면 역도들은 바로 달아날 테고 그러면 그들을 쫓느라 혼란이 길어지네."

"폐하께서 가시겠다고요?"

원군을 청해 보호를 더 해도 모자라련만.

왕후는 태왕이 도착할 때까지 안전한 이곳에서 몸을 피하고 있어야 옳았다. 을밀을 행궁으로 부르라는 전언에 마리습을 포함해 주변에 선 자들의 얼굴에 난감함이 떠올랐다. 눈치를 보다가 사자가 나섰다.

"폐하, 국내성까지 발 빠른 파발마로 내처 달리면 한 시진 반이면 충분합니다. 넉넉잡아 서너 시진이면 을밀 대모달께서 오실 수 있으니 폐하께선 이곳에 계심이 어떠실지요?"

마리습도 옳다구나 하고 보탰다.

"사자의 말씀이 맞사옵니다. 태왕께서 제게 왕후 폐하의 안전을 그 무엇보다 최우선으로 하라고 신신당부하셨습니다. 저의 느린 대처와 불민함으로 고초를 겪으신 것만으로도 죄가 큰데 폐하께서 그 위험한 곳에 다시 가신 걸 알면 저희 모두 치도곤을 당할 것입니다."

"어찌 그것이 단주의 잘못이겠소. 폐하는 공정하고 정의로운 분이니 염려하지 마세요. 사자, 한시가 급하니 빨리 전령을 국내성에 보내고 함께 갈 병사를 차출해 주시오."

왕후를 잘 지키라는, 엄중하다 못해 살벌했던 태왕의 당부를 떠올리니 암담해졌다. 부창부수라고 결코 물러서지 않겠다는 해류의 완강한 태도에 마리습은 어쩔 수 없이 입을 닫았다.

분명 명철하고 공명정대한 분인 건 맞지만 왕후 폐하와 관련된 사안에선 절대 아닙니다.

속으로만 꿍얼거리면서 그는 여분의 병사 옷이 있으면 달라고 요구하는 왕후를 따랐다. 이제는 다들 말릴 엄두도 내지 못하고 막사에서 옷을 갈아입고 나오는 해류를 기다렸다. 여인치고는 아주 훤칠하고 사내로는 조금 왜소한 정도의 키라 옷은 잘 맞았다.

"갑시다."

어떻게든 만류하려다 포기한 사자는 짧은 시간 안에 그가 할 수 있는 만반의 준비를 마쳐놨다.

"저희와 연결되는 봉화대에 이곳으로 급히 원병을 보내라는 봉화를 올렸습니다. 두 곳에서 오면 백 명 남짓은 될 것입니다. 전력을 다해 질주해오면 한두 시진 안에 도착할 테니 저희를 따라 행궁으로 오라는 전언을 남기려고 합니다."

"오! 사자가 아주 적절한 지시를 내려줬구려."

생각지 못한 원군에 해류는 기뻐하며 사자를 칭찬했지만 그는 여전히 비장했다.

"행궁의 어느 방향으로 가시렵니까?"

"지금 병사에 백 명이 더 보태진다고 해도 역도의 사병 수백과 전면 대결을 하는 건 힘드오. 우리는 행궁에서 졸본 쪽으로 가는 길목을 지키며 매복해 있다가 대모달이 이끄는 원군이 도착하면 합류하는 게 맞을 것 같소."

"맞습니다. 정녕 훌륭한 판단이십니다."

혹시라도 왕후가 저쪽은 사병이고 이쪽은 정예병이라는 걸 믿고 무리한 행보를 주장할까 염려했다. 전력에서 무용이나 사기 이상으로 중요한 것은 머릿수였다. 더구나 상대는 행궁이란 요새를 안고 지키는 쪽이니 더 유리했다. 승패를 장담할 수 없었던 사자의 낯이 조금 편안해졌다.

사란과 신녀들, 봉화대를 지킬 병사 다섯만 남기고 모두 말에 올라 기다렸다. 떠날 차비를 한 병사 중에 설사수루도 있었다. 언제 빌렸는지 갑옷까지 챙겨 입고 있었다.

"사수루, 부상도 낮지 않은 몸으로 무리가 아닌가?"

"충분히 움직일 수 있습니다. 손 하나가 아쉬운 지금 이 정도 부상을 핑계로 남는 것은 가문에서 쫓겨날 수치입니다. 죽더라도 폐하 곁을 지키다 죽을 것입니다."

"알겠네."

해류는 말리는 걸 포기하고 말에 훌쩍 뛰어올랐다. 걱정을 가득 담고 자신과 사수루를 번갈아 바라보는 사란의 애틋한 눈망울과 마주하자 싱긋 미소를 되돌렸다. 사란이 어쩌면 다른 선택을 할 수도 있겠다는, 이 위태로운 상황과 어울리지 않는 달콤한 상념이 지나갔다.

여유로운 잡념은 잠시였다. 해류는 말을 출발시켰다. 가파른 산길을 잘 훈련된 과하마들이 날래게 달리기 시작했다. 산을 내려와 평지로 접어들자 해류가 명령을 내렸다.

"사자는 앞서고, 후위는 단주의 무사들이 맡고 해 단주와 사수루는 여기서 나를 엄호해라."

"예!"

사자와 봉화대의 병사들이 충분히 앞서자 해류는 마리습에게 내내 묻고팠던 것을 질문했다.

"그대 집안은 태후와 손을 잡은 걸로 알고 있었는데…… 나를 구하러 오다니 어찌 된 일인가?"

"예. 저희 부친은 태후 전하와 같은 배를 타셨지요. 저도 제 뜻과 상관없이 끌려 들어갔었습니다."

"그런데?"

"범의 등에 올라탔는데 떨어지지 않고 끝까지 가도 저를 살려두지 않을 것 같다는 판단이 서요. 그래서 범을 죽이고 내리는 길을 택했습니다."

마리습은 태왕과 만났던 순간을 떠올렸다.

부친을 만나러 국내성에 몰래 잠입했던 그 새벽. 그는 환도를 감정한 일로 안면이 있던 계마로를 몰래 찾아갔다.

예상대로 계마로는 해씨와 태후가 함께 역모를 꾀한다는 걸 이미 알고 있었다. 계마로는 그의 갑작스러운 방문에 놀랐지만 바로 그날 그가 태왕과 몰래 독대할 수 있도록 자리를 주선했다. 늦은 밤, 태왕은 계마로의 저택으로 찾아왔다.

"네가 태후의 간자가 아니라는 걸 어떻게 증명하겠느냐?"

예상 이상으로 직설적인 하문이었다. 지극히 마땅한 의문이기에 마리습은 당황하지 않았다. 그는 일생일대의 거래를 위해 평생 부리지 않던 허세까지 긁어모았다.

"증명은 당연히 할 수 없습니다. 저는 장사치입니다. 장사꾼의 가치는 무엇을 파느냐로 결정이 되는 것이지요. 저는 태왕께서 가장 필요로 하는 것을 팔려고 합니다."

당장 목이 떨어져 나가도 억울하달 수 없는, 당당하다 못해 오만한 태도였다. 다행히 태왕은 입술이 일자로 단단히 굳어진 것 외에는 노여움을 드러내지 않았다. 오히려 옆에 선 계마로가 적당히 하라고 마리습에게 눈을 부라리고 태왕의 눈치를 살피며 안절부절못했다.

"짐이 가장 필요로 하는 것을 네가 안다고?"

"안다고 장담은 하지 못하나 짐작은 하고 있사옵니다."

어서 대답해보라는 태왕의 위협적인 눈길을 그는 담대하게 받아냈다. 어차피 이판사판이었다. 사방이 다 죽을 길이라면 최소한 살아날 시도는 해봐야 했기에 역린이 될 수도 있는 단어를 입에 올렸다.

"왕후 폐하의 안전이 아닐지요."

감히 네가 왕후를 입에 담느냐고, 당장이라도 호통을 터뜨릴 듯 태왕의 턱이 부르르 떨렸다.

마리습은 이를 악물고 그 기세를 이겨냈다. 무엇 하나든 과녁에 맞기를 바라면서 그가 한 일, 아는 것을 줄줄이 쏟아냈다.

"태후가 가짜 파사석을 제게 주문했는데 왕후 폐하께 쓰일 해독 약재일 거라고 짐작했습니다. 그래서 그 명을 받들지 않고 수십 배 비싼 진짜를 구해 올렸지요."

태왕의 안광에 서린 서릿발이 아주 미약하게나마 누그러졌다. 가짜 가격으로 진짜를 납품하느라 막대한 손해를 봤다는 사족은 굳이 보태지 않았다.

"태후의 조카가 납치한 신라인을 풀어준 것이 저입니다. 그리고, 아마도 여기 계마로 말객께서도 아직은 찾지 못하셨을 태후 일가와 사당, 상단의 연결고리를 저는 알고 있습니다. 그 외에도 제가 아는 모든 것을 알려드리겠습니다. 물론 조만간 알아내실 수 있겠지요. 하지만 그 시간을 버는 것은 유용하지 않으시겠습니까?"

당장이라도 그를 난도질할 듯 싸늘하던 태왕의 입매가 조금 풀렸다.

마리습은 몰랐지만 태왕에게 가장 크게 와닿은 것은 석도종의 일이었다. 어떻게 그가 탈출할 수 있었는지 찜찜한 수수께끼가 풀렸다. 만약 그가 태후의 손에 여전히 잡혀 있거나 고신을 이기지 못하고 해류와 관계를 발설했다면 수습이 쉽지 않앉을 터다. 가장 큰 수고를 덜어준 건 분명했다.

"네 말이 사실이라면 짐이 네게 빚을 진 건 맞다. 그런데 아비를 배신하고 짐의 편에 서겠다는 연유가 궁금하구나."

마리습과 계마로 둘 다 속으로 안도의 한숨을 삼켰다. 마리습은 미사여구를 생략하고 정직하게 그 이유를 밝혔다.

"장사꾼이란 항시 이문이 많은 곳을 향해 움직이지요. 하지만 그것이 불가능할 땐 손해를 최소한으로 줄이는 손절매를 합니다. 오래 장사를 하다 보니 끝까지 살아남는 것은 '이득을 크게 올리는 자'보다는 '손절매를 잘하는 자'라는 것을 알게 되더군요. 좀 늦었지만 이제라도 폐하께 충성하고 공을 세우려고 합니다."

"그를 통해 네가 얻고 싶은 것은 무엇이냐?"

"제 아비를 편히 죽게 해주시고 남은 일가의 목숨을 살려주십시오."

"너 하나뿐 아니라 역도 일가를 다 살려달라고?"

"무리한 청이라는 건 알고 있사옵니다. 제게 빚을 졌다는 망극한 말씀이 진심이시라면 부디 하해와 같은 성은을 베풀어주십시오."

"네 아비와 사이가 소원한 걸로 알고 있는데 의외로구나."

"어쨌든 천륜입니다. 끊어버리려 한다고 해서 쉬이 끊어지는 것은 아니지요. 폐하께서 남은 일가의 구명만 해주신다면 어떤 화근도 되지 않도록 저는 조카를 데리고 고구려를 떠나겠습니다. 선선(鄯善)[32]으로 가 두 번 다시 고구려 땅에 발을 들이지 않을 것을 천신께 맹세하옵니다."

태왕은 계산하는 듯한 눈으로 마리습을 훑었다. 어떤 답이 나올지 예측할 수 없어 혀가 바싹바싹 말랐지만 마리습은 가만히 그 시선을 견뎌냈다. 도저히 견디기 힘들다고, 한계에 다다랐을 즈음 태왕의 냉랭한 음성이 그를 때렸다.

"넌 지금부터 짐의 수족이 되어 분골쇄신해라. 태후는 필경 왕후를 해하려 노릴 것이다. 태후에게 충성하는 척하며 왕후를 보호해라. 그 공을 보고 네 일가의 목숨

---

32 5세기 중반까지 지금의 신장 위구르 지역에 있었던 나라. 중국에선 누란이라고 불렀다.

값을 결정할 것이다. 그 정도는 되어야 공정한 거래가 아니겠느냐?"

"예! 소인의 목숨을 바쳐서라도 태후에게서 왕후 폐하를 지키겠사옵니다."

그날의 살벌한 한기가 등골을 다시 훑고 지나가는 것 같아 마리습은 몸을 가볍게 떨었다.

"제 부친까지는 어쩔 수 없으나…… 저와 일가식솔의 목숨을 구하기 위해서 태왕 폐하를 찾아뵈었습니다. 폐하께서 태후가 펼칠 겁박에서 왕후 폐하를 잘 보호하고 모시면 선처를 고려해주겠다고 하셨지요."

"그랬군요. 태후는 내가 본 중 가장 심계가 깊고 의심이 많은 사람인데…… 쉽지 않았겠소."

"예에. 치졸한 변명 같지만 그래서…… 고충을 겪게 해드려 몸 둘 바를 모르겠습니다. 태후가 왕후 폐하를 납치한 사실은 저와 제 부친에게도 철저하게 비밀로 한 바람에 그저께야 겨우 알았습니다."

"내가 태후라도 꼭 알아야 할 사람을 제외하고는 철저하게 감췄겠지. 이 정도도 쉽지 않았을 거요. 뒤늦게라도 찾아내줬으니 충분하오."

"알아주시니 감읍합니다."

마리습은 겸손을 가장하지 않았다. 그는 해류의 인정이 절실하게 필요했다.

그녀를 감히 마주 보는 마리습의 눈에는 경탄과 해류도 감지할 수 있는 감정의 흔적이 스쳐갔다. 마리습의 성정상 떠벌리지 않지만 그가 태왕 편에 선 이유 중에 자신도 있음을 해류도 알아챌 수 있었다. 마리습에 대한 태왕의 날 선 경계가 비로소 이해가 갔다.

까마득히 멀리 보였던 목적지를 가깝게 당겨주고 꿈을 품게 해줬던 마리습. 짧지만 보람 있고 소중했던 인연을 되짚었다. 정신 멀쩡한 상인은 결과가 나오지 않을 무용한 투자는 길게 하지 않는 법이니 마리습은 한때 품었던 마음을 벌써 정리하고도 남았을 터, 굳이 아는 척해서 피차 어색하고 난처해질 이유는 없었다.

"사람에게는 좋은 인연과 악연이 있다는데 단주는 처음 만났을 때부터 지금까지 내게 한결같이 덕을 주는 인연이군."

"폐하께서도 제게 좋은 인연이셨습니다."

그의 우의에 보답하는 길은 하나였다. 해류는 마리습이 가장 바라는 것을 주기 위해 최선을 다할 거라는 암시만 던졌다.

"맞는 말이오. 단발이 아니라 긴 거래는 등가교환이 되어야 유지되는 법이라는 단주의 말이 생각나는군요."

마리습은 해류가 자신이 내민 손을 잡아줬다는 걸 깨닫고 화색이 돌았다.

"폐하를 모시는 일에 등가교환이라니요. 천부당만부당한 말씀이십니다. 부디 옥체를 보중하십시오."

그래서 형이 남긴 유일한 혈육인 라후를 꼭 살려주시길.

해류가 그의 편에 서서 돕는다고 해도 생사여탈권을 가진 것은 태왕. 부디 태왕이 오늘 그가 한 일을 높이 사주기를 기도하며 마리습은 해류의 옆에서 말을 달렸다.

반나절 넘게 죽을힘을 다해 달려 멀어진 행궁이었건만. 말을 타고 달려가니 한 시진 남짓 지나자 시야에 들어왔다.

만약 마리습이 도와주지 않았다면 금방 붙잡혔겠구나. 오늘 탈출은 유일무이한 기회였다. 그대로 죽었거나 다시는 달아날 수 없었을 것이다. 자신들이 봉화대를 목적지로 택하고 또 마리습이 적절하게 찾아온 것이 얼마나 천운인지 새삼 실감됐다.

여름 해는 길어 오후 느지막한 시간임에도 아직 사위는 환했다. 봉화대의 책임자인 사자는 멀찌감치 행궁이 보이자 말을 돌려 해류에게 달려왔다. 그는 연기가 피어오르고 있는 국내성 방향의 산을 가리켰다.

"국내성에서 원병이 출병했다는 봉화가 올랐으니 늦어도 한 시진이면 을밀 대모달께서 오실 것입니다. 양편의 봉화대에서 출발한 원군도 한 시진 안에 도착할 것이니 여기서 길을 바꿔 아까 이르신 대로 졸본으로 향하는 길목에 매복하는 게 옳을 듯싶습니다."

"그럽시다."

사자는 일행을 신중하게 언덕기슭으로 이끌었다. 태왕이 올 때까지 행궁을 포위해 역도들을 가둬놓는 게 타당한 행보이긴 하지만 그에게 무엇보다 중요한 건 왕후의 안위였다.

봉화에 왕후의 변고를 알리는 신호가 추가된 건 전무후무(前無後無). 태왕이 얼마나 왕후를 고이는지 따로 설명이 필요 없었다. 이 버거운 책임을 덜어줄 을밀을 그는 애타게 기다렸다.

국내성에서도 간절히 기다리던 소식이었던 모양이었다. 미친 듯이 내달려왔는지 한 시진도 채 되기 전에 저편에서 뿌옇게 먼지구름이 피어올랐다. 언덕에 올라 주변을 살피고 있던 척후병이 고래고래 고함을 지르면서 번개처럼 달려왔다.

"폐하의 호위대, 친위대 깃발입니다! 저 뒤편에서 달려오는 무리는 노란 투구를 보니 수문위군 같습니다!"

"오오!"

이제 되었다. 사자와 사수루가 주먹을 불끈 쥐었다.

전령수가 먼저 달려가고 해류 일행도 행궁 서편으로 향했다. 곧 흙먼지를 흠뻑 뒤집어쓴 을밀과 병사들이 달려와 해류 앞에 무릎을 꿇었다.

"폐하, 소신을 죽여주십시오."

태왕이 태후의 문제를 어떻게 처리할지 아직 미지수였다. 옆에 선 사자의 눈치를 보면서 해류는 빙 돌려서 말했다.

"성역을 침범하길 꺼리지 않는 북방인들을 동원해 벌인 불가항력이니 자책하지 마시오. 모든 건 폐하께서 결정하실 테니 그분이 오실 때까지 역도들이 빠져나가지 못하도록 포위하시오."

태왕은 태후가 왕실을 흔들려는 수괴라는 것을 가능한 한 드러내고 싶어 하지 않았다. 그 사실을 가장 잘 아는 이가 을밀이기에 해류가 에두르는 의도를 눈치챘다.

"예. 명을 받들겠나이다!"

두 번째 왕후 ②

국내성으로 속히 귀환하라.

봉화대에 피어오른 연기는 분명 그 내용이었다. 영문을 알 수 없는 느닷없는 봉화에 지칠 줄 모르고 달려가던 태왕 일행의 속도가 느려졌다.

막 졸본으로 향하는 사잇길로 접어들려던 참. 졸본성 인근에 태왕과 합류할 군사까지 이미 보내 기다리고 있었다. 이런 상황에 국내성으로 시급히 돌아오라는 봉화를 올릴 정도면 외적이 침범했거나 역모가 일어났음을 알리는 연기도 함께 올라왔어야 했다. 그런데 무조건 돌아오라는 신호뿐이었다.

태왕과 계마로는 의아한 눈빛을 교환했다.

"연유도 없이 다짜고짜 무조건 돌아오라니……."

이대로 무시하고 해류가 끌려갔을 졸본성으로 달려가고 싶었다. 그렇지만 왠지 그래선 안 될 것 같다는 예감이 그의 뒷덜미를 붙잡았다. 온갖 가능성을 염두에 두고 태왕은 치열하게 경우의 수를 따져봤다.

해류가 졸본이 아니라 국내성 근처에 억류됐을 가능성도 있다. 모두가 예측하는 속도보다 이틀 반을 앞당겨 왔으니 다시 졸본으로 가도 아직은 허를 찌를 수 있다.

고삐를 붙잡고 망설이던 태왕은 결국 말 머리를 돌렸다.

"국내성으로 간다!"

태왕이 이미 여기까지 도달한 걸 모르는 봉화는 계속 남쪽으로 이어져 내려갔다. 반대로 태왕은 북쪽을 향해 잘 닦인 길을 거침없이 달려갔다.

긴 여름 해가 가라앉고 주홍빛 노을이 남빛으로 바뀔 무렵, 행궁 근처 봉화대에 내려오던 전령이 횃불들 사이로 비치는 태왕의 깃발을 발견했다. 피곤으로 흐려지는 눈을 치뜨던 전령은 말에 채찍을 가해 속도를 높였다.

단신으로 달려오는 인영을 보고 태왕의 호위대가 창을 내려 전투태세를 취했다. 그렇지만 곧 그가 들고 있는 전령수 깃발을 보고 경계로 태세를 전환했다.

"어디서 무슨 일로 온 누구냐!"

"예. 남쪽 행궁 옆 봉화대의 병사입니다. 왕후 폐하께서 보낸 소식을 갖고 왔습니다."

"왕후 폐하! 정말이냐?"

왕후란 단어에 술렁임과 함께 태왕의 앞을 가리던 인의 장막이 파도가 갈라지듯 벌어졌다. 그 사이로 태왕이 나타났다.

"당장 고하라!"

냉정함을 위장할 여력도 없는지 태왕의 다그침에는 흥분과 격정이 날 것 그대로 드러났다. 가쁜 숨을 몰아쉬면서 땅에 내려온 전령은 가슴에 품은 서찰을 꺼내올렸다. 솔개가 병아리를 채 가듯 가져간 태왕이 직접 서찰을 펼쳤다.

저는 염려 마십시오.
남쪽 행궁에 갇혔다가 탈출해 가까운 봉화대로 왔습니다.
처분을 어찌하실지 몰라 수괴가 누군지는 함구했습니다.
행궁을 포위하고 있을 테니 빨리 와주세요.

무사하구나.

분명한 해류의 필체에 진한 안도감이 밀려왔다. 군데군데 틀린 글자도 있고 내용도 짤막했지만 그에겐 그 어떤 명필이 쓴 시가나 경전보다 더 빛나 보였다. 긴장이 풀리자 며칠 내내 거의 먹지도 자지도 않고 극도로 몰아붙였던 사지육신이 무너질 것처럼 풀어졌다.

서찰을 삼킬 듯이 몇 번이나 읽으며 태왕은 침착한 척 가장할 여유를 되찾았다.

"왕후는 누가 구해냈는가? 어떻게 봉화대로 왔는지 고하라."

"그것이, 누가 구한 것이 아니라 왕후 폐하께서 기지를 발휘해 부상을 입고 함께 갇혀 있던 호위와 신녀들과 힘을 모아 감시병을 물리치고 도망쳐 나오셨습니다. 봉화대로 오셔서…… 봉화를 올리라고 하시고, 저는 바로 남쪽으로 내려가 폐하를 찾아뵙고 소식을 전해 모셔오라고 하셨습니다."

"뭐? 직접 빠져나왔다고?"

그의 설명을 들은 태왕 주변 장수와 병사들의 입이 쩍 벌어졌다. 태왕의 입술에서 흘러나온, 믿기 힘들다는 반문에 전령도 동감하듯 고개를 주억거렸다.

두 번째 왕후 ②

"예예. 저희도 정말 놀랐었습니다. 왕후 폐하를 호위하고 온 상단의 무사들이 구한 줄 알았습니다. 사당의 신녀들은 여럿이 뭉쳐 악적들을 물리치는 훈련을 받는데, 마침 감시병이 한 명이라 그자를 제압하고 빠져나오셨다고 했습니다. 뒤늦게 쫓아온 추격대는 그 상단의 무사들이 물리쳤다고 합니다."

"상단의 무사들?"

"예. 해씨 상단의 아들로 왕후 폐하를 보호하라는 태왕 폐하의 밀명을 받았다고 하던데요? 그래서 남몰래 행방을 쫓다가 겨우 알아냈는데 이미 왕후 폐하께서 알아서 탈출을 하셨더라고요."

"하하하."

기가 막혀 말문이 막혔던 태왕의 입에서 폭소가 쏟아져나왔다.

국동대혈에서 참극을 겪으며 납치당했으니 혼이 빠져도 당연하구먼. 멀쩡히 기회를 노려 탈출한 것도 모자라서 그 와중에도 태후가 연관된 것을 불문에 부쳐두다니.

감탄이 절로 나왔다. 과연 부왕이 간택장에서 단 한 번 보고서도 사내가 아니라서 아깝다는 평을 할 만했다. 해류가 과단성 있고 행동력 넘치는 게 그에겐 고맙고 다행한 일이지만 조금 허탈하기까지 했다.

차마 함께 소리 내어 웃을 수는 없는 계마로나 장수들은 경탄의 미소만 삼켰다. 우리 왕후께선 치마만 둘렀지 어지간한 장수들은 대적할 수 없는 여장부로구나. 저런 분이 태왕 폐하의 반려인 것은 천신의 안배이다.

해류를 잃을지도 모른다는 극한의 공포가 사라지자 태왕의 이지가 어느 때보다도 기민하게 움직이기 시작했다.

졸본성으로 간 척하면서 실제로 움직인 곳은 행궁. 졸본으로 그를 유인하려는 계책이 분명했다. 그렇다면 태후가 순순히 그 길을 열어뒀을 리가 없었다. 분명 매복이 있을 터. 그게 주력군일 것이다. 그 주력이 빠졌기 때문에 해류가 자력으로 탈출이 가능했을 거란 판단이 섰다.

"맥오위, 중실무골."

태왕의 부름에 뒤에 있던 두 부장이 앞으로 나왔다.

"예, 폐하!"

"너희는 지금 따라온 병력 절반을 이끌고 다시 내려가 노병관장애성과 칠개정자관애성[33]의 병력을 추가해 우리가 가려던 지름길 주변을 샅샅이 수색하라. 분명 매복이 있을 것이다. 단 한 명도 살려두지 말고 섬멸한 뒤 수급을 취해서 가져오라."

태왕이 지나갈 길목을 지키고 있는 병력이라면 명명백백 역모. 듣고 있는 장수들의 눈빛에 비장한 살기가 감돌았다.

"바로 시행하겠나이다!"

명을 받은 장수들은 지체하지 않고 떠났다.

태왕도 남은 장수와 병사들에게 출발 신호를 내렸다. 지난 며칠, 말을 바꿀 때나 겨우 쪽잠만 자면서 달려온 터라 다들 몰골이 말이 아니었다. 누구보다 적게 자며 몰아쳐 온 태왕도 심신이 정상이 아닐 터였다.

왕후가 안전해졌다니 한숨 돌리고 가도 좋으련만. 바람만 간절하지 감히 태왕에게 쉬자는 청을 올릴 정도로 배포가 큰 자는 없었다. 결국 지금까지 그래왔던 것처럼 별그림자를 밟으며 달려갔다.

새벽 동이 터 희끄무레한 갓밝이 무렵, 저 멀리 행궁과 그 주변을 둘러싸고 있는 병사의 무리가 보이기 시작했다. 저쪽에서도 태왕의 깃발을 발견한 듯 술렁이는가 싶더니 준마들이 이쪽으로 내달려왔다.

서서히 가까워지는 기수들을 지켜보던 태왕의 눈이 뭔가를 발견한 듯 가늘어지더니 입매가 싹 굳었다.

"폐하!"

을밀과 나란히, 가장 선두에 선 말 위에서 청 높은 외침이 울려 퍼졌다. 병사의 복장을 하고 있지만 분명 여인의 음성이었다. 계마로나 주변 부장들의 눈알이 튀어나올 듯 커졌다.

---

33 압록강변에 있는 고구려성들

심상치 않아지는 태왕의 분위기며 호위대의 놀람에 아랑곳없이 해류는 태왕에게 거침없이 다가섰다.

"벌써 오셨군요! 어찌 이리 빨리 오셨나요? 하루 이틀은 더 걸릴 줄 알았는데요."

얼어붙은 듯 해류를 응시만 하고 있는 태왕 대신 계마로에게서 먼저 환영의 일성이 나왔다.

"왕후 폐하, 무사하셔서 정말 다행입니다!"

"염려해줘서 고맙소, 말객."

태왕 주변의 장수들도 해류의 무사함을 축하했지만 정작 누구보다 반겨줘야 할 태왕에게선 냉기만 풀풀 풍겼다. 처음에는 의식 못 했지만 침묵이 길어지자 해류가 의아한 시선을 태왕에게 꽂았다.

"폐하, 어디 불편하신지요?"

부글부글 끓어오르는 심화를 누르느라 어금니를 꽉 깨물고 있던 태왕이 손을 흔들었다.

"왕후와 나눌 얘기가 있으니 먼저 출발하라."

오매불망, 자지도 먹지도 않으면서 밤낮을 가리지 않고 달려오시더니 왜 저리 심사가 불편해지셨나. 이해할 수 없었으나 모두 두말 않고 출발했다. 태왕을 지켜야 하는 최소한의 호위만 눈치껏 멀찌가니 떨어져 지키는 가운데 태왕이, 고함을 참는지 으르렁거리듯 속삭였다.

"왕궁으로 돌아가 있어야 할 거 아니오! 여기가 어디라고 아직도 머물러 있는 거요! 다들 정신이 나갔군. 왕후를 여기에 두다니!"

왜 태왕이 이리 격노하는지 깨달은 해류는 불똥이 엉뚱한 곳에 튈까 봐 얼른 변명했다.

"그러잖아도 대모달이며 다들 제게 안전한 곳에 머물라고 강권했습니다. 하지만 제가 고집을 부렸습니다."

"왜! 그대의 안위를 최우선으로 하라는 내 부탁이 우스웠소?"

해류는 대담하게 손을 들어 그의 입을 막아버렸다. 그 광경에 지켜보고 있는 호위들이 움찔했다. 태왕도 놀랐는지 굳어버렸지만 해류는 아랑곳하지 않고 할 말을 와다다다 쏟아냈다.

"폐하는 저를 지켜줄 것이니 저는 당신을 지키라고 했잖아요. 저를 영영 잃을지도 모를 위험에 처해 있는데 그 알량한 안전을 위해 폐하는 그 자리를 외면할 건가요?"

아니었다. 아니기 때문에 함정이 기다리고 있을 거라는 위험도 무시하고 졸본성으로 달려갔다. 그가 대답을 머뭇거리는 동안 해류는 청산유수처럼 말을 이어갔다.

"폐하도 아니시잖아요. 폐하를 만나 겨우 붙잡은 내 행복을 손 놓고 빼앗길 수는 없었어요. 전 내 것은 항상 내 손으로 얻고 지켜왔습니다. 전 고구려의 왕후이고 폐하는 내 것이니 내가 지켜야죠."

당당한 선언이었다.

처음엔 놀람이, 그다음에는 뿌듯한 미소가 그의 입술에 맺혔다. 그는 손을 들어 겁 없이 그를 응시하는 왕후의 눈매를 손가락 끝으로 따라 그렸다.

그녀에게 그를 지키라고 했던 건 해류를 달래기 위한 소리였다. 위험에 빠진 해류가 스스로를 구해내고 또 그를 지키기 위해 달려올 일은 꿈에서도 상상조차 않았었다. 그런데 그녀는 당연하게 그를 자신이 지켜야 할 존재라고 선포하고 있었다.

태왕은 인정했다. 그의 해류는 바로 이런 사람. 그래서 마음에 담았다. 조금만 더 여리고 조금만 더 그의 뜻을 순순히 따라주면 좋겠다는 아쉬움이 들 때가 종종 있었다. 앞으로도 그런 바람이 들 때가 많겠지만 이렇게 올곧고 강하고 고집스럽기에 지금 무사히 그의 곁에 존재했다.

저 강하고 커다란 날개로 얼마든지 멀리 날아갈 수 있지만 머물겠다고 약속했다. 해류는 앞으로도 지금처럼 내 곁에서 나를 지켜줄 것이다.

해류의 소식을 들었을 때부터 달려오는 내내 그를 옭아매던 집착과 광기의 사슬이, 그를 삼키려던 검은 심연이 멀어지는 느낌. 심장을 따라 퍼져가는 안도감과 해방감을 절감하며 그는 해류에게 하고팠던 말을 소리로 흘려냈다.

"많이 미안하고…… 걱정하고…… 그리웠소."

좀처럼 듣기 힘든 태왕의 감정 토로에 해류의 눈망울이 젖어들었다.

"미안하실 일은 없습니다. 하지만,"

침을 삼켜 뜨겁게 후끈거리는 목구멍을 식히면서 해류도 고백했다.

"저도…… 많이 염려하고 그리워했습니다."

태왕의 팔이 해류를 끌어안고 뒤이어 그의 입술이 해류의 것을 덮었다. 쇠로 만든 갑옷의 비늘이 얇은 옷을 찔러왔지만 아픔도 느껴지지 않았다. 한 호흡도 놓칠 수 없다는 듯 서로를 갈구하는 입맞춤. 서로의 혀를 감고 삼키면서 이제는 절대로 이 손을 놓아 애면글면하지 않겠다는 결심도 교환했다.

화들짝 놀란 호위병들이 먼 산이나 행궁만 애꿎게 노려보며 시선을 피하길 한참. 태왕은 해류를 강하게 휘감은 팔을 풀었다. 몽롱하니 흔들거리는 육신에 힘을 주면서 해류는 그제야 애타게 그리워했던 반려의 얼굴을 살필 수 있었다.

볼이 쑥 들어가 까칠한 피부며 벌겋게 핏발이 선 눈은 그가 얼마나 스스로를 극한으로 몰아가며 달려왔는지를 보여줬다. 그 모습을 보니 새삼스럽게 연모의 정이 더 깊어지는 것 같았다. 애틋함을 한껏 드러내며 해류는 그의 뺨을 살포시 쓰다듬었다.

"그야말로 옥같이 곱고 수려한 용안인데…… 너무 상하셨어요."

해류의 칭찬이 쑥스러운 듯 그는 그녀의 손을 잡아 내렸다.

"사내에게 곱다니, 이 무슨 망발이오."

그의 광대뼈 부근이 살짝 상기되는 걸 보자 장난기가 솟았다.

"고운 것을 곱다 하는데 어찌 타박을 하십니까. 말씀드렸잖아요. 태자 시절의 폐하를 처음 뵙자마자 구름을 타고 하강한 선인 같은 미려함에 제가 한눈에 반해버렸다고요."

"어허! 그만하시오."

짐짓 노여움을 가장해 그는 미모를 찬양받는 어색한 순간에서 벗어났다.

"예. 알겠습니다. 그런데 폐하, 저 행궁 안에 있는…… 수괴의 처분은 어찌하시려는지요?"

"그건,"

무심코 대답해주려던 태왕은 그가 본래 하려던 일, 해류가 여기 머문 걸 엄히 꾸짖고 안전한 곳으로 보내려는 시도가 무위로 돌아간 걸 깨달았다.

해류에게 말렸구나.

영롱한 눈동자를 빛내며 그를 응시하는 해류에게 화를 내야 하건만 그러고 싶지 않았다. 그는 가만히 잡고 있던 해류의 손을 꽉 쥐었다.

"그 수괴…… 때문에 또 한 번 죽을 고초를 겪은 그대에게 미안하지만…… 승평에게 해가 가지 않도록 가능한 한 원만하게 처리하려고 하오."

승평 왕자가 무사할 길은 하나. 해류는 태왕이 태후가 역도의 우두머리라는 사실만은 덮으려 한다는 걸 눈치챘다. 호위들이 아무리 멀찌감치 떨어져 있다고는 하나, 듣는 귀가 많다. 여기서 긴밀한 대화를 나누는 건 힘들다고 판단한 해류는 고개를 끄덕였다.

"전 상관하지 마시고 폐하께서 가장 옳다고 판단한 대로 하십시오. 속히 진압하시지요. 그래야 오늘 안에 국내성으로 돌아가지요."

"고맙소. 자세한 얘기는 왕궁으로 돌아가서 나눕시다."

"예. 무사히 돌아오세요. 기다리고 있겠습니다."

태왕과 왕후가 다가오자 물샐틈없이 행궁을 봉쇄한 을밀이 달려왔다.

"지금 진입을 명할까요?"

"짐과 함께 평양성에서 온 병사들과 계마로는 여기서 물러나 왕후를 지키고, 수문위군은 단 한 명의 흉적도 놓치지 않도록 바깥에서 단단히 포위하라. 행궁에는 친위대와 호위대가 들어간다."

"예!"

투구 끈을 고쳐 맨 태왕이 앞장서자 을밀과 장수들이 기함해 눈빛을 교환했다. 차마 가로막지는 못하나 그가 선두에 서는 것을 염려하는 기색이 역력했다. 서로 눈치를 살피다 을밀이 결국 나섰다.

"폐하, 제가 선봉에 서도록 허락해주십시오."

"넌 짐의 옆을 지켜라. 여기는 짐이 선봉에 선다. 신호가 울리면 사방에서 동시에 공격하라!"

태왕의 명에 공격 신호를 알리는 깃발이 준비되고 고수는 북을 울릴 태세를 취했다. 손을 들어 돌격을 명하기 직전, 태왕은 을밀에게만 들리도록 짧게 속삭였다.

"태후는 절대 벗어나게 해선 안 된다. 하지만 가능한 한 누구의 눈에도 띄지 않도록 하라. 짐이 직접 대면해 처단하겠다."

처단이라는 단어의 서늘함에 을밀은 무겁게 대답했다.

"예. 명심하겠사옵니다."

그의 대답이 끝나기도 전에 태왕이 손을 들자 일제히 공격 개시를 알리는 깃발이 올라갔다. 동시에 진격을 명하는 북소리도 둥둥둥 울려 퍼졌다.

"와아아!"

"역도들을 베어라!"

"단 한 놈도 놓쳐선 안 된다!"

행궁이라는 요새에 기댄 태후 측 사병들의 저항은 초반엔 제법 거셌다. 그렇지만 문이 뚫리고 정예기병들이 물밀듯이 밀려들자 팽팽하던 전세는 금방 밀리기 시작했다.

가장 주력이라고 할 북위와 태후 측근의 무사들은 태왕을 치러 빠져나갔다. 남은 자들은 해사무 상단의 무사들과 태후가 이끄는 상단의 무사들. 각자의 무용이 제법 있다고 해도 수많은 전쟁터에서 훈련된 노련한 정예병들의 일사불란한 공격을 막기엔 역부족이었다. 허무할 정도로 순식간에 무너지고 행궁은 점차 조용해졌다.

최후의 저항과 공방이 치열하게 벌어지는 가운데 태왕은 을밀과 호위대가 뚫어주는 길을 따라 행궁 안쪽으로 들어갔다. 태왕의 침전, 왕후의 침전을 차례로 수색했지만 태후의 행적은 찾을 수 없었다. 벌써 달아난 게 아닌가 하는 불안감이 엄습할 즈음, 을밀의 수하가 편전에서 달려왔다.

"편전이 잠겨 있습니다. 필시 그 안에 숨은 잔당이 있는 것 같습니다!"

편전에 태후가?

불쾌감이 와락 엄습했다. 편전은 태왕의 공간. 왕후도 태왕의 허락이 없으면 들수 없고 태후는 어불성설이었다. 이 모든 악행도 모자라 최후의 순간에도 감히 그곳을 차지해 더럽히고 있다는 사실에 노여움이 피어올랐다.

그는 벌컥 치솟는 감정을 가라앉혔다. 수괴가 다른 자라면 얼마든지 내키는 대로 잔혹하게 조리돌리고 처분할 수 있지만 태후였다. 그가 뜻하는 바를 이루려면 비밀스럽게 마무리해야 했다.

"혹시 모르니 을밀만 따르고 나머지는 담 밖을 따라 편전을 포위하라."

을밀은 태왕의 의중을 짐작했다. 움찔하며 반발하려는 수하들에게 명령을 반복했다.

"무엇들 하느냐! 속히 폐하의 명을 집행하라."

천하제일 무사인 대모달이 곁에 계시니 잔당 몇몇이 설친다고 해도 무탈하시겠지.

호위들은 순식간에 편전 담장을 따라 서서 경계태세를 취했다. 그들을 뒤에 두고 태왕은 계단을 올랐다. 주변을 면밀히 살피며 옆에 바짝 붙어 따르던 을밀은 편전 문을 쾅 차서 열고 안을 살폈다.

별다른 기감이 느껴지지 않을 때 짐작했던 대로 그곳에는 태후와 태후의 충성스러운 시녀 아엄만이 있었다. 내내 여기 있었는지 편전의 옥좌 옆 탁자에선 등불이 가물거렸다.

"끌고 나가라."

태왕의 손끝이 가리키는 것은 아엄. 을밀이 성큼 나서자 아엄이 무릎을 꿇었다.

"태후 전하의 곁에서 죽게 해주십시오."

죽음이 코앞에 닥쳤음에도 당연한 공포는 태후도 아엄에게도 거의 없었다. 이미 삶을 포기한 사람 특유의 오연한 비장함에 을밀의 거침없는 발걸음이 살짝 느려졌다. 어쩔까 하는 아주 짧은 망설임의 찰나, 태왕이 피식 웃으며 머리를 끄덕였다.

"태후와 나눌 얘기가 있으니 을밀과 나가 있어라. 그 후에 네 소원대로 해주겠다."

이제 정말 마지막이로구나.

반역을 준비할 때 이미 죽음을 각오했다. 추적대가 돌아오지 않고 행궁이 포위된 걸 알았을 때는 삶을 포기했다. 그럼에도 아주 약간, 실오라기만큼의 미련은 남아 있었던 모양이었다. 태왕이 태후와 자신의 목숨을 거두려 한다는 걸 확실하게 인지한 아엄의 다리가 떨려왔다.

절망으로 물든 그녀와 달리 태후는 덤덤했다. 그런 주인을 보며 아엄은 후들후들 풀리려는 다리에 힘을 줬다. 내키지 않는 표정의 을밀에게 끌려 편전을 나갔다. 을밀은 반쯤 부서진 문을 조심스럽게 닫았다.

등 뒤에서 문이 닫히자 태왕은 태후가 앉은 옥좌로 걸어 올라갔다. 한기가 가득한 시선으로 그녀를 내려다봤다.

"최후를 맞을 장소로 여기를 선택하다니. 간절히 원하던 자리에 앉은 소감은 어떠신지요?"

태왕의 비아냥이 들리지 않는 듯 태후가 중얼거렸다.

"내 계획은 정말 완벽했는데."

그녀는 그 누구도 아닌 자신에게 복기하듯 속삭였다.

"네가 세 부를 한꺼번에 쓸어버리는 계획을 포기할 정도로 왕후를 깊이 은애한다는 사실을 몰랐던 것, 승평같이 아무 야심도 없는 바보를 낳은 것이 천추의 한이로구나. 네가 사냥 때까지 기다렸다면 나는 왕궁에 남은 왕후를 죽이고 뒤를 쳤을 텐데. 네가 갈팡질팡하는 동안 너와 명림죽리가 양패구상을 해버렸으면 내가 힘들게 나설 필요도 없었는데 말이야."

쭈뼛하니 소름이 돋았다. 태후의 존재를 몰랐던 그에게 진정 치명적인 위기였을 것이다. 그대로 되지 않을 수도 있지만 예상하지 못한 내부의 공격은 분명 위험했다.

"왜 이런 일을 벌였나요? 그렇게 당신 아들에게 왕위를 주고 싶었습니까?"

태후의 입술에 한기 가득한 냉소가 피어올랐다가 허탈한 실소로 바뀌었다.

"보답받지 못하고 계속 빼앗기는 일만큼 사람을 황폐하게 만드는 것이 없단다."

너무 슬프고 자존심이 상해 인정하기도 힘들었던 과거가 떠올랐다. 당사자에겐 결국 입도 떼어보지 못했던 한(恨). 승자가 된 뒤 그의 아들에게 들려주고 싶었던 절절한 기억이 패자의 넋두리가 되어버렸다. 이 현실이 아직도 믿기지 않고 동시에 너무도 허탈했다.

"그 사람의 곁을 지키고, 그 텅 빈 가슴을 채워주려는 나는 쳐다보지도 않았고 아예 기억하지도 않았지. 네 어미를 잊지 못하며 끝없이 대륙을 누비고 정복하는 걸로 그 빈자리를 채우려 들었어. 내 존재 의미는 너를 키워주는 어미로서밖에 없었다. 애정은 당장 얻지 못하더라도 너를 내 아들로 키우는 게 그 여자를 이기는 거라 생각했다."

기억하는 한 태후는 그에게 진짜 어머니였다. 우씨 일가를 가혹하게 쳐내는 부왕의 의도를 알면서도 야속하게 느꼈을 정도였다. 원망을 품어 소원해질 법한데도 한결같이 자신을 위하고 챙기는 태후가 고마웠고 미안했다.

그래서 더 존중하고 지극정성으로 받들려고 노력했다. 아주 조금이라도 그녀를 의심하거나 거리끼는 마음이 있었다면 이렇게 감쪽같이 속지 않았을 것이었다. 모든 걸 알게 된 지금에도 인정하고 싶지 않을 정도로 큰 배신감이 그를 짓눌렀다.

"당신이 진심이라는 건 알고 있었습니다. 그래서 난 당신을 내 친어머니로 여기고 살아왔었지요. 그것으로 부족했습니까?"

"어찌 네 감사 따위로 채워지겠니."

딱 자른 태후는 공허가 넘실거리는 음성으로 중얼거렸다.

"내가 원한 것은 담덕이었다. 너를 통해 조금이라도 채우려는 것조차도 그이는 완전하게 허용하지 않더구나. 너는 류희의 아이이고, 나는 그 자리를 잠시 차지하고 앉은 불청객이라는 걸 절대 잊지 않도록 해줬다. 그런데도 바보 같은 나는 언제나 등만 보이는 그 사람을 바라보면서 그가 날 돌아보며 미소 지어줄 날을 기다렸다. 하염없이 그날을 기다리는 그때는 희망이라도 있었지. 그런데. 너무도 일찍, 허무하게 세상을 버리더구나."

태후의 눈에 귀기 같은 빛이 서렸다.

"꼭 독을 마시거나 자신의 가슴에 칼을 꽂아야만 자결이 아니다. 하루하루 죽음을 기다리며 자신을 태워나가더니, 병에 걸리자 아주 기쁘게 생을 포기하더구나. 정신이 남아 있을 때 마지막으로 한 말이 무엇이었는지 아느냐? '이제 류희를 만나겠구나.' 그거였다. 그 중얼거림을 내뱉는 그 사람이 얼마나 후련하고 행복해 보였는지……. 네가 성년이 되고 비까지 들였으니…… 류희의 아들이 왕위를 잇는 데 무리가 없을 터, 아무 미련도 남지 않았겠지."

태왕은 아찔함에 눈을 감았다. 부왕의, 그의 생모에 대한 지극한 사모지정은 익히 알고 있었지만 이 정도인지는 몰랐다. 숨을 거두기 직전까지 부르던 게 그 이름이었다니. 태후의 행동은 용서할 수 없으나 그녀가 한 서린 복수심을 품은 건 이해하겠다 싶을 정도였다.

자신이 태왕에게 얼마나 크나큰 충격을 줬는지, 아랑곳없이 태후는 고백을 이어나갔다.

"그때 나는 복수를 결심했다. 그가 너를 위해서 자신을 활활 태워 이룬 이 제국을 내 손에 넣기로. 내게 평생 등만 보이고 잡을 수 없는 바람이었던 그 사람과 그 여자의 아들인 너. 내가 고구려의 주인이 되어 가장 불행한 삶을 살게 해주고 싶었다. 그래야 내가 오랜 세월을 참고 견딘 보람이 있으니까. 그런데…… 하늘은 그것마저도 허락하지 않는 것 같구나."

허탈함을 가득 담은 통한이 흘러나왔다.

"만 가지 길을 준비했는데 하나도 제대로 쓰지 못하다니."

전쟁은 만 가지 길을 대비해서 하나만이라도 쓰면 족하다. 그 말을 입버릇처럼 했던 사람을 둘 다 떠올렸다.

귀천한 지 벌써 10년이 되어감에도 아직도 그들 주변에서 존재감을 내뿜는 영락태왕. 아들에겐 완벽했으나 바로 앞의 여인에게는 지독하게 비정했던 사람. 아버지를 떠올리며 잠시 물러졌던 심장은 태후의 입술에서 흘러나오는 폭로에 굳어졌다.

"그 소심하고 네게 일편단심이었던 연세아가 왜 그런 무모한 짓을 저질렀는지 모르겠지?"

태후를 다그치고 싶었지만 그는 스스로를 억눌렀다. 죽음을 앞둔 이의 최후의 발악에 휘둘려선 안 된다는 자각에 무심한 가장을 지켜냈다.

하지만 움찔하는 몸짓과 흔들린 눈빛을 태후는 읽었다. 그가 묻지 않는다고 해도 어차피 알려줄 작정이었다. 대세를 바꾸지는 못해도 담덕의 아들에게 상흔을 남기는 마지막 즐거움은 버릴 수 없었다. 그녀는 못된 장난을 성공한 아이 같은 의기양양한 비소를 흘렸다.

"네가 혼인하고 바로 얼마 뒤 태왕이 귀천했지. 그때부터 너와 연 씨가 먹는 음식엔 회임을 막는 면실유를 썼단다. 사내들과 줄곧 교합하는 기생들의 회임도 막아주는 기름이니 합궁이 잦지 않은 너희에게 아이가 생길 리 없지. 그리고 후사가 생기지 않아 소후를 들여야겠다고 했더니 그 귀 얇고 물정 모르는 계집은 앞뒤 가리지 않고 명림죽리가 마련한 함정으로 바로 빠져들더구나."

태왕의 눈이 충격으로 부릅뜨듯 커졌다. 그의 경악을 태후는 승리감 가득한 시선으로 맞받았다.

"그래. 내가 한 일이다. 워낙에 소심한 아이라 좀처럼 실행에 옮기질 못하길래 은밀히 판을 깔아 부추겨주고 그걸 세상에 드러나게 한 것까지 모두 다."

거기까지 아주 순조로웠는데. 자신에게 유리한 수가 될 거라고 믿었지만 치명적인 패착이 된 해류를 태후는 씁쓸하게 떠올렸다. 그래도 완전한 패배는 아니었다. 태왕의 참혹한 표정을 기대하며 그녀는 꼭 들려주려던 비밀을 터뜨렸다.

"네가 죽고 못 사는 왕후, 명림, 아니 석해류는 네 아이를 가지지 못할 것이다. 내가 먹인 그 버섯은 사내가 먹으면 씨를 말리고 여인이 먹으면 아기집을 녹이지. 생각해보니 어쨌든 내가 이긴 싸움이구나. 넌 그리 죽도록 은애하는 왕후의 심장에 칼을 꽂으면서 다른 여인을 들여 왕자를 얻든지, 아니면 네 원수인 내가 낳은 아들이나 그 혈육이 네 뒤를 잇는 것을 봐야 하니 말이다."

그녀는 통쾌함을 감추지 않고 크게 웃었다. 귀기가 서린 것 같은 대소에 문밖에 선 을밀이 몸을 부르르 떨었지만 태왕은 석상처럼 미동도 하지 않았다.

그 반응을 감당할 수 없는 충격에 얼어붙은 걸로 생각했는지 태후의 음성엔 득의만만함이 넘쳤다.

"네 왕후는 자신의 위치와 의무를 너무도 잘 아는…… 아주 영리한 아이니 너의 불가피한 선택을 받아는 들이겠지만 그 사모는 절대 지금 같지 않을 것이다. 마음을 준 여인의 전부를 가져야 하는 네게는 그 연모가 덜어지고 식어가는 걸 지켜보는 게…… 몹시 괴롭겠다. 직접 볼 수는 없겠지만 어느 쪽이든 나의 승리이지."

태후는 허리가 접힐 정도로 박장대소했다. 너무 웃어 맺힌 눈물을 닦는 그녀의 얼굴에 짙은 승리감이 흘렀다.

"아아, 정말로 크게 위로가 되는구나."

기대와 달리 태왕의 변화는 거기까지였다. 그녀의 독설이 이어지는 와중에도 침착함을 되찾은 그의 입술에는 은은한 미소까지 감돌았다. 그걸 바라보는 태후의 눈빛이 서서히 흔들릴 즈음, 태왕이 입을 열었다.

"알고 있었습니다."

"……뭐!"

처음에는 그 의미가 닿지 않았는지 묵묵히 듣던 태후의 입술에서 경악성이 새어나왔다. 곧바로 다그침도 이어졌다.

"알고 있었다고? 그런데?"

"의술에 능통한 것이 당신 혼자만은 아니지 않습니까. 보연이 한 말을 듣고 어의들에게 물어봤더니 그들도 그 후유증을 얘기하더군요. 수태가 불가능할 수도 있다고요. 그렇지만 어의들이 모든 방법을 동원해 독을 풀어내고 있으니 그 정성이 하늘에 닿아 왕후에게 자식을 얻을 수도 있고…… 설령 아니라고 해도 별반 상관은 없습니다."

"상관없다고? 넌 태왕이다! 어찌 후사를 가볍게 여길 수 있지? 네 아비, 무소불위(無所不爲)의 권력을 휘둘렀던 선왕마저도 네가 있음에도 왕실을 번창케 해야 한다는 주청을 거부하지 못했다!"

우습다는 듯 흐릿한 미소를 머금은 태왕이 어깨를 슬쩍 들썩였다.

"내 조부께서도 태제가 되어 소수림태왕의 왕위를 이으셨습니다. 그 이전으로 가도 아우나 조카가 왕위를 이은 전례는 얼마든지 있습니다. 승평이나 그 아이의 아들 중에 영명하고 용맹한 자가 왕위를 잇는다면 그 또한 우리 고구려의 복이겠지요."

"뭐!"

태왕은 진심이다. 태후의 눈이 경악으로 물들었다.

사내라면 자기 아들에게 모든 걸 물려주고 싶어 하는 게 인지상정. 더구나 그는 보통 사내도 아니고 왕이었다. 그런데 반려를 위해 그 당연한 욕망을 기꺼이 포기하겠다는 게 믿기지 않았다.

그녀가 간절히 바랐으나 갖지 못했던 모든 것을 가진 해류, 아비와 달리 모든 걸 던져서라도 반려를 지켜주려는 거련에 대한 분노가 걷잡기 힘들었다.

태왕은 감정을 주체하지 못하고 부들거리는 태후를 두고 돌아섰다.

"어떻든 다행이군요. 당신이 내게 알려준 그 비밀을 이번에는 해류에게 전할 수 없을 테니. 비밀을 잘 지켜준 걸 고맙게 여기며 가보겠습니다."

더 궁금한 것도 듣고 싶은 것도 없었다. 옳고 그름과 상관없이 태후는 그녀 나름의 당위가 있었다. 그는 해류와 함께 그 폭주를 막아냈다. 남은 일은 해류를 위해서라도 승평을 지켜내는 것. 그뿐이었다.

"너! 넌 태왕이다. 그런데 한낱 여인 때문에 네 자식에게 왕위를 물려주는 것을 포기하겠다고? 네가 이룬 것, 이루고픈 모든 것이 네 대에서 끝난다고 해도 말이냐?"

태후를 내려다보는 그의 눈에 다시금 연민이 담겼다. 그는 벗어난 부왕의 태산 같은 그늘. 태후는 거기서 아직도 발버둥 치고 있었다. 이 여인은 거기서 결코 떠나지 못할 것이다.

"부왕의 유업을 잇기 위해 평생을 바치는 것은 나 하나로 족합니다. 내가 해야 할 일, 하고픈 일은 내가 하면 됩니다. 하늘이 도와 자식이 생긴다고 해도 그 아이에게는 자신이 하고픈 통치를 하라고 할 겁니다. 승평이나 승평의 아이 역시 그들이 원하고 옳다고 믿는 것을 이루겠지요."

부왕이 이루지 못한 필생의 위업들을 부지런히 성취하고 완성하는 과업은 내 대에서 끝낼 것이다. 다음 왕은 내가 닦은 기반 위에서 좀 더 자유롭게 자신의 성취를 찾고 이루겠지.

이상할 정도로 마음이 편했다. 그는 담담하게 태후가 마무리할 숙제를 알려줬다.

"이 역모는 당신의 남은 일가들이 일으킨 겁니다. 뒤늦게 알고 혈육들을 말리려 여기까지 왔지만 끝내 못 한 당신은 왕후만 구해 보내준 뒤 자책감을 이기지 못해 자결하지요. 그 정도면 승평이 무사할 명분은 충분합니다. 친아들을 위해 그 정도는 해주셔야지요."

"귀족과 중신들이 그 허점투성이 변명을 과연 믿어줄까?"

"의구심은 품을 수 있겠지만 그걸 입 밖에 낼 정도로 멍청이는 없을 겁니다. 만에 하나 그 정도로 무지하고 무도한 자가 있다면 마땅히 그 대가를 치러야겠지요."

필살의 일격이 무위로 돌아간 패배감과 허탈감에 몸부림치면서도 태후의 눈에선 독기가 빠지지 않았다.

"과연 승평만을 위한 것이냐?"

"아닌들 어쩌겠습니까. 어쨌든 가장 득을 보는 건 승평이 아닙니까?"

태후가 극독을 갖고 있을 거라 확신은 했지만 혹시나 싶어 확인했다.

"필요한 것이 있는지요?"

매섭게 쏘아오는 태후의 눈빛이 대답이었다. 태왕은 한때 그가 기억하는 유일한 어머니였던 여인에게 살짝 머리를 숙여 하직했다.

"그럼 잘 가십시오."

그 인사를 끝으로 뒤도 돌아보지 않고 총총히 사라졌다.

태왕이 나가고 곧 아엄이 돌아왔다.

"전하……."

아주 어릴 때부터 곁을 지켜온 시녀. 친동기보다도 더 가깝고 변함없이 충성스러웠던, 실은 친우라고 불러야 마땅한 아엄을 태후가 가만히 내려다봤다.

"정말…… 나와 함께 가야겠느냐?"

"이 문밖을 나간다고 해도 어차피 전 죽은 목숨입니다. 전하 곁에서 함께 떠나고 싶습니다."

"그래. 그런 각오라면…… 정말 고마웠다. 내생이란 게 있다면 그때는 꼭 갚겠다."

"전하!"

격정을 이기지 못한 아엄이 바닥에 엎드려 통곡했다. 그 충직한 시녀 너머를 태후는 아련히 응시했다.

류희와 류희의 아들에게만 허락하던, 그녀에게는 절대 용납하지 않았던 위치.

단 한 번이라도 여기에 담덕의 진정한 반려로 서고 싶었다.

그녀를 한 번도 바라봐주지 않았던 그 사내, 그래서 담덕과 류희의 아들 대신 이 자리를 차지하고 싶었고 또 산산이 부숴버리고 싶었다. 애석하게도 하늘은 그녀에게 길은 열어주되 이루도록 허용은 하지 않았다.

최후가 다가오자 불현듯 궁금해졌다.

어디부터 잘못된 것이었을까.

모두가 바라던 대로 담덕 태자를 연모한 것? 그의 반려가 될 거라고 믿으며 살았던 것? 다른 여인의 사내가 된 담덕을 끝내 잊지 못하고 다시 그의 곁으로 온 것?

끊어냈어야 하나 그러지 못한 고리들이 엮이고 쌓여 여기까지 왔다.

후회와 미련을 하나씩 지우면서 그녀는 생각했다.

담덕의 땅에 묻히고 싶지 않다. 담덕과 류희가 낳은 아들의 자비에 기대어 그들의 묘 가까이에 묻히고 싶지 않았다. 마지막만큼은 영락태왕의 두 번째 왕후 우 씨가 아니라 우미오로 떠나고 싶었다.

그녀는 품속에 한시도 떼어놓지 않은 붉은사슴뿔버섯 독을 아엄에게 건네줬다.

"삼키거라."

주저 없이 환약을 입에 털어 넣는 아엄을 보며 미오는 옥좌에서 천천히 일어났다. 정제된 극독이 목을 넘어가자 아엄은 곧 배와 가슴을 움켜쥐고 신음했다. 속이 타오른다고 몸부림치는 아엄의 머리를 태후는 가만히 쓰다듬어줬다.

몸을 일으켜 계단 중간중간, 벽에 걸린 기름이 가득 담긴 등을 바닥에 하나씩 떨어뜨렸다. 가장 큰 등에 채워진 기름을 제 몸에 쏟은 그녀는 옥좌로 돌아와 남은 환약을 삼켰다.

극독은 칼날을 삼키는 듯 식도를 타고 내려가면서 존재감을 과시했다. 그리고 곧 배 속이 뒤틀리고 불길이 이는 것 같은 통증이 퍼져나갔다. 이를 악물어 비명을 참으면서 그녀는 떨리는 손을 들었다. 옥좌 옆에 있는, 기름이 거의 떨어져 가물거리는 등잔을 밀었다.

챙.

사기와 유리로 된 등잔이 바닥에 떨어지자 불꽃이 흐른 기름을 타고 옮겨갔다.

바짝 마른 목재를 삼킨 기름을 따라 불이 타오르기 시작했다. 일부는 계단을 따라 내려가고 또 다른 불길은 태후를 향해 빠르게 다가왔다.

저물녘, 태왕과 왕후가 나란히 말을 타고 주작대로로 들어섰다.

태왕께선 평양성으로 가시지 않았던가? 오늘이 무슨 날이기에 두 분이 나란히 돌아오시나. 왕후 폐하는 왜 남복을 하고 계시나. 두 분이 영 초췌해 보이는구나.

태왕의 행렬에 몸을 숙여 예를 표하는 백성들은 조금 의아해할 뿐 별다른 관심을 두지 않았다. 반대로 정화제를 위해 국동대혈로 간 왕후가 납치되고 성지가 훼손된 사건으로 발칵 뒤집혔던 중신들은 모두 왕궁에 모여 태왕을 기다리고 있었다.

"폐하, 천신의 도우심입니다."

"무사하신 모습을 뵈오니 눈물이 앞을 가리옵니다."

만약 왕후가 돌아오지 않고 불귀의 객이 됐다면 그 책임을 물어 자신들도 도륙당했을 수 있었다. 이성적인 태왕이 그런 화풀이를 하진 않을 거라고, 전전긍긍하는 동료들을 달래던 이들도 속으로는 떨고 있었다. 왕후의 생환은 절벽에 매달려 달랑거리던 그들의 가느다란 목숨줄이 안전해지는 걸 의미했기에 환영에는 진심이 철철 넘쳐났다.

왕후에게 앞다퉈 인사를 올리는 중신과 귀족들을 태왕은 파리 쫓듯 몰아냈다.

"왕후는 쉬어야 하니 인사는 차후 올리도록 하라. 대대로와 좌보, 우보만 편전에서 대기하고 모두 퇴궐하라."

그제야 자신들이 눈치 없이 굴었다는 걸 깨달았는지 왁자지껄하던 소란은 물을 끼얹은 듯 고요해졌다. 서둘러 하직인사를 올린 이들이 썰물처럼 빠져나가자 정전 앞은 순식간에 싹 비었다. 행궁에서부터 수행해온 장수들만 남았다.

"왕후궁에 잠시 다녀올 테니 기다리라."

길고 힘든 여정을 보낸 건 마찬가지고만. 저들도 오늘은 이만 물러가라고 하지 왜 굳이 기다리게 하나.

의아했지만 해류는 말없이 태왕과 함께 왕후궁으로 돌아왔다.

"폐하!"

궁녀들은 물론이고 미려와 다른 여관들, 궁관과 시관들까지 눈시울을 적시며 해류를 맞았다.

"걱정을 끼쳐 미안하네."

"무슨 말씀이시옵니까."

"제대로 모시지 못한 소신들 때문에…… 흑."

끝내 눈물을 보이는 궁녀들을 마뜩잖게 노려보며 태왕은 길어지려던 환영을 또 싹둑 끊었다.

"무엇들 하느냐. 왕후를 안으로 모셔라."

"아, 예! 예, 폐하."

궁녀들이 미려의 지휘 아래 서둘러 해류를 침전으로 모셔갔다.

뒤를 따라가 해류가 침실 의자에 앉은 걸 보자 태왕의 딱딱했던 눈매가 조금 부드럽게 풀어졌다.

"이 모습을 보니 한시름 덜어지는군."

"저도 이제야 집에 왔구나 하는 생각이 드네요."

"그래요. 여기가 그대의 집이란 사실을 이제 절대 잊지 마시오."

"폐하가 계신 곳이 저의 집인데, 당연한 말씀을 왜 그리 무섭게 하십니까."

"그리 말해주니 정말 기쁘군."

왕후궁 침실 안에 해류가 웃으며 앉아 있는 모습이 기쁘면서도 현실이란 게 믿기지 않았다. 확인이라도 하려는 듯 해류의 얼굴을 양손으로 감싸 한참을 응시하던 태왕이 손을 내렸다.

"온욕을 하고 푹 쉬어요. 난 남은 일이 있어 편전으로 가야겠소. 많이 늦어질 테니 오늘은 기다리지 마시오."

온몸이 물먹은 솜처럼 무겁고 두들겨 맞은 것처럼 아팠다. 갇혀 있긴 했지만 누워 쪽잠이나마 잤던 그녀가 이 정도니 태왕은 더할 거였다.

아무리 극기와 무예로 단련된 사내라고 해도 태왕도 사람이었다. 평양성에서 출발한 뒤로 거의 자지도 먹지도 않고 연일 달려왔다고 했다. 한계가 넘도록 버텨 온 그의 육신은 피로에 젖어 당장이라도 쓰러질 것처럼 보였다.

조금이라도 쉬고 내일 새벽에 처결하면 안 되냐는 말이 혀끝까지 나왔지만 저런 표정일 때는 만류가 소용없었다. 정말 중차대한 일이니까 힘들어도 지금 처리하려는 것이리라.

해류는 자리에서 일어났다.

"왕후궁을 나가시는 걸 보고 쉬겠습니다."

"그러시오."

그는 만류하지 않았다. 오히려 그 제안이 달가운지 싱긋 미소까지 머금고 그녀의 손을 잡았다.

태왕의 미소는 딱 왕후궁 입구까지였다. 배웅하는 해류를 두고 등을 돌린 순간부터 그의 표정은 빙벽처럼 굳었다. 온몸에서 마구 뿜어져 나오는 노화를 지우고 냉정을 되찾기 위해 안간힘을 쓰면서 태왕은 장수들과 수문위군, 친위대가 기다리는 정전으로 돌아왔다.

정전 앞에 서자 태왕은 따르던 호위대를 무시하고 수문위군 병사들에게 다가섰다. 한 손을 들어 호위대 맨 앞에 선 장수를 가리켰다.

"당장 저자를 포박하라."

그 손가락이 가리키는 곳에 선 것은 을밀. 자신들의 대장을 추포하라는 명령에 호위대는 얼이 빠져버렸다.

수문위군과 친위대의 장수들은 잠깐 멈칫했지만 태왕의 시선과 손끝을 확인하자 곧바로 을밀에게 달려들었다. 을밀도 놀랐는지 선 채로 바로 포박당했다. 저항할 틈도 없었다. 순식간에 칼을 빼앗기고 온몸이 꽁꽁 묶였다.

태왕의 어명이니 집행은 하지만 을밀이 왜 이런 취급을 당하는 것인가. 을밀을 단단히 틀어잡고 있는 병사들이나, 그걸 지시한 장수들이나 똑같은 의문을 품고 태왕과 을밀을 번갈아 바라봤다.

가장 평온한 사람은 황망 간에 봉변을 당한 을밀이었다.

태왕이 을밀에게 바짝 다가섰다. 꽉 잠긴 목을 감추려 몇 차례나 헛기침을 하며 그는 겨우 목소리를 짜냈다. 고저도 없고 낮은 음성이지만 감추지 못한 격분과 배신감이 묻어났다.

"짐이 끝까지 모를 줄 알았더냐?"

태왕의 눈에 가득한 상처를 마주하자 을밀이 고개를 떨궜다.

"······당연히 알게 되실 줄 알았습니다."

"그런데도 역도들을 만류하러 간 태후의 행방을 일부러 놓치고 왕후가 끌려가도록 방관하는 극악무도한 행동을 했다고?"

"으헉!"

"헙!"

산전수전 다 겪었다 자부하는 장수들의 입술에서 억제하지 못한 비명과 신음이 흘러나왔다.

듣고 보니 그랬다. 매사에 철두철미한 을밀이 졸본성으로 가는 척하다 다른 방향으로 빠진 태후를 놓친 것도, 역도들이 남쪽 행궁을 차지한 걸 그렇게 오랫동안 눈치조차 못 챘다는 게 이상했다. 워낙 상황이 급박하게 돌아가는 터라 왕후를 구하고, 역도를 처리하는 현안에 몰두하는 바람에 따지지 못했을 뿐이었다. 찬찬히 뒤처리하다 보면 누구든 품었을 의문이었다.

혼돈의 와중에도 그걸 제일 먼저 간파해낸 태왕에게 경탄과 두려움의 눈길이 쏟아졌다.

을밀은 다른 의미로 감탄했다. 배덕에 치를 떨며 그를 단죄하는 와중에도 태후를 역모의 주동자가 아니라 희생양으로 확실하게 못 박는 치밀함. 그의 주군은 모두가 불세출의 영웅이라고 추종하는 영락태왕을 능가할 태왕이었다. 그렇기에 목숨보다 소중한, 일평생 쌓아온 명예와 바꾼 자신의 계획이 무산된 게 땅을 치고 싶도록 원통스러웠다.

"······."

"왜 그랬느냐?"

그 연유가 궁금한 것은 지금 이 자리에 있는 모두가 마찬가지였다. 계마로나 다른 장수들은 진상을 파악하려고 귀를 쫑긋 세웠다. 그들에겐 안타깝게도 을밀의 대답은 태왕에게만 들렸다. 태왕에게만 보이도록 감춘 얼굴 때문에 입술을 읽을 수도 없었다.

"폐하, 우리 고구려의 왕위는 반드시 폐하의 적통이 이으셔야 합니다. 폐하께서 후계를 이으실 원자를 얻을 수 있다면 그 무엇도 아깝지 않습니다."

그 이유였구나.

격한 배신감과 타오르던 증오가 거짓말처럼 스러졌다. 대신 칼로 심장을 찌르는 격통이 그 자리를 채웠다. 피는 나누지 않았으나 그에게는 숙부와 같은 존재. 부왕보다 더 긴 시간을 함께 보냈고 부왕 다음으로 진심으로 믿고 의지했었다.

고이는 물기를 말리려 태왕 거련은 하늘바라기를 하며 눈을 깜박였다. 평소처럼 건조해졌다는 확신이 섰을 때 그는 얼굴을 내렸다.

"어리석은 것."

한마디를 던진 뒤 꼴도 보기 싫다는 듯 등을 돌렸다.

"저자를 하옥하라. 졸본성의 역도들과 잔당을 다 섬멸한 뒤 처결하겠다. 계마로와 다른 장수들은 편전으로 들라."

을밀은 편전 쪽으로 멀어지는 태왕의 뒷모습을 보면서 눈으로 하직인사를 올렸다.

을밀의 남다른 충성심과 태왕의 신임은 유명했다. 그걸 익히 아는 병사들은 침통한 낯으로 조심조심 을밀을 감옥으로 끌고 갔다.

태왕이 장수들을 줄줄이 달고 편전의 집무실로 들어오자 기다리고 있던 대대로와 좌보, 우보가 그를 맞았다. 아직 평양성에서 귀환하지 않은 주부를 대신해 비관들이 모두 태왕의 집무실에 대기하고 있었다.

의자에 앉는 태왕을 보면서 평양성에서부터 그를 수행한 장수들과 계마로는 가물거리려는 눈을 억지로 부릅떴다. 목표를 향해 내달릴 때는 버텨졌지만 솔직히 피로의 임계점을 넘은 상태였다. 감각이 붕 떠 발을 옮길 때마다 구름을 밟는 것처럼 푹신하고 세상이 몽롱하게 출렁거렸다.

우리보다 몇 배는 더 고단하실 텐데 참으로 대단하시다. 당장이라도 풀썩 접혀 쓰러질 것 같은 무릎에 꽉 힘을 주면서 그들은 눈에 핏발이 선 걸 제외하곤 별다른 티를 보이지 않는 태왕에게 집중했다.

"선왕 폐하의 자비로 복권된 태후 전하의 조카와 이복아우가 해사무와 손을 잡고 왕후를 납치하고 짐을 해치려는 역모를 꾸몄다."

대대로와 두 중신의 낯빛이 두려움과 기대감으로 물들었다.

연전에 절노부의 대대적인 역모 때 목숨을 보전한 다른 부의 상당수도 실은 절노부와 함께 반역을 도모했다. 약삭빠르게 발을 뺀 걸 태왕은 알면서도 눈감아줬지만 사병은 빼앗고 절노부의 빈자리를 채울 때 그들은 한직으로 돌렸다. 그 사건에 연루되지 않아 타격을 받지 않은 유일무이한 거족이 소노부 욕살 해사무였다.

이제 그의 공백을 우리 일족들이 메우며 권력을 차지할 수 있지 않을까. 당연한 욕심이 그들의 심박을 빠르게 했다. 태후나 승평 왕자의 처분에 관해 묻고 싶어 입술이 근질거리는 걸 참으며 그들은 어명만 기다렸다.

"태후께선 뒤늦게 그들의 천인공노할 음모를 알고 만류하려 나섰다가 결국 뜻을 이루지 못하고 행궁에서 왕후만 구해낸 뒤…… 자진하셨다."

"아니! 어찌 그런……."

"남쪽 행궁의 역도들은 다 처단했고, 졸본성으로 향하는 곳에 숨은 역도들도 조만간 섬멸될 것이다. 향후 절노부 우씨는 짐에게 계속 충성해온 우타소루 일족을 제외하고 출사해도 발위사자(拔位使者)³⁴까지로 제한하고 그 위로 승차하는 건 불허한다."

연전에 명림가가 주도한 역모에서 명맥을 지킨 절노부 귀족은 거의 없었다. 사실상 유일하게 남은 우타소루는 명성은 드높으나 재물이나 권세와는 거리가 멀었다. 일족에선 그를 제외하곤 내세울 인물이 없었고, 그 직계는 전사한 외아들이 남긴 어린 오누이와 다른 부로 시집간 딸 둘뿐이었다.

절노부는 완전히 궤멸이구나.

---

34 고구려 14관등 중 8위. 군제 편성상 말객 바로 아래에 해당하는 직위.

건국 이래 왕후족으로 위세를 떨쳤던 절노부가 흔적도 없이 사라지는 것을 목격하는 대대로와 좌보, 우보의 목덜미가 서늘해졌다.

저들의 운명은 언제든지 그들의 것이 될 수 있었다. 태왕이 내일 중신들을 모아 처리해도 될 사안을 굳이 자신들만 남겨 통보하는 건 알아서 처신하라는 위협이었다. 더불어 그의 결정에 어떤 반발이나 군소리도 나오지 않도록 미리 단속해두라는 통보이기도 했다.

"일가들이 몰래 벌인 역모를 죽음으로 대속한 태후 전하의 뜻을 헛되이 할 수 없다. 혹시라도 그걸 빌미 삼아 왕실의 화합과 위엄을 해치려는 자들은 짐이 용서치 않을 것이다."

'눈치 없이 승평 왕자의 치죄를 주장하는 자들은 무사하지 못할 것이다'라는 경고.

세 대신은 태왕의 뜻을 알아들었다.

"예. 명심하겠사옵니다."

"해사무의 아들이 아비의 역모를 미리 고변하고 왕후를 구하는 데 지대한 공을 세웠다. 그 공을 살펴 해사무는 목을 베어 처형하는 걸로 선처하고 동조한 자미 궁주는 왕족의 특권과 권한을 거둔 뒤 평민으로 내려 졸본성의 부여신 사당에 일평생 연금한다. 차자 해세적이 독자적으로 이룬 상단을 제외한 해씨 가산은 모조리 몰수하고 남은 일가들은 살려 방면하라."

아비를 고발한 공이 아무리 크다고 해도 터무니없이 유한 처분이었다. 말도 안 된다고 결사반대할 일이지만 바늘 끝이 들어갈 틈 하나 보이지 않는 냉엄한 태왕을 마주하며 반발할 용기가 나지 않았다.

태왕이 선왕에 비해 유하다고 얕봤던 게 얼마나 어리석은 착각이었는지 새삼 실감됐다.

명림죽리가 과거의 위상을 그대로 가진 채 살아 돌아오면 몰라도 지금 태왕을 막을 사람은 조정에 없었다. 태왕 옆에는 명만 떨어지면 눈썹도 까딱 않고 그들을 도륙할 태세인 장수들이 장승처럼 도열하고 있었다. 군말 없이 따라야 목이 온전하고 지금 가진 부귀영화를 그나마 누릴 수 있었다.

그들은 저항할 기력을 잃고 고분고분 허리를 숙였다.

"예. 그리 시행하겠나이다."

"그럼 물러가라."

대대로 일행이 나가자 태왕은 모래가 들어간 것처럼 뻑뻑한 눈을 문질렀다. 해쓱하니 피로가 역력히 드러나는 모습에 시관과 계마로가 동시에 다가섰다.

"폐하, 오늘은 이만 쉬시지요."

그도 간절히 그러고 싶었지만 꼭 해야 할 일이 남아 있었다.

"해세적을 들게 하라."

가까운 곳에서 대기하고 있었던지 마리습이 금방 들어왔다. 상당히 초조할 텐데도 최소한 겉으로는 평온함을 가장하고 있는 마리습을 보니 자신의 선택은 나쁘지 않다는 확신이 들었다. 태왕은 아주 약간 남아 있던 꼬인 감정과 질투를 털어냈다.

"해사무는 단두형을 받을 것이다."

역적에게 당연한 능지처사가 아니라 단두형이라는 단어에 마리습의 어두운 눈에 희망의 빛이 감돌았다.

"자미 궁주는 사당에 연금될 거고 네 상단을 제외한 모든 가산은 몰수될 것이다. 하지만 해씨 식솔들은 다 살려주겠다."

"폐하, 성은이 망극하옵니다!"

목숨은 물론이고 자신의 상단까지 남겨주는 기대 이상의 너그러운 처분에 마리습은 깊숙이 엎드렸다.

"약조드린 대로 소인은 조카를 데리고 고구려를 떠나 다시는 돌아오지 않겠습니다."

"누가 고구려를 떠나도 된다고 허락했지?"

"예?"

엎드려 있던 마리습은 저도 모르게 머리를 들어 태왕을 올려다봤다.

"일어서라."

마리습을 일으켜 세운 태왕은 삐딱한 표정으로 그를 응시했다.

"해사무가 죽고 너까지 없으면 호시탐탐 짐을 배신하려는 대실 일족이 욕살이 되어 소노부를 장악할 텐데 그럼 그것과 또 씨름하는 수고를 하란 말이냐? 네가 짐의 수족이 되어 소노부를 이끌고 분골쇄신해야 짐이 준 것과 그나마 균형이 맞지 않겠느냐."

"……망극한 말씀 감읍하오나…… 소인은 역도의 아들이고……."

"충(忠)을 택해 아비를 막고 왕후를 도운 것으로 네 목숨을 거둘 죄는 상쇄했다. 나머지는 이제부터 네가 직접 공을 세워 갚아라."

어떤 그럴듯한 대의명분을 붙이건 마리습은 아버지를 배신했다. 패륜아라는 낙인이 찍힌 그에게는 일평생 비난과 경멸이 따라다닐 것이다. 고구려에 머무는 한 마리습을 지지해줄 존재는 태왕뿐이었다. 그렇기에 태왕이 그를 남긴다는 걸 마리습은 잘 알았다.

소름 끼칠 정도로 빈틈없는 분이다. 고구려의 새 왕은 전대 왕과 달리 전쟁을 두려워하고 유약하다고 떠드는 북방과 남방 사람들에게 웃기지 말라고 코웃음을 쳐주고 싶었다. 이 젊은 왕은 칼을 휘두르는 것보다 칼집에 넣어두는 방식을 선호하는 것이지, 일단 칼을 뽑으면 전쟁의 신이었던 선왕보다 더 철저하게 상대를 도륙하고도 남았다.

태왕이 자신을 사겠다면 그로선 피할 수 없었다. 태왕이 제시하는 건 솔직히 상상하지도 못했던 높은 값이었다. 복잡한 정치와는 담쌓고 살아왔지만 왠지 태왕의 행보를 곁에서 지켜보고 싶다는 욕망도 스멀스멀 일어났다. 라후에게 본래 자리를 돌려줄 수 있다는 것도 구미에 당겼다.

계산 빠르고 실리적인 상인답게 마리습은 무용한 저항은 포기했다.

"성은이 망극하옵니다."

"조만간 네게 연통이 갈 것이다. 남은 일가를 챙기며 기다려라."

얼떨떨하니, 귀신에 홀린 것 같은 기분으로 왕궁을 빠져나온 마리습은 해사무의 저택으로 말을 몰았다. 병사들이 물샐틈없이 지키고 있었지만 태왕이 내린 패를 보이자 두말도 않고 봉쇄한 문을 열어줬다.

꽉 닫힌 문이 열리자 행랑채에 숨어서 동정을 살피던 집사와 노예들은 저승사자라도 들어오는 양 혼비백산했다. 그러다 마리습인 걸 알고 반색하다가 또 흠칫했다.

"아이고, 작은 나리! 아니, 어찌 여기 오셨습니까?"

해사무가 벌이는 음모를 어렴풋이 아는 집사는 마리습마저 잡혀서 끌려온 걸로 아는 모양이었다. 마리습의 심장에 찌릿하니 가책이 지나갔다.

그가 아니더라도 태후나 아비의 계략에 당할 태왕이 아니었다. 늦거나 빠르거나 차이만 있을 뿐 절망 속에서 죽음을 기다리는 미래는 똑같았다. 그나마 아비는 시신이라도 보전하고, 이들은 살릴 수 있는 것만으로도 이 선택은 옳았다.

마리습은 다시 밀려오는 죄의식을 수습하며 해사무가 머무는 대옥을 가리켰다.

"아버님께선 대옥에 계시는가?"

"예……."

"잘 수습될 것이니 너무 염려하지 마라."

"예? 정말입니까요?"

마리습이 던진 소리에 집사의 눈에 희망이 다시 타올랐다. 구사일생을 간구하는 집사의 간절한 눈초리를 등에 느끼면서 마리습은 대옥으로 들어갔다. 평소에 밤낮없이 대옥을 지키는 무사며, 심부름을 위해 대기하는 노예들은 그림자도 보이지 않았다. 괴괴한 적요만이 가득했다.

권력무상이로구나. 긴 한숨을 삼키며 마리습은 해사무의 방 앞에 섰다.

"아버님, 세적입니다."

아무 대답도 들리지 않았다. 바깥소식이 궁금할 법도 하건만 이상할 정도로 정적이 감돌았다.

"소자, 들어가겠습니다."

통보하며 문을 밀었지만 안에서 단단히 닫아걸었는지 꿈쩍도 않았다.

"아버님!"

문을 쾅쾅 두드리며 좀 더 커다란 소리로 불러도 역시 대답은 들려오지 않았다. 오싹하니 불길한 예감에 마리습은 체중을 실어 몸을 부딪쳤다.

얇은 나무문은 그의 힘을 이기지 못하고 부서졌다. 반쯤 부서진 문을 밀고 들어간 마리습은 앞의 광경을 믿을 수가 없어 손을 들어 눈을 비볐다. 제가 본 것이 환상이길 바라며 감았던 눈을 부릅떴지만 변함이 없었다.

휘청거리면서도 쓰러지지 않으려 안간힘을 쓰던 그는 무릎에 힘이 풀려 바닥에 주저앉았다.

바로 앞에 반듯하게 누운 것은 아버지 해사무였다. 미미하게 풍기는 협죽도 향기며 입가로 흘러나온 피를 보니 독을 마신 게 분명했다.

어차피 내일이면 맞을 죽음이었다. 슬프면서도 아버지의 선택이 이해가 되었다. 역도이니 수급이 내걸리는 건 어쩔 수 없지만 어차피 숨이 끊어진 시체. 떠난 자에겐 별 상관없는 고통이고 모독이었다.

아버지에게도 차라리 이게 나을 것이다. 스스로를 위로하며 마리습은 독이 주는 마지막 고통을 못 이겨 마구 쥐어뜯은 듯 흐트러진 해사무의 옷깃을 단정하게 여며줬다.

수건이나 얇은 천으로 얼굴을 덮어주려고 일어서던 그의 시선에 다른 그림자들이 들어왔다. 흑암 속이라 집중해도 희끄무레한 윤곽만 보이지 뭔지 잘 들어오지 않았다. 부싯돌을 꺼내 등에 불을 붙인 마리습이 다시 무너졌다.

눈앞에 펼쳐진 것은 최악의 악몽에서조차 상상하지 못했던 참극.

아버지 뒤편에 여인과 아이가 널브러져 있었다. 여인은 예상대로 아라였다. 살아 있을 때 고운 자태는 온데간데없었다. 흐릿한 불빛 속에서 확연히 드러날 정도로 목이 시커멓게 변색되어 있었다. 마지막까지 저항했는지 자세도 기괴하게 뒤틀려 있었다.

제발 아니길, 제발 기적이 있기를 간절히 기도하며 마리습은 아라 뒤편에 엎드린 주검 옆으로 엉금엉금 기어갔다. 덜덜 떨리는 손에 힘이 들어가지 않아 몇 번이나 실패하다 간신히 시신을 바로 눕혔다. 반듯하게 누운 작은 몸을 보며 마리습은 망연자실했다.

현실을 부정하고 싶었지만 몇 번을 다시 봐도 라후. 납빛으로 변한 입술에서 흘러내린 피를 닦아주는 마리습의 목에서 짐승 울음 같은 통곡이 비어져 나왔다.

비처럼 떨어지는, 숙부의 눈물에 젖은 아이의 얼굴은 잠든 것처럼 평온했다.

며칠 지나지 않아 졸본성으로 가는 길목에 잠복했던 역당들이 섬멸됐다는 소식이 국내성에 도착했다. 그중에 북위 무사들이 다수 포함되어 있었다는 사실은 어마어마한 충격이었다. 북방 오랑캐를 끌어들여 성역까지 더럽혔다는 사실에 온 백성의 분노가 하늘을 찔렀다.

부여신 사당의 차기 대신녀 후보로 거론되던 아미 신녀도 역당이었다는 진상이 밝혀지자 다시 한번 세상이 들썩였다. 신을 모시던 자의 피가 땅을 적시면 흉하다는 금기에 따라 아미는 생매장형을 선고받았다. 그녀가 묻힌 토굴에는 지나가던 이는 물론이고 멀리 찾아와서까지 백성들이 던진 돌이 산을 이룰 정도였다.

혜와와 미리내가 안간힘을 써서 지키려던 부여신 사당의 권위는 이로써 바닥으로 떨어졌다. 일련의 떠들썩한 사건들에 파묻혀 태후의 자진은 별다른 의문 없이 흐지부지 스러졌다. 상벌의 마지막 남은 문제를 처리하던 날, 감옥에 갇혀 있던 을밀의 처분이 결정됐다.

감옥을 지키던 간수들은 계마로를 보자 화들짝 놀라 고개를 숙였다.

"어서 오시옵소서."

혹시라도 느슨한 기강에 꾸지람을 들을까 잔뜩 긴장했던 게 무색하게 계마로는 그들에게 눈길도 주지 않았다. 건성으로 고개만 한 번 까딱하고는 성큼성큼 들어가 버렸다. 그는 가장 깊숙한 곳에 갇혀 있는 죄수에게 다가서며 따라온 병사들을 물렸다.

"문을 열어다오."

"옙!"

옥을 지키는 병사들은 지체 없이 문을 열었다.

"심문할 것이 있으니 다들 물러나 주변을 비워라."

엄중하게 지켜야 하는 반역자지만 태왕을 가장 지근에서 모시는 계마로였다.

혼자 들어가게 돼도 괜찮으리라, 망설임 없이 명을 따랐다.

"예. 그럼 저희는 입구 쪽을 지키고 있겠습니다."

주변이 싹 치워지고 조용해진 것을 확인하자 계마로가 안으로 들어갔다. 그는 바로 등 뒤에서 벌어지는 소란이 들리지 않는 듯 벽을 향해 앉은 을밀의 앞에 앉았다.

"왜 그러셨습니까."

계마로의 음성에선 절절하게 안타까움이 묻어났다.

"왜 그런 어리석은 짓을 하셨나요? 대모달께서도 왕후 폐하를 존경하고 아끼셨잖습니까!"

여전히 눈을 감은 채 미동도 않는 을밀에게 계마로는 사납게 따졌다. 고함치듯 언성이 높아졌다.

"왕후 폐하가 폐하께 어떤 존재인지 누구보다 잘 아시지 않습니까! 어찌 대모달께서 왕후 폐하를 태후 손에 넘겨주실 수 있습니까! 그분을 잃으시고 폐하께서 어찌 견디시라고요!"

정말 궁금하고 화가 나서 미칠 것 같았다. 도저히 참을 수가 없어서 달려왔다. 을밀의 배신을 추궁하고 있음에도 지금 이게 현실인지 믿어지지 않을 정도였다. 그의 속이 활활 타다 못해 숯이 되고 있는 것과 달리 을밀에겐 담담한 체념과 아쉬움만 풍겼다.

"대모달!"

절규와도 같은 계마로의 외침에 을밀이 마침내 입을 열었다.

"선왕께서도 왕후 폐하를 일찍 잃으셨지만 그 슬픔을 딛고 최고의 위업을 세우셨다. 폐하는 선왕 폐하 이상으로 굳건한 분이시니…… 결국은 흔들림 없이 성군의 길을 가셨을 것이다."

"하!"

기가 막힌 듯 계마로가 헛웃음을 터뜨렸다.

"전 지금까지 대모달을 누구보다 존경해왔고 우리가 목표하는 바가 같다고 믿어왔습니다. 그런데 그건 아닌 것 같군요. 폐하의 치세는 길어야 합니다. 평양성 천도는 물론이고 그 이후까지 안정되도록 가능한 오래오래요. 저는 선왕 폐하의 치세를 길게 보지 못했지만 그분이 당신을 극한까지 밀어 넣다 남김없이 불사르고 떠나신 건 압니다. 태왕께선 선왕처럼 그러셔선 안 됩니다. 그걸 막아줄 분은 왕후 폐하뿐이시고요."

을밀은 배신감에 몸부림치는 계마로를 보며 안타까운 듯 고개를 저었다. 양아들 같은 그에게는 이해를 받고 싶었다.

"고구려의 태왕은 반드시 폐하의 자손으로 폐하처럼 아무 흠결 없이 완전무결한 혈통이셔야 해!"

"그것이 이 일과 무슨 상관입니까!"

을밀은 계마로가 이 사실에 어떤 반응을 보일지 조금은 기대하면서 죽을 때까지 지고 가려던 비밀을 털어놨다.

"왕후는 왕손을 잉태할 수 없다."

"……."

믿지 못하겠다는 듯, 경악과 불신으로 가득한 계마로의 눈을 마주하며 을밀은 다시금 그 청천벽력을 확언해줬다.

"태후가 쓴 독은 자궁을 해쳐 수태를 못 하게 하고, 설령 한다고 해도 출산까지 버티지 못하게 한다. 그런데 폐하는 다른 여인을 들이지 않을 것이라고 하셨다. 그분이 그리 말씀하셨으면 누구도 그 뜻을 꺾을 수 없다는 걸 알지 않니."

계마로는 왜 을밀이 왕후를 사지로 몰아넣었는지에 대한 궁금증을 겨우 풀었다. 그건 을밀에게나 중대한 이유였지 그로선 동의할 수 없었다.

고구려에 필요한 건 어떤 자질을 가질지 모를 후계자가 아니라 훌륭한 지배자였다. 태왕이 지금처럼 영명하고 냉철하게 나라를 다스리는 게 제일 중요했다.

왕후는 단순한 여인이 아니라 막중한 부담을 진 태왕을 받쳐줄 수 있는 동반자여야 했다. 지금 왕후는 다정한 반려이자 든든한 동지, 그 두 가지를 완벽하게 해주는 여장부였다.

더구나 태왕도 왕후도 아직 젊었다. 둘을 빼닮은 영민한 왕자가 태어나 왕위를 이으면 더할 나위 없겠지만 그건 나중에 고민할 문제였다.

반박하고픈 대꾸는 산더미였으나 그는 을밀을 존중하는 의미에서 말을 아꼈다.

"두 분 다 아직 젊으시지 않습니까. 천하의 명의와 명약을 다 모을 수 있는 곳이 왕실이니 그들이 합심하면 언젠가는 좋은 소식이 있을 거라고 믿습니다."

터무니없는 낙관에 을밀은 한숨을 푹 쉬었다. 계마로가 공감하며, 자신이 못 한 일을 해주길 바라면서 또 다른 비밀도 공유했다.

"왕후는…… 그 신라인, 석도종의 딸이다. 설령 하늘이 도와 왕자를 낳는다고 해도 신라 속민의 피가 섞인 왕손이 아니냐. 고구려의 왕통을 속민의 자손이 잇는 것은…… 아무리 생각해도 용납할 수 없었다. 서라벌을 침범한 왜를 몰아내고 속국으로 만든 신라인데. 자자손손 우리 고구려의 노객이 되겠다고 맹세한 속국의 핏줄이 왕후가 되는 건 영락태왕께서도 절대 허용하지 않으셨을 거야."

그랬구나.

계마로는 왕후가 불임이라는 사실보다 이게 을밀에게는 더 중대한 이유였음을 알아챘다. 을밀의 절박감은 알겠으나 이 역시 크게 동감은 되지 않았다.

누가 낳든 태왕의 핏줄이었다. 왕후가 명림씨든 석씨든 태왕을 잘 보필하고 왕후 노릇을 잘하면 되는 거다. 왕후의 출신은 태자 때부터 모셔온 최측근인 그조차도 지금까지 짐작조차 못 했다. 태왕이 얼마나 철저하게 틀어막았는지 따로 확인할 필요도 없었다. 그의 입에서 이 사실이 나갈 일은 없으니 이제는 영영 덮일 비밀이었다.

"고작 그런 연유로 역도를 도운 것입니까?"

계마로의 시큰둥한 반응에 을밀이 역정을 확 냈다.

"고작이라니!"

계마로도 화가 나 목소리가 커졌다. 벌떡 일어선 그는 삿대질하듯 을밀에게 대들었다.

"예. 고작입니다. 고작 그것 때문에 대모달께서 한평생 쌓아오신 명예가 물거품이 되었습니다! 왕후 폐하만 없애려고 하셨던들 결국은 태후를 도운 것 아닙니까. 그 바람에 대모달께선 왕후 폐하를 시해하려는 대역죄인이 되어버렸다고요!"

"그래. 태후의 죄를 덮고 승평 왕자를 살려주려면 대신 뒤집어쓸 적당한 존재가 있어야겠지. 마지막으로 폐하께 한 가지라도 해드리고 갈 수 있겠구나."

너무도 담담한 을밀의 반응에 마구 치솟던 계마로의 울화가 물벼락을 맞은 화톳불처럼 꺼졌다.

"대모달⋯⋯."

뜨거워지는 눈시울을 소매로 슥슥 닦아낸 계마로는 음성을 가다듬었다.

"선왕 때부터의 충성을 감안해 사형은 대모달께만 선고되고 가솔들은 최북방 변경의 책성과 부여성으로 추방되는 선에서 마무리하셨습니다. 관직은 다 삭탈됐으나 선왕께서 대모달에게 내리신 성씨는 그대로 남겨주셨으니 신분은 그대로입니다. 큰 전공을 세우면 중앙으로 복권도 가능할 겁니다."

이 정도로 마무리하기 위해서 태왕이 얼마나 극심한 반대를 물리쳤을지는 구구절절한 첨언이 필요 없었다. 을밀은 고개만 한 번 끄덕한 뒤 입을 다물었다.

침을 계속 삼켜 따끔거리는 목구멍을 진정시킨 뒤 계마로는 옆구리에 찬 장도를 뽑았다. 오후에 을밀의 처형이 확정된 뒤 여기 오기 직전까지 손수 숫돌에 갈고 또 간 칼이었다. 시퍼렇게 벼려진 날이 횃불을 받아 붉은 무지갯빛으로 빛났다.

"형은 여기서 제가 직접 집행하겠습니다."

물기로 번들거리는 계마로의 눈을 올려다본 을밀의 입술에 미소가 떠올랐다.

"폐하께서 허락하셨고?"

계마로는 숨을 크게 내쉬면서 다시금 음성을 가다듬었다.

"허락을 구하지는 않았습니다만⋯⋯ 감히 월권을 저지른 벌을 내리신다면 달게 받아야지요."

아무리 중죄를 지었다고 해도 을밀이 뭇사람들의 손가락질을 받으며 구경거리가 되는 건 볼 수 없었다. 과오는 목숨으로 갚더라도 최후의 존엄은 지켜주고 싶었다.

계마로의 배려를 읽은 듯 을밀의 눈매가 부드럽게 휘었다.

"고맙다. 네 은덕은 잊지 않겠다."

무릎을 꿇은 채로 을밀이 머리를 숙였다. 동시에 계마로의 칼이 휙 공기를 갈랐다. 푹, 살에 꽂혔다가 쑤욱, 빠지는 소리와 함께 을밀의 왼쪽 등과 가슴에서 피가 분수처럼 솟아났다. 서서히 을밀의 상체가 바닥으로 쓰러졌다. 울컥울컥 내뿜어지는 피와 함께 마침내 마지막 숨을 내뿜자 계마로는 그를 반듯하게 눕혀줬다. 가슴에서 흰 수건을 꺼내 을밀의 얼굴을 덮어 꽁꽁 싸매주고 자신의 포를 벗어 덮어줬다. 한쪽 무릎을 꿇어 대모달에게 바치는 예를 취한 뒤 일어섰다.

"잘 가십시오."

슬픔도 노기도 다 사라진 황량한 눈으로 그는 감옥 저편을 향해 소리쳤다.

"여봐라, 여기 죄인의 시신을 수습하라."

을밀의 주검을 정중하게 거두라 지시한 계마로는 편전으로 돌아와 독대를 청했다.

"무슨 일이냐?"

갈무리해 감추려고 하나 미처 가리지 못한 침통함의 파편을 계마로는 음울한 태왕의 음성에서 읽어냈다.

아무리 비통해도 사감에 휘둘릴 태왕이 아니었다. 계마로 자신도 왕후를 시해하려 한 대역죄인을 옹호한 죄를 받을 수 있었다. 그걸 잘 앎에도 을밀에게 고백했듯 망설이지도 후회하지도 않았다. 이 월권행위는 스스로에 대한 위로인 동시에 태왕에게도 아주 조금이나마 위안이 되길 바랐다.

"방금 감옥에서…… 제가 직접 대모달의 목숨을 거둬…… 형을 집행했습니다."

태왕의 반응은 무감 그 자체였다. 음습하고 묵직한 침묵이 편전의 집무실을 내리눌렀다. 혹독한 질책을 각오하며 단전에 힘을 꽉 주고 있는데 뜻밖의 속삭임이 귀에 꽂혔다.

"수하에게 시키지 그랬느냐."

왈칵, 작열감으로 화끈거리는 눈을 치올려 뜨며 계마로는 애써 담담함을 가장했다.

"폐하를…… 배신하고 왕후 폐하를 적의 손에 넘겨주긴 했지만 그 단 한 번을 제외하고는 폐하를 위해 목숨을 바쳐왔던 이입니다. 제 손으로 거두는 예우는 해야 할 것 같았습니다. 저지른 죄 이상의 모욕을 받으며 망나니의 무딘 칼날에 숨을 거두는 수모는 차마 볼 수 없었습니다. 미리 윤허를 받지 않고 성심을 거스른 행위에 마땅한 벌을 내려주십시오."

하아.

태왕은 한숨을 내뿜었다.

숨도 쉬기 힘들 정도로 명치를 조이던 긴장이 풀어지면서 호흡이 한결 편해졌다. 을밀의 배반을 안 이후부터 온몸을 짓누르던 바윗돌이 약간은 가벼워지는 것 같았다.

이 소식이 알려지면 내일 계마로에게 벌을 내리라는 주청이 소나기처럼 쏟아질 것이다. 하지만 그건 내일의 태왕과 계마로가 감당할 일이다. 지금은 을밀이 장수답게 최소한의 예우를 받으며 세상을 떠났다는 사실에 그저 감사할 따름이었다.

고맙다.

절대로 소리 내어 말할 수 없는 인사를 태왕은 계마로에게 눈으로만 전했다. 입으로는 한기 도는 축객령을 밀어냈다.

"그만 나가보라."

계마로가 나가자 태왕도 편전을 나섰다. 그가 향하는 곳은 왕후궁. 어떤 아픔도 무게도 함께 나눠주고 받아주는 사람이 머무는 장소. 그곳에는 그를 기다리는 해류가 있었다.

태왕이 온다는 전갈이 벌써 도착했는지 왕후궁 안뜰에는 해류가 내려와 기다리고 있었다.

"어서 오세요, 폐하."

"아직 몸도 완전치 않으면서 왜 또 내려와 기다리고 있는 거요."

"몸살이 다 나은 게 언제인데요. 이제는 거뜬합니다. 아직 석반을 드시지 않으셨다면서요? 금방 차려 올리겠습니다."

도란도란 정담을 나누며 침전으로 향하는 태왕과 왕후를 궁인들은 흐뭇하게 바라봤다.

늦은 시간을 고려해 간단히 차린 석반을 들고 물린 뒤 태왕은 자리옷 시중을 들려고 일어서는 해류를 잡아 품에 당겨 안았다.

"그냥, 잠시 이렇게 좀 있어주오."

오늘 오후에 정전에서 내려진 판결을 이미 전해 들었다.

"예. 얼마든지요. 이리 편히 기대세요."

태왕은 어머니라고 믿고 있었던 존재를 잃었고 내일은 아버지처럼 의지하던 사람을 또 잃는다. 그것도 둘 다 치명적인 배신으로 떠나보냈다. 그 충격과 허탈감은 이루 말로 할 수 없을 것이었다. 그런데도 아무 감정도 표현할 수 없고 드러내서는 안 되었다.

너무나 많은 것을 홀로 지고 제왕의 길을 가야 하는 사람.

이이가 내 마음의 짐을 대신 지거나 덜어줄 수 없듯이 이 사람이 감당할 무게를 내가 대신 짊어져줄 수 없다. 그래도 최소한 그 길이 혼자가 아니게 같이 걸어는 가 줄 수 있다. 힘들 때 부축해주고 쓰러지려고 하면 지탱해주며 함께 갈 수는 있겠지. 누구를 위해서도 아니고 나를 위해서. 이 사람도 내게 같은 일을 해주고 있으니까. 그러니까 너무 힘들어하지 말기를.

해류는 자신의 마음이 그에게 닿기를 바라면서 양팔을 들어 그를 굳건히 감싸 안았다.

맞닿은 가슴과 팔, 다리에서 느껴지는 체온을 음미하며 태왕 거련은 텅 비어버린 상실감을 고백했다.

"오늘 을밀을 처형했소."

벌써? 내일이 아니었나? 놀란 해류는 그를 안은 팔을 떨어뜨렸다.

짧은 위로의 몸짓에서 조금은 진정이 됐는지 태왕은 계마로에겐 차마 밝힐 수 없었던 심경을 해류에게 털어놨다.

"고맙게도…… 계마로가 내가 직접 하고팠던 일을 대신 해줬소. 광장이 아니라 옥사에서 을밀의 목숨을 거뒀다더군."

"그랬군요……."

왜 을밀이 자신을 태후의 손아귀에 떨어뜨려줬는지. 을밀이 연루됐다는 걸 안 날부터 내내 궁금했다. 아마도 신라인의 핏줄이 왕후인 걸 용납할 수 없어서가 아닐까 짐작만 하고 있었다. 그 의문은 영영 풀 길이 없어졌다. 설령 그 이유를 안다고 해도 변할 것이 없다는 걸 떠올리며 해류는 태왕을 더 힘들게 할 의문을 삼켰다.

"어쨌든 폐하께 충성을 다해왔던 대모달이니……."

최소한의 명예는 지켜 보낼 수 있어 다행이라고 말할까 했지만 딱 한 번의 배신을 제외하곤 완벽한 충신이었던 사람의 최후에 담을 소리는 아닌 것 같았다. 더구나 그의 잘못된 선택은, 이유는 모르나 자신 때문이니 더더욱 조심스러웠다.

위로를 포기한 해류는 신중하게 말을 골랐다.

"많이…… 힘드시지요?"

괜찮다는, 단호한 부인이 돌아올 거라고 생각했는데 뜻밖에도 태왕은 선선히 인정했다.

"그래요. 힘드오…… 숨도 쉬기 힘들 만큼."

태왕만큼은 아니겠지만 해류의 심장도 저미듯 아려왔다. 섣부른 위로 대신 자신의 감정을, 그녀가 바라본 태왕의 모습을 들려줬다.

"그러시겠지요. 저는 두루두루 어울려 지내는 것처럼 보이나 사람에 대한 기대 자체가 없기에 크게 다친 적이 없습니다. 근본적으로 그 누구도 신뢰하지 않지만 폐하는 반대시지요. 아무도 믿지 않고 경계하는 것처럼 보이지만 가슴 깊은 곳에선 기대가 있으시지요. 그래서…… 그 배신에 더 상처를 받고 더 많이 아프실 겁니다."

잠시 주저하던 그녀는 자신에게 태왕이 어떤 존재인지를 고백해줬다.

"아무도 믿지도 의지하지도 않는 제가 진실로 믿고 온전하게 의지할 수 있는 사람이 단 하나 있는데…… 제게 폐하는 바로 그 유일무이한 분입니다."

용기를 내어 홀로 담았던 소망도 밝혔다. 그에게 이 마음이 닿아 조금이라도 위로가 되기를, 간절히 바랐다.

"그리고…… 저도 폐하께 그런 사람이 되고 싶습니다."

해류의 말이 믿기지 않는 듯 그녀를 물끄러미, 한참 동안 응시하던 그가 중얼거렸다.

"내게…… 당신도 그렇소."

이보다 더 완벽한 답은 없었다. 해류의 가슴에 뿌듯함과 기쁨이 넘치도록 찰랑거렸다.

"그러면 되었습니다."

환한 얼굴로 와락 안겨든 해류를 안고 있던 그가 그녀를 떼어냈다. 삼킬 듯이 응시하며 이어진 고백이 화살처럼 꽂혔다.

"은애하오."

순간 해류는 귀를 의심했다. 커진 그녀의 눈망울이 마구 흔들렸다.

그녀는 말에는 가치를 두지 않았다. 진실과 진심을 보여주는 것은 말이 아니라 행위. 말은 얼마든지 과장하거나 거짓을 꾸밀 수 있지만 행동은 그럴 수 없었다.

그렇기에 이날까지 태왕이 단 한 번도 사모를 입에 담지 않아도 전혀 상관하지 않았다. 그 마음을 확신하고 있었다. 그의 눈빛, 손짓, 행동 하나하나가 그녀를 세상 그 누구보다 아끼고 연모하고 은애한다고 외치고 있기에.

감정을 극도로 절제하며 말을 천금처럼 아끼는 태왕이기에 직접 고백을 듣는 날이 올 거라곤 아예 기대도 하지 않았었다. 태왕의 성격상 두 번 다시 듣지 못할 수도 있는 단어였다.

드문 순간을 귀중하게 음미하며 해류는 같은 말로 진심을 돌려줬다.

"저도 은애합니다."

해류는 가만히 그의 손을 잡았다. 그도 해류의 손을 잡았다.

손을 맞잡은 채 해류는 태왕의 가슴에 머리를 기대었다.

내가 기댈 수 있는 유일한 사람.

그녀의 무게를 즐기듯 가만히 있던 태왕의 머리도 천천히 해류의 머리 위로 느껴졌다.

처음이었다, 그가 기대오는 것은. 자신에게 기댄 태왕의 몸에서 힘이 빠지는 걸 느끼며 해류는 미소를 지었다.

해류에게 자신의 체온과 체중을 실으며 태왕은 생각했다.

인생에 진실로 믿고 의지할 수 있는 단 한 사람. 해류.

그에겐 그를 충만하게 해주는 존재가 있었다. 이것으로 충분했다. 정말 그랬다.

結

6년 뒤.

늙은 동장군의 심술이 가득 담긴 댑바람이 몰아치는 2월, 위용을 드러낸 안학궁의 정문이 열렸다. 활짝 열어젖힌 커다란 문 중앙을 금동으로 화려하게 장식한 의장용 수레와 말의 행렬이 황룡기를 휘날리며 통과했다. 태왕이 탄 수레는 정전으로, 왕후의 수레는 영롱한 방울 소리를 울리며 중궁 북쪽에 자리 잡은 왕후궁으로 향했다.

"왕후 폐하, 어서 오시옵소서."

왕후궁 앞뜰에서 멈춘 수레에서 내리기 직전, 왕후는 머리 위의 금관을 다시 눌러 정리했다.

오늘 쓰도록 태왕이 금은장에게 특별히 삼족오를 넣어 만들라고 지시했던 황금관이 처음 햇빛을 보는 순간이었다. 오래전 도금한 삼족오를 속아 사준 이후 그는 삼족오에 한이라도 맺힌 듯 시시때때로 이 모양의 갖가지 장신구며 장식품을 선물해줬다. 그동안 삼족오로 된 수많은 귀물을 받았지만 이 관은 가히 백미였다.

구슬 자수를 수놓은 오색 비단 대례복에 화려한 금관을 쓴 왕후가 수레에서 내리자 기다리던 사람들은 찬란한 황금빛 위용에 찬탄을 삼켰다.

삼족오를 중심으로 좌우에 용, 봉황이 어우러진 왕후의 금관이 쨍한 햇살을 받아 눈부시게 빛났다. 걸음을 뗄 때마다 왕관에 달린 수백 개의 달개 장식이 차랑거리면서 후광처럼 반짝였다. 왕후의 고아한 위엄과 맞춤으로 어울리는 황금관에 감탄하며 모두 일제히 무릎을 굽혀 예를 올렸다.

왕후궁 앞으로 걸어오는 왕후의 시선이 여관 옆에 선 신녀에게 향했다.

"사란 신녀, 오랜만이오. 수품신녀가 되었다지?"

왕후의 부름에 한 발짝 앞으로 나온 신녀가 허리를 조아렸다.

"예. 태왕 폐하의 은덕으로 얼마 전에 수품신녀가 되어 이곳 평양성의 사당으로 배속되었사옵니다."

올해 서른을 넘긴 젊은 수품신녀였다. 왕족이나 어마어마한 신력을 지닌 신녀나 가능했던, 전례 없이 빠른 승차였다. 그렇지만 사란이 왕실의 강력한 비호를 받는 건 널리 알려진 사실이었다.

언젠가 미리내 대신녀가 천신의 부르심을 받으면 다음 대신녀가 되지 않을까. 암암리에 눈치를 보는 가운데 본다면 국내성에서 미리내 대신녀가 왔어야 할 오늘 행사를 그녀가 주도하면서 그 예상은 기정사실이 되었다.

주눅 들지 않을까 염려했던 것과 달리 사란은 당당하니 위엄이 넘쳐흘렀다.

"소인 성심을 다하겠나이다."

공손하나 비천하지 않은 태도에 왕후가 흡족함이 담긴 끄덕임을 돌렸다.

"그렇군. 오늘 잘 부탁하오."

"지엄하신 명을 받들겠사옵니다."

사란은 손에 잡고 있던 귀신을 쫓는 음나무 가지를 들어올렸다. 그러자 사란의 뒤에 도열하고 있던 신녀들이 소매 안에 끼운 긴 오색천을 흔들며 사란을 따랐다. 그 뒷줄의 신녀들은 녹나무 향이 퍼지도록 향로를 높이 들어올렸다.

왕후가 내디딜 걸음마다 앞서서 사악한 기운을 제거하고 복을 비는 의식을 행하는 수품신녀 사란의 뒤를 따라 여관과 궁녀들을 거느린 왕후가 왕후궁의 내전에 들었다.

정전에서도 비슷한 의식이 진행되고 있었다.

안학궁의 정전은 호화로움과 웅대함에 익숙한 귀족들도 일찍이 보지 못한 규모였다. 용마루에는 장정 키보다도 큰 장식기와 치미가 얹혔다. 목을 뒤로 젖히고 봐야 할 정도로 높고 웅장한 기단 위에 18척 아름드리 기둥들이 받치는 2층 건물인 정전. 짙붉은 벽에 금색, 청색, 검정 무늬 장식과 벽화가 오색찬란하게 어우러져 위압감이 배가되었다. 그 제일 높은 곳에 선 태왕은 빛을 받아 찬연하게 빛나는 금관을 쓰고 아래를 굽어보고 있었다.

정전 아래에는 중신, 귀족들, 추모왕을 모시는 고등신 사당의 신관과 함께 승려들도 있었다. 오늘 정식으로 태왕을 맞은 안학궁은 고래로 내려온 신과 함께 불교라는 새로운 종교가 왕실의 중심에 자리 잡았음을 보여주는 증거였다.

이 영광스럽고 중대한 자리에 승려들이 있는 것에 불만을 가질 법도 하건만 아무도 감히 입을 뗄 엄두도 내지 못했다. 제위 이후 수차례 반란을 진압하고 꾸준히 귀족 세력을 축출하면서 왕권을 강고하게 굳힌 건흥태왕이었다.

건국 이래 수백 년 동안 태왕과 귀족들은 서로 팽팽하게 지지와 견제를 오가며 함께 고구려를 다스려왔다. 전례 없는 무위로 영토를 확장하던 영락태왕 대에 기울기 시작한 추는 건흥태왕 치세에 완전히 태왕에게로 넘어갔다. 그 여세를 몰아 마침내는 불가능할 거라고 믿었던 천도까지 기어이 이뤄냈다. 20세에 왕위에 오른 지 불과 15년 만에 이룬 위업이었다.

몇 겹의 방어벽을 구축한 성에 웅대한 안학궁, 그 뒤편을 지키는 난공불락의 대성산성까지. 엄청난 추진력에 믿기지 않는 속도로 완성된 새 왕도는 이제 고구려의 수도가 국내성이 아니라 평양성임을 만방에 알려주고 있었다.

어제 대성산성에 도착해 하룻밤을 거한 태왕과 왕후는 만백성이 지켜보는 가운데 평양성으로 들어와 왕궁으로 입성했다. 국내성에서부터 수행해온 중신들과 귀족들, 평양성과 인근 세력들이 모인 가운데 새 수도와 왕궁의 입성식을 벌이는 중이다.

그 대미를 장식하는 것이 바로 오늘의 이 광경. 부왕이 꿈꾸던 천도를 그가 현실로 이뤄냈다.

드디어 여기까지 왔구나.

교차하는 만감을 가다듬으면서 태왕 거련은 오랫동안 꿈꿔왔던 선언을 드디어 소리로 밀어냈다.

"황천(皇天)의 아들이며 천손(天孫)인 짐은 이제 이 평양성이 우리 고구려의 새로운 수도임을 천신께 알리고 온 고구려에 선포하노라."

"천손이신 태왕 폐하의 뜻을 받드옵니다."

정전 아래에 도열한 사람들이 일제히 외치면서 한쪽 무릎을 꿇으며 태왕에게 예를 표했다.

정전에서 시작된 행사는 일직선으로 이어진 편전과 태왕의 침전으로 옮겨가며 계속됐다. 때를 맞춰 왕후궁의 문이 열리고 신녀와 궁인들을 거느린 왕후가 사뿐사뿐 나타났다.

왕후가 태왕 곁에 가서 서자 두 사람 앞에 사란이 머리를 조아렸다.

"왕후궁 모든 곳의 정화와 축성을 마쳤사옵니다."

사란의 보고가 신호인 것처럼 비슷한 모양새로 신관들을 거느린 대신관도 태왕 부부 앞에 허리를 굽혔다.

"중궁 영역의 정화와 축성을 마쳤사옵니다."

평양성 중앙의 사찰 주지도 합장을 하며 몸을 숙였다.

"왕궁 곳곳에 부처님의 가피[35]가 있기를 기원하였사옵니다."

차례로 아뢰는 순서가 끝나자 태왕과 왕후가 금빛 갑주로 화려하게 치장한 말에 올랐다.

안학궁 정문에서 두 사람은 살짝 시선을 교환한 뒤 각기 반대 방향으로 말 머리를 틀었다. 태왕을 따르는 일행은 종묘로, 왕후는 신녀, 승려들을 거느리고 패수 방향으로 향했다.

구름처럼 몰려나온 백성들이 길옆에 서서 구경하는 가운데 빠르게 움직인 일행은 성을 빠져나와 강 옆에 섰다.

왕후가 물결무늬 금박이 화려하게 새겨진 비단 포와 음식을 물에 던졌다. 이렇게 강의 신 하백에게 평양성이 수도가 됐고 왕실이 옮겨왔음을 알리면서 왕궁 밖에서의 긴 제례가 또 시작됐다.

---

35 부처나 보살이 자비를 베풀어 중생에게 힘을 줌

감히 왕후 곁에 가까이 갈 수는 없지만 인근의 백성들은 모두 이 행사를 보러 모였다고 해도 과언이 아니었다. 병사들이 인의 장벽을 쳐놓은 그 바깥에선 빽빽하니 목을 죽 빼고, 내려다볼 수 있는 높은 건물이나 언덕마다 사람들이 새까맣게 몰려서 구경하고 있었다.

강 건너편 동황성(東黃城)[36] 근처, 멀찍이 떨어진 언덕에도 구경꾼이 있었다. 보일락 말락 할 정도도 아니고 잔뜩 몰려 있는 인파를 보면서 저쯤에 왕후가 있겠구나 짐작할 수 있는 정도의 거리였다.

그곳에 선 건 중년의 남녀. 평범한 하호의 복장이지만 왠지 모를 귀함이 풍겼다. 특히 사내 쪽은 누구나 한 번쯤은 다시 돌아보게 하는 남다른 수려함이 돋보였다. 왼편 얼굴엔 안타까운 한숨이 절로 나오게 하는 깊은 상흔이 길게 그어져 있었지만 흉터조차도 사내다움을 짙게 하는 매력으로 느껴질 정도였다.

"아무래도 여기선 보이지 않는군."

"어차피 기대도 않았는걸. 그냥 멀찌가니 구경하는 걸로 족해."

"그래…… 잘 지내고 있는 걸 이렇게 확인할 수 있으니……."

강가를 채운, 개미떼 같은 인파를 뚫어져라 바라보는 두 사람의 눈에 물기가 어른거렸다. 그렇지만 여인의 치맛자락을 붙잡고 있는 작은 동행은 아니었다.

"안 보여!"

부루퉁한 칭얼거림이 터져 나왔다.

"왕후 폐하를 볼 거라면서!"

말로만 듣던 태왕이며 왕후를 볼 수 있다. 기대에 잔뜩 부풀어 발이 부르트도록 언덕을 올라왔다. 그런데 조그만 키에 맞춘 눈높이에 들어오는 건 주변의 수풀과 관목뿐. 목을 죽 빼고 아래를 내려다봐도 왕후 머리꼭지도 구경할 수 없었다. 앙살맞은 투정에 사내가 얼른 아이를 안아 올렸다.

---

36 평양성 동남쪽 대동강 바로 건너편에 있는 성. 지금 위치에 평양성이 세워지기 전의 평양성으로 보는 견해도 있다.

"자, 저기를 보면 강 건너에 왕후 폐하가 계시단다."

가리키는 손가락 끝이 닿는 곳에는 까맣게 모인 사람들의 머리만 보였다. 실망감에 눈물보가 터지려는지 아이가 입술을 삐죽거렸다.

"아버지, 안 보여. 우리도 저기 가요."

"저기까지 걸어갈 수 있겠니?"

여기 올라오는 것도 힘들었던 아이는 작은 팔을 아비의 목에 감았다.

"저기까지 업어줘요."

강고집을 부리는 아이를 밉지 않게 흘겨보며 옆에 선 여인이 끼어들었다.

"지금 산을 내려가 강을 건너갔다 오면 해가 질 거 같은데? 그럼 엿 가게도 문을 닫을 테고, 녹두를 얹어 쪄놓은 시더기가 다 쉬어서 못 먹어도 괜찮겠니?"

엿과 시더기란 소리에 당장이라도 강을 건너 왕후를 보러 가자고 버둥거리던 아이의 볼멘소리가 쑥 들어갔다. 앙증맞게 양쪽으로 땋아 올린 새앙머리를 고사리 손으로 긁적이는 동그란 얼굴이 찡그려졌다. 미간을 잔뜩 모으더니 심각한 표정으로 데굴데굴 눈알을 굴렸다. 아이 깐냥으로는 치열하게 고심하는 거지만 지켜보는 어른의 눈에는 그저 귀여울 따름이었다.

예상대로 갈등은 길지 않았다.

"콩엿 먹을래요."

아이를 지켜보던 부부의 눈매가 초승달처럼 휘어졌다.

"그래. 엿 가게가 닫기 전에 내려가자."

여인이 이제 내려가자고 팔을 내밀자 아이는 아비에게 찰싹 달라붙었다.

"발 아파."

그들에겐 산보 수준인 언덕이지만 아이에겐 태산준령과 다름없을 터. 왕후를 구경하겠다는 일념으로 제대로 쉬지도 않고 여기까지 올라왔으니 엄살이 아니었다. 업히라고 여인이 등을 내밀었지만 사내는 아이를 단단히 들쳐 안았다.

"내가 안고 내려갈게."

"무거울 텐데……."

"이런 작은 아이 하나 안고 내려가지 못할 정도면 밥수저를 들 자격도 없지. 그

만 가자. 아침부터 서둘렀더니 나도 시장해. 모처럼 시더기를 쪘는데 맛있게 먹어
야지 않겠어."

새집에 들어가는 첫딸이 오래오래 무강무탈하길 빌며 밤새 준비해 해가 뜰 때
부부가 올린 조촐한 축원상. 그 의미를 알 리 없는 아이는 좀처럼 만나기 힘든 별식
에 입맛을 다시며 아버지에게 부비댔다.

"시더기도 많이 먹을 거예요."

"그래그래. 네가 먹고 싶은 만큼 다 먹으렴."

"빨리 가요."

보채는 아이를 달래며 부부는 산길을 가볍게 내려왔다.

죄다 패수로 하백제를 구경하러 몰려갔는지 성안의 저잣거리는 평소보다는 한
산했다. 새벽부터 일어나 움직이느라 곤했던 아이는 아비의 품에 안겨 곯아떨어졌
다.

깨자마자 엿부터 찾을 게 뻔한 터라 자질구레한 주전부리를 파는 잡전에서 콩
엿을 사서 뒤편 골목으로 들어섰다.

그곳은 염색을 하는 물전이나 베를 표백해주는 마전을 비롯해 가죽, 모피를 포
함한 피륙을 다루는 업에 종사하는 사람들이 모여 사는 구역이었다. 서로 밥숟가락
이 몇 개인지도 다 아는 처지라 세 사람이 골목 어귀에 보이자 마전 주인이 잽싸게
달려왔다.

"형님, 이제야 오네. 얼른 집으로 가봐요. 아까부터 손님이 와서 기다리고 있어."

"손님? 누구?"

"아, 누군지 내가 어찌 알아. 근데 타고 온 수레도 새것이고 입성이 번지르르한
게 딱 봐도 주머니가 아주 두둑한 양반인 것 같아. 얼마 전에 짠 담홍색 문능(紋綾)[37]
이 정말 기가 막힌데 다들 탐만 내지 아직 임자를 못 찾았잖아."

"하긴, 그걸 팔면 한동안 양식 걱정은 안 해도 되겠네."

---

37   무늬 있는 고대 비단의 종류

"아이고 형님, 엄살하고는. 이 동황성에서 둘째가라면 서러울 사냥꾼이 행여나 형님이랑 옥소 끼니를 굶기겠다! 저 풍채에 저 인물에 한눈 한번 안 팔고 자기 식솔만 챙기는 옥소 아버지를 두고 그런 흰소리가 나오나. 에잉, 입에 풀칠하기 바쁜 과부 가슴에 아주 염장을 지르는구먼. 어서 가봐요."

사람을 앞에 세워놓고 노골적으로 해대는 칭송에 도종의 귀가 붉어졌다.

이 근방 처녀나 과부 중에 도종을 두고 가슴앓이 안 해본 이가 드물지만 그 예외가 바로 앞에 선 마전 주인. 길 건너 골목 푸줏간 노총각과 죽고 못 사는 사이라는 걸 아는 여진은 상대의 능청에 웃음을 터뜨렸다.

"호호호, 고마워."

짧은 수다를 마친 세 사람은 걸음을 재촉해 골목 끝에 있는 집에 금방 도달했다.

담장을 두른 싸리문은 침입을 막기 위해서라기보다는 그저 주인이 부재라는 걸 알려주는 역할 정도인, 가는 나뭇가지 빗장이 채워져 있었다. 그 사립문 앞을 수레 한 대가 떡하니 막고 있었다.

옥소 아버지라고 불린 이가 잠든 아이를 아내에게 안겨주고 손님이 누군지 살피듯 수레 앞으로 다가서자 채장을 젖히고 웬 사내가 내려왔다.

폭 넓은 바지며 쐐기 문양 은박이 찍힌 긴 비단 덧저고리는 그가 평범한 하호가 아니라는 걸 보여줬다. 검은 비단 끈으로 턱에 고정한 절풍에 꽂힌 깃도 깃털이 아니라 금동인 걸 보면 윤택한 정도를 넘어 상당한 부자인 건 확실했다.

얼핏 차림새만으로는 부유한 귀족이나 상인으로 볼 수 있었다. 그렇지만 저 객에게서 은은히 풍겨나오는 예기나 위압감은 단순히 노예나 고용인을 부리는 자의 것이 아니었다.

허리에 찬 장도를 언제든지 뽑을 수 있도록 한 손을 갖다 대며 잔뜩 경계하는데, 바짝 다가온 사내가 발을 헛디딘 척하며 귀엣말로 속삭였다.

"처음 뵙습니다, 석공."

국내성을 떠난 뒤 버린 성이었다. 영원히 묻혀야 할 비밀을 입에 담는 자를 향해 도종의 몸에 살기가 돌았다.

이자의 목을 벤 뒤 여진과 딸을 데리고 도주해야 하나.

칼을 막 뽑으려는 찰나 상대는 빠르게 덧붙였다.

"저는 폐하의 명을 받고 왔습니다. 일단 들어가시지요."

그 속삭임에 살기가 물에 씻은 듯 사라졌다. 어깨에서 긴장이 풀리는 걸 느끼면서 도종은 사립문의 빗장을 풀었다. 토끼 눈을 하고 지켜보는 여진과 옥소를 데리고 들어가자 그 뒤를 계마로가 따랐다.

비단을 사러 온 손님인 것처럼 도종은 계마로를 베를 짜는 방에 안내했다. 옆방에 아이를 눕혀놓고 여진이 들어오자 계마로가 일어서서 예를 표했다.

"먼발치로는 여러 번 뵈었지만 인사를 올리는 것은 처음입니다. 저는 태왕 폐하를 모시는 친위대의 모달 계마로라고 합니다."

계마로. 오래전 해류에게 지나가며 두어 번 들은 적이 있는 이름이었다. 알고 살피니 왠지 낯이 익은 것 같기도 했다.

"……왕후 폐하는 강녕하시지요?"

"예. 여전히 성총을 한 몸에 받으시며 더없는 위엄으로 태왕 폐하의 옆자리를 굳건히 지키고 계십니다. 오늘 아침에 안학궁에 입성하셔서 축성례를 마치고 패수에서 하백제를 지내고 계실 텐데, 혹시 거기 다녀오셨습니까?"

"성 밖 언덕에 올라서 먼발치로 구경하고 왔습니다. 아이를 데리고 그 인파를 헤치고 갈 엄두도 나지 않아서요……."

실은, 천에 하나 만에 하나라도 도종이나 자신을 알아보는 눈이 있을까 두려웠다.

계마로는 흐린 말끝에 담긴 진실을 알아챘다.

아직은 빈말로도 괜찮다고, 이제는 안심하라는 위로를 할 수는 없었다. 태왕이 정국을 장악하고 있지만 그래도 불필요한 구설이 생길 가능성은 없어야 했다. 승평왕자나 아직 첫돌도 지나지 않은 그의 아들을 구심점으로 세력들이 슬금슬금 뭉치려는 조짐을 보이니 더더욱 그랬다.

"한데, 어찌 알고 오셨는지요?"

자신들이 여기 사는 걸 어떻게 아느냐는 물음에 계마로는 선선히 답을 줬다.

"국내성을 떠나실 때부터 폐하가 보낸 사람들이 두 분을 지켰습니다. 신분과 이름을 바꿔 내원성에서 머물다가 아기씨가 태어나신 후 이곳으로 옮기셨을 때도요. 왕후 폐하께서 두 분의 안위로 근심하지 않으시도록 내내 살피며 근황을 챙기고 계셨습니다."

"그러면 해, 아니 왕후 폐하께서도 저희의 일을…… 아십니까?"

계마로는 옥소가 잠든 건넛방 쪽을 흘끗 일별했다가 고개를 저었다.

"두 분이 함께 여기에 정착하신 것까지는 아십니다. 그 이상은 아직 아뢰지 않았습니다."

"그렇군요."

왠지 부끄러운 듯 달아오른 낯을 돌리는 여진과 도종에게 계마로는 제가 찾아온 목적을 밝혔다.

"왕후 폐하를 뵙고 싶지 않으신지요?"

두 사람 모두 기겁하며 펄쩍 뛰었다.

"예?"

"무슨 소립니까!"

"물론 대놓고 뵐 수는 없지요. 그래도 지척에 있는 혈육과 얼굴도 한번 마주할 수 없는 건 너무 가혹하다고, 원하신다면 은밀하게 만남을 주선해도 좋다는 윤허를 태왕 폐하께서 내리셨습니다."

여진과 도종은 멍하니 서로를 마주했다.

솔직히 너무나 만나고 싶었다. 안 보일 거라는 걸 번연히 알면서도 언덕에 오른 것은 혹시나 하는 일말의 기대. 멀찍이서 머리꼭지만 훔쳐보는 게 아니라 얼굴이라도 보고 싶었다. 마주 앉아 이렇게 얘기라도 한마디 나눌 수 있다면 당장 죽어도 여한이 없을 것 같았다.

밀려오는 유혹의 파도에 당장이라도 휩쓸리려던 여진은 베틀에 걸린 오색 실을 보면서 자신을 다잡았다.

"망극한 배려이나……."

여진은 떨리는 음성으로, 지금이라도 다른 말을 쏟아내고 싶은 충동을 꽉 밟아 누르며 단호하게 손을 내저었다.

"저희는 이미 세상에 없는 사람입니다. 저희를 위해서나 왕후 폐하를 위해서나 보지 않는 것이 옳은 일인 것 같습니다."

혹여 도종은 다른 생각을 갖고 있지 않을까.

자신은 어미와 딸로 애틋하게 보낸 20년 넘는 세월이 있지만 이 사람은 서로 아무것도 모른 채 군신으로 스친 짧은 만남밖에 없었다. 한 번이라도 딸로 마주하고 싶을 수 있었다. 설령 이 문제로 불화가 생겨도 할 수 없었지만 말려야 했다. 이해를 구하기 위해 그를 마주 본 순간 여진은 안도했다.

도종의 눈빛엔 잘했다는 긍정이 넘실거렸다.

여진은 오로지 자식을 지키려는 모정에 기인해서 내린 결단이지만 도종은 결이 좀 달랐다. 오랫동안 권력의 최정점에 있었던 도종은 정략적으로도 판단했다.

그들과 해류는 그리움은 품되 일평생 만나지 않는 게 맞았다. 애달파도 그게 서로를 위한 최선이었다.

자신과 여진이 해류에게 파멸의 족쇄가 되는 것처럼 해류 역시 그녀의 뜻과 상관없이 자신들과 옥소에게 치명적인 위험. 호시탐탐 태왕의 권력을 약화시키고 왕자를 낳아줄 새 왕후를 올리려는 세력이 만에 하나 그들의 존재를 알게 되면 공멸이었다.

자신들이야 살 만큼 살았다지만 겨우 핏덩어리를 면한 어린 자식이 피어보지도 못하고 스러지게 해선 안 되었다. 지켜주지 못한 딸은 해류 하나도 저미게 아팠다.

"저도 안사람과 뜻이 같습니다. 태왕 폐하께 잘 말씀 올려주십시오."

태왕이 왕후를 위해 너무 큰 위험을 무릅쓰는 게 아닌가, 염려하던 계마로는 안도감을 삼켰다. 위기감이 사라지니 마음이 전에 없이 너그러워졌다. 평소의 그라면 절대 하지 않을 호의를 제안했다.

"하면, 서찰이라도 한 장 주시지요. 제가 왕후 폐하께 전해 올리겠습니다. 내색은 안 하시지만 많이 그리워하고 걱정하고 계시니 몇 자라도 적어주시면 크게 기뻐하실 겁니다."

서신 왕래 정도는 괜찮지 않을까. 계마로는 여유롭게 생각하기로 했다. 안전을 기하기 위해서 아무에게도 맡기지 않고 직접 오갈 수고까지 각오했다.

이번에도 여진의 반응은 예상 밖이었다.

"괜찮습니다. 왕후 폐하께 티끌만 한 위험도 얹고 싶지 않습니다. 잘 지내신다는 소식을 전해 듣는 것만으로도 저흰 충분합니다. 더구나 이제는 마음만 먹으면 멀찌감치에서나마 뵐 수도 있는걸요."

도종도 한마음인 듯 단호하게 못을 박았다.

"지금 저희는 성도 없는 하호이긴 하지만 별다른 부족함 없이 편히 살고 있습니다. 저희 염려는 절대 하지 마시라고 왕후 폐하께 말씀 잘 올려주십시오."

결연한 두 사람의 표정을 번갈아 살피는 계마로의 눈빛에 존경이 담겼다. 그렇게 한동안 침묵을 지키던 계마로가 평상에서 일어섰다.

"예. 그리 전해 올리겠습니다. 두 분과 아기씨 모두 평안하십시오."

하백제를 올린 뒤 사란은 왕후를 따라 성의 남문으로 들어섰다.

성문 입구에 수문장과 병사들이 도열해 왕후를 맞았다. 그들에게 치하의 미소를 보내며 지나가던 왕후가 눈에 익은 얼굴을 보자 고삐를 당겨 말을 세웠다.

"설사수루? 몇 해 전에 누초(婁肖)³⁸로 임명되어 비사성에 갔다고 들었는데 언제 평양성에 왔는가?"

"예. 폐하께서 연전에 발위사자로 남문 수문장을 맡으라는 명을 내려주셔서 수문위군에 복귀해 여기로 왔습니다."

"그랬군. 비사성으로 갈 때 혼인한다고 들었던 기억이 나는데 그럼 가족들도 다 함께 평양성으로 온 건가? 아이는 있고?"

왕후가 자신의 근황을 알고 챙기는 것은 의외였다. 절체절명의 위기를 함께 넘긴 적은 있지만 짧은 며칠이었다. 은혜의 경중을 따지자면 오히려 그가 받은 게 더 무거웠다. 그럼에도 왕후와 태왕은 그의 공을 두고두고 크게 치하해줬었다.

그것이 황송하면서도 어색한 그는 짤막하게 대답했다.

---

38   고구려 지방 성에 파견되는 군관

"예. 얼마 전에 셋째를 보았습니다."

소년티도 다 벗지 못했던 이가 벌써 세 아이의 아버지가 됐다니. 부러움이 칼날이 되어 가슴을 관통했다. 고질병처럼 익숙한 통증을 누르며 해류는 축하를 보냈다.

"감축하네. 여기 남문의 수문장이라고 했지? 번다한 행사가 좀 정리되면 나중에 선물을 보내겠네."

"망극하옵니다."

잠깐의 대화를 마친 왕후는 천천히 말을 몰았다. 깊숙이 숙였던 허리를 들고 왕후의 움직임을 주시하던 사수루는 왕후의 뒤를 따르는 신녀 행렬의 제일 앞에 선 사람과 눈이 마주쳤다.

두근.

이미 다 지나갔고 다 잊었다고 믿었던 설렘이 두 개의 심장을 동시에 울렸다.

영원처럼 얼어붙은 그 시간은 실은 스치는 것 같은 찰나. 설명할 수 없는 온갖 감정이 뒤엉킨 눈길이 서로를 감았다가 풀어졌다.

한 번도 소리 내어 고백한 적은 없으나 서로를 향해 품었던 감정. 그 따사롭고 설렜던 기억을 가슴 깊은 곳에 차곡차곡 집어넣으며 엇갈려 걸어갔다.

무심하고 무감한, 신께만 헌신하는 수품신녀다운 표정으로 걷고 있지만 사란의 머리에 지금 이 순간만큼은 신은 한 자락도 없었다.

그녀의 뇌리를 채운 것은 방금 지나친 저 사람. 만약 '저이의 손을 잡았다면 어땠을까'라는 가정. 만약 그때 사수루를 택했다면 그가 말한 저 셋째 아이는 그녀의 자식일 수도 있었다.

잊고 있었던 상실감이 희미하게 전신을 때렸지만 길지 않았다. 그녀는 어느 쪽이든 뜻대로 할 수 있었다. 후회가 전혀 없는 것은 아니지만 그때로 돌아가 다시 선택하라고 해도 바꾸지는 않을 것이다. 사수루의 아내로 살았으면 지금과 다른 충만감이 있었을 테지만 태왕을 제외하고는 흔들 수 없는 이 자리에 선 자신이 기껍고 행복했다.

그가 절 잊고 다복하게 지내는 것 같아서 다행이었다. 그녀도 지금에 더없이 만족하기에.

그가 눈을 빛내며 꿈꾸던 대로 고구려의 장수로 태왕을 모시며 전쟁에 나가고 전공을 세울 때 그녀는 만인의 존경을 받는 대신녀로 하늘에 고구려와 태왕을 위해 또 사수루를 위해 기도할 수 있었다.

사란은 허리를 더욱 꼿꼿이 하고 왕후의 뒤를 따랐다.

고구려 역사상 두 번째인 천도지만 그 규모는 수백 년 전 유리왕 때 국내성 천도와 비할 바가 아니었다.

태왕과 왕후가 정식으로 안학궁에 입궁한 뒤 새 종묘에 옮겨온 위패를 모시고 대제례를 올리는 것을 시작으로 제례가 줄을 이었다. 이레 뒤 천신 제단에 천도를 고하는 제사를 끝으로 기나긴 천도 행사가 마무리됐다.

천신 제례까지 끝난 날, 밤을 지새우며 연회가 펼쳐졌다. 천도를 함께한 중신과 귀족들의 노고를 위로하고 단합을 다지기 위해 꼭두새벽부터 사냥 행렬이 평양성을 빠져나갔다.

그리고 바로 얼마 뒤 왕후도 최소한의 호위와 궁인들만 거느리고 평양성을 나갔다. 왕후의 일행이 향한 곳은 강나루였다. 거룻배를 타고 강을 건너가자 강가에 작은 수레가 기다리고 있었다. 왕후가 오르자 평범한 귀부인의 행차인 것처럼 수레꾼으로 위장한 호위가 동황성으로 들어갔다. 상점들이 몰린 저잣거리가 가까워지자 수레의 속도가 늦춰졌다.

"여기부터는 걸어가시는 게 좋을 것 같습니다."

계마로의 언질에 해류는 수레에서 내려왔다.

"이곳인가요?"

"예. 두 분께서는 그냥 멀리서 눈인사만으로 족하시다고……."

끝내 설득하지 못한 죄스러움을 드러내는 계마로에게 해류가 애수 띤 미소를 머금으며 고개를 살며시 저었다.

"그분들이 옳습니다. 내가 떼를 쓴 것이니 이 정도만으로도…… 충분하니 공연히 마음 쓰지 마시오."

국내성이나 평양성에는 댈 게 아니지만 동황성의 저잣거리도 제법 활기차니 물건들의 구색도 좋아 보였다. 얼핏 가게며 물건들을 구경하는 것처럼 보이지만 지금 해류에게는 하나도 들어오지 않았다. 그녀의 눈은 계속 어머니와 한 번도 아버지라고 불러보지 못한, 실은 지금도 아버지라고 와닿지는 않는 석도종을 찾아 헤맸다.

저쪽 골목 어귀에 어른거리는 그림자를 보자 해류의 눈이 젖어들었다. 꿈에서도 그리던 얼굴. 당장이라도 달려가서 안기고 싶었지만 그럴 수 없었다. 거리가 멀어 잘 보이지 않지만 어머니 역시 같은 표정으로 자신을 보고 있음을 확신할 수 있었다.

석상이 된 것처럼 서로를 멀리서 한참 마주 보고서야 뒤늦게 여진을 지키듯 옆에 선 사내가 눈에 들어왔다.

석도종. 그녀와 어머니를 버리고 떠났던 생부. 둘의 이별은 주변의 이간질과 오해 때문이었고 함께 도피하면서 결국 앙금을 풀고 부부의 연을 맺었다고 들었다. 그리고…….

해류의 시선이 뒤늦게 알게 된 존재를 찾아 움직이는 찰나, 그 주인공이 작은 보따리를 하나 안고 짧은 다리로 도도도 달려왔다. 골목 하나 건너오는 거리지만 조그만 아이에겐 큰일인지 할딱거리면서 해류를 올려다봤다.

"마님, 이거 가지러 왔지요?"

의아해 고개를 갸웃하는 해류에게 계마로가 잽싸게 귓속말했다.

"심부름을 보내는 걸로 미리 입을 맞췄습니다. 어서 받으십시오."

해류는 얼른 표정을 수습하며 무릎을 굽혀 아이에게서 보따리를 받았다.

"그래. 고맙구나. 어린데 이런 심부름을 하다니 정말 대견하네. 몇 살이니?"

칭찬이 기쁜 듯 참새같이 자그마한 입술이 방싯 벌어졌다. 손가락까지 들어서 자랑스럽게 자신의 나이를 밝혔다.

"올해 네 살이어요."

"네 살. 정말 대단하네. 이름은 뭐니?"

"옥소요."

"옥소? 정말 고운 이름인데 무슨 뜻이지? 혹시 알고 있니?"

"예. 알아요."

동네 아이들이 다 부러워하는 예쁜 이름이었다. 자랑할 곳이 또 생기자 신이 나서 자기 이름의 뜻을 알려줬다.

"내가 엄마 배 속에 생겼을 때 아버지가 꿈에서 옥피리를 부는 선녀를 봤대요."

뭉클하기도 하고 슬프기도 하고 허전하기도 하고 또 기쁘기도 하고. 설명할 수 없는 온갖 오묘한 감정들이 소용돌이쳤다.

이 아이는 내가 받지 못했던 양친의 귀애와 보살핌 속에서 자라고 있구나.

부러우면서도 안도감이 엄습했다. 단 하나밖에 없는 동생이란 걸 세상에 드러낼 수는 없다는 게 서럽지만 이렇게라도 만날 수 있어 행복했다.

자신도 지금 충분히 행복하지만 여기까지 오는 데 너무나 많은 풍파를 겪었다. 어린 아우는 모진 시련은 하나도 겪지 않고 안온하고 평안하기를 간절히 기도하며 해류는 목걸이를 벗었다. 오늘 찾아온 목적 중 하나인 황금 목걸이를 아이에게 걸어줬다.

정교한 황금 사슬에 얇은 금판을 오려낸 달개 이파리와 곡옥이 주렁주렁 달린 목걸이는 짝을 이루는 사슬 허리띠와 함께 도종이 납치될 때 떨어뜨린 것. 거의 빈 몸으로 국내성을 떠나면서도 굳이 챙긴 걸 보면 도종에게 의미가 깊은 물건일 거라고 판단한 태왕이 해류에게 줬다.

깊숙이 보관만 해둔 귀물이 수년 만에 처음으로 햇볕을 받는 것이 오늘. 아버지가 가져온 귀한 것을 딸들이 하나씩 나누는 것이 좋겠다 싶어서 일부러 걸고 왔다.

해류에겐 가슴에 닿는 목걸이는 아이에겐 무릎까지 길게 내려왔다. 이걸 왜 자신에게 주느냐고 묻듯 동그란 눈으로 보는 어린 동생의 저 조그맣고 통통한 몸을 꼭 끌어안고 싶은 충동을 간신히 눌렀다.

"심부름을 잘한 상이란다."

"정말요?"

혹시 상하기라도 할까 겁이 나는지 고사리손으로 조심조심 목걸이를 쓸어내리는 아이의 눈빛은 새벽별처럼 영롱하게 빛났다.

어릴 때의 저처럼 이 아이도 정교하고 귀한 걸 본능적으로 알고 아끼는 것 같다는 생각에 눈시울이 화끈화끈, 목구멍도 따끔거렸다. 젖은 음성이 나올 것 같아 마른침을 꿀꺽 삼켰다. 억지로 웃는 입술을 만들며 머리만 끄덕였다.

"고맙습니다, 고맙습니다!"

머리가 땅에 닿을 듯 허리를 굽히며 몇 번이나 인사를 한 아이는 자랑하고 싶은지 부모가 기다리는 골목 저편으로 달려갔다. 금세 해류를 잊고 어머니에게 목걸이를 보이며 조잘조잘 떠들었다.

아이가 건 목걸이에서 해류에게로 옮겨진 도종의 시선은 이 물건이 무엇인지 알아챈 듯 놀란 기색이 역력했다. 그의 눈이 해류의 허리 쪽으로 향하자 해류는 가죽과 비단을 엮어 만든 넓은 허리띠 위에 걸친 장식 허리대에 손을 올렸다. 흐트러진 띠드리개 금 사슬과 옥 장식을 가다듬는 시늉을 하는 해류를 보는 도종의 눈꼬리에 보일 듯 말 듯 물기가 어룽거렸다.

어머니의 유품.

아무것도 해주지 못했던 첫딸에게 물려주고 싶었던 허리띠와 목걸이 일습. 납치당할 때 빼앗긴 줄 알고 기억에서 지웠던 유산이 돌고 돌아 여진이 낳은 첫딸과 막내딸에게 하나씩 돌아온 것이다.

해류는 처음으로, 절대 마지막이지는 않기를 기도하며, 제 생부에게 공손하게 허리를 숙였다. 벼락이라도 맞은 듯 놀라 경직된 도종의 시선을 느끼면서 그녀는 짧게 하직인사를 한 다음 뒤돌아섰다.

많은 사람이 오가는 번잡한 시장이지만 그들을 눈여겨보는 이가 없으란 법은 없으니 이제 돌아가야 했다. 해류는 수레가 있는 곳으로 돌아가며 골목 그늘에 몸을 반쯤 감추고 자신을 바라보는 어머니의 시선과 애틋하게 얽혔다 떨어졌다.

지금 당장은 힘들지만 조금 더 시간이 지나가면 눈인사가 아니라 마주 앉아 회포를 풀며 속엣말을 나눌 날이 올 것입니다. 꼭 그리 만들고야 말겠습니다. 그러하니 조금만 더 기다려주세요.

수레에 오르기 직전 해류는 계마로에게 조용히 부탁했다.

"어머니께…… 옥소에게 칠직금 짜는 법을 전수해주라고 말씀드려주시오."

해류는 새벽의 여정을 되짚어 안학궁으로 돌아왔다. 여관과 궁인들이 왕후궁 입구에 도열해 기다리고 있었다.

"다녀오셨사옵니까?"

"잠시 성 밖을 돌아보고 온 것인데 어찌 이리 나와 있는가."

"잠깐을 출타하시더라도 이리 맞는 게 저희의 도리이니 허물치 마십시오."

오늘 왕후가 누구를 만나러 갔는지, 왜 나갔는지 모름에도 안색을 유심히 살피는 게 느껴졌다. 밤새 잠을 못 이루고 새벽부터 들떴다가 긴장했다가 했던 걸 감지한 게 분명했다.

잘 감춘다고 했는데 티가 났던 모양이구나.

해류는 미려의 날카로운 눈이 목걸이가 사라진 걸 눈치채기 전에 얼른 계단을 올라갔다.

"내내 강행군을 했더니 좀 곤해서 쉴 테니 따르지 말게."

"환복만 돕겠습니다."

"아니, 잠시 졸려고 하네. 조용히 있고 싶으니 필요하면 부르겠네."

국내성을 출발할 때부터 오늘까지. 단 하루도 쉬는 틈 없이 바쁜 여정과 제례가 이어진 강행군이었다. 내내 사람과 행사에 부대낀 왕후가 주변을 물리고 한숨 돌리려 할 만하다고 공감한 듯 침실로 들어가는 해류를 아무도 뒤따르지 않았다.

등 뒤로 문이 닫히자 해류는 허리 장식부터 풀어 상자에 담았다. 그리고 옥소가 전해준 보퉁이에 있는, 금색 열매들이 수놓인 허리띠도 함께 차곡차곡 접었다.

튄 땀 하나 없는 고운 자수는 여진의 솜씨였다. 다산을 상징하는 열매들에 깃들인 어머니의 간곡한 기원이 손에 잡힐 듯 전해졌다.

허망하게 첫아기를 잃은 뒤로는 수태도 한번 하지 못했다. 태왕과 어의들은 오장육부에 침투한 극독이 다 빠지는 데 시일이 걸리지만 해독되면 회임할 거라고 했다. 처음엔 그 장담을 믿고 아기를 열심히 기다렸지만 몇 해 전부터 슬슬 감을 잡고 있었다. 독 때문에 잉태가 힘들어졌고, 예전에 유산한 소식을 막은 것처럼 태왕이 진상을 감추고 있음을.

좋은 것이든 나쁜 것이든 피하지 않고 명확한 걸 선호하는 해류지만 그 사실만큼은 그냥 덮는 걸 택했다. 연모하는 이의 아이를 낳을 수 없다는 아픈 진실을 아직은 받아들이기 힘들었다. 감당할 수 있다는 자신이 섰을 때 태왕이 진 비밀을 덜어 함께 질 거라고 다짐하며 허리띠를 목걸이가 있던 자리에 넣었다.

뚜껑을 닫기 전에 허리띠에 수놓은 열매를 살짝 어루만지며 옥소를 떠올렸다.

어머니가 늦둥이 동생을 낳았다는 소식을 들었을 때, 부러움과 함께 조금은 당황했었다.

해류가 어릴 때 여진은 사산과 유산을 거듭했다. 두지의 간절한 바람과 달리 둘 사이에는 끝내 단 한 명의 아이도 태어나지 못했다. 본가로 들어간 뒤 아들 하나도 제대로 낳지 못한다고 온 집안에서 구박과 비아냥을 받았던 기억이 생생했다. 그런데 도종과는 늦은 나이에 금방 수태하고 무사히 출산까지 하다니. 두 사람이 정말 인연은 인연이다 싶었다.

어머니도 보고 싶었지만 어린 동생을 한 번이라도 눈에 담아보고 싶어서 멀리서라도 보겠다고 고집을 부렸다. 기어이 그 뜻을 이루고 나니 기갈이 난 사람이 물 한 모금을 겨우 마신 것처럼 더 허기지고 고팠다.

며칠 전에서야 그 존재를 알고 오늘 처음 본 혈육이건만. 핏줄이 당긴다는 게 이런 것인지 계속 눈에 아른거리고 마음에도 밟혔다.

무엇보다 아이의 범상치 않은 외모가 가슴을 무겁게 눌렀다.

갓 네 살. 아직 젖살이 통통한 어린아이인데도 콧날이 오똑하니, 아버지를 그대로 빼닮아 또렷한 이목구비가 눈에 확 띄었다. 살결도 백옥같이 하얗고 저대로 자라면 절세가인이 되리란 건 앞이 멀쩡한 사람은 누구나 예측 가능했다.

석도종이 하다못해 왕족 망명자라는 신분이나마 유지하고 있다면 몰라도 평범한 하호의 딸에게 지나친 미모는 화였다. 아버지나 어머니가 아무리 애써 보호한다고 해도 권력이나 힘에 눌려 원치 않는 사내 곁에서 불행할 수 있었다.

해류는 갑갑함을 달래기 위해 창을 활짝 열었다.

하얗게 칠한 기둥과 서까래에 그려진 붉은 석류꽃 금벽이 풍경보다 먼저 눈에 들어왔다. 어두운 색조에 웅장하고 위압감 넘치는 중궁의 다른 전각들과 달리 왕후궁은 날렵하고 화사했다. 눈을 즐겁게 해주는 질서정연하고 화려한 꽃들을 보면서 그녀는 자신이 얼마나 큰 행운이었는지 새삼 떠올렸다.

"부왕께선 모후를 위해 왕후궁 침실에 버들꽃을 새기게 하셨다지. 난 그대를 위해 안학궁에 바다석류 꽃을 남기려고 하오."

모두가 아름답다고 입을 모으는 왕후궁은 태왕이 금벽장에게 직접 지시한 선물. 해류는 갓 칠해 빛이 나게 흰 서까래 위에 피어난 생생한 꽃들을 보며 좀 전에 했던 평가를 정정했다.

태왕의 반려가 된 건 행운이란 단어론 부족했다. 천운이었다.

피차 억지로 혼인해 연모까지 하게 된 건 같은 장소에서 벼락을 두 번 맞는 것과 진배없는 확률.

요행히 태왕은 진정으로 사모하고 존경할 만한 사내였다. 그럼에도 온전히 서로를 믿고 받아들이기까지 상처나 우여곡절이 너무 많았다.

옥소는 많은 사람과 두루두루 교류하며 됨됨이를 살피고 그중에서 가장 마음이 통하는 이를 골라서 연분을 맺으면 좋겠는데……. 나나 어머니처럼 고생하지 않고, 그 아이만큼은 정성스러운 구애의 설렘을 느끼고 연모하는 이가 직접 잡은 새의 깃털을 귀에 꽂아주며 하는 청혼을 받아 혼인하면 좋겠다. 다른 건 몰라도 꼭 그리되도록 해줘야겠다.

결심을 굳히자 무거웠던 마음이 조금 가벼워졌다. 상념을 떨치며 해류는 창을 닫았다. 잠시 한숨을 돌린 뒤 일상으로 돌아가 왕궁의 일들을 챙기면서 오후는 후딱 지나갔다.

이른 해가 서산으로 기울 무렵 낙랑 언덕으로 사냥을 나갔던 태왕 일행도 왕궁으로 돌아왔다. 오늘은 주연(酒宴)을 열지 않을 거라고 출발 전부터 통보한 터라 사냥에 참여한 귀족과 중신들은 왕궁 입구에서 태왕에게 하직인사를 고하고 다들 물러났다.

예상대로 태왕은 자신의 침전을 지나 곧바로 왕후궁으로 향했다. 제례를 위해 심신을 정결히 하는 의례가 아닌 느긋한 탕욕을 한 뒤 침실로 들어오는 태왕을 커다란 수건을 든 왕후가 맞았다. 오늘도 대충 물기만 짜고 나온 듯 그의 머리카락은 얼어 서걱거리다 녹아 물이 뚝뚝 흘렀다.

"바람이 이리 찬데. 머리에 살얼음이 얼었네요. 한질에 걸리시면 어쩌려고 자꾸 이러세요."

머리를 조심스럽게 말려주는 손길을 즐기는 태왕이 농담을 던졌다.

"그대가 딱 달라붙어 정성스럽게 간병을 해주겠지."

그린 듯 단정하게 휘어진 입꼬리뿐 아니라 눈까지 웃고 있었다.

비교적 온유하던 태왕의 가면은 지난 세월 동안 서서히 얼음장처럼 냉엄해졌다. 현 태왕은 선왕에 비해 유약하다는 세간의 평도 어느 날부터 사라졌다. 노여움조차 거의 비치지 않는, 희로애락이 싹 거둬진 냉랭한 위압감은 중신들과 귀족들에겐 공포였다. 영락태왕이 날 것의 철퇴를 휘둘렀다면 지금 태왕은 철퇴에 얇은 비단 한 겹을 씌운 거라고 떨었다.

이런 무방비한 모습은 오로지 그녀에게만 보여주는 편린. 숱하게 봤으면서도 다감한 웃음에 여전히 가슴이 두근거렸다. 짐짓 기가 막혀 말도 안 나온다는 표정으로 눈을 흘기면서 해류는 익숙하게 물기를 닦아냈다.

"내일부터 또 산더미처럼 쌓인 정무를 보셔야 하는데 옥체를 살피셔야지요. 다들 폐하만 바라보고 있지 않습니까."

"내가 아주 조금이라도 약해지는 기미를 보이면 금방 꿈틀거리며 올라올 거요. 겨우 첫발을 뗀 것이고 갈 길은 아직 구만리지."

천신만고 끝에 천도는 했지만 국내성에 미련을 두고 미적거리는 세력은 여전히 잔존했다. 2대에 걸쳐 수십 년간 준비해왔지만 평양성이 새 수도로 뿌리내리기까지 할 일이 산더미였다.

그것이 순조롭게 된다고 해도 끝은 아니었다.

태왕의 궁극적인 목표는 뭉쳐서 왕까지도 폐위하려던 귀족 세력의 와해였다. 이를 위해 조만간 새로운 화폐를 만들고 유명무실한 부를 완전히 해체해 새로이 세우고 관제와 군제를 개편하려는 계획을 잡고 있었다. 그가 하려는 일을 유일하게 모두 공유하는 해류에겐 태왕이 앞으로 헤쳐나가야 할 가시밭길이 훤히 보였다.

모든 걸 지고 갈 듯 든든해 보이면서도 동시에 태산 같은 무게에 눌려 무거워 보이는 어깨에 해류가 손을 올려 뻣뻣하게 굳은 근육을 조물거렸다.

"국내성은 해세적 욕살이 폐하를 대신해서 잘 보살펴줄 것이니 너무 심려 마세요."

"맞소. 유능한 사람이니 제대로 하겠지."

마리습은 북부에 기반을 둔 소노부의 수장이 되었다. 태왕의 전폭적인 지원을 받으며 소노부를 장악했지만 생부를 배반했다는 굴레를 영원히 벗어날 수 없고 경원시되는 존재. 산산이 궤멸되어 흔적만 남은 절노부와 소노부의 적대 세력들은 호시탐탐 마리습의 발목을 잡기 위해 눈을 부릅뜨고 있었다. 끊임없이 서로 경계하고 견제할 것이기에 태왕은 그를 국내성을 다스릴 성주로 임명하고 평양성으로 왔다.

한순간도 긴장을 늦추지 못하고 달려야 하는 태왕이 안쓰러웠다. 그렇지만 연민이나 어설픈 위로를 태왕은 바라지 않았다.

그가 원하는 건 자신이 지금처럼 그를 온전히 믿으며 곁에서 지켜봐주는 것. 그녀가 할 수 있는 건 자신만의 것인 이 귀한 사람을 소중하게 아끼고 보살피는 것.

해류는 이 순간 그녀가 할 수 있는 일에 집중했다.

"시작이 반이라고 했지요. 벌써 반 이상을 하셨으니 나머지는 지금처럼 가시면 될 거예요."

피로를 조금이라도 풀어주기 위해서 시원해질 부위를 꾹꾹 누르면서 머리를 마저 말렸다. 빗을 꺼내 향유를 발라 빗어내리고 다 마른 뒤에 상투를 틀도록 비단 끈으로 목뒤에 하나로 묶어두었다.

정성스럽게 머리 단장을 마친 해류는 태왕의 맞은편에 앉았다.

"폐하께서 배려해주신 덕분에 오늘 동황성에 잘 다녀왔습니다."

탁자에 놓인 차를 마시던 태왕은 궁금증을 노골적으로 드러냈다.

"부모님과 아우는 만나본 거요?"

"부모님은 멀리서 눈인사만 했습니다. 워낙 완강하셔서요. 저도 그것이 모두를 위해 옳다고 생각은 하지만…… 어리석은 일이란 걸 알면서도 서운하네요."

"그대가 정 원하면,"

태왕이 무엇을 제안하려는지 알아챈 해류가 단호하게 그의 말을 끊었다.

"아닙니다."

고구려의 누구도 감히 엄두도 내지 못할 무엄한 짓이지만 그녀만은 가능했다.

"폐하께 잠시 어리광을 부려본 것이에요. 서로 무사하고 행복한 것을 알았으니 되었습니다. 제가 어머니라도 그랬을 거예요. 괜한 태풍에 휘말릴 수 있으니 저와 멀어지는 게 부모님도 또…… 어린 옥소도 안전할 거고요."

진심인지 가늠하려는 듯 태왕이 눈매를 가늘여 해류를 응시하며 물었다.

"옥소? 그 아이의 이름인 모양이지?"

"예. 아……버지가 옥피리를 부는 선녀가 나오는 태몽을 꿔서 그 이름을 붙였다고 하네요. 이름대로 정말 옥보다 곱고 예쁩니다."

"그대보다 더 예쁘오?"

흥분해 자제력이 풀어지는 정사 중이 아니라 이제는 평소에도 낯간지러운 소리를 곧잘 했다. 이 또한 익숙한 칭찬이지만 그래도 들을 때마다 설레고 기뻤다.

"아버지를 꼭 빼닮았습니다."

"아!"

태왕은 낮은 신음을 흘렸다. 사내로 태어난 게 아깝다 싶을 정도인 석도종의 남다른 미모는 그의 뇌리에도 남아 있었다. 그를 그대로 닮은 여아라면 범상치 않을 터. 해류의 눈빛에 드리운 그늘이 단박에 이해가 되었다.

"이제 겨우 네 살인데 미태가 벌써부터 남다르더군요. 한미한 신분을 빌미로 함부로 탐낼 자들이 분명 생길 텐데, 외압을 제대로 물리칠 수 있을지 걱정이 큽니다."

동생만은 어떻게든 보호해주고 싶다.

절실한 간청을 읽은 태왕의 눈이 그윽하고 부드러워졌다.

"아무리 졸라도 내게 부탁이란 걸 하는 법이 없는 그대에게 줄 것을 만들어주다니, 얼굴도 못 본 처제가 벌써부터 아주 마음에 드는군."

그는 손을 들어 해류의 볼을 가만히 쓸어줬다.

"그대의 바람은 내게는 반드시 이뤄야 할 명령과 마찬가지. 염려하는 일은 절대 없도록 지금부터 단단히 방비시키겠소."

명치에 얹힌 듯 갑갑하던 돌덩어리가 한풀 내려가는 느낌. 태왕이 약속한다면 믿을 수 있었다. 온몸을 타고 도는 안도감을 만끽하며 해류는 태왕을 끌어안았다.

"고맙습니다, 폐하. 정말요."

"그 고마움은 오늘 초야에 다 갚아주면 되오."

"예에? 초야요?"

"이 왕후궁에서 둘이 함께 보내는 첫날밤 아니오."

듣고 보니 그랬다. 새로 완성한 왕후궁에서 둘이 함께 보내는 첫날이었다.

길하다는 날짜와 시각에 맞춰 안학궁에 입성한 이후 매일 이어지는 각종 의식을 위해 태왕은 그의 침전에서 지냈다. 심신을 정결히 해야 한다는 금욕의 금기가 풀린 오늘에서야 왕후궁에 들어온 거였다.

그는 새삼스럽게 화사하고 우아한 침실을 훑었다.

"왕후궁은 마음에 드오?"

"예. 다 아름답지만 특히 금벽이 눈에 확 들어왔습니다. 장담하신 대로 왕후궁에 저를 위한 바다석류 꽃이 활짝 피었네요."

가장 신경 쓴 부분을 해류가 알아차려준 것이 기쁜지 태왕의 눈이 빛났다. 음성에도 흐뭇함이 한껏 묻렸다.

"부왕처럼 왕후궁에 따로 정원을 만들어 바다석류 나무들을 들여 키울까 했는데 그 나무는 여기서는 겨울을 날 수가 없다더군. 그래서 서까래와 기둥에 그리라고 했는데 마음에 든다니 다행이오."

"예. 영명한 판단이세요. 온상은 짓는 것부터 유지하는 것까지 너무 많은 수고가 들지요. 그렇게 힘들게 키워도 한철에 며칠 즐기는 것이 고작인데 이렇게 창만 열면 늘 피어 있는 꽃을 보는 게 더 즐겁습니다. 금벽이나 분재 말고 큰 나무에 핀 게 보고 싶으면 꽃이 필 때 폐하를 따라 남쪽으로 원행을 가도 되고요."

두 사람은 동시에 국내성에 있는 비원을 떠올렸다.

만약 왕후가 건강했다면 영락태왕은 작은 정원이 아니라 고구려 곳곳을 애모하는 지어미와 함께 다니며 온갖 좋은 것을 보고 즐기게 해줬을 것이었다.

둘이 숨 쉬고 웃으며 가보지 못한 곳에 가보고, 해보지 못한 것을 함께할 미래를 계획할 수 있다는 게 얼마나 소중하고 행복한 일인지. 태왕은 부모가 길게 갖지 못한 그 귀한 시간을 지금 아내와 함께하고 있다는 사실에 새삼 감사했다.

"국내성에서는 그 초야…… 때부터 미안하고 좋지 않은 기억들이 많았지. 여기서는 이제 좋은 추억만 가지면 좋겠소."

당시로선 불가피한 이유였기는 했지만 그래도 지은 죄가 큰 터라 태왕은 차마 해류의 눈을 마주하지 못했다.

초야의 치욕이 떠올랐지만 희한하게도 이제는 그마저도 추억처럼 느껴졌다.

"예. 당시엔 분명 황당하면서 화가 났고 절망도 했었지요."

그대로였다면 분명 두고두고 곱씹을 치명상이고 아픔이었겠지만 그걸 덮어줄 만큼 큰 사랑을 받았다. 그렇기에 보드라운 햇살 같은 미소를 보내며 그에게 진심으로 고백할 수 있었다.

"하지만 강산이 변하는 세월이 흐르다 보니 까마득한 옛일 같네요. 폐하의 진심이 그 상흔을 다 씻어줬어요. 폐하의 말씀처럼 오늘 이 안학궁에서의 초야는 행복한 추억만 가득할 거예요."

뜨겁게 서로를 응시하는 시선이 얽히는가 싶더니 태왕이 해류를 강하게 끌어안았다. 품에 안고 있으면서도 제 것이라는 걸 확인하는 몸짓. 그대로 사라질지 몰라 두려워하는 것처럼 팔에 힘이 들어갔다. 당장이라도 잡아먹을 듯 해류를 삼켰다. 뜨거운 호흡이 얽히고 질척한 숨소리가 어둑해지는 침실을 채웠다.

능수능란한 손놀림에 겹겹이 입은 해류의 옷이 하나씩 사라졌다. 하얗게 드러난 어깨를 아플락 말락 절묘하게 깨무는 이를 느끼는 동시에 등이 푹신한 금침에 닿았다.

영역 표시를 하려는 것처럼 빨고, 핥고, 깨무는 게걸스러운 입놀림에 혼이 빨려 나가는 것 같았다. 뇌까지 따끔거릴 정도로 짜릿한 쾌감이 발끝까지 관통했다. 그의 머리를 끌어안으며 해류도 달뜬 교성을 토해냈다.

"아아, 응……."

국내성을 출발한 뒤부터 오늘까지 내내 각자의 침전에서 침소를 따로 한 터였

두 번째 왕후 **2**

다. 태왕이 이미 평정심을 잃어버린 것처럼 욕망에 솔직한 해류의 육신도 그동안의 허기에 항의하듯 순식간에 달아올랐다. 넓은 어깨를 감은 가느다란 팔이 그를 끌어 당겼다. 해류만큼이나 그에게도 금욕이 길었던 모양이었다. 평소보다 훨씬 장대해 빠듯하니 압박감이 심하게 느껴졌다.

"흑!"

"아!"

두 사람의 입술에서 동시에 흥분과 욕망으로 탁해진 신음이 흘러나왔다. 이성이 남았던 것은 거기까지. 그 이후는 애락에 몸부림치는 시간만이 길게 이어졌다. 과거를 지우고 진정한 초야를 만끽하며 밤이 이슥하도록 환락과 쾌감의 절정을 오가다 까무룩 둘 다 거의 비슷하게 수면의 늪에 빨려들어갔다.

그 밤 해류는 태왕과 손을 잡고 별 무리가 진 밤하늘을 바라보며 성벽 꼭대기를 걷고 있었다. 별똥이 비처럼 내리는 걸 보며 감탄하는 순간, 별 하나가 그녀의 치마 위로 떨어졌다.

"보세요, 폐하. 별이 제게 왔습니다."

웃으며 찬연하게 빛나는 별을 들어 보여주는 순간 해류의 눈이 번쩍 떠졌다.

이상할 정도로 생생한 꿈. 가슴이 두근거렸다.

그녀는 꿈자리가 뒤숭숭하다는 말이 무슨 소린지 아예 이해하지 못했다. 워낙 단잠을 자기 때문에 깨어나서 기억나는 꿈은 거의 없었다. 희미한 꿈자락의 끝도 눈을 뜨면 말끔히 사라졌다.

이렇게 생생하게 남는 꿈은 평생 처음이었다. 지금도 손을 내밀면 치마 위에서 반짝거리는 별이 잡힐 것 같았다.

벌렁거리며 날뛰는 가슴을 누르며 멍하니 앉아 있는데 태왕이 눈을 떴다.

"무슨 일이오?"

"아, 아닙니다. 잠깐 눈이 떠져서…… 주무셔요."

잠기운이 싹 달아난 남자의 음성에 느른한 욕망의 빛이 다시 깃들었다.

"잠으로 낭비하기엔 아까운 초야 아니요?"

낮 뜨거운 소리와 동시에 등 뒤로 탄탄한 팔이 여체를 감아왔다. 볼부터 목을 쓸어내리는 손길은 한없이 보드라웠지만 등에 닿는 허리 아래쪽은 노골적으로 움직이기 시작했다.

말이 필요 없었다. 무엇을 요구하는지 아는 여체는 자연스럽게 그가 원하는 방향으로 활짝 열렸다.

다시 몰려오는 폭풍 같은 쾌락에 휘말리면서도 해류는 꿈을 떨칠 수 없었다. 익숙하면서도 늘 새로운 짜릿한 감각에 정신없이 흔들리는 가운데 치마 위로 쏟아지던 별을 되짚어 떠올렸다.

문득, 아직 누구에게도 말할 수 없지만, 분명 태몽일 거라는 강렬한 예감이 그녀를 사로잡았다. 간절히 기도하며 해류는 별 무리가 쏟아지는 듯한 절정을 맞이했다.

부디 그 별이 태몽이기를.

예감은 맞았다.

열 달 뒤, 건흥태왕은 왕후에게서 오랫동안 기다려오던 원자를 얻는다. 새 수도 평양성에서 태어난 첫 왕자, 조다 태자의 탄생이었다.

- 終.

후기

'두 번째 왕후'에 대한 구상은 제 첫 글인 '현향기'를 쓸 때부터였습니다.

현향기 다음 글은 이거라고 생각했었는데 갑자기 이집트에 꽂히고 피아노, 마녀 등등에 밀리다가 이제야 겨우 끝을 내네요. 오랜 숙제를 마친 후련함이 밀려옵니다.

'두 번째 왕후'의 모티브는 행정수도 세종시 계획 과정에서 나왔습니다.

당시에 헌법 소원까지 하는 등의 온갖 생난리를 보면서 '평양성 천도가 과연 순조로웠을까?'라는 생각이 들었고 그걸 바탕으로 글을 쓰면 재밌겠다는 구상이 떠오르기 시작했었죠.

본격적으로 고구려사와 장수왕 관련 자료를 찾아보니 장수왕은 치세 내내 왕권 강화를 위해 귀족들과 치열하게 싸웠을 거라는 내용이 많이 나왔습니다. 실제로 귀족들이 장수왕 때 북위 등으로 많이 건너간 이유 중 하나가 평양성과 국내성의 세력 싸움 때문이라는 학설도 있고요.

그 천도 과정의 갈등을 중심에 놓고 로맨스를 얹어봤습니다.

한 나라의 흥망성쇠를 보면 가을에서 겨울로 넘어가 문을 닫을 때 참 씁쓸하고 서글프죠.

특히 고구려는 외부 왕조에 멸망당해서 더 감정적으로 후유증이 큰데요, 로맨스란 자고로 꽉 닫힌 해피엔딩이어야 하니 이 소설의 배경은 고구려의 최전성기인 여름, 장수왕으로 설정했습니다.

작가는 작품 안에서 할 말을 다 끝내야 한다는 주의라 후기가 긴 걸 좋아하지 않지만 이건 일본의 광개토대왕비 왜곡 훼손설, 임나일본부설에다 요즘 중국의 동북공정까지 말도 많고 탈도 많은 고구려 역사인 관계로 좀 길게 사족을 붙입니다.

현재 인정받는 범주의 역사에서 장수왕의 왕후는 아직 '이름도 몰라~ 성도 몰라~'입니다.

2022년 초에 새로 나온 책에 신라의 화랑세기 수준의 흥미로운 학설들이 많이 실려 있기는 한데 그건 로맨스가 절대 될 수 없는 내용이라 패스하고요.

해류는 100% 상상의 인물이고 장수왕도 천도, 대외정책 등 중요한 역사적 사건을 제외한 나머지는 모두 다 가상이라고 보시면 됩니다.

연도는 고구려를 홀대한 죄로 영생하고도 남을 욕을 먹고 있는 김부식의 삼국사기 연대표를 중심으로 했습니다. 광개토대왕비 등 다른 자료와 한두 해씩 차이가 나는 게 있지만 가장 널리 쓰이고 무난한 연표를 중점적으로 활용했음을 밝힙니다.

왕 이름, 지명 등 고유명사는 광개토대왕비, 삼국사기, 삼국유사에 다르게 나온 것들이 혼용되고 있습니다.

해씨가 2대 유리왕부터 5대까지 왕이었던 건 이 글을 처음 구상하던 2000년대 초중반에 나름 뜨던 학설이었는데요, 지금은 다시 수그러드는 추세지만 그냥 밀고 나갔습니다.

평양성도 고조선 때부터 내려온 평양성에 광개토대왕과 장수왕이 건설한 평양성, 또 후대의 평양성이 옆에 또 건설되는 등 설명하자면 너무 복잡한 곳이라 그냥 뭉뚱그려서 여러 버전의 평양성이 뒤섞여 있습니다.

이 평양성도 학설도 많고 가설도 많고. 귀에 걸면 귀걸이 코에 걸면 코걸이 수준으로 아직 명확하지 않은 게 수두룩한 동네더군요. 여러 분야에서 비교적 활발하게 교류하던 2000년대 초중반에 남북 학자들이 함께 연구한 평양성 유적 사진이며 자료 덕분에 그나마 이 정도라도 상상을 해볼 수 있었습니다.

사진들을 보면서 복원된 유적이며 안학궁 터 구경이라도 하고 싶다는 생각을 내내 했었습니다. 그랬으면 좀 더 생생한 느낌으로 평양성을 그려낼 수 있지 않았을까 아쉬움이 들지만…… 언젠가는 갈 수 있는 날이 오겠죠.

고구려에 있었다는 건 확실하지만 정확한 명칭이 나오지 않은 관청이나 직위는 삼국 다른 나라나 고려, 조선의 고유명사들까지 다 빌려 썼습니다. 확실하게 고구려의 것은 고구려라고 각주에 가능한 한 명시해놨지만 놓친 것도 있을 것 같습니다.

해류에서 갈등의 중심이었던 부 체제는 광개토대왕 때-해사무가 이를 갈던 대로 종묘까지 뺏기고-완전히 궤멸되어 유명무실하지만 건재한 걸로 했습니다.
이외에도 재미를 위한 크고 작은 변형과 상상이 많습니다.
이게 논문이나 역사 관련 교양서라면 죽을죄지만 즐겁게 보자는 소설이니 편안하게 읽어주시면 좋겠습니다.

해류의 이름인 바다석류 꽃에 대한 설명은 조선 시대 학자이자 식물애호가인 강희안이 쓴 양화소록(養花小錄)을 활용했고, 강희안은 격물총화(格物叢話)에 나온 내용이라고 명시했습니다. 구글 등에서 '해류'를 검색하면 주로 나오는 설명과는 관련이 없음을 알려드립니다.

옥소는 고구려 멸망 뒤 당나라에 끌려가 비극적인 죽음을 맞은 고구려 유민입니다. 고구려가 역사에서 사라진 뒤 남은 이름 중에서 가장 마음이 아팠던 얘기였는데요, 가상 속 고구려 안에서라도 그 이름의 여인이 독자분과 제 상상 속에서 자유롭고 행복했으면 하는 바람을 담아봤습니다.

여기에 표시되는 나이는 만이 아니라 우리나라식 나이 계산법에 따른 것입니다.

'두 번째 왕후'가 세상에 나오는 게 아주 많이 늦어지기는 했지만 다행이라는 생각을 글을 쓰는 내내 했습니다.

소품과 배경에 집착하는 인간이라 뭘 입고 뭘 먹고 어디서 어떻게 살았는지 머리에 대충이라도 그림이 그려지지 않으면 죽어도 진도가 안 나가네요.(그래서 고조선 배경 역사 판타지는 고구려만큼이나 묵은지를 넘어 이제 화석으로. ㅠㅠ)

처음 이 글을 준비할 때엔 없었던 자료들이 나오고 다양한 연구들이 더해진 덕분에 즐겁게 쓸 수 있었습니다.

조정래 작가님이 '태백산맥'을 쓸 때 엄혹한 군사 독재 시대에 입을 닫은 생존자들을 한 분 한 분 찾아다니면서 "넓은 백사장을 헤매며 쌀알을 한 톨씩 주워 모아 그걸로 한 솥을 만들어 밥을 짓는 것처럼 썼다."고 하셨는데요, 그 표현을 빌려오고 싶습니다.

모래사장에서 쌀알을 주워 모아 그걸로 한 솥 가득 밥을 지어준 고구려 사학자들 덕분에 저는 그 따끈따끈한 밥을 그대로 퍼서 조촐하나마 드디어 한 상을 차릴 수 있었네요.

기다려주신 독자분들도 맛있게 드셔주시면 좋겠습니다.

10년 넘게 해류를 함께 얘기하며 꼭 보여달라고 기다려주던 친구 K.
너무 오래 기다리게 해서 미안하고 멀리서 재밌게 읽어주길.

구멍투성이 초고를 꼼꼼히 채워주고 마무리까지 정성스럽게 점검해준 편집진, 리뷰어께 감사드리면서 긴 후기 여기서 마칩니다.

'두 번째 왕후'를 읽는 시간, 다들 행복하시길 바랍니다.

참고자료

서적

경계를 넘어서는 고구려 발해사 연구 | 정경일 외 | 혜안

고구려 고분과 악기 | 송석하 | 온이퍼브

고구려 고분벽화 모사도 | 국립광주박물관 | 국립광주박물관

고구려 고분의 조영과 제의 | 정호섭 | 서경문화사

고구려 광개토대왕 | 다케미쓰 마코토 | 김승일 옮김 | 범우

고구려 국가제사 연구 | 강진원 | 서경문화사

고구려 금관의 정치사 | 박선희 | 경인문화사

고구려 기병 | 서영교 | 지성인

고구려 남자, 고구려 여자 | 김현숙 | 동북아역사재단

고구려 문학을 찾아서 | 김창룡 | 박이정

고구려 발해사 연구 -최신 발굴 성과와 치밀한 사료 비판으로 새롭게 보는 고구려, 발해의 시공간 | 노태돈 | 지식산업사

고구려 별자리와 신화 -고구려 하늘에 새긴 천공의 유토피아 | 김일권 | 사계절

고구려 불교사 연구 | 정선여 | 서경문화사

고구려 생활문화사 연구 | 전호태 | 서울대학교출판문화원

고구려 음식문화사 | 박유미 | 학연문화사

고구려 이야기 -말 달리며 건설한 대제국, 그 태동의 신화 | 강윤동 | 이루파

고구려 중기의 정치와 사회 | 동북아역사재단 한국고중세사연구소 | 동북아역사재단

고구려 해양사 연구 | 윤명철 | 사계절

고구려 9백 년의 자취소리 | 조성원 | 해드림출판사

고구려와 유목 민족의 관계사 연구 | 이재성 | 소나무

고구려의 건국과 시조 숭배 | 강경구 | 학연문화사

고구려의 그 많던 수레는 다 어디로 갔을까 | 김용만 | 바다출판사

고구려의 발견 | 김용만 | 바다출판사

고구려의 시와 노래 | 김창룡 | 월인

고구려의 역사 -왜곡되고 과장된 고대사의 진실을 복원한다 | 이종욱 | 김영사

고구려의 전설 | 강윤동, 임지덕 | 백산자료원

고구려의 정치와 사회 | 동북아역사재단 | 동북아역사재단

고구려의 핵심 산성을 가다 | 원종선, 김용옥 (서문) | 통나무

고구려의 황홀, 디카에 담다. -평양 지역 고구려 고분벽화의 디테일 | 이태호 글/사진 | 덕주

고구려인의 삶과 정신 | 서병국 | 혜안

고대 중국 정사의 고구려 인식 | 이정자 | 서경문화사

고분 벽화로 본 고구려 이야기 | 전호태 | 풀빛

과학 기술로 보는 한국사 열세마당 | 최남인 | 일빛

대장장 -충청남도 무형문화재 제41호 | 주경미 | 주병수 사진 | 민속원

독행도: 칼의 역사와 무예 | 한병철, 한병기 | 학민사

만화로 배우는 조선 왕실의 신화 | 우용곡 | 한빛비즈

벽화로 꿈꾸다 -여덟 가지 테마로 읽는 고구려 고분벽화 이야기 | 이종수 | 하늘재

북옥저 고구려 발해 한국 고대의 온돌 | 송기호 | 서울대학교출판부

새로 쓰는 광개토왕과 장수왕 | 이석연, 정재수 | 논형

아름다운 궁중 채화 | 수류산방 편집부 | 수류산방

알면 알수록 위대한 우리 과학기술의 비밀 -개마무사가 달리고 신기전으로 쏘다 | 이명우 | 평단

양화소록 | 강희안 | 이병훈 옮김 | 을유문화사

역사 속의 우리 옷 변천사 | 김은정, 임린 | 전남대학교출판부

역사와 문화로 읽는 나무사전 | 강판권 | 글항아리

우리 문화의 수수께끼 1 | 주강현 | 한겨레신문사

우리 역사 과학기행 | 문중양 | 동아시아

우리 역사의 하늘과 별자리 | 김일권 | 고즈윈

우리 옷 이천 년 | 류희경, 김미자, 조효순, 박민여, 신혜순, 김영재, 최은수 | 미술문화

우리 옷과 장신구 | 이경자 외 | 열화당

우리 혜성 이야기 -역사 속의 혜성, 혜성의 과학사 | 안상현 | 사이언스북스

우리가 정말 알아야 할 우리 별자리 | 안상현 | 현암사

우리말 큰사전 4 -옛말과 이두 | 한글학회 | 어문각

인물로 보는 고구려사 | 김용만 | 창해

조선잡사 -'사농' 말고 '공상'으로 보는 조선 시대 직업의 모든 것 | 강문종, 김동건, 장유승, 홍현성 | 민음사

천제지자: 고구려의 왕권전승과 국가제사 | 조우연 | 민속원

태왕의 나라 고구려유적 | 이도학, 박진호, 송영대 | 서경문화사

토박이말 일곱마당 | 장승욱 | 지식산업사

평양 지역 고구려도성 유적 양장 | 동북아역사재단 | 동북아역사재단

하늘의 자손 고구려의 왕과 왕자들 | 김현숙 | 동북아역사재단

한국 고대 복식 -그 원형과 정체 | 박선희 | 지식산업사

한국 민속 대사전 | 민중서관

한국복식문화 고대 | 채금석 | 경춘사

한국복식문화사 -우리 옷 이야기 | 안명숙 | 예학사

한국복식문화사전 | 김영숙 편 | 미술문화

한국 복식의 역사(고대편 1) | 이은창 | 세종대왕기념사업회

한국생활사박물관 3(고구려생활관) | 한국생활사박물관 편찬위원회 | 사계절

한국 속의 세계 | 정수일 | 창비

한국 수학사 -수학의 창을 통해 본 한국인의 사상과 문화 | 김용운, 김용국 | 살림MATH

한국 여인의 전통머리모양 | 임린 | 민속원

한국 자수 이천년 | 심연옥, 금다운 | 크리빗

한국 전통복식 2천년 | 편집부 | 통천문화사

한국 직물 오천년 | 심연옥 | 고대직물연구소출판부

한국사 5: 삼국의 정치와 사회 1 고구려 | 국사편찬위원회

한국 직물문양 이천년 | 심연옥 | 고대직물연구소출판부

한국사 이야기 2:고구려 백제 신라와 가야를 찾아서 | 이이화 | 한길사

한국의 과학기술 이야기 2 | 이종호, 박택규 | 집사재

한국인의 신발, 화혜 | 최공호, 박계리, 고우리, 진유리, 김소정 | 미진사

한 권으로 읽는 고구려왕조실록 | 박영규 | 웅진닷컴

한복 이야기 -조선 시대 이전 우리 옷 | 글림자 | 혜지원

35.6의 고구려자 | 유태용 | 서문문화사

2000년 우리 옷 이야기 | 김정호 | 글누리

사이트

동북아 역사넷 http://contents.nahf.or.kr/

우리건축이야기 https://twitter.com/Koogendaz?s=20&t=g0IDA3XRcCYczQze1XOmLA

한국민족문화 대백과사전 http://encykorea.aks.ac.kr/

한복저장소 https://twitter.com/HanbokPantry?s=20&t=CZY3Tre1qUc7qUx1xMnFaQ

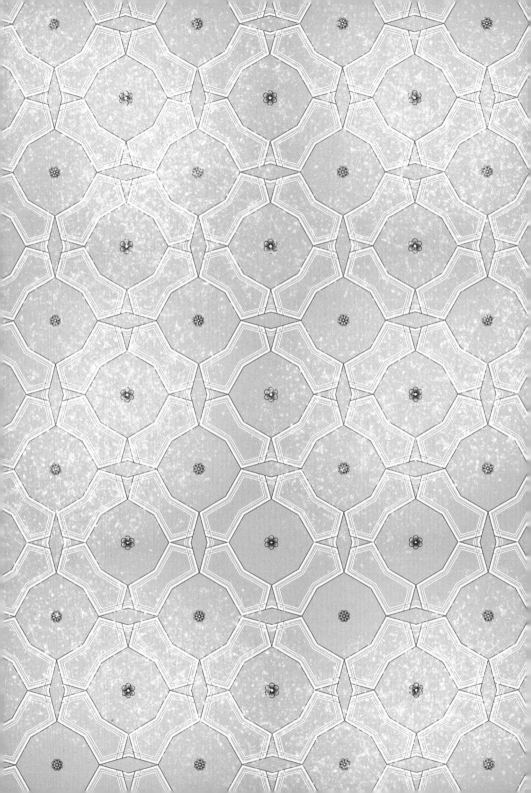